1915/16 年，32/3 岁的卡夫卡，此时正值写《诉讼》期间

马克斯·勃罗德从"布拉格圈"里翻印的卡夫卡照片

卡夫卡像(合影的放大照)

大学生卡夫卡与他"马德里的舅舅"阿莱弗雷德的合影,
约摄于1906或1908年
卡夫卡与一位名叫汉西·尤莉叶·斯措科尔的饭店女侍的合影

上图是一张写给日后成为他好朋友马克斯·勃罗德的明信片：
"发自措克曼特尔的问候"。1905.8.24
下图是施万恩疗养院所在的措克曼特尔景观
（位于奥地利之西里西亚一带）

上图是卡夫卡父亲（右）和他的两个兄弟：路德维希夫妇（左一、二，先是商人，后是布拉格保险代理人）和菲利普夫妇（中、右二），菲利普在考林经商，其妻克拉拉是《失踪者》(《美国》)中克拉拉·泡隆德尔的原型

下图是布拉格的水果市场，后面标⊗的地方是卡尔·费丁南德德语大学的法学系朗诵厅；1901年秋卡夫卡进入这座大学

布拉格大学具有哥特式网格的教学大楼

心理学老师安东·马尔蒂,系弗兰茨·布伦塔诺的学生

提帽者弗兰茨·布伦塔诺,著名德国哲学家和心理学家

法学的中心角色贺拉斯·克拉斯诺波尔斯基,以严格著称

卡夫卡的博士生导师阿尔弗雷德·维勃

上图是1903年夏,卡夫卡通过了法律史考试,第一次进入德国德累斯顿的一家名叫"白鹿"的疗养院——当时最有名气的自然疗法的场所
下图是位于易北河大桥附近的"白鹿"疗养院全景

卡夫卡在疗养院工作期间居住过的埃伯尔特别墅

卡夫卡的终身至友马克斯·勃罗德

取得博士学位时的卡夫卡(1906)

FRANZ KAFKA BEEHRT SICH ANZUZEIGEN, DASS ER AM MONTAG DEN 18. JUNI D. J. AN DER K. K. DEUTSCHEN KARL FERDINANDS - UNIVERSITÄT IN PRAG ZUM DOKTOR DER RECHTE PROMOVIERT WURDE.

PRAG, IM JULI 1906.

通过博士论文三项严格答辩的记录
卡夫卡给朋友的通告：弗兰茨·卡夫卡谨向各位告知：他已于今年6月18日成为布拉格卡尔·费丁南德德语大学的法学博士

19世纪前期的布拉格旧城模型：①是卡夫卡的出生地；②是全家在密努塔（"Minuta"）街的住宅；③是全家在采尔特纳街的住宅

旧式犹太人教堂

1890年左右的布拉格犹太人居住区，布拉格中心大街旧景；1890年左右的马车道和咖啡馆（中）

布拉格最古老的卡尔大桥(1900)

通向古城的卡尔大街,
"通向金色泉"的房子即位于此街

古城大环形路经过的马利亚柱

弗兰茨·约瑟夫火车站，为欢迎皇帝莅临而装饰一新，1907年

弗兰茨·约瑟夫皇帝在布拉格,1907年

上图是古城环形路广场
下图是当时的水果市场（1906年）

市中心的啤酒店

流动咖啡摊(1910年)

烤栗子商贩

上图是圣诞节前环形路上尼古拉市场的玩具摊
下图是蒸汽机缆车(1891)

上图是最早的电影院之一（1911）
下图是贩毒车正在停靠站等待顾客（1910）

一个妓女正在下囚车（1905年）

拉德茨基纪念碑

上图是尼可拉斯大街的咖啡城,早期的卡夫卡和勃罗德出入的场所
下图是布伦塔诺文学圈子的活动中心
——青年风格的咖啡馆"卢浮宫"

上图是卡夫卡最喜欢的散步之处:鲁道夫王储公园
下图是从劳伦兹山看弗兰茨皇帝大桥和所谓的"饥饿长城"

上图是消夏公园里的军乐队演奏
下图是斯米乔夫河上的帕拉茨基大桥和工厂以及工人居住区

市场上卖苦力的手推车工人

上图是民间饮食
下图是社会民主党游行高呼:"我们要普选权!"
(1905年10月10日)

在容波恩，卡夫卡进行第一部长篇小说《失踪者》(《美国》)的构思。他在致勃罗德的信中写道："这里我很喜欢……一种对美国的预感被吹进这些可怜的肉体。"还说："请不要说任何反对这种社交方式的话！我也是因为有这些人才来这里的……看我在布拉格过的是什么生活！这种对人的要求，这种已被我变成并且它自己已经变成恐惧的要求，如果要使它充实起来，那只有在野外才合适。"

Gesammelte Werke Kafkas

卡夫卡全集 第2卷

〔奥〕卡夫卡 著

叶廷芳 主编

张荣昌 章国锋 译

中央编译出版社
Central Compilation & Translation Press

《失踪者》(即《美国》)马克斯·勃罗德编,费歇尔简装书出版社,法兰克福/美茵,1982
Der Verschollene, Herausgegeben von Max Brod, Fischer Taschenbuch Verlag GmbH, Frankfurt am Main, 1982

《诉讼》马克斯·勃罗德编,费歇尔简装书出版社,法兰克福/美茵,1983 »Der Prozess«, Herausgegeben von Max Brod, Fischer Tashenbuch Verlag GmbH, Frankfurt am Main, 1983

编者前言

《失踪者》(»Der Verschollene«，一译《生死不明的人》)，又名《美国》(»Amerika«)，是卡夫卡在创作上进入旺盛期后写的第一部长篇小说，写于1912年至1914年。这期间，作者的艺术个性似还未完全定型，所以打算写一部狄更斯式的小说("对狄更斯不加掩饰的模仿")。的确，就作品的内容看，或者就作品所描述的现象看，比如贫富悬殊、劳资对立、党派斗争等，颇像狄更斯的小说。但这时的卡夫卡已是写出了《判决》、《变形记》等作品的作家，他在短篇小说创作中已经显露出来的艺术特征，在这部长篇小说中亦已无从"掩饰"，例如，主人公的被抛弃与被损害的境遇，他的孤独感与陌生感以及环境描写中的怪诞情趣等等。因此，这部作品在卡夫卡创作整体中的地位是不容忽视的。书中的第一章即《司炉》，作者曾将其抽出单独成篇，作为短篇小说发表，可见作者对其珍视。关于这一点，还可参阅马克斯·勃罗德写的本书后记。

像卡夫卡后来的两部长篇小说一样，《失踪者》也没有写完，是出于作者的一种美学主张，还是出于对自己努力的一种否定？这始终是个谜。但有一点是可以肯定的，即作者晚期在给其挚友马克斯·勃罗德遗嘱中，这部作品亦是无例外地要予以"付之一炬"的文稿之一。幸亏这位朋友是一位有眼力的作家，他毫不犹豫地违背了卡夫卡的"最后的请求"，将他的遗稿——加以整理发表。继《诉讼》和《城堡》后，这部《失踪者》于1927年作为单行本顺利出版。无疑，作为原始资料的整理者和编纂者，其中也难免渗入少量的主观意图，比如根据自己对朋友的深切了解，尽可能使作品符合朋友的"可能的意图"，恢复那些被作者自己删除的部分。

本书存在两个书名。卡夫卡生前没有去过美国，但他对那里的民主制度很感兴趣，也经常提到他的"美国小说"。勃罗德根据这个理由把这部小说题为《美国》。但卡夫卡在他的日记中提到它时又称《失踪者》。1994年11月由德国费歇尔出版社出版的此书即以后者为书名。这个译本亦照此起名。

《诉讼》（»Der Prozess«）是卡夫卡的第二部长篇小说，写于1914至1918年，是断断续续写成的，说明作者对这部作品构思时间不短。《失踪者》完成的这一年，正好是《诉讼》写作起始的一年。但这一年恰恰是卡夫卡长篇小说创作划时期的分界线。如果说，从"模仿"狄更斯出发的《失踪者》尽管已经初露了某些属于卡夫卡的艺术个性特征，但总体上讲它仍未脱离19世纪欧洲批判现实主义的模式，人们仍然可以在形而下的层面上来理解它、解读它，在传统现实主义美学范畴内来分析它，欣赏它。而《诉讼》则不然，在这里，形而下的现实生活体验已升华为形而上的精神拷问，从而从人文思维到审美意识都具有了"现代"特征。

翻译本书的书名»Der Prozess«是颇费斟酌的。起初人们从英文转译时译为《审判》，德文原名也是有这个意思的。但»Der Prozess«还有一个常见的意思，即"诉讼"。诉讼是一场"官司"的过程，而审判则是它的结果。从书的内容看，两种情况都存在。但作者要强调的，或者说他所着力表现的显然不是有结果的审判，而是无结果的诉讼过程，是这个过程消耗了人的毕生精力！在他看来，这也是人的根本处境：一个人自懂事起，只要你介入了社会生活，无不卷入不知不觉的、无休止的、而且是无望的诉讼过程中。基于这样的理解，编者和译者经过共同讨论，认为译为《诉讼》似乎更恰切些。

和其他两部长篇小说一样，这一部也是未打"句号"的。这个谜留给读者去解。无疑，在卡夫卡给马克斯·勃罗德的遗嘱中，此书也在被焚之列。早就洞见卡夫卡作品价值的勃罗德当然不会执行朋友的这一决绝的遗嘱。卡夫卡死后，勃罗德首先于1925年整理出版了这部杰作。

《失踪者》、《诉讼》两书的译者张荣昌先生、章国锋先生生专攻德语，造诣很深，并且有了大量的翻译经验，他们的译文在原意表达的准确性上是靠得住的。

叶廷芳
1995年春

目录 CONTENTS

编者前言
失踪者

司　炉　003
舅　舅　026
纽约近郊乡村别墅　037
通往拉美西斯之路　066
西方饭店　088
鲁滨孙事件　109
避　难　141
俄克拉荷马露天剧场　185

附录1　残稿　202
附录2　原出版者后记　215

诉　讼

第一章
被捕　与格鲁巴赫太太谈话　然后与毕斯特纳小姐谈话　221
第二章
初审　241
第三章
在空荡荡的审讯室里　大学生　法院　办公室　253

第四章
毕斯特纳小姐的女友　270

第五章
打　手　276

第六章
K.的叔父　列妮　281

第七章
律师　工厂主　画家　296

第八章
商人布洛克　解聘律师　330

第九章
在大教堂里　351

第十章
结　局　368

附录
一　未完成章节　372
　　同艾尔莎约会　372
　　看望母亲的途中　373
　　检察官　376
　　法院大楼　380
　　同副经理的斗争　383
　　断片一则　386
二　手稿中作者自己删去的部分　388

失踪者

张荣昌 译

司 炉

16岁的卡尔·罗斯曼受家里一个女仆的引诱，而且这女仆还为他生了一个孩子，因此他被他可怜的父母送往美国。当他乘坐的船只徐徐驶入纽约港时，他一眼就看见了那座久已受到注目的自由女神雕像，它矗立在突然强烈起来的阳光下。女神持剑的手臂像是猝然伸向天空，她的身躯周围吹拂着阵阵清风。

"好高呀！"他暗自思忖，因为根本就没想到要下船，所以就让从他身旁经过的越来越膨胀的提着行李的人汇成的人流慢慢挤到了甲板上的栏杆旁。

一个与他在旅途中有过一面之交的年轻小伙子一边从他身旁走过一边说："喂，您还不想下船？""我这就下船。"卡尔朝他笑笑说，说罢便顽皮地把箱子举到肩上，显出自己是个强壮的小伙子。可是正当他眼看着他的熟人轻轻挥动着木棍随同他人一道离去的时候，他惊恐地发现自己的雨伞落在下面船舱里了。他马上叫住那个熟人，求他照看一下自己的箱子，那人似乎并不怎么乐意。他察看着周围情况，熟悉一下回来的路，便匆匆离去。不巧，大概是为了送客上岸的缘故，他发现底舱里那条本来可以使他少走不少路的过道头一次被堵死，便不得不穿过曲里拐弯的走廊，穿过一间只放着一张孤零零写字台的空落落的房间，费劲地寻找那一层又一层的楼梯，直至他确确实实完全迷失了方向，因为这条路他只走过一两次，而且都是跟着好多人一起走。在一筹莫展的情况下，而且由于他看不见一个人影，只听见头顶上成千人脚步擦地时发出的沙沙声和从远处传来机器终于停止运转时发出的好似一种喘息的声音，他便随着寻路脚步之所至，不假思索地对着随便一扇什么小门敲了起来。

"门开着呢。"屋里有人喊,卡尔舒了一口气打开门。"您为什么这样发疯似的敲门?"一个彪形大汉问,他几乎瞧都没瞧卡尔一眼。透过船舱里什么地方的一扇天窗,一束混浊的、被上面的烟雾和灰尘弄得昏暗不堪的光线落进这间凄凉的舱房。舱房内一张床、一个柜子、一把沙发椅和这汉子挨在一起站着,活像入库的物件。"我迷路了。"卡尔说,"乘船的时候我根本没注意,现在才知道这艘船大得了不得。""可不是,您说得对。"大汉有些自豪地说,不停地摆弄着一只小箱子上的锁,他用双手一再关压那箱子,听锁簧扣入的声响。"您倒是进来呀!"大汉继续说,"您别站在门外嘛!""我不打扰您吗?"卡尔问。"啊,看您说到哪里去了!""您是德国人吗?"卡尔还试图确认一下,因为他听说过许多有关新来美国的人受坏人威胁、尤其是受爱尔兰人威胁的事。"是的,是的。"大汉说。卡尔仍还犹豫。于是,大汉猝然抓住门把手,就势把门这么一拉,迅速把门关上,将卡尔拉进房间,拉到自己身边。"我受不了别人在过道上往里瞧我。"大汉说,他又在鼓捣他的箱子,"每个人从旁边走过,都往这里面瞧一眼,鬼才受得了呢!""可是过道里现在空空如也嘛。"卡尔说,他颇不舒服地挤在床杆旁边站着。"是呀,现在。"大汉说。"说的就是现在嘛。"卡尔心想,"这个人真难说话。""您躺到床上去吧,还是床上地方大一点。"此人说。卡尔尽量小心翼翼爬上床去,边爬边大声嬉笑头一次企图一跃而上床的徒劳尝试。可是他刚一上床,他便叫喊:"天哪,我把我的箱子完全给忘记了!""箱子在哪儿?""上面甲板上,一个熟人在照看。可是他叫什么名字来着?"说着,他从他母亲为他这次旅行特意在上衣的衬里上缝的暗口袋里掏出一张名片。"布特尔鲍姆,弗兰茨·布特尔鲍姆。""您急需这只箱子吗?""当然喽。""噢,那您为什么把它交给一个陌生人呢?""我把雨伞忘在下面了,就赶紧跑来取伞,可又不愿意随身扛着箱子。后来我竟然还在这儿迷了路。""您独自一个人?没有个伴儿?""嗯,一个人。""或许我可以求这个人帮帮忙,"卡尔在脑子里转悠,"我到哪儿能马上找到一个更好的朋友呢?""现在您把箱子也给弄丢了。雨伞就更甭提了。"此人坐到沙发椅上,卡尔的事情似乎多少引起他关注了。

"可是我相信，箱子还没有丢。""我才不信呢，"大汉说，使劲搔他的那一头短而密的黑头发，"码头变了，船上的风尚也跟着变。在汉堡您的布特尔鲍姆也许会照看箱子，在这儿八成是两样都没影儿了。""那我可得赶快上去看看，"卡尔说，一边环视四周，看他怎样才能出去。"您待着吧。"此人说，并用一只手朝他的胸脯简直是狠狠地一推，把他推回到床上。为什么？"卡尔生气地问。"因为这样做毫无意义。"这人说，"过一会儿我也走，到时候我们一起走。箱子要么已被偷走，再找也无济于事；要么那人把它放在原地了，等旅客统统上岸后，我们很容易就能把它找到。您的雨伞也是这样。""您熟悉这艘船？"卡尔怀疑地问，他觉得，在空船上最容易找到他的东西，这个想法在平时令人信服，如今却似乎隐伏着什么麻烦。"我是船上的司炉。"此人说。"您是船上的司炉！"卡尔高兴地叫了起来，简直是喜出望外了，并撑着双肘，仔细端详这个汉子。"我和那个斯洛伐克人同睡一个房间，就在那房间前面开了一个舱口，从那舱口我可以看到机房里面。""不错，我就在那儿干活。"司炉说。"我一向对技术感兴趣，"卡尔顺着自己原有的思路说，"假如我不是必须来美国的话，今后我一定能成为一名工程师。""那您为什么非来美国不可呢？""噢，甭提了！"卡尔说，一挥手做了个轻蔑的不屑一谈的手势。与此同时，他面带微笑望着司炉，似乎是在请求对方谅解自己不便说出的苦衷。"事出有因嘛。"司炉说，不太清楚他这么说是要卡尔说出事因还是不要他说出。"现在我也可以当司炉了，"卡尔说，"我当什么，我父母现在完全管不着了。""我的职务快要空下来了。"司炉说，像充分意识到这一点似的将双手插进裤袋，皱巴巴铁灰色皮裤里的双腿一跃便上了床，想舒展舒展双腿。卡尔不得不朝墙边挪动一下身子。"您要离开这艘船？""是的，我们今天开路。""这究竟为什么呢？您不喜欢当司炉？""噢，这要看具体情况，喜欢还是不喜欢，这并不总是起决定性的作用。不过，也让您说对了，我也是不喜欢。您大概不是真的想当司炉，可是这样却偏偏最容易就当上司炉。我坚决劝您别干这个。既然您曾想在欧洲上大学，为什么您不可以在这儿上大学呢？美国的大学比欧洲的强多了。""这完全可能，"卡尔说，

"可是我根本没有钱上大学。我虽然读到过有关一个人的事迹,这个人白天在一家店铺干活,晚上一直学习到深夜,后来成了博士,我想,还当上了市长呢,可是这需要很大的毅力,对不对?我怕我没有这个毅力。另外,我上中学时功课并不特别好,离开学校时我心里确实没感到难过。这儿的学校也许更严。英语我几乎一点儿都不会。我看,这儿的人压根儿对外来人都有偏见。""这您也领教过了?嘀,那就好嘛。那您就是我的人啦。您瞧,我们在一艘德国船上,它属于汉堡—美国航线,为什么这儿不全是我们德国人?为什么司炉长是个罗马尼亚人?他叫舒巴尔。这简直让人无法相信。而这狗娘养的居然在一艘德国船上欺压我们德国人!您别以为,"——他喘不过气来,他摇摇手——"我是为发牢骚而发牢骚。我知道,您没有什么势力,本身又是个穷小子。但这家伙欺人太甚!"说罢,他用拳头多次敲击桌子,敲打时目不转睛地盯着自己的拳头。"我在那么多的船上干过活,"——他像说一个词儿似的一口气接连举出二十条船名,把卡尔听得头昏脑涨——"干得很出色,受过嘉奖,是个合乎船长们口味的工人,我甚至在同一艘商船上连续干了好几年,"——他站起来,好像这是他一生的顶峰——"而这儿在这艘船上,一切都得循规蹈矩,用不着动半点儿脑筋,在这里我毫无用处,在这里我总是碍舒巴尔的事,是个懒汉,只配让人给撵出去,拿到的工资是别人的恩赐。您懂这个吗?我不懂。""您决不要容忍这样的事。"卡尔激动地说。他几乎已经失去了自己是在一艘船的不安全的甲板上、在一个陌生的大陆的海岸上的感觉,在这里,在司炉的床上他倒觉得就像在家里一样。"您找过船长了吗?您向他摆过您的理了吗?""啊,您走吧,您最好还是走开。我不希望您待在我这儿。您不注意听我说什么,却给我出主意。我怎么可以去找船长呢!"说罢,司炉又颓然坐下,两手捂住脸。

"我没法给他出更好的主意。"卡尔暗自思忖。他根本就觉得,他本来就应该去取自己的箱子的,不该在这里出什么主意,人家还认为这都是馊主意呢。当父亲把箱子永远交给他的时候,父亲曾开玩笑问他:"你能把它保存多久?"而现在这只珍贵的箱子也许当真已经丢失了。

唯一的安慰是，即使父亲查询起来，也无从了解他现在的情况。他一直随船到达纽约，轮船公司能说的无非也就是这句话而已。可是令卡尔感到惋惜的是，箱子里的衣物他几乎都还没动用过，尽管他譬如早就应该换换衬衫了。这么说来，他是白节省。现在，自己的生涯刚刚开始，正需要穿戴得干干净净的时候，他却不得不穿着这件肮脏的衬衫抛头露面。不然的话，丢失这只箱子也就没什么了不起的了，因为他身上穿着的这套西服比箱里的那套还好，箱里的那套本来只是临时应急穿的，就在动身前不久妈妈还不得不把它缝补了一下。现在他也回忆起，行李箱里还有一段意大利味罗那腊肠，那是他妈妈特意给他装进去的，旅途中他毫无胃口，况且船舱里分发的肠也足够他吃的了，所以他只吃了其中最小的一节。可是现在他却巴不得手上能有这段腊肠，好把它孝敬给这位司炉。因为给这样的人随便塞点小玩意儿就能把他们争取过来，这一点卡尔是从他父亲那儿得知的，父亲就是用撒雪茄的办法来赢得那些跟他有业务关系的下级职员的支持。现在卡尔可以赠送的也就只有他随身带着的钱了，而这钱他暂时还不愿意动用，万一他真的把行李箱丢了呢。

他的思绪又回到他的行李箱上，现在他确实无法理解，既然现在这只行李箱他这样轻易地就让人给拿走了，那么一路上他又何苦那样小心翼翼看守它，弄得自己晚上几乎都无法合眼呢？他回想起那五个夜晚，一个小个子斯洛伐克人睡在他左边离他两个床位的地方，他一直怀疑这个斯洛伐克人在打自己的行李箱的主意。这个斯洛伐克人一直在暗中窥伺，只要卡尔终于犯困打一小会儿盹儿，他就可以用那根白天一直拿在手里玩弄或练习着的长棒把行李箱钩到他那边去。白天，这个斯洛伐克人看上去相当天真无邪，可是夜幕刚刚降临，他就不时地从自己的铺位上坐起来，忧伤地朝卡尔的行李箱这边望过来。这一切卡尔看得一清二楚，因为尽管船章明令禁止，时不时仍有人怀着移民的焦灼不安点燃一个小火，试图努力读懂移民管理处的难懂的移民须知。若近处有一个这样的火光，卡尔就可以稍稍闭闭眼，若火光在远处，或漆黑一团，那他就得睁大着眼睛。这个劳累的差使弄得他精疲力竭，现在看来他完全是白受这份劳累了。这个布特尔鲍姆，别叫他在什么地方碰上他！

就在这时,从外面远处传来一阵阵短促的敲击声,打破了迄今为止的完全的寂静,这声音像从孩子的脚发出,越来越响,越来越近,最后变成男人们节奏均匀的脚步声。他们显然排成单行前进,这在这条狭窄的通道里是自然而然的事,人们听见了有如武器碰击的叮当声。正想在床上舒摊开四肢、摆脱掉箱子和斯洛伐克人带来的种种忧愁睡一睡的卡尔,吓了一跳,推了推司炉,提醒他务必注意,因为这队人的排头似乎已经到达门口了。"这是船上的乐队。"司炉说,"他们已在上面演奏过了,现在正去收拾行装。现在时机已到,我们可以走了,您来吧!"他抓住卡尔的手,在最后一刻还急忙从床头墙上取下一帧配上镜框的圣母像,将它塞进上衣胸前的里袋,拿起他的行李箱,带着卡尔匆匆离开了舱房。

"现在我到办公室里,我要向那些先生们摆摆我的看法。船上没旅客了,不必有什么顾忌。"这话司炉颠来倒去说了好几遍,行走中向旁边一脚,想踢死一只在脚跟前跑过的老鼠,但是他这一脚也只不过是把这只老鼠及时抵达洞口的老鼠更快地踢进洞里罢了。他压根儿就动作迟缓,虽说他长着一双长腿,可是这两条腿却太笨重。

他们穿过厨房的一个隔间,那儿有几个姑娘身穿脏围裙——她们故意用水溅他们——在大圆桶里洗涤餐具。司炉将某个叫莉娜的叫到身边,用手臂搂住她的腰,带着她走了一段路,她撒娇地在他的臂弯里挣扎着。"现在付工资,你愿意一起去吗?"他问。"为什么要我费这个劲呢,你把钱给我送来不就得了。"她回答,从他的胳臂下溜脱,跑了。"你哪儿捡到了这个漂亮男孩?"她还喊着,但是没等得到回答便离去了。人们听见姑娘们的笑声,她们都停下了手上的活儿。

他们却继续往前走,走到一扇门前,门的上方有一个三角楣饰,由一些镀金小女像柱托着。作为一种船上设施,这看上去相当奢侈。卡尔这才发现,他从来没有来过这个地方,多半是行船期间只有一二等舱的旅客才有资格到此地来,现在船上即将进行大扫除,隔离门已经给拆卸走了。他们也果真已经遇见过几个扛着扫帚并和司炉打了招呼的男人。卡尔对这种热闹的景象感到惊讶,他在自己的统舱里对此当然很少有所了解。也有电话线沿过道延伸,人们不时听见一只小钟的响声。

司炉毕恭毕敬地敲门,听到有人喊"进来!"后便一挥手要卡尔不用害怕只管进去。卡尔也就走了进去,但是就在门旁便站住了。透过房间的三扇窗户他看到了大海的波浪,在观看波浪欢快地起伏跳动时,他的心也怦怦跳动,仿佛他没有在漫长的五天里不停地看过大海似的。一艘艘大船来往穿梭,浪花拍击着船身。眯起双眼望去,这些船似乎只是由于自身的重力而在摇晃。船的桅杆上挂着窄而长的旗帜,在行驶时它们虽然绷紧了,但是仍然在猎猎飘动。兴许是从军舰上传来了礼炮声,在不远处驶过一艘这样的军舰,它的炮筒在其钢外壳的反射光下闪闪发亮,像是在接受平稳而不呈水平方向行驶的军舰的爱抚。人们只能,至少从门这儿,远远地观看那些小船和舢板,看它们怎样成群结队驶入大船之间的缝隙之中。而纽约城则矗立在这一切的后面,并用其摩天大楼的万千窗户凝视着卡尔。是的,在这个房间里你知道,你到了哪里了。

在一张圆桌旁坐着三位先生,一位是身穿蓝色船员制服的高级船员,另外两位是着黑色美国制服的港务局官员。桌上高高地堆放着各式各样的文件,高级船员手里拿着笔,先粗略阅读那些文件,然后再将它们递给另外两个人。那两位时而读,时而作摘录,时而把文件放进他们的公文包里,假如其中的一个,几乎不停地发出轻轻磨牙声的那个,不是恰好口授什么要他的同事作记录的话。

窗口一张写字台旁边,背对着房门,坐着一位个子比较矮小的先生,他正在翻阅几本大账本,它们齐头并排放在他面前一块结实的木板上。他身旁放着一只敞开着的、至少第一眼看去空空如也的钱箱。

第二扇窗户毫无遮拦,窗外的景色一览无余。但是在第三扇窗户近旁却站着两位先生,正小声地交谈着。其中一位倚在窗边,也穿一身船员制服,手上把玩着佩剑柄。与他谈着话的那位面对着窗,时不时一动身子,使得另一位胸前挂着的一排勋章露出几枚。他穿一身便服,手持一根细细的竹手杖,由于他两手紧紧叉着腰,所以这竹杖也像一把斜挂着的佩剑。

卡尔无暇——细看,因为不久便有一位仆役向他们迎面走来,用一种仿佛在责备他不该来这儿的目光问司炉,他到这儿来有什么事。司炉用与发问者一样轻的声音回答说,他想和出纳课长先生谈谈。仆役做了一个手势表示他本人拒绝这个请求,但是却仍然踮着脚尖,走一条大弧线绕过圆桌,向翻阅大账本的那位先生那儿走去。听了仆役的话,这位先生——这一点人们看得清清楚楚——简直惊呆了,但是终于向这个想找他谈话的人转过身来,随后就以严词拒绝的态度,向司炉并且为了牢靠起见也向仆役一挥手。仆役当即返回司炉身边并用一种像是向他透露什么机密似的声调说:"您立刻离开这个房间!"

听到这答复后司炉低头看着卡尔,好像卡尔是他的心,他正向它默默诉说着自己的不幸。没有多加思索卡尔便撒腿跑起来,横穿过房间,甚至轻轻地擦过高级船员的沙发椅,仆役弯腰伸出抓人的双臂追赶,宛如驱赶一只害虫。但是,卡尔先到出纳课长的桌旁,他牢牢抓住桌子,以防仆役将他拖走。

房间里当然顿时就热闹了起来。桌旁的高级船员已经跳将起来,港务局的先生们冷静而聚精会神地作壁上观,窗边的那两位先生已经并排走到一起,仆人则向后退了回去,他以为,既然这事已引起了大人先生们的注意,他就不宜再过问了。站在门口的司炉紧张地等待着需要他出面讲话的时刻的到来。出纳课长终于在他的沙发椅里做了一个大的向右转动作。

卡尔从他的暗口袋里掏出他的旅行护照,他丝毫也不怕这些人看见这只暗口袋,他没多作什么自我介绍,而是径直将护照打开放到桌上。出纳课长似乎觉得这护照无关紧要,因为他用两个指头把它弹到一边,随后卡尔便仿佛觉得这一手续已经办妥似的将护照重新放进口袋。

"我冒昧地说几句,"卡尔开腔道,"我认为司炉先生受了冤屈。这儿有个叫舒巴尔的人,这个人骑在他的头上。他本人曾在许多船上干过活,各方面对他都十分满意,他可以——举出这些船的名字,他勤奋,干起活来认真负责,所以我实在不明白,譬如比起商船上来,这船上的活儿不算过分艰难,可是他为什么偏偏在这艘船上会干不好呢?所以这只能是中伤,这种中伤妨碍他取得进展,使他得不到本来完全应该得到的赏识。以上我只讲了有关这件事的一般情况,具体情况由他本人来向诸位申述。"这一席话卡尔是向在场的所有的先生们讲的,因为事实上也果真所有的人都在注意地听着,而且他们当中很可能会有一个主持公道的人,虽然这个主持公道的人不一定非得是出纳课长不可。此外,卡尔机智地避而不谈他才刚刚认识司炉不久。再者,如果卡尔没有被那位拿着小竹手杖的红脸先生搅乱了思路的话,他还会讲得更精彩,从他现在站着的位置上,他第一次看见这张红脸。

"他说的句句都是真话。"司炉抢着接茬说,虽然这时还没有人问起他,甚至压根儿还没有人瞥过他一眼。司炉这样急于插话本来也许会酿成大错,倘若不是这位佩戴勋章的先生,这位卡尔现在豁然开朗觉得准是船长的人,已经拿定主意要听司炉申述的话。他伸出手,对司炉喊道:"您过来!"这声音铿锵有力,简直可以斩钉截铁。现在全看司炉的了,因为正义在他的一边,对此卡尔并不怀疑。

在这件事上值得庆幸的是,司炉显出自己是个见过世面的人。他镇定自若地一下就从他的小行李箱里拿出来一小叠纸和一个笔记本,仿佛这是不言而喻似的。完全没把出纳课长放在眼里,拿着它们便径直向船长走去,将他的证明材料摊开在窗台上。出纳课长没有别的办法,只好自己讪讪地凑近过去。"这个人是个出名的爱找碴儿的人,"他解释说,"他泡在账房间里的时间比在机房里干活的时间还多。他把舒巴尔这个心平气和的人弄得完全无所适从了。您听着!"他转身对司炉说,"您胡搅蛮缠得实在太过分了。人们已经不知多少次把您从账房间里赶了出去,您拿完完全全、毫无例外都是不合理的要求纠缠不休,活该被赶出去!从账房到总会计室您来回跑了多少趟!我们好心好意告诉过您多少遍了,舒巴尔是您的顶头上司,您作为一个下属应该听从他的吩咐!而现在,趁船长先生在这儿,您竟然跑到这儿来,恬不知耻地缠住他,还肆无忌惮地把这个小家伙带来,作为您的荒唐指控的训练有素的传声筒,这小鬼我根本是第一次在船上看见他!"

卡尔强行克制自己,没有跳将出来,不过这时船长也已经抢先一步表了态,他说:"让我们听听这个人怎么说吧。反正我觉得这个舒巴尔越来越自说自话了，不过我这样说一点也没偏袒您的意思。"这后一句话是讲给司炉听的，理所当然，他不能马上就替他说话，不过一切都似乎已走上正确轨道。司炉开始申述，他以"先生"称呼舒巴尔，从而一开始就克制住了自己的情绪。卡尔站在被冷落的出纳课长的写字台旁边感到何等的高兴，他纯粹为了消遣而一再压下写字台上的一台秤。——舒巴尔先生不公道！舒巴尔先生偏袒外国人！舒巴尔先生把司炉赶出机房，让司炉去打扫厕所，这当然不是司炉干的活儿嘛！——有一次甚至连舒巴尔先生是否干练都受到了怀疑，这种干练与其说是实际上存在着，还不如说是表面上存在着。司炉说到这句话时，卡尔使尽全力凝视着船长，露出亲切的神情，仿佛他是他的同事，只希望船长不致因为司炉的有点笨拙的表达方式而对司炉产生不好印象。从这一大席话里人们毕竟没听出什么要领来，即使船长还一直愣愣地看着前面，眼睛里流露出这一回定要把司炉的申述听到底的决心，可是其他几位先生却显得不耐烦了，司炉的语声不久便不再在这个房间里拥有无限的权力，这可是一件有些令人担忧的事。穿便服的先生首先挥动起他的小竹杖叩击地板，尽管只是轻轻的。其他几位先生自然时不时地瞥他一眼，港务局的先生们显然有紧急公务，他们又拿起文件翻阅起来，尽管还有些心不在焉，高级船员又把自己的桌子往身边挪了挪，而自以为已经胜券在握的出纳课长则现出嘲弄神态深深叹了一口气。只有仆役似乎没有受到这种普遍出现的散漫情绪的影响，他对这个被置身于大人物之中的可怜汉子的苦恼颇有同感并神情严肃地向卡尔点点头，仿佛他想以此解释什么事情似的。

这当儿，窗前继续呈现出港口繁忙活动的景象，一艘装着堆积如山的圆桶的平底货船从窗前驶过，几乎使舱室里变得一团漆黑，而那些圆桶一定码放得极好，它们竟然不会滚动起来。小摩托艇随着一位笔挺站着掌舵的男子双手的颤动笔直呼啸而去，要是卡尔现在有时间的话，他真想仔细地瞧瞧这些小摩托艇！奇特的漂浮物体不时自己从翻腾的浪花中浮现出来，立刻又被淹没，在惊诧的目光下沉入水中。远洋轮船的小艇在水手们的奋力划动下向前行驶，载满了乘客，他们宛如被人塞进来似的，如今安静地、满怀期望地坐着，尽管有些人忍不住转动脑袋观看不断变幻着的景色。一种无休止的运动，一种骚动，由这不宁静的自然力传播给无依无靠的人类，感染着他们的行动!

但是一切都在催人快速、明确、讲话简洁明了，可是司炉在干什么？诚然，他讲得汗流浃背，窗台上的证明材料他早已无法用颤抖的双手拿住。对舒巴尔的一个个抱怨从四面八方一齐涌上他的心头，按照他的意见其中的每一个都足以将这个舒巴尔彻底埋葬，但是他能向船长陈述的，却只是一个杂乱无章的包括所有抱怨在内的大杂烩。拿小竹手杖的先生早就轻轻朝舱顶吹起了口哨，港务局的先生们拉住高级船员让他待在他们的桌旁，丝毫没有让他离去的意思，出纳课长显然仅仅由于船长态度冷静才没有贸然进行干预，仆役毕恭毕敬等待着他的船长随时发出针对司炉的命令。

这时卡尔再也不能袖手旁观了。他慢慢向那几个人走过去，边走边迅捷地盘算着，他怎样才能尽量巧妙地处理好这件事。确实是到了时候了，只要再过一小会儿，他们俩就完全有可能被逐出办公室。船长兴许的确是个好人，卡尔觉得，反正恰好现在船长也许有某种特殊理由需要表现出自己是个公正的上司。但是他毕竟不是可以任人随意摆布的工具——而司炉则正是这样对待他，尽管是出自自己无比愤怒的内心。

于是卡尔对司炉讲:"您必须把事情讲得简单点，讲得明白点，像您现在这种讲法，船长先生没法对事情作出正确的判断。难道他知道所有轮机长和勤杂工的名字或者甚至教名？您只要一说出一个这样的名字，他马上就会知道这是谁。您把您要申诉的事情理清楚，先拣最重要的说，然后再依次讲其他的，也许到后来大多数事情根本连提都不必提了。您给我讲可一直讲得清清楚楚的嘛!""人家在美国既然可以偷箱子，我也不妨可以撒撒谎。"他自我解嘲地想。

要是这能帮上忙就好! 是不是已经为时已晚了呢？司炉一听见这熟悉的语声虽然立刻中止说话，但是他的眼睛里噙满了饱含受伤害的男子汉荣誉、可怕的回忆、眼前极大的痛苦的眼泪，用这一双眼睛他已经无法看清卡尔的面目了。他现在怎么还会——卡尔大概在这位现在沉默不语的人的面前默默认识到了这一点——他现在怎么还会突然改变他的讲话方式,因为他确实觉得,仿佛一切要说的话他都已经说了,却没引起丝毫反应。可是另一方面仿佛他压根儿就什么话还都没说,可又不能苛求这些先生们再听他诉说。就在这个节骨眼上,卡尔,他的唯一追随者还来凑热闹,想对他好言相劝,可是没给他出什么好主意,却给他指出,现在一切一切全完了。

"要是我没看窗外,早点过来就好了!"卡尔心想,在司炉面前低下头并将双手贴住裤缝,表示一切希望都已告吹。

但是司炉误解了,从卡尔身上嗅到了某种暗暗责备自己的味道。于是,怀着劝阻他作这种责备的善良意图,他使自己的行为达到了顶峰,竟在现在这个时候开始和卡尔争执了起来。就在现在,就在圆桌旁的先生们早已对扰乱了他们的公事的无谓的喧嚷怒不可遏的时候,就在出纳课长渐渐觉得船长的忍耐不可思议,眼看马上就要发作的时候,就在仆役完全又受制于他的老爷们用狂怒的目光打量司炉的时候,就在手持小竹手杖的先生,甚至船长都不时向之投来友好的一瞥的这位先生,对司炉已经完全麻木不仁,甚至对他感到厌恶。他终于掏出一本小记事本,而且显然思考着别的事情,目光在记事本和卡尔之间溜来溜去的时候。

"我知道。"卡尔说,他使劲抵挡司炉的现在冲他而来的连珠炮式的话语,但是,尽管如此,在整个争吵过程中仍始终对他露着一丝友好的笑意,"您说得对,说得对,我从来没有对此怀疑过嘛。"由于怕挨打,他真希望能抓住那双来回挥动着的手,更是恨不得能把他推到一个角落里,咬着耳朵悄悄对他说几句安慰的话,别人谁也听不见的话。但是司炉却怒不可遏。卡尔现在甚至已经开始得到一种安慰,因为他想到,遇到紧急情况时司炉在绝望中使出浑身力量,也许可以把所有在场的七个男人都制伏。不过,朝那边瞥一眼就可以看见,写字台上有一块加装上去的木板,那上面有许许多多电线线路的按钮。一只手只要那么轻轻往下一摁便可将整船的人连同充斥各过道里的那些持敌对态度的人统统叫来。

这时,那位兴趣索然、手持小竹手杖的先生向卡尔这边走过来,用不太高但明显地超过司炉的叫嚷声的话音问:"您究竟叫什么名字?"就在这个时候却有人敲门,仿佛此人在门外正等着先生的这句话似的。

仆役看看船长，船长点点头。于是仆役走到门口，开开门。只见门外站着一个中等身材、穿一件旧上衣的男子，看他的外貌不像一个在机房干活的人，然而他却是——舒巴尔。如果说卡尔没有从先生们流露出某种连船长也有的满意神色的眼睛上看出这一点来的话，那么，他也势必会惊骇地从司炉身上看出这一点来，司炉绷直手臂捏紧拳头，仿佛这样捏紧拳头是他不惜牺牲一切乃至生命为之奋斗的事业中之最重要者。现在这两个拳头里凝聚着他的全部力量，也包括压根儿支撑着他的那股力量。

那么这位就是敌人啰，潇洒自如，衣着整齐，腋下夹着一本账簿，里面大概有司炉的工资清单和劳动登记卡，依次扫视了一下大家的眼睛，他毫不畏缩地承认，想首先确定一下每个人此时的心绪。这七个人也已经都是他的朋友了，因为即使船长从前对他有些异议抑或也许只是假托有异议，在司炉使船长遭受这般不幸之后，船长似乎已经觉得对舒巴尔的工作完全无可非议了。对一个像司炉这样的人怎么严厉也不算过分，如果说对舒巴尔有什么要责备的话，那就是在这期间他没有能够适当制伏司炉的桀骜不驯，致使此人今天竟敢在船长面前撒野。

现在人们甚至也许还可以认为，司炉和舒巴尔在这些人面前对质，会产生和在一个更高一级的法庭上对质一样的效果，因为即使舒巴尔可以巧妙伪装自己，他肯定无法坚持到最后的。稍许抖搂一下他的恶劣行径就足以使先生们看清他的嘴脸，这件事卡尔要来管一管。他已经顺便了解了每位先生的洞察力、爱好、脾性，从这个意义上来说，他迄今为止在这里度过的时间没有白白浪费掉。司炉的斗志旺盛一点该有多好，可是他似乎完全丧失了战斗力。如果有人把舒巴尔推到他跟前，他一定会用拳头砸烂舒巴尔那可恨的脑壳的。但是就这么向他走几步路，他还硬就是走不过去，舒巴尔最终一定会来，他自己不来，船长也会把他叫来，这么一件十分容易预见到的事卡尔怎么就没有预见到呢？为什么他没有在来这儿的路上与司炉商谈出一个详细的作战方案来，而是如他们实际上已经做的那样，毫无思想准备，瞎碰瞎撞，看见有门就往里闯呢？司炉压根儿还能说话吗，还能说是和不是吗，一如情况有利对他盘问时他必须所做的那样？他站在那儿，叉开双腿，双膝晃晃悠悠，脑袋稍稍抬起，空气从张开的嘴里吸进呼出,仿佛体内没有进行气体交换的肺了似的。

而卡尔却感到浑身充满力量而且神志清醒,也许在家里时他还从来未曾有过这样的感觉。但愿他的父母能看到他怎样在异国他乡、在有名望的大人物面前维护好人的利益,尽管他还没有使好人获胜,但是已完全作好了最后夺取胜利的准备!他们会改变对他的看法吗?会容纳他、称赞他吗?会看一下、看一下这双对他们极其谦恭顺从的眼睛吗?尽是些没有把握的问题,而且提出这些问题的时机也不合适!

"我来,是因为我相信,司炉正在指控我不诚实。厨房里一位姑娘告诉我,说是她看见他上这儿来了。船长先生以及在座的诸位先生,我愿意用我的凭据,必要时用在门口站着的不带任何成见、没有任何偏见的证人的证词来驳斥对我的任何指控。"这就是舒巴尔讲的话。这就是一个男子汉简洁明了的讲话,就凭听的人的面部表情的变化人们也可以相信,经过长时间之后他们第一次听见了人的声音。他们自然没注意到,就连这一席漂亮的演说词也有漏洞。为什么他想起来的第一个具体的词儿是"不诚实行为"?也许一提指责就必定是这种事,而竟然不会是指责他有民族偏见?一个厨房里的姑娘看见司炉到办公室里来,而舒巴尔居然立刻就全明白了?不正是这种负疚感使他头脑敏锐吗?证人他立刻就带来了,而且还称他们是没有成见、不带偏见的。招摇撞骗,纯粹是招摇撞骗!而这些先生们竟容忍这种事,还把这尊之为正确的行为。为什么他毫无疑问地在厨房姑娘报信和他到达这里之间白白浪费掉了许多许多时间呢?没有别的目的,就是为了让司炉把先生们拖得疲惫不堪,使他们渐渐失去清醒的判断力,而最让舒巴尔感到担惊受怕的正是这种清醒的判断力。他肯定已经在门后站了很久,由于那位先生提了个无关紧要的问题,他便料定司炉输定了,不正是在这个时刻他才敲门的吗?

一切都清楚了,一切甚至也都是由舒巴尔违背自己本意这样揭示出来了,但是人们还得用另一种方式,用更简洁明了的方式向先生们指出事情的真相。他们需要清醒清醒头脑。那么,卡尔,赶快,在证人上场并将一切淹没之前,这段时间你至少得充分利用!

但是就在这时候船长朝舒巴尔一挥手,舒巴尔当即——因为他的事情似乎暂时得搁一搁了——走到一边并开始和那个立刻就向他凑近过来的仆役轻声交谈起来，交谈时还不时乜斜着眼睛看司炉和卡尔并做着极富自信的手势。舒巴尔似乎正在背诵他的下一篇演说词。

"您刚才不是要向这个年轻人询问什么事情吗，雅各布先生？"在一片寂静中船长对持小竹手杖的先生说。

"当然是的。"此人说，微微一欠身表示感谢对他的关注。随后便再次问卡尔："您究竟叫什么名字？"

卡尔以为，如果这个固执提问的意外事件马上得到解决，这对件重大的正经事是有利的，便没有按他的习惯，先把护照找出来，然后再将它出示，作自我介绍，而是简短地回答说："卡尔·罗斯曼。"

"哎呀！"被称做雅各布的人说，几乎不相信地微笑着先往后退了几步。船长、出纳课长、高级船员，甚至连仆役，也都在听到卡尔的名字时明显地表现出极度的惊讶。只有港务局的先生们和舒巴尔显出若无其事的神态。

"哎呀！"雅各布先生重复道，迈着有点僵硬的步子向卡尔走去，"那我就是你的舅舅雅各布，你就是我可爱的外甥啦。整个这段时间里我一直都有这个预感！"他对船长说。说罢便拥抱、亲吻卡尔，卡尔则对这一切默默听之任之。

"您叫什么名字？"卡尔在觉得自己已经被放开之后问，虽然彬彬有礼，却很不动感情，并竭力想这个新情况对司炉会有什么后果。暂时还没有任何迹象表明，舒巴尔可以从这件事情上捞到什么便宜。

"您可要明白呀，年轻人，这是您的造化。"船长说，他以为卡尔的问题伤害了雅各布先生的人格尊严，雅各布先生已经走到窗口，显然是为了不让别人看到他那张激动的脸庞，那张他一直在用一块手帕轻轻擦拭的脸庞，"刚才向您自称是您舅舅的，是参议员爱德华·雅各布。现在等待着您的是锦绣前程啊，这是您迄今为止根本没有料想到的哩。您可要明白这个道理，一开头就这么顺顺当当的，您要克制住自己！"

"我确实有个雅各布舅舅在美国，"卡尔转身对船长说，"可是如果我理解正确的话，雅各布只是这位参议员先生的姓。"

"正是如此。"船长神态威严地说。

"嗯,我的舅舅雅各布,他是我母亲的兄弟,可是他的教名叫雅各布,他的姓当然和我母亲的姓是一样的啰,我母亲娘家姓本德尔迈尔。"

"诸位先生!"听了卡尔的说明,参议员在窗口休息后走回来,惊叫了起来。除那位港务局官员以外,所有的人都放声大笑,有的人像是受了感动,有的人则捉摸不透。"我刚才说过的话还不至于可笑到这个地步吧。"卡尔想。

"诸位先生,"参议员重复道,"您们违背我的和您们自己的意愿正在参与一个小小的亲人相认的场面,这样我就不得不向诸位作一番解释,因为据我所知,只有船长先生"——说到这里,双方彼此鞠了一躬——"完全了解情况。"

"现在我可要真的注意听他讲的每一句话了。"卡尔暗自思忖并感到高兴,因为他斜眼一瞥发现司炉身上开始恢复生气了。

"自从我逗留美国这许多年的漫长岁月以来——逗留这个字对于我这个全心全意的美国公民来说当然很不恰当——自从这许多年的漫长岁月以来,我一直与我欧洲的亲属完全没有来往,至于原因嘛,一则不适合在这个场合讲,再则,一讲起来,我真的会给弄得疲劳不堪的。我甚至害怕那个时刻的到来,到时候我也许将不得不把这些原因讲给我亲爱的外甥听,在讲述这些原因时很遗憾,有些话将不可避免地公开涉及他的父母以及他们的亲属。"

"毫无疑问,他是我的舅舅,"卡尔心想并仔细倾听,"也许他改了名字了。"

"我亲爱的外甥如今简直是被他的父母——让我们只用这个也确实说明事情本质的词儿吧——抛弃了,就像人们把一只惹人生气的猫扔到门外那样。我根本不想美化我外甥所干的事,不想掩饰他受到这样的惩罚,但是他的过错是这样一种性质的,只要把它一说出来,他就足以获得别人的谅解了。"

"这话中听,"卡尔想,"但是我不希望他把什么都讲出来。而且这事他也不会知道的呀。从哪儿知道呢?"

"原来,他被——"舅舅接茬儿说,略略俯身撑住顶在他跟前地上的那根小竹手杖,这样他果真成功地清除了这件事情上那种不必要的隆重的气氛,否则这种气氛是无论如何也避免不了的,"原来,他是被一个女仆,约翰娜·布鲁默尔,一个约莫三十五岁的女人引诱了。我丝毫也不想用'引诱'这个词来伤害我的外甥,但是确实很难找到另外一个同样恰当的词儿。"

卡尔已经走到离舅舅相当近的地方,这时他转过身来,想从在场的人的脸上看出对这番叙述的反应。没有人笑,大家都耐心地、神情严肃地倾听着。毕竟人们也不会有机会初次见面便讥笑一位参议员的外甥的嘛。人们倒不妨可以说,司炉倒是在向卡尔微笑呢,尽管只是略带一丝笑意,而这一丝笑意首先作为新的生命征象是可喜可贺的,其次也是可以原谅的,因为在舱房里卡尔曾想对这件现已为人所共知的事严加保密。

"这个布鲁默尔,"舅舅继续说,"给我的外甥生了个孩子,一个健康的男孩,举行洗礼时得了个雅各布的名字,无疑是为了纪念鄙人,想必是鄙人,尽管我的外甥一定只是稍带提及我几句,给这个姑娘留下了深刻印象了吧。真是幸运啊,哎哟!因为这时候父母为了避免提供生活费用或是为了避免出现惯常的会涉及他们自身的那种丑闻——这里我必须强调指出,我既不了解那儿的法律,也不了解父母的其他情况——这就是说,为了避免提供生活费和避免出丑,他们就把他们的儿子,我的亲爱的外甥打发到美国来了,一如大家所见到的,只带了几件随身衣物。这样,这孩子若没有恰恰在美国还会出现的奇迹,孤苦无援,大概很快就会沦落在纽约港的街头。倘若不是那个女仆在一封给我的信里,一封几经周折前天我才收到的信里,向我叙述了这件事情的全部过程,还给我描述了我的外甥的外貌特征,并且还明智地也给我说了这艘船的名字的话。如果我存心想娱乐您们,诸位先生,我可以将那封信的几个段落"——说着他从口袋里掏出两大张写得密密麻麻的信纸摇晃了一下——"在这里念给您们听一听。这封信一定会给诸位留下深刻印象,因为它是用一种有点朴素的、即使是始终怀着好意的精明并且怀着对孩子父亲的热爱写成的。可是我只想说明情况,既不想不必要地过多地来娱乐大家，也不想也许甚至就在迎接他的时候就来伤害我外甥可能还怀有着的感情，我外甥如果愿意的话可以在已经为他准备好的房间里静静地读它，以接受教训的嘛。"

卡尔可是对那个姑娘没有什么感情。在众多日益淡漠的往事的回忆中，只记得她坐在厨房里橱柜旁边，她把一肘支在橱柜板上。他偶或到厨房来拿一杯水给父亲喝或者转达他母亲吩咐办的一件事，她便总是看着他。有时她在橱柜一侧歪斜着身体写一封信并从卡尔的脸上汲取写信的灵感。有时她用手捂住双眼，这时她谁也不搭理。有时她跪在厨房旁边她那间窄小的小房间里，对着一个木十字架祈祷。于是，卡尔就在从旁边走过时胆怯地透过略微开着的房门的门缝观察她的动静。有时她在厨房里奔跑，当卡尔挡住她的路时便像一个女巫似的哈哈大笑着退回。有时等卡尔进来后她便关上厨房门，用手握住门把手，直至他要求出去。有时她拿来他根本不想要的东西，默默将它们塞在他的手里。但是有一次她说了声"卡尔"就扮着鬼脸叹着气地把还在对这一声突如其来的称呼感到惊讶的他带进她的小房间，并随手将房门锁上。她紧紧搂住他的脖子，就在她请求他脱光她的衣服的当儿，实际上她已经脱光了他的衣服并把他抱到她的床上，仿佛从现在起不再把他让给任何别人似的，爱怜地抚摸他，直到销魂失魄。"卡尔，哦，你是我的卡尔！"她喊道，仿佛她看见他并且证实自己已经占有他了似的，而他却什么也没看见，躺在她似乎特地为他堆起来的厚实暖和的褥垫上觉得很不舒服。随后，她也躺到他身边，想从他身上掏出什么秘密来，可是他没有什么秘密告诉她，她半开玩笑半认真地恼了，摇晃他，细听他的心跳，把自己的胸脯送上去要他也一样听，可是她就是没法让卡尔就范，就将她赤裸裸的肚皮压到他身上，用手在他裆部掏摸，摸得卡尔恶心得脑袋都晃离开了枕头，然后就拿肚皮对准他撞了几下——他顿时觉得，仿佛她成了他自身的一部分了，而也许正是由于这个原因他被一种可怕的急需救助的感觉所攫住。在她一再地表示了以后再相会的心愿之后他终于哭哭啼啼钻到他自己的床上。这就是这件事的全部过程，可是舅舅却很会将这件事大肆渲染。而厨娘居然也想到了他并把他到达的消息通知了舅舅。这件事她干得漂亮，为此他也许还会再报答她一次。

"而现在，"参议员大声说，"我要当着大家的面听你说说，我是不是你的舅舅。"

"你是我的舅舅，"卡尔边说边吻他的手并在额头上受到回吻，"遇见你我很高兴，可是如果你以为我的父母只讲你的坏话，那你就错了。但是即使撇开这一点不谈，你讲的话里也仍有几处错误，这就是说，我认为，实际上并不是什么事都是像你所说的那样。不过待在这里你也确实难以对那边的事情作出公正的判断，此外我还以为，诸位先生在一件确实与他们关系不大的事情上听到一些有点儿不太正确的细节报道，这也没有什么特别了不起的嘛。"

"说得好，"参议员说，将卡尔领到面露关注神态的船长的跟前并问，"我不是有一个了不起的外甥吗？"

"结识了您的外甥，"船长鞠了一躬说，这种姿势只有受过军事训练的人才做得出来，"参议员先生，我感到很幸运。能为这样一次相聚提供场所，这对我这艘船来说是一种莫大的荣幸。但是坐统舱一定很不舒服，啊呀，谁会知道，是谁搭乘统舱呀。嗯，我们以后要尽力而为，让统舱里旅客的旅途生活过得尽量舒服些，譬如比美国航线要更舒服些，但是要将这样的一趟航行变成一种愉快的享受，我们现在可实在是力不从心啊。"

"我没有关系。"卡尔说。

"他没有关系！"参议员大声笑着重复了一遍。

"只不过我的箱子恐怕是丢掉了——"随之他想起了一切已经发生和还有待于去做的事情，环顾四周，看见所有在场的人出于尊敬和惊讶都默默待在原来的地方，眼睛都盯着他。可是人们只要看看港务局官员的那张严肃、自得的面孔，人们便可以看出，他们为自己来得不是时候而感到遗憾，现在放了他们面前的那块怀表对他们来说大概比一切房间里正在发生以及也许还将发生的事情更重要。

奇怪的是，继船长之后第一个表示关切的是司炉。"我衷心祝贺您。"他说并和卡尔握手，他也想以此表示些许类似赞许的意思。当他随后同样也想向参议员表示祝贺时，参议员向后退去，仿佛司炉此举超越了他的权力范围了似的,司炉也就立刻作罢了。

而其余的人现在却领悟到他们该干些什么事,立刻争先恐后拥到卡尔和参议员的周围。这一下,卡尔甚至受到并接受了舒巴尔的祝贺而且还为此道了谢。待周围重新平静下来之后,港务局官员才作为最后一批祝贺者走过去,说了两句英语,给人留下了一个滑稽可笑的印象。

为了尽情享受这一欢娱,参议员兴致勃勃地自己并让别人也一道回忆起一些细微末节,这些琐碎小事大家当然不仅耐着性子,而且还趣味盎然地听了。例如,他提醒大家注意,他曾将厨娘信中提及的卡尔身上最特出的识别记号记在自己的笔记本里,以备一时之需。就在司炉喋喋不休唠叨个没完的当儿,他掏出笔记本,试图做游戏似的将厨娘的当然不是那么十分缜密的观察和卡尔的外貌进行联系比较,他这样做没有别的目的,只是为了散散心。"我就这样找到了我的外甥!"他结束讲述说,听那口气仿佛他还想受一次贺喜似的。

"现在对司炉该怎么办呢?"卡尔问,他没怎么注意听舅舅最后讲述的那段话。他以为自己处在这样新的地位,心里想什么就可以说什么。

"对司炉该怎么办就怎么办,"参议员说,"还得看船长先生以为怎么办才合适。我相信,我们对司炉已经厌烦,很厌烦了,在场的每一位先生肯定都会同意我的这个看法的。"

"这可不是厌烦不厌烦的问题,而是公正还是不公正的问题。"卡尔说。他站在舅舅和船长之间,自以为也许在这个地位的影响下可以左右裁决。

尽管如此,司炉却似乎对自己不抱任何希望了。他将双手半插进裤腰带里,情绪一激动起来裤腰带连同一件花衬衫的狭长条片一齐露了出来。对此他毫不在意,他已经将自己的全部苦水吐出来了,现在人们也还可以看看他身上的破衣烂衫嘛,然后他们就可以把他抬出去。他想象,仆役和舒巴尔,这两个地位最低下的人,他们将会给他送葬。然后,舒巴尔就会得到安宁,就不会再如出纳课长所说的那样陷于绝望之中。船长就可以全部雇佣罗马尼亚人,到处都说罗马尼亚语,也许以后果真一切都会变好。再也不会有司炉到总会计室里来唠叨,只有他的最后这次饶舌人们将会留在相当友好的回忆之中,因为这次饶舌,正如参议员强调说明的那样,提供了辨认外甥的简捷的诱因。不过话说回来,这位外甥先前曾多次试图帮他的忙，所以早就还清了在亲人相认上欠他的情而且还足足有余呢，现在司炉根本不想还去向他提什么要求。况且，尽管他是参议员的外甥，可离船长还差一大截呢，而那句凶恶的话却最后将从船长嘴里说出。——既然明白了这个道理，司炉也就力图不朝卡尔那边望去，但是遗憾的是，在这个敌人房间里舍此也就没有别的可供他的目光停留的场所了。

"你别误解了实际情况，"参议员对卡尔说，"也许这是一件涉及公正的事情，但是同时也涉及纪律。这二者，尤其是后者，在这里都应该由船长先生来判断。"

"是这么个理儿。"司炉喃喃自语。看出并懂得这个理儿的人，露出了诧异的笑容。

"船刚到纽约，船长的公务一定十分繁忙，可是我们却已经耽误了船长的许多时光，现在已是刻不容缓，我们该离船了，别再节外生枝横插一杠把两个机工之间的这场微不足道的争吵闹得沸沸扬扬。而且我完全理解你的行为方式，亲爱的外甥，可是恰恰正是这一点给了我立刻将你从这儿带走的权力。""我马上叫人给你们放只小艇。"船长说，卡尔感到不胜诧异，船长竟然对舅舅的话没有表示出哪怕是那么一丁点儿的异议，而舅舅的这几句话无疑可以被看作是舅舅的一种自贬的。出纳课长急忙奔向写字台，用电话把船长的命令通知小艇艇长。

"时间紧迫，"卡尔暗自思忖，"可是不得罪所有的人，我就什么事也干不成。舅舅好不容易才找到，我现在当然不能离开他。船长虽然客客气气，但是也只是客气客气罢了。一涉及纪律问题他就丝毫不客气了，而舅舅则一定说出了船长心里想说的话。我不愿意和舒巴尔说话，我甚至后悔刚才和他握了手。这儿所有其余的人都是秕糠。"

他边转悠着这些念头边慢慢走到司炉身旁，将司炉的右手从裤带里拉出来，把它放在自己的手里抚弄着。

"你为什么什么话也不说？"他问，"你为什么忍受这一切？"

司炉只是皱起眉头，仿佛他在为他要说的话找词儿似的。此外，他只低头看着卡尔的和他自己的手。

"这艘船上没有一个人像你这样受到不公正的待遇,这一点我完全清楚。"卡尔在司炉的手指之间来回移动自己的手指,司炉则用闪闪发光的眼睛向四下里张望,仿佛他心头漾起一阵狂喜而又生怕别人会为此而嗔怪他似的。

"可是你必须进行自卫呀,你必须明确表明你的立场,否则人家就不会知道事实真相,你必须答应我,你将听从我的劝告,因为我有许多理由担心,恐怕我自己今后再也帮不了你的忙了。"说着,卡尔哭了,他吻司炉的手,并拿起这只皲裂的、几乎毫无生气的手,将它贴在自己的面颊上,就好像这是一件人们不得不放弃的珍宝。——可是这时参议员舅舅也已经到了他的身边,并把他——即使只是带着极轻微的强制——带走了。

"司炉似乎把你给迷住了。"他说,并从卡尔头顶上朝船长投去会心的一瞥。

"你正感到自己很孤独的时候,你找到了这位司炉,现在你感激他,这是很值得称道的。可是就算是为了我的缘故吧,你也别做得太过分了嘛,你得学会理解你的身份。"

门口起来一阵骚乱,人们听见喊声,甚至好像有人被粗暴地撞到门上。一名水手走进来,相貌有点邋遢,身上围着一条女式围裙。"门外有人。"他喊道并用胳膊肘儿向四周捅了一下,仿佛他还在拥挤的人群里似的。终于他又清醒了过来,正想向船长敬礼,这时他发现了那件女式围裙,便将它扯下,扔到地上,喊道:"真讨厌,他们给我围上了一条女式围裙。"但是说完他就并拢脚跟敬了个礼。有人禁不住想笑,可是船长却厉声说:"我看你们快活得很哩,究竟谁在门外?"

"都是我的证人,"舒巴尔上前一步说,"我竭诚请求您原谅他们举止不当。这些人在航行结束之后,有时他们会像发了疯似的。"

"您马上去叫他们进来!"船长命令,旋即他又转身对参议员彬彬有礼、但却迅捷地说道:"尊敬的参议员先生,现在有劳您的大驾,请您和您的外甥先生跟着这位水手走,他将把你们领到小艇。我不说您也知道,参议员先生,能结识您个人我感到多么愉快、多么荣幸。我只希望不久能有机会和您,参议员先生,再次进行我们被打断了的有关美国舰队情况的谈话，届时我们也许还会再次以今天这样愉快的方式被打断。"

"眼下有这么一个外甥我就知足了，"舅舅笑道，"请接受我对您的盛情好意表示衷心的感谢，我们后会有期。顺便说一句，这并不是完全不可能的事，我们"——他热情地紧紧搂住卡尔——"下一次旅行欧洲时也许可以和您进行更长时间的聚谈。"

"这将使我由衷地感到高兴。"船长说。两位先生互相握手道别，而卡尔则只能默默地、仓促地和船长草草拉了拉手，因为船长已经忙着要应付那大约十五个人了，这十五个人在舒巴尔率领下虽然神色有点慌张、但却闹哄哄地走了进来。水手请求参议员允许自己在头里走，他分开人群，让参议员和卡尔轻松自如地穿过鞠躬行礼的人群。看来，这些一般还算善良的人把舒巴尔同司炉的这场争吵看做是一种戏谑，这场滑稽戏竟一直演到船长这儿来了。卡尔在人群中也发现了厨娘莉娜，她正一边开心地向他眨眼，一边系那条被水手扔掉的围裙，因为这是她的围裙。

他们继续跟着水手走，离开办公室，拐进一个小过道，走了几步就走到一扇小门的门口，一道短短的楼梯从小门通向那艘为他们准备好了的小艇。水手长一个箭步往下跳入小艇，艇内的水手们起立敬礼。正当参议员提醒卡尔往下走时要小心谨慎，卡尔竟在最高一级梯级上号啕大哭起来。参议员将右手放到卡尔的下巴下面，将他搂紧在自己身上并用左手抚摩他。就这样，他们慢慢地一级一级往下走，紧紧依偎着走进小艇，参议员给卡尔找到了一个恰好在自己正对面的好位置。参议员一发信号，水手们便将小艇撑离大船并立刻全力划行起来。刚离开大船几米远，卡尔便意外地发现，他们正巧位于大船总会计室开着窗户的这一边，三扇窗户的窗口站满了舒巴尔的证人，他们友好地挥手致意，舅舅甚至挥手致谢，一个水手来了个绝招，他没有中止均匀划桨的动作便向大船上送去一个飞吻。这确实令人觉得，仿佛司炉已不复存在。卡尔的膝盖几乎碰着了舅舅的膝盖，他仔细盯着舅舅的眼睛，对于这个人是否能取代他的司炉，他心里顿生疑窦。舅舅也避开他的目光，朝着那在小艇四周翻腾滚动的波浪望去。

舅舅

卡尔不久便习惯了舅舅家里的新环境。可是舅舅也在每一件小事上都对他客客气气,卡尔从来都不必自己去找麻烦、碰钉子,不必品尝大多数人初到国外生活时的那种辛酸。

卡尔的房间位于一所楼房的七楼上,舅舅的商号占了这座楼房的下面的六层以及底层以下的三层地下室。每逢他清晨从他的小卧室走进他的这间房间,从两扇窗户和一扇阳台门照射进来的光线便总是一再使他惊讶不已。假如他以可怜的小移民的身份登岸的话,他会住在哪里呢?噢,人们也许甚至会不让他进入美国境内,而是将他遣送回家,根本不管他已经是无家可归的人了,舅舅按自己对移民法的认识认为这是很有可能的。因为人们在这里别指望会得到同情,卡尔读到的有关美国在这方面的情况是完全正确的。在这里似乎只有幸运者才在其周围人的无忧无虑的面孔之间真正享受自己的幸福。

一个狭窄的阳台延伸在房间的前面,与整个房间的长度一样长。可是这个如果在卡尔的故乡城市大概会成为最高眺望处的地方,在这里让人看到的却不比一条街道的全景多出来多少。这条街道在两排全然不连贯的房屋之间笔直地延伸,所以看上去似乎向后倾斜着伸向远方,远处雾气缭绕中一座大教堂的轮廓巍然耸立。早晨、晚上以及在夜晚的梦里,这条街上永远交通拥挤,从上面看,那是一个由扭曲了的人的形象和各色各样车辆顶盖组成的、不断重新组合着的混合物,从中还升腾出一个新的、猛烈增加的、更狂乱的由喧闹声、尘土和各种气味组成的混合物。而这一切则被一束巨大的光线攫住和渗透,它一再被大量物件分散带走并且又热情地带回来,对于受迷惑的眼睛来说它显得十分有质感,仿佛在这条街的上空一块盖住一切的玻璃板每时每刻都一再被人用全力打碎。

舅舅做什么事都小心谨慎,他劝卡尔暂时真的什么事也别干。他可以对一切进行检验和观察,但是别让自己的心窍给迷惑住。说是一个欧洲人在美国的头几天可以比作为一次分娩,即使人们在这里,为了不致使卡尔不必要地感到害怕,习惯新环境,比从天堂进入人间还快,人们还是得牢牢记住,第一个判断总是不可靠的,人们不可以因此而使自己所有今后的判断陷入混乱之中,如果人们想凭借着它们的帮助在这里继续生活下去的话。说是他自己就认识某些新来的人,这些人不按这些好的原则处世行事,譬如就接连几天站在自己的阳台上,像迷途的羔羊那样看下面的街道。这势必会把人弄糊涂的!可以允许,也许,即便不是无保留地,甚至还可以奉劝一个旅游者,在繁忙的纽约的一天中,去这样孤独地、无所事事地消磨自己的时光,对于一个将在这里留下的人来说,这是一种堕落,在这种情况下人们可以平心静气地使用这个词儿,即便这是一种夸张也罢。每逢舅舅接待一位他的来客时见到卡尔在阳台上,他的这些客人每天总是只来一次,而且总是在一天的不同的时候,每逢这种时候,舅舅果真总是气鼓鼓扭歪着脸。卡尔不久便有所觉察,因此便尽可能放弃这种站阳台的享受。

这也远不是他所获得的唯一的享受。他的房间里放着一张优质美国写字台,正是他父亲多年来渴望得到、在各种拍卖场合试图以一种他出得起的便宜价格购得,由于囊中羞涩一次也没买成的那种写字台。当然,这张写字台与那些在欧洲拍卖行飘荡的所谓的美国写字台是不能相比的。譬如,它顶端有一百个大小不等的格子,连美国总统也可以为他的每份文件找到一个合适的位置,但是除此之外在边上还有一个调节器,转动一个曲柄便可以按需要任意调整并新编组各个格子。薄薄的小侧壁板缓缓降下,构成新耸立起来的格子的底或新升起来的格子的顶;旋转一圈,顶端就完全改变模样,一切进行得缓慢抑或出奇地迅速,全看你怎么转动曲柄。这是一项最新的发明,却使卡尔清楚地回忆起家乡圣诞集市上表演给惊异的孩子们看的耶稣诞生戏,卡尔也常常站在那玩意儿的前面,身上裹着一身冬装,不停地把一个老头儿操作下的曲柄转动与耶稣诞生戏里的效果进行比较，与神圣三王断续前进、与星星的闪烁以及圣厩里拘束的生活进行比较。他总是觉得，仿佛站在他后面的母亲观看所有事件都不够仔细；他把她拉近自己身边，直至他感觉到她挨着他的后背，长时间地大声嚷嚷着把隐蔽的现象指给她看，也许是一只小兔子，它在前面草地上交替着前脚离地端坐在后脚上，随后又作准备奔跑状，最后母亲堵住他的嘴，又陷入方才的那种漫不经心的状况。这张桌子自然不是仅仅为了让人回忆起这样的事情才做的，但是在发明史上存在着一种类似卡尔记忆中那样的模糊的联系。舅舅与卡尔不同，他根本不喜欢这张写字台，只是，他想给卡尔买一张像样的写字台，而如今这样的写字台全都装有这种新装置。这种新装置有个优点，这就是，它可以不花费多少钱安装在旧写字台上。不过，舅舅却不失时机地劝告卡尔尽可能别去使用那个调节器。为了加强这个劝告的效果，舅舅声称，这套装置很敏感，极易受到损坏，修复起来价钱非常昂贵。不难看出，这样的说法只是借口罢了，即便另一方面人们却又不得不说，这调节器很容易就可以被固定住，只是舅舅不这么做而已。

在头几天里，卡尔和舅舅之间曾比较频繁地进行过交谈，卡尔也曾讲到，他在家里弹钢琴虽然弹得不多，但却挺喜欢弹，他弹钢琴当然只是凭着母亲教给他的那些入门知识。卡尔清楚地意识到，这样的一番讲述同时也就是请求给一架钢琴，可是他已经作了足够的观察，知道舅舅不必省俭着过日子。尽管如此，他的这个请求没有马上得到满足，但是大约 8 天之后，舅舅几乎是以一种不情愿的坦白承认的方式说，钢琴已经送到，卡尔愿意的话可以去监督搬运。这当然是一桩轻活儿，可是实际上却压根儿就不比搬运本身轻松多少，因为楼里有一部专门搬运家具的电梯，它容纳得下整整一辆家具搬运车而不显拥挤，钢琴也在这部电梯里向卡尔的房间飘荡上去。卡尔本人虽然原本可以乘同一部电梯和钢琴以及搬运工一道上楼，但是由于就在旁边就停着一部专门供人乘用的电梯，他便乘这部电梯，握住一个把手使自己与另外那部电梯一直保持相同位置，透过玻璃墙壁目不转睛地注视着那件漂亮的乐器，这架钢琴现在归他所有了。当他把钢琴搬进房间并敲响头几个音时，他简直欣喜若狂了，他没有继续弹下去，而是跳了起来，隔着一定的距离，两手叉腰，惊奇地注视着这架钢琴。房间的音响效果也非常好，这有助于彻底消除他开始时怀有的那种住在一所铁屋里似的轻微不舒服感觉。尽管从外面看去这座楼房像是铁铸的，人们在房间里果真也看不出丝毫铁建筑材料的痕迹，而且哪怕只是会在某种程度上破坏整体舒适感的设施上的小纰漏也没有人能指得出一个来。最初，卡尔对弹钢琴寄予厚望并且不觉羞耻地至少要在入睡前想一想用这种弹钢琴的方式去直接影响美国环境的可能性。他弹的曲子也确实特别，他在窗户前对着外面一片嘈杂声弹他家乡的一首古老的士兵之歌，晚上士兵们躺在兵营窗口，望着窗外幽暗的广场，从窗户到窗户互相对唱这首歌——但是他弹完一曲后一看街上，街道没有变化，只是一个大循环里的一小角，不了解在这个大圈子里起作用的全部力量，人们其实是无法阻挡这一小角的运动的。舅舅容许弹钢琴，对此也没说什么，况且卡尔也遵照他的劝告只很少享受这种弹琴的乐趣。是的，他甚至还给卡尔送来美国的各种进行曲乐谱，当然也有美国国歌的乐谱，但是有一天他毫无戏谑之意地问卡尔，他是否也想学拉小提琴或者吹圆号，而这大概也就无法单纯从喜爱音乐的角度去进行解释吧。

学习英语当然是卡尔的第一位的和最重要的任务。一所商学院的一位年轻教授每天早晨七点来到卡尔的房间，便发现他已经坐在写字台前做作业或者在房间里走来走去背单词。卡尔分明看出，掌握英语刻不容缓，而且他在这方面有最好的机会，可以用迅速取得进步使舅舅感到惊喜。起初，在和舅舅交谈时英语只限于问候和告别用语，不久果真就可以渐渐过渡到用英语表达越来越多的谈话内容了，与此同时，比较机密的话题也就由此应运而生。一天晚上，卡尔向他舅舅朗诵了第一首美国诗歌，这首描写一场大火的诗歌使舅舅在满意之余露出了极其严肃的神情。当时他们俩站在卡尔房间里的一扇窗户旁边，舅舅望着窗外，窗外天空中一切光亮均已消逝，他有感于诗中的情调而缓慢、均匀地拍着手掌，而卡尔则直立在他身旁，目光呆滞使出浑身力气诵读这首艰难的诗。

卡尔的英语越好，舅舅就越是愿意把他介绍给自己的熟人，并以防万一而规定,在这种会面场合,英语教授暂时还都得待在卡尔的身边。一天上午给卡尔介绍了天字第一号熟人,这是一个身材细长、年轻、极柔顺的人,舅舅带着特别殷勤的态度将这个人带进卡尔的房间。他显然是那些众多的、从父母的立场上看来教养不好的百万富翁子弟中的一个,他过着那样一种生活,一个普通人哪怕只要注视一下这个年轻人生活中的任意一天,就不会不感到痛心疾首。就仿佛他知道或料想到这一点似的,就仿佛他尽自己力所能及地反对这一观点似的,他的嘴角和眼角不断挂着一丝幸福的笑意,他似乎在对他自己、对自己对面的人以及对整个世界微笑。

在舅舅无条件的赞同下,与这个年轻人、一位马克先生商定,五点半或去马术学校,或去野外,一起去骑马。卡尔虽然起先犹豫不决,没有马上答应,因为他还从来没有骑过马,想先稍许学一点骑术,但是由于舅舅和马克一再撺掇他并把骑马描绘成纯粹的娱乐和有益于健康的锻炼,而绝不是技巧,他最终还是答应了。现在他当然四点半就得起床,这往往使他感到十分惋惜,因为大概由于白天经常精神高度集中的缘故,他在这里简直患上了嗜眠症了,但是在他的洗澡间里这种惋惜情绪不久便渐渐消失。整个浴盆上方架着与浴盆长度和宽度相应的淋浴器筛分装置——家里哪位同学,不管他多富有,拥有这类设备而且还是独自一人享用——卡尔伸展四肢躺着,在这只浴盆里他可以伸开胳臂,并且可以随意先让温水,后让热水,随后又让温水、最后让冰冷的凉水局部地或是全面地往下流到自己身上。他犹如还在慢慢继续品尝甜蜜睡眠滋味似的躺着,并且特别喜欢闭着眼睛接住那最后零星掉落下来的几滴水珠,它们随后便散开,顺着脸往下流去。

卡尔从舅舅的高顶篷汽车里下来时,那位英语教授已在马术学校里等候他,而马克则无例外地稍迟一些才来。不过他也完全可以来得稍晚些,因为真正的、生气勃勃的骑马活动要等他来了以后才开始。他一进来,马儿不是就从它们迄今为止的那种半睡半醒状态腾跃而起,跑马场里啪啪马鞭声不是就响得更清脆,四周的回廊上不是突然就出现零星的人——观众,养马员,马术学校学员或其他什么别的人?而卡尔则利用马克到来之前的这段时间，稍稍作一些哪怕只是最低级的骑马前的准备动作。有一个高个儿男子，他几乎不用抬高胳臂就可以把人送上最高的马背，此人给卡尔教授这门总是几乎还不到一刻钟的功课。卡尔在这方面取得的成绩并不出类拔萃，他可以随时学会许多英语诉苦话，在这样的学习过程中他上气不接下气向他的英语教授发出诉苦的喊声，那位英语教授则总是靠在门框柱子上，通常都是睡眼惺忪。但是马克一来，对骑马的全部不满便几乎荡然无存。高个儿男子被打发走，不久，在这间还一直是半明半暗的大厅里，人们便什么别的声音也听不见，只听见奔马的马蹄声，人们几乎看不见别的什么，只看见马克高举胳臂向卡尔发号施令。就这样在不知不觉中愉快地度过了半个小时之后便停止了。马克有急事，告辞卡尔，有时候，如果他对卡尔的骑马特别满意，还拍拍卡尔的面颊，然后便离去，行色匆匆竟顾不得和卡尔一道走出门去。然后，卡尔便带着教授一起上汽车，他们通常都乘车绕道去上英语课，因为那条本来是从舅舅的房子直接通向马术学校的大街上交通拥挤，从那儿走就会损失掉太多的时间。此外，英语教授的这种伴学不久就停了，因为卡尔不忍心无用地烦劳这个疲倦的人到马术学校里来，况且用英语与马克交谈是一桩很简单的事，于是就请求舅舅免去教授的这项差使。舅舅略一思索，也同意了这个请求。

过了相当长的时间之后，舅舅才决定允许卡尔稍微看一眼他的商行，虽然卡尔已经请求过多次。那是一种委托、运输商行，据卡尔所能回忆的，这种商行在欧洲也许根本就没有。原来，商行从事一种居间贸易，可是它并不是把商品从生产者那里介绍到消费者或者也许是商人那里，而是给各家大联合企业以及在它们之间进行各种商品和初级产品的居间介绍业务。所以，这是一家不停歇地进行大规模购货、储存、运输和销售活动并必须与客户保持十分精确的不间断的电话和电报联系的商行。电报机厅不是比故乡城市的电报局小，而是比它大，有一回，在一位在电报局有熟人的同学的带领下，卡尔曾参观过家乡的那家电报局。在电话厅里，一眼望去，只见电话亭的门开呀关的，电话铃声令人头晕目眩。舅舅就近打开一扇这样的门，人们看见那里电灯光的闪耀下有一位职员，对门的任何响声都漠然处之,脑袋上夹着一副钢带,这钢带使听筒贴住他的耳朵。右胳臂放在一张小桌子上,仿佛它特别沉重似的,只有握着铅笔的手指头异常均匀和迅速地颤动着。他对着话筒说话时,用词非常俭省,人们甚至常常看见,他也许对讲话者有一些不同意见,想稍许详细地问问他,但是他听到的某些话却迫使他在实施自己的意图之前先垂下眼皮写字。舅舅小声向卡尔解释说,他也不必说话,因为同样的消息,这个人记录下来了,同时还有另外两位雇员也将它们记录下来了,然后将它们进行比较,尽量避免出现差错。就在舅舅和卡尔从门里走出来的同一个瞬间,一个实习生钻进门去,拿着那张在这期间已写好的纸走了出来。大厅中央不断有人急匆匆穿梭往来奔走。没有人打招呼,打招呼被废除了,每个人都紧跟着在他前面行走的人的步伐,眼睛看着地板,想在那上面尽快前进,或者只是瞟一眼纸上的个别词语或数字,那些纸握在他的手里,随着他的步伐飘动着。

"你确实在事业上取得了很大的成就。"有一次卡尔在商行里的一条过道上说,即便只是走马看花看看各个部门,要看遍商行也得花费许多天的工夫。

"而这一切都是我在30年前自己创办起来的,你要知道。当初,我在港口区,有一家小商号,那儿一天卸五箱,业务就撑足了,我就趾高气扬地回家。今天我在港口拥有第三大仓库,那家铺子是我的第65队搬运工的吃饭间兼工具室。"

"这简直是不可思议。"卡尔说。

"在这里一切事业发展得都非常快。"舅舅中断谈话说。

一天,快要吃饭的时候,卡尔正想照例独自一人去吃饭,这时,舅舅走来,要卡尔立刻穿上黑色礼服,和他一道去陪两位商业合伙人吃饭。卡尔在隔壁房间里换衣服的当儿,舅舅在写字台前坐下,检查刚做完的英语作业,用手一拍桌子,大声喊道:"确实棒极了!"

毫无疑问,卡尔听到这句赞词,穿衣穿得更顺溜了,不过他也确实对自己的英语已经相当有把握了。

在舅舅的餐室里,在这间从他到达的第一个晚上起便留在他记忆中的餐室里，两个高大、体胖的先生起身欢迎他们，后来在席间谈话过程中才得知，其中一个叫格雷恩，另一个叫波伦德尔。原来，舅舅通常都只字不谈熟人的情况，总是让卡尔通过自己的观察去获取必要的或是有趣的信息。在正式用饭的过程中只洽谈了内部业务，这意味着给卡尔上了一堂很好的商业用语课，大家让卡尔安安静静地吃饭，仿佛他是个孩子，主要得好好饱餐一顿。吃罢饭，格雷恩先生向卡尔弯下身，明显地努力把英语讲得明白易懂，一般地询问卡尔对美国的初步印象。在一片寂静中，卡尔偷偷瞥了几眼舅舅，作了相当详细的回答并且试图用一种略带纽约味的腔调来博取大家的欢心，以示感谢之意。在说到一句话的时候，甚至三位先生全部乱哄哄哈哈大笑起来，卡尔已经在担心犯了一个严重的错误了。然而不是，据波伦德尔先生说，他甚至是讲了一句妙极了的话。这位波伦德尔先生似乎压根儿就特别喜欢卡尔。就在舅舅和格雷恩先生重又回过头去洽谈业务的时候，波伦德尔先生让卡尔把他的椅子挪近自己身边，先是详细询问了他的名字、他的出身以及他的旅途情况，直至后来为了重新让卡尔得到休息，他终于笑着，咳嗽着，迫不及待自己讲起自己以及他的女儿的情况来。说是他和女儿住在纽约近郊一所小庄园上，不过他只能在那儿度过晚上的时光，因为他是银行家，他的职业使他整个白天都得滞留在纽约。卡尔当即受到到这所庄园去小住几天的热情邀请，说是一个像卡尔这样新来乍到的美国人一定也需要有时离开纽约以便恢复一下身体。卡尔立刻请求舅舅允许他接受这一邀请，舅舅也似乎愉快地答应了，却没有如卡尔和波伦德尔先生所期望的那样说定具体的日期，抑或哪怕只是考虑一下一个具体的日期。

但是第二天卡尔就被叫到舅舅的一间办公室里（仅在这幢房子里舅舅就有十间不同的办公室），他看见舅舅和波伦德尔先生都默不做声地躺在办公室的靠背椅里。

"波伦德尔先生，"舅舅说，房间里光线昏暗几乎认不出他来，"波伦德尔先生来接你到他的庄园去，这件事我们昨天曾商谈过的。"

"我不知道今天就要去，"卡尔回答，"要不我就做好准备了。"

"如果你没有做好准备，那么我们就以后再去吧。"舅舅说。

"什么准备呀！"波伦德尔先生喊道，"一个小伙子随时都是准备好的。"

"不是因为他的缘故，"舅舅转身对他的客人说，"他总还得上楼到他的房间去一趟吧，这个就要耽误您的工夫了嘛。"

"我有时间在这儿等着，"波伦德尔先生说，"我事先考虑到会有耽搁，提前下班了。"

"你看，"舅舅说，"你人还没去，就已经给人家带来多少麻烦。"

"我很抱歉，"卡尔说，"可是我马上就回来。"说着跳起来就要走。

"您别着急，"波伦德尔先生说，"您一点儿也没有给我带来麻烦，相反，您来做客，我感到莫大的荣幸。"

"你将耽误明天的马术课，你已经请假了吗？"

"没有，"卡尔说，他高兴地期盼着的这次出访开始成为一种累赘了，"我不知道——"

"尽管如此你还是要去？"舅舅继续问。

波伦德尔先生，这个和蔼可亲的人，当即就帮忙解围。

"我们途中在马术学校停一下，把这件事办妥。"

"这句话中听，"舅舅说，"可是马克会等候你的呀。"

"等候是不会等候我的，"卡尔说，"不过他倒是反正会去的。"

"那怎么办？"舅舅说，仿佛卡尔的答话丝毫也不成为理由似的。

又是波伦德尔先生一锤定音："可是克拉拉"——她是波伦德尔先生的女儿——"也在等待他，盼着他今天晚上就去，她也许应该比马克优先得到照顾？"

"那还用说，"舅舅说，"好吧，你赶快到你的房间里去吧。"他边说边多次好像是无意识地敲击靠背椅的扶手。卡尔已经到了门口，舅舅再次叫住他问道："明天早晨你回这儿来上英语课吧？"

"啊呀！"波伦德尔先生喊道，惊讶得在靠背椅里尽他的胖体所能地转了转身，"难道他不可能至少明天一天在外面过吗？我后天早晨再把他送回来。"

"这可不行，"舅舅答道，"我不能就这样让他的学业陷于混乱之中。以后，等他有了正经八百的职业，我将很乐意给他更长的时间，允许他接受如此盛情的令人感到荣幸的邀请。"

"简直是自相矛盾！"卡尔心想。

波伦德尔先生神情沮丧了："可是玩一个晚上睡一宵就回来，这实在有点不值得。"

"我也是这么认为。"舅舅说。

"知足者常乐，"波伦德尔先生说，说着又笑了起来。"好吧，我等着！"他对卡尔喊，卡尔见舅舅不再说什么，便撒腿就跑。

当他不大一会儿工夫作好出门准备回来时，他只在办公室里见到波伦德尔先生，舅舅已经走了。波伦德尔先生极为高兴地握着卡尔的双手，仿佛他想竭尽全力确保卡尔现在将和他同行似的。卡尔因一路奔跑还在浑身冒汗，也主动和波伦德尔先生握手，他为可以作这次郊游而感到高兴。

"舅舅没有因为我要走而生气吧？"

"没有的事！刚才那些话他也就是随便说说而已。他很关心对您的教育嘛。"

"他自己对您说过，他方才说那些话不是当真的？"

"哦，是的。"波伦德尔先生拖长声调说，以此证明他不会撒谎。

"真奇怪，虽然您是他的朋友，可是他却多么不乐意让我去拜访您。"

波伦德尔先生也无法对此作出解释，虽然他不能公开承认这一点，当两个人乘坐波伦德尔先生的汽车行驶在傍晚的和风中的时候，他们还在久久地思索着这个问题，虽然他们立刻谈论起别的事情来了。

他们紧挨在一起坐着，波伦德尔先生用自己的手握住卡尔的手，他讲述着。卡尔想多听点有关克拉拉小姐的情况，仿佛他对长途行驶感到不耐烦，听着这些讲述便可以比实际上早一些到达目的地似的。虽然他还从未在晚上坐车在纽约大街上行驶过，越过人行道和车行道，每时每刻改变着方向，风驰电掣般疾驶着，不像是由人在驱动，倒像是一种陌生的自然力。但是卡尔在试图仔细倾听波伦德尔先生讲述的同时，对什么事都不注意，只注意波伦德尔先生的深色背心，那上面静静地斜挂着一条深色铁链。他们驶离那些街道,那些观众显然怕迟到而迈着飞快步伐,乘着急如星火行驶的车辆涌向各家剧院的街道,穿过边缘市区进入市郊。在市郊区,他们的汽车一再被骑马警察疏导到小巷里,因为大路全让罢工、游行的金属加工业的工人们给占领了,只有在交叉路口才最低限度地允许一些车辆行驶。他们的汽车从昏暗、发出沉闷回响的小巷里一出来,穿越过一条像整个广场一样宽阔的大马路,便看到马路两边充满了望不到尽头的迈着细小步伐移动着的人群,他们的歌声比单独一个人的声音还整齐划一。可是在不阻塞的车行道上,人们却偶或见到一个骑在马上一动也不动的警察,或者扛着旗帜或在街道上空张贴横幅标语的人,或者一个被工友和联络员们围住的工人领袖,或者一辆电车,它没有及时、迅速地逃遁,如今空荡荡、黑糊糊地停在那儿,而司机和售票员则坐在平台上。好奇的人三三两两站在远离真正的游行示威者的地方,并不离开他们站立的地方,虽然他们依然不清楚究竟发生了什么事情,卡尔却高高兴兴地靠在波伦德尔先生搂着他的臂弯里。一想到不一会儿他就将在一幢乡村别墅里成为一名受欢迎的客人,他便感到浑身舒坦。尽管由于开始犯困,他不再能够正确无误地,或者至少是不无间断地理解波伦德尔先生所说的每一句话。他还是时不时地振作一下精神,抹一抹眼睛,又睁眼看一看,波伦德尔先生是否发现他打瞌睡了,因为这是他无论如何也希望要加以避免的事情。

纽约近郊乡村别墅

"我们到了。"正当卡尔又迷迷糊糊的时候,波伦德尔先生说。汽车停在一幢乡村别墅前面,按纽约郊区富人乡村别墅的风格,这幢乡村别墅比一般的只供一家居住的乡村别墅更大些、更高些。由于屋里只有底层亮着灯,人们根本无法计算出这幢房屋的高度有多少。屋前,栗子树簌簌作响,一条林间小径——栅栏已经打开——通向房屋的一道露天台阶。卡尔以为从自己下车时的疲倦的感觉上可以得知,汽车行驶了相当长的时间。在黑糊糊的栗子树下他听见一个女孩子的声音在自己身旁说:

"雅各布先生终于来了。"

"我姓罗斯曼。"卡尔边说边握住向他伸过来的一位姑娘的手,现在他分辨出姑娘的轮廓来了。

"他只是雅各布的外甥,"波伦德尔先生解释说,"自己叫卡尔·罗斯曼。"

"这没关系,我们一样高兴他到这儿来。"姑娘说,她并不看重名字。

尽管如此,当卡尔在波伦德尔先生和姑娘之间迈步向屋子走去的时候,他还是问道:"您就是克拉拉小姐?"

"是的,"她说,这时已经有从屋里来的些许微弱的灯光照在她那张正向他俯过来的脸上,"可是我不愿在这里黑咕隆咚地作自我介绍。"

"难道她在栅栏旁等候我们了。"卡尔暗自思忖,他走着路渐渐地清醒了。

"顺便说一句,今天晚上我们还有一位客人。"克拉拉说。

"不可能!"波伦德尔气恼地喊道。

"格雷恩先生。"克拉拉说。

"他什么时候来的？"卡尔问，好像囿于一种预感。

"到了不多一会儿。你们没有在你们的汽车前面听见他的汽车的声音？"

卡尔抬起头来朝波伦德尔望去，想知道，他怎么看这件事，但是他把手插在裤兜里，只是踏着更沉重一些的脚步走路。

"只住在紧靠着纽约市区以外的地方，这无济于事，你免不了还是要受打扰。我们无论如何也要把我们的住地再搬得远一点，哪怕我要开半宿的车才能到家也在所不惜。"

他们在露天台阶旁边停住脚。

"可是格雷恩先生已经很久没到这儿来了。"克拉拉说，她显然完全同意她父亲的意见，却想尽量安慰他。

"为什么他偏偏今天晚上来呢。"波伦德尔说，此话已经怒冲冲从鼓起的下嘴唇中发出，松弛、沉重的嘴唇很容易便大动起来。

"真是的！"克拉拉说。

"也许他一会儿就会走的。"卡尔说，自己都感到惊讶，他居然会与这些昨天尚完全陌生的人取得如此一致的看法。

"哦，不会的，"克拉拉说，"他有一笔什么大生意要和爸爸谈，一谈大概就得谈很长时间，因为他曾开玩笑吓唬我说，要是我想当一个有礼貌的女主人的话，那么我就得在一旁听着，一直听到明天早晨。"

"居然还要这样。那他就是要在这里过夜了！"波伦德尔喊道，仿佛这下子情况终于糟糕到了极点了。"我真想，"他说，因产生了这个新的念头态度变得和气起来了，"我真想重新请您上车，罗斯曼先生，把您送回到您舅舅那儿去。今天这个晚上一开始就给搅了，谁知道，您的舅父大人下一回什么时候才会再把您交给我们。但是如果我今天就送您回去，那么下一回他就不好拒绝您到我们这儿来做客了。"

说着，他抓住卡尔的手，就要实施他的计划。但是卡尔不动弹，克拉拉请求将他留下，说是因为至少她和卡尔将丝毫也不会受到格雷恩先生的干扰，最后，波伦德尔自己也发现，他的这个决心并非最坚定。况且——这一点也许起着决定性的作用——人们突然听见格雷恩先生从台阶的最上面那个平台上冲着下面花园里喊:"你们在哪儿呀?"

"你们来吧。"波伦德尔边说边转身走上露天台阶。卡尔和克拉拉跟在他后面,他们现在在灯光下互相打量着对方。

"瞧她那殷红的嘴唇。"卡尔暗自思忖,想到了波伦德尔先生的嘴唇,它们长在女儿脸上变得多么漂亮。

"吃完晚饭后,"她说,"您觉得可以的话,我们立刻就到我的房间里去,如果爸爸必须和格雷恩先生打交道的话,那么至少我们就可以摆脱他。我就可以劳您大驾,给我弹弹钢琴,因为爸爸曾说过,您钢琴弹得好极了,我可是一点儿也不会演奏音乐,一点儿也不摸我的钢琴,而其实我是很喜欢音乐的。"

卡尔完全同意克拉拉的建议,即便他很想让波伦德尔先生也和他们待在一起。在格雷恩的巨大身形面前——卡尔刚刚已经习惯了波伦德尔的身材——随着他们拾级而上,格雷恩的巨大身形便慢慢展现在他们眼前,卡尔想于今天晚上将波伦德尔先生从这个人身边引诱走的一切希望自然也就统统泯灭了。

仿佛要弥补许多损失掉的时间似的,格雷恩先生极其匆促地与他们寒暄几句,便拉着波伦德尔先生的胳臂,推着卡尔和克拉拉走进餐室,这餐室特别由于桌上摆着有新鲜树叶陪衬的鲜花而显得非常具有节日气氛,使人对扰人的格雷恩先生的在场格外感到惋惜。正当在餐桌旁等候别人入座的卡尔还在为通往花园的那扇大玻璃门将开着而感到高兴的时候——因为一股浓郁的芳香好似正在飘进一个园亭里来,正当这个时候,格雷恩先生气喘吁吁走过去将这扇玻璃门关上,弯腰别上下面的、伸手插上上面的插销,这一切动作如此干净利落,以致急忙赶来的仆人竟一点儿也没能插上手。格雷恩先生在餐桌上讲的头几句话是对卡尔居然会得到舅舅的许可进行这次访问表示惊讶。他一边一满汤匙接着一满汤匙地往嘴里送,一边冲着右边对克拉拉、冲着左边对波伦德尔先生解释,他为什么感到如此惊讶,舅舅怎样照管卡尔,舅舅对卡尔的爱如何太高尚,以致人们简直无法还把这称作一个舅舅的爱。

"他横加干涉这里的事情还不够,他同时还要在我和舅舅之间横插一杠。"卡尔暗自思忖，一口金黄色的汤也喝不下去。可是随后他却又不想让人发现他觉得自己受妨害了，便开始默默往自己肚里灌汤。这顿饭吃得慢腾腾的，简直像是在受罪。只有格雷恩先生以及充其量还有克拉拉活泼轻快，偶或找到机会发出一阵短促的笑声。波伦德尔先生只是在格雷恩先生开始谈及业务时才几次卷入谈话之中。可是不久，连这样的谈话他也不参与了，而格雷恩先生则不得不在过一些时候之后又出其不意地用这种谈话去突袭他。而且，他着重指出——这时候，仿佛即将发生什么危险似的，卡尔仔细倾听着，于是不得不由克拉拉提醒卡尔注意，他面前放着烤肉，他是在吃晚饭——他一开始就没有来当这个不速之客的意思，至少最重要的部分本来是可以今天在城里洽谈的，较为不重要的部分便可以推迟到明天或以后去谈。所以，他也确实在下班前很久就已经来到波伦德尔先生的办公室，却没有遇见他，于是他不得不给自己家里打电话通知他今晚不回家，不得不来这儿登门拜访。

"那我得请求原谅，"别人还来不及答话卡尔便抢先大声说，"因为波伦德尔先生今天提前下班，对此我是负有责任的，我对此深表遗憾。"

波伦德尔先生用餐巾遮住他的一大部分脸面，而克拉拉则虽然对卡尔微微一笑，然而这并不是关切同情的笑，而是一种企图设法影响他的笑。

"这用不着什么原谅，"格雷恩先生说，他正在使劲切一块鸽子肉，"完全相反，我很高兴与诸位一道度过这个愉快的晚上，我就可以不必独自在家吃晚饭，让我的老女管家来侍候我，'她老态龙钟，从门口到我的餐桌这段路都快要走不动了，如果我想观看她走这段路，我简直可以靠在我的靠背椅里歇好久好久呢。不久以前我才设法让男佣人把菜肴送到餐室门口，而据我对她的了解，从门口到我的餐桌这段路则非她莫属。"

"我的上帝，"克拉拉喊道，"真叫一片忠心！"

"是的，世界上还有忠心耿耿的人。"格雷恩先生边说边往嘴里送一口菜肴，卡尔冷不丁看见他嘴里的舌头一下便把那口菜接住。卡尔几乎恶心得要吐，他站起来。波伦德尔先生和克拉拉几乎同时抓住了他的双手。

"您还得坐着。"克拉拉说。当他又坐下之后,她咬着他的耳朵对他悄悄说:"一会儿我们一起走,您耐心点。"

这当儿,格雷恩先生一直在从容不迫地吃他的饭,仿佛假如他引起卡尔反感的话,那么让卡尔平静下来,这理所当然是波伦德尔先生和克拉拉的任务。虽然他时刻准备不疲倦地享用每一道新上来的菜,但是由于他每一道菜都吃得认认真真,这顿饭便拖得特别长,这的确给人以一种印象,仿佛他想乘他的老女管家不在好好吃一顿饭似的。他不时称赞克拉拉小姐管理家政有方,这显然使她心里感到甜滋滋的,而卡尔则心里痒痒的直想把他挡回去,仿佛他是在攻击她似的。可是格雷恩不安于和她搭讪,而是时不时眼不离盘子地对卡尔引人注目的食欲不振表示遗憾。波伦德尔先生为卡尔的食欲辩护,虽然他作为主人本来也应该鼓励卡尔多吃。而由于整个一下午卡尔都觉得别别扭扭,这时候他果然觉得自己特别容易生气,他竟一反自己较好的判断能力把波伦德尔先生的这番好意视作不友好的表示。正是由于他处于这样一种状态之中,所以他有一回完全不合时宜地吃得又快又多,随即便又长时间厌倦地放下刀叉,成为饭桌上最麻木无表情的人,弄得递送菜肴的仆人简直对他无所适从。

"我明天就告诉参议员先生,您是怎样不吃饭而伤了克拉拉小姐的心的。"格雷恩先生说,他只限于做出他怎样摆弄刀叉的样子,来表示这些话中诙谐的意图。

"您瞧瞧这姑娘吧,她多伤心。"他继续说并摸了摸克拉拉的下巴颏。她听凭他摸,闭上了眼睛。

"你这个小丫头。"他喊道,往回一靠,哈哈大笑,脸涨得通红,显出酒足饭饱后浑身都是力气。卡尔徒劳地试图揣度波伦德尔先生的态度。他坐在盘子前面,眼睛盯着那盘子,仿佛那里正在发生真正重大的事件似的。他不把卡尔的椅子拉近自己的身边,而一旦他讲话,他就对大家讲,可是对卡尔他没有什么特别的话要说的。相反,他容忍格雷恩这个狡诈的纽约老光棍带着明显的意图触摸克拉拉,容忍他侮辱卡尔,侮辱波伦德尔的客人或至少把卡尔当孩子一样对待,谁知道他酒足饭饱后一时兴起还会做出什么事情来。在大家离席之后——当格雷恩觉察到饭桌上的一般情调时,他第一个站起来,并且在某种程度上带动大家随着自己一起站了起来——卡尔独自一人朝不远处用白色狭窄边框隔开的大窗中的一扇走去,那些窗户通向露台,走近一看才发现,原来它们就是正式的门。波伦德尔先生和他的女儿起初对格雷恩感到的那种反感,那种当初卡尔觉得有点不可思议的反感,如今都到哪里去了呢?现在他们和格雷恩站在一起,正在向他点头呢。格雷恩先生的雪茄烟雾在厅里弥漫,把格雷恩的影响也传送到他永远不会亲自涉足的角落和壁龛。那支雪茄是波伦德尔的礼物,它粗得出奇,父亲在家里偶或讲起过那样粗的雪茄,讲的时候总是把它当做一种他大概从未亲眼目睹过的事实。卡尔尽管站得远远的,他还是觉得鼻子里一阵烟熏的刺痒。他只是从他站立的地方很快瞟了格雷恩先生一眼,便觉得此人的行为卑鄙。现在他根本就再也不认为这是不可能的了,即舅舅之所以久久拒不允许进行这次访问,仅仅是因为他知道波伦德尔先生性格懦弱,因此即便没有精确预见到,也大致料到卡尔在进行这次访问时会受委屈。这个美国姑娘也不中他的意,虽然他自己事先根本也就没有把她想象得比这漂亮多少。自从格雷恩先生和她凑在一起,他甚至对她的脸居然能现出这样美丽的容貌来感到惊奇,尤其使他感到惊奇的是她那骨碌碌转动着的眼睛的光辉。一条像她这样的紧紧贴住身体的裙子他还从来没有见过,浅黄色的、柔软而结实的布料上的小褶痕显示出绷紧的强度。然而,卡尔对她毫不在意,他真巴不得别把他带到她的房间里去,以防万一他已经用双手握住门把手,他巴不得能打开这门,钻进汽车里,抑或,如果司机已经睡了,就独自一人步行去纽约。明净的夜晚满月悬空,向每个人敞开着胸怀,卡尔觉得担心到了外面野外会害怕是愚蠢的。他想象着——在这个厅里他第一次觉得舒服了——他将怎样在早晨——以前一直是不允许他步行回家的——使舅舅感到惊喜。虽然他还从来没有去过舅舅的卧室,也根本不知道它在哪里,但是他可以问的嘛。然后他就敲门,随着一声拘泥于礼节的"进来!"便跑进房间,出其不意地给亲爱的舅舅来一个惊喜,迄今为止他只见过身穿整齐的、扣上纽扣的服装的舅舅,如今他看见舅舅坐直在床上，两眼惊奇地望着门口，身穿睡衣。这件事本身也许还没什么了不起的，但是你得想一想，这也许会带来什么结果。也许他就破题儿头一遭和他的舅舅一道吃早饭。舅舅在床上，他坐在一把靠背椅上，早饭摆在他们之间的一张小桌子上，也许这种共进早餐会成为一种经常性的安排，迄今为止他们只在白天见一次面，由于这种方式的早餐，他们也许就会有更多的机会见面，于是自然也就可以更坦率地互相交谈。说到底，也只是因为缺乏这种坦率的交谈，他今天才对舅舅有点不顺从。抑或，说得更恰当些，对舅舅倔强。即便他今天不得不待在这里过夜——可惜看上去情况正是如此，虽然人们让他自顾自地站在这儿窗口也许这次不幸的访问会成为与舅舅改善关系的转折点，也许今天晚上舅舅正在他自己的卧室里转悠着类似的念头呢。

他稍觉宽心地转过身去。克拉拉站在他面前并且说："您一点也不喜欢在我们这儿吗？您不想稍许习惯一下这里的环境？您来吧，我愿意做最后的尝试。"

她领着他横穿过餐厅向门口走去。在边上的一张桌子旁边，两位先生坐着喝满杯的起着小泡沫的饮料，卡尔不知道那是什么饮料，他真想尝尝是什么滋味。格雷恩先生将一个胳膊肘支在桌上，他的整个脸面尽量向波伦德尔先生移近。假如人们不认识波伦德尔先生的话，人们完全有可能会以为，这里正在策划什么罪恶阴谋，不是在谈什么生意。波伦德尔用亲切的目光目送卡尔到门口，而格雷恩却一丁点儿也没有回头看卡尔，虽然一个人哪怕是情不自禁地通常也会顺着面对面的人的目光望去的。于是，卡尔便觉得，这种态度表明格雷恩相信，卡尔和格雷恩，每个人都应该各自设法在这里施展自己的本事，他们之间的必不可少的社会联系将会逐渐由于两人之中一人的胜利或失败而得以建立。

"要是他这样认为，"卡尔心想，"那他就是一个傻瓜。我确实不想要他怎么样，他也别来打搅我嘛。"

刚走进过道，他便想起，他多半举止不礼貌了，因为他是眼睛盯着格雷恩让克拉拉几乎是从房间里拖出去的。现在他走在她身旁倒心甘情愿了。在穿越各个过道的时候他起先简直不敢相信他的眼睛，他看见每隔20步便有一个穿号衣的仆人拿着一个枝形烛台站着,那些仆人双手握住烛台的粗台杆。

"迄今只在餐室里安了新的电线,"克拉拉解释说,"我们不久前才买了这幢房子,并在一所有自己独特建筑风格的老房子所许可的范围内,把它彻底改建了。"

"这么说,在美国也已经有老房子了。"卡尔说。

"当然,"克拉拉笑道,拉着他继续走,"您对美国的看法真奇怪。"

"您不应该取笑我。"他气恼地说。毕竟他已经知道欧洲和美国,她却只知道美国。

克拉拉边走边伸手轻轻推开一扇门,没有停下脚步,说:"您将睡在这里。"

卡尔当然想马上看看这个房间,但是克拉拉不耐烦地并且几乎是大声嚷嚷地解释说,房间他可以等一会儿再看,现在他应该跟她走。他们在过道里来回拉扯了一会儿,卡尔终于认为,他不必什么事都听克拉拉的,便挣脱开身,走进那间房间。窗户前一片令人惊异的黑暗原来是一棵树的树梢,它正在那里迎风摇曳。人们听见鸟儿在歌唱。在房间里,由于月光还没有照射进来,人们却几乎什么也看不清楚。卡尔后悔没把舅舅送给他的手电筒带来。在这幢房子里,一只手电筒是必不可少的,要是有几盏这样的灯,就可以让仆人们统统都去睡觉了。他坐到窗台上,望着窗外,仔细倾听。一只惊起的鸟儿似乎在这棵老树的枝叶间挤来挤去。一列纽约市郊火车的鸣笛声在这一带的什么地方响起。除此之外,四周一片寂静。

但是好景不长,因为克拉拉急匆匆走了进来。她显然怒气冲冲地喊道:"这是怎么回事?"并拍打她的裙子。卡尔想等她态度客气点后再回答她。但是她迈大步向他走去,喊道:"您跟不跟我一起走?"并故意抑或只是由于激动猛一推他的胸膛,如果不是他在正要从窗台上滑下去的最后一刹那间用双脚触着房间地板的话,他早就摔到窗外去了。

"瞧我快要掉到外面去了。"他用责备的语气说。

"真可惜你没掉下去。您为什么这么不听话?我再次把您推下去。"

说着,她果真抱住他,拖着她自己的受过体育运动锻炼的身体,把起初惊愕得忘记抗拒的他几乎快要抱到窗口。可是在窗口他醒悟了,一扭腰挣脱开身并把她抱住。

"啊,您弄得我好痛。"她当即说。

可是现在卡尔却以为再也不可以放开她。他虽然给她以随意行走的自由,却跟随着她并且不放开她。这样也比较容易将穿紧身连衣裙的她抱住。

"您放开我,"她小声说,冒热气的脸紧挨着他的脸,他得使劲看她,她和他挨得太近了,"您放开我,我给您一样好东西。""她为什么这么哼哧哼哧呢,"卡尔想道,"不会弄痛她的嘛,我没有搂紧她呀。"不过他还不放开。可是在漫不经心、默默无语地站了片刻之后,他蓦地又在自己的身体上感觉到她那正在增强的力量,她倏地挣脱他的控制,双手就势向上一翻将他抓住,用一种奇特格斗技巧的脚姿挡住他的双腿,极有规则地喘着气,推着他把他逼到墙边。可是那里有一张长沙发,于是她就把卡尔放倒在长沙发上,没怎么向他俯下身去就说:

"现在你动一动试试看。"

"猫,疯猫,"卡尔恼羞成怒,无可奈何地喊道,"你是疯子,你这只疯猫!"

"你说话当心点。"她边说边将一只手伸向他的脖子,开始使劲掐它,掐得卡尔毫无还手之力,只有张着嘴大口喘气的份儿,与此同时,她用另一只手向他的面颊掴去,宛若试验性地触着他的面颊,又将那只手向空中抽回,而且不断往回抽,随时都可以一个耳光向他扇下去。

"怎么样,"她问,"为了惩罚你对一位高贵的女士的恶劣态度,我要不要狠狠给你一个耳光打发你回家去?也许这会对你将来走上人生道路有所帮助,即使这不会给你留下美好的回忆。我同情你,你是个还可以过得去的英俊的男孩,要是你学过柔道的话,你一定会痛打我一顿的。可是,可是——瞧你现在躺在这儿这模样,我简直太想打你耳光了。我多半会对此表示遗憾。但是如果我对此表示遗憾的话,那么你现在就听着,我将几乎是违背自己的意愿对此表示遗憾。而且我自然不会安于只打你一记耳光的,我要左右开弓,打得你两个面颊鼓胀起来。也许你是个有荣誉感的人——我几乎想相信这一点——挨了这些耳光不愿意活下去了,要自寻短见。可是你为什么这样跟我闹别扭?我不中你的意吗?不值得到我的房间里去吗?注意!现在我真的会突然打你一记耳光。如果你今天还想这样好好离去的话,以后你就放规矩点。你可以跟你的舅舅赌气,我可不是你的舅舅。此外,我还要提醒你注意,如果我没打你耳光就放你走,那么,你大可不必以为,从荣誉的立场上来看,你现在的状况和真的挨了耳光是一码事。要是你这样以为的话,那我还不如真的打你耳光呢。不知道马克会说些什么,如果我把这一切讲给他听的话?"

一想起马克,她就放开卡尔,卡尔迷迷糊糊地觉得马克是个解放者。他还略微感觉到克拉拉的手挨着他的脖子,所以还稍稍一转身,随后便静静地躺着。

她要他站起来,他不答话,一动不动。她点燃了不知哪儿的一支蜡烛,房间里有了亮光,天花板上现出蓝色锯齿形图案。卡尔躺着,脑袋枕在沙发坐垫上,保持着克拉拉把他安放上去时的姿势,纹丝不曾将它转动。克拉拉在房间里走来走去,她的裙子绕着她的大腿簌簌作响,也许她在窗口站了好长一会儿工夫。

"气赌完了?"卡尔听见她问。

卡尔心情沉重地感受到,在这间波伦德尔安排他宿夜的房间里,他得不到安宁。这个姑娘在这儿来回踱步,停住脚步,说话,他简直对她腻烦透了。赶快睡一觉,离开这儿,这便是他唯一的愿望。他根本就不愿意到床上去睡了,他就想留在这张长沙发上。他只等着她离去,他就可以在她背后快步奔到门口,插上房门插销,随后又回到长沙发上躺下。他很想伸个懒腰、打个哈欠,但是在克拉拉面前他不愿意这样做。于是他就这样躺着,目不转睛地看着上面,感觉到自己的脸越来越静止不动,一只绕着他打转儿的苍蝇在他眼前颤动,而他却不太清楚,这是什么。

克拉拉又走到他身边,对着他的视线俯下身去,他若不是控制住自己的话,他就得凝视她了。

"现在我走，"她说，"也许过一会儿你有兴趣来找我。从这扇门算起，第四扇门通向我的房间，就在过道的这一边。你接连走过3扇门，你便找到了那扇门，那扇通向我房间的门。我不再下楼到客厅去了，我就待在我的房间里。你也已经把我折腾得很疲倦了。我不专门等你，可是如果你愿意来的话，你就来。记住，你曾答应给我弹钢琴。不过，也许我已经把你弄得筋疲力尽，你动弹不了了，那你就待着，好好睡一觉吧。关于我们打架的事，我暂时不会对父亲说什么的。我说明这一点，是因为怕你会为此而感到担心。"说罢，他猛跨两大步便离开了房间，尽管她自称很疲倦。

卡尔马上坐直起来，老这么躺着，他早就受不了了。为了稍许活动一下，他走到门口，朝外面过道里张望了一下，可是那儿一片漆黑！他感到高兴，他已经关上并锁上了房门，又在烛光下站在他的桌子旁边了。他的决心是，不再留在这幢房子里，而是下楼去找波伦德尔先生，坦率地告诉他，克拉拉是怎样对待他的——他毫不在乎承认自己失败——凭借这个充足的理由请求波伦德尔允许他乘车或步行回家。万一波伦德尔先生对这样立刻回家有什么反对意见，那么，卡尔至少也要请求他派一个仆人领他到最近的一家饭店去。虽然一般来说，人们不用卡尔打算采取的这种方式对待友好的主人，但是人们更不会像克拉拉所做的那样去对待一个客人的呀。她甚至还把她的暂时不把打架的事告诉波伦德尔先生的允诺当做是一种友好的表示，这简直是无耻到了极点。噢，难道卡尔是应邀来参加一场摔跤比赛的，所以他会觉得丢尽脸面，因为他让一个女孩子给摔倒了，而这个女孩子这一生中的大部分时间很可能就是在学摔跤招法中度过的？说到底，她接受过马克的训练。让她去把这一切讲给马克听好了。马克一定明白事理，这一点卡尔是知道的，虽然他还从未有过机会去具体体了解这方面的情况。但是卡尔也知道，如果马克教他的话，他会比克拉拉取得大得多的进步。然后，总有一天他会再到这儿来，很可能是不请自来，当然是先把这儿的情况摸清楚，熟悉这儿的情况就曾是克拉拉的一大优势嘛，然后就抓住这同一个克拉拉，就在这同一张长沙发上把她痛打一顿，她今天就是把他扔在这张长沙发上了。

现在只要找到回客厅去的路就行，起初他心不在焉地多半是也把他的帽子放在那儿的一个不合适的位置上了。这蜡烛他当然是要拿着的，但是即便有亮光也不容易看清这儿的情况。譬如，他压根儿就不知道，这个房间和客厅是否在同一个层面上。在来这儿的路上，克拉拉拉着他一个劲儿走，他根本不可能回过头去看一看。格雷恩先生和掌灯的仆人们也让他分心，简言之，他现在确实根本就不知道，他们当初爬过一层还是两层楼梯抑或也许根本就没爬过楼梯。从看到的远处景色来判断，房间的位置相当地高，所以他试图设想，他曾爬过楼梯。可是既然当初进大门的时候就已经不得不爬楼梯了，那么为什么房子的这一面就不会是加高了的呢？不过，假如过道里什么地方可以见到一扇门里射出一束光线或者听到远处传来哪怕极轻微的说话声音，那该有多好！

他的怀表，舅舅的一件礼物，指着11点，他拿起蜡烛，走到外面的过道里。他让房门开着，以便万一找不到客厅时起码还可以重新找到自己的房间，并且在万不得已的情况下，还可以据此找到克拉拉的房门。为了保险起见，他用一把靠背椅把门别住，使门不致自动关上。一到过道里，麻烦就来了，迎面向着卡尔——他当然从克拉拉的房门向左走——吹来一阵穿堂风，这阵风虽然很微弱，但是毕竟还是可以把蜡烛轻易吹灭的，于是卡尔就不得不用手挡住火苗并且时不时还得停住脚步，以便让压下的火苗升起来。这是一种缓慢的前进，于是这段路因此也就显得倍加漫长。卡尔已经从完全没有门的大段大段的墙壁旁边走过，人们想象不出墙后面是什么。然后又是一扇又一扇的门，他试图打开其中的好几扇，它们都锁着，这些房间显然都无人居住。这真是一种极大的浪费房间，卡尔想到了舅舅曾答应要带他去参观纽约东区，据说那里的一个小房间里住着好几家人，一个家庭的住所由房间里的一个角落组成，孩子们就在这个角落里围着他们的父母。而这里却有这么多的房间空着，它们唯一的用途就是，有人敲门时好发出空落落的响声。卡尔觉得波伦德尔先生受了假朋友的骗，溺爱他的女儿，所以变坏了。舅舅一定对他有过正确的评价，都是由于舅舅的原则是不对卡尔如何怎样评价人施加影响，他才会进行这次访问并在这些过道里游荡。卡尔要在明天毫无顾忌地把这个看法告诉舅舅，因为按照舅舅的这个原则，舅舅也是会心甘情愿并且心平气和地倾听外甥对他的这个评价的。此外，这个原则也许是卡尔对舅舅唯一感到不喜欢的，而且连这种不喜欢也不是绝对的。

突然，过道一边的墙壁到了尽头，一道冰冷的大理石栏杆取而代之。卡尔把蜡烛放在身边地上，小心翼翼地俯过身去。空洞和黑暗向他迎面扑来。如果这是房屋的主厅的话——烛光下现出一个拱顶形状天花板的一小角——为什么人们不是穿过这个厅走进屋里来的呢？这个又大又深的房间是干什么用的？人们站在这儿上面就像站在一座教堂的楼厅里。卡尔几乎为不能在这所房屋里待到明天而感到惋惜了，他真想在大白天让波伦德尔先生带着自己到处看看，向他了解各方面的情况。

栏杆倒不长，不大工夫，卡尔便进入封闭的过道。过道一个急转弯，卡尔重重地撞在围墙上，万幸的是，他一直小心翼翼地使劲握住蜡烛，所以蜡烛总算没有坠落、熄灭。由于过道怎么也走不到尽头，哪儿也没有窗户可以让人看到外面的景色，高处低处都没有丝毫动静，卡尔已经在以为，他一直在绕着同一个圆圈转圈子，并且已经在希望也许能重新找到他的房间的那扇开着的房门，但是房门和栏杆都没有再出现。迄今为止，卡尔一直忍着没有大声叫喊，因为他不愿意深更半夜在别人家里喧嚷，但是现在他认识到，在这幢没有灯光的房子里这样做并不为过，正打算要向过道两边大喊"喂！"的时候，他却发现在他来的方向有一盏小小的灯光正在移近过来。现在他总算能估算出这条过道的长度来了。这所房子是一座堡垒，不是别墅。见到这盏救命的灯火，卡尔简直是喜出望外，他不顾一切、忘乎所以地向它奔过去。刚奔出头几步，他的蜡烛便熄灭了。他并不在意，因为他不需要它了。这时，一个老年仆人手持一盏提灯向他迎面走来，此人定会给他指路的。

"您是谁？"仆人问并举起提灯照卡尔的脸，这下，他同时也照亮了他自己的脸。由于蓄着一大把白胡子，他的脸显得有点呆板，胡子在胸口才散成丝一般的卷儿。"既然人们允许他蓄一把这样的胡子，他必定是一个忠实的仆人。"卡尔边想边上下左右仔细端详这把胡子，丝毫没有因他自己受对方打量而感到有所不自在。而且，他立刻回答说，他是波伦德尔先生的客人，从他的房间里出来想去餐室，却找不到了。

"啊，这么回事，"仆人说，"我们还没有安装电灯。"

"我知道。"卡尔说。

"您要不要用我的灯点亮您的蜡烛？"仆人问。

"好的。"卡尔说着并点着了蜡烛。

"这儿过道里穿堂风很厉害，"仆人说，"蜡烛容易给吹灭，所以我拿了一盏提灯。"

"对，提灯实用多了。"卡尔说。

"您身上也已经滴着了许多蜡烛油了。"仆人一边说，一边用蜡烛照了照卡尔的西装。

"这我压根儿就没有注意。"卡尔喊道，他心里感到很难过，因为这套黑色西装不一般，舅舅曾说过，所有西装中就这套他穿了最合身。和克拉拉的这场打斗大概也没给这套西装带来什么好处，这一点他现在想起来了。仆人相当的殷勤周到，在匆忙之中尽量把衣服擦拭干净。卡尔在他面前一再来回转动身子，不时在这儿和那儿向他指出一个斑点，仆人顺从地将它除去。

"这里究竟为什么会有这么多穿堂风呢？"卡尔问，他们又继续往前走了起来。

"这里还有许多东西要建造，"仆人说，"改建工程虽然已经开始了，但是进展很慢。您也许知道，现在建筑工人也还在罢工。这样一幢建筑物麻烦多着呢。现在这里已经出现了几个大裂口，没有人去砌墙封住它们，于是整幢房子里都是穿堂风。要不是我在耳朵里塞满了棉花，我简直就会受不了的。"

"我是不是要说话大声点？"卡尔问。

"不必，您说话很清楚，"仆人说，"我们还是回过头来说这幢建筑物吧。特别是这里在这座小教堂附近，穿堂风厉害得简直叫人受不了，这座小教堂以后无论如何也要和这幢房屋的其余部分隔开来。"

"这么说来，我在这过道里从栏杆旁边走过，那栏杆外面就是一座小教堂啰？"

"是的。"

"这一点我当时立刻就想到了。"卡尔说。

"小教堂很值得一看,"仆人说,"若不是为了它的话,马克先生八成就不会买下这幢房子了。"

"马克先生?"卡尔问,"我想,这房子是属于波伦德尔先生的吧?"

"当然是的,"仆人说,"但是马克先生在买房上起了决定性的作用。您不认识马克先生?"

"哦,认识,"卡尔说,"可是他和波伦德尔先生是什么关系?"

"他是小姐的未婚夫。"仆人说。

"这我还真不知道。"卡尔说着并停住脚。

"这让您感到如此惊讶吗?"仆人问。

"我只想把情况弄清楚。要是不了解这样的关系,那是要犯最大的错误的。"卡尔回答。

"我只是感到惊奇,他们竟然什么也没有对您说。"仆人说。

"嗯,是这么回事。"卡尔羞愧地说。

"人们大概以为,您知道这件事,"仆人说,"这不是什么新闻了嘛。哟,我们到了。"说着,便打开一扇门,只见门后有一道楼梯,它垂直通向和到达时一样灯火通明的餐室的后门。

人们听见从餐室里传来波伦德尔先生和格雷恩先生的声音,这声音和大约两个小时以前的没有什么变化。就在卡尔走进这间餐室之前,仆人说道:"如果您愿意的话,我就在这里等候您,再把您领回到您的房间里去。初来乍到,第一个晚上就要自己认路,这确实有困难。"

"我不回我的房间去了。"卡尔说,不知道自己说这句话的时候为什么心里怪难过的。

"情况不至于这么严重的吧。"仆人说,脸上露出一丝从容的笑意,并拍拍他的胳臂。他八成是把卡尔的话理解成为,卡尔企图整个夜晚都留在餐室里,和老爷们闲谈,和他们一道喝饮料。卡尔不愿意在现在这个时候供认自己的真实想法,此外,他还想,这个仆人比这里的其余的仆人都更中他的意,这个仆人待会儿可以给他指明到纽约去的路,所以便说:"如果您愿意在这里等候,这无疑是您的一片好意,我怀着感激的心情接受您的这一片好意。不管怎么样,过一小会儿我就会出来,然后就告诉您,我下一步将怎么办。我想,我还会需要您的帮助的。""好的,"说着,仆人就将提灯放在地上,自己就势坐在一个低矮的基座上,这个空洞的基座大概也和这所房子的改建有关联。"我就在这儿等吧。蜡烛您也可以留在我这儿。"当卡尔拿着亮着的蜡烛就要走进厅里去时,仆人又添上一句。

"我真是丢三落四的。"卡尔边说边把蜡烛递给仆人,仆人只是对他点了点头,人们看不出,他是有意点头呢,抑或这是他用手捋他的胡子而造成的结果。

卡尔开开门,他没怎么着这门就当啷啷响声大作起来,因为这扇门由一整块玻璃板组成,如果有人迅速开门并且只紧紧抓住门把手,门几乎就会弯曲。卡尔惊惧地松手放开门,因为他恰恰是想寂静无声地走进来。没怎么转过身去,他便看到,他身后那位显然是已经从他的基座上下来了的仆人怎样小心翼翼、不出丝毫声响地把门关上。

"我打搅了,请原谅。"他对两位睁大眼睛惊讶地望着他的先生说。但是他同时也匆匆扫视了一眼餐厅,看看他是否能在什么地方很快找到他的帽子。可是哪儿也没有帽子的影儿,餐桌已经完全收拾干净,也许那顶帽子不尴不尬地不知怎么给弄到厨房里去了吧。

"您把克拉拉留在哪儿啦?"波伦德尔先生问,他似乎并不觉得这打扰来得不合适,因为他立刻就在他的靠背椅里换了一个坐姿,把整个脸都转向卡尔。格雷恩先生装出不参与的样子,掏出一只又大又厚、古里古怪的皮夹子来,似乎在从许多个口袋中找一张什么纸片,却边翻寻也边读信手拣起的别的文件。

"我有一个请求,您可是别误解。"卡尔说,急忙向波伦德尔先生走过去,为了靠近他就把手放在靠背椅的扶手上。

"有什么请求呀?"波伦德尔先生问并且用坦诚的、毫无保留的目光望着他,"您的请求当然会得到满足。"说着,他用胳臂搂住卡尔,把他搂近自己身边夹在两腿之间。卡尔乐意容忍这样对待他,虽然他一般来说觉得自己已经成年，人家不该把他当小孩对待。可是他的请求自然就更难以启齿了。

"您喜欢我们这儿吗？"波伦德尔先生问，"您不也觉得，一个人从城市里出来，一到乡下就所谓的得到解放了？一般来说"——说到这里，一束明白无误的、被卡尔稍许遮去一些的斜视目光投向格雷恩先生——"一般来说，我一再的有这种感觉，每天晚上都有。"

"他讲起话来，"卡尔心想，"就仿佛他对这幢大房子、对那些没有尽头的过道、对小教堂、对那些空落落的房间、对到处漆黑一团一无所知似的。"

"嗯，"波伦德尔先生说，"请求！"说着他便友好地摇晃默默站着的卡尔。

"我请求，"卡尔说，尽管他尽量压低声音，坐在旁边的格雷恩仍将不可避免地听到一切，而卡尔却实在不愿意当着此人的面说出可能会被理解为侮辱波伦德尔的请求来——"我请求，您让我回家吧，现在，今晚就回去。"

由于这句最不愉快的话已经说出口来，其他的话也就一齐迅速涌了出来，他丝毫也没撒谎地说了一些他事先根本就没有想到过的事情。"我很想回家。我愿意以后再来，因为，波伦德尔先生，您在哪儿，我也喜欢去哪儿。只是，今天我不能留在这里。您知道，舅舅并不是很乐意允许我到这儿来的。他这样做一定有其充分的理由，他做一切事情都是如此，我却擅自行动，简直是违背了他的明智的洞察力强迫他答应了我。我简直是滥用了他对我的一片爱心。他对这次访问有什么顾虑，这个问题现在无关紧要，只是，我完全清楚地知道，这个顾虑中丝毫不含有可能会，波伦德尔先生，可能会伤害您的感情的成分，您是我舅舅最好的、最最好的朋友哇。说到我舅舅的友谊，没有人哪怕能在一丁点儿上比得上您。这也是可以为我的不听话辩护的唯一的理由了，但是这个理由并不充分。您也许并不十分了解我舅舅与我之间的关系，所以我只想谈最显而易见的事情。只要我的英语课还没有结业，只要我在做生意方面还没有获得足够的实际知识，我就完全离不开我好心的舅舅的帮助。诚然，作为有血缘关系的亲属,我可以享受这种帮助。但是您切不可以为,我现在就可以从事某种体面的——上帝首先应该保佑我——谋生的职业。可惜我从前受到的教育太不实用了。我在一所欧洲的十年制完全中学里读了四年书,成绩平平,凭这点本事想挣钱不啻痴心妄想,因为我们的中学的教学计划是很落后的。如果我告诉您我学了些什么,您听了会笑的。如果您想深造,上完中学,上大学,那么这一切大概还可以得到一定程度的弥补,最后你受到了正规的教育,它使你可以有所作为,它给你挣钱的毅力。可惜我的这个连贯性的学习过程却被突然中止了。有时候我认为,我根本一无所知,而且说到底,对于美国人来说,一切我可能知道的知识,也始终都是太少。在我的家乡,最近到处都在建立改革中学,学生也要学现代语言,也许也学商业学。我小学毕业的时候还没有这种学校呢。虽然我的父亲想请人给我上英语课,但是第一,当初我无法预料,我将会遭到怎样的不幸,我将会多么需要英语。第二,我要为上好十年制完全中学而努力学习,我无暇顾及别的事了。——我提到这一切,是为了向您表明,我多么依赖于我的舅舅,我因此也就对他负有多么大的责任。您一定会同意,在这样的情况下我决不可以冒昧行事,哪怕只是一丁点儿违背他的即便只是猜想到的意志的事也不能做。所以,为了哪怕只是稍微弥补一下这个我已经对他犯下的错误,我必须立刻回家。"

卡尔发表这篇长篇演说词的当儿,波伦德尔先生一直注意地听着,时不时地,尤其是在提及舅舅的时候,将卡尔即便是觉察不到地搂紧在自己怀里,几次神情严肃、充满期望般地向一直在侍弄皮夹子的格雷恩那边望去。然而,卡尔在自己讲话的过程中越是清楚地意识到了自己对舅舅所处的地位,他就越是烦躁不安,曾情不自禁地试图挣脱波伦德尔的胳臂。这里的一切使他感到压抑,通往舅舅的路穿过玻璃门,越过楼梯,穿过林荫路,越过公路,穿过市郊到通衢大道,汇入舅舅的房屋。他觉得这条道路是某种严格地同属一个整体的东西,它空荡、平坦、为他准备好了一切地呈现着并且在用一个强劲的声音召唤他。波伦德尔先生的善良和格雷恩先生的卑劣渐渐变得模糊起来,除了告别的许可之外,他不想从这间烟雾缭绕的房间里为自己要到任何别的什么东西。虽然他觉得自己对波伦德尔先生没有什么依赖,对格雷恩先生做好战斗准备,但是他的内心却充满了一种不明确的恐惧,它一阵阵地模糊了他的眼睛。

他后退一步,站在了离波伦德尔先生和格雷恩先生一样远的地方。

"您刚才不是想对他说什么吗?"波伦德尔先生问格雷恩先生,好像请求似的抓住了格雷恩先生的手。

"我真不知道,我要对他说什么。"格雷恩先生终于从他的口袋里掏出来一封信,将它放在自己面前的桌子上,说道。

"他愿意回到他舅舅身边去,这是很值得称赞的,人们十之八九都会以为,他这样做将会使舅舅特别感到高兴。想必是他由于不听话已经大大地惹怒了舅舅,这也是可能的嘛。这样的话,那他当然还是留在这里的好。真是不知道说什么才是,我们俩虽然是他舅舅的朋友,并且恐怕也很难在我的友情和波伦德尔先生的友情之间分出等级差别来,但是舅舅的心思我们现在无法了解,我们这里和纽约隔着许多公里路程,更是没法看透。"

"哎,格雷恩先生,"卡尔说,一边克制住自己的情绪走近格雷恩先生,"我听您的话的意思是,您也认为我最好立刻就回去。"

"这话我可没说过。"格雷恩先生说,并专心致志地观看那封信,他用两个指头在信的边沿擦来擦去。他似乎想以此来暗示,他已经被波伦德尔先生问过,也已经回答过他了,而他和卡尔现在却其实并没有什么关系。

这当儿,波伦德尔先生已经走到卡尔身边并轻轻将他从格雷恩先生身边拉到一扇大窗户跟前。"亲爱的罗斯曼先生,"他说,俯身对着卡尔的耳朵,并用手帕擦脸,手停在鼻子旁边,他擤鼻涕,"您总不会以为,我会违背您的心愿不让您离开这里。根本不会的嘛。汽车我虽然不能提供给您使用,它停放在离这儿很远的一个公共车棚里,这里一切还都在初创阶段,我还没来得及盖一个自己的车库,而且司机又不睡在这个屋里,而是睡在车库附近,我真的连自己也不知道,他睡在哪儿。何况,他的职责根本就不是现在待在家里,他的职责只是早晨及时把车开到这儿来。可是这一切不会妨碍您即刻回家的,因为如果您坚持要回去的话,我立刻就送您到最近的市郊铁路车站,不过就是这车站离这儿很远,所以您乘市郊火车不会比您早晨——我们七点钟就出发——和我一道坐我的汽车提前很多时间到家的。"

"不过我还是,波伦德尔先生,宁可乘市郊火车,"卡尔说,"我压根儿就没想到过市郊铁路。您自己说,我坐市郊火车比早晨坐汽车早到家。"

"可是只有很小很小的差别。"

"尽管如此,尽管如此,波伦德尔先生,"卡尔说,"我记着您的好意会随时乐意来这儿的,前提当然是,假如在我今天的这种表现之后您仍然还愿意邀请我的话,也许下一回我将能更清楚地说明,为什么今天我要尽早见到我舅舅,每一分钟对我来说都至关重要。"似乎他已经得到离去的许可了似的,他补充说:"可是您千万别送我。这也完全没有必要。外面有一个仆人,他愿意把我送到车站。现在我还只要找一找我的帽子。"话音未落,他就从房间这一头走到另一头,匆匆忙忙作最后一次尝试,看他的帽子是否还能找到。

"我可以帮您一个忙给您一顶便帽吗?"格雷恩先生问,从口袋里摸出一顶便帽,"也许您戴它碰巧还合适呢。"

卡尔惊愕地停止脚步说:"我可不能拿走您的帽子。我完全可以光着头走。我什么也不需要。"

"这不是我的帽子。您拿着吧!"

"那我就多谢了。"卡尔说,为了不耽搁时间便拿起帽子。他戴上帽子,笑了起来,因为帽子很合适,随即又将它拿在手里,仔细观看,寻找良久却未能在帽子上找到有什么特殊之处,这是一顶崭新的帽子。"这帽子挺合适!"他说。

"喔,挺合适!"格雷恩先生喊道,拍了拍桌子。

卡尔正要到门口去喊仆人,这时,格雷恩先生站了起来,饱餐一顿、静止良久之后伸一伸懒腰,便使劲拍了拍他的胸膛,用一种介乎劝告和命令之间的口吻说:"您走之前必须去向克拉拉小姐告别。"

"您是得去一趟。"波伦德尔先生也说,他同样也已经站了起来。人们听得出来,他的这句话不是发自内心,他让双手微微贴住裤缝,一再地将他的上衣扣解开又扣上,按眼下流行的式样,这件上衣相当短,将将够着腰部,跟波伦德尔先生这样的胖人很不相称。而且,他这样站在格雷恩先生的身旁,人们明显地就感觉到,波伦德尔先生胖得不健康,整个后背都有点弯,肚子看上去软绵绵、好像支撑不住似的,一个真正的累赘,脸色苍白、神情疲倦。格雷恩先生站在这里则相反,也许比波伦德尔先生还显得胖一些,但是那是一种相互关联、相互支撑的胖,双脚军人似的靠拢,脑袋笔直、摇晃,他似乎是一个体操运动员,一个做示范性体操动作的人。

"您先去找,"格雷恩先生接茬说,"克拉拉小姐,这一定会使您感到愉快并且和我的时间安排也很合拍。因为我确实有些有趣的消息要在您离开这里之前告诉您,这也许也对您的回归会起决定性的作用。只是,可惜我受到不可抗拒的命令的束缚,午夜以前什么也不能向您泄露。您可以想象,我自己也为此感到遗憾,因为这妨碍我睡眠,但是我坚决执行我的任务。现在是十一点一刻,我还可以与波伦德尔先生商谈完我的事情,您待在这儿只会妨碍我们,您可以和克拉拉小姐在一起度过一段美好的时光。12点正,您到这儿来,您就会获悉您必须知道的消息了。"卡尔能拒绝这个要求吗,人家确实只要求他对波伦德尔先生表现出一丁点儿的礼貌和感激,况且这个要求是由一个一向无动于衷的粗鲁的人提出来的,而当事人波伦德尔先生却尽量少言寡语、不动声色。那个有趣的消息,到了半夜里他才可以知道的那个消息,那是个什么消息?现在它使他推迟三刻钟回家,如果它待会儿不能至少让他提前这损失掉的三刻钟到家的话,他才不会对他感兴趣呢。但是他的最大的疑虑却是,他到底能不能去见克拉拉,去见他的敌人。要是他至少随身带着那块舅舅送给他当镇纸用的铁尺,那该有多好!克拉拉的房间可能是一个相当危险的巢穴。可是现在在这里对克拉拉一句坏话也不能说,因为她是波伦德尔的女儿呀,而且他现在已经听说,她甚至还是马克的未婚妻呢。倘若她对他的态度哪怕只改变那么一丁点儿的话,他早就会公然赞赏她的这些关系了。他还在暗暗考虑着这一切，但是他已经发现，人们并不要求他考虑什么问题，因为格雷恩开门，对从基座上跳下来的仆人说："您领这位年轻人去见克拉拉小姐。"

"人们就是这样执行命令的。"卡尔想道，这时仆人几乎奔跑着，因年老体虚而呻吟着顺着一条短路拽着他到克拉拉的房间去。当卡尔从他的房间旁边走过，见到房门还一直开着，他就想进去待一会儿，也许是想镇定镇定自己的情绪吧。可是仆人不允许他这样做。

"不行，"他说，"您必须去见克拉拉小姐。您自己已经听见了的。"

"我只在里面待一小会儿。"卡尔说，他想在长沙发上躺一会儿排遣烦闷，好让时间快一点临近午夜。

"我执行我的任务，您别给我添麻烦。"仆人说。

"他似乎把我必须去见克拉拉小姐当做一种惩罚了。"卡尔心想并走了几步，却固执地又站住了。

"您来吧，年轻的先生，"仆人说，"您已经到了这里了嘛。我知道，今天夜里您就想走，不是一切事情都可以如愿以偿的嘛，我当即就告诉过您了，这几乎不可能的嘛。"

"是的，我想走，我也一定会走的，"卡尔说，"现在也只不过是想向克拉拉小姐告别一下。"

"是吗？"仆人说，卡尔从他的神情上看出，他不相信自己说的话。"您为什么迟迟疑疑，不去告别呢？您来呀。"

"谁在过道里？"响起了克拉拉的声音，人们看见她从近处一扇房门里探出身来，手里拿着一盏红灯罩大台灯。仆人急忙过去向她禀报。卡尔在他后面缓缓跟上。

"您来晚了。"克拉拉说。

卡尔没有搭腔敷衍她，而是对仆人小声说，但是由于他已经了解他的本性，所以声音中带着严厉的命令口吻：

"您在这扇房门的门口等我！"

"我刚才已经要睡觉了。"克拉拉说并把灯放在桌上。和在楼下餐室里一样，仆人在这里也又小心翼翼地从外面把门关上。"已经11点半多了。"

"过了11点半了?"卡尔又问了一遍,好像对这几个数字吃惊不小。"那我可就得立刻告辞了,"卡尔说,"因为我必须正12点到下面餐厅去。"

"您有什么紧急的事呀!"克拉拉边说边心不在焉地理平她那件宽松睡衣上的褶儿。她两颊绯红,她不停地微笑。卡尔自以为可以认定,现在不存在和克拉拉再次打起架来的危险。"您不能弹一会儿钢琴吗,昨天爸爸还有今天您自己都答应过我的呀?"

"可是不是已经太晚了吗?"卡尔问。他倒是很乐意为她效劳,因为她和先前相比简直判若两人,就仿佛她不知怎地已经升格进入波伦德尔并且还进入马克的圈里了。

"是的,是晚了,"她说,她对音乐的兴趣似乎已经消失,"而且这里的每个响声也会在整幢房屋里发出回响,我相信,您一弹钢琴,上面阁楼间里的仆人们都会醒过来的。"

"那我就不弹钢琴了,我希望以后一定还有机会再来。顺便说一句,如果您不觉得特别麻烦的话,您不妨来拜访一下我的舅舅,顺便也看看我的房间。我有一架很漂亮的钢琴,是舅舅送给我的。您愿意听的话,我就把我的那些小乐曲都弹给您听,可惜并不是很多,它们也完全不适合用这么大的一件乐器来弹奏,只有名演奏家弹它才好听呢。但是即便这种乐曲您也将能享受到,如果您事先告诉我您来访的日期的话,因为舅舅不久就要给我聘请一位著名的教师——您可以想象,我多么高兴地期待着这位教师的到来——就为了听他弹钢琴,也值得上课的时候来拜访我。说老实话,我对现在弹钢琴已经太晚感到高兴,因为我还根本不会弹什么曲子,您会感到惊讶的,我弹得多么差劲。现在请您允许我向您告辞,毕竟现在已经是睡觉的时候了。"由于克拉拉亲切友好地望着他,似乎并不因打架的事对他耿耿于怀,他一边向她伸过手去,一边笑嘻嘻补充说道:"在我的家乡大家都习惯说:'睡个安稳的觉,做个甜蜜的梦。'"

"您等着,"她说,没有握他的手,"也许您还是可以弹一会儿钢琴。"说着,她便消失在一扇边门里,钢琴就放在边门旁边。

"怎么回事？"卡尔想，"不管她多可爱，我可不能久等。"有人在过道里敲房门，那个仆人不敢完全开开门，从一条小门缝里悄声说："对不起，刚才有人召我回去，我不能再等了。"

"您去吧，"卡尔说，他现在敢独自一人回餐室去了，"您给我把提灯放在门口。顺便问一句，现在几点了？"

"快11点三刻了。"仆人说。

"时间过得真慢！"卡尔说。就在仆人快要把门关上的时候，卡尔想起，他还没有给他小费，便从裤兜里掏出一个硬币——现在他按照美国人的习惯总是把硬币丁零当啷地放在裤兜里，把纸币放在背心小口袋里——递给仆人并说："谢谢您的周到的服务。"

克拉拉已经又走了进来，双手摁着扎紧的头发，这时卡尔才想起，他不应该将仆人打发走，待会儿谁带他去市郊铁路车站呀？嗯，波伦德尔先生也许会另找一个仆人，也许这个仆人已被叫到餐室去，待会儿随时可供调遣。

"我请您弹一会儿钢琴吧。我们在这儿很少听到音乐，所以我们不愿意放过听音乐的机会。"

"那可就别耽误时间了。"卡尔不假思索地说并立即在钢琴前坐下。

"您要用乐谱吗？"克拉拉问。

"谢谢，我根本还不能完全读懂乐谱。"卡尔回答，随即便弹了起来。他弹一首短小的歌曲，卡尔分明知道，这首歌曲本来是应该用相当缓慢的节奏弹奏的，以便让人，尤其是外国人，能够听懂它，但是他却以飞快的进行曲速度草草将它弹完了事。一曲弹完后，屋里又恢复了原有的平静。人们迷迷糊糊地坐着，一动也不动。

"好极了。"克拉拉说，可是卡尔在弹完这一曲之后是听不进任何奉承话的了。

"现在几点了？"他问。

"11点三刻。"

"那我还有一点儿时间，"他边说边暗自思忖，"可以选择一下。10首会弹的歌曲我用不着全都弹奏，但是其中的一首我可以尽量弹好。"

他开始弹奏他那首心爱的士兵之歌。弹得如此缓慢,听的人简直迫不及待要伸手去抓取下一个音符,而卡尔却将它拦住,迟迟不肯弹出来,在弹每一首歌曲时他确实得先用眼睛搜寻到必要的键,但是除此之外,他觉得自己内心产生一种痛苦,它超越这首歌的结尾,寻找另一个结尾而无法找到。"我什么也不会弹。"弹完这首歌后卡尔说,眼泪汪汪地望着克拉拉。

这时,从邻室里传来响亮的拍巴掌的声音。"还有人在听呢!"卡尔如梦初醒般喊道。

"马克,"克拉拉小声说。话音刚落,人们就听见马克在喊:"卡尔·罗斯曼,卡尔·罗斯曼!"

卡尔一跃双脚同时跃过钢琴椅,开开门。他看见马克半躺半坐在那里的一张有天盖的床上,被子松散地盖在大腿上。这张简单、笨重的床上,唯有这蓝丝绸天盖显示出童话般的华美。小床头柜上只燃着一支蜡烛,可是床单被褥以及马克的衬衫都很白,以致落在它们上面的烛光几乎发出耀眼的反光。略带波纹,没有完全张紧的丝绸天盖,起码在边缘上,也闪着亮光。紧挨着马克身后,床和一切便沉没在一团漆黑之中。克拉拉倚靠在床杆上,只注意看马克了。

"您好,"马克把手递给卡尔说,"您弹得不错嘛,迄今为止我只见识过您的骑马术。"

"这两样我都一窍不通,"卡尔说,"要是我知道您听的话,我一定不会弹的。可是您的小姐"——他顿了一顿,他迟疑着没说"未婚妻",因为马克和克拉拉显然已经在一起睡觉。

"我料定会这样,"马克说,"所以克拉拉才不得不把您从纽约引诱到这里来,否则的话,我就根本听不见您弹琴了。弹奏得还相当生疏,即便在这些您练习过的、很简单的歌里,您也有几个错,不过听到您弹琴,我还是感到非常高兴,且不说,不管谁弹钢琴,我概不鄙视。您不坐下,再在我们这儿待一会儿?克拉拉,给他一把椅子吧。"

"我谢谢,"卡尔嗫嚅道,"不管我多么愿意,我也不能再待下去了。我知道得太晚了,这幢房子里有这么舒适的房间。"

"一切我都在按这种风格进行改建。"马克说。

这时,接连迅速响起12下钟声,一声紧追着另一声,卡尔在面颊上感觉到这些钟声的强烈飘荡。这是一座什么样的村庄,竟会有这样的钟!

"不能再耽搁了。"卡尔说,只向马克和克拉拉伸了伸手,没去握住他们的手,便急忙走进外面的过道。他没在那儿找到提灯,便后悔过早地给了仆人小费。

他想摸着墙壁向他的房间的敞开着的房门走去,可是刚走了一半的路,他便看见格雷恩先生高举蜡烛急急忙忙、晃晃悠悠地走过来,他举着蜡烛的那只手里还握着一封信。

"罗斯曼,您为什么不来呀?您为什么让我等您?您在克拉拉小姐那儿都干了些什么?"

"许多问题!"卡尔思忖,"现在他还会把我挤到墙上去呢,"因为他果然紧挨着卡尔面前站着,卡尔则背靠着墙壁。格雷恩在这个过道里本来就已经显得身材高大得滑稽可笑,卡尔还开玩笑提了一个问题,问他莫不是把善良的波伦德尔先生吃进肚里去了。

"您果然是个不信守诺言的人。说好12点下去,到时候不下去却蹑手蹑脚地在克拉拉小姐房门口转悠。而我则曾答应在午夜告诉您一则有趣的消息,现在我来了。"说着,他把信交给卡尔。信封上写着"午夜交给卡尔·罗斯曼亲启,不管是在什么地方遇见他"。

"归根到底,"卡尔打开信的时候,格雷恩先生说,"我为了您的缘故驱车从纽约来到这里,我以为,这就已经是值得称道的了,您就大可不必再让我在过道里跟在您后面跑来跑去的了嘛。"

"舅舅的!"卡尔刚瞄了一眼信便说,"这是我预料到的。"他转身对格雷恩先生说。

"您预料到了还是没有预料到,这对我来说根本就无关紧要。您还是快读吧。"格雷恩把蜡烛向卡尔伸过去说。卡尔就着烛光读到:

"亲爱的外甥!正如你在我们的可惜太短暂的共同生活的过程

中想必已经认识到的那样,我是一个很讲原则的人。这不仅令我周围的人,而且也令我感到很不愉快、很难过,但是我之所以成为我,这一切都应该归功于我的原则,谁也不可以要求我自毁根基,谁也不可以,我亲爱的外甥,你也不可以,即使你也许恰好是第一个,如果我会想起来的话,是第一个容许对我作那样一般性攻击的人。我多么愿意用正在拿着纸给你写这封信的这双手把你接住并托起来呀。但是由于暂时还根本没有什么迹象表明可能会发生这样的事,所以在发生了今天的这个事件之后我就无论如何也必须把你从我身边打发走,而且我迫切地请求你既不要自己来找我,也不要试图通过写信或通过爱搬弄是非的人来与我建立联系。既然你已经违背我的意愿作出了今天晚上离我而去的决定,那么,你也就一辈子坚持这个决定吧。唯有如此,这才是一个男子汉大丈夫的决定。我选择我的最好的朋友格雷恩先生来传递这个信息,他一定会找到足够的关怀、体谅你的话语,这样的话语眼下我确实是一句也没有。他是一个很有影响的人,当你在自立道路迈出头几步时,看在我的分上,他也会大力帮助你的。为了理解现在在这封信的结尾时我又觉得似乎不可思议的我们的离别,我不得不一再反复在内心里说:你的家庭,卡尔,没有给你带来任何好影响。万一格雷恩先生忘记把你的箱子和你的雨伞交给你,你就提醒他一下。衷心祝愿你一切如意。

你的忠诚的舅舅雅各布。"

"您读完了吗?"格雷恩问。

"读完了,"卡尔说,"我的箱子和雨伞您带来了吗?"卡尔问。

"箱子在这儿,"说着,格雷恩便将迄今一直被他用左手藏在背后的卡尔的那只旧旅行箱放到卡尔身边的地上。

"雨伞呢?"卡尔又问。

"都在这儿,"格雷恩边说边把雨伞也掏了出来,他一直把这把雨伞放在一个裤袋里,"这些东西是一个叫舒巴尔的人,汉堡——美国航线上的一个机工长送来的,他说是在船上找到的。有机会您可以去谢谢他。"

"至少这几件旧物我失而复得了。"卡尔说并将雨伞放在箱子上。

"可是将来您要好好照看好它们啊,这是参议员先生让我转告您的。"格雷恩先生说。随后便带着明显的个人好奇心问道:"这究竟是只什么稀奇古怪的箱子?"

"这是一只我们家乡士兵参军时带的箱子,"卡尔回答,"这是我父亲的旧军用箱。它还挺实用的呢,"他笑嘻嘻补充一句,"前提是,你别把它随便丢弃在什么地方。"

"您到底是受到足够的教训了,"格雷恩先生说,"在美国您大概并没有第二个舅舅。这儿我还给您一张去旧金山的三等车票。我替您作了进行这趟旅行的决定,因为首先,对您来说东部就业机会好得多。其次,在这里,您做什么事,都会受到您舅舅的干预,并且无论如何也必须避免相遇。在旧金山您可以放开手脚干活。您只管从最底层干起好了,您可以设法渐渐往高处走。"

从这些话里卡尔没听出有什么恶意,这个坏消息在格雷恩心头埋藏了一整个晚上,如今已经转达完毕。从现在起,格雷恩似乎是一个没有危险的人物,人们和他说话可以比和任何别人说话都坦诚布公。最好的好人,自己没有任何过失,被选中当了传递一个如此机密和令人痛苦的决定的使者,只要他保留着这个决定,那么他就必定会让人觉得有可疑之处。"我要,"卡尔说,期待着一个有经验的人的认可,"立刻离开这幢房屋,因为我只是以我舅舅的外甥的身份才受到了款待,如今作为一个陌路人我在这里就不会受欢迎了。可以劳您驾带我到大门口,然后把我领上路,让我就近找到一家旅店吗?"

"可是得快点,"格雷恩说,"您给我带来不少麻烦。"

见到格雷恩当即便迈开了大步,卡尔不禁一个愣怔,这样急着要走岂不蹊跷。于是,他便抓住格雷恩上衣的下摆,突然认清了个中就里似的说:"有一点您还须给我说清楚,您应该交给我的这封信,信封上明明写着,不管在哪里遇见我,我都应该在午夜时分收到它。11点一刻我想离开这儿的时候,当时您为什么以这封信为由把我挡在这里呢?您这样做超出您的使命的范围了。"

格雷恩开始回答前先做了一个手势,夸张地表示出卡尔的意见全是无稽之谈。然后就说:"信封上也许写着,我应该不管自己的死活为您卖命,信的内容也许可以让人推断出,信封上的这句话可以这样去理解?倘若我没有挡住您的话,我就得午夜在公路上把信交给您了。"

"不,"卡尔断然地说,"不完全是这样。信封上写着:'午夜以后交。'如果您太疲倦的话,您也许根本就不会来追我了,或者午夜时分我也许就已经到我舅舅身边了,不过这一点倒是连波伦德尔先生也是加以否定的。或者,用您的汽车把我送回到我舅舅那儿,说到底这也许还是您应尽的责任呢,因为我有这个强烈要求嘛,可是突然对您的汽车只字不提了。信封上的话不是清清楚楚地意味着,对我来说午夜还应该是最后的期限?对我耽误了这个期限负有责任的是您。"

卡尔用犀利的目光望着格雷恩,分明看到,在格雷恩内心,因受这一揭露而感到的羞耻正在与因目的达到而感到的喜悦进行着斗争。最后,他敛了敛神,用一种仿佛是他打断其实已沉默良久的卡尔说话的口吻说:"别再说什么了!"把他,把已经又拿起箱子和伞的他,从一扇他抢在他之前推开的小门推了出去。

卡尔惊讶地站在室外。一道加建在房屋边上的无栏杆搂梯在他面前通往下面。他只需往下走,然后稍稍向右转走上林荫道,林荫路就通向公路。在明亮的月光下是决不会迷路的。他在下面花园里听见阵阵狗吠声,那些狗被放出来,在黑糊糊的树林间到处乱跑。在四周的一片寂静中,人们清楚地听到它们狂奔乱跳跃进草地的声音。

卡尔幸好没受这些狗的惊扰就从花园里出来了。他不能确切地断定,纽约位于哪个方向。他在来这儿的路上太不注意细微特征了,它们现在本来会对他有用处的。末了,他暗自思忖,他也不是非去纽约不可,在纽约没有人等待他,甚至有一个人肯定不等待他。他随意选择了一个方向,上路走了。

通往拉美西斯之路*

步行了不多一会儿工夫，卡尔便来到一家小客栈。这家小客栈其实只不过是纽约牲口拖曳载重车运输线上的最后一个小站，所以一般不留宿客人。卡尔要求客栈设法提供一个最便宜的床位，因为他认为必须立刻就开始节约用钱。按照他的要求，老板似乎把他当雇员似的示意他上楼去。一个头发蓬乱的老妇人在楼上接待他，她因被搅了好觉而气呼呼的，几乎没听他说什么，便一边一迭连声地提醒他轻轻走路，一边领他走进一个房间。她先向他"嘘"了一声，然后便关上了房门。

卡尔起初没弄清楚，只不过是由于窗帘放下来了呢，还是这个房间也许根本就没有窗，房间里黑糊糊的。最后他发现一扇挂上窗帘的小窗户，他拉开窗帘布，顿时便有一些亮光照进来。房间里放着两张床，可是两张床都已经被人占了。卡尔看见那儿有两个年轻人，他们躺在床上酣睡，那模样尤其显得不可信赖，因为他们没有明显的理由而和衣而睡，其中的一个甚至还穿着靴子。

就在卡尔拉开窗帘的刹那间，睡者中的一个稍稍抬高一下胳臂和大腿，卡尔一看他那副样子，竟忘了自己的忧愁，禁不住吃吃地笑了起来。

不久他便看出，且不说也没有别的床了，既没有沙发榻也没有沙发，而且他也不能安心睡觉呀，因为他不能拿他这只刚刚失而复得的箱子以及他随身带着的钱去冒险的嘛。离开这儿可是他也不愿意，因为他不敢立刻又走过老妇和老板身边离开这所房子。说到底，这儿也许并不见得就比在马路上更不安全一些。然而，引人注目的却是，在昏暗的光线下

---

* 这一章的标题在1994年11月费歇尔出版社出版的校勘本中改为"挺进拉美西斯"。——编者

勉强还可以看出，整个房间里居然一件行李也没有。可是也许，而且十之八九这两个年轻人是客栈的勤杂工，他们一会儿就得起床侍候客人，所以就和衣而睡了。那样的话，和他们睡在一起，这当然就不是特别光彩了，不过倒也比较安全。只是，只要疑虑还没有完全消除，他就决不可以躺下睡大觉。

床下放着一支蜡烛，还有火柴，卡尔轻手轻脚地把它们拿出来。他不怕点上蜡烛，因为照老板的安排这间房间既属于另外那两个人，同样也属于他所有，而那两个人反正已经美美地睡了半宿的觉，占了两张床，所以还占了他的便宜呢。况且，他举止行动自然尽量小心谨慎，好不致吵醒他们。

首先，他想检查一下他的箱子，大致了解一下他的东西，对它们他已经只有一个模糊的印象，其中的最值钱的东西多半已经丢失了。因为什么东西一经舒巴尔的手，那么这东西就很少还有希望会完好无损地回到你的手里去的。诚然，他可以指望从舅舅那儿得到一大笔赏钱，但是，另一方面，他也可以把丢失个别物件的责任完全推到那个事实上看守箱子的人，即布特尔鲍姆先生的头上。

打开箱子一看，卡尔大吃一惊。漂洋过海时，他一路上花费了多少时间，一而再、再而三地去整理箱子，现在一切全都乱七八糟地塞在里面，塞得开锁时箱盖都会自动跳起来。

可是不久卡尔便欣喜地看到，箱里之所以杂乱无章，原因仅仅在于，有人后来把那套他在船上穿过的西装也一起装箱了，而箱里自然本没有放这身西装的地方。东西丝毫没有短少。西装上衣暗袋里不仅护照在，而且从家里带出来的钱也在。这样，加上他身上带着的那笔钱，卡尔眼下钱是够用的了。他到达时穿在身上的内衣裤也在，已经洗干净并且熨过。他也立刻就把表和钱放在那只可靠的暗袋里。唯一令人感到遗憾的是，那根意大利香肠也没有短缺，把它的气味散发到全部衣物上去了。如果不想个法子除掉这股气味的话，卡尔眼看就只好接连几个月带着这股气味到处跑了。

在掏摸放在最下面的几件衣物时——那是一本袖珍本《圣经》、信纸和父母的照片——他的便帽从头上掉下，落进箱子。便帽一回到旧物中间，他便立刻认出了它的本来面目，原来这就是他自己的那顶便帽，就是母亲在他上路时给他的那顶。然而，出于谨慎，他在船上没有戴这顶帽子，因为他知道，在美国，大家一般都戴便帽不戴宽檐帽，所以他不想在到达美国之前就把自己的帽子戴旧了。那么，格雷恩先生当然是利用它来逗卡尔玩的了。莫不是舅舅也委托他这么做了呢？他无意之间怒气冲冲使劲一把抓住箱盖，箱子"啪"的一声关上。

现在没辙了，两个睡觉的人惊醒过来。先是其中的一个伸懒腰、打哈欠，另一个紧随其后也如法炮制起来。这时，箱子里的全部衣物几乎都已经倾倒在桌子上，如果他们是小偷的话，那么他们尽管可以走过来挑选。不单单是为了防止出现这种可能性，而且也是为了即刻澄清情况，卡尔手持蜡烛走到床跟前并解释，他是凭什么权利来这里的。他们似乎根本就没有料到有人会作这种说明，因为还得睡过许多时光才会说话，所以他们只是没有丝毫惊诧之意地望着他。他们俩都很年轻，但是艰苦的劳动或是贫困已经过早地使他们脸部的骨头凸现出来，下巴颏儿四周胡子拉碴，久已没有理过的头发凌乱不堪地盖在他们的脑袋上，昏昏欲睡中，他们还在用手指节骨揉搓他们那深陷的眼睛。

卡尔想利用他们的暂时的虚弱状态，所以便说："我叫卡尔·罗斯曼，是德国人。既然我们同住一个房间，那就请你们把你们的名字和国籍也告诉我。我还要马上说明一点，我不要求得到一个床位，因为我这么晚才来，我压根儿就不想睡觉。另外，对我的漂亮衣服请你们不必介意，我是个没有前途的穷光蛋。"

两个人中较矮小的那个——就是穿靴子的那个——用胳膊、大腿和脸部表情表示，他对这一切丝毫不感兴趣，而且现在也根本不是这样咬文嚼字的时候，躺下就睡。另一个，一个深色皮肤的人，也重新躺下，但是在睡着之前还懒洋洋一伸手说："这位叫鲁滨孙，是爱尔兰人，我叫德拉马什，是法国人，现在请让我睡觉吧。"话音刚落，他便猛吹一口气把卡尔的蜡烛吹灭，倒头便睡。

"这个危险暂时排除了。"卡尔暗自思忖着回到桌子旁边。如果他们的困倦不是借口的话,那就一切顺利。讨厌的只是,有一个是爱尔兰人。卡尔记不太清楚,在家里他曾在哪本书里读到过,说是人们在美国应该提防爱尔兰人。住在舅舅那儿时,他本来倒是很有机会去彻底研究爱尔兰人的危险性这个问题的,但是由于以为自己的生活已经永远有了着落,所以倒反而把这件事完全耽误了。现在,他想至少借助这根又被他点亮的蜡烛仔细看一看这个爱尔兰人,看完他觉得,恰好是这个人比那法国人的模样还中看一些。卡尔隔着一定的距离、踮着脚尖尚能看得出,他甚至还有一丝面颊丰满的痕迹,而且在睡梦中笑得相当亲切。

不顾一切下定决心不睡觉了,卡尔就坐在房间里唯一的一把椅子上,暂时停止收拾箱子,因为他一整个夜晚都可以用来收拾它,翻阅了一下《圣经》,却没读进去什么。然后,他拿起父母的照片,照片上矮个儿父亲高高挺直身子站着,母亲则身体略微下陷地坐在他前面的靠背椅里。父亲的一只手扶在椅子的靠背上,另一只手握成拳头搁在一本画册上,画册打开着放在他身边的一张薄木板小桌子上。另外还有一张照片,照片上是卡尔和他的父母在一起。父亲和母亲用锐利的目光望着他,而他却必须遵照摄影师的嘱托两眼盯着照相机。不过,他上路时这张照片没有让他带走。

因此,他越发仔细地注视放在他面前的这张照片,并试图从各个不同的方向去截获父亲的目光。可是不管他怎么用不同的烛光位置改变着视角,父亲的模样却怎么也逼真不起来,他那水平方向的浓密的髭须和真的一点儿也不像,这不是一张好照片。而母亲却照得比较好,她撇着嘴,仿佛她内心受到了伤害却还在强作笑颜似的。卡尔觉得这好像必定会引起每一个观看这张照片的人极大的注意,以致转瞬间他会觉得这个印象的明晰性太强并且近乎荒谬。人们怎么会从一张照片上对照片上人的隐蔽情感如此明确地获得无可辩驳的信念呢!他把目光从照片上移开片刻。当他把目光重新移回来时,母亲的手引起了他的注意,这只手从靠背椅扶手前端垂下,近得叫人直想吻它。他想,是不是还是给父母写封信的好呢,他们俩确实都曾(父亲最后在汉堡曾很严厉地)向他提出过这个要求。当初,在一个可怕的夜晚,当母亲在窗户边上通知他要他去美国时,他自然曾赌咒发誓以后决不写信,可是在这里的新环境中,一个无知少年的这样一个誓言算什么呢?当初他也完全可以发誓,他到美国两个月以后就要当美国民兵将军,而实际上他却是与两个流浪汉一起待在一间阁楼间里,在纽约市郊的一家小客栈里,而且还得承认,他在这里的确找到了自己的适当的位置。他微笑着审视双亲的面孔,仿佛他能从他们脸上看出,他们是否还一直渴望得到有关他们的儿子的消息。

看着看着,他不久便发现,他很疲倦,这一夜实在是挺不过去了。照片从他手中掉落,然后他把脸贴在照片上,照片的凉爽使他的面颊感到舒适,他怀着一种愉快的感觉渐渐入睡。

一大清早,他就被胳肢窝里的瘙痒搔醒。是法国人对他这样放肆胡来。但是爱尔兰人也已经站在卡尔的桌前,比起昨晚卡尔对他们来,他们俩却是颇感兴趣地注视着他。卡尔对于他们起床时没把他吵醒并不感到惊讶,他们居心不良,举止行走根本不会特别轻声的,他没醒是因为他睡得酣,况且穿衣,显然还有洗脸,都没化去他们多少工夫。

于是,他们郑重其事地用某种礼数互相问好,卡尔这才得知,这两个人是钳工,在纽约已经很久没有能找到工作了,所以相当的潦倒。为了证明这一点,鲁滨孙打开自己的上衣,人们可以看见,他没穿衬衫,这一点人们当然从那个松松垮垮缝在上衣后脖上的领子上本来也是可以看得出来的。他们打算步行到离纽约有两天路程的小城布特福脱去,据说那里有活儿干。他们不反对卡尔与他们结伴同行,并且答应首先可以给他提提箱子。其次,如果他们自己找到工作的话,便给他弄个学徒工的活干干,只要他们找到工作,这压根儿就是小事一桩。卡尔还没完全表示同意,他们就已经在好心好意地劝他脱下这件漂亮衣服,说是因为它会妨碍他找工作的。说是在这幢屋子里恰好有一个好机会,可以脱手这件衣服,因为这个房间的勤杂女工做服装生意。他们帮助在衣服问题上也还没有完全拿定主意的卡尔脱下衣服,拿起来就走。当被撇下的、有点儿睡眼惺忪的卡尔还在慢慢穿他那件旧旅行服的当儿,他责备自己卖掉了那件衣服,它也许会在谋取学徒工位置时使他受损,但是在谋取一个较好的职位时只会对他有好处。于是乎,他打开房门,想把那两个人叫回来，却已经和他们撞了个满怀，他们把一个半美元币作为卖衣款项放在桌上，看他们那个高兴的样儿，简直没法叫人不相信他们卖衣服时也捞了一笔，而且还是狠狠地捞了一笔。

不过现在也不是谈论这件事情的时候，因为勤杂女工走进来，完全和昨晚一样的迷迷瞪瞪，就要把三个人都轰到外面过道里，说是要收拾、整理好这个房间，以便接待新来的客人。可是其实当然满不是这么回事，她只是故意刁难罢了。卡尔正想整理自己的箱子呢，却只好眼睁睁地看着这个女人双手抓起他的衣物就使劲往箱子里扔，那力气之大，仿佛它们都是一头头动物，要把它们都扔趴下才解气呢。那两个钳工虽然缠住她，扯住她的裙子，敲她的后背，但是每逢他们想帮助卡尔整理箱子，这一套就全不灵了。当这妇人关上箱子之后，她便把把手塞进卡尔手里，甩开钳工们，把三个人都从房间里轰出去，并威胁说，他们若不听话就没有咖啡喝。这妇人显然已经完全忘记，卡尔并非一开始就是和钳工们一伙的，因为她把他们当做一个团伙来对待。当然，钳工们把卡尔的衣服卖给她，由此也向她表明了他们有某种共同的属性。

他们不得不长时间地在过道里来回踱步，尤其是已经挽着卡尔的胳臂的法国人更是骂骂咧咧，威胁说，只要老板敢出来，就要把他揍趴下。他一个劲儿地摩拳擦掌，似乎在做拳击准备动作。终于来了一个无辜的小男孩，他不得不伸长了胳臂，把咖啡壶递给法国人。可惜只有一只壶，人们怎么也无法让那孩子明白他们还要杯子。就这样，总是只能一个人喝，其余两人就站在他面前等着。卡尔不想喝，可是又不愿得罪别人，所以轮到他喝时便无所事事地站着，用嘴唇抿一抿壶。

临别时，爱尔兰人把咖啡壶向石头地板扔去。他们偷偷地离开屋子，走进浓密的、带黄色的晨雾之中。他们一般都并排着寂静无声地沿着马路的边沿走，卡尔还得提着他的箱子，别人大概在他请求下才会替换他。从雾中时不时飞驰出一辆汽车，于是这三个人便扭头看那些通常都是车身巨大的汽车，它们的构造十分引人注目，显现的时间又那么短暂，以致人们连哪怕只是看出是否有人坐在里面的时间都没有。后来，开始出现往纽约送粮食的马车车队，它们分成五列沿着马路的整个路面不停地向前行进，这时简直是谁也无法横过马路。有时候马路逐渐变宽而成一个广场，一个警察在广场中间一个塔状小土冈上来回踱步，他要综观全局并用一根小警棍指挥马路上以及从各小巷汇流到这里的车辆，这些车辆在到达下一个广场、受下一个警察指挥之前便一直处于无人照管的情况，却由沉默不语、全神贯注的马车夫和汽车司机自愿维护着必要的秩序。对于这普遍的安静状态卡尔感到不胜惊讶。若不是有逍遥自在的供屠宰的牲畜的叫喊声的话，除了马蹄的嗒嗒声和汽车防滑轮胎的嗖嗖声，人们也许就什么声音也听不见了。车辆行驶的速度自然并非总是一样的。如果在个别广场上由于四面八方涌来的车辆太多而必须作重大调整，各路车队便停滞不前，只是一步一步地行驶，可是随后也会又出现短时间内一切车辆飞快掠过的情况，最后，像是受唯一的一个制动器控制似的，它们又渐渐缓和下来。这时，马路上不扬起丝毫尘土，一切都在极清新的空气中移动。步行者是没有的，这里不像在卡尔的家乡，没有一个个市场女贩步行进城，却时不时出现大而低矮的汽车，上面站着20来个背背篓的妇女，也许就是市场女贩，伸长着脖子，极目远眺，巴望着车子能开得快一点。然后，人们看见类似的汽车，几个男子双手插在裤袋里在车上来回漫步。在这些挂着各种标语牌的汽车中的一辆上，卡尔在轻轻一声惊叫声中读到："雅各布运输行招募码头工人。"这辆汽车恰好驶得极慢，一个站在汽车踏级上的矮小、弯腰、活跃的男子招呼这三个步行人上车。卡尔躲到钳工的背后，仿佛舅舅在车上，会看见他似的。他对这两个人也拒绝这一邀请感到高兴，即便他们拒绝上车时脸上现出的那种高傲神态在某种程度上伤害了他的感情。他们大可不必以为自己是上等人，是不屑于受舅舅雇用的。他立刻便向他们表示了这一层意思，虽然用词自然并不很明确。德拉马什随即便请他最好还是不要干预他不懂的事情，说是这种招募人员的方式是可耻的欺骗，而且雅各布公司在全美国臭名昭著。卡尔不搭茬儿，但是从此便更向着爱尔兰人，他也求爱尔兰人现在给他提一会儿箱子，在卡尔的再三请求下，爱尔兰人也就给他提了。只是，他不断抱怨箱子沉，后来才弄明白，原来他只不过是想减轻箱子里的意大利香肠的分量，他大概在旅店里就已经对它馋涎欲滴了吧。卡尔不得不把香肠从箱子里拿出来,法国人拿过去,拿起他那把匕首形状的小刀便切,几乎完全独自一人把香肠吃光。鲁滨孙只偶尔得到一片,卡尔则一片也没吃着,仿佛他已经预先把自己的那一份吃掉了似的。他不想把箱子扔在马路上,所以只好又把它提了起来。他觉得为一小片香肠而乞讨,这未免太寒碜了,但是他心中感到愤愤不平。

全部雾气都已经消退,一座巍峨的山脉在远处闪闪发光,它的山脊向更远的薄雾蜿蜒伸展。马路边上是耕作粗陋的田地,它们围绕着冒着黑烟耸立野外的大工厂向四周延伸开去。在毫无次序地任意修建起来的兵营式出租楼房里,那众多的窗户一遇震动便跟着在灯光下颤抖,在所有那些单薄的小阳台上,妇女和儿童们忙忙碌碌,而在他们四周则晾挂起来的布块和衣服在晨风中飘动并剧烈鼓起来。目光一移开这些楼房,人们便看见云雀在高空飞翔,低处则又是燕子,就在离行驶着的人的脑袋上方不太远的地方。

许多东西使卡尔回想起他的家乡,离开纽约,深入这个国家的腹地,他不知道他这样做对不对。纽约靠着大海,随时都有返回家乡的可能。于是他停住脚步,对他的两个同伴说,他又想待在纽约了。当德拉马什想干脆强拉着他往前走时,他就是不走并且说,他总还有权利决定自己的行动吧。爱尔兰人不得不居间调解并解释说,布特福脱比纽约漂亮得多,两个人好说歹说了半天,他才又继续往前赶路。即便那样他本来也还是不会走的,倘若他不是考虑到,去一个返回家乡的机会不是那么可以轻易得到的地方,这对他来说也许更有好处。他一定会在那里干得更好,取得更大的成绩,因为在那里就不会有无益的念头来妨碍他了。

现在是他在牵着另外那两个人的手走了,而他们俩对他的热心是感到如此高兴,以致他们不等卡尔相求便主动轮流提箱子,弄得卡尔莫名其妙,不知道他到底是怎么让他们变得这样高兴起来的。他们来到一个地势较高的地方,有时他们站住脚,他们一回头便看到整个纽约和纽约港越来越开阔地展现在自己眼前。把纽约和布鲁克林联结在一起的那座桥梁轻柔地悬挂在东方大江的上空,而如果你眯起眼睛,你便会觉得它就颤动。那座桥上似乎没有车辆来往,它下面横跨着那条没有生气的、平滑的水带。两座大城市里的一切似乎空洞而无用地竖立着。形形色色的房屋几乎没有大小之分。在街道的看不见的深处，生活按其自身的方式继续着，但是在街道上空却什么也看不见，只看得见薄薄的雾气，它虽然不动，但是似乎不费什么劲就可以被驱散。宁静似乎也已经降临到港口，这个世界上最大的港口了。大概是回忆起从前在近处看到的景象了吧，人们也只是偶或以为看见了一只船，它正在作短距离行驶。可是人们也不能长时间地盯住它，它逃脱视线，消失不见了。

但是德拉马什和鲁滨孙看到的显然要多得多，他们指向右边和左边，伸出双手指点广场和花园的位置，列举出它们的名字。他们无法理解，卡尔在纽约生活了两个多月，除了这座城市的一条街道以外，其他地方几乎什么也没见过。他们答应他，等他们在布特福脱挣够了钱，一定和他一起去纽约，带他去看一切值得一看的地方，当然尤其是要带他去看那些可以让人销魂落魄的地方。说罢，鲁滨孙就使劲唱起一首歌来，德拉马什击掌伴奏，卡尔听出来这是他在家乡听过的一首轻歌剧里的歌曲，他觉得配上英语歌词，这首歌比他在家里听到过的还要好听。就这样，在野外举行了一场小小的演唱会，三个人都参加演唱，只有下面这座据说风靡这首歌曲的城市似乎对此毫不知情。

有一次卡尔问，雅各布运输行在哪儿？他当即看到德拉马什和鲁滨孙伸出食指指向也许是同一个、也许是相距甚远的不同的地方。当他们继续走路时，卡尔问，他们最早能在什么时候攒足了钱回纽约去？德拉马什说，这完全可以在一个月内实现，因为布特福脱缺工人，工资高。说是他们当然要把挣来的钱放在一起，这样，他们作为伙伴在工资上出现的某些差别也就可以得到弥补了。卡尔不喜欢把钱放在一起，虽然他作为学徒工当然比满师的工人挣得少。此外，鲁滨孙还说，如果在布特福脱找不到活儿干，他们当然就得继续往前走，不是在什么地方落脚当农业工人，就是到加利福尼亚去淘金，按鲁滨孙详细讲述的情况来判断，后者是他最心爱的计划。

"既然你们现在想去淘金，那么你们怎么当钳工了呢？"卡尔问，他不喜欢听人说必须进行这种没把握的长途跋涉。

"我为什么当了钳工?"鲁滨孙说,"总不是为了好让我老娘养的儿子饿死吧。淘金可以挣大钱。"

"那是从前。"德拉马什说。

"现在还是。"鲁滨孙说,他讲了许多个淘金致富的熟人的故事,他们还一直在那儿,当然一点儿也不动手了,但是出于老交情愿意帮他,当然也愿意帮他的同伴们发财致富。

"我们会在布特福脱找到工作的。"德拉马什说,并且说出了卡尔的心里话,不过这也并不是一句信心十足的话。

白天他们只在一家酒店歇了一回脚,在酒店前的外面靠着一张卡尔看上去似乎是铁制的桌子旁吃几乎是生的肉,人们用刀叉切不动这肉,而是只能将它撕碎。面包的形状像个滚筒,每一个面包上都插着一把长刀。吃这顿饭时还喝一种烧得嗓子火辣辣痛的黑色液体。德拉马什和鲁滨孙却喜欢喝这种饮料,他们常常为祝贺各种愿望得以实现而举起酒杯,互相碰杯,并且让酒杯互相挨着在空中停留片刻。旁边一张桌旁坐着身穿溅有石灰污斑衬衫的工人,大家都喝那同样的饮料。大量从一旁驶过的汽车将一层层尘土洒向桌面。大张大张的报纸互相传递,人们激动地谈论着建筑工人罢工,马克的名字不时被提及。卡尔打听这个名字并获悉,这是他认识的那个马克的父亲,纽约最大的建筑业主。这场罢工使他损失几百万,也许危及他的商务地位。对于不了解情况、心怀恶意的人的这些流言蜚语卡尔一概不信。

此外,卡尔吃这顿饭心里还有一个疙瘩,这就是这顿饭怎样付账还很成问题。顺理成章的做法当然应该是各付各的,可是不管是德拉马什,还是鲁滨孙,他们分明都已经察觉,他们仅存的那点钱已经为昨夜的床位花光了。没看到谁身上有表、戒指或其他什么可以变卖的东西。卡尔总不能说他们卖他的衣服还赚了点钱,说这种话不啻侮辱人、与人绝交。可是怪就怪在,德拉马什和鲁滨孙都不为付账的事发愁。相反,他们性情相当愉快,试图尽量和傲视阔步往来穿梭于各餐桌之间的女招待多搭讪几句。她的头发有些松乱地披散在额头和面颊上,她一再用双手自下往上,把披散的头发掠回去。最后,当人们也许正期待着她说出第一句友好的话语的时候,她走到桌子跟前,将双手放在桌子上,问:"谁付钱?"绝不会有谁的手比德拉马什和鲁滨孙的手举得更快的了,他们一齐飞快地举手直指卡尔。卡尔对此并不感到吃惊,因为这正是他已经预料到了的,并且觉得,既然他也希望从同伴那里得到某些好处,那么他们让他付几个饭钱也就没什么了不起的了。即便在决定性时刻到来之前把这件事情明确谈清楚,这样做本来也许就会显得更体面一些的。为难的只是,他得先把这钱从暗袋里掏出来。他本来曾打算将这钱保存起来以备急需之用,这样就可以暂时在某种程度上取得与他的同伴们相同的地位。他由于拥有这笔钱、尤其是由于对他的同伴隐瞒拥有这笔财产而获得的这个优势被他的同伴们绰绰有余地抵消掉了,因为他们从小就一直在美国,他们有足够的挣钱的知识和经验,他们毕竟过惯了现在的这种生活,并不习惯更优裕的生活境况。迄今为止卡尔就他的钱所怀有的这些打算其实也不会因付这笔账而受挫,因为四分之一美元他毕竟还付得起,所以不妨可以把一个25美分的硬币搁在桌子上并解释说,这是他仅有的一点钱,他愿意为共同奔赴布特福脱而将它贡献出来。作这趟徒步旅行,有这样一笔钱也完全够了。可是他不知道,他是否有足够的零钱,加之这钱以及收放在一起的纸币都放在暗袋的深处呢,要找到暗袋里的什么东西,最好的办法莫过于把里面的全部东西都抖搂到桌子上,而且也完全没有必要让同伴们获悉有关这只暗袋的什么情况嘛。现在似乎运气不错,同伴们始终还是对女招待表现出浓厚的兴趣,而并不在意卡尔怎样凑钱付账。德拉马什要女招待结账,从而诱使她来到自己与鲁滨孙之间,她只好把整只手放在这一个或另一个的脸上并把他推开,避开这两个人的纠缠。这当儿,卡尔使出浑身力气在桌面底下用一只手集拢那钱,用另一只手在暗袋里将那钱一个一个清点并拿出来。虽然他并不十分了解美国货币,最后他还是认为,至少按硬币的数量来看,他的钱够了,并当即将那些硬币放到桌子上。钱币的声响当即打断了笑谑。令卡尔感到气恼、令大家感到惊奇的是,桌面上竟几乎放着整整一美元。虽然没有一个人问为什么卡尔先前只字未曾说起过有这笔钱,有这笔钱完全可以舒舒服服坐火车到波特福脱去的嘛,但是卡尔却感到十分尴尬。

付清饭费后,他慢慢把剩下的钱收回,德拉马什竟从他手里拿走一个硬币,他要拿它当小费送给女招待,他拥抱她,把她紧紧搂在怀里,然后从另一侧把钱递给她。

卡尔感激他们在继续行进途中没有提起这钱的茬儿来,有一阵子他甚至想把他全部财产的底儿告诉他们,但由于没有适当的机会,也就作罢了。傍晚时分,他们来到一个颇具乡村风味的、土地肥沃的地方。四周都是整片整片的田地,它们披着嫩绿铺陈在平缓的山丘上,富贵的庄园环绕着马路两旁,人们接连数小时之久都行走在镀金花园栅栏之间,他们多次越过那同一条缓缓流过的河流,他们不时听到头顶上火车在高架桥上轰鸣。

太阳刚从远方森林平坦的边缘落下,它便在一个小丘上的一小簇树林中间坠入草地之中,以便休养精神,舒解疲劳。德拉马什和鲁滨孙躺在地上,尽情地伸展着四肢。卡尔笔挺地坐着,望着脚下几米远处蜿蜒伸展的马路,和整个白天的情况一样,马路上不断有汽车彼此轻捷地疾驰而过,仿佛有人按精确的数目将它们从远处发出,又有人在远方的另一头按同样的数目将它们接收似的。自大清早以来的整整一天里,卡尔没见过一辆汽车停下,没见过一个乘客下车。

鲁滨孙建议就在这里过夜,说是因为他们大家都够累的了,第二天他们可以早一点出发,反正他们天黑以前找不到更便宜、更合适的投宿处所了。德拉马什表示同意,只有卡尔自以为有义务要说明,他带着足够的钱,大家都去住饭店他也付得起。德拉马什说,这钱他们还会用得着的,他应该将它保管好。德拉马什丝毫不隐讳他已经算计上卡尔的钱了。由于他的第一个建议已经被接受,鲁滨孙便进一步解释说,但是为了恢复体力以利于明天赶路,在睡觉以前他们还得好好吃点东西,说是应该派一个人到饭店去给大家把饭买来,那家饭店的"西方饭店"招牌就在近处公路边上闪闪发亮。作为最年轻的人,况且由于别人谁也没应声,卡尔便毫不犹豫地表示愿意去办这件事,并且在他得到要吃熏板肉、面包和啤酒的口头通知后随即就走进那边的那家饭店。

附近必定有一座大城市,因为卡尔走进饭店的第一座饭厅,就看见里面挤满了大声说话的人群，许多胸前系围裙的招待员在沿着一道纵向墙和那两道横向墙一溜儿摆开的餐柜边上不停地奔走，却还是不能使焦急的客人们感到满意，因为人们一再地在各处听到诅咒声和拳头敲击桌子的声音。谁也没有理会卡尔，饭厅餐桌上也没有人提供服务，客人们坐在极小的、有三个人围坐便显得小得微不足道的桌子旁边，想吃什么，一切都是自己到便餐供应部去取。所有的小桌子上都放着一只装有油、醋等调料的大瓶子，所有从便餐供应部取来的菜肴在食用之前都浇上这只瓶子里的调料。卡尔想先挤到便餐供应部那儿再说，尤其是因为他订的食品量大，所以大概到了那儿困难才真正开始。于是，他不得不从许多餐桌之间挤过去，不管他多么小心翼翼，他往前挤的时候也难免和客人们磕头碰脑的，而客人们则好像毫无感觉似的忍受这一切。甚至有一回，当然也是因为被一个人挤了，卡尔撞在一张小餐桌上，差点儿没把桌子掀翻，人家也毫无反应。他虽然也道歉了，但是显然没被人理解，而且也丝毫都没理解人家对他说的话。

到了便餐供应部那儿，他费了好大劲儿找到一个小小的空当儿，可是在好长一段时间里他的视线被四周邻人支起的胳膊肘挡住了。支起胳膊肘，握着拳头顶着太阳穴，这似乎压根儿就是这里的一种习俗。卡尔不由得想起，拉丁语教授克龙帕博士恰恰就憎恨这种姿势，他总是悄没声地突然走过来猛地抽出一把直尺戏弄似的猛一捋把胳膊肘从桌面上捋下。

卡尔紧紧贴住餐柜站着，因为他刚在这里站稳脚跟，他背后便支起了一张桌子，正在那儿落座的客人中的一个只是在说话时微微那么把头朝后仰了一仰，他的大宽檐帽便重重地擦着了卡尔的后背。挤成了这样，甚至那两个粗胖邻人都已经心满意足地走了，想从招待员那儿得到什么，这个希望仍然十分渺茫。卡尔几次伸手从桌子上方抓住了招待员的围裙，但是每次总是让这个人扭歪脸挣脱了。哪个招待员也拦不住，他们只是奔走着，一个劲儿奔走着。哪怕只要卡尔身边有什么可吃可喝的东西呢，他一定会要的，他会问清楚价格，把钱放过去，他就会高高兴兴地离去。但是他面前偏偏只放着一碗一碗鲱鱼那样的鱼，黑色鳞片在碗沿闪着金光。这鱼可能很贵,大概也填不饱肚子。而且盛朗姆酒的小酒杯也够不着,不过他也不想给同伴们带朗姆酒,他们似乎反正一有机会就要弄这种烈性酒喝,他不想再给他们火上浇油了。

所以卡尔没有别的办法,只好另找一个位置,一切从零开始。可是现在时光也已经不早了,餐厅另一头的时钟显示出,现在已经过了九点了,瞪大了眼睛,人们从烟雾中将将还能看清那只时钟的指针。可是在餐柜旁边,哪儿都比先前那个有点儿偏僻的地方更拥挤。此外,时光越晚,餐厅里的人就越多。不断有新客人带着欢声笑语从正门走进来。有些地方,客人们独断专横地收拾干净餐柜,坐到斜面桌上,互相对饮起来,这是最好的位置,人们俯瞰着整个餐厅。

卡尔虽然还在继续往前挤,但是对于是否真还能弄到什么吃的,他已不抱什么希望了。他责备自己不了解当地情况就自告奋勇接受了这桩差使。他的同伴们完全有理由斥责他,甚至还会以为他只是为了省钱才什么也没买回来。现在,他甚至是站在一个四周桌旁都有人在吃热的土豆烧肉美味菜肴的地方,使他费解的是,这些人是怎么弄到这东西的。

这时,他见自己面前几步远处有一位上了年纪的、显然是饭店职工的妇女,她正笑着和一位客人说话。她一边说着话,一边不停地用一只发叉梳理着自己的头发。卡尔当即决定去向这个妇女进行订购,首先是因为作为餐厅里唯一的女性对他来说意味着普遍喧嚷和奔跑中的一个例外,其次也出于一个简单的原因,这就是因为她是能向之求助的唯一的一个饭店职员。当然得有个前提,这就是她不会在听他向她说第一句话的时候便跑开办事去。而实际情况却完全相反,卡尔还根本没有主动与她攀谈,而只是稍微窥伺她一下,她便一如人们有时在谈话中间会斜眼看一下旁边那样地朝卡尔望去,并中断了自己的说话,友好地用文法清楚明了的英语问他,他是不是有什么事。

"是有点事,"卡尔说,"我在这里什么也买不到。"

"您跟我来吧,小家伙。"她说,随即告别她的熟人,此人则摘下帽子,这在这里好像是一种极有礼貌的举止。她拉着卡尔的手,走到立式餐柜旁边,把一个客人推向一边,打开斜面餐台上的一扇活动翻板门,越过斜面餐台后面的过道,在那儿人们必须注意那些不倦地奔走着的招待员们,打开一扇双重裱糊门,他们便到了宽大、凉爽的储藏室。"有熟人就是好办事。"卡尔暗自思忖。

"喏,您要什么呀?"她边问边殷勤地对他低下头来。她很胖,她的身体摇晃着,但是她的脸容,当然是相对而言,却几乎显得比较娇嫩。一看到这里架上和桌上小心翼翼码放着许多食物,他几乎禁不住引诱,想订一份更美味可口的晚餐,尤其是因为他可以指望得到这个有权势的女人的优惠。可是由于他一时想不起什么合适的食物,最后他还是又只说了熏板肉、面包和啤酒。

"不要别的了?"妇人问。

"谢谢,不要了,"卡尔说,"不过要三个人的。"

由于妇人问起另外那两个人,卡尔便三言两语简单讲了讲他的同伴的情况,稍许受到别人询问,这使他感到高兴。

"可是这简直是给囚犯吃的饭。"妇人说,显然还在等待卡尔再要点什么。卡尔却担心她会白送给他,不肯收他的钱,所以沉默不语。"这几样东西我们马上就可以配齐。"妇人说,以一种就其肥胖的身躯而言值得钦佩的敏捷向一张桌子走去,用一把既长又薄的锯条形刀切下一大块带着许多肉的板油,从一个架子上拿下一个大面包,从地上拿起三瓶啤酒并把一切全放进一只轻便的草篮子里,把篮子递给卡尔。在这期间,她向卡尔解释说,她之所以带他到这里来,是因为外面便餐供应部的食物受烟雾和各种气味熏烤尽管消费很快却总是不新鲜。但是对于外面的人来说一切都够好的了。卡尔一声也不吭,因为他不知道,他凭什么受到这种特殊照顾。他想到了他的同伴,尽管他们是美国通,他们大概也不会深入到这些储藏室里,而是只好将就着吃便餐供应部的不新鲜的食物。人们在这里听不见餐厅里的喧闹声,墙壁一定很厚,所以才能使这个拱顶地窖保持足够凉爽的温度。卡尔已经将草篮在手里提了一会儿,却不想付钱,也不动弹。只是当妇人后来又要将一只类似外面桌子上的那种瓶子放进篮子里去的时候,他才战战兢兢地表示感谢。

"您还要走很远的路吗?"妇人问。

"一直走到布特福脱。"卡尔回答。

"这还有很远的路呢。"妇人说。

"还有一天的路程。"卡尔说。

"然后就不走了?"妇人问。

"噢,不走了。"卡尔说。

妇人摆放好桌上的几件东西,一个招待员走进来,四下里寻找着什么,后来妇人向他指指一只大碗,碗里放着一大堆沙丁鱼,鱼身上撒着少许香菜,招待员便抬起双手捧着这只碗向外面的餐厅走去。

"您究竟为什么要在露天过夜呢?"妇人问,"我们这里有地方。您在我们这儿饭店里睡吧。"

这对卡尔很有吸引力,尤其是因为昨夜他睡得那么糟糕。

"我的行李在外面呢。"他犹豫不决地、并非完全不带虚荣地说。

"行李您带这儿来好了,"妇人说,"这不碍事的。"

"可是我的同伴呢?"卡尔说,并且立刻发现,他们倒真的有点碍事。

"他们当然也可以在这里过夜。"妇人说。

"您就来吧!您不要这么不好意思嘛。"

"我的同伴倒也都是正派人,"卡尔说,"可是他们身上不干净。"

"您没有看见餐厅里那个脏样?"妇人扭歪着脸说,"确实是最邋遢的人都可以到我们这儿来的。我马上让人准备三个床位。当然只好睡在阁楼上,因为饭店客满了,我也搬到阁楼上去住了,不过这总比睡在露天强吧。"

"我不能把我的同伴带来。"卡尔说,他想象得出来,这两个人会在这家高级饭店的过道里怎样大声吵闹,鲁滨孙会把什么都弄脏,而德拉马什则肯定会把这位妇人都惹厌烦的。"我不明白,这有什么不可以的,"妇人说,"可是如果您要这样的话,那么您就让您的同伴待在外面,您独自一个人来我们这儿吧。"

"这不行,这不行,"卡尔说,"他们是我的同伴,我必须和他们待在一起。"

"您真固执,"妇人说并把目光从他身上移开,"人家是为您好,很想帮您一把,您却拼命反对。"

这个道理卡尔全明白,可是他没有办法,他只说了句:"我衷心感谢您的好意。"他这才想起,他还没付钱呢,便问该付多少钱。

"这钱您就在给我把这只草篮子送回来的时候再付吧,"妇人说,"最晚明天早晨您得把它还我。"

"好吧。"卡尔说。她打开一扇径直通向室外的门,就在他一鞠躬走出去的当儿还说了句:"晚安,您可是做得不对呀。"他已经走出去几步了,她还冲着他的背影喊:"明天见!"

他刚到外面,就又听见从餐厅传来并不曾减弱的喧闹声,现在这喧闹声中也还掺杂着一个吹奏乐队的声响。他为不必穿过餐厅走出去而感到高兴。现在,饭店的六层楼里全都灯火通明,并且照亮了饭店门前的一大段马路。外面始终还有汽车在行驶,虽然已经是断断续续,但是它们从远处驶来时速度比白天更快,用车前灯的白光探测马路的路面,使苍白的车灯光与饭店的光区相交,亮晃晃急忙驶进前方的黑暗之中。

卡尔发现同伴们已经在酣睡,不过他也的确离开得太久了。他正想将带来的食物干净整齐地摆放在他在篮子里找到的纸上,等一切准备就绪后便去叫醒同伴。这时,他惊恐地发现,他把他的箱子锁着留下的,箱子钥匙还在他衣兜里呢,可是如今这只箱子却完全打开了,箱里的一半衣物散落在四周的草地里。

"起来!"他喊道,"你们还睡大觉呢,小偷光临过了。"

"短什么东西了吗?"德拉马什问。鲁滨孙还没有完全醒过来便伸手去抓啤酒。

"我不知道,"卡尔叫喊,"可是箱子开着呢。躺下睡大觉,将箱子扔在这里不管,这是一种轻率行为。"

德拉马什和鲁滨孙哈哈大笑,前者说:"下一回您可别离开这么久。饭店离这儿十步远,而您一来回需要三个小时。我们饿了,曾以为您的箱子里可能有什么吃的东西,把这锁鼓捣了半天才把它鼓捣开了。不过,箱子里什么吃的也没有,您把这些东西都好好装回箱子里去吧。"

"原来如此。"卡尔说,眼睛盯着正在腾空的篮子,耳朵听着鲁滨孙喝啤酒时发出的特有的响声,因为这啤酒先深深灌进咽喉,随后却带着一种口哨声又反弹回来,然后才大口大口喝下肚去。

"你们已经吃完了吗?"看到那两人喘气想歇一会儿,他便问。

"难道您没有在饭店里吃过什么?"德拉马什问,他以为卡尔是在要他的那一份。

"如果你们还要吃,那就快点吃。"卡尔边说边向他的那只箱子走去。

"他好像耍脾气了。"德拉马什对鲁滨孙说。

"我没有耍脾气,"卡尔说,"可是,乘我不在砸开我的箱子,把我的东西全扔出来,这种做法难道合适吗?我知道,大家是伙伴嘛,有些事就得忍着点,对此我也是做了思想准备的,但是这件事太过分了。我要在饭店里过夜,我不去布特福脱了。你们快吃完,我得把篮子送回去。"

"鲁滨孙,你瞧,他这样说话,"德拉马什说,"这是文雅人的说话方式。他是个德国人嘛。你一开始就告诫我要提防着他点,可是我真是个大傻瓜,还是带着他上路了。我们相信他,拖着他走了一整天,至少因此而丧失掉了半天的工夫,而现在——因为那儿饭店里不知哪个人勾引了他——他要告辞了,干脆就告辞了。但是由于他是个虚伪的德国人,所以他不公然这样做,而是找箱子作借口,又由于他是个粗暴的德国人,所以我们拿他的箱子开了一个小小的玩笑,他不伤害我们的名誉,不称我们是贼,是不会离去的。"

卡尔收拾行李,没有转身:"您尽管这么说好了,您就让我走得心里宽舒些。我很清楚,什么是友情。我在欧洲也曾有过朋友,没有一个朋友会说我对他虚伪或粗野。当然,现在我们没有联系了,但是如果我再次回到欧洲的话,他们都会热情接待我,立刻承认我是他们的朋友。而您,德拉马什,还有您,鲁滨孙,你们这么热情,关心我,答应在布特福脱给我找一个徒工职位,这事我决不会忘记的,我会出卖你们吗?可是现在是另外一码事嘛。你们一无所有,这丝毫也没有在我的心目中贬低了你们的地位,可是你们忌妒我的这一点点财产并因此而试图羞辱我,这样的事我不能忍受。而且,你们砸开我的箱子以后,你们一句道歉的话也没有，反而还骂我，进而还骂我的民族——可是您这一骂，也骂得我实在没法再和你们待在一起了。顺便说一句，鲁滨孙，这些话本来都不是针对您的。对您的性格我只有一点意见，这就是您太依赖德拉马什了。"

"我们总算看见了，"德拉马什说，他走到卡尔跟前，轻轻推了他一下，像是为了让他注意，"我们总算看见了，您是怎样露出自己的真面目来的。您整天都跟在我后面走，拉着我的衣服，模仿我的每一个动作，平时像小老鼠一样一声不响。可是现在，因为您感觉到饭店里有人支持，所以您说起话来腰板儿就硬了。您是个小滑头，我还根本不知道，我们是否会平心静气地忍受这件事。您白天从我们身上学去的知识，我们要不要让您付学费呢。你，鲁滨孙，我们妒忌他——这是他说的——妒忌他的财产。在布特福脱干一天活——加利福尼亚就更甭提了——我们挣的钱就比您露给我们看的以及您在您那件上衣里子里可能还藏着的多十倍。哎哟，讲话留点神吧！"

卡尔整理好箱子站起来，看见睡眼惺忪，但是喝了啤酒已经有了点生气的鲁滨孙也正在走过来。"如果我还在这里久留的话，"他说，"我也许还会遭到别的意想不到的事件。您似乎想揍我吧。"

"一切忍耐都是有限度的。"鲁滨孙说。

"鲁滨孙，您还是别说话的好，"卡尔说，眼睛紧紧盯着德拉马什，"在内心里您同意我的意见，可是表面上您却必须站在德拉马什的一边。"

"您也许想收买他吧？"德拉马什问。

"我没这个意思，"卡尔说，"我为我的离去而感到高兴，我不想再和你们当中的任何人打交道了。只有一点我还想说一说。您曾指责我，说我有钱，把钱藏起来不让您看见。假定这是真的，对于我才认识了几个小时的人，我这样做不是做得很对吗，而且您不是还在用您现在的行为证明着这样一种行为方式的正确性吗？"

"你别动。"德拉马什对鲁滨孙说，虽然鲁滨孙并没有动一动。然后，他问卡尔："既然您如此厚颜无耻得坦率，既然我们如此无拘无束地站在一起，那么，您索性就再坦率一次，您就坦白承认，您究竟为什么要到饭店里去。"卡尔不得不越过箱子退后一步,因为德拉马什向他逼近过来,离他很近了。但是德拉马什不受迷惑,把箱子推到一边,向前跨进一步,一脚踩着了一只落在草地上的白色衬衫假领,重复了一遍他的问题。

像是作出回答似的,一个手持一只闪着强光的电棒的男人从马路那边向这几个人走来。那是饭店的一位服务员。他一看见卡尔就说:"我几乎已经找了你半个小时了,马路两边各个斜坡我全都搜索遍了。女厨师长太太要我告诉您,她借给您的那只草篮子,她现在急着要用呢。"

"篮子在这儿。"卡尔用一种因激动而显得惴惴不安的声音说。德拉马什和鲁滨孙故作谦逊地走到一边去,这是他们在陌生的、境况良好的人的面前的惯常做法。服务员接过那只篮子,说道:"女厨师长太太还问您,您是不是考虑过了,愿不愿意在饭店里过夜。也欢迎另外两位先生去,如果您愿意带他们去的话。床位已经准备好。今晚天气暖和,可是睡在这里,睡在这块坡地上,这可绝不是没有一点危险的事,这里经常有蛇。"

"既然女厨师长太太如此友好,那我就接受她的邀请了。"卡尔说并且等着他的同伴们作出某种表示。可是鲁滨孙毫无表情地站着,而德拉马什则双手插在裤兜里,望着天空的星星。两个人显然指望着卡尔会毫不犹豫地把他们带走的。

"既然这样,"服务员说,"那么我的任务就是带您进饭店,给您提行李。"

"劳驾,请您再稍许等一会儿。"卡尔边说边弯腰将尚还散落在四周的几件衣物放进箱里。

突然,他直起腰来。那张照片没了,它放在箱子的最上层,如今哪儿也找不着了。一切都齐全,只缺那张照片。"我找不到那张照片了。"他用请求的口吻对德拉马什说。

"什么照片?"此人问。

"我的父母的照片。"卡尔说。

"我们没见过照片。"德拉马什说。

"里面没有什么照片呀,罗斯曼先生。"鲁滨孙也在一边证实说。

"可是这怎么会呢?"卡尔说,在他的求助的目光下,服务员走近过来。"照片本来放在上面的,现在照片不见了。你们别拿我的箱子寻开心呀!"

"不可能搞错的,"德拉马什说,"箱子里本来就没有什么照片。"

"对我来说,这张照片比箱里所有的其他物品都更重要。"卡尔对服务员说,服务员走来走去,在草地里寻找。"因为它是独一无二的,我得不到第二张的了。"当服务员停止作毫无希望的寻找时,卡尔还说:"这是我拥有的唯一的一张我父母的照片。"

于是,服务员直言不讳地大声说:"也许我们还可以搜一搜先生们的口袋吧?"

"对,"卡尔立刻说,"我必须找到这张照片。但是在我搜查口袋之前,我还是说,谁主动把照片给我,谁就可以得到这整箱的东西。"在普遍静场了片刻之后,卡尔对服务员说:"我的同伴们显然希望我们搜查口袋,但是即便现在我也甚至答应,在谁的口袋里找到照片,我就把整只箱子给谁。多了我拿不出来。"

服务员立刻动手搜查德拉马什,他觉得此人比鲁滨孙难对付,所以就把鲁滨孙交给卡尔去处理。他提醒卡尔注意,必须同时搜查这两个人,因为不然的话,其中的一个可能就会偷偷地将照片藏匿起来。卡尔一伸手就在鲁滨孙的口袋里摸到一条属于他的领带,但是他没有拿走领带,却对服务员喊道:"不管您从德拉马什身上找到什么,请您全给他留下。除了照片以外,别的我什么也不要,我只要照片。"

摸上衣胸前的里袋时,卡尔的手触着了鲁滨孙的热烘烘、油腻腻的胸脯,他当即意识到,他这样对待他的同伴也许是很不公正的。他尽快匆匆摸了摸口袋。而且,一切都是枉然,既没有在鲁滨孙身上,也没有在德拉马什身上找到那张照片。

"没有办法。"服务员说。

"八成是他们已经把照片撕碎并且把碎片扔掉了,"卡尔说,"我以为他们是朋友,可是他们净想着在暗地里伤害我。其实这不是鲁滨孙干的,他才不会想到这张照片对我具有如此重要的价值,可是德拉马什却干得出来。"卡尔只看见自己面前的服务员,他的电棒亮了一个小圆圈,而其他一切,也包括德拉马什和鲁滨孙,则都在一片深深的黑暗之中。

现在当然根本谈不上带这两个人到饭店里去了。服务员把箱子一抡抡到肩上,卡尔拿起草篮子,他们走了。卡尔已经到了马路上,他若有所思停止前进,站住脚,向上对着一片黑暗喊道:"你们听着,你们中间哪个要是还有那张照片,愿意给我送到饭店里来——他仍还可以得到这只箱子,而且,我发誓,他决不会受到告发。"没有真正的答复传下来,只听见一句不连贯的话,鲁滨孙刚开始喊出声来,德拉马什显然立刻就将他的嘴堵住了。卡尔还等了好一会儿,看上面他们会不会改变决定。他间隔着喊了两次:"我还一直在这儿哪!"但是没有声音作出回答,只有一次顺坡滚下来一块石头,也许是偶然,也许是没有扔准。

西方饭店

一到饭店，卡尔立刻就被带进一间类似办公室的房间，女厨师长手里拿着一本备忘记事本，正在那里向一个年轻的女打字员口授一封信。极其精确的口授声，熟练而富有弹性的打字机键盘的弹击声急促追逐着只是偶或可以听得见的挂钟的滴答声，那挂钟几乎已指向11点半。"好了！"女厨师长说，合上记事本，女打字员一跃而起，把木盖罩在打字机上，在做这一机械性工作时眼睛始终没离开卡尔。她看上去还像个女学生，她的围裙熨得非常讲究，譬如两肩都带着波纹，头发蓄得高高的，看了这些细节之后再看她那张严肃的面孔，人们不免有点感到惊异。先向女厨师长、后向卡尔欠了欠身之后，她便离去，卡尔则不自觉地用一种询问的目光望着女厨师长。

"好哇，您到底来了，"女厨师长说，"您的同伴呢？"

"我没有带他们来。"卡尔说。

"他们大概一大早就要上路的吧。"女厨师长说，好像是在向自己解释这件事情似的。

"难道她会不想到，我也要一起上路的吗？"卡尔暗暗问自己，为了排除任何怀疑所以便说："我们闹翻了。"

女厨师长似乎把这理解成为一则愉快的消息。"这么说，您现在自由了？"她问。

"是的，我自由了。"卡尔说，他觉得没有什么比这更无用的了。

"您听着，您不想在这儿饭店里弄个差事干干吗？"女厨师长问。

"很愿意，"卡尔说，"可是我的知识少得可怜，譬如我连打字都不会。"

"这并不是最重要的，"女厨师长说，"也许您暂时只得到一个小小的职务，然后您就得争取通过勤奋和谨慎步步高升。不过，不管怎么说，我总觉得，在某个地方站住脚跟总比到处闲荡要好些，要可取些。我觉得您不适合到处闲荡。"

"所有这些看法舅舅也会同意的。"卡尔暗自思忖并赞许地点了点头。与此同时，他想起来，人家这么为他操心，可他还没作自我介绍。

"噢，请您原谅，"他说，"我还没有作自我介绍，我叫卡尔·罗斯曼。"

"您是德国人，对吗？"

"是的，"卡尔说，"我来美国的时间还不长。"

"您是哪里人？"

"波希米亚布拉格人。"卡尔说。

"您瞧，"女厨师长操着带浓重英语腔的德语说，几乎把胳臂也举了起来，"那我们就是同乡了，我叫格蕾特·米策尔巴赫，是维也纳人。布拉格我熟悉极了，我曾在文策尔广场的金鹅饭店里干过半年。您想想这有多巧。"

"这是什么时候的事？"卡尔问。

"这已经是许多年，许多年以前的事了。"

"老金鹅饭店，"卡尔说，"已经在两年前拆掉了。"

"是呀，当然。"女厨师长说，完全沉浸在对往事的回忆中了。

但是她突然又变得活跃起来，抓住卡尔的双手喊道："现在，既然已经证实您是我的同乡，您无论如何也不可以离开这儿了。您决不可以对我做出这样的事情来。譬如您愿意当开电梯工吗？只要您说一声愿意，那您就当上了。您已经跑过一些地方，想必您也知道，谋到这样的职位并不是一件特别容易的事，因为这是人们所能想象得到的最好的开端。您会接触到所有的客人，人们总是见到您，人们让您去办些小差事。总之，您每天都有机会，您会有出息的。其余的事就全包在我身上了。"

"开电梯工我很愿意当。"稍过片刻卡尔说。以读过5年中学为由而对开电梯工的职务抱有顾虑，这未免太荒唐了。在这儿美国，其实倒是蛮有理由为这五年中学感到羞愧的。况且，那些开电梯工一直很中卡尔的意,他觉得他们就像是饭店的装饰品。

"不要求具备语言知识吗?"他还问。

"您会说德语,又能讲一口漂亮的英语,这足够了。"

"英语是我到美国以后两个半月内才学会的。"卡尔说,他以为,他不可以隐瞒自己的这个唯一的优势。"这说明您有足够的有利条件,"女厨师长说,"现在我回想起,英语曾给我造成了多大的麻烦。这当然已经是 30 年前的事了。昨天我还谈到过这件事。因为昨天恰好是我的 50 岁生日。"说罢,她面带笑容试图从卡尔的面部表情上看出这 50 大寿给他留下什么印象。

"那我祝您生日快乐。"卡尔说。

"这可是一个人随时都用得着的。"她说,握了握卡尔的手,因在用德语交谈时想起的这句古老的家乡俗语而变得有些忧郁了。

"可是我在这里耽误您的时间了,"随后她大声说道,"您一定很累了,有什么事我们明天白天再谈吧。遇到了一个同乡,一高兴就把人高兴糊涂了。您来吧,我领您到您的房间里去。"

"我还有一个请求,女厨师长太太,"卡尔望着桌上的电话机说,"明天,也许是一大清早,我从前的同伴会给我送来一张照片,我急需这张照片。可以劳您驾给门房打个电话,请门房让来人来见我,或者让我去见他们?"

"可以,"女厨师长说,"可是让门房替您把照片收下,这不行吗?可不可以问一下,这是一张什么照片?"

"这是一张我父母的照片,"卡尔说,"不行,我得亲自和来人谈谈。"女厨师长不再说什么,打电话给门房值班室下达了相应的命令,她在电话里说了卡尔的房间号码是 536。

然后,他们穿过一扇与大门对着的门,走到外面的一条小过道上,看见一个小个儿开电梯工靠在栏杆边上打瞌睡。"我们可以自己开电梯。"女厨师长小声说,让卡尔走进电梯。"一天工作 10 至 12 个小时,这对于这样一个男孩来说确实是太长了点了。"随后她说,他们乘电梯向上,"但是这种怪事就出在美国。譬如这儿这个小家伙,他也是半年前才同他父母一块儿到这儿来的，他是意大利人。现在看他那模样，仿佛他顶不住这工作，面孔瘦削，上班时睡着了，虽然他生性殷勤热情——但是他还只需要在这里或在美国的别的什么地方干半年，便可毫不费劲地顶住一切困难，5年以后他就是一个身强力壮的男子汉了。这样的例子我给您讲几个小时也讲不完。不过，我根本没想到您，因为您是个壮实的孩子。您今年17岁，嗯？"

"下个月我满16周岁。"卡尔回答。

"甚至才16岁！"女厨师长说，"好好干吧！"

到了楼上，她把卡尔领进一个房间，这个房间作为阁楼虽然有一堵墙是斜的，但是在两个白炽灯泡的照耀下却显得起居很舒适。"陈设简陋，您别见怪，"女厨师长说，"因为这不是饭店的客房，而是我的三间一套的住房中的一个房间，所以您丝毫也不妨碍我。我插上套间的房门，您就可以随意待在房间里。明天，作为饭店的新雇员，您自然就会有您自己的一间小房间。倘若您和您的同伴一起来，那我就叫人给你们在勤杂工睡的通铺房里搭张铺了，但是由于您现在是独自一人，我想，您还是住这儿合适，哪怕您只得睡在一张沙发上。现在您好好睡一觉吧，养足了精神好干活儿。明天的活儿还不会太累。"

"我衷心感谢您的一片好意。"

"等一等，"她在门口站住脚说，"您这样可是不一会儿就会被吵醒的。"说着，她走向房间的一扇边门，敲门喊道："特蕾泽！"

"什么事，女厨师长太太。"小女打字员应声道。

"早晨叫醒我的时候，你得从过道走，这儿房间里睡着一个客人呢。他累极了。"她说这句话时，对着卡尔笑了笑，"你听明白了吗？"

"听明白了，女厨师长太太。"

"那好吧，晚安！"

"祝您晚安。"

"几年来，"女厨师长解释说，"我就一直睡眠很不好。现在我可以对我的职位满意了，本来就没有什么要发愁的了。但是这准保是我从前的忧愁带来的不良后果，造成我今天的这种失眠。要是凌晨三点能入睡，我就很高兴了。但是由于我5点，最晚5点半就得上班，所以我不得不让人叫醒我，而且叫醒我时还得特别小心，别让我那业已紧张的神经变得更紧张。平时喊醒我的正是这个特蕾泽。不过现在您确实已经什么都知道了，我简直扯个没完。晚安！"尽管她体态臃肿，她却几乎轻捷快步地走出了房间。

卡尔巴不得睡上一觉，因为这一天下来他已是疲劳不堪。他根本不敢奢望还会有比这更舒适的环境可以让他美美地睡上一大觉。虽然与其说这个房间是作卧室用的，还不如说它是一间起居室，或者，说得更确切些，是女厨师长的一间会客室，而且还特意为他搬来了一张盥洗台供他今晚使用。然而，卡尔却并不觉得自己是个闯入者，而是觉得自己只不过是受到更好的照料罢了。他的行李箱已拿来放好，大概已有好长时间没处于比这里更安全的场所了吧。一只上方罩有一条大网眼羊毛毯的、带活动格层的矮柜上，摆放着各种带镜框的和夹在玻璃下面的照片。参观房间时，卡尔在柜前站住脚，仔细观看照片。大多是些旧照片，照片上的人多数是女孩子，她们身穿旧式、不舒适的衣服，头戴松弛、小而高耸的宽檐帽，右手挂着一把伞，脸对着观者，目光却避开观者。在男人的照片中，一位年轻士兵的照片特别引起卡尔的注意，他已将小便帽放在一张小桌上，蓄着一头蓬乱的黑发挺直身子站着，脸上堆着一片骄傲的、却受到抑制的笑容。照片上，他的制服上的纽扣被人在事后涂上了金色。所有这些照片八成还是在欧洲拍的呢，人们本来也很可能会在照片的反面看出这一点来的，但是卡尔不想去拿它们。一如这些照片在这里这样放着，他本来也想把他父母的照片这样摆放在他未来的房间里的。

为了他的女邻居的缘故，卡尔尽量轻手轻脚，彻底擦洗了一下身上。正当他擦洗完毕后伸展四肢躺在他的沙发榻上准备享受甜蜜的睡眠的时候，他好像听见有人在轻轻敲击一扇房门。人们无法马上断定，是哪扇房门，也可能只是一种偶然的响声。这声音也没有马上就重复出现，而正当卡尔几乎就要睡了的时候，那声音却又响了。但是现在没什么可怀疑的了，是敲门声，是从女打字员的那扇房门那儿传来的敲门声。卡尔踮着脚尖跑到门边,用小到即使隔壁有人在睡觉也不会把任何人吵醒的声音问:"您有什么事吗?"

马上传来同样小声的回答:"您不想把门打开吗?钥匙插在您那一边呢。"

"行,"卡尔说,"只是,我得先穿上衣服。"

出现片刻的寂静,随后那边说:"这就不必要了。您开开门后就躺到床上去,我等一会儿。"

"好吧,"卡尔说,也这样做了,而且他还拧亮了电灯,"我已经躺下了。"随后他便稍许大声一点说。话音刚落,小女打字员也就已经从她那间黑糊糊的房间里走了出来,穿着在下面办公室里穿的衣服,看来整个这段时间里她一直没想到要睡觉。

"请您多多原谅,"她稍稍弯下身子站在卡尔床榻前说,"还请您别把我泄露出去。我也不想打扰您多久,我知道您已累了。"

"没那么严重,"卡尔说,"可是我也许还是穿上衣服的好。"他不得不伸直身子躺着,为的是可以齐脖上盖住身子,因为他没穿睡衣。

"我只待一会儿,"她说,并伸手抓住一把椅子,"我可以坐到沙发榻旁边来吗?"

卡尔点点头。于是,她紧挨沙发榻坐下,卡尔不得不将身子往墙边挪了挪,以便可以仰头看到她。她长着一张匀圆脸,只是额头高得异乎寻常,不过这也许只不过是她的发式不太适合的缘故吧。她的衣服干净、整齐。她的左手捏着一条手帕。

"您要在这里长期待下去吗?"她问。

"还没完全决定,"卡尔回答,"但是我想,我会留下来的。"

"那就很好,"她说,并用手帕擦了擦自己的脸,"我在这儿孤零零一个人。"

"这就怪了,"卡尔说,"女厨师长太太对您可友善啦。她根本就不像对待一个雇员那样对待您。我本来还以为你们是亲戚呢。"

"哦,不是的,"她说,"我叫特蕾泽,贝希托尔德,我是波美拉尼亚人。"

卡尔也作了自我介绍。随后，她便第一次正眼望着他，仿佛这一通姓名她觉得他更陌生了一点了。他们沉默了片刻。随后她说："您可不要以为我是个不知感恩的人。没有女厨师长太太，我的境况就要糟糕得多。以前我在这家饭店里当过帮厨女工，而且差一点已经要被解雇了，因为我干不了那繁重的活儿。这儿的人要求很高。一个月以前，一个帮厨女工仅仅由于过度劳累而晕倒了，在医院里躺了14天。我的身体不是很强壮，从前我吃过许多苦，所以有点儿发育不良，您一定看不出我已经18岁了。但是现在我已经强壮一些了。"

"这儿的活儿想必确实一定很累，"卡尔说，"刚才在楼下我就看见一个开电梯的孩子站着睡着了。"

"可是开电梯工的境况还是最好的呢，"她说，"他们挣的小费可多啦，干的活毕竟也远不如厨房里的人辛苦。可是有一回，我确实很走运。有一次，女厨师长太太需要一个女孩子去给一个宴会摆餐巾，派人下来到我们帮厨女工中物色合适的人选，这儿有将近50个这样的女孩子，我恰好被选中，并且很使她感到满意，因为摆餐巾这活儿我一直很在行的。于是，从那时候起，她就把我留在她的身边，渐渐地把我培养成了她的秘书。我跟着她学到了许多东西。"

"有那么多要打字的吗？"卡尔问。

"啊，多着呢，"她回答，"这一点您可能根本想象不到。您已经看到，今天我一直工作到11点半，而今天还不是什么特殊的日子。当然我也不是老是打字，城里我还有许多事要办呢。"

"这座城市叫什么名字？"卡尔问。

"这个您不知道？"她说，"拉美西斯。"

"这是一座大城市吗？"卡尔问。

"很大，"她回答，"我不喜欢进城去。可是您莫非真的想睡觉了吧？"

"不，不，"卡尔说，"我还根本不知道，您找我有什么事？"

"因为我找不到一个可以说话的人。我不是一个容易伤感的人，但是如果确实没有一个可以说说话的伴儿的话，那么，现在终于有人听我讲话,我也就感到幸运了。在楼下餐厅里我就已经看见您了,我恰好来叫女厨师长太太,看见她正领着您到食物贮藏室里去。"

"那个餐厅大得吓人。"卡尔说。

"我已经完全不觉得它大了,"她回答,"可是我方才只是想说,女厨师长太太确实对我很亲切,只有母亲才会对我这样亲。可是我们在职位上差别实在太大,就无法推心置腹地和她说话。从前,在帮厨女工中我曾有过几个知心朋友,但是她们早就不在这儿了,而新来的女孩子们我几乎一个也不认识。有时,我竟觉得,我干现在的工作比干从前的工作还吃力,可是我还不如从前干得好,女厨师长太太只是出于同情才让我留在我现在的这个岗位上。说到底,还真的要受过比较好的学校教育才能当秘书哩。说这话是个罪过,可是我常常担心自己会精神错乱,天哪。"她突然以快得多的速度说并轻捷地伸手握住卡尔的肩头,因为他的双手在被子下面呢,"可是您不许向女厨师长太太吐露一个字,否则我真的就完蛋了。我工作不得力,已经给她造成了麻烦,如果我再给她添加烦恼,那我就真的惨了。"

"我当然什么也不会对她说的。"卡尔回答。

"那就好,"她说,"您就留在这儿吧。您留下,我会感到高兴的,如果您觉得可以的话,我们就可以互相帮助。我第一次见到您的时候,我马上就对您产生了信任。可是,尽管如此——您看,我这个人多坏——我也产生过恐惧,我怕女厨师长太太会让您顶替我当秘书并将我解雇。刚才您在楼下办公室里的时候,我一个人在这儿坐了很长时间,我才把这件事情想通了。我觉得,您接手我的工作,这甚至是件大好事,因为您肯定更胜任这些工作。要是您不愿干到城里去跑腿的事,这些活儿可以仍然由我来干。不然的话,我可是在厨房干活一定会更有用武之地的,尤其是因为现在我的身体也已经变得强壮一些了

"事情已经办妥了,"卡尔说,"我当开电梯工,您仍然当女秘书。如果您把您的这些打算向女厨师长太太哪怕透露那么一丁点儿,我就把您今天对我说的其他的话也透露出去,尽管我会因此而感到难过。"

这种口气使特蕾泽感到如此激动,以致她竟扑倒在床上,啜泣着把

脸埋进被褥里。

"我什么也不说，"卡尔说，"可是您也不许说什么。"

这时，他再也不能完全藏身在被子下面了，稍稍抚摩她的胳臂，找不到一句合适的可以安慰她的话，只是心里在想，这儿的日子真不好过。她终于平静下来，平静到起码为自己哭泣觉得羞愧了，感激地望着卡尔，劝他明天好好睡一觉，并答应，如果抽得开身，就在八点左右上楼来叫醒他。

"叫醒人您倒是挺在行的。"卡尔说。

"嗯，有些事我干得来。"她说，用手轻柔地掠了一下他的被子向他告别，跑进她的房间里去。

第二天，卡尔坚持马上上班，虽然女厨师长太太想在这天放他的假，让他去逛逛拉美西斯城。但是卡尔坦率陈述，说是逛拉美西斯城以后还会有机会，现在对他来说重要的是开始工作，因为一项为另一个目的服务的工作他已经在欧洲无谓地中断了，如今开始当开电梯工，而那些比较能干的男孩在他现在这个年龄起码都快要按自然顺序承担更高一级的工作了。说是他从当开电梯工干起，这是完全正确的。但是，他必须特别抓紧时间，这同样也是正确的。在这样的情况下去逛城市，他决不会快活的。特蕾泽要他走一条捷径，他连这条捷径也决定不去走。他脑海里总是浮现着这样的想法，即倘若他不努力的话，他到头来可能会落得和德拉马什和鲁滨孙相同的下场。

在饭店裁缝那儿，他试穿开电梯工制服，那些制服缀有金纽扣和金绦带，外表显得很华贵，可是一穿起来，卡尔不禁微微打了一个寒颤，因为特别是上衣的腋下寒丝丝、硬梆梆的，还带着在他之前穿过这件衣服的开电梯工留下的永不干涸的汗渍。主要是制服的胸上方部位还得特意为卡尔加宽，因为十套现有的制服中没有一套他能将就着穿的。尽管这项缝纫活非做不可，虽然裁缝师傅似乎十分顶真——制服交付后两次经裁缝的手退回车间返工，一切都在几乎不到 5 分钟之内全解决了——而卡尔在离开试装室时则已是个身穿贴身裤子和一件紧巴巴短上衣的开电梯工。尽管裁缝师傅口口声声说短上衣不紧，可是卡尔穿在身上却憋闷得一再要作深呼吸运动，因为他想知道，他还能不能随时进行呼吸。

随后，他到侍者总管那儿去报到，他将在这个总管的手下干活。这是一个身材颀长、相貌堂堂的大鼻子男子，年龄在40岁上下。他连和卡尔寒暄几句的时间也没有，仅仅是按铃叫来了一名开电梯工，还恰巧就是卡尔昨天见过的那个。总管只叫他的教名吉阿科莫，卡尔后来才弄清楚这个教名，因为凭英语发音是没法听出这个名字来的。这个男孩便接到了向卡尔讲解开电梯要领的任务。可是他是如此胆怯和匆忙，以致尽管从根本上来说有待讲解的要领很少很少，卡尔却几乎连这很少的几个要领也未能从他那儿学到手。吉阿科莫肯定也很恼火，显然由于卡尔的缘故他不得不离开开电梯的岗位，被分配给女服务员去当下手，按照某些他不肯说出口来的他所了解到的情况，他觉得这是一件有损他名誉的事。卡尔特别感到失望的是，一个开电梯工和电梯机械装置的关系仅仅是简单按一下电钮将电梯开动而已，而修理传动机构则完全是饭店机修工的事，所以譬如吉阿科莫尽管已经开了半年电梯却既没有亲眼见过地下室里的传动机构，也没有亲眼见过电梯内部的机械装置，虽然据他直言相告，他是很想开开这个眼界的。这压根儿就是一桩单调乏味的工作，工作时间长达12个小时，白班和夜班交替着干，按吉阿科莫的说法，这活儿累得简直叫人无法忍受，假如不会站着睡几分钟觉的话。卡尔听了什么话也没说，但是他心里明白，恰好是这种本事让吉阿科莫丢了这份差事。

卡尔开的电梯只管最高的那几层，这正中卡尔的下怀，因为这样他就可以不必和很苛求的富人们打交道了。不过话说回来，人们在这里也不能像在别处那样学到许多东西，这活儿也只是对初出道的人来说才是个好差事。

过了第一个礼拜之后，卡尔便认识到，他完全可以胜任这项工作。他那部电梯里的黄铜部件擦得锃亮，其余的三十部电梯中没有一部可以与之媲美。假如与卡尔同开这部电梯的那个男孩哪怕只是近似于这么勤奋并且并不因为卡尔勤奋就觉得自己可以心安理得地偷懒的话，那么，它们也许还会更加金光闪亮。那人是个在美国出生的美国人，名叫雷内尔，是个黑眼睛、面颊平坦而略显凹陷的爱打扮的男孩。他自己还另有一套漂亮的西装，晚上不当班时，他便穿上这身西装，洒上点香水，急匆匆进城去。有时他也请卡尔晚上给他代班，说是因为他得出去给家里办点事。他根本不在乎自己的衣着打扮同这类托辞自相矛盾。尽管如此，卡尔能容忍他。而且，每逢这样的晚上，雷内尔身穿自己的西装外出之前，总要到下面电梯旁在他面前站住脚，一边将手套套在手上，一边还稍稍表示歉意，随后便穿过走廊离去。每逢这种时候，卡尔还感到高兴呢。不过，卡尔给他代班，也只不过是想给他帮个忙而已。他觉得，向一个年龄较大一点的同事效这份劳，这在他刚开始工作的时候是理所当然的，老这么干那是不行的。因为没完没了地在电梯里上上下下实在是够累的，况且在晚上的钟点里电梯几乎一直得不停地开着。

不久，卡尔也学会了深施短促的鞠躬礼，这是开电梯工都必须学会的，而且小费他也接得飞快。小费迅速塞进他的背心口袋里，谁也无法从他的面部表情上判断出，小费是多还是少。他格外殷勤地给女士们开电梯门，跟在她们后面慢慢一跃进入电梯，她们生怕弄坏了裙子、帽子和悬挂着的饰物，进电梯时一般都比男士们迟缓。电梯行驶时他紧靠着门口站着，背对着他的乘客，因为这样最不惹人注意，并且用手握着电梯的门把手，为的是好在电梯停靠的瞬间可以迅速向一边推开电梯门而又不致把乘客吓着。电梯行驶过程中，偶尔会有一个人拍拍他的肩膀，询问一件无关紧要的琐碎小事，仿佛正等着人家问他似的，他便会急忙转过身来，并用响亮的嗓音给予回答。尽管有许多部电梯，还是常常会拥挤，尤其是在剧院散场或某几次特别快车到达之后更是拥挤不堪，以致乘客刚一出电梯门到达楼上，他马上又得向下飞奔，去接在那儿等候的客人。他也可以拉一根从电梯间穿过的钢丝绳，提高平常速度，然而这是电梯操作规则上明令禁止的，而且这样做也有危险。当电梯里载有乘客的时候，卡尔从不这么干，但是如果他已在楼上将乘客送出电梯，而下面另有客人等着，他便毫无顾忌，像个水手那样用力地、有节奏地一把一把拉那钢丝绳。而且他也知道，别的开电梯工也是这么干的，他不愿意让别的开电梯工抢走了他的乘客。个别久住这家饭店的客人——

这种情况在这里相当普遍——偶或露出一丝笑意表示他们把卡尔看作是自己的开电梯工,卡尔表情严肃、内心却愉快地领受这份好意。有时候,如果乘客比较稀少,他也能接受某些特殊的小差事,譬如给一位不愿再烦神回自己房间去的客人取一件落在房间里的小物件,于是他就独自乘着他那部在这样的时刻令他倍感亲切的电梯飞快上楼,走进那间陌生的房间。他从未见过的稀罕物件通常不是到处乱放在房间里便是挂在衣钩板上,感觉到一块外国肥皂、一种香水、一种漱口药水的特殊气味,丝毫没有多耽搁时间便拿着通常是尽管交代得不清楚也找到了的物件又飞快返回。他常常为不能承接更重要的差事而感到惋惜,因为这类事都由专门的仆人和跑腿的男孩去干,他们出门办事都骑脚踏车,甚至骑摩托车。卡尔只能在时机有利时干些从客人的房间到餐厅或游乐厅的跑腿的差事。

每逢他干完12个小时的活之后接连三天于晚上6点,接下去又接连三天于早晨6点下班的时候,他总是如此疲惫不堪,以致他顾不得看上旁人一眼,便径直上床睡觉。他的床就在开电梯工的集体大寝室里,女厨师长太太的影响力也许确实并不像他在第一天晚上所想象的那么大,她虽然尽力想给他弄个自己的小房间,而且这事她大概也几乎快要给办成了。但是由于卡尔看到,这事造成了多大的麻烦,为这件事女厨师长太太和她的上司、那么忙得不得了的侍者总管通了多少次电话,他便主动放弃这个要求并指出,他不愿意因为享受到一种并非真正通过自己的努力获得的好处而受到别的开电梯工的妒忌,从而使女厨师长太太相信他主动提出放弃态度是严肃认真的。

这间大寝室当然不是什么安静的卧室。由于每一个人不尽相同地在这十二个小时的业余时间里吃饭、睡觉、娱乐、挣外快,所以大寝室里始终活动频频、热闹非凡。有几个人在睡觉,用被子蒙住了耳朵,好不听这嘈杂声,一旦有一个人被吵醒,他就气得大叫大嚷,直骂别人叫嚷,结果是那些睡得还算安稳的人也受不了了。几乎每个孩子都有自己的烟斗,这也算是一种奢侈了吧,卡尔也弄来了一个并且很快便对它喜欢上了。可是在上班的时候不许抽,结果就是,在大寝室里,只要不是非睡觉不可，便人人都在抽烟斗。于是，每一张床都笼罩在一片每人自己吐出的烟雾中，一切都沉浸在腾腾的雾气里。虽然其实多数人原则上都同意夜里只在寝室的一头亮一盏灯，可是这一条却根本不可能得到贯彻执行。倘若这个建议得以贯彻的话，那么那些想睡觉的人就可以在半个黑暗的寝室里——这是一间四十个床位的大寝室——安安稳稳地睡他们的觉，其余的人就可以在亮处掷骰子、打牌，或干些其他需要灯光照明的事情。倘若一个人想睡觉了，而他的床却在半个寝室的亮处，那么他就可以睡在暗处的一张空床位上，因为空床位有的是，没有人对别人这样临时占用自己的床位表示些许的反对。但是这样一种安排没有一个夜晚会得到遵守的。譬如，总有那么两个人，他们利用暗处睡了会儿觉之后心血来潮，在他们的床上，在一块搭在两张床之间的木板上玩起扑克牌来了，他们理所当然地就拧亮了一盏合适的电灯，如果睡觉的人正好脸对着这盏灯，那么那刺眼的灯光便会刺得他们猛地跳起来。人们虽然还会来回翻几个身，但是最后也无可奈何，只好和同样被吵醒的邻床就着新亮起来的灯光也玩起扑克牌来。于是，所有的烟斗自然也就又冒起烟来。当然也有几个人，他们无论如何也要睡觉——卡尔通常均属此列——他们不是把脑袋枕在枕头上，而是将枕头盖在脑袋上，或者用枕头裹住脑袋。可是，如果邻床半夜三更起来，想在上班前还到城里去寻欢作乐一番，如果他在安装在自己床位一头的洗脸盆里哗啦哗啦、水珠飞溅地盥洗，如果他不但扑腾扑腾地穿靴子，而且还要跺跺脚使靴子穿在脚上更舒适些——尽管是美国的靴型，几乎所有人的靴子都太紧；最后，梳妆打扮时他发现还缺一样小物件，就掀起睡者的枕头，人家头蒙在枕头下面，其实早已被吵醒，便没好气地对他一顿臭骂，如果情况是这样，人们如何还能继续睡觉呢？可是他们却也都是体育运动员，是年轻的、通常都是身强力壮的小伙子，是不愿意错过进行体育锻炼的机会的。如果你半夜里被大吵大闹的声音惊醒而起，你准保会看到在你自己床旁边地上有两个摔跤运动员，还会在刺眼的灯光下看到在四周所有的床上笔挺地站着穿裤衩和背心的行家里手。有一次在进行一场这样的夜间拳击比赛的时候，拳击手中的一个被正在睡觉的卡尔绊倒，而卡尔睁开眼睛第一眼看到的就是从那孩子的鼻子里流出来的鲜血，人们还没来得及采取什么防范措施，整床被褥就被鲜血染红了。卡尔往往是在企图获得几个小时睡眠的尝试中度过几乎是那整整12个小时的时光的，虽然他也很想参加别人的闲谈，可是他总是觉得，别人在生活上都领先他一段距离，他必须通过更勤奋的工作和清心寡欲来弥补自己的这个不足。虽然主要是从工作上考虑，他很重视睡眠，但是他既不向女厨师长也不向特蕾泽抱怨大寝室里的情况。因为首先，基本上所有的开电梯工都在遭这个罪，大家都没怎么抱怨；其次，他怀着感激的心情从女厨师长手中接受了开电梯工这份差事，而大寝室里的磨难正是他作为开电梯工必须完成的一部分任务。

在交接班时，他每星期可以得到一次24小时的休息时间，他利用其中的一部分空闲时间去看望一两回女厨师长，瞅准了特蕾泽有那么一点空闲的时候去和她简短交谈几句，在随便什么地方，在一个角落里，在一条走廊上，难得在她的房间里。有时他也陪她到城里去办事，所有这些事情都必须极其迅速地办完。然后，卡尔拎着她的包，他们几乎奔跑着赶到最近一个地铁车站，列车行驶得飞快，仿佛它没有遇到任何阻力被那么一吸就吸过去了似的，他们不一会儿就已经下车，也不等电梯，因为他们嫌它太慢，就啪嗒啪嗒踏着梯级而上。出站一看，只见一个个大广场，星罗棋布的街道从广场向四周分叉开去，四面八方径直汇来的交通洪流使广场喧嚣一片。可是卡尔和特蕾泽互相紧挨着急忙奔进各色各样的办公室、洗衣铺、仓库和商店，办理一些用电话不容易办妥、而又并非特别责任重大的订购业务和进行交涉。特蕾泽不久便发现，卡尔在这方面的帮助不容忽视，在他的帮助下许多事情办得快多了。有他作陪，她再也不必像从前那样往往是等着那些十分忙碌的生意人什么时候有空来听她的。他走到斜面桌前，不停地用指关节敲桌面，直敲到有人来答话为止，他越过人墙喊出他那还一直有点过分尖锐的、从成百个人的声音中轻易就能听得出来的英语，他毫不犹豫地向那些人走过去，即便他们已经神情傲慢地退回到最长的营业厅的深处也罢。他不是出于任性才这样做并且尊重各种阻力，但是他觉得自己有可靠的后盾，自己有这个权利，西方饭店不是一家可以等闲视之的主顾，况且特蕾泽尽管有办事经验，但毕竟也需要帮助。

"您就一直帮我一起干吧。"有时她乐呵呵地说，因为他们特别顺利地办完了一件事。

在卡尔逗留拉美西斯的一个半月的时间里，他只有三次在特蕾泽的小房间里待了较长的时间，在数小时以上。她的小房间当然比女厨师长的任何一个房间都小，摆在房间里的不多几样物件在某种程度上只是堆放在窗户四周而已。但是卡尔单凭他自己在大寝室里的亲身体验也就懂得一间自己的、比较安静的房间的价值，他即使不明讲，特蕾泽照样也看得出，他多么喜欢她的这个房间。她对他没有秘密，当初，第一天晚上她就来访，打那以后也就无需再对他保守什么秘密了。她是个私生子，她父亲是个建筑工的工头，把母女俩从波美尼亚接来了。可是就在她们到来之后不久，他没有多作解释便移居到加拿大去了，仿佛他把人一接来便已履行了自己的义务了似的，抑或仿佛他期盼的是别人，不是他从码头上接来的疲惫不堪的妇人和身体羸弱的孩子似的，被撇下的人既没有得到他的一封信，也没有得到有关他的别的什么消息，这在某种意义上也不足为奇，因为她们在纽约东部的下等投宿处消失得无影无踪了。

有一次，特蕾泽——卡尔站在她身旁，凭窗眺望大街——谈到她母亲的死。在一个冬日的夜晚，母亲和她——当时她可能五岁上下——怎样每人挟着各自的行李卷在街道上匆匆行走，寻找睡觉的地方。母亲起先怎样挽着她的手——当时风雪交加，她们步履艰难——后来手疲软无力了，她没有回头朝特蕾泽看一眼便将她松开，于是，特蕾泽便不得不使劲自己抓住母亲的裙子。特蕾泽时常跌跌撞撞，甚至摔倒，可是母亲像发了疯似的，不停下脚步。这漫长、笔直的纽约街道上的暴风雪呀！卡尔还没有经历过纽约的冬天。你顶着风走，风绕着圈儿转，你就一刻也睁不开眼，风不停地搓碎着你脸上的雪，你走呀走呀，却就是前进不了，这真是有点儿最后挣扎的味道。在这种时候孩子当然比成年人有利，孩子穿行在风头下面，对这一切还有点儿感到喜欢。就这样，当初特蕾泽也就没能完全理解她的母亲，如今她坚信，如果她在那天晚上——当时她还刚刚是个小黄毛丫头——对母亲态度聪明些的话，母亲也就不会死于非命了。当时母亲已经两天没有工作了，身上分文全无，白天没吃一口东西在野外度过了，她们吃力地扛着行李卷里毫无用处的破布条儿四处奔走，她们也许是出于迷信才没敢把它们扔掉。现在有人已经答应她第二天早晨到一家建筑工地去干活，但是一如她整天试图向特蕾泽解释的那样，她生怕抓不住这个好机会了，因为她觉得自己极度疲劳，早晨就已经在巷子里咳出了很多鲜血，把行人都吓坏了，她唯一的心愿就是找个随便什么暖和的地方休息休息。偏偏今晚又找不到一块歇脚的地方。在那儿，她们倒是没有在大门通道里就被住房勤杂工赶了出来，而在那大门通道里她们本来倒总还可以稍许避避风寒、歇息歇息的；可是她们却进了那幢楼房，急匆匆穿过一道道狭窄、冰冷的走廊，爬过高高的楼层，绕着院子里狭小的平台转悠，毫无选择地敲门，起先不敢向任何人开口，后来又向她们迎面遇见的每一个人求助。有那么一两回，母亲气喘吁吁地在一道寂静的楼梯的梯级上坐下，将几乎是抗拒着的特蕾泽拉进自己怀里，痛苦地抿紧嘴唇吻她。如果你事后知道这是最后的亲吻，你就不会明白，哪怕你只是个小黄毛丫头，你怎么会那样糊涂，没看出这点来呢。他们从有些房间的门口走过，那些房间的房门都开着，为的是好把一种令人窒息的空气放出来，从像是由失火引起的、在房间里弥漫开来的腾腾烟雾中，只走出来某个人的身影，这个人站在门框里不是以其沉默不语的态度便是用简短的一句话证明相关的房间里无法留宿人。现在特蕾泽似乎回忆起，母亲只是在开头几个小时里认真寻找过栖身地，因为大约午夜过后，她大概再也没有恳求过谁，虽然直至拂晓前她除了稍稍歇息过几次，便一直不停地继续急速行走，虽然在这些楼门和单元门都没锁上的楼房里一直有人在活动并且你处处都会遇见人。当然，她们并不是在急速向前奔走，那只不过是她们能作出的一种极大的努力，其实也很可能只不过是慢慢往前挪步而已。特蕾泽也不知道，从半夜到凌晨五点她们是进了20栋房屋，还是两栋或者甚至只进了一栋房屋。这些房屋的走廊是按照最佳利用空间的精明设计建造的，但是没顾及到让人容易辨认方向，她们在同样的走廊里不知跑了多少回！特蕾泽还依稀记得，她们跑遍了一栋房屋的每个角落，后来又离开这栋房屋的大门，但是她分明又觉得，她们似乎在巷子里立刻转身又猛然扑进这栋房屋。对于这孩子来说，时而让母亲抓着，时而自己紧紧抓住她，听不到半句安慰的话，被拖着东跑西颠，这自然是一种无法理解的痛苦，而当初不懂事的孩子对于这一切似乎只有一个解释，这就是母亲想抛弃她。所以，即使母亲拉着她的一只手，为了安全起见，特蕾泽仍然用另一只手抓住母亲的衣裙不放，并且不时地嚎哭。她不愿意被留下，被遗弃在那些人中间，那些人在她们前面噔噔噔地上楼，那些人在她们后面，还没有为她们所看见，正从楼梯的一个转弯处后面走过来，那些人在一扇门前的过道里互相争吵，互相推推搡搡把对方推进房间里去。喝醉酒的人哼着低沉的歌在楼里游来荡去，母亲带着特蕾泽还算幸运地从这样的正在合拢起来的人群中溜了过去。夜深了，人们不再那么留意，谁也不那么顶真了，起码她们本来完全可以挤进企业主出租的公共大寝室中的一间里去，她们从几间这样的公共大寝室旁边走过，但是特蕾泽不懂，而母亲则不愿休息了。早晨，一个美丽的冬日开始了，她们俩靠在一堵楼墙上，也许在那儿睡了一会儿，也许只是睁着眼睛呆望四周。后来发现，特蕾泽把自己的行李卷给丢了，母亲举手就要打特蕾泽，惩罚她疏忽大意，但是特蕾泽没听见打击声，没感觉到挨打。然后，她们穿过一条条开始热闹起来的胡同继续赶路，母亲靠着墙根走，她们走过一座桥，母亲在桥上用手擦去桥栏杆上的霜，最后正巧来到母亲那天早晨受雇干活的那个建筑工地，当初特蕾泽觉得这事没什么，今天她不明白这是怎么回事。母亲并没有告诉特蕾泽，她该等着还是离去，于是特蕾泽就把这当作要她等候的命令，因为这最符合她的心愿。于是，她就坐在一个砖瓦堆上，在一旁看着母亲打开行李卷，拿出一块花布条，用它系住她整夜都戴着的那块头巾。特蕾泽太疲倦了，连想都没想到应该去帮帮母亲。没有像通常那样到临时工棚里去报到，也没有问问哪个人，母亲径直就登上一个梯子，仿佛她自己就知道分配给她干什么活儿似的。特蕾泽感到奇怪，因为女运料小工一般只在下面和和灰泥、递递砖瓦并干些其他的简单的活儿。所以她想，母亲今天想干一桩工钱比较多的活儿了，便睡眼蒙眬地仰脸向她微笑。建筑物还没向高处伸展出去,将将才盖了一层高,虽然高高的脚手架已然耸入蓝天,摆好了继续往上盖的架势,只是还没在架子上铺上木板而已。母亲在上面灵巧地绕开泥瓦工,他们正在一块一块地砌砖,竟令人不解地没有质问她,她小心翼翼用柔弱的手扶住一块作栏杆用的木头挡板,下面的特蕾泽刚在迷迷糊糊中惊叹这种熟练技巧,还以为看到了母亲投来的亲切的一瞥。可是母亲这时正朝着一小堆砖头走去,这堆砖头前面没有栏杆,大概路也断了,可是她不扶住栏杆,竟撞在那堆砖头上。她的熟练技巧似乎已经离她而去,她撞倒那堆砖头,随着砖头一道坠落下去。许多块砖头在她身后滚滚而下,最后,过了相当长时间之后,不知什么地方一块厚木板脱落,哗啦一声向她砸下来。特蕾泽对她母亲的最后的印象就是,她怎样叉开两条腿躺在那里,身上穿着那条还是从波美尼亚带来的方格裙,那块压在她身上的粗木板怎样几乎盖没她的全身,大家怎样从四面八方跑拢过来以及上面工地上不知哪个人怎样怒气冲冲朝下面嚷嚷着什么。

当特蕾泽结束她的叙述时,时间已经很晚了。她一反往日的习惯,讲得很详细,而且恰恰是讲述无关紧要的情节,例如在描述脚手架一个个独自耸入高空的时候,她往往不得不眼里噙着泪水顿住。当时发生的每一个细节,现在,10年之后,她仍然记得清清楚楚,而由于母亲在快要盖得的一楼楼顶上的样子是母亲这一生留给她的最后的纪念,怎么向她的朋友作介绍她都觉得不够清楚,所以她在叙述完毕之后还想再次回到这个话题上来,却顿住,双手捂住脸,不再说一句话了。

不过,在特蕾泽的房间里也有比较快乐的时光。就在第一次拜访的时候,卡尔便看见那儿放着一本商业信函实用教科书并经请求借到了这本书。双方同时谈定,卡尔要做教科书里的练习题并将它们交特蕾泽审阅,她根据自己平凡的工作的需要已研读过这本书。于是,卡尔便整宿整宿地躺在大寝室里下面他的床铺上,耳朵里塞着棉花,变换着各种各样的卧姿,埋头读书,用一支自来水笔将练习题涂写在一个小笔记本上,这支自来水笔是女厨师长为奖励他帮她编制出大宗财产清单并将其全部登录完毕而赠送给他的。他在做英语练习时不断向别的孩子们讨教,直到他们感到疲倦,不去打搅他时为止,从而成功地使别人的干扰往好的方面转变。他常常感到惊讶,其他人居然已经完全安于自己的现状,对自己工作的临时性质——大于20岁的开电梯工是不容许的——丝毫没有感觉,对有必要对自己未来的职业早作定夺没有认识,尽管有卡尔作榜样仍然什么书也不读,充其量只读侦探小说,脏兮兮的破书一床一床地传阅着。聚在一起时,特蕾泽便不厌其烦地改作业;出现了有争议的观点,卡尔搬出他那位大纽约教授来作证,但是教授和开电梯工们的语法见解一样,对特蕾泽都不起什么作用。她拿过他手里的自来水笔,划掉她确信是错误的文句,但是遇到这样的有争议的情况时,为了精确起见,卡尔总是将特蕾泽划的杠杠重新划掉,虽然一般说来这儿没有比特蕾泽更高的权威了。不过,有时女厨师长走来,然后便总是作出有利于特蕾泽的裁决,这当然还不能令卡尔信服,因为特蕾泽是她的秘书嘛。不过,她同时也带来了普遍和解的气氛,因为她一来就煮茶、拿糕点,于是卡尔就得讲欧洲,当然,卡尔的话会不时被女厨师长打断,她一再地提问并惊讶不已,由此倒是让卡尔意识到,在相对来说较短的时间内那边多少事情已经发生了彻底的变化,他不在的时候有多少事情可能已经变了样子并且现在还正在不断地变化着。

卡尔大约已经在拉美西斯待了一个月了吧,一天晚上,雷内尔从他身边走过时对他说,一个名叫德拉马什的人曾在饭店前同他攀谈并向他打听卡尔的情况。雷内尔没有理由要隐瞒什么情况,就如实地讲了卡尔当开电梯工,然而由于得到女厨长的提携还有希望可以得到完全不同的职位。卡尔察觉出,雷内尔受到德拉马什多么慎重的对待,那天晚上他甚至邀请他共进晚餐。

"我和德拉马什没任何关系了,"卡尔说,"你也提防着他点吧!"

"我?"雷内尔说,伸了个懒腰,匆匆走了。他是饭店里长得最清秀的男孩,在别的开电梯工中间流传着一个谣言,谁也不知道是从哪儿传出来的,说是他被一位已经在饭店里住了好长时间的贵妇人至少是在电梯里吻过多次。对于知道这个谣言的人来说,看着那位自信的、从其外表上丝毫也看不出会做出这样的行为来的贵妇人,迈着她那从容、轻盈的步伐，戴着轻柔的面纱，身穿系得很紧的紧身胸衣，从自己身边走过，这无论如何也是很有诱惑力的。她住在二楼，雷内尔的电梯不是她专用的，但是如果别的电梯都满员了，人们当然也不能拒绝这样的客人乘另外一部电梯。就这样，这位贵妇人时不时就乘卡尔和雷内尔的电梯，而且果不其然，总是只是在雷内尔当班的时候。这可能是偶然，可是没有人相信这会是偶然，每逢电梯载着这两个人开走，在整个开电梯行列里便有一种费很大劲才克制下去的不满情绪，这种不满情绪甚至已经招致过侍者总管的干预。也许是由于这位贵妇的缘故，也许是由于那个谣言的缘故，反正雷内尔这个人变了，变得自信多了，把擦拭的活儿全交给卡尔去干，在大寝室里根本就再也见不到他的人影，而卡尔则已在等待机会，打算和他彻底谈谈这个问题。别人谁也没有这样完全退出了开电梯工的这个集体的，因为一般来说，起码是在工作问题上，大家都是挺齐心协力的，并且有一个受到饭店经理部承认的组织。

卡尔在脑海里转悠着这一切，也想到了德拉马什，此外就是一如既往地上班干活了。午夜前后他可以稍许消遣一下，因为经常送小礼物让他惊喜的特蕾泽带给他一个大苹果和一条巧克力。他们闲谈一会儿，虽然一开电梯他们就得中止谈话，但是他们并不怎么觉得因此而受妨碍。话题也转到德拉马什身上，卡尔发现，如果说他一些时候以来就把他看作是一个危险人物的话，其实他这也是受了特蕾泽的影响，因为特蕾泽按照卡尔所讲的觉得他是这么一个人。然而，卡尔却基本上认为他只不过是个因遭到不幸而落难的流浪汉，还是可以和他打交道的。特蕾泽却竭力反对这种说法，苦口婆心要卡尔答应不要再和德拉马什说话。卡尔没有作出这个允诺，而是反复催促她去睡觉，因为午夜早已过了，当她不听劝说时，他便威胁说，他要离开自己的工作岗位送她回自己的房间去。当她终于表示愿意离开时，他说："特蕾泽，你为什么要这样瞎操心呢？为了好让你睡个好觉，我愿意答应你，只有在无法避免的情况下我才会和德拉马什说话。"随后，来了许多乘客，因为开旁边那部电梯的孩子被叫去帮忙干别的活了，于是卡尔就不得不开两部电梯。有客人在说秩序混乱了，一位先生陪同一位女士，甚至用散步用的手杖捅了捅卡尔,催他快开电梯,一种相当没有必要的催促。客人们既然看到一部电梯没有开电梯工,你倒是起码赶快到卡尔的电梯这儿来呀,但是他们不,他们走到那部电梯跟前,待在那儿,手扶着门把手,或者甚至自己走进电梯,而按照严格的操作规程这是开电梯工无论如何也应该加以防止的。就这样,卡尔跑来跑去,疲于奔命,可是他却并不意识到自己是在严格履行职责。此外,凌晨三点左右,一个提行李的老人想请他帮忙干件什么事,他和这个老人有一点儿交情,但是他眼下没法帮他这个忙,因为恰好他的两部电梯前都站着客人。他当即跨出几大步决定给一批人开电梯,这还真要有点沉着镇静的精神才能做得到的哩。所以他很高兴,他看到另外那个开电梯工又上岗了,便给他扔过去几句责备他长时间离开岗位的话,虽然他可能并不对此负有责任。

凌晨四点以后稍许安静了下来,不过卡尔也急需歇息片刻。他沉重地倚在电梯旁边的栏杆上,慢慢吃苹果,咬了第一口以后,那苹果便散发出一股浓郁的香味,从一个玻璃采光井往下看,这个采光井四周围着储藏室的大窗户,成串成串挂在窗户后面的香蕉在黑暗中闪着微光。

鲁滨孙事件

有人拍他的肩膀。卡尔当然以为这是一位客人,便急忙将苹果塞进口袋,几乎没瞅那人一眼,便向电梯奔跑过去。

"晚上好,罗斯曼先生。"可是此人却说:"是我,鲁滨孙。"

"您可真是变了样了!"卡尔边摇头边说。

"是呀,我日子过得挺好。"鲁滨孙说,并顺着自己的衣服往下看,一件件的衣服也许都相当精致,但是杂七杂八的,以致看上去竟显得破旧。最惹人注目的是一件显然第一次穿在身上的白色西装背心,它有四只镶黑边的小口袋,鲁滨孙挺起胸脯,试图由此而引起人们对他这件背心的注意。

"您穿高级衣服。"卡尔说;并不禁想起他那件漂亮、大方的衣服,他穿上那件衣服甚至可以和雷内尔一比高低,而这两个坏朋友却把它卖掉了。

"是的,"鲁滨孙说,"我几乎天天买几件穿。您觉得这件背心怎么样?"

"很好。"卡尔说。

"可是这不是真正的口袋,只不过是做成这种样子而已。"鲁滨孙说着,抓住卡尔的手,要卡尔自己去摸摸。但是卡尔往后退缩,因为从鲁滨孙的嘴里一股难闻的烧酒气味扑鼻而来。

"您又喝多了。"卡尔说,他已经又站在栏杆旁边。

"不,"鲁滨孙说,"不多,"与他先前的心满意足心态自相矛盾地补充说,"否则人在世上还有什么意思。"一个客人乘电梯打断了这场谈话,卡尔刚刚回到楼下,有人便打来了一个电话,要卡尔去请饭店医生,因为八楼的一位女士昏厥过去了。去请医生时,他在心里暗暗盼望着鲁滨孙在此期间已经离去,因为他不愿意让人看见自己和他在一起,并且,心里想着特蕾泽的警告,也不愿意听说德拉马什的什么事。但是鲁滨孙露出一副醉酒者的呆板相还在等候着。这时,恰好有一位穿黑色小礼服戴礼帽的饭店高级职员打从一旁走过,幸好似乎没有特别留意鲁滨孙。

"罗斯曼,您不想去我们那儿看看吗,我们现在日子过得很美气。"鲁滨孙用诱人的目光望着卡尔说。

"是您还是德拉马什邀请我?"卡尔问。

"我和德拉马什,我们一致邀请您。"鲁滨孙说。

"那我就告诉您并且请您把这句话转告德拉马什,如果说这件事就其本身而言意思还不清楚的话,那么,现在我就挑明了吧,我们那次告别是最后一次告别。你们两位给我造成的痛苦比任何人都多。你们也许在打什么鬼主意,往后也要让我不得安宁吗?"

"我们是您的伙伴嘛,"鲁滨孙说,眼里噙着醉态的、令人厌恶的眼泪,"德拉马什让我告诉您,他愿意赔偿您以前的全部损失。我们现在和布鲁娜妲住在一起,她是位出色的女歌唱家。"说罢,他就要引吭高歌唱一曲,倘若不是卡尔及时发出嘘声制止他的话:"您别吱声,等一会儿,您简直不知道,您这是在哪儿!"

"罗斯曼,"鲁滨孙说,要唱歌的念头算是给吓退了,"我是您的伴儿嘛,您想说什么,您只管说。您在这儿干上了这么一桩美差,您可以接济我几个钱吗?"

"您只不过是又喝酒把钱喝光了,"卡尔说,"我看见您的口袋里甚至藏着一瓶烧酒,刚才我离开的那一会儿工夫,您准是喝了这瓶里的酒,因为起初您还相当清醒。"

"这只是我在路上为了提神才喝的。"鲁滨孙抱歉地说。

"我再也不想改正您了。"卡尔说。

"可是钱呢?"鲁滨孙睁大眼睛说。

"您大概是受到德拉马什的委托,要带钱回去。好吧,我给您钱,但是得有个条件,这就是您必须立刻离开这儿,永远不再到这儿来找我。

如果您有什么消息要告诉我,您就写信给我。卡尔,罗斯曼,开电梯工,西方饭店,有这个地址就够了。但是,我再说一遍,你决不可以再到这儿来找我。我在这儿当班呢,没有时间接待客人。您愿意接受这个条件拿这钱吗?"卡尔问,并把手伸进背心口袋,因为他决心把今晚得到的小费贡献出来。鲁滨孙只是对这个问题点了点头,便艰难地喘着粗气。卡尔把这解释错了,再一次问:"愿意还是不愿意?"

这时,鲁滨孙示意他到他身边去,已经十分明显地摇晃着身体,悄悄说:"罗斯曼,我很不舒服。"

"见鬼。"卡尔脱口而出,他用双手把他拖到栏杆边上。鲁滨孙顿时就张嘴往下吐了起来。在呕吐间歇的时候,他无可奈何地胡乱向卡尔蹭过去。"您确实是个好小伙子。"然后他说,或者说,"马上就不吐了。"而实际上却远没有吐完呢,或者说:"那些狗杂种,他们在那儿给我灌了些什么酒呀!"卡尔既担心又厌恶,在他身旁再也忍受不下去了,便来回踱起步来。这儿,在电梯旁边的角落里,鲁滨孙还隐蔽一些,可是如果有人发现他,如果一个神经质的、富有的客人发现他,这些客人就会等着向跑过来的饭店管理人员提抗议,这位饭店管理人员然后就因此而向全体工作人员进行报复,抑或如果这些不断变换着的饭店侦探中的一个从这儿走过,要知道除了饭店的管理部门以外谁也不认识那些侦探,每一个也许只是由于近视而露出审视的目光的人都被人认为是侦探,如果出现这样的情况,那又该如何是好。餐厅部是通宵不停止营业的,下面只要有人要到储藏室里去,惊讶地发现玻璃采光井里那一堆呕吐物并打电话来问卡尔:天哪,上面究竟出了什么事?到时候卡尔能不供出鲁滨孙来吗?假如他供出鲁滨孙,愚笨的鲁滨孙在绝望之中就不会非但不作任何道歉,反倒恰恰只把卡尔牵连进去的吗?然后不是卡尔立刻就得被开除吗?因为发生了闻所未闻的事了。一个开电梯工,这家饭店服务人员巨大的等级阶梯上最低下、最无关紧要的雇员,居然让自己的朋友弄脏饭店并且让客人受惊吓或者简直把客人赶跑了?人们还能继续容忍一个有这样的朋友的开电梯工吗?他在自己当班的时候居然让他们来找自己玩儿。这情况看上去岂不完全就好像这样一个开电梯工自己就是个酒鬼,或者甚至是个更邪恶的家伙,因为还会有哪个猜想比这个更有说服力呢:他长期用饭店储存的食品大把大把喂养他的朋友们,一直喂到他们在这同一家保持得干干净净的饭店里随便哪个场所像现在鲁滨孙那样将这些食品呕吐出来?这样一个孩子为什么会只限于偷窃食品呢,因为众所周知客人们个个都粗心大意,到处都是敞开着的柜子,桌子上四处摆放着贵重物品,如打开着的首饰盒以及漫不经心随意乱扔的钥匙,在这种情况下,偷窃的机会多得简直数也数不清的呀!

卡尔恰好看见远处有客人从一间地下室酒店里上来,那里的一场游艺演出刚刚结束。卡尔走到他的电梯跟前,根本不敢回头看一眼鲁滨孙,因为他害怕他将会看到的情景。令他略微感到宽慰的是,他没有听到那儿发出一声响声,连一声叹息声也没有。他虽然在侍候他的乘客,与他们一起乘电梯上去、下来,但是他无法完全掩饰自己心不在焉,每次往下去的时候他都准备着在楼下会遇上意想不到的难堪的事。

终于他又有时间去看鲁滨孙了,此人躲在角落里缩成一团,把脸压在膝盖上。他已经把他那顶硬梆梆的圆宽檐帽从额头推到后脑勺上。

"现在您就走吧,"卡尔小声、断然地说,"这儿是钱。如果您赶快走,我还能告诉您一条捷径。"

"我怕是走不了了,"鲁滨孙用一块小手绢擦擦额头说,"我会死在这儿的。您想象不出,我现在多么难受。德拉马什到处带着我下高级饭馆,可是我穿这种装模作样的衣服真受不了,这话我天天都对德拉马什说。"

"这儿您可不能待,"卡尔说,"您想一想,您现在是在哪里。如果人家发现您在这里,您就会受到惩罚,我就会丢掉我的饭碗。您愿意这样吗?"

"我走不了了,"鲁滨孙说,"我还不如从这儿跳下去呢。"说着,他从栏杆间往玻璃采光井里指了指,"如果我在这里这么坐着,我还能忍受得了,但是我站不起来,您刚才离开的那会儿,我已经试过了。"

"那我去叫一辆车来,您坐车去医院。"卡尔说,稍许晃了晃鲁滨孙的两条腿,他随时都有陷入完全麻木状态的危险。但是鲁滨孙一听到医院这个词儿，这个似乎在他心头唤起可怕想象的词儿，他便号啕大哭起来并向卡尔伸出双手请求宽恕。

"别出声。"卡尔说着，轻轻一巴掌把他的双手打下去，走到一个开电梯工的跟前，他在夜里曾给这个开电梯工顶过班，现在请他同样代劳片刻。然后急忙回到鲁滨孙身边，用尽全身力气，把这个一直还在啜泣的人扶起来并悄悄对他说："鲁滨孙，如果您想让我来照顾您，那么，您可就得自己使劲，现在就挺直身子走一小段路。我带您到我的床上去，您可以在我的床上一直待到直至您觉得舒服时为止。您会感到惊讶的，因为您很快便会恢复过来。可是现在您要放明白点，因为走廊里到处都是人，而且我的床位也是在一个公共大寝室里。您只要引起人家哪怕是一点点的注意，我对您就什么忙也帮不上了。您的眼睛得睁开着，我不能像拖着一个危重病人那样拖着您到处乱跑。"

"只要您认为是对的，我什么都愿意干，"鲁滨孙说，"可是您单独一人是扶不动我的。您不能把雷内尔也叫来吗？"

"雷内尔不在这里。"卡尔说。

"啊，是的，"鲁滨孙说，"雷内尔和德拉马什在一起。是这两个人派我来找您的。我把什么都搞混了。"卡尔利用鲁滨孙莫名其妙自言自语，推着他往前走，也还幸运地和他一道一直走到一个角落里，一条灯光比较黯淡的走廊从这里通向开电梯工们的大寝室。这时，恰好一个开电梯工急急忙忙向他们奔跑过来，从他们身旁一掠而过。直到现在为止，他们倒也只遇到过一些没有什么危险的情况，因为四五点之间是最安静的时间，卡尔心里明白，如果他现在不能把鲁滨孙拽走，天一亮，白天的活动一开始，那就根本不可能把他弄走了。

大寝室里，在这寝室的另一头，恰好有人正在大打出手，或者在举办别的什么活动，人们听到有节奏的拍手声，激烈的跺脚声和体育比赛式的喊叫声。在靠近门口的这半个寝室里，人们只看见不多几个人不为所动地仍在床上睡觉，大多数人仰卧在床上，凝视着空中，这当儿，时不时有一个人或恰好身穿衣服或恰好一丝不挂地跳下床来，去看寝室另一头的事态发展。就这样，卡尔把已经渐渐有些适应了行走的鲁滨孙相当不引人注目地带到雷内尔的床上,因为这个床位离门很近,而且幸亏没被占用,而他远远地看到,他自己的床上却正躺着一个他根本不认识的陌生男孩,在安安稳稳地睡觉。鲁滨孙刚一沾上床,他立刻就——一条大腿从床上吊下还在晃动——睡着了。卡尔将被子向上拽,远远盖过他的脸,相信至少暂时可以不必担心,因为鲁滨孙肯定不会在早晨六点以前醒过来,到那时候,他将会返回这里。然后,也许就和雷内尔一道,找到一个把鲁滨孙送走的办法。只有在特殊情况下,高层管理机构才派人查看大寝室,从前的那种通常的一般性检查若干年以前就在开电梯工们的抗议下取消了,所以,从这方面来说也没有什么可以害怕的。

当卡尔回到他的电梯那儿时,他看到,他的电梯以及与他相邻的那部电梯都恰好在向顶上升去。他焦躁不安地等待着,不知这究竟是怎么一回事。他那部电梯下来得早一点,只见从电梯里走出来的就是不多一会儿以前在走廊里走过的那个男孩。

"咳,罗斯曼,你哪儿去啦?"此人问,"你为什么走开了?你为什么不报告?"

"可是我告诉他了呀,要他顶我一会儿班嘛,"卡尔一边回答一边指了指开旁边那部电梯的孩子,他正走过来,"我也曾在上下乘客最多的时候替他开过两个小时之久的电梯的嘛。"

"这一切都很好,"对方说,"但是这不符合规定呀。你难道不知道,在班上哪怕离开一小会儿工夫也要向总管办公室报告吗?你这儿有电话机嘛。我倒是很乐意顶你的班,可是你知道的,这不那么容易呀。两部电梯前恰好都是4点30分特快列车上新来的客人,我不能先开你的电梯,让我的客人等着,所以我就先开着我的电梯上去了!"

"后来呢?"卡尔神情紧张地问,因为两个男孩都沉默不语了。

"后来,"开旁边那部电梯的男孩说,"恰好总管从这儿走过,看见客人们站在你那部没人开的电梯前,便火冒三丈,这时我赶快奔跑过来,他问我,你在哪儿,我不知道呀,因为你压根儿就没告诉我你去哪儿,于是他就马上打电话到大寝室,立刻另外叫来了一个男孩。"

"我还在走廊里遇见过你呢。"顶卡尔班的人说。卡尔点点头。

"当然啰，"另外那位开电梯工竭力申明道，"我立刻就说，你曾请我代你的班，可是这种申辩难道他会听得进去吗？你大概还不了解他。他要我们转告你，他要你立刻到他的办公室去。你还是别耽搁时间，快去吧。也许他还会原谅你这一回，你确实只离开了两分钟。你完全可以提出，你请我代班了。至于你曾经代过我的班，这一点你还是别谈的好，听我的错不了，我不会出什么事，我是得到许可的，可是现在去谈论这样一件事，还把这两件不相干的事情扯混在一起，这样做不好嘛。"

"我这是第一次离开我的工作岗位。"卡尔说。

"事情总是这样的，只不过人家就是不相信罢了。"那男孩说，并向他的电梯跑过去，因为这时有人要上电梯了。

那个顶卡尔班的，一个大约14岁男孩，他显然同情卡尔，他说："已经出过许多起事件，这种事情他们都原谅了。一般来说都改派别的活儿。为了一件这样的事而被开除的，据我所知，只有一个人。你得想出一个好的托词来。你决不要说，你突然觉得不舒服了，他会讥笑你的。比较好的招儿是，你说，一个客人让你去向另一个客人转达一个紧急的口信，你现在记不得，谁是第一个客人，而那第二个客人你没能找到。"

"哟，"卡尔说，"不会这么严重的吧。"按照他听到的一切来判断，他再也不相信会有什么好结果。即便这次失职行为会得到宽恕，里面大寝室里还躺着鲁滨孙这个活生生的罪证呢，而且从总管那暴躁的性格来看，他多半不会草草调查一下就了事，终究还是会把鲁滨孙搜寻出来的。大概并没有不许带陌生人进入大寝室的明文禁令，但是之所以不存在这个禁令，也仅仅是因为想象不出来的事情不禁止而已。

当卡尔走进总管办公室时，此人正坐着在喝早晨咖啡，啜饮了一口，便又埋头阅读显然是由同样也在场的饭店门卫班长给他送来的一份表格。这是一个身材高大的男子，他那身厚实、挂有许多装饰物的制服——肩上以及顺着胳臂往下还蜿蜒伸展着金色链条和带子——使他的身材显得比实际上更魁伟。一部又黑又亮的小胡子，胡子梢拉成尖形，就像匈牙利人蓄的那种小胡子，即使脑袋以最快速度摇动这小胡子也纹丝不动。况且，由于这套行头，他的动作压根儿就不灵活，并且站立时不用别的姿势，总是叉开着两条腿，以便合理分摊身体的重量。

卡尔是不拘礼节、急急忙忙地走进来的，这是他在这个饭店里养成的习惯，因为慢条斯理和小心谨慎，这对于一般人来说意味着是有礼貌，可是对于开电梯工来说，却被认为是懒惰。另外，也不是非得一定要在进门时就让人家看出他有负疚感嘛。总管虽然匆匆朝正在开启的门瞥了一眼，但是随后立刻又回过头去喝他的咖啡读他的材料了，没有再理睬卡尔。但是门房也许觉得卡尔一来自己受到惊扰了，也许他要报告一个什么机密消息，或者提出一个请求，反正他每时每刻都低垂着僵硬的脑袋恶狠狠地瞅他。随后，一旦显然是正合其意地与卡尔的目光相遇，便又把脸转向总管。而卡尔却认为，既然他已经到了这里，如果他现在没有得到总管的相应的命令便又离开这间办公室，这样做是会产生不好的印象的。而总管却仍在研读表格，一边吃着一块糕点，还不时地把糕点上的白糖抖搂下来，而又不停止阅读。有一回，一页表格掉到地上，门房连做一下试图拾起它来的动作都没做，他知道，这件事他办不成的，这也没有必要，因为卡尔已经趋上前来，把那页纸递给总管，总管顺手从他手中接过那页纸，瞧他那神态，仿佛那页纸是自动从地上飘起来似的。整个儿这一小小的效劳毫无用处，因为门房依然没有收敛他那恶狠狠的目光。

尽管如此，卡尔还是比以前更镇静了。他的事情在总管看来似乎不怎么重要，这件事本身就可以被看作是个好兆头。说到底，这也是可以理解的嘛。一个开电梯工自然根本就无足轻重，所以是不可以无知妄为的，但是正因为他无足轻重，他也就不会做出什么不寻常的事情。毕竟总管年轻时自己做过开电梯工——这还是这一代开电梯工的骄傲呢，是他第一次把开电梯工们组织了起来，而且他一定也有那么一回未经允许就离开自己的工作岗位，尽管现在当然谁也不会强迫他去回忆这件事，尽管人们也不可以忽略了，正是因为曾当过开电梯工，所以他才往往会用毫不容情的严厉态度来整饬这个行当，以恪尽职守。此外，卡尔可是就寄希望于时间的向前移动了。按照办公室里的时钟，现在已经五点一刻，雷内尔随时都可能会回来，也许他甚至已经在这儿了，因为鲁滨孙没有回去，这必然会引起他注意的，而且正如卡尔现在想起来的，德拉马什和雷内尔可能根本就待在离西方饭店不远的地方，因为不然的话，鲁滨孙身体那样虚弱也就不会找到路摸到这儿来了。如果现在雷内尔发现鲁滨孙在他的床上，如果果真如此，那就万事大吉了。因为像雷内尔这样讲实际的人，尤其是如果事情涉及自身利益的话，他定会想办法立刻把鲁滨孙从饭店里弄出去的，而且这件事也比较容易办到，因为在这期间鲁滨孙已经稍许恢复了一下体力，况且也许德拉马什就在饭店前面等着接他呢。可是如果鲁滨孙已经被打发走，那么卡尔对付总管心里就踏实多了，这一回也许挨一顿训斥，哪怕是严厉的训斥吧，他也就能渡过这一难关了。然后他再去和特蕾泽商量，他是否可以把实情告诉女厨师长——就他本人而言，他看不出有什么不可以的，很可能，这件事没造成什么特别的损失就可以彻底地了了。

正当卡尔经过这样一番考虑情绪稍微平静，正要悄悄点一点今晚到手的小费，因为凭感觉他就知道今天的小费收入似乎特别丰厚，这时，总管说了声"费奥多尔，请您再等一会儿吧"，就把那份表格放到桌子上，敏捷地跳起来，冲着卡尔大声嚷嚷，吓得卡尔目瞪口呆，直愣愣地盯着那张黑洞洞的大口。

"你未经允许离开岗位。你知道，这意味着什么吗？这意味着解雇。我不愿听辩解。你那一套信口胡编的借口你还是收起来的好，对我来说，你不在岗位上，这个事实就完全足够了。如果我容忍并原谅这一回，到头来所有40个开电梯工都会在上班时跑掉，我就得一个人把我的五千个客人背上楼去。"

卡尔不吭声。门房走近过来，把卡尔那件起了几个褶儿的短上衣往下拽了拽，无疑是为了促使总管特别注意卡尔在着装方面的这一小小的纰漏。

"你也许是突然身体不舒服了吧？"总管狡黠地问。

卡尔用审视的目光望着他，回答说："不是。"

"原来连身体不舒服都没有？"总管嚷嚷得更凶了，"那么你一定已经编好了一个了不起的谎言了。你有什么好说的？快说吧。"

"我不知道，我必须打电话请求准假。"卡尔说。

"这真有趣。"总管说，抓住卡尔的上衣领子，几乎是把他两脚悬空地提到钉在墙上的电梯操作规章前面。门房也跟在他们后面向墙边走去。"这儿，念！"总管指着一条条款说。卡尔以为是要他给自己默念。"大声念！"总管却命令说。

卡尔没有大声念，却抱着可以更好地平息总管怒气的希望说："我知道这个条款，我也拿到过操作规章并仔细读过。但是恰恰是这样一条人们永远不需要的规定，人们竟忘了。我已经干了两个月了，从来没有离开过我的岗位。"

"所以现在你就要离开它了。"总管说，向桌子走去又拿起那份表格，仿佛想继续读它似的，却把它砸在桌上，仿佛它是一张无用的破纸片，额头和面颊涨得通红，在房间里交叉来回踱步。"为了这么一个捣蛋鬼就得遭这份罪！值夜班闹得个鸡犬不宁！"他怒气冲冲地喊了几次。"您知道吗，当这儿这个家伙离开电梯的时候，恰好是谁想乘电梯上楼去？"他转身向门房道。接着，他举出了一个人的名字，门房当然熟知全部客人的情况，一听这个名字禁不住打了一个寒战，便很快朝卡尔瞥了一眼，仿佛卡尔的存在便是一份证明书似的，证明了那位叫那个名字的人在一部跑掉了开电梯工的电梯前不得不白白等了好长一段时间。

"真是可怕！"门房露出无限忧虑的神色对着卡尔徐徐摇摇头说，卡尔则沮丧地望着他，心想自己这下将不得不因这个人的理解迟钝而遭殃了。

"而且我也已经认识你了，"门房伸出他那粗壮而僵硬的食指说，"你是唯一的一个一贯不问候我的开电梯工。你究竟是何居心！每一个从门房间旁边走过的人都必须问候我。对其他的门房你爱怎么办就可以怎么办，可是我要求受到问候。虽然有时我装出不在意的样子，但是你完全可以放心，谁问候我谁不问候我，我心里很清楚，你这个无赖！"说罢，他转身离开卡尔，昂首阔步向总管走去，而总管却吃罢早饭，正在浏览一张一个仆人刚刚送进办公室里来的晨报，没有对门房的事发表什么评论。

"门房班长先生，"卡尔说，他想乘总管不注意至少把和门房的这件事先解决了，因为他懂得，门房的这个指责也许伤害不了他什么，可是此人的敌对情绪却对他很不利，"我肯定是问候您的。我在美国时间还不长，我出生在欧洲，众所周知，人们在欧洲问候之频繁远远超出需要的程度。这个习惯我当然还没有完全能够改掉，两个月前，我在纽约偶然与比较上层的圈子里的人交往，人们一有机会就劝我别那样过分拘泥于礼节。而我却偏偏会没有问候您！我每天都问候过您几次。可是当然我也不是每次见到您都问候您，因为我每天从您身旁走过一百次呢。"

"你必须每次都问候我，每次，毫无例外，你和我讲话的时候，自始至终你都得把帽子拿在手里，你必须永远用'门房班长'称呼我，而不是用'您'。每次都得这样，每次。"

"每次？"卡尔轻声用询问的口吻重复道，现在他回忆起，在他逗留此地的这段时间里他一直受到这位门房的严厉和责备的目光的注视，从那第一天早晨起就已经如此，那天早晨他在对自己的侍候人的身份还不太适应的情况下有点儿太冒失，竟毫无顾忌地、烦冗而急切地向他询问，是不是有两个小伙子来打听过他并给他留下一张照片。

"现在你看到了，这样一种态度会导致什么结果，"门房又走回到卡尔的身边，指着还在读报的总管说，仿佛此人是他的复仇代理人似的，"以后不管你在哪儿干活，你都要问候门房，哪怕也许只是在一家下等酒吧间里也不例外。"

卡尔认识到，他实际上已经丢掉了自己的职位了，因为总管已经说过这话，如今门房班长又作为既定事实重复这句话，开除一个开电梯工大概用不着得到饭店经理处批准的。诚然，事态发展得比他想象的快，因为毕竟他已经竭尽全力地干了两个月，肯定比某些开电梯工干得更好。但是在关键时刻，在世界上的任何一个角落，不管是在欧洲还是在美国，显然没有人会顾及这些情况的，对事态发展作出决断的，将是一个人在勃然大怒时信口作出的判决。也许现在最好的办法是，他立刻就辞别而去，女厨师长和特蕾泽也许还在睡觉，为了避免当面告别引起她们对他的行为感到失望与悲哀，他还是写信告别，迅速收拾好行李，悄悄地离去为妙。可是如果他即使还只待一天，他当然也需要稍许睡一会儿，那么，等待着他的就不是别的，而是把他的事大加渲染、引起轰动，各方面的指责，特蕾泽的、也许甚至还有女厨师长的那副叫人受不了的眼泪汪汪的模样，也许到了也还会受到惩处。可是另外一方面，他觉得怅惘，在这里他站在两个敌人的对面，他说出来的每一句话不是遭到这一个，便是遭到另一个的指摘和曲解。所以他沉默不语，暂时享受着笼罩在房间里的宁静气氛，因为总管还一直在读报，而门房班长则在按页码整理他那份撒在桌面上的表格，他显然眼睛近视，整理起来很吃力。

总管终于打着哈欠把报纸放下，瞥一眼卡尔证实此人还在，按响桌上的电话铃。他喊了几次"喂！"但是没有人接电话。"没有人接。"他对门房班长说。卡尔看得出来，门房班长一直怀着特殊的兴趣在观看打电话，这时，门房班长说："现在已经5点3刻。她肯定已经醒了。您把声音拨大一点。"正在这时候，没有再拨电话，对方自己打来了电话。"这里是总管伊斯巴吕，"总管说，"早晨好，女厨师长太太。我没有把您给吵醒了吧？我感到很抱歉。对，对，已经5点3刻了，但是我真心诚意地感到抱歉，我让您受惊吓了。您曾想在睡觉时把电话机关掉。不，不，真的，我没有任何理由，特别是因为我想找您谈的这件事情是一桩不足挂齿的小事。可是我当然有时间，您请便，如果您觉得可以的话，我就守在电话机旁。"

"她准保是穿了睡衣来接电话的。"总管微笑着对门房班长说，整个这段时间里此人一直神情紧张地俯身注视着那部电话机。"我确实把她叫醒了，她一向都是让在她那儿打字的那个小姑娘叫醒自己，这小姑娘今天一定是破例地误了事了。我感到抱歉，我把她叫醒了，她本来就神经过敏。"

"为什么她不讲话了？"

"她去看那姑娘出了什么事了，"总管回答时已经把听筒贴在耳朵上，因为电话铃又响了，"会找到她的。"他对着话筒里继续说，"您不要对什么都这么担惊受怕的嘛。您确实需要好好休息。那好吧，我冒昧问一下。这里有一个开电梯工，名字叫——"他带着询问的目光向卡尔转过身去,卡尔一直注意地听着,便立刻说出自己的名字,帮了他一把——"名字叫卡尔·罗斯曼。如果我没记错的话,您曾对他有过一点儿兴趣。可惜他辜负了您的一片好心,他未经允许就离开了自己的工作岗位,由此给我造成了极大的、现在还无法估量的麻烦,所以我刚才把他辞退了。我希望,您不要把这件事看得过于严重了。您说什么?辞退,是的,辞退。可是我告诉您了嘛,他离开了自己的工作岗位。不,在这件事上我确实不能向您让步,亲爱的女厨师长太太。这件事关系到我的威信,是要担很大的风险的,这么一个孩子会给我把整个队伍的作风败坏了的,恰恰是对开电梯工我们必须极其留神。不,不,在这件事上我不能帮您这个忙,尽管我一向愿意竭诚地为您效劳。即便我不顾一切让他留在这里的话,这不会有别的什么意义的,只会给我留下一个祸根,为了您的缘故,是的,为了您的缘故,他也不能留在这儿。您对他表示关心,可是他根本不配,由于我不仅认识他,而且也认识您,所以我知道,这准会让您感到大失所望的,而这正是我无论如何也要加以避免的。我完全直言不讳,虽然这个不思改悔的孩子站在我面前几步远的地方。得辞退他,不,不,不派他做别的工作,他完全不能用了。此外也还有人对他提出别的指控。譬如门房班长,怎么样,什么呀,费奥多尔,是的,费奥多尔抱怨这个孩子无礼和粗野。嗯,这还不够吗?哟,亲爱的女厨师长太太,您为了这个男孩而迷失您自己的本性了。不,您不可以这样来折磨我。"

这时,门房俯身对着总管的耳朵悄悄嘀咕了几句。总管起先惊讶地望着他,然后就那样快速地对着电话机说话,以致卡尔一开始竟并不能完全听懂他说的话,就踮着脚尖走近过去两步。

"亲爱的女厨师长太太,"卡尔听见总管在说,"直说了吧,我简直不敢相信,您看人竟如此缺乏眼力。刚才我听说到一些有关您这位宝贝孩子的情况,这些情况将彻底改变您对他的看法,我几乎感到遗憾的是,偏偏得由我来把这些情况告诉您。原来这位高尚的少年,您称他是守礼仪的楷模,没有一个不当班的夜晚他不跑到城里去的,每次他总是早晨才从城里回来。哟,哟,女厨师长太太,这是有证人加以证实了的，无可指摘的证人，是的。现在您也许可以告诉我，这寻欢作乐的钱他是从哪儿弄来的吗？他怎么还会聚精会神地上班？也许您也还要我向您描述一番，他在城里干些什么勾当吗？摆脱掉这个孩子我可是刻不容缓。请您以此为戒，对流浪汉我们应该多加小心才是。"

"可是，总管先生，"卡尔嚷嚷道，他简直如释重负了，因为这里似乎发生了天大的误会，它很可能还会导致一切出乎意外地好转起来，"事情肯定搞错了。我相信，门房班长曾告诉您，说我每天夜晚都外出。可是这完全是不对的，相反，我天天晚上都在大寝室里，这一点所有的男孩都可以证明。如果我不睡觉，我就学商业通信，可是我一宿也没有离开过大寝室。这一点是很容易证明的。门房班长先生显然把我跟别人混淆了，现在我也明白了，他为什么以为我不问候他。"

"您快给我闭嘴，"门房班长喊道，并挥舞拳头，换了别人，大概会挥动一个手指头的，"我会把你跟别人混淆的！对了，那我岂不就当不成门房班长啦，如果我把人们都搞错了的话。我已经在职30年，还从来没有把人搞混过呢，从那时候起我们有过几百个领班，他们一定可以为我作证，可是在你身上，好小子，我会把人搞混淆了的。在你身上，凭着你这张引人注目的、光溜的鬼脸。这有什么会混淆的！你可以每天夜里都从我背后跑进城里去，我仅仅凭你这张脸便可证明，你是个货真价实的无赖。"

"算了吧，费奥多尔！"总管说，他同女厨师长太太的电话交谈似乎已经突然停止，"事情很简单。问题根本就不在于他的夜间娱乐活动。他也许是企图在离去之前还诱使我们对他的夜间活动进行一场大规模调查。我已经可以想象得出来，这样干他正巴不得呢。这就可能要把40个开电梯工都叫上来，听取他们作证，他们当然也统统把他混淆了。于是，渐渐地全体饭店工作人员都必须出来作证，饭店自然就得中止一段时间营业，这样，他最后被赶出去的时候，至少他已经把我们愚弄了一番了。这种事我们还是别干的好，女厨师长，这位好心的太太，已经让他给耍了，千万别再上他的当。我什么也不想听，你因失职已被当场解除职务。这儿我给你一张支付通知,你的工资就发到今天为止。顺便提一句,根据你的态度——我们私下说说——这简直是白送的,是我看在女厨师长太太的份上送给你的一份礼。"

这时有人打来一个电话,使总管不能立刻在支付通知上签字。"今天这帮开电梯工净给我找麻烦了!"他听了头几句话便嚷嚷开了,"这简直太不像话了!"过一会儿他嚷道。他从电话机转脸对饭店门房说:"劳驾,费奥多尔,看住这家伙一会儿,我们还有话要跟他说。"说罢,他向电话机里命令:"立刻上来!"

现在门房班长至少可以尽情发泄私愤了,这是他凭嘴讲话无论如何也做不到的。他紧紧抓住卡尔的上臂,但是这不是那种毕竟还能忍受得了的平稳的抓人动作,而是他时不时地一松手,旋即又抓住,并且越抓越紧,他身强力壮似乎有使不完的劲,卡尔眼前顿时便一片黑暗。但是他不仅抓住卡尔,而且仿佛他也得到要同时拉伸他的命令似的,他也时不时地把他往上提升并摇晃他,一边还一再用半询问的口吻对总管说:"我现在还会不会把他看错,我现在还会不会把他看错。"

当开电梯工班长,一个叫贝斯的,一个永远发着呼噜声的胖男孩走进来,并稍稍吸引住了门房班长的注意力的时候,卡尔才算得到了拯救。卡尔感到疲惫不堪,以致当他诧异地看见特蕾泽在那孩子背后脸色煞白、衣履不整、头发蓬乱着悄悄走进来时竟几乎没打招呼。瞬间,她便来到他身边并悄悄问:"女厨师长已经知道了吗?"

"总管已经打电话告诉她了。"卡尔回答。

"那就好了,那就好了。"她赶快说,眼睛闪着明快的光。

"不,"卡尔说,"你不知道,他们对我有什么看法。我必须离开这儿,女厨师长也已经对此确信不疑了。请你别待在这里,上去吧,我随后会来向你告别的。"

"可是,罗斯曼,你想哪儿去啦,只要你喜欢,你完全可以留在我们这儿。女厨师长要办的事,总管样样都会去干的,他爱她呀,这是我最近知道的。你只管放心好了。"

"唉,特蕾泽,现在你走吧。你在这儿,我就不能有效地为自己辩护。而我又必须很好地为自己辩护,因为人们对我提出了许多谎言。可是我越是注意,给自己辩护得越好,我也就越有希望留下。所以,特蕾泽——"可惜他突然感到一阵疼痛,便万般无奈地轻声补充说,"要是这个门房班长能把我放开就好了!我以前根本不知道,他是我的敌人。瞧他老不停地拧我、拽我。""为什么我说这个呀!"他同时在想,"没有一个女人会平心静气地听这种话的。"果不其然,没等到他用那只自由的手将她拦住,特蕾泽就转过身去对门房班长道:"门房班长先生,请您立刻放开罗斯曼,您弄得他好痛。女厨师长太太立刻亲自来这儿,到时候我们就会看到,他全是冤枉的。您放开他。折磨他,会给您带来什么快活呀!"说着,她甚至去拉门房班长的手。"命令,小姐,命令。"门房班长说,并用空着的那只手热情地把特蕾泽拉向自己怀里,与此同时,他用另一只手甚至使劲压住卡尔,仿佛他不仅想给他带来痛苦,而且也仿佛他对这条他拥有的胳臂抱有一个特殊的目的,这个目的还远没有达到。

特蕾泽花费了一些时间才从门房班长的搂抱中挣脱出来,正想找一直还在听噜里噜苏的贝斯讲话的总管替卡尔说情,这时,恰好女厨师长迅步走了进来。

"谢天谢地!"特蕾泽喊道,一时间人们在房间里什么也没听见,只听见这句响亮的话。总管立刻从座位上跳起,把贝斯推到一边。

"您亲自来了,女厨师长太太?为了这件小事?我们在电话里谈过之后,我能预感到会这样,但是我确实没想到您还真会来。可是您的被保护人的事情却变得越来越糟糕了。我担心,我果真将不辞退他,而是必须把他关押起来。您自己听吧。"说着,他招手让贝斯走过来。

"我想先和罗斯曼说几句话。"女厨师长边说边在一把沙发椅上坐下,因为总管再三请她就座。

"卡尔,你过来。"随后她说。卡尔走近或者不如说是被门房班长拖近过来。"您放开他,"女厨师长太太生气地说,"他不是谋财害命的凶手!"门房班长果真将他放开,但是松手前还狠狠地捏了他一把,捏得他怎么拼命控制也忍不住泪水涌进眼眶。

"卡尔,"女厨师长说,平静地将两手放在膝间,低头望着卡尔——这根本就不像审问——"首先我要告诉你,我仍还完全信任你。总管先生也是一个公正的人,这一点我可以担保。从根本上来说,我们俩都愿意让您留在这里。"——说到这里,她朝总管匆匆瞥了一眼,仿佛她是在请求他不要打断她的话似的,他果然没插话,"迄今为止人们也许在这里对你说了些什么,这些话你都把它们忘了吧。尤其是门房班长先生对你说的话,你更别往心里去。他虽然是个情绪冲动的人,他干这一行所以也不奇怪嘛,但是他也有老婆和孩子,知道人们犯不着去折磨一个孤苦伶仃的孩子,这种事有人会妥善处理的。"

房间里鸦雀无声。门房班长露出企求澄清的神色看了看总管,总管则看了看女厨师长,摇了摇头。开电梯工贝斯在总管背后傻笑。特蕾泽悲喜交集,嘤嘤啜泣起来,竭力不让人听见。

而卡尔却没有正眼去看无疑正期待着他的目光的女厨师长,而是愣愣地望着地板,虽然这只可能被理解为不祥的征兆。他的胳臂抽搐着,疼痛向周身扩散开去,衬衫粘在条纹伤痕上,他本来是应该脱下上衣,察看一下伤势的。女厨师长所说的话,当然是一番好意,但是不幸的是他觉得,仿佛正是女厨师长的这种态度才势必会显出,他不配领受别人的好意,女厨师长两个月来的良苦用心他受之有愧,咳,他什么也不配,活该落到门房班长的手中。

"我说这话,"女厨师长继续说,"是为了让你可以一如我自以为了解你的那样,不受干扰地回答我的问题,不管你到底干了什么事。"

"对不起,现在我可以去请医生吧,因为那个人可能会失血过多而死去的。"开电梯工贝斯突然彬彬有礼地,然而却很扰人地插话说。

"去吧。"总管对贝斯说,贝斯当即快步离去。随后总管对女厨师长说:"事情是这样的。门房班长不是闹着玩儿才抓住这儿这个孩子不放的。楼下,在开电梯工的大寝室里,在一张床上,被子盖得严严实实的,人们发现了一个完全陌生的、喝得酩酊大醉的汉子。人们当然把他叫醒了,想把他撵走。可是这个汉子却大撒起酒疯来了,反复大声叫嚷说,大寝室是属于卡尔·罗斯曼的,说他是他的客人,是他把他带到这儿来的，谁敢动他一根毫毛，他就会惩罚谁的。此外，他之所以必须等待卡尔·罗斯曼，也是因为此人已经答应给他钱并且已经取钱去了。女厨师长太太，请您注意：答应给钱并且已经取钱去了。你也可以注意听着，罗斯曼。"总管顺便给卡尔捎了一句，卡尔恰好已向特蕾泽转过身去，她像着了魔似的凝视着总管，一再地不是掠去额头上的头发，就是无意识地做着这个手势动作。"不过我也许要提醒你记住你还有事要办呢。因为下面那个人还说过，等你回去后你们俩要在夜晚去拜访某个歌女，不过这个歌女的名字却谁也没有听明白，因为他始终只能边唱着歌边说出这个名字来。"

说到这里，总管便顿住，因为脸色明显已经发白的女厨师长把沙发椅稍稍往后一推，倏地站了起来。

"我不打搅您了，别的事就别说了吧。"总管说。

"不，不，"女厨师长抓住他的手说，"您尽管继续往下讲吧，我愿意听到全部情况，我就是为此而来的嘛。"

门房班长走到前面，大声拍着自己的胸脯，表示他一开始就把一切全都看透了，这时，领班说了句："对，您完全正确，费奥多尔！"既抚慰、同时也拒斥了他。

"没有多少事情可讲的了，"总管说，"那些男孩子都是那样的人，他们先把那个人耻笑一番，然后就和他争吵起来，由于那里优秀的拳击手比比皆是，所以他一下子就被击倒了，我根本就没敢问，他身上哪儿流血，有多少处伤口，因为这些孩子都是很厉害的拳击手，对一个醉鬼他们自然应付裕如！"

"好吧，"女厨师长扶着沙发椅的扶手，望着她方才离开的座位说。"现在请你说一句话吧，罗斯曼！"然后她说。这时，特蕾泽已经离开原先的位置，走到女厨师长的身边，挽住了女厨师长的胳膊，平时卡尔从未见她做过这个动作。总管紧挨着女厨师长的背后站着，慢慢抚平女厨师长已经略微翻起的朴素的小花边衣领。卡尔身旁的门房班长说："嗯，说不说？"却只想做出一个推的动作，以便乘机给卡尔后背一拳。

"这是真的，"卡尔说，由于挨了这一拳显得比预期的更不稳固了，

"是我把那个人带进大寝室里来的。"

"别的事我们不想知道。"门房代表所有的人说。女厨师长默默转向总管,随后又转向特蕾泽。

"我没有别的办法,"卡尔继续说,"那个人是我从前的一个同伴,我们已经两个月没见过面了,这回他到这儿来,是来拜访我,可是喝得酩酊大醉,以致无法独自一人离开这儿。"

总管在女厨师长身边轻声自言自语:"原来他是来做客的,后来喝得醉醺醺的,就走不了了。"女厨师长扭过头去悄悄对总管说了些什么,总管露出一丝显然与此事不相干的笑意似乎提出异议。特蕾泽——卡尔只瞥了她一眼——完全茫然地把脸紧紧贴在女厨师长身上,再也不想看见什么。唯一对卡尔的解释感到完全满意的,是门房班长,他反复说了几遍:"完全正确,他的酒友他不得不帮助呀。"并且试图通过眼神和手势使在场的每一个人都牢牢记住他的这句话。

"我的过错就是,"卡尔说,并且顿了一顿,仿佛他等着他的法官们说一句友善的话,鼓励他继续替自己辩护,但是没有人说话,"我的过错仅仅是,我把那个人——他叫鲁滨孙,是个爱尔兰人——带进了大寝室。他所说的其他的话,统统都是酒醉后说的胡话,是不对的。"

"你没有答应给他钱?"总管问。

"答应了。"卡尔说,他感到很抱歉,他居然把这件事给忘了,由于考虑不周或精神涣散他已经用了过于明确的言词声称自己没有过错。"我是答应给他钱了,因为他曾向我要钱。但是我不是想去取钱来给他,我是想把我昨天夜里挣的小费给他。"说着,他从口袋里把钱掏出来,在手心里亮出那几个小硬币给大家看,以证明自己的话不假。

"你越说越离谱了,"总管说,"要是相信你的话,那就得始终忘掉你从前曾经说过的话。起先你只是把那个人——连你说的鲁滨孙这个名字我都不信,自从有了爱尔兰以来,没有一个爱尔兰人叫这个名字的——起先你只是把他带进了大寝室,顺便提一句,单凭这一点,你就可以立马被解雇,可是起先你没有答应给他钱,后来,人家出其不意地问你,你又答应给他钱了。但是我们不是在这里搞问答游戏,我们是想听你的申辩。可是起先你不想去取钱,而是想把你今天的小费给他,可是后来事实表明,这钱还在你身上端着呢,所以显然还是想另外去取别的钱的,你长时间不在也证明了这一点。说到底,你想从你的箱子里取钱给他,这本来就不是什么特别奇怪的事,而你竭力否认这一点,这倒有点奇怪了。同样令人感到奇怪的是,你也始终闭口不谈,你是在这儿饭店里才把他灌醉的,这没有丝毫可以怀疑的嘛,因为你自己已经承认,他是独自一人来的,却不能独自一人离去,况且他自己就在大寝室里到处叫喊,说他是你的客人。现在还只有两件事要问一问,如果你愿意简单了结这件事,这两个问题你可以自己回答,不过话说回来,即使你不合作,我们也会把问题弄清楚的:第一,你是怎样设法进入储藏室的;第二,这准备送人的钱你是怎么积攒起来的?"

"如果人家没有良好的愿望,我是无法为自己辩护的。"卡尔暗自思忖,不再回答总管的提问,尽管特蕾泽会因此而感到很痛苦。他知道,他所说的话,到头来全都会变得面目全非,会和本意完全不一样,是好是坏,这全看你怎么判断了。

"他不回答。"女厨师长说。

"这是他所能采取的最明智的做法了。"总管说。

"他会想出什么鬼点子来的。"门房班长边说边用那只以前颇残忍的手小心翼翼抚摩自己的胡子。

"你安静点,"女厨师长对身边开始啜泣起来的特蕾泽说,"你看见了,他不回答,我还能帮他什么忙呀?说到底是我在总管先生面前做错了事嘛。你说吧,特蕾泽,你是不是觉得是我耽误了事,没出力帮他的忙?"特蕾泽怎么会知道这个,女厨师长向这个小姑娘公开提出这个问题、这个请求从而使自己大失体面,这有什么用吗?

"女厨师长太太,"卡尔说,他再次打起精神,但是仅仅是为了可以使特蕾泽避免作出回答,没有别的目的,"我不认为,我做了什么给您丢脸的事了,仔细调查以后,任何一个人都会这样认为的。"

"任何一个人,"门房班长用指头指着总管说,"这是在挖苦您呢,伊斯巴吕先生。"

"嗯，女厨师长太太，"总管说，"现在6点半，时间不等人了。我想，在这件已经处置得太宽容的事情上，您最好还是让我来提出最后的处理意见吧。"

这时，小吉阿科莫已经走了进来，正要向卡尔走去，却因慑于笼罩全场的一片寂静气氛而收住了脚，等待着。

自卡尔讲完最后那几句话以来，女厨师长就一直没有把目光从他身上移开，而且也没有任何迹象表明她已经听见总管的这个意见了。她睁大着眼睛望着卡尔，这一双眼睛又大又蓝，但是由于上了年纪和劳累过度而显得有点儿暗淡。瞧她这样站在那里，轻轻摇晃着面前的沙发椅，人们完全有理由可以期盼，她马上就会说："嗯，卡尔，我琢磨着，这件事还没有弄清楚，如你所说的，事情还需要进一步调查。这调查我们现在就进行，不管人家是同意还是不同意，因为必须秉公办事。"

但是女厨师长没说这样的话，在一个无人敢惊扰的小间歇之后——只有座钟敲响六点半证实总管说的话，而且谁都知道，整个饭店里所有的钟都同时在敲响——女厨师长说："不，卡尔，不，不！我们不想轻信这种话。正义的事情也会有一种特殊的外观，而你的事情，我不得不承认，却没有这样的外观。这话我可以说，而且我也必须说，我必须承认这一点，因为是我怀着对你的最好的偏见到这儿来了。你看到了，特蕾泽也沉默了。"（可是她没有沉默，她在哭。）

女厨师长突然一下狠心顿住并说："卡尔，你过来一下。"当他走到她跟前时——总管和门房班长立刻在他背后凑到一起热烈交谈起来——她用左手抓住他，带着他以及没有主意跟着一起走的特蕾泽走到房间尽里头，在那儿和两个人踱了几个来回的步，她边踱步边说："有这个可能，卡尔，你似乎相信会这样，要不然，我简直无法理解你了，进行一次调查有可能会证明你在一些细微末节上是对的。怎么不会呢？你也许确实问候门房班长了。我甚至对此深信不疑，我也知道，我该怎样看待门房班长，你看，现在我自己就对你直言不讳。可是这种小小的辩白丝毫帮不了你的忙。经过多年的交往，我非常赏识总管的鉴别人的能力，他是我所认识的最可靠的人，如今他已经明白无误地道出了你的过错,我觉得这过错确实是不可辩驳的。也许你只不过行动欠考虑,可是也许你并不是我所认为的那样的人。不过,"说到这里,她几乎是自己顿住,回过头去匆匆瞥了一眼那两位先生,"我还不会改变我的看法,我仍然认为你根本上看来是个规矩正派的孩子。"

"女厨师长太太!女厨师长太太!"总管截住她的目光提醒道。

"我们马上就谈完了,"女厨师长说,旋即用更快的语速规劝卡尔,"听着,卡尔,据我对事情的了解,总管不想进行调查,我还感到高兴呢。因为,如果他要调查,我就得为你的利益而出面阻止。不能让任何人知道,你是怎样并且是用什么款待那个人的,而且那个人可能不是如你所伪称的那样,是你从前的同伴中的一个,因为在分手时你曾和他们发生过一场激烈的争吵,你不会在现在这个时候去招待他们之中的任何一个人的。所以这只可能是你夜晚在市里哪家酒店里轻率结交的一个熟人。所有这些情况,卡尔,你怎么可以向我隐瞒呢?也许你在大寝室里受不了了,也许起初你是出于这个无可非议的理由才在夜里出去游荡的,可是你为什么不说话呢?你知道,我当初想给你弄一个单间,完全是在你的请求下才放弃了这个打算。现在看来,似乎你倒是更喜欢那公共大寝室,因为你觉得住在那儿可以更加不受拘束。你的钱你都存放在我这儿,每周的小费你都交到我这儿。天晓得,孩子,你从哪儿弄来的钱去寻欢作乐,你现在又想到哪儿去取钱来给你的朋友?这自然纯粹都是些我至少现在决不可以向总管透露的事情,因为不然的话也许调查也就无法避免了。所以你无论如何也必须离开这家饭店,而且越快越好。你直接就到布雷纳膳宿公寓去——你已经和特蕾泽一道到那儿去过多次——凭这份推荐他们会免费接收你的。"——说着,女厨师长从衬衫口袋里掏出一支金色笔,用这笔在一张名片上写了几行字,可是写字的时候她没有停止说话——"你的箱子我马上让人给你送去。特蕾泽,你快到开电梯工更衣室里去收拾他的箱子!"(但是特蕾泽还没动弹,而是在经受了这一切痛苦之后如今也想亲眼看到卡尔的事情因女厨师长的善良意愿而出现好的转机。)

有人没有露面把门开开一条小缝,随后立刻又把门关上。显然是有人对吉阿科莫说了什么话,因为此人走过来说:"罗斯曼,我有话要向你转告。"

"马上就完,"女厨师长说,把名片塞进卡尔的口袋里,卡尔一直低着头听她说话,"你的钱暂时由我保存,你知道,你是可以信赖我的。今天你就待在家里,考虑考虑你的事情,明天——今天我没有时间,而且我在这里也滞留得太久了——明天我到布雷纳那儿去,到时候我们再看,我们还能再为你做些什么。我是不会离开你的,不管怎样,这一点你今天就应该认识到。对你的未来你不必操心,你还是多想想过去的时光吧。"说罢,她轻轻拍拍他的肩膀,便向总管那边走去。卡尔抬起头来,目送着这位身材高大、魁伟的妇女步履稳健、姿态潇洒地离去。

"难道你一点儿也不觉得高兴,"在他身边留下没走的特蕾泽说,"这样的结局不是很好吗?"

"哦,是的。"卡尔对她微微一笑说,却不知道,他为什么要对人家把他当小偷赶走感到高兴。特蕾泽的眼里闪烁出纯真的喜悦的光芒,仿佛既然人家让他走人,不管是光荣地离去还是耻辱地溜走。那么,卡尔做没做坏事,他受到了公正还是不公正的评价,这对她来说也就完全是无所谓的了。恰恰是这个在她自己的事情上一丝不苟、对女厨师长的一句并不完全明确的话会反复揣摩、探究几个礼拜的特蕾泽竟采取了这样的态度。他故意问:"你马上去收拾我的箱子并把它送走吗?"他不得不违背自己的意愿惊讶地直摇头,因为特蕾泽居然这么快就领悟了这个问题的意义。她确信,箱子里一定有必须严加保密不能让大家看见的东西,所以,她没顾得上看卡尔一眼,没顾得上和他握一握手,而是只悄悄地说了声:"当然,卡尔,马上,我马上去收拾箱子。"话音刚落,她就撒丫子跑开了。

这时,吉阿科莫再也忍耐不住了,他因久等而情绪冲动起来,大声嚷嚷:"罗斯曼,那个人在下面过道里打滚,不愿意让人把他弄走。他们想送他去医院,可是他抗拒并声称,你决不会容许他进医院的。他要人家叫一辆汽车来送他回家,说是你会付车钱的。你愿意付吗?"

"这个人信任你。"总管说。卡尔耸耸肩膀,把钱点清塞到吉阿科莫的手里。"我再也没钱了。"然后他说。

"他们也要我问问你,你愿不愿意随车一起走?"吉阿科莫还问,把钱弄得叮当响。

"他不跟车走。"女厨师长说。

"好吧,罗斯曼,"总管没等吉阿科莫到外面便赶快说,"你现在就被解雇了。"

门房班长点了好几回头,就好像这是他自己的话,总管只是在复述而已。

"解雇你的理由我不能大声张扬,因为如果一张扬出来,我就得把你关起来。"

门房班长向女厨师长投去极严厉的一瞥,因为他想必已经看出,她是这一过分宽大处理的原因。

"现在你去贝斯那儿,换衣服,把你的制服交给贝斯,立刻离开这栋房子,立刻离开。"

女厨师长闭上眼睛,她想以此来安慰卡尔。就在他鞠躬告别的时候,他仓促间看到,总管好像正偷偷地抓住女厨师长的手在抚摩它。门房班长迈着沉重的步伐陪着卡尔走到门口,他不让卡尔把门关上,而是自己让门敞开着,以便可以对着卡尔的背影叫喊:"15秒钟以后我要看着你在大门口从我身边走过!你记住这一点!"

卡尔尽快料理一应事务,想避免在大门口受纠缠,但是事情办起来比他希望的慢得多。首先,没有马上就找到贝斯,现在,正当吃早饭的时候,哪儿都挤满了人,其次是卡尔发现自己的旧裤子让一个开电梯工借走了,他不得不找遍了几乎所有床上的挂衣钩才找到那几条裤子,致使大概过了五分钟以后,卡尔才来到大门口。这时正好有一位女士夹在四个男士的中间在他面前行走。他们大家都朝一辆正在等候他们的大轿车走去,一个穿号衣的仆人手扶着一扇已打开的车门,同时将左臂平直地向旁边伸出,显出一副极其庄严的样子。但是卡尔想躲在这几个高贵人士的背后悄悄溜出去的希望落空了。门房班长早已一把抓住他的手,将他从两位男士之间拖出来,边向那两个人道歉,边将他拖到自己身边。

"这哪儿是 15 秒钟呀?"他从旁边看着卡尔说,仿佛他是在观看一只走时不准的钟似的。"你来一下。"随后他领着他走进那间大门房间,虽然卡尔早就想仔细看看这间门房间,但是现在,他却是在门房班长的推拉下满怀着疑虑走进来了。他都已经进了门了,却还转过身去,试图推开门房班长,溜出去。

"不,不,你从这儿进去吧。"门房班长将卡尔扭转过身去说。

"我已经被解雇了嘛。"卡尔说,他这话的意思是说,饭店里再也没有什么人可以向他发号施令。

"只要我留住你,你就走不了。"门房说,这话当然也对。

卡尔毕竟也找不出什么理由来,他干吗要反抗门房呢。从根本上来说,人家还会拿他怎么样? 况且这门房间的四壁全由巨大的玻璃板组成,通过这些玻璃板人们可以一目了然地看到前厅里熙来攘往的人流,仿佛人们就置身在他们的中间似的。嘿,整个门房间里似乎没有一个角落能躲过别人的视线。尽管外面的人似乎都行色匆匆,因为他们伸出胳臂、耷拉着脑袋、东张西望,高举着行李,纷纷寻找着自己的路,可是几乎没有一个人会错过了向门房间里瞥一眼的机会的,因为门房间玻璃板后面总是挂着告示和通知,它们不仅对客人而且对饭店职工都有一定的重要性。而且除此之外门房间与前厅之间还有一种直接的联系,因为在两扇大推移窗的窗口坐着两个门房助理,忙不迭地对各种各样的询问给予答复。这简直都是些劳累过度的人,卡尔敢断言,他所认识的这位门房班长在自己的晋升过程中已经绕过了这种职务了。这两个问讯处服务员——这一点人们从外面无法正确想象——始终在窗户口至少面对着十张询问的面孔。在这十个不断交替着的问题中间常常夹杂着一阵杂七杂八的话语,仿佛每一个人都是被每一个不同的国家派遣来似的。总是有几个人同时提问,此外还总有几个人七嘴八舌同时说话。大多数人想从门房间里取走或在那里寄存什么物件,于是乎,人们也总是看到人群里伸出焦躁地挥动着的手。有一回,一个人想得到一张报纸,不料这张报纸在空中展开,霎时间遮住了大家的脸。所有这一切两个门房助理都必须经受住。要完成他们的任务单靠说话是不够的,他们喋喋不休,尤其是其中的一个，一个神情阴郁、蓄着一部围住了整张脸面的黑胡子的人，他毫不停歇地回答着提问。他既不看桌面，虽然他的两只手不停地在桌面上忙乎着什么，也不看这一个或那一个提问者的脸，而是只愣愣地凝视着前方，显然是为了节省和积聚自己的力量。而且他的胡子大概有点儿妨碍别人听懂他的话，站在他旁边的卡尔很少听懂他说的话，尽管很可能此人讲的是一口带英语腔调的外国语。此外，他感到迷惑不解的是，一个答复紧紧衔接着并且变成为另一个答复，以致往往一个提问者神情紧张地悉心倾听，因为他以为，现在还在说他的事情呢，可是片刻过后才发现，原来他的事已经了结了。人们也必须习惯于门房助理从不请人重复一个问题，即便这个问题大体上可以理解，只是问题提得有点不清楚，随后那几乎觉察不到的一摇头便表示，他不打算回答这个问题，而认识自己的错误并用较好的措词表达问题，这便是提问者自己的事情了。有些人特别为此而在窗口前化去了很长的时间。为了协助门房助理的工作，还给他们每人配备了一名跑腿的童仆，这童仆飞快奔跑，从一个书架上或者从各个不同的箱子里取来门房助理所需的东西。这是饭店里小青年里报酬最高、但也是最辛苦的职位，在某种意义上来说，他们比门房助理还辛苦，因为门房助理只需要思考和说话，可是这些小青年却必须同时思考和奔跑。他们一旦拿来了什么不对头的东西，门房助理百忙之中当然无暇用长篇大论去教训他们，他猛一挥手把他们给他放到桌上的东西干脆推到地上。极其有趣的是门房助理换班，卡尔刚进来恰好就赶上了。这样的换班，至少在白天，自然必须经常进行，因为大概几乎没有一个人能在窗口后面坚持一个小时以上的。换班时间一到，一只钟便敲响起来，两个来接班的门房助理同时从一扇侧门走进来，每人后面都跟随着一个供差遣的童仆，他们暂且无所事事地站在窗口附近，观看一小会儿外面的人，以断定眼下的答问正处于哪个阶段。一旦他们觉得时刻适宜于插入进去，他们便拍拍该被换下的门房助理的肩膀，此人虽然迄今丝毫不曾理会他背后发生的事，却立刻心领神会，腾出自己的位置。全部过程进行得如此迅速，以致外面的人往往会感到突然，一看到自己面前突然冒出来新的面孔竟会吓得几乎要往后退缩。被换下来的那两个人舒展一下肢体,然后便就着两个放满了水的洗手盆冲自己的发热的脑袋。可是换下来的跑腿童仆还不可以舒展肢体,他们还得花一点时间将在他们当班期间被扔到地上去的物件拾起来并将它们放回到原来的位置上去。

所有这一切卡尔高度聚精会神在片刻瞬间印入了自己的脑海之中,他带着轻微的头痛默默跟随着门房班长继续往前走。门房班长显然也注意到了这种回答问讯的方式给卡尔留下了深刻的印象,他突然一扯卡尔的手说:"你瞧,在这里是这样干活的。"诚然,卡尔在这家饭店里并没有偷过懒,但是他却不知道还有这样的工作,他几乎完全忘却了门房班长是他的大敌,竟抬头望着他,默默地、赞许地点了点头。可是门房班长却又似乎觉得这是过高估计了门房助理并且对他本人也许是一种不礼貌行为,因为仿佛他已经愚弄过了卡尔似的,他嚷嚷道,而且并不担心人家会听见他说的话:"这儿这活儿当然是全饭店里最愚蠢的活儿,仔细听上一个小时后,会提出些什么问题来你几乎就全知道了,其余的问题是不需要去回答的。倘若你不是狂妄粗鲁,没有撒谎、放荡、酗酒和偷窃的话,我也许就会雇你在这样一个窗口干活,因为我一概只用头脑迟钝的人干这种活儿。"

卡尔完全没有理会这种针对他的辱骂,因为令他感到极大愤慨的是,门房助理的诚实而艰苦的劳动没有受到赞赏,反倒受到嘲弄,况且是受到这样一个人的嘲弄,这个人如果胆敢在这样一个窗口坐下,不出几分钟便一定会在所有提问者的一片耻笑声中败下阵来。

"您放开我,"卡尔说,他对这间门房间的好奇心已经得到了极大的满足,"我不愿意再和您打什么交道。"

"要离开这儿,没这么便宜。"门房班长说,扭住卡尔的两条胳膊,扭得卡尔一点也动弹不了它们,简直是把他拖到了门房间的另一头。外面的人没有看见门房班长的这种暴力行为?抑或,倘若他们看见了,那么他们究竟怎样理解这件事呢,居然没有一个人对此提出指摘,没有一个人起码来敲敲玻璃板向门房班长表示,他被人注意上了,不可以对卡尔为所欲为?

但是不久卡尔也就再也没有希望得到前厅里的人的帮助了，因为门房班长一把抓住一根绳子，霎时间黑色的窗帘合拢遮住了除顶端以外的半个门房间的玻璃壁。在门房间的这一角里也有人，但是大家都忙得不可开交，无暇顾及一切与他们的工作不相干的事。而且他们完全受制于门房班长，不管门房班长想出什么鬼点子来，他们非但不会帮卡尔的忙，反倒会帮门房班长去掩盖，譬如这里有六个门房助理守着六部电话机。人们立刻就可以看得出来，他们是这样分工的，即总是一个人只听电话里的谈话，邻座的那个人便按照第一个人接收到的信息将委托要办的事用电话传达给别人。这是那种最新式的电话机，无需为它们设电话间，因为电话铃声不比小鸟唧唧叫声响多少，人们可以用耳语声对着话筒说话，这些话通过特殊的电子扩大器到达终端时音量极大。所以人们几乎听不见那三个对着电话机讲话的人的声音，还以为他们是一边喃喃自语一边在观看电话机话筒里的一个什么过程呢？而另外那三个人则犹如被那向他们传过来的、而对周围的人来说却是听不见的喧闹声震得麻木了，他们低头对着纸，他们的任务就是在这纸上作记录。在这里也是在这三个说话的人中的每一个的身边又站着一个男孩在一旁帮忙，这三个男孩不干别的，只交替着把脑袋伸向他们的主子专心地听，然后就犹如被刺痛了似的，急急忙忙去翻阅大厚本黄皮电话号码簿——翻动大量书页的响声远远盖过电话机发出的每个声音——找出电话号码来。

卡尔实在忍不住，定要把这一切看个仔细，虽然已经坐下的门房班长用一种扭抱动作将他紧紧揪住。

"这是我的义务，"门房班长边说边摇晃卡尔，仿佛他只想让卡尔对他转过脸来似的，"总管不管出于什么原因耽误了的事，我总应该以饭店经理处的名义起码是略微弥补一下的吧。这里大家总是这样互相帮衬的。没有这种精神，这么一家大企业是无法正常运作的。你也许想说，我不是你的顶头上司，嗯，正因为如此，所以我更应该关心这件否则就无人过问的事情。而且我作为门房班长在某种意义上管着所有的人呢，因为饭店里所有的门都受我管辖，其中包括这座大门、三座中门以及七座侧门，那不计其数的小门和没有门的出口就更不用提了。所有在考虑之列的服务人员当然都必须无条件服从我，因为享有这份殊荣。所以另一方面，我自然就要对饭店经理处尽义务，这就是不让任何一个哪怕只有丝毫可疑形迹的人溜出去。而我却恰恰觉得你甚至特别形迹可疑，因为我爱怀疑谁就可以怀疑谁。"说着，他高兴地举起双手，随后又使劲拍回到卡尔身上，只听啪的一声，拍得卡尔疼痛难当。"有这个可能，"他补充说，洋洋得意地侃了起来，"你会从另外一个出口悄悄溜出去，因为我觉得不值得为你而发布特别的指令。不过既然现在你到了这儿了，我就要好好受用受用你。顺便告诉你，我们约好在大门口见面，你就会守约而来，对此我丝毫没有怀疑过，因为狂妄者和不顺从者都是不见棺材不落泪的主儿，这是一条规律。你一定还会经常从你自己身上体察到这一点的。"

"您别以为，"卡尔说，并且闻到了一股从门房班长身上散发出来的奇特的霉味，在这里，他紧挨着他身边站了这么久，他才闻到了这股怪味，"您别以为，"他说，"现在我完全受您的控制，我可以喊叫的。"

"我可以堵住你的嘴。"门房平静而快捷地说，必要时他确实是会这样干的。"难道你真的以为，如果有人为了你而进来，就会有人说你做得对，我，门房班长，做得不对？现在你大概看出来你的希望荒唐极了吧。你知道吗，当你还身穿制服的时候，你看上去还有那么一点儿威风，但是穿上这身西装，确实只有在欧洲人家才会理睬你！"——说着，他拉扯这身西装的各处不同的部位，这身西装虽然五个月前几乎还是新的，现在却已穿旧，皱皱巴巴，而且还油渍斑斑。这油斑主要应该归咎于开电梯工们干活时从不体恤别人，他们按规定每天要保持寝室地面平滑、不沾尘土，但是他们偷懒，不认真清扫，而是用一种什么油喷洒地面，同时也就使衣架上的所有衣服溅上了油渍。人们自然可以把自己的衣服收藏在自己乐意收藏的地方，可是总会有某个人，恰恰手头没有自己的衣服，却轻而易举地找到了别人的藏起来的衣服并借来穿了。而且这个人很可能恰好就是轮到今天搞寝室清扫的那个人，于是此人就不仅在衣服上溅上油渍，而是从上到下浇足了油。只有雷内尔把自己的贵重衣服藏在一个秘密地点，几乎从来未曾有人从那儿把他的衣服掏出来过，尤其是因为也许也不会有人出于恶意或悭吝借穿别人的衣服，而是纯粹由于匆忙和马虎才信手胡拿。但是连雷内尔的衣服上，在后背中央，也有一个浅红色的圆形油斑，而在城里，这个斑点哪怕是在这位优雅的年轻小伙子的衣服上，内行人一看也可断定这是个开电梯工。

在回忆这些往事时，卡尔深感自己作为开电梯工也已经就受够了苦，而且一切都枉然，因为现在看来，这个开电梯工的差事并不如他所希望的那样，是谋取更好的职位的一个预备阶段，现在他反倒被人踩进更深的泥坑，甚至险些就要被人投进监狱。此外，他现在还被门房班长揪住，此人正在琢磨，他如何才能继续羞辱卡尔。卡尔完全忘记了门房班长根本不是那种也许可以晓之以理的人，竟用那只刚刚挣脱出来的手多次拍着额头大声说："就算我果真没有问候过您，一个成年人怎么可以因为人家疏漏了一次问候就有如此强烈的复仇欲望呢！"

"我不是有复仇的欲望，"门房班长说，"我只想搜查你的口袋。我虽然相信我什么也不会找到，因为你想必早有防备，一定已经让你的朋友每天转移一点，逐渐地已经把全部东西都转移走了。但是搜查还是要对你查的。"说罢，他用手伸进卡尔的一只上衣口袋，他用力如此之猛以致边上的线缝顿时便裂开。"这里面已经什么也没有了。"他边说边用手一把把这只口袋里的东西掏出来，一张饭店的日历广告，一页商务公涵练习题，几粒上衣和裤子纽扣，女厨师长的名片，一把修指甲刀，是一位客人有一回收拾箱子时扔给他的，一面旧小镜子，是雷内尔有一回大概是为了感谢他代了他十次班而送给他的，还有几件别的小物件。"这里面已经什么也没有了。"门房班长重复道，把全部东西都扔到椅子下面，仿佛卡尔的东西，只要不是偷来的，便理应扔到椅子下面去似的。

"现在可是够了。"卡尔暗自思忖——他的脸准是涨得通红——当门房班长因贪欲而放松了警觉，在卡尔的第二只口袋里来回掏摸的时候，卡尔猛地一用劲一下从袖管里挣脱出来，身子还没站稳便急忙奔跑起来，把一个门房助理相当厉害地撞倒在他的电话机上，穿过闷热的门房间跑到门口，他跑得其实比预计的慢，却在身穿沉甸甸大衣的门房班长还没来得及站起身之前便已幸运地到了外面。门卫的组织工作想必并非堪称楷模，虽然从几个方面响起了铃声，但是天知道这铃声是什么意思！饭店员工们虽然在门厅里漫无目的地走来走去，他们人数众多，人们几乎会以为，他们想悄悄地封锁出口，因为除此以外人们看不出这样走来走去的还有什么别的意义。可是，不管怎么说，卡尔很快就走出大门，但是还必须沿着饭店人行道走，因为他无法走到大街上去，一辆接一辆的汽车时断时续地从饭店大门口驶过。这些汽车急于驶离这条堵车的街道，简直互相啮合住了，每一辆都被随后跟上的那辆推动向前。有特别紧要的事情要办的行人虽然时不时地从一辆辆汽车的缝隙中间穿行过去，仿佛那儿是一个公共的人行横道似的，他们全然不顾，汽车里只是坐着司机和仆人，还是也坐着高贵的人物。但是卡尔觉得这样做未免太过分了，人家想必对这里的情况了如指掌，才敢于这样做。他很可能会碰上一辆汽车，坐在里面的人对此大为光火，便把他撞倒在地，引起一场轩然大波，他作为一个在逃的、可疑的、只穿衬衫的饭店职工最惧怕的也莫过于此了。这些汽车毕竟不会永远这么一辆接一辆行驶下去的，其实只要他沿着饭店走，他也就最不会引起别人的怀疑。卡尔果然终于来到一个地方，那儿的汽车行列虽然没有中断，但是都顺着街道拐过弯去，行列有所松动。他正想溜进街上涌流的车辆和人群之中，人群里看上去比他可疑得多的人都在自由自在地走来走去，正在这时候，他听见附近有人喊他的名字。他转过身去，便看见两个他熟识的开电梯工正从一个低矮、窄小得像墓穴口的门洞里竭尽全力把一副担架拖出来，卡尔一眼便认出，躺在担架上的正是鲁滨孙，头、脸和胳臂用绷带层层包扎着。看着他把胳臂移向眼睛，想用绷带擦去他由于疼痛或由于别的心酸事或甚至由于与卡尔重逢感到喜悦而流下的眼泪，心里很不是滋味。

"罗斯曼，"他用责备的语气说，"你为什么让我等了这么长时间！我不让他们把我抬走，我已经抗拒了一个小时了，你才来。这帮家伙"——说到这里，他给了其中的一个开电梯工一个栗暴①，仿佛他绑上了绷带

---

① 即用手指弯曲起来打人头顶。

就不怕挨打了似的——"都是真正的魔鬼。啊，罗斯曼，这次拜访你可让我吃足了苦头了。"

"他们把你怎么样了？"卡尔边说边向担架走近过去，开电梯工笑着把担架放下，乘机歇息歇息。

"你还问，"鲁滨孙叹了口气，"你瞧，我成什么样子了。咳，我很可能被打成终身残废了。我身上疼极了，从这儿到这儿"——他先指指脑袋，后又指指脚趾——"我真恨不得让你看见，我是怎么流鼻血的。我的西装背心全给糟蹋了，我已经干脆把它扔在那儿，我的裤子撕成碎片，现在我只穿裤衩"——说着，他略略掀开毯子，要卡尔往里看。"我会落个什么下场！我至少得躺几个月，我想马上给你把话挑明，我没有别人，只有你可以照料我，德拉马什太没有耐性。罗斯曼，小罗斯曼！"说罢，鲁滨孙向稍稍后退的卡尔伸出手，想抚摩他以赢得他的同情。"我为什么一定要拜访你呀！"他重复了好几遍，以便让卡尔不致忘了，他对自己的不幸也负有一部分责任。——不过卡尔却立刻便看出，鲁滨孙的抱怨并非因伤口所致，而是由于醉酒后醒来时的那种不舒服的感觉所造成，因为他醉醺醺地刚刚睡着，立刻就被叫醒，莫名其妙地让人给打得流血，一旦清醒过来便觉得完全无所适从了。他的伤口无关紧要，这一点从那奇形怪状的、用旧布片绑成的绷带上就已经可以看出来，开电梯工们显然是闹着玩儿用这种绷带把他全身都裹住了。担架两头的那两个开电梯工也时不时扑哧扑哧地笑出声来。可是这里不是使鲁滨孙恢复知觉的地方，因为行人急匆匆在这里飞奔而过，谁也不理会担架旁边的这几个人，常常有人以地道的体操运动员的跳跃动作从鲁滨孙身上跳越过去，那位用卡尔的钱雇的司机嚷着："前进，前进！"开电梯工使出浑身力气抬起担架，鲁滨孙抓住卡尔的手谄媚地说："来吧，你来呀。"卡尔现在这副打扮，钻进汽车里岂不是最安全可靠？于是，他就在鲁滨孙身旁坐下，鲁滨孙把头倚在他身上。留在原地的开电梯工通过车窗和他、和这位他们从前的同事热烈握手，汽车一个急转弯驶向街上，仿佛一定要出事故了似的，可是这辆汽车笔直行驶，立刻也就平静地汇入到大街上各种车辆组成的洪流中去了。

避 难[*]

这准是市郊的一条偏僻的街道,汽车在这条街上停下,四周一片寂静,有孩子蹲在人行道边上玩耍。一个肩上搭着好多件旧衣服的男人一边观察着周围的动静,一边仰脸朝着房屋的窗户叫喊。当卡尔从汽车里出来走到被上午的太阳照得热乎乎、亮晃晃的柏油路上时,他觉得浑身疲倦、不舒服。

"你真的住在这里?"他朝汽车里问。

整个行车期间一直睡得安安稳稳的鲁滨孙咕哝了一句不知什么模糊不清的表示肯定的话,似乎在等着卡尔把他背出去。

"那这里就没有我的事了,再见吧。"说着,卡尔撒腿就要顺着那条缓缓向下倾斜的街道走去。

"我说卡尔,你究竟是怎么啦?"鲁滨孙嚷着,纯粹由于担心居然已经相当挺直地站立在车里,只不过就是膝盖还有些晃悠。

"我得走了。"卡尔说,他亲眼看见鲁滨孙已经迅速康复。

"就只穿了衬衫?"鲁滨孙问。

"我会去挣钱买一件上衣的。"卡尔回答,满怀信心地朝鲁滨孙点点头,向他举手行礼并且或许真的就走掉了,倘若不是司机把他叫住的话:"再稍等片刻,我的先生!"

真叫人感到尴尬,司机提出要加付车费,因为在饭店前的等候时间还没付钱。

"噢,是的,"鲁滨孙从汽车里证实这个要求合理,"我在那里不

---

[*] 这一章的标题在1994年费歇尔出版社出版的校勘本中改为"这准是市郊的一条偏僻的……"
——编者

得不等了你很长时间。你还得给他几个钱。"

"是的，没错。"司机说。

"好吧，不知道我还有钱没有。"说着，卡尔把手伸进裤袋，虽然他明知道这样做无济于事。

"我只能向您要钱，"司机叉开两腿站着说，"我不能要那儿的那位病人付钱。"

一个酒糟鼻小伙子从大门那边走近过来，站在离他们几步远的地方听他们说话。这时，一个警察恰好在街上巡逻，便低着头盯住那个只穿衬衣的人，收住了脚步。

鲁滨孙也发现了这个警察，却干了件蠢事，竟从另一扇车窗向他喊："没什么事，没什么事！"听那口气，仿佛人们可以像驱赶一只苍蝇那样驱赶一个警察似的。已经注意上这个警察的孩子们，因他站住不动便也注意起卡尔和司机，便一溜小跑奔跑过来。一个老太太站在对面门洞里，呆呆地朝这边看。

"罗斯曼！"这时，高处一个声音在喊。这是德拉马什，是他在从最高一层的阳台上叫喊。在白晃晃、蓝盈盈的天空的映衬下，他自己的身影相当的模糊不清，显然穿了一件睡衣，在用一只观剧望远镜观看街上的动静。他身旁撑开着一把红色遮阳伞，伞下似乎坐着一个女人。"喂！"他使尽最大力气喊，想让人家听清楚他的话，"鲁滨孙也在吗？"

"在。"卡尔回答，并得到了鲁滨孙从汽车里发出的第二个响亮得多的"在"的有力支持。

"喂！"德拉马什大声回答，"我马上就来！"

鲁滨孙从车里探出身来。"这真是个男子汉。"他说，这句对德拉马什的赞语是说给卡尔、说给司机、说给警察和每一个愿意听的人听的。虽然德拉马什已经离开阳台，但是人们心不在焉地还在注视着阳台，人们看到，上面阳台上遮阳伞下果然有一个体格强壮、身穿无腰身红色连衣裙的女人站立起来，从阳台栏杆上拿起那架观剧望远镜，用它观看下面的人，而那些人则正渐渐把目光从她身上移开。卡尔等待着德拉马什，朝楼门里并进而朝庭院里张望着，一列几乎依次相连的勤杂工穿越这庭院，他们个个都在肩上扛着一只虽小但显然很沉重的箱子。为了充分利用时间，司机走到车子跟前，用一块布擦拭车灯。鲁滨孙触摸四肢检查疼痛情况，似乎对痛感极轻微感到惊讶，因为他尽管检查得极其认真却没觉得怎么痛，于是就深深低下头开始小心翼翼地解开大腿上厚厚实实的绷带中的一个。警察把黑色小警棍横在胸前，以警察不管是在执行普通公务还是在埋伏以待都必须具有的巨大耐心默默等待着。酒糟鼻小伙子坐在楼门口一块石头上，伸出了双腿。孩子们迈着小步渐渐走近卡尔，因为这个人虽然不注意他们，他们却因他穿了那件蓝衬衫而觉得他是所有人当中最重要的人物。

从德拉马什从楼上到这儿所耗去的时间长久上，人们可以推算出这幢楼房是很高的。而且德拉马什甚至来得还是十分仓促的，只匆匆披了件睡衣。"哎哟，你们来了！"他既高兴又严厉地嚷着。他迈大步行走时，他的花里胡哨的内衣裤常常瞬间露出。卡尔不完全明白，德拉马什为什么在这里，在这座城市里，在这栋巨大的出租公寓里，穿得这样随随便便地四处行走，仿佛他是在自己的私人别墅里似的。德拉马什也和鲁滨孙一样模样大变了。他那张黑黝黝、光溜溜、无比洁净、线条粗犷的脸庞露出骄傲和令人敬畏的神色。他那现在总是有些眯缝着的眼睛的锐利的光芒令人感到惊异。他那件紫色睡衣虽然旧了，有污点并对他来说太大，但是从这件难看的衣服的上端却鼓出来一条厚实、深色的丝绸领带。

"嗯？"他问所有在场的人。警察走近过来一点，身子靠在汽车的发动机箱上。卡尔作简单的解释。

"鲁滨孙身体有点虚弱，但是如果他使点劲儿的话，他是能爬上楼去的。这位司机除了我已付的车费以外还要求补付一笔等车费。现在我走了。日安。"

"你别走。"德尔马什说。

"我也已经告诉他别走了。"鲁滨孙从车里说。

"我走。"卡尔说，并且朝前走了几步。但是德拉马什已经追上他，强行将他拉回来。

"我说，你留下！"他嚷着。

"你们让我走嘛。"卡尔说,并做好准备,打算必要时用拳头为自己赢得自由,虽然面对一个像德拉马什这样的人,成功的希望简直微乎其微。可是这儿站着警察呢,司机在这儿呢,不时有一拨拨工人在这条通常都平静无事的街道上行走呢,人们会容忍德拉马什欺侮他吗?要是在一个房间里,他会不愿意与他单独待在一起的,可是在这里呢?德拉马什现在正在不慌不忙付钱给司机,司机连连鞠躬把这笔数目不小的外快放进口袋,出于感激而走到鲁滨孙身边,显然是在和他谈论,怎样抬他出来最好。卡尔看到没有人注意自己,也许德拉马什网开一面有意让他悄悄离去。如果能避免争吵,这当然最好,于是卡尔便干脆走进车行道,想尽快脱身。孩子们涌向德拉马什,提醒他注意卡尔已逃跑,但是他根本不必亲自过问此事,因为警察一伸警棍说:"站住!"

"你叫什么名字?"他问,用胳臂夹住警棍,慢慢掏出一个本子来。卡尔现在第一次仔细打量他,这是一个身强力壮的男子,但是头发已经几乎全白了。

"卡尔·罗斯曼。"他说。

"罗斯曼。"警察重复道,毫无疑问仅仅是因为他是一个态度冷静、办事认真的人,而卡尔在这里其实是第一次和美国当局打交道,却已经看出,这一重复道出了某种怀疑。果然,他的事情可能不妙,因为连自顾不暇的鲁滨孙也从车里探出身来,用无声、热烈的手势动作请求德拉马什帮帮卡尔的忙。但是德拉马什连连摇头拒绝他的请求,无所事事地在一边看着,两手插在他那过大的衣兜里。门口石阶上的那个小伙子给一个现在才从大门里走出来的妇女解释整个事件的始末经过。孩子们在卡尔背后站成一个半圆形,抬头默默望着警察。

"出示你的证件。"警察说。这个问题大概只是虚晃一枪,因为如果一个人没穿上衣的话,他身上也不会有什么证件的。所以卡尔沉默不语,宁可详细回答下一个问题,打算就这样把没有证件尽可能掩盖过去。

可是下一个问题是:"原来你没有证件?"卡尔不得不回答:"身上没有。"

"这可不妙,"警察说,若有所思地环顾四周,用两个指头敲敲他那本书的封面,"你从事什么职业吗?"末了,警察问。

"我当过开电梯工。"卡尔说。

"你当过开电梯工,就是说现在不当了,你现在靠什么生活?"

"现在我正在找一个新的工作。"

"对,你被解雇了吧?"

"是的,在一个小时以前。"

"突然?"

"是的。"卡尔像是表示歉意似的抬起手来说。事情的全过程他不可能在这里叙述,即使有这个可能,那么,通过讲述一个已蒙受的冤屈来抵御一个即将降临的冤屈,这似乎完全是毫无希望的事。如果说他没有受到善良的女厨师长和明理的总管的公正对待的话,那么,他也肯定不会受到这儿马路上这群人的公正对待的。

"没穿上衣就被解雇了?"警察问。

"是这样。"卡尔说;原来在美国,行政当局也都是这种作风,他们明明看见了还偏要问(他的父亲在办理旅行护照时对官员们毫无意义的没完没了的询问生多大的气!)卡尔很想跑掉,在什么地方躲一躲,不必再听这些问题。可是现在警察甚至提出了那个他最害怕的问题,他一直惴惴不安地预料到会提这个问题,所以迄今为止的态度大概比一般应有的更轻率。

"你究竟是在哪家饭店干活?"

他低下头,不回答,他无论如何也不愿意回答这个问题。不能听凭自己在一个警察的押送下又回到西方饭店,在那里进行审讯,把他的朋友和敌人们都传来作证,女厨师长完全放弃她那业已动摇了的对卡尔的好评,因为她本以为他在布雷纳膳宿公寓,如今却发现他被一个警察抓住,只穿一件衬衫,丢了她的名片,又回来了,而总管则也许仅仅表示充分理解地点点头,门房班长却会说是上帝的手终于找到了这个无赖。

"他在西方饭店干活。"德拉马什边说边走到警察的身边。

"不,"卡尔跺着脚嚷嚷,"这不是真的!"德拉马什嘲讽地噘尖着嘴望着卡尔,仿佛他还会泄露出许多别的事情似的。卡尔的突如其来的激动使孩子们动了起来,他们拥向德拉马什,宁可从那儿仔细观看卡尔。鲁滨孙从汽车里伸出整个脑袋,心情紧张态度却相当冷静,时不时眨一眨眼睛,便是他唯一的动作了。坐在门口的小伙子乐得拍起巴掌来,他身旁的那个妇人用胳膊肘捅他一下,让他安静。行李搬运工们恰好休息吃早饭,便全来看热闹,拿着大壶黑咖啡,用条状面包来回搅动咖啡。有几个坐在人行道边上,大家都在大声地啜饮咖啡。

"您认识这个孩子?"警察问德拉马什。

"简直是太了解他了,"此人说,"想当初我为他做过许多好事,可是他却以怨报德,您已经对他进行过简短的盘问,自己想必对此有所了解。"

"是的,"警察说,"他似乎是个冥顽不灵的孩子。"

"一点不错,"德拉马什说,"但是这还不是他的最坏的个性。"

"是吗?"警察说。

"是的,"德拉马什说,他滔滔不绝讲了起来,一边用口袋里的双手晃荡他的睡衣,"这是一个聪明伶俐的小伙子。我和那儿车里的我那位朋友,我们偶然在他潦倒不堪时遇见了他,他当时根本不了解美国的情况,他刚从欧洲来,他在欧洲也是混不下去了。于是,我们带着他一起走,让他和我们一起生活,向他解释一切,想给他找一个工作,打算让他成为一个有用的人,尽管种种迹象表明这个打算不切实际。可是,有一天夜里,他不见了,干脆走了,个中还有一些别的情况,这些情况我还是就别说了吧。情况是这样不是?"最后,德拉马什扯着卡尔的衬衫袖子问。

"回去,你们这些孩子!"警察嚷嚷,因为这些孩子一个劲儿往前挤,德拉马什几乎让一个孩子给绊倒了。这当儿,迄今对这场盘问的趣味性一直估计不足的行李搬运工们也变得神情专注起来,密匝匝围成一圈聚集在卡尔的背后,此时的卡尔连后退一步也不能,而且这些搬运工的乱哄哄的声音不绝于耳,他们用一种完全听不懂的、也许夹杂着斯拉夫词语的英语与其说是在说话,还不如说是在大声叫骂。

"谢谢您介绍这些情况,"警察说并向德拉马什敬礼,"我无论如何也要把他带走并让人把他送回到西方饭店去。"但是德拉马什说:"我请求您暂时把这孩子交给我,我有几件事要和他了结一下。我保证事后亲自把他送回饭店去。"

"这可不行。"警察说。

德拉马什说:"这是我的名片。"说着,递给他一张小纸片。

警察露出赞许的神色看了看名片,却带着亲切的微笑说:"不,这还是不行。"

迄今为止卡尔一直小心提防着德拉马什,现在他却把他看作唯一的救星。眼看着此人怎样向警察谋求得到卡尔,这虽然令人觉得可疑,但是劝说德拉马什别把他送回饭店去,无论如何也要比劝说警察来得容易些。即使卡尔在德拉马什的带领下返回饭店,这也比在警察压送下返回要少严重得多。可是眼下卡尔当然不可以让人觉察出他果真愿意去德拉马什那儿,不然的话,一切就全完了。他焦躁不安地望着警察的手,生怕它随时都举起来抓他。

"我起码得知道,他为什么突然被解雇了。"警察最后说,而德拉马什则面带愠怒把头撇向一边,用指尖把名片揉成一团。

"可是他根本没有被解雇呀!"鲁滨孙令人惊异地喊道,他扶住司机,弯着腰尽量从车里探出身来,"相反,他在那儿有一个好职位。在寝室里他是个头儿,可以随便领人进去睡觉。只是,他忙得不得了,如果有人想找他要点什么东西,就得等候很长时间。他老是待在总管那儿,呆在女厨师长那儿,是个很受信任的人。他是决不会被解雇的。我不知道,他为什么说了这句话。他怎么会被解雇呢?我在饭店里受了重伤,于是他接受委托,把我送回家来,因为他恰好身上没穿上衣,他也就没穿上衣坐上车一起来了。我总不能等他拿来了上衣再走嘛。"

"原来如此。"德拉马什伸开胳臂说,听那语气,仿佛他是在责备警察对人缺乏了解,他的这句话似乎使鲁滨孙的这段不明确的表白变得清楚易懂、毫无异议了。

"可是这也是真的吗?"警察用已经缓和下来的口气问,"如果这是真的,那么这孩子为什么要说被解雇了呢?"

"你应该回答。"德拉马什说。

卡尔看看警察,这警察要在这里的陌生人、只考虑自身利益的人之间整顿秩序,于是他那种关心公共福利的精神中有某些东西也转移到卡尔身上。他不想撒谎,把双手紧紧互握着放在背后。

大楼门洞里出来一个监工并拍了拍巴掌,表示搬运工们又该干活了。他们倒掉咖啡壶里的渣滓,迈着晃晃悠悠的步伐默不做声地进屋去了。

"这样下去我们没有个完了。"警察一边说一边就要伸手去抓卡尔的胳臂。卡尔不由自主地稍稍往后一缩,感觉到搬运工们这一撤走给他腾出空地来了,便转过身去,撒腿就跑。孩子们大喊一声,甩开小胳臂跟着跑了几步。

"抓住他!"警察顺着那条长长的、几乎空无一人的小巷往下喊,在均匀发出的这种喊声下,迈着无声的、显示出巨大力量和训练有素的步子跟在卡尔后面追赶。这场追捕发生在一个工人区里,这对卡尔来说是一桩幸事。工人们不站在当局的一边。卡尔在车行道中间跑,因为那里障碍最少,时不时地看到有工人站在人行道上静静地看着他,而警察则向他大喊"抓住他!"机智地使自己保持在平坦的人行道的位置上,边奔跑边不断向卡尔伸出警棍。卡尔很少有逃脱的希望,现在,他们正接近一定也有警察巡逻的横向小巷,那位警察吹出简直是震耳欲聋的哨子声,卡尔也就几乎完全丧失了希望。卡尔的优势仅仅在于他的衣服单薄,他顺着越来越向下倾斜的街道飞奔,或者说得更确切些,俯冲而下,只是,由于困倦而精神涣散,他往往作些过高的、耗时而又无用的跳跃。可是警察却始终盯着他的目标,而不必进行什么思考,对于卡尔来说则相反,奔跑其实是次要的事,他必须进行思考,在各种可能性中进行选择,不断作出新的决断。眼下,他的有点儿绝望的计划是避开横向的小巷,因为人们无法知道,那些小巷里潜伏着什么危险,也许他会径直跑进一所警卫室里去的。只要可以,他就要坚守住这条视野清晰的大街,它一直延伸到下面很远处才与一座桥相衔接,那座桥刚显出身影,便在水气和雾气中消失了。他决心加快奔跑速度,正要一鼓作气飞快冲过第一条横向小巷,这时他看见在自己前方不远处有一个警察,他躲在背阴处一所房屋的墙根下窥伺着,准备时机一到便向卡尔猛扑上来。现在没辙,只有这条横向小巷了,当他在这节骨儿眼上听到有人从这巷子里和声细语地喊他的名字——虽然起先他觉得这是一种错觉,因为整个这段时间里他的耳朵里一直在嗡嗡作响——他便不再迟疑,一闪身拐了一个九十度大弯,一头扎进这条小巷,以便尽可能给警察来个措手不及。

他刚刚奔跑了两步——有人喊过他的名字,这一点他已经又忘记了,现在第二个警察也吹起哨子来,人们看得出他有着充沛的精力,这条巷子里远处的行人似乎加快了行走的步伐——一扇小屋门里便有一只手伸出来抓住卡尔,随着一声"别吱声!"将他拖进一个黑乎乎的门厅。是德拉马什,上气不接下气,脸颊上直冒热气,他的头发粘着在他的脑袋的四周。他把睡衣夹在腋下,只穿着衬衫和裤衩。他立刻把门关上并锁住,那扇门其实并不是这所房屋的正门,它只不过是一道不引人注目的边门而已。

"等一会儿。"然后他说,仰起头靠在墙上,艰难地呼吸着。卡尔几乎是躺在他的臂弯里,半昏迷半清醒地把脸紧紧贴在他的胸脯上。

"那警察老爷们正在奔跑。"德拉马什对着门伸出指头仔细倾听着说。现在那两个警察确实正从大门旁边跑过去,他们的奔跑声在这座空巷里听起来就像是钢铁撞击在石头上。

"你这回可真是遭了大罪了。"德拉马什对卡尔说,卡尔还一直憋得透不过气,一句话也说不出来。德拉马什小心翼翼地扶他坐在地上,在他身边跪下,抚摩了好多次他的额头,端详他。

"现在已经没事了。"卡尔吃力地站起来说。

"那就走吧。"又已经穿上了睡衣的德拉马什说,推着尚还浑身乏力、低垂着脑袋的卡尔往前走。他不时摇晃卡尔,让他清醒头脑。

"你累什么呀?"他说,"你在外面可以跑得像一匹马那样欢,可是我却不得不在这儿蹑手蹑脚地穿行于这些该死的过道和庭院之间。不过幸亏我也是一个跑步运动员。"他骄傲地使劲一拍卡尔的后背,"偶尔和警察这样赛一次跑,这是一种很好的练习。"

"我开始奔跑时就已经累了。"卡尔说。

"没有任何理由可以替跑得蹩脚开脱，"德拉马什说，"若不是我的话，他们早就把你抓住了。"

"我看也是，"卡尔说，"我应该好好感谢您。"

"毫无疑问。"德拉马什说。

他们穿过一道又长又窄的、铺设着深色、平滑石块的门道，左右两边时不时出现一道通往上面的阶梯，抑或人们可以瞥见另外一个较大的门厅。几乎看不见一个成年人的影儿，只有孩子在空荡荡的楼梯上玩耍。一个小女孩站在一道楼梯栏杆旁边哭泣，她眼泪汪汪的整个脸蛋儿都闪亮着。她一看见德拉马什，便张着嘴大口喘着气，顺着楼梯往上奔跑，高高地跑到楼上，她频频转过身来，确信没有人跟随她或者愿意跟随她，这才渐渐平静下来。

"方才我急忙奔跑把她撞倒了。"德拉马什笑着说并伸出拳头吓唬她，吓得她大声叫喊着继续往上奔跑。

他们所穿越的庭院也显得冷冷清清的。只是偶或有一个仆役推着一辆双轮手推车走过，一个女人用泵往一只壶里灌水，一个邮递员迈着从容不迫的步伐横穿过整个庭院，一个蓄着两撇儿八字胡的老人跷起二郎腿坐在一扇玻璃门前抽烟斗，一家搬运公司门前正在卸箱子，闲散的马匹安静地转动着脑袋，一个穿工作服的男子手里拿着一张纸监督着整个卸货的工作。在一间办公室里窗户打开着，一个坐在斜面写字台旁边的职员转过身去，若有所思地望着窗外，卡尔和德拉马什恰好从那儿走过。

"再没有比这儿更安静的地方了，"德拉马什说，"晚上有几个小时的大声吵嚷声，但是整个白天这里十分安静。"卡尔点点头，他觉得，这儿简直安静得出奇。"我根本不能住在别的地方，"德拉马什说，"因为布鲁娜妲绝对受不了嘈杂声。你认识布鲁娜妲吗？你就要见到她了。反正我劝你举止行动尽量要安静。"

当他们来到通往德拉马什寓所的楼梯口时，那辆汽车已经开走了，酒糟鼻小伙子丝毫也没对卡尔的重新出现感到惊讶，并报告说，他已经把鲁滨孙背到楼上去了。德拉马什只向他点点头，仿佛他是他的仆人，履行了一项分内的职责似的，便拉着犹犹豫豫、望着阳光灿烂的街道的卡尔一起上楼去。"我们马上就到楼上。"这话爬楼梯时德拉马什说了几遍,但是他的预言怎么也应验不了,总是爬完了一道楼梯后在觉察不到的改变了的方向又出现一道新的楼梯。有一回,卡尔甚至站住了脚,倒不是因为走不动了,而是因为觉得面对这么长的楼梯自己毫无自卫能力。"寓所在很高的楼上,"他们继续走时,德拉马什说,"但是这也有它的优点。人们就很少出门,整天穿了睡衣,我们日子过得很自在。当然也不会有什么人爬到这么高的楼上来做客的。"

"哪儿来的客人呀?"卡尔心想。鲁滨孙终于出现在一个楼梯平台上,在一扇关着的单元门前,他们总算到了。楼梯压根儿还没到尽头,而是在半明半暗中继续延伸,看不出一点儿行将终止的迹象。

"我早就想到了,"鲁滨孙小声说,似乎疼痛还在压抑着他,"德拉马什会把他带来的!罗斯曼,没有德拉马什你会落到什么下场!"鲁滨孙身穿内衣裤站在那儿,想方设法尽量用人家在西方饭店里给他的一条小被子裹住自己的身体,搞不清楚,他为什么不进寓所去,而是偏要在这里惹可能会从这儿走过的人的耻笑。

"她睡了吗?"德拉马什问。

"我想没呢,"鲁滨孙说,"但是我宁可等你来了再说。"

"我们先得看看,她是否睡了。"说着,德拉马什便弯下身子去看锁孔。他来回扭动脑袋观看良久后,站起身来说:"看不太清楚,卷帘放下来了。她坐在沙发榻上,可是她也许在睡觉。"

"难道她病了吗?"卡尔问,因为德拉马什站在那儿,仿佛他在求人帮他拿主意似的。可是他却厉声反问:"病了?"

"他不了解她嘛。"鲁滨孙打圆场说。

再过去几扇门,有两个女人走到走廊上来,她们在自己的围裙上擦干净手,看着德拉马什和鲁滨孙,似乎在谈论他们。一个金发闪亮的小女孩从一扇门里蹦跳着出来,依偎在两个女人之间,挽住她们俩的胳臂。

"这些女人真讨厌,"德拉马什小声说,但是显然仅仅是因为顾忌正在睡觉的布鲁娜妲,"这些时候我要去向警察告她们,就可以过几年安生日子,不怕她们了,别往那边看。"说罢,他对卡尔嘘了一声,卡尔觉得，既然不得不在走廊里等候布鲁娜姐醒来，那么看一眼那几个女人，这也没有什么了不起的。于是，他气恼地摇摇头，仿佛他不必接受德拉马什的什么告诫，而且为了更清楚地显示这一点，还想朝那几个女人那边走过去，可是这时候鲁滨孙说了句"罗斯曼，小心！"便拉住了他的袖管，而已被卡尔激怒的德拉马什，在听到小姑娘突然发出一声大笑时便火冒三丈，以致他竟撒腿就朝那几个女人猛冲过去，女人们一阵风似的飞快闪进各自的家门里。

"在这里我必须经常这样打扫楼道。"德拉马什迈着缓慢的步子走回来时说。这时，他回想起卡尔的抗拒，便说："我希望你改一改你的态度，不然的话，我可要对你不客气了。"

这时，房间里传来一个声调柔和、带疲倦腔的询问的声音："德拉马什？"

"在，"德拉马什回答，和颜悦色地望着门，"我们可以进来吗？"

"哟，进来吧。"里面的声音说，德拉马什瞥了一眼那两个在他身后等着的人，随后就慢慢把门打开。

人们走进一片黑暗之中。一扇窗户也没有，阳台门的帷帘一直落到地面，仅有朦胧的微光透入，可是此外，房间里塞满了家具，到处挂着衣服，使房间里更添几分黑暗。空气是混浊的，人们简直是嗅到了人手触摸不到的墙旮旯里积聚着的尘土的味道。卡尔进来时最先看到的，是紧挨着一溜儿排开的三只箱子。

沙发榻上躺着那个先前从阳台上向下张望的女人。她的红连衣裙下端已经有点走样，一个大裙子角一直垂落到地上，人们看见她的大腿几乎一直看到膝盖处，她穿白色毛袜，鞋子她没穿。

"这里真热，德拉马什。"她说，把脸从墙那边转过来，懒洋洋、晃悠悠地把手向德拉马什伸过去，德拉马什抓住她的手就吻。卡尔只看着她那个随着脑袋的转动而一起滚动的双下巴。

"也许我该让人把帷帘拉起来吧？"德拉马什问。

"千万别拉，"她闭着眼睛宛如绝望似的说，"拉上去就更糟了。"

卡尔走到沙发榻的末端，以便仔细观看这个女人，他对她的抱怨感到奇怪，因为房间里并不是特别热。

"等一等，我可以让你躺得稍微舒服一些。"德拉马什胆怯地说，解开脖子下方的几个纽扣，在那儿把连衣裙敞开，袒露出脖颈和胸脯，现出汗衫柔软的浅黄色的花边。

"这是谁，"女人突然用指头指着卡尔说，"为什么他这样盯着我？"

"你马上就可以开始帮忙干点活了，"德拉马什把卡尔推到一边说，随后他安慰那女人说，"这只不过是个我带来侍候你的男孩。"

"可是我不要别人来侍候我嘛！"她嚷着，"你为什么把陌生人带到我家里来？"

"可是这一阵子你一直想雇一个仆人呀。"说着，德拉马什就在地上跪下。沙发榻虽然很宽大，可是布鲁娜妲身边竟没有一丁点儿空地方。

"啊，德拉马什，"她说，"你不理解我，不理解我呀。"

"那我可真的就不理解你了，"德拉马什双手捧住她的脸说，"不过这没什么关系，你愿意的话，他马上就可以离开这儿。"

"他既然已经来了，就让他留下吧，"她改口说，而疲惫不堪的卡尔对这句也许根本不怀有什么好意的话却是如此感恩戴德，以致他一直朦朦胧胧地还在想着那永无尽头的楼梯，想着他也许马上又不得不下楼去，就迈步从躺在被子上安安稳稳睡觉的鲁滨孙身上跨过去，不顾德拉马什一个劲儿气鼓鼓地挥动双手，说道："不管怎么说，我感谢您愿意让我还在这里待一些时光。我大概已经24个小时没睡过觉了，活儿倒是干了不少，还受到了种种惊吓。我筋疲力尽，我根本就不太清楚我现在身在何处？可是如果我睡了几个小时的觉，您就不妨可以随意把我打发走，我会很乐意走的。"

"你当然可以留在这儿，"那女人说，还讥讽地添上一句，"你看见了，地方我们这儿有的是。"

"这么说来，他必须离开这儿，"德拉马什说，"我们不能收留他。"

"不，让他留下。"那女人又改用严肃的口吻说。于是，德拉马什像是实施这一愿望似的说："那好吧，你在随便什么地方躺下睡吧。"

"他可以睡在窗帘布上，不过他必须脱下靴子，以免踩坏了什么。"

德拉马什向卡尔指了指她说的那块地方。在门和那3只箱子之间胡乱堆放着一大堆各色各样的窗帘布。如果人们顺序把所有的窗帘布叠好，厚实的放在最下面，渐次往上最轻薄的放在最上面，最后把塞在布堆里的各种木板和木圈拿出来，那么这就可以成为一个蛮不错的床铺。现在这个样子，这只是一团晃荡、滑动的布，可是，尽管如此，卡尔还是躺在它上面，因为他太累了，顾不得去做那些特殊的睡前准备工作，况且也得顾及他的主人，尽量少给人家添麻烦。

正当他几乎已经快要酣然入睡时，他听见一声大叫，便坐起来，看见布鲁娜妲笔挺地坐在沙发榻上，张开胳臂，搂住了跪在她面前的德拉马什。见到这副景象颇感尴尬的卡尔，便又向后一倒，把头埋在窗帘布里继续睡觉。他在这里两天也忍不过去，这一点他似乎清楚，可是为了可以头脑清楚、快速而冷静地作出决断，先美美地睡上一觉，便显得更有必要了。

但是布鲁娜妲却已经看见了卡尔的那一双因疲倦而睁得大大的、已经惊吓过她一回的眼睛，喊道："德拉马什，我热得受不了了，我身上火辣辣的，我得脱掉衣服，我得洗澡，你让这两个人离开房间，去走廊，去阳台，随你的便，只要别让我再看见他们就行！人家是在自己的家里，却老是受到骚扰。德拉马什，要是我和你单独在一起，那该有多好！啊，上帝，他们还一直在这里！这个不要脸的鲁滨孙竟当着一个女人的面身穿背心裤衩就伸开四肢躺下了！还有这个陌生的男孩，他刚才用狂乱的目光盯着我，后来又躺下，以便迷惑我！把他们打发走吧，德拉马什，他们是我的一个累赘，他们压在我的胸脯上，如果我现在有个三长两短，那全是他们的过错。"

"马上就让他们到外面去，你只管脱衣服吧。"德拉马什说，并向鲁滨孙走去，用脚踩在他胸脯上摇晃他。他同时向卡尔叫喊："罗斯曼，起来！你们俩必须到阳台上去！如果没有叫你们，你们就进来，看我怎么治你们！现在赶快，鲁滨孙"——说罢，他更加使劲地摇晃鲁滨孙——"还有你，罗斯曼，小心别让我也来踩你。"说罢，他大声拍了两下巴掌。

"真磨蹭！"布鲁娜妲在沙发榻上嚷嚷，她远远叉开两条大腿坐着，以便为她那过分肥胖的身体谋得更多的空间，只是作出了极大的努力，在频频喘气下，经过多次歇息，她才能勉强弯下腰去，将将够着她的袜子的最上端并将它们略微捋下去一点。她无法完全脱掉自己身上的衣服，这件事必须由德拉马什来做，她等他已经等得不耐烦了。

卡尔疲惫不堪、无精打采地从布堆上爬下来，慢吞吞走向阳台门，一小块窗帘布缠住了他的脚，他满不在乎地拖着它行走。当他从布鲁娜妲身旁走过时，他甚至还漫不经心地说："我祝您晚安。"然后才从正在将阳台门帷帘稍稍拉回一点的德拉马什身旁擦身而过，走到外面阳台上。鲁滨孙紧随其后，大概一样的又困又乏，因为他在哼哼唧唧："人家老是虐待你！如果布鲁娜妲不一块儿来，我就不到阳台上去。"但是，尽管他这样信誓旦旦，他还是乖乖儿地走了出去，看到卡尔已经躺倒在那儿的沙发椅里，便立刻在石板地面上躺下。

当卡尔醒来时，天色已晚，天空已经是繁星闪烁，月亮从街道对面的高楼后面冉冉上升。环顾了几次这陌生的地方，深深呼吸了几口凉爽、清新的空气之后，卡尔这才意识到，他在哪里。他是多么的不谨慎呀，把女厨师长的全部忠告、特蕾泽的全部警告、自己的全部忧虑一股脑儿丢到了脑后，安安静静地坐在这儿德拉马什的阳台上并且甚至已经在这儿睡了半天，仿佛这帷帘后面不是德拉马什，不是他的头号敌人似的。鲁滨孙在地板上懒洋洋缩作一团，拽卡尔的脚，他似乎也是用这个办法把他叫醒的，因为他说："你睡得真香，罗斯曼！这就是无忧无虑的年轻人。你还想睡多久呀？我本来想让你再睡一会儿的，但是首先，我在地板上太无聊了，其次，我饿极了。我求你了，稍许站起来一点，我在这儿下面，在沙发椅里藏了点吃的，我想把它拿出来。我也给你一点。"卡尔站起来，看着鲁滨孙怎样没有站起来，而是肚子贴着地把自己的身躯挪动过去，伸出双手从沙发椅下面摸出一只镀银的碟子，这碟子大约是盛名片用的。可是这只碟子里却放着半截黑糊糊的香肠，几根细细的香烟，一只已经开启、但仍装得满满的、油汪汪的沙丁鱼罐头以及一些大多已被压碎、挤成一团的糖果。然后，还有一大块面包和一只类似香水瓶的瓶子，可是这瓶子里装的似乎不是香水，而是别的什么东西，因为鲁滨孙露出特别满意的神情指着那只瓶子,抬头向着卡尔连连咂嘴。

"你看,罗斯曼。"鲁滨孙说,他一口一口地吞食沙丁鱼,不时用一块羊毛披肩擦手上的油,这块披肩显然是布鲁娜妲落在阳台上的。"你瞧,罗斯曼,如果你不想饿死,你就这样给自己储藏吃的。唉,我完全受排挤。如果一个人一直被人家当狗对待,末了,他就会想,他真的是狗。罗斯曼,你一来,这就好了,我起码可以和人说说话了。在屋里没有人和我说话。我们被人憎恨,全都是为了这个布鲁娜妲。她当然是个了不起的女人。嘿——"他招手让卡尔向自己俯下身来,悄悄对他说——"有一回我看见她光着身子。噢!"他沉浸在对这件赏心乐事的回忆之中,竟开始拧扭和拍打起卡尔的大腿来,直到卡尔大喊:"鲁滨孙,你疯了。"并抓住他的双手,将它们朝后推去。

"你还是个孩子,罗斯曼。"说着,鲁滨孙从衬衣下面掏出一把系在颈部饰带上的匕首,摘下匕首套,切开块硬香肠。"许多东西你还得从头学,不过,在我们这儿你算是找到理想的学习场所了。你坐下呀。你不想也吃点什么?嗯,你看着我吃,也许看着看着就会来胃口的。喝酒你也不愿意?你可简直是什么也不愿意。说话你恰恰也不是特别爱说话。不过,和谁一起在阳台上,这是完全无所谓的事,只要压根儿有人在就行。我经常在阳台上。布鲁娜妲拿这来取乐。她只要随便想出一个什么主意,一会儿她冷了,一会儿热了,一会儿她想睡觉,一会儿她想梳头,一会儿她想解开胸衣,一会儿她想把它穿上,每逢这种时候,我总是被打发到阳台上来。有时,她确实做她所说的事,但是大多数情况下她只是那么依然如故地躺在沙发榻上,一动也不动。从前我往往把帷帘稍稍拉开一点,偷偷往里看,可是自从有一回德拉马什抓住一次这样的机会——我很清楚,他不愿意这样干,而是在布鲁娜妲的请求下才这样干的——用鞭子往我脸上抽了几下以后——你看见这伤痕了吗?——我就再也不敢偷看了。后来我就这样躺在阳台上,除了吃就再也没有别的乐趣。前天,当我晚上这样独自躺并从这栏杆向下看的时候,当时我还穿着我的那身漂亮衣服,可惜这身衣服让我给丢在你的饭店里了,那帮狗崽子,硬是把这身贵重衣服从人家身上撕下来!——当我在这里这样独自躺着并从这栏杆向下看的时候,我心里难受已极,竟开始号哭起来。恰巧就在这时候,我没有马上就发觉,布鲁娜妲向我这边走了出来,身上穿着那件红连衣裙——所有的衣服中就这件最合她的身——看了我一眼,后来就说:'鲁滨孙,你为什么哭?'说罢,她撩起她的裙子,用裙边擦我的眼泪。谁知道,她还会做出什么事情来,倘若不是德拉马什在喊她,倘若她不是马上又不得不走进房间里去的话,我当然就以为,现在该轮到我了,就透过帷帘问,我是否可以进房间了。你猜,布鲁娜妲说什么:'不!'她说,'你想到哪儿去啦?'她还说。"

"既然人家这么对待你,你为什么待在这儿?"卡尔问。

"对不起,罗斯曼,你问得不是很聪明,"鲁滨孙回答,"你也会留在这里的,即使人们待你更坏。话说回来,人们待我根本不是那么坏。"

"不,"卡尔说,"我一定要走,可能今天晚上就走。我不留在你们这儿。"

"今天晚上就想走,那么譬如说吧,你怎么个走法呢?"鲁滨孙问,他已经把面包上软些的部分切下,小心翼翼浸上沙丁鱼罐头的油,"如果你连房间都不可以进去的话,你想怎么离开这儿呢?"

"我们为什么不可以进去?"

"嗯,只要铃声没响,我们就不可以进去。"鲁滨孙说,他尽量张大着嘴吃着蘸油面包,同时用另一只手接住从面包上滴落下来的油滴,以便时不时地用吃剩的面包去蘸那权当容器的掌心里的残油。"这里一切都变得更严厉了。起先这里只有一块薄薄的帷帘,虽然没有去窥视,但是晚上看得出人的身影。布鲁娜妲感到别扭,于是,我不得不把她的一件看戏时穿的大衣改做成一块帷帘挂在这里,换下了那块旧的。现在什么也看不见了。从前我总是可以主动问,我是否可以进去了,人家按具体情况回答我说可以或不可以,可是后来,这个权利我也许利用得过于频繁,问得太勤了,布鲁娜妲受不了了。——她虽然身体丰满,可是体质却很弱,她常常头痛,大腿痛则几乎始终不断——于是就规定,我不许再问了,而且,每逢我能进去,人家就按桌上的铃。这一按,便铃声大作,甚至可以把我从睡梦中吵醒——为了解闷,我曾在这里养过一只猫，它被这铃声吓跑了，一直没回来过。嗨，这铃声今天还没响呢，一旦响起铃声，我不仅可以，而且必须进去——既然已经这么久没响铃声了，那么，可能还要等很久呢。"

"是呀，"卡尔说，"可是适用于你的，还不是非得适用于我嘛。这种规定压根儿就只适用于逆来顺受的人。"

"可是，"鲁滨孙嚷嚷，"为什么这个规定会不也适用于你呢？它当然也适用于你。你还是和我一起在这里安心等着响铃声吧。然后你就可以试一试，看你能不能离开这儿。"

"你到底为什么不离开这儿呢？仅仅是因为，德拉马什是你的朋友，或者说得更精确些，曾经是你的朋友。难道这就是生活？在布特福脱不是可能会更好些吗，你们起初是想去那儿的呀？或者干脆去加利福尼亚，你在那里有朋友呀？"

"哟，"鲁滨孙说，"这种事没人能预料到。"他拿起香水瓶呷了一大口说，"祝你健康，亲爱的罗斯曼。"然后，他继续往下讲，"当初你那样不讲情义地把我撂下不管，我们那时的处境是很艰难的。我们在头几天里没能找到工作，再说德拉马什也不愿意找活干，要愿意的话他也就找到了，他一个劲儿派我出去找，而我又运气不好。他只是到处游荡，可是天色已经晚下来了。他只带来了一只女式小钱包。这钱包虽然非常漂亮，用珍珠做的，现在他已经把它送给布鲁娜妲了，可是钱包里几乎空空如也。然后他就说，我们应该到各家各户去乞讨，在乞讨时人们当然就有机会找到某些有用的东西，于是我们就去乞讨，为了样子好看些，我就在寓所门前唱歌。德拉马什总是走运，我们刚到第二家寓所前，这是底层一家很富有的寓所，在门口给厨娘和仆人唱了几支歌，这时，这栋寓所的女主人，就是布鲁娜妲，上楼来了。她也许是身上的衣服系得太紧，那几级楼梯竟压根儿爬不上来了。可是她的模样儿多漂亮，罗斯曼！她穿一件雪白的连衣裙，拿一把红色的遮阳伞。她叫人垂涎三尺，她让人神魂颠倒。啊，天哪，啊，天哪，她真漂亮！这样一个女人！不，你说说，怎么会有这样漂亮的女人的！女佣和男仆自然立刻就向她迎面奔跑过去，几乎把她抬了上去。我们站在门的左右两边并且敬了礼，这是当地人的习俗。她站住了一会儿，因为她还一直没喘过气来，后来我就不知道，事情到底是怎么发生的，我由于饥饿神智不很清醒，而她在近处就显得更漂亮，极其健壮，并且由于一件特殊的紧身胸衣身上到处都紧绷绷的，以后我可以让你去看箱子里的那件胸衣。简言之，我从后面稍稍摸了她一下，但是轻极了，你知道吗，只是那么触摸了一下。人们自然不能容忍一个乞丐触摸一个富有的贵妇人。几乎没有接触到什么，但是毕竟是摸了一下。谁知道，这会产生怎样严重的后果，倘若德拉马什没有立刻给了我一记耳光的话，这一记耳光打得我不禁立刻用双手捂住了面颊

"你们干的什么好事！"卡尔说，他被这个故事完全吸引住了，便坐到地板上，"这就是布鲁娜妲？"

"可不是吗，"鲁滨孙说，"这就是布鲁娜妲。"

"有一回你不是说过他是个女歌唱家吗？"卡尔问。

"当然她是个女歌唱家，一个大女歌唱家，"鲁滨孙回答，他嘴里含着一大团糖果，时不时有一块从嘴里挤出来，他就用指头又把它压回去，"但是这个情况我们当时当然还不知道，我们只看出，这是一个富有的、非常高贵的女人。她做出仿佛什么事也没发生的样子，也许她也是什么也没感觉到，因为我确实只用指尖轻轻碰了她一下。可是她却不断地打量德拉马什，德拉马什也回过头去看她——他恰好与她的目光相遇。随后，她便对他说：'你到里面来一会儿。'并用阳伞指指寓所，要德拉马什在她前面走进去。然后，他们便走了进去，仆人等他们进去后就把门关上。我就让他们给晾在了外面，我心想，这用不了多长时间的，就坐在楼梯上等候德拉马什。可是出来的不是德拉马什，而是那个男仆，他给我送出来一满碗汤。'还是德拉马什体贴我！'我暗自思忖。我喝汤时，仆人在我身边站了一会儿，给我讲了一些有关布鲁娜妲的事情，我这才看出来，这次拜访布鲁娜妲对于我们可能会有怎样的意义。因为布鲁娜妲是个离了婚的女人，有一大笔财产并且完全独立自主！她从前的丈夫，一位可可工厂主，虽然还一直爱着她，但是她却根本不愿意睬他。他经常到这寓所里来，每回来总是穿得漂漂亮亮，宛如参加

婚礼——这是千真万确的,我自己就见过他——可是,尽管受了大笔的贿赂,那仆人却不敢去问布鲁娜妲,她愿不愿意接待他,因为他已经问过几次,每次布鲁娜妲都是手里恰好有啥就把啥扔到他的脸上。有一回甚至扔了她那个装满热水的大汤婆子,她用它打掉了他的一颗门牙。哎,罗斯曼,你等着瞧吧。"

"你怎么认识那个人的?"卡尔问。

"他有时也上楼来。"鲁滨孙说。

"上楼来?"卡尔惊讶得用手轻轻一敲地板。

"你完全有理由惊讶,"鲁滨孙继续说,"当初佣人把这个讲给我听时,连我也感到惊讶。你想一想,每逢布鲁娜妲不在家,那个人就让佣人把自己领到她的房间里去,总是拿走一件小玩意儿作纪念,总是给布鲁娜妲留下点非常昂贵和精美的东西,并且严格禁止佣人说出这东西是谁送的。但是有一次,他带来了一件——这是佣人说的,我相信佣人的话——简直是价值连城的瓷器,布鲁娜妲想必是不知怎么认出来了,立刻把它扔在地上,在那上面来回地踩,往那上面啐唾沫,还作了点什么别的处理,致使佣人恶心得几乎没法把它清扫出去。"

"那个人怎么得罪了她了?"卡尔问。

"这个我也说不好,"鲁滨孙说,"但是我认为,没有什么了不起的事,起码我自己不知道有什么事。我有时曾和他谈过这件事。他每天都在那条街的拐角处等我,我一来,我就必须讲点新闻给他听。我若是来不了,他总是等候半个小时,然后才离去。对我来说,这是一笔很好的外快,因为他付的信息费很丰厚,但是自从德拉马什听说这件事之后,我就必须把全部收入交给他,所以后来我就很少去了。"

"可是那个人想得到什么呢?"卡尔问,"他想得到什么呢?他听见了,她不愿意理睬他。"

"是呀。"鲁滨孙叹口气,点燃一支香烟,使劲一挥胳臂把烟雾吐到空中。随后,他似乎另有打算,说道:"这与我有什么相干?我只知道,如果他可以像我们这样躺在这儿阳台上,他会为此付很多钱的。"

卡尔站起来,靠在栏杆上,望着下面的街道。月亮已经清晰可见,但是它的光芒还没有进入这条小巷的深处。白天空空荡荡的小巷,尤其是屋门前,都挤满了人,大家都在慢慢腾腾地活动着,男人的衬衫袖管,女人的浅色连衣裙在黑暗中隐约可见,大家都没戴帽子、头巾。周围众多的阳台上现在全都有人,那边在一盏白炽灯的灯光下坐着一家一家的人,分别依照阳台的大小,或围着一张小桌子而坐,或只是坐在一排靠背椅上,抑或他们至少把脑袋从房间里伸出来。男人们叉开两腿坐着,双脚从栏杆之间伸出去,读报纸,报纸几乎一直落到地板上,或玩牌,表面上看来悄然无声,其实不时有人使劲敲打桌子,女人们忙着做手里的针线活,只是偶或抽空匆匆瞥一眼四周或大街。相邻阳台上一个金黄头发、身体羸弱的妇女不停地打哈欠,一边还东张西望,总是把一件她恰好在补缀的衣服举到嘴前;甚至在那些最小的阳台上孩子们也都要互相追逐嬉耍,使父母很感讨厌。在许多房间的内部摆着留声机,吹奏出歌曲或管弦乐曲,人们并不特别在意这种音乐,只是偶或有家庭中的父亲一挥手,某个人便急忙跑进房间,放上一张新的唱片。在有些窗户口,人们看见一对一对纹丝不动的情侣,卡尔对面的一扇窗户旁边就笔挺地站着一对这样的男女,小伙子用胳臂搂住姑娘,用手摸她的乳房。

"你认识邻近一带的什么人吗?"卡尔问鲁滨孙,这时鲁滨孙也已经站了起来,除了自己的那条还把布鲁娜妲的被子也裹在了自己的身上。

"几乎一个人也不认识,我处在这样的地位,这是相当糟糕的,"说着,鲁滨孙把卡尔拉近自己身边,以便能对他悄悄耳语,"除此之外,眼下我倒也没什么好抱怨的。为了德拉马什的缘故,布鲁娜妲卖掉了她拥有的一切,带着她的全部财富迁进了这栋市郊寓所里,以便她可以完全委身于他,可以不受任何人骚扰,而且这也正是德拉马什所希望的。"

"她把佣人都辞退了?"卡尔问。

"完全正确,"鲁滨孙说,"这里哪儿有佣人们睡觉的地方呀?那些佣人都是很苛求的老爷。有一回,德拉马什在布鲁娜妲家里扇耳光把一个这样的佣人从房间里赶了出去,飞快的耳光扇了一个又一个,一直把那人扇到门外。其余几个佣人自然就和他联合起来在门前吵闹,于是德拉马什便出来(当时我不是佣人,而是家庭常客,但是我却和佣人们待在一起）问道：'你们要干什么？'年纪最大的那个佣人，某个叫伊索多尔的，接口回答说：'您和我们没什么好说的，我们的女主人是仁慈的太太。'你也许注意到了，他们尊敬布鲁娜妲。可是布鲁娜妲却并不理会他们，跑到德拉马什身边，当时她还没像现在这么笨重，当着大家的面拥抱、亲吻他并称他'最亲爱的德拉马什'。'你把这些猴子打发走吧。'最后她说。猴子——佣人们都是猴子，你想象一下吧，他们听了这话脸上是什么表情。然后，布鲁娜妲拉着德拉马什的手伸向她拴在腰带上的钱袋。德拉马什把手伸进去，开始付清佣人们的工资，布鲁娜妲参与这次的支付活动，仅仅是敞开着腰带上的钱袋在一旁站着而已。德拉马什不得不频频伸手摸钱袋，因为他发钱不点数、不审核应付款项。末了，他说：'既然你们不愿意和我说话，我就只以布鲁娜妲的名义告诉你们：你们滚开，立刻就滚。'就这样，他们被辞退了，后来还打了几场官司，德拉马什甚至不得不出过几次庭，可是这方面的详细情况我就不知道了。只是，辞退了佣人们之后，德拉马什立刻就对布鲁娜妲说过：'现在你没有佣人了？'她说：'有鲁滨孙在这儿呢。'随后德拉马什就拍了一下我的肩膀说：'好吧，你就当我们的佣人吧。'于是，布鲁娜妲就拍拍我的面颊。如果有机会的话，罗斯曼，你也让她给你拍拍面颊。你会惊讶的，这多美呀。"

"这么说来，你当上了德拉马什的佣人了？"卡尔总结性地说。

鲁滨孙听出了这个问题中的惋惜之音，回答说："我是佣人，但是这只有少数几个人看得出来。你瞧，你自己本来也不知道嘛，虽然你已经在我们这儿待了一些时候了。你已经看到了，我昨晚在你们那儿饭店里穿得怎么样。我穿的是最高级的衣服。佣人穿这样的衣服出门吗？只是，问题就在于，我不可以经常出门，我必须随叫随到，总有什么家务活要干。这么多活儿一个人实在忙不过来。你也许已经注意到了，我们在房间里乱七八糟地堆放着许多东西，凡是大搬家时未能卖掉的，我们都带来了。当然我们本来也可以把它们都送给别人的，但是布鲁娜妲什么也不送人。你想想吧，把这些东西扛上楼来，这要费多大的劲。"

"鲁滨孙，这全都是你扛上来的？"卡尔问。

"除了我还有谁呀？"鲁滨孙说，"还有一个辅助工，一个懒货，大多数活儿我不得不独自一个人干。布鲁娜妲站在楼下汽车旁边，德拉马什在楼上指挥，这些东西该放在什么地方，我就不停地跑来跑去。一共干了两天，干了很久，对不对？可是你根本就不知道，这儿房间里有多少东西，所有的箱子都是满满的，箱子后面也都塞满了东西，一直高达天花板。倘若当时能雇几个人搞搬运，也许很快就全整理好了，可是除我以外，布鲁娜妲不愿意把这事托付给别的什么人。这是人家的一番好意，可是我当初却把我这一辈子的健康毁了，除了我的健康我还有什么财富呀？现在我只要稍稍使点劲，我便在这儿和这儿还有这儿感到针刺一般疼痛。你以为，饭店里的那些男孩，那些癞皮狗——他们不是癞皮狗是什么？——他们居然能够战胜得了我，倘若我身体健康的话？可是不管我有什么病，我对德拉马什和布鲁娜妲都只字不提，能支撑多久，我就干多久，如果支撑不住了，我就躺倒，死去，然后他们才为时过晚地看到，我一直有病。可是，尽管如此，我却一直不断地干活，为他们效劳，一直干到累死。啊，罗斯曼——"最后他说，并用卡尔的袖管擦干眼睛。少顷，他说："你不冷吗，你就这么穿了衬衫站在这儿？"

"没事，鲁滨孙，"卡尔说，"你老是哭。我不认为你有病。你看上去很健康，但是因为你老是躺在这儿阳台上，你便胡思乱想开了。也许你有时候感到胸口一阵刺痛，这种感觉我也有，人人都有。如果大家都像你这样遇到什么鸡毛蒜皮的小事就哭鼻子，那么所有阳台上的人都得哭了。"

"我心里比你清楚。"鲁滨孙边说边甩他的被子角擦眼角。"有个大学生，住在隔壁也给我们做饭的女房东太太那儿，最近我把餐具送回去的时候，大学生曾对我说：'您听着，鲁滨孙，您不是病了吧？'我是被禁止与人说话的，所以我把餐具一放下就要走。这时，他向我走过来并且说：'您听着，哎呀，您别把事情做绝了嘛。您有病了。''是的，那么，请问，我该怎么办呢？'我问。'这是您的事。'他边说边转过身去。在那儿就餐的人听了都笑了，这里到处都有我们的敌人，所以我还是走了。"

"那就是说,愚弄你的人你信,对你怀着一番好意的人你不信。"

"可是我必须知道,我有什么病。"鲁滨孙怒气冲冲说,可是立刻又重新哭泣起来。

"你是不知道你有什么病,你应该为你自己随便找一份什么体面的工作,不要在这里给德拉马什当什么佣人。因为据我按照你所讲述的以及按照我自己亲眼目睹的来判断,这儿的这种做法不是服务,而是一种奴役。这是没有人能忍受得了的,我相信你也忍受不了。但是你想,因为德拉马什是你的朋友,你就不可以离开他,这就错了嘛;如果他不清楚你正过着多么悲惨的生活,那么,你对他也就无丝毫义务可言。"

"这么说来,罗斯曼,你确实相信,我放弃在这里的服役,我就能重新把身体养好?"

"肯定。"卡尔说。

"肯定?"鲁滨孙又问一遍。

"完全可以肯定。"卡尔微笑道。

"那我立刻可以开始休养了。"鲁滨孙注视着卡尔说。

"此话怎讲?"卡尔问。

"嗯,因为你就要接管我在这儿的工作了呀。"鲁滨孙回答。

"这是谁对你说的?"卡尔问。

"早就有这个打算了。这件事已经谈论了好几天。起因是,布鲁娜妲叱责我,因为这寓所我保持得不够整洁。我当然答应马上把一切都整理好。嗯,这做起来却很难。譬如我现在这种状况,我无法到处爬来爬去,去擦拭灰尘,我在房间中央就动弹不了了,哪儿还有力气到那儿家具之间和储存物之间去擦呀?若想把一切都仔细擦拭干净,就也得把家具挪开,这活儿要我一个人去干?而且,这些活儿都得轻手轻脚地干,因为布鲁娜妲是决不可以受到骚扰的,而她又几乎从不离开这个房间。我虽然答应要把一切都擦拭干净,可是事实上我没有做到。布鲁娜妲发现了这个事实,就对德拉马什说,这样下去不行,还得另外再雇一个人手。'我不希望,德拉马什,'她说,'让你来指责我管理不好家务。我自己使不上劲儿,这一点你是看得出来的,而鲁滨孙又不够用。起初他精力充沛，很会张罗，但是现在他总是觉得累，通常都坐在一个角落里，而一个我们这样的有许多家什的房间是不会自动保持整洁的。'此后，德拉马什便考虑，该采取什么可行的办法，因为人们当然不能任意雇一个人到这样一个家庭里来，试也试不得，因为方方面面的人都在注意我们呢。可是因为我是你的好朋友，我还从雷内尔那儿听说你在饭店里挺受苦的，所以我就推荐了你。德拉马什立刻表示同意，虽然你当时曾冲撞过他，而我当然很高兴能为你效这个劳。这个职位对你特别合适，你年轻力壮，机敏过人，而我却一点儿也没有用了。我只不过想告诉你，你还没有被正式录用，如果你不中布鲁娜妲的意，我们就不能用你。所以你努努力吧，让她喜欢你，其余的事就由我来办。"

"我在这里当佣人，你干什么呢？"卡尔问。他感到轻松自在，鲁滨孙通报的情况在他心头引起的最初的恐惧已经消散。这么说来，德拉马什并不怀有什么更大的恶意，无非就是想让他当佣人而已——倘若他怀有更大的恶意的话，饶舌的鲁滨孙肯定早就把这泄露出来了——可是如果情况是这样，那么，卡尔就敢在今晚和他们分道扬镳。人们不能强迫一个人接受一个职位嘛。从前，卡尔曾担心，为了不致挨饿，他能不能在这被饭店辞退之后尽快找到一份合适的、也许并不更寒酸的工作。而现在，比起这儿要他做的这份差事来，比起这份他厌恶的差事来，他觉得任何一个别的职位都够好的，甚至他宁可没有工作、穷困潦倒，也不愿干这份差事。可是他根本不试图让鲁滨孙去领会这个道理，因为鲁滨孙完全囿于成见，希望让卡尔来减轻自己的工作，从而无法作出任何正确的判断。"那我就，"鲁滨孙说，边说边做着愉快的手势——他把胳膊肘支撑在栏杆上——"先把一切都给你讲一讲，领你去看看储存物。你受过教育，肯定也写得一手好字，所以你可以马上开出一份所有这些我们所拥有的物品的清单来。布鲁娜妲早就希望得到这样一份清单。如果明天上午天气晴朗，我们就请布鲁娜妲坐到阳台上去，在这期间我们就可以在房间里踏踏实实干活，就不会妨碍她了。因为这是你，罗斯曼，首先必须注意的。千万不要惊扰布鲁娜妲。什么声音她都听得见，也许她作为女歌唱家耳朵十分灵敏。譬如你把箱子后面的烧酒桶滚出来，酒桶发出嘈杂声，因为它重，而且那儿四处都堆放着各种各样的物件，以致人们不是一下子就能轻易把它滚出来。譬如布鲁娜妲正安安静静地躺在沙发榻上逮苍蝇，这些苍蝇简直惹得她厌烦透了。于是你便以为，她不会管你的，你就继续滚你的酒桶。她还一直安静地躺着。但是就在你根本料想不到、就在你发出最小嘈杂声的那个瞬间，她突然坐直身子，用双手拍打沙发榻，拍得尘土飞扬，简直叫人看不见她的身影——自从我们到这儿以来，我从未拍打过这张沙发榻，我没法拍打，她老是躺在那上面——并骇人地大声喊叫起来，像一个男子汉，就这样接连喊叫数小时之久。左邻右舍禁止得了她唱歌，可是谁也禁止不了她喊叫，她必须喊叫，不过话说回来，这种事现在很少发生，我和德拉马什已经变得很谨慎了。这也很有损于她的健康。有一次她晕了过去，我就不得不——德拉马什恰好不在——把隔壁的那位大学生请来，他用一只大瓶里的液体浇在她身上，这倒也奏效了，可是这种液体有一股难闻的气味，只要把鼻子伸向沙发榻，你现在还闻得到那股气味。那个大学生肯定是我们的敌人，和这儿所有的人一样，你也必须提防所有的人，不要和任何人来往。"

"哎，鲁滨孙，"卡尔说，"这可是一项繁重的工作。你真是给我介绍了一桩美差呀。"

"你别担心，"鲁滨孙边说边闭上眼睛摇晃脑袋，企图消除卡尔可能会有的种种顾虑，"这个职务也有别的职务无法向你提供的好处。你老是待在一位像布鲁娜妲这样的贵妇人的身边，有时候你和她睡在同一个房间里，你可以想象得出来，这本身就会带来种种舒适安逸的感觉。会付给你丰厚的报酬的，钱有的是，我作为德拉马什的朋友一个子儿也没拿到过，只有当我出门时，布鲁娜妲才总要给我一点钱，可是你当然会和别的佣人一样拿到工钱的。你也没有什么别的身份嘛。可是对你来说最重要的是，我将大力减轻你的工作负担。起初我当然将什么事也不干，我要好好休养，但是我只要稍许恢复一下体力，你就可以指望得到我的帮助。那固有的侍候布鲁娜妲的活儿，也就是梳头和穿衣，只要德拉马什不干，那么，这些活儿仍还由我来干。你只管打扫房间、买东西和繁重的家务活儿。"

"不，鲁滨孙，"卡尔说，"这一切对我没有吸引力。"

"罗斯曼，你别犯傻，"鲁滨孙贴近卡尔的脸说，"你别坐失了这个好机会。你在哪儿能马上找到一份工作？谁认识你？你认识谁？我们，两个男子汉，见多识广，经验丰富，奔波了几个礼拜也没找到工作。这不是一件容易的事，这简直比登天还难。"

卡尔点点头，并且对鲁滨孙能如此理智地讲话感到惊讶。不过，这些建议却对他毫无用处，他不可以待在这里，这座大城市里会有他的一块安身之地的，所有的饭店，这一点他是清楚的，通宵达旦都挤满了人，人们需要侍候客人的服务人员。他受过这方面的训练。他会迅速而不引人注目地适应随便哪种活动的。对面那所房屋的楼下恰好就设有一家小旅店，从那里传出来一阵嘈杂的音乐声。主要入口处只用一大块黄色的门帘遮挡着，有时刮起一阵穿堂风，那帘子便一个劲儿直朝外面的巷子里飘荡。除此之外，巷子里已经变得寂静多了。大多数阳台都黑糊糊，只有在远处还有星星点点的灯光，但是人们刚刚注意上它，那儿的人便都站起身，就在他们涌回寓所里去的同时，一个男子向那盏白炽灯伸过手去，作为最后一个留在阳台上的人，匆匆瞥了一眼巷子里之后，便拧灭了灯火。

"现在黑夜开始了，"卡尔暗自思忖，"我若还继续在这儿待下去，那么我就是他们一伙的了。"他转过身去，想拉开寓所门前的帘子。"你要干什么？"鲁滨孙站到卡尔和门帘之间说。

"我要走，"卡尔说，"让我走！让我走！"

"你别去惊扰了她，"鲁滨孙嚷嚷，"你想干什么！"说着，他用双臂抱住卡尔的脖子，用自己全身的重量吊在他身上，用自己的双腿夹住卡尔的双腿，就这样一下子把他扳倒在地上。但是卡尔在开电梯工中间曾学过一点扭打功夫，于是乎，他便一拳朝鲁滨孙的下巴颏下面打去，但手下留情，用力不大。鲁滨孙则迅速而毫无顾忌地用膝盖狠狠一顶卡尔的肚子，但随后便双手捂着下巴开始号啕大哭起来，致使相邻阳台上一个男人狂拍巴掌命令"安静！"卡尔还静静地躺了一小会儿，以便熬过鲁滨孙这一顶给他带来的疼痛。他只是把脸转向那块门帘,它平静而沉甸甸地挂在显然是黑沉沉的房间的前面。房间里似乎没有人,也许德拉马什和布鲁娜妲一道出去了,卡尔已经有了充分的行动自由。举止行为确实像一条看家狗的鲁滨孙已经被彻底甩掉了。

这时,从小巷深处传来一阵阵鼓声和喇叭声。许多人零零星星的喊声不久便汇集成齐声呐喊。卡尔转过头去,看到所有的阳台又重新活跃起来。他慢慢站起来,他不能完全站直,不得不重重地趴在栏杆上。下面人行道上,年轻小伙子们阔步行进,他们伸出双臂,高高举起的手里拿着便帽,面孔转向后面。车行道上仍还空着。少数人挥动着高杆上的裹在一层浅黄色烟雾里的灯笼。正当吹鼓手们排着长队走进灯光之中,卡尔对他们人数之众多感到不胜惊讶的时候,他听到自己背后有语声,便转过身去,只见德拉马什正在撩起沉甸甸的门帘,随后又看见布鲁娜妲正从幽暗的房间里走出来,身穿红连衣裙,肩披一条花边披肩,一顶黑色小帽戴在大概没有梳理过、只是堆成一堆的头发上,发梢松散地从帽檐底下露出来。她手里拿着一把打开的小扇子,但是并不摇动它,而是把它紧贴在自己的胸口。

卡尔沿栏杆退到一边,给这两个人腾出地方。肯定没有人会强迫他留在这里的,即使德拉马什试图留他,布鲁娜妲也会按照他的请求立刻辞退他的。她根本就不喜欢他,他的眼睛使她感到害怕。但是当他向门口迈出去一步时,她发觉了并且说:"去哪儿,小家伙?"卡尔被德拉马什那严厉的目光镇住了,布鲁娜妲将他拉到自己身边。"你不想看看下面的游行队伍?"说着,她就把他推到栏杆旁边。"你知道,这是怎么回事吗?"卡尔听见她在自己身后说,徒劳地做了一个不由自主的动作,想挣脱她的压力。他忧伤地望着下面的小巷,仿佛那儿是他忧伤的根由。

起先,德拉马什交叉着双臂站在布鲁娜妲的背后,后来,他走进房间,给布鲁娜妲拿来了观剧望远镜。下面,在乐师们之后,出现了游行队伍的主体部分。在一个身材高大魁伟的男子的肩上骑坐着一位男士,在这个高度上人们只看得见他那闪着黯淡光泽的秃顶,此外就什么也看不见了，只看见他将他的礼帽高高举起在秃顶的上方，频频向大家致意。他四周显然有人抬着木标语牌，从阳台上看下去，那些标语牌显得很白，它们排列得井井有条，从各个方向簇拥着这位男士，他就从那些标语牌中凸现出来。由于一切都在行进之中，这道标语牌墙不断松动，也不断地重新排列。在外层圈里，以这位先生为中心的巷子的整个幅面都挤满了这位先生的追随者，尽管，就人们在黑暗中能估摸到的而言，其纵面并不深远。追随者们一齐鼓掌，可能唱着一首庄严的颂歌，在喊出这位先生的名字，一个简短而含混不清的名字。三三两两巧妙分布在人群里的人拿着灯光特别强烈的车灯，他们让灯光慢慢上下移动，照射街道两侧的房屋。在卡尔的这个高度，那灯光干扰不了什么，但是在下面的阳台上，人们看见那些受这强光刺激的人都急忙用双手捂住眼睛。

德拉马什按照布鲁娜妲的请求向相邻阳台上的人打听，举行这样的活动有何含义。卡尔颇有一点儿好奇，很想知道人家是否会并且将如何回答他。德拉马什果然连问了三遍也没有得到回答。他已经冒着危险从栏杆上探出身去，布鲁娜妲对邻居气得轻轻跺脚，卡尔感觉到了她的膝盖。最后终于来了一个答复，但是与此同时，在这个挤满了人的阳台上，所有的人都哈哈大笑了起来。随后，德拉马什向那边叫喊着什么，那样声嘶力竭，若不是整个巷子里恰好嘈杂声四起的话，四周的人一定会惊奇地仔细倾听的。不管怎么说，这一叫喊起了作用，不一会儿那笑声不自然地就止息了。

"我们这个区里明天选一个法官，他们在下面抬着的那个人是候选人，"德拉马什完全心平气和地返回到布鲁娜妲身边说，"不！"然后他叫喊并爱抚地拍了拍布鲁娜妲的后背，"我们简直不知道，世界上正在发生什么事情。"

"德拉马什，"布鲁娜妲把话题扯回到邻居的态度上来说，"我真想搬到别处去住，倘若搬家不是那么费劲的话！可是遗憾的是我不可以这样奢望自己。"她唉声叹气，焦灼不安，心不在焉，用手指揉搓着卡尔的衬衫，卡尔则试图尽量悄悄地一再把这一双肥胖的小手推开，这一点他也轻易地做到了，因为布鲁娜妲的心思不在他身上，她心里正琢磨着别的事情呢。

但是不久卡尔也忘了布鲁娜妲,听任她的胳臂压在自己的肩膀上,因为街上的游行活动深深地吸引着他。一些打着手势的男人紧挨着候选人的前面行进,他们的叙谈八成具有一种特殊的意义,因为人们看到四面八方都有人向他们俯下脸去仔细倾听。在他们的命令下,游行队伍出其不意地在旅店前停住了。这些权威性的男人中的一个举起手发出一个信号,这个信号不仅适用于游行队伍,而且也适用于候选人。游行队伍顿时静了下来,骑在他的运送者肩上多次企图站起来后又多次倒下恢复骑坐姿势的候选人发表一个简短的演说,讲话时他不时飞速地挥动他那顶礼帽。这一切人们看得一清二楚,因为他讲话的时候所有车灯都对着他,致使他处在一片光亮的中央。

不过现在人们也已经看出,整条街道对这件事情都颇有兴味。在候选人的党内同人占领的阳台上,人们同声和唱着他的名字,将手远远伸出到栏杆外有节奏地鼓掌。在其余的、甚至占了多数的阳台上响起了一阵强烈的对抗歌声,不过这阵歌声没有统一的效果,因为他们是不同候选人的追随者。不过,除此之外,这位在场候选人的所有敌人还联合在一起共同发出一阵尖锐的叫声,甚至还接连不断地放留声机助阵。个别阳台之间展开政治性的争吵,由于是在夜间,大家的情绪尤其激奋。大多数人已经身穿睡衣,只披了件外衣,妇女们裹着宽大、深色的披肩,未受人注意的孩子们令人惊惧地在阳台围栏上爬来爬去,他们人数越来越多,纷纷从黑暗的房间里走出来,他们本来已经在房间里睡了。偶或有特别激动的人把看不清是什么的零星物件朝他们的对手的方向扔去,有时候它们到达目的地,但是通常都掉落到街上,往往引起一阵愤怒的叫骂声。一旦下面那些居于领导地位的男人觉得这嘈杂声太厉害了,鼓手和号手们就受命进行干预,于是他们那高亢响亮的、竭尽全力奏出的、没有尽头的信号便压住了直至房屋屋顶上在内的所有的人语声。他们总是完全突然地——人们简直不敢相信——戛然而止,随后在这方面显然训练有素的大街上的人群便利用这瞬间出现的普遍的寂静大声吼唱他们那一派的派歌——在车灯的灯光下,人们看到一张张的张得大大的嘴——直至后来在这当儿已经醒悟过来的对手从所有阳台和窗户发出比先前强10倍的叫喊声，使下面那一派人在获得短暂的胜利后至少对于处于这一高度的人来说又完全沉寂了下来。

"小鬼，你觉得怎么样？"布鲁娜妲问，她紧挨着卡尔身后来回转动，想用观剧镜尽可能把一切都看清楚。卡尔只是点点头作为回答。此外，他还发现，鲁滨孙正在起劲地向德拉马什介绍种种显然是有关卡尔的态度的情况，可是德拉马什似乎并不重视鲁滨孙的话，因为他用右手搂着布鲁娜妲，一再试图用左手把鲁滨孙推到一边去。"你不想用观剧镜看看？"布鲁娜妲问，并敲敲卡尔的胸膛，以表明她是在问他。

"我看得够清楚的。"卡尔说。

"试试这个吧，"她说，"你会看得更清楚的。"

"我的眼力挺好，"卡尔回答，"我什么都看得见。"当她把观剧镜向他的眼睛移近过来时，他并不觉得这是态度亲切，而是觉得这是一种妨碍。果然她什么话也不说，只说了"你！"这一个词儿，声音悦耳动听，却带着威吓的味道。观剧镜已经摆在卡尔的眼前，现在他果然什么也看不见了。

"我什么也看不见。"说罢，他就想甩掉观剧镜，可是她紧紧握住观剧镜，而那颗埋在她胸脯上的脑袋他既缩不回去也没法移到一边去。

"可是现在你已经看见了。"她一边旋动观剧镜上的螺丝，一边说。

"不，我还是什么也看不见。"卡尔说并且想到，他事实上已经无意中减轻了鲁滨孙的负担，因为布鲁娜妲那喜怒无常的脾气现在发泄到他身上来了。

"什么时候你才会终于看见？"她边说边——现在卡尔的整个脸面都感觉到她那沉重的气息——继续旋动螺丝。"现在呢？"她问。

"不，不，不！"卡尔嚷嚷，尽管他现在事实上已能辨认一切，虽然不是太清晰。但是这时候布鲁娜妲恰好有什么话要和德拉马什讲，她只是把观剧镜松松地握在卡尔的面前，于是卡尔就能从观剧镜下面朝大街上望去，而不至于会引起她特别的注意。后来她也不再固执己见，将观剧镜收归己用了。

从下面的旅店里走出来一个服务员，他跑进跑出，接受游行活动领导人们的订单。人们看到，他伸长了脖子观察酒店内部，招来尽可能多的服务人员。在人们显然为举办免费酒会而作准备的时候，候选人并没有停止演讲。他的负荷者，那个身材魁梧、只为他效劳的男子，总是在他讲完几句话之后便转一下身，以便使各个方向的群众都能听到他的演说。候选人通常都蜷曲着身子，企图用急促地挥动那只空着的手和另一只拿礼帽的手尽量给他的话增强说服力。但是有时候，几乎是每隔一定的间隙，他便浑身震颤，他伸开双臂站起来，他不再与一个小团体，而是与全体谈话，他对这些公寓里乃至最高层处的居民讲话，然而分明最下面几层楼里就已经没有一个人听得见他讲的话了，甚至，如果有可能的话，也压根儿不会有人愿意听他演讲的，因为每扇窗户里和每个阳台上至少都有一个人在声嘶力竭地发表演讲呢。这当儿，几个服务员从酒店里抬出来一块一张台球桌那么大的木板，木板上摆了满满当当的闪光的酒杯。领头人组织分发，分发以列队通过酒店大门口的形式进行。但是木板上的酒杯虽然一再被重新加满，它们还是不够大家喝的，两排酒店的伙计不得不穿梭往来于木板的左右两边，不断给大家供酒。候选人当然已经停止演讲，利用这个间歇养精蓄锐。他的负荷者驮着他离开人群和刺眼的灯光，慢慢走来走去，只有离他最近的几个追随者在那里陪伴着他并仰着脸对他讲话。

"瞧这个小家伙，"布鲁娜妲说，"他光顾着看，忘记自己在哪儿了。"说着，她出其不意地用双手把卡尔的脸扭向自己，她逼视着他的眼睛。但是这只延续了一会儿工夫，因为卡尔立刻就甩开了她的双手。恼怒于人们不让他得到片刻的安宁，同时又兴致勃勃想到街上去就近观看一切，他便试图竭尽全力挣脱布鲁娜妲的压迫并且说：

"请您放我走吧。"

"你留在我们这儿。"德拉马什说，他没有把目光从街道上移开，只伸出一只手，拦住卡尔的去路。

"你别这样，"布鲁娜妲挡开德拉马什的手说，"他会留下来的。"说罢，她把卡尔更紧地压在栏杆上，他要摆脱她，就势必会和她扭打起来。他即使成功地摆脱了她，他又能怎么样呢！他的左边站着德拉马什，右边则立着鲁滨孙，他简直可以说是被俘虏了。

"我们不把你撵出去，你应该感到高兴才对嘛。"鲁滨孙边说边用从布鲁娜妲的胳臂下抽出来的那只手叩打卡尔。

"撵出去？"德拉马什说，"一个负案在逃的小偷我们不撵走，我们把他交给警察。如果他不老老实实，我们明天一早就送他去警察局。"

从这时候起卡尔再也没有兴趣去观看下面的景象了。因为他受制于布鲁娜妲而直不起腰来，所以实在不得已，只好从栏杆上微微俯下身去。他忧心忡忡、心神不定地望着下面一伙二十来个男人三三两两走到饭店门前，拿起酒杯，转过身来，对着现在正陷入沉思之中的候选人那个方向挥动这些酒杯，高呼一声党内问候词，把酒杯一饮而尽，又轰隆隆放下酒杯，放在木板上，不过在这么高度的地方这隆隆声是听不见的。就这样，他们为急不可耐、吵吵嚷嚷的后来者让出位置。在领头人的委托下，迄今一直在饭店里演奏的乐队走上了街头，他们的大型吹奏乐器在黑压压的人群中闪着亮光，但是他们演奏的乐曲几乎淹没在四周的嘈杂声里。如今这条街道，至少饭店所在的那一侧，已经挤满了人。他们从上面，从早晨卡尔坐在汽车里来的那个方向，向下面涌去，还有的人则从下面，从桥那个方向走上来，甚至在屋里的人也经受不住这个诱惑，想亲自去插手这件事，阳台上和窗户口几乎只留下妇女和孩子，男人们纷纷从下面楼门里冲出去。现在音乐和款待可是已经达到了目的，集会的规模够大的了，一位两侧摆着两盏车灯的领头人挥手让音乐停下，发出一阵强烈的哨子声，于是人们便看见那位有一点儿偏离了正道的负荷者驮着候选人从一条由追随者开辟出来的道路急匆匆走过来。

他刚到饭店门前，候选人便在仅仅照着他四周一个狭小圈子的车灯的灯光下开始作新的演讲。但是现在一切都比先前困难多了，负荷者不再有丝毫的自由活动的余地，人群太拥挤了。那些离得最近的追随者先前曾试图采取各种手段加强候选人演说的效果，如今却费了好大的劲儿，才使自己得以待在他的身边，二十来个人竭尽全力紧紧抓住负荷者。但是甚至连这个强壮的汉子也不能随意挪动一步，眼下已经无法通过某些转身动作或通过适当的前移或后退来对群众施加影响了。人群漫无目的地涌动着,一个人贴着另一个人,没有一个人站直了的,由于获得了新的听众,对手们的人数似乎大大增多了,负荷者在饭店门口坚持了很长时间,但是如今他看似未作任何反抗地随波逐流,在街上飘来荡去,候选人不停地讲话,但是人们已经听不太清楚,不知道他是在阐述他的纲领呢还是在呼喊求助。如果并非一切都搞错了的话,也已经出现了一个或者甚至好几个竞选对手,因为人们不时看到在突然亮起来的灯光下从人群里冒出一个脸色苍白、紧握拳头的男子开始演讲,他的话受到嘈杂的喊叫声的支持和欢迎。

"那儿发生什么事了?"卡尔神情紧张、困惑不解地向看守他的人转过身去问。

"这小鬼多激动!"布鲁娜妲一边对德拉马什说,一边抓住卡尔的下巴,将他的脑袋往自己身边拽。可是卡尔不愿意这样,他受大街上事件的刺激而变得毫无顾忌,便使劲抖动身子,抖得布鲁娜妲不仅松了手,而且还向后退去,完全把他放开了。"现在你已经看够了,"她说,显然让卡尔的行为惹怒了,"到房间里去,铺床,为过夜做好一切准备。"她向房间伸出手去。这正是几个小时以来卡尔一直想去的那个方向,他没说一句反对的话。这时,人们听见从巷子里传来劈劈啪啪许多玻璃摔成碎片的声音。卡尔抑制不住自己的好奇心,迅步跨到栏杆边上,急忙再次向下张望。对手们的一次打击,也许是一次决定性的打击,成功了,候选人的追随者们凭借着车灯的强光使全体公众至少可以看到竞选活动的主要场面并由此而将一切活动控制在一定的范围内。如今这些车灯一股脑儿都在同时被击碎,于是候选人及其负荷者周围是一片和大家一样的摇曳不定的灯光,这灯光突然扩散开来就像一片昏暗。现在人们连候选人大体在什么位置也说不出来了,一阵刚刚开始的同声齐唱的歌声,从下面,从桥那边渐渐逼近过来,更增添了黑暗的迷茫。

"我没有告诉你现在该干什么!"布鲁娜妲说,"赶快。我累了。"她添上一句,随后便将胳臂高高举起,致使她的乳房比平时隆起得高得多。一直还搂着她的德拉马什,把她拉到阳台的一个角落里。鲁滨孙跟随着他们走去，他想把还放在那里的他吃剩的东西推到一边去。

这个有利的机会卡尔必须加以利用，现在没有时间去看下面了，街上的热闹他到了下面就可以看个够，比这儿楼上看得更清楚。他三步并作两步，急忙穿过亮着淡红色灯光的房间，但是房间锁着，钥匙已经拔掉。现在必须找到钥匙，可是谁有本事在这个杂乱无章的房间里找到一把钥匙呢，况且要在可供卡尔支配的这段短暂、宝贵的时间里！现在他本来已经可以到了楼梯上，在拼命奔跑了。可是如今他却在找钥匙！在所有能打得开来的抽屉里找。他在桌子上乱翻，桌上凌乱地放着各种各样餐具，餐巾和一件不知什么已绣了几针的刺绣品，受到一把靠背椅的吸引，上面乱七八糟地放着一堆衣服，钥匙可能就在那堆衣服里，可是你休想找着它，最后便扑倒在那张果真散发着臭味的沙发榻上，在所有的角落和缝隙里摸索那把钥匙。后来他停止搜寻，愣愣地站在房间中央。布鲁娜妲一定把钥匙系在腰带上了，他暗自思忖，那上面挂着那么多东西，一切搜寻都是徒劳的。

卡尔胡乱拿起两把刀子，将它们插进门缝之间，一把上，一把下，构成两个相互分离的作用点。他刚用力一撬，刀口便折断。这正是他所希望的，残余部分更容易握住，他可以将它们更紧地插进去。于是，他伸直双臂，叉开两腿，竭尽全力，边发出呻吟声边撬门，同时仔细地注视着门。它顶不住多久的，从清晰可闻的门闩松动的响声上他愉快地认识到了这一点。但是这门闩松动得越慢，事情就越好办，千万不可让锁蹦掉，否则，他们在阳台上就会警觉起来，这锁必须慢慢地松开来，卡尔朝着这个目标小心翼翼地撬着，眼睛越来越逼近着锁。

"你们看。"他听见了德拉马什的声音。三个人全都站在房间里，帷帘已经在他们身后拉上，卡尔一定没听见他们进来，一看见刀子他的手便垂了下来。但是他根本就来不及说一句解释或道歉的话，因为德拉马什在一阵远远超出于对眼前这件事的狂怒的发作下——他那条已经解下来的睡袍带在空中划了一个大弧圈——向卡尔猛扑过去。卡尔猛一闪身躲过这一击，他本来完全可以把刀从门上拔出来并用它们来自卫的，但是他没有这样做。他弯腰、跃起，一把抓住德拉马什的宽大睡袍衣领，将它向上翻起，随后又将它提起来——这件睡袍对德拉马什来说实在是太大了——恰巧用衣领蒙住了他的脑袋，德拉马什猝不及防，起先胡乱挥舞双手，过了一阵以后才用拳头砸在卡尔的背上，但还不是砸得完全有效，而卡尔则扑向德拉马什的怀里，以便保护自己的脸部。卡尔忍受着这些拳击，尽管他痛得缩成一团，尽管打击越来越重，可是他怎么会忍受不了这打击的呢，他看到胜利就在眼前了嘛。双手抱着德拉马什的头，大拇指正好按在他的眼睛的上方，他将他朝着那一堆乱七八糟的家具推去并试图用脚尖将睡袍带缠住德拉马什的双脚，想用这个办法将他绊倒。

可是由于他必须全力以赴对付德拉马什，尤其是因为他感觉到此人的反抗越来越强烈，这个敌对的躯体越来越强劲有力地顶住他，所以他确实忘记了，他并非和德拉马什单独在一起。不过这一点马上就有人来提醒他，因为他的双脚突然不听使唤了，原来鲁滨孙已经在他身后扑倒在地上，大声喊叫着把他的双脚扒开。卡尔呻吟着松开了德拉马什，后者一个趔趄往后退了一步。布鲁娅妲叉开双腿，弯着膝盖胖墩墩地站在房间中央，目光炯炯地注视着事态的发展。仿佛她真的参与扭打似的，她重重地喘着气，用眼睛瞄准，慢慢向前动自己的双拳。德拉马什翻下自己的衣领，眼睛重又获得了光明，现在当然不再是扭打，而是一种单纯的惩罚。他抓住卡尔衬衣的前襟，几乎把他从地上提起来，鄙夷不屑地看也不看他一眼便使劲将他向着一只几步远处的柜子扔去，以致卡尔一开始还以为，他撞击在柜上而引起背部和头部的钻心的疼痛直接出自德拉马什之手。"你这个无赖！"他两眼震颤，眼前一阵发黑，却还听见德拉马什在大声嚷嚷。他精疲力竭昏倒在柜前时，"你等着瞧吧！"这句话还隐隐在他耳边回响。

当他苏醒过来时，他的四周一片黑暗，也许仍还是在深夜里吧，从阳台那边，一抹微弱的月光通过帷帘下面渗进房间。人们听到那三个睡者的平稳的呼吸声，其中最响亮者均出自布鲁娅妲之口，她在睡觉时鼻孔里咻咻地出着气，一如她有时讲话时所做的那样。但是要判断出睡者们都各自在什么方向，这却不是一件容易的事，整个房间里都充满了他们的呼噜呼噜的喘气声。他稍许审视了一下周围环境之后，卡尔才想到了自己。这时，他不禁大吃一惊，因为即使他觉得自己痛得完全蜷缩成一团，他却完全没有想到，他可以会严重受伤乃至流血。可是现在他头上有一个重荷，整个脸面、脖子，衬衫里面的胸脯都湿漉漉的好像有血。他必须到亮处去，以弄清楚自己的情况，也许人家已经把他打成残废了，那么，德拉马什就会很乐意把他一脚踢开，可是他以后该怎么办呢，以后他真的就没有前途了。他想起了大门通道里那个酒糟鼻小伙子，他用双手将脸捂住了片刻。

然后，他情不自禁地转身对着门，向门那边摸爬过去。不一会儿，他便用指尖触摸到一只靴子，后来又摸到一条大腿。这是鲁滨孙，除了他还有谁穿了靴子睡觉的？人家命令他横躺在房门口，以防止卡尔逃跑，可是难道他们不了解卡尔的伤势吗？眼下他根本不想逃跑。他只想到亮处去。既然他出不了门，那么，他也就只好到阳台上去了。

他发现餐桌不在晚上的地方，而是在一个显然完全不同的地方，卡尔当然小心翼翼地接近沙发榻，可是这沙发榻出人意外地空着，他在房间中央却撞上了一堆即便压得紧紧却仍然摞得高高的衣服、被子、帷帘、靠垫和地毯。起先他以为，这只是一小堆，就像他晚上在沙发上看到的那一堆，也许是那一堆滚落到地上来了，但是他继续往前爬时便惊讶地发现，那里堆放着整整一卡车这样的杂物，它们白天存放在箱柜里，如今大概是拿出来供过夜用的。他绕着这堆衣物爬行，不久便看清，整个这一堆合成为一种类似床铺的东西，他小心摸索了一阵后便确信，德拉马什和布鲁娜妲就安睡在这一堆东西的顶上。

现在他终于知道大家都睡在哪儿了，便赶快来到阳台上。这是一个完全不同的世界，于是，在帷帘的外面，他便很快站立起来。呼吸着夜晚的新鲜空气，沐浴着皎洁的月光，他在阳台走了几个来回。他看了看街上，街上一片寂静，酒店里还有音乐声传出来，但声音已经压得很低，门前一个男子在扫人行道，晚上在大众狂暴的喧嚷中，这条街上一个竞选候选人的狂叫简直无法与成千上万其他人的呐喊声区别开来，如今人们却清晰地听见扫帚在石子路面上的嚓嚓声。

相邻阳台上一张桌子的移动声引起了卡尔的注意,有人坐在那儿,正在学习呢。这是一个蓄着一小撮山羊胡子的年轻小伙子,他一边读书一边不停地捻着自己的胡子,嘴唇迅速活动着。他脸对着卡尔,坐在一张小小的摊满了书籍的桌前,他已经将那盏白炽灯从墙上取下来,将它夹在两大本书之间,受到了它那耀眼的灯光的充分照射。

"晚上好。"卡尔说,因为他自以为已发现那个年轻人朝他瞟了一眼。

可是这肯定是他搞错了,因为那个年轻人似乎压根儿还没看见他,将手放在眼睛上方,以便遮挡那强烈的灯光,看清是谁突然向他问好,由于始终什么也看不见,便高高举起那盏白炽灯,想用它也稍稍照亮一下相邻的阳台。

"晚上好,"然后他也说,用敏锐的目光朝那边看了片刻,然后补充说,"有什么事吗?"

"我打扰您了吧?"卡尔问。

"当然,当然。"那人说并将白炽灯重新放回原处。

诚然,说出这样的话来就是拒绝建立任何联系的意思,但是,尽管如此,卡尔却不离开他离此人最近的那个阳台角落。他默默地看着此人读书,翻书页,不时以闪电般迅速的动作拿起另一本书查阅着什么,并不时往一个笔记本里作着笔记。记笔记时,他总是将脸极低地垂向笔记本。

这个人莫非是个大学生?看那样子,他好像在研究什么学问。卡尔坐在家里父母的桌子旁边——这已经是好久以前的事了——写作业的情景跟这没有多大的差别,那时,父亲总是读报或记账和为协会料理信件来往事宜,母亲则做针线活,将线从衣料中高高抽出。为了不妨碍父亲,卡尔只把练习本和文具放到桌上,那些必不可少的书籍他都整理好放在自己左右两边的椅子上。那儿多么安静!多么难得有陌生人到那个房间里来!卡尔在孩提时代就总是喜欢观看母亲傍晚时用钥匙锁上住宅门。她决想不到,现在卡尔竟会落到试图用刀子撬开别人房门这步田地。

他学过的知识都有什么用呀!他全都忘记了,倘若要他在这里继续他的学业的话,他会觉得非常困难的。他回想起,有一回他在家里病了一个月，他费了多大的劲才把耽误的课程补上。现在，除了那本英语商业信函——教科书以外，他已经很久没有读过一本书了。

"喂，年轻人，"卡尔突然听人家在喊他，"您不能待在别的地方吗？您直勾勾地往这边看，搅得我心神不定。半夜两点了，人们总可以要求在阳台上不受干扰地学习一会儿了吧。您要我为您做什么事吗？"

"您在学习？"卡尔问。

"是的，是的。"那人边说边利用这片刻荒废掉的学习时间重新整理了一下他的那些书。

"那我就不想打扰您了，"卡尔说，"我这就回房间里去。晚安。"

那人连吭都没吭一声，在排除了这一干扰之后，他突然敛一敛神又开始学习起来并将额头重重地支在右手上。

这时，卡尔刚到帷帘跟前，却回想起，他究竟是为什么出来的，他根本还不知道自己的伤势如何呢。是什么这么沉甸甸地压在他脑袋上？他伸手一摸，吃了一惊，那儿并不是如他在黑糊糊的房间里所担心的那样，是什么流血的伤口，那只是一块缠头布模样的、仍还一直湿乎乎的绷带。从星星点点垂挂下来的残余花边可以推断出，它是从布鲁娜妲的一件旧衣服上撕下来的，兴许是鲁滨孙将它草草绑在卡尔的脑袋上了。只是，他忘了将它拧干了，于是乎，在他失去知觉的时候，那么多的水便顺着他的脸往下流，流到衬衫里，把卡尔吓了一大跳。

"您还一直在这儿呢？"那人眯起眼睛望着那边问。

"现在我可是真的就要走了，"卡尔说，"我本来只想到这儿来看样东西，房间里一片漆黑。"

"您倒是谁呀？"那人说，将钢笔放进在他面前翻开的书上，走到栏杆旁边，"您叫什么名字？您怎么到这些人这儿来的？您在这儿时间久了吗？您要看什么东西？您拧亮您那盏灯呀，我就可以看见您了。"

卡尔把灯拧亮，却在答话前先把帷帘拉严实了，好让室内的人看不见丝毫亮光。"对不起，"然后他用耳语声说，"我这样轻声说话。假如里面的人听见我，我就又要挨剋了。"

"又要？"那人问。

"是的,"卡尔说,"刚才晚上我就和他们剋了一架。这儿我一定还肿起来一块了呢。"说着,他摸了摸自己的后脑勺。

"你们剋什么架呀?"那人问,见卡尔不马上回答便添上一句,"您受了这帮人的什么委屈,您只管放心对我说好了。因为我憎恨那三个人,尤其是您那位女主人。而且我简直感到惊奇,他们竟然会没有唆使您来攻击我。我叫约瑟夫·门德尔,是大学生。"

"对。"卡尔说,"他们倒是对我讲起过您,但没说什么坏话。您大概给布鲁娜妲太太治过一回病吧,对不对?"

"有这么回事,"大学生笑道,"沙发榻还有那股味道吗?"

"噢,还有。"卡尔说。

"这个我听了高兴,"大学生说,用手掠了一掠头发,"他们为什么打得您起包?"

"我们打了一架。"卡尔边说边思虑着,他该如何向大学生解释这件事。可是随后他却顿住,改口说:"我不打扰您吗?"

"第一,"大学生说,"您已经打扰了我了,而我可惜又很神经质,需要很长时间才会安定下来。自从您在阳台上散起步来,我就再也学不下去了。不过第二,我在3点的时候总是休息一下。您放心讲好了。我也有兴趣听。"

"事情很简单,"卡尔说,"德拉马什要我当他的仆人。可是我不愿意。我恨不得晚上立刻就走呢。他不肯放我走,把门锁上了,我想撬开门,后来就扭打起来了。我真不幸,我现在还待在这儿。"

"您有别的工作了吗?"大学生问。

"没有,"卡尔说,"可是我不在乎这个,我只要能离开这儿就行。"

"您听着,"大学生说,"您不在乎这个?"两人都沉默了片刻。"为什么您不愿意留在这些人身边呢?"大学生然后问。

"德拉马什是一个坏人,"卡尔说,"我从前就认识他。有一回我和他一起徒步行走了一天,后来幸好我不再和他在一起了。现在我倒要在他这儿当仆人?"

"要是所有的仆人挑选自己的主人都像您这样吹毛求疵,那还得了！"大学生似乎含着微笑地说，"您瞧，我白天是售货员，最低等级的售货员，说白了就是蒙特立百货商店里供差遣的仆人。这个蒙特立无疑是个恶棍，但是我对此并不介意，只有当支付给我的报酬太低的时候我才发火。您就拿我作榜样吧。"

"怎么？"卡尔说，"您白天当售货员，夜里学习？"

"是的，"大学生说，"没有别的办法。我什么办法都试过了，这种生活方式还是最好的呢。几年前我是个纯粹的大学生，白天和黑夜里都是，可是我几乎饿死，睡在一间肮脏破旧的棚屋里，身穿我当初的那身西装不敢到教室里去听课。但是这种情况已经过去了。"

"可是您什么时候睡觉呀？"卡尔惊奇地望着大学生问。

"嘻，睡觉！"大学生说，"睡觉我都是在学习完了以后才睡。暂时先喝点黑咖啡。"说罢，他转过身去，从书桌下拿出一只大瓶子来，将瓶里的黑咖啡斟进一只小杯子里，就像吃药尽量少感觉到药味那样把一杯咖啡一下倒进肚里。

"真是妙极了，这黑咖啡，"大学生说，"可惜，您离得这么远，我没法给您递过去一点。"

"我不喜欢喝黑咖啡。"卡尔说。

"我也不喜欢喝，"大学生笑道，"可是没有它我怎么能行呢。没有这黑咖啡蒙特立一刻也不会用我的，我总是对蒙特立说，我精力充沛，尽管此人当然了不解真情。我简直不知道，假如我不是在那里的斜面架里始终准备好和这只一样大的瓶子的话，我将会怎样照看好生意，因为我还从来没敢停止喝咖啡，可是，您完全可以相信我，我不久就会在斜面架后面躺下睡觉的。遗憾的是，人家猜到了，他们在那儿叫我'黑咖啡'，这是一句无聊的玩笑话，肯定已经损害了我的前程。"

"您的学业什么时候结束呢？"卡尔问。

"进展缓慢。"大学生垂下头说。他离开栏杆，又在桌前坐下，胳膊肘支在翻开的书本上，用双手一掠头发，然后他说："可能还要一两年。"

"我也曾想上大学。"卡尔说，仿佛这个情况会赋予他得到更大的信任的权利似的,仿佛现在闷声不响的大学生已经对他证明了这一点似的。

"噢,"大学生说,情况不太清楚,不知道他已经又埋头读他的书了呢还是只是心不在焉地凝视着书本,"幸亏您放弃了上大学。我自己这几年来其实已经只是硬着头皮在上大学。从中我很少得到满足,前途更是渺茫。我会有什么前途呀!美国充斥着假博士。"

"我本来想当工程师的。"卡尔还急切地对着看似已经完全不专心了的大学生那边说。

"现在您却要给这些人当仆人了。"大学生漫不经心地瞥了他一眼说,"这当然使您痛心。"

诚然,大学生的这个结论是一种误解,但是大学生的这种误解也许对卡尔有用。所以他问:"我可不可以也得到一份百货商店里的工作呢?"

这个问题使大学生完全抛开了他的书,他根本没想到,他可以帮卡尔找工作。"您试试吧,"他说,"要不您还是别试的好。我在蒙特立找到了一份工作,是迄今我一生中的最大的成功。倘若要我在上大学和我的这份工作之间作一选择的话,我当然会选择这份工作的。我努力学习,就只是为了可以不必去作这样的选择。"

"在那儿找一份工作有这么难哪。"卡尔更多地是自言自语说。

"啊,您想什么呀,"大学生说,"在这里当区法官比在蒙特立当开门员还容易。"

卡尔沉默不语。这个大学生,此人比他有经验多了,此人出于某种卡尔尚还不清楚的原因憎恨德拉马什,相反,对卡尔则肯定不抱任何恶意,这个大学生竟说不出一句鼓励卡尔离开德拉马什的话来。而且他还根本不知道卡尔有受警察威胁的危险,他只有在德拉马什这儿才多少受到保护可以免受警察威胁。

"晚上您看见下面的游行了吧,对不对?如果不了解情况的话,就会以为,这个候选人,他叫罗伯特,很有希望当选,或者他至少在可供考虑之列,是吧?"

"我对政治一窍不通。"卡尔说。

"这是一个错误,"大学生说,"但是撇开这点不谈,您有眼睛和耳朵嘛。那个人毫无疑问曾经有过朋友和敌人,这一点您不会没有觉察到的。现在您想一想,依我看,这个人丝毫没有当选的希望。碰巧我知道他的底细,有一个住在我们这儿的人认识他。他不是一个无能之辈,按他的政治观点和政治经历来看,他恰好是区里合适的法官。但是没有人认为他会当选,他将和许多别人一样,堂而皇之地落选,他将会为竞选活动破费掉一笔钱,如此而已。"

卡尔和大学生相对默视了片刻。大学生点头微笑,用一只手揉了揉疲倦的眼睛。

"嗯,您还不去睡觉?"然后他问,"我也不要学习了。您看,我还有多少东西要学。"说罢,他迅速将半本书翻阅一下,为了让卡尔明白,还有这么多功课等着他去完成呢。

"那就晚安了。"卡尔一欠身说。

"有空您就到我们这边来坐坐,"大学生说,他已经又坐在桌子旁边了,"当然只是在您有兴趣的时候。这儿总是很热闹的。晚上九点至十点,我也有时间,可以和您说说话。"

"那么您是劝我留在德拉马什这儿啰?"卡尔问。

"一定留下。"说着,大学生就埋头读起书来,就仿佛根本不是他说了这句话,像是由一个比大学生的那个声音更深沉的声音讲出来似的,这句话还在卡尔的耳边回响着。他慢慢走向帷帘,还瞥了一眼大学生,只见大学生现在一动不动,为一片漆黑所包围,坐在他的灯光下,然后才溜进房间里去。他受到三个睡者联合鼻息声的接待。他沿墙寻找沙发榻,当他找到它时,他便心安理得地伸展四肢躺在它上面,似乎这就是他的惯常的床铺。既然了解德拉马什底细、谙熟当地情况并且又是一个受过教育的大学生劝他留下,眼下他也就没什么顾虑了。像大学生这样的崇高的目标他没有,谁知道,他在家里是否会成功地学完大学里的功课,如果这件事在家乡都似乎根本不可能实现,那么,谁也不能要求他在这儿异乡做到这一点。但是找到一份工作,作出一点成绩,让自己的成绩得到承认,他的这个希望肯定是更大了,如果他暂时接受在德拉马什这儿当仆人这份差事,并在这个安全港里耐心等待着有利时机的话。这条街上似乎有许多中、低等档次的办事处,一旦需要用人,它们在挑选员工方面也许不会过分挑剔。万不得已时,他倒也乐意当个商号里的听差,但是毕竟根本并不完全排除录用他去干纯粹办公室工作的可能性嘛,他也可以像那个他今天早晨穿过那些庭院时见到的那个职员那样,当个办公室职员坐在写字台前,无忧无虑地从敞开着的窗户里眺望一阵街景。当他闭上眼睛时,他便安然地想到,他还年轻,德拉马什总有一天会放他走的,这个家看上去也确实不像是个永远不散的筵席。可是如果卡尔在一家办事处得到一份这样的工作,那么,他就别的事一概不管,他就要一心扑在办公室工作上,不想象大学生那样分散精力。如果有必要的话,他也愿意把夜晚的时间用在工作上,由于他商业知识贫乏,人家反正也会这样要求他的。他会一心只想着他所服务的那家商号的利益,乐意承担各种工作,甚至包括那些别的职员认为有失自己身份而不屑于去干的工作。他满脑瓜子都转悠着这些美好的决心,仿佛他未来的上司就站在沙发榻前并从他的脸上看出他的这些决心似的。

卡尔转悠着这样的念头入睡,只是在刚朦朦胧胧地进入半睡状态时,他才受到布鲁娜妲一阵大声呻吟的惊扰,她显然受噩梦的折磨,在自己的铺位上翻来滚去。

俄克拉荷马①露天剧场

卡尔在一个街角上看见一张广告牌，上面写着："今天从早晨六点至午夜在克莱顿②赛马场为俄克拉荷马大剧场招聘职工！俄克拉荷马大剧场在呼唤你们！它只在今天呼唤，只呼唤一次！机不可失，时不再来！谁憧憬未来，谁就是我们的一员！每一个人都受欢迎！谁想当艺术家，请报名吧！我们剧院可以让每个人都有用武之地！谁选中了我们，我们当即在此向他祝贺！但须从速，赶在午夜前报到！12点一切关闭，不再开启！谁不相信我们，谁就活该倒霉！到克莱顿来吧！"

广告牌前虽然站着许多人，但是它似乎没有引起人们多大的兴趣。有那么多的广告牌，广告牌没人信了。何况这张广告比一般的广告更令人难以置信。不过它主要是有一个大毛病，广告词中对报酬只字未提。哪怕报酬只要有那么一点儿值得一提，广告肯定就会提及的，它不会把最吸引人的东西忘掉的。艺术家没人愿意当，但是人人都愿意为自己所做的工作得到报酬。

但是对于卡尔来说，这则广告却有一个很大的吸引力。"每一个人都受欢迎"，广告说。每一个人，当然也包括卡尔。他迄今为止所做的一切都被忘却，没有人会因此而指责他什么。他可以申请找一份工作，这不是卑贱低下的工作，这是人家可以公开招聘的工作。人家也会接受他的，这也是同样公开允诺了的嘛。他没有什么更高的要求，只想最终找到一个规矩正派的职业生涯的起点，而这里也许显示出了这个起点。哪怕广告上所有冠冕堂皇的话都是谎言，哪怕这俄克拉荷马大剧院可能

---

① 美国南部的一个州。
② 美国的一个小城市。

是一个小流动马戏团,它想招聘人,这就足够了。卡尔没有第二遍读广告,却又一次把"每一个人都受欢迎"这句话寻找出来。起先,他想步行到克莱顿去,但是那就要吃力地行走3个小时,于是他也许恰好就赶上听到消息说别人已经占去了所有可提供的职位。诚然,按广告牌上所说,待聘者的数目不受限制,但是所有这类征聘广告都是这样撰写的。卡尔认识到,他要么放弃应聘,要么就坐车去。他大略计算了一下自己的钱,不乘这趟车,手头的钱够他花八天,他将那些小硬币放在掌心里推来移去。一位已经观察他良久的男士拍拍他的肩膀说:"愿您去克莱顿多多走运。"卡尔默默点头,继续盘算着。但是他很快便当机立断,划出乘车需用的钱,向地铁走去。当他在克莱顿下车时,他马上听见许多喇叭的嘈杂声。那是一片乱糟糟的嘈杂声,那些喇叭互相不配合,吹起来毫无顾忌。可是卡尔听来并不觉得心烦,这倒是向他证明了,俄克拉荷马剧院是一家大企业。但是当他走出站台,眺望眼前的整座设施时,他看到,一切都比他所能想象得出来的还要大,他不明白,一家企业怎么会仅仅为了招聘人员就花费这么大的开支。赛马场入口处前搭了一个长而矮的平台,有几个妇女穿扮成天使模样,身上裹着白布背上插着大翅膀,在平台上吹着长长的、闪着金光的喇叭。可是她们并不是直接站在平台上,而是每人都站在一个脚踏上,而这个脚踏却是看不见的,因为天使服那飘动的长袍把脚踏全裹住了。由于那些脚踏都很高,有的可能高达两米,妇女们的形态看上去十分魁伟,只是,她们的小脑袋和魁伟的身材显得有点不相称,她们那松散的头发披在肩上,在大翅膀之间显得太短而且几乎滑稽可笑。为了不致显得形式单调乏味,人们使用了高矮不一的脚踏。有很矮的女人,不比真人高出多少,但是她们身边的其他女人却耸立得很高很高,高得简直让人以为轻轻刮一阵风她们就有被吹倒的危险。所有这些女人都在吹喇叭。没有很多听众。在这些硕大的身形的映衬下,十来个小伙子在平台前小模小样地走来走去,仰脸望着那些妇女。他们相互指指这个女人或指指那个女人,可是他们似乎没有进去应聘的意思。只看见唯一的一个上了年纪的男子,他站得稍远些。他当即把他的妻子和童车里的一个孩子也带来了。那妇人用一只手扶住童车，她用另一只手搭在那男人的肩膀上。他们虽然欣赏这表演，但是人们看得出，他们感到失望。他们大概也期待着找到一个谋职的机会，可是他们对这样吹喇叭却感到迷惑不解。卡尔颇有同感。他走近到那男人的身旁，听了一会儿喇叭，然后说："这里就是俄克拉荷马剧场的接待处吧？"

"我也这么以为，"那男人说，"可是我们已经在这里等候了几个小时，除了喇叭声外什么也没听见。哪儿也看不见广告牌，哪儿也不见有人来公布什么，哪儿也没有人提供什么信息。"

卡尔说："也许人们等着多来点人呢。这儿确实人还很少。"

"可能是的。"那人说，他们又不吭声了。在嘈杂的喇叭声中听人说话，这也真难。可是后来妻子对她丈夫悄悄说了些什么，他点点头，于是她马上朝着卡尔喊道："您不能到那边赛马场去问一问，招聘在哪儿进行呀？"

"能，"卡尔说，"可是我得越过平台，从天使们之间穿过去。"

"这有那么困难吗？"那女人问。

她觉得这几步路对卡尔来说轻而易举，可是她却不愿意派她的丈夫去问。

"那好吧，"卡尔说，"我这就去问。"

"您真是个大好人。"那女人说，她以及她的丈夫都和卡尔握手。

小伙子们走拢过来，以便从近处看卡尔怎样爬上平台。好像那些女人吹得更响了，这是在向第一个谋职者表示欢迎。可是卡尔恰恰从其脚踏旁边走过的那些女人却甚至从嘴上放下喇叭，向一边弯下身子，注视着他的行踪。卡尔看见一个男人在平台的另一头焦灼不安地来回踱步，此人显然只等着人来，他就可以向他们提供他们希望得到的各种信息。卡尔正想向他走去，却听见有人在自己头顶上喊自己的名字。

"卡尔！"天使喊道。卡尔抬头望去，惊喜地笑了起来。那是法妮。

"法妮！"他边喊边向上挥手致意。

"你来呀！"法妮喊，"你别不声不响就从我身边溜过去呀！"说罢，她撩开长袍，露出脚踏和一道通往上面的狭窄的梯级。

"允许我上来吗？"卡尔问。

"谁要禁止我们互相握握手呀！"法妮边喊边愤怒地环顾四周，看是否已经有人要来下这个禁令。而卡尔却已经登上梯级。

"慢点！"法妮嚷嚷，"这脚踏和我们俩都会翻倒的！"可是没事儿，卡尔平安无事地登上最高一级。"你看，"他们相互问候完毕后，法妮说，"你看，我得到了一份什么样的工作。"

"这工作不错。"卡尔说，并环顾四周。附近的所有女人都发现了卡尔并吃吃地笑。"你几乎站得最高。"卡尔边说边伸出手去衡量别人的高度。

"你从地铁站一出来，"法妮说，"我马上就看见你了，但是可惜我在这里的最后一排，别人看不见我，喊我也不能喊。我虽然特别大声地吹喇叭，但是你没认出我来。"

"你们吹得都很蹩脚，"卡尔说，"让我吹吹看。"

"那敢情好啊，"法妮边说边把喇叭递给他，"可是你别打乱了合奏，要不人家会解雇我的。"

卡尔开始吹喇叭。他曾以为，这是一个制作粗糙的喇叭，专门用来吹嘈杂的喇叭声的，可是事实上这是一件几乎可以吹出任何一首优美乐曲的乐器。如果所有乐器都具有同样的质量，那么它们真是大大地被糟蹋了。卡尔不受别人的嘈杂声的干扰，大声吹出一首他在某家酒店里听到过的歌曲。他感到高兴，因为他遇到了一位老女友并且在这儿受到可以吹喇叭的特殊优惠，也许一会儿还能得到一份好的差事。许多女人停止吹奏，仔细倾听，当他突然停吹时，几乎只有不到一半的喇叭还在吹，完整的嘈杂合奏声渐渐地才又重新形成。

"你简直是个艺术家，"当卡尔将喇叭还给她时，法妮说，"让他们雇你当吹喇叭的吧。"

"难道也雇用男人吗？"卡尔问。

"是的，"法妮说，"我们吹两个小时。然后身穿魔鬼衣服的男人们便来接替我们。一半人吹喇叭，一半人击鼓，好看极了，整个服装道具压根儿就非常昂贵。我们的衣服不是也很漂亮吗？还有翅膀呢？"她顺着自己身上往下看。

"你以为，"卡尔问，"我也还会得到一份工作吗？"

"肯定会的，"法妮说，"这是世界上最大的剧场。多巧呀，我们又聚在一起了！当然这要看你干什么工作。即使我们俩都在这里受雇用，我们也很可能互相根本见不到面呢。"

"难道这整个剧院确实有这么大吗？"卡尔问。

"这是世界上最大的剧院，"法妮重复道，"我自己虽然还没有见过它，但是我的某些已经去过俄克拉荷马的同事说，它几乎无边无际。"

"可是来报名的人不多。"卡尔指着下面的小伙子们和那个小家庭说。

"这是真的，"法妮说，"但是你想想，我们在所有城市都招募人，我们的招募队不停地旅行，而且这样的招募队还有许多个呢。"

"难道这个剧场还没有开张吗？"卡尔问。

"噢，是的，"法妮说，"这是一个旧剧场，但是它在不断扩大。"

"我感到奇怪，"卡尔说，"居然没有多少人争先恐后地来报名。"

"是的，"法妮说，"这真奇怪。"

"也许，"卡尔说，"这么一搞天使和魔鬼没把人吸引来，反倒把人吓跑了。"

"亏你想得出来！"法妮说，"不过这也有可能。你把这话去跟我们的头儿说吧，也许你这主意能帮他的忙呢。"

"他在哪里？"卡尔问。

"在赛马场，"法妮说，"在评判台上。"，

"这也使我感到奇怪，"卡尔说，"招募为什么在赛马场上进行呢？"

"哟，"法妮说，"我们到处都作好最充分的准备，以迎接最拥挤的人群。赛马场地方宽敞，所有平时进行赌赛的小隔间里都设立了招募办事处。据说共有两百个各种各样的办事处呢。"

"可是，"卡尔嚷嚷，"俄克拉荷马剧场有这么大的收入去维持这样的招募队吗？"

"这和我们有什么相干呢？"法妮说，"可是你去吧，卡尔，别耽

误了事儿,我也又要吹了。无论如何也要想办法在这支招募队里谋一个职位,然后马上就来把这个消息告诉我。记着,我焦急不安地等着你的消息呢。"

她和他握手,提醒他下去时小心,又把喇叭搁到唇边,但是没看到卡尔安全到达下面地上就不吹。卡尔又把披巾铺在梯级上,使其恢复原样,法妮点头致谢,卡尔一边反复揣摩着刚才听到的话,一边向那个早已看见卡尔在上面法妮那儿并已走近脚踏来迎候他的男人走去。

"您想加入我们的队伍?"那人问,"我是这支招募队的人事科长,我欢迎您。"他不断像是出于礼貌似的微微向前弯下身子,一跳一蹦,虽然他没有离开原地,抚摩着自己的表链。

"谢谢,"卡尔说,"我读过贵公司的广告牌,如今按广告上的要求来报名。"

"非常正确,"那人赞许地说,"可惜这里并非每个人的态度都这么正确。"

卡尔想到,现在他可以提醒这个人注意,招募队的这些招人手段可能恰恰因其宏伟壮丽而失灵了。可是他没说,因为此人根本就不是招募队的头儿,况且,他根本还没被录用马上就提出什么改进工作的建议,这种做法不怎么可取。所以他只说:"还有一个人在外面等着呢,他也想报名,是他派我先来打听情况的。现在我可以去把他叫来吗?"

"当然可以,"那人说,"多多益善嘛。"

"他还带着一个妻子和一个童车里的小孩。也要他们来吗?"

"当然,"那人说,似乎在笑卡尔的多疑,"所有的人我们都用得着。"

"我马上就回来。"说着,卡尔又跑回到平台边上。他向那对夫妇招手并大声说,所有的人都可以来。他帮着把童车抬到平台上,于是他们便一起走。那群小伙子看到这情景,互相商量了几句,便双手插在裤兜里,直到最后一刻还犹豫不决地、慢慢登上平台,终于跟着卡尔和那一家人走去。这时,正好有新的乘客从地铁车站里出来,他们一见那天使平台惊讶地抬起了胳膊。不管怎么说,谋职申请活动似乎变得更加活跃起来了。卡尔非常高兴,他高兴自己也许是第一个来这儿的人,那对夫妇忧心忡忡,提出各种问题,询问是否会提出很高的要求。卡尔说,他还不了解任何具体情况,但是他确实有这么一个印象,好像每个人都会毫无例外地被录用,说是他相信,大家完全可以放心。人事科长已经在向他们迎面走来,很满意来了这么多的人,搓了搓手,向每个人都微微一鞠躬表示问好并将他们所有的人都排成一行。卡尔在排头,然后是那对夫妇,以后才是其余的人。当他们都排好队后——小伙子们起先挤成一团,乱过一阵后他们那儿才平静下来——喇叭声才停下,人事科长便说:"我以俄克拉荷马剧场的名义向诸位表示欢迎。你们来得早(可是明明已经快到中午了),报名的人还不很拥挤,所以录用你们的手续很快就会办妥的。你们大家当然都带了身份证了。"

小伙子们立刻从衣兜里掏出一些证件来,拿着它们朝人事科长摇晃,那位丈夫捅了一下他的妻子,妻子当即从童车的羽绒被褥下掏出一整捆证件来。卡尔却什么证件也没有。这会妨碍他被录用吗?不过,卡尔凭经验知道,只要有一点决心,这类规定还是容易绕过去的。这不是没有可能。人事科长审视全排人,查明大家都有证明,由于卡尔也将手,当然是只空手,举了起来,他便以为,卡尔也证件齐全。

"就这样吧,"人事科长然后说并向那些现在就想马上要他检查证件的小伙子们挥了挥手,"现在到招募办事处去检查证件。你们已经从我们的广告牌上看到,我们可以录用每一个人。可是我们当然必须知道他迄今干过什么工作,以便我们给他安排一个合适的差事,发挥他的专长。"

"这可是一座剧场呀。"卡尔疑惑地思忖着并仔细地倾听。

"所以我们,"人事科长继续说,"在赛马经纪人小屋里开设了招募办事处,每一个办事处分管一类职业。现在你们当中的每一个人都把各自的职业告诉我,家眷一般来说跟着丈夫的职业走。然后我领你们到办事处去,在那里先检查你们的证件,然后再考核你们的专业知识,这只不过是一场非常简短的考查,谁也不必害怕。你们会在那里立刻被录用并将得到进一步的指示。让我们开始吧。这儿,第一办事处,牌上写着呢，只限于招工程师。你们中间也许有谁是工程师吗？"卡尔应声报名。他以为，正因为他没有证件，他就必须力争尽快办完一切手续，这小小的报名权他也是有的嘛，因为他是曾经想当工程师的呀。可是当那帮小伙子看到卡尔报名时，他们忌妒了，也就都报了名，大家都报名。人事科长拉长了脸对小伙子们说："你们是工程师？"这时他们才把手慢慢地放下来，而卡尔却不改初衷。人事科长虽然用怀疑的目光看着他，因为他觉得卡尔穿得太寒碜，也太年轻，不可能是工程师，但是他没说什么，也许是出于感激吧，因为至少在他看来是卡尔把这些应聘者领进来的。他仅仅是用邀请的手势向办事处那边指了指，卡尔当即走过去，人事科长则转过身去招呼其他人。

在工程师招聘办事处，有两位先生坐在一张方桌的两侧，比较着两份摆在他们面前的大表册。一个朗读，另一个在他那份表册上划线标出已读过的名字。当卡尔边问候边向他们跟前走去时，他们立刻将表册放到一边，拿出另外的大登记簿来并将它们打开。

显然只是记录员的那一个说："请出示您的身份证。"

"可惜我没带在身上。"卡尔说。

"他没带身份证。"记录员对另一位先生说并立刻将这个回答登记在登记簿上。

"您是工程师？"然后另一个人问，此人似乎是办事处的领导。

"我现在还不是，"卡尔赶快说，"但是……"

"够了，"那先生出口更快，"那您就不属于我们这儿管。我请您注意标牌。"卡尔咬紧牙齿，那先生准是看出来了，因为他说："不必担心。所有的人我们都用得着。"说罢，他把在栅栏之间无所事事地走来走去的仆人中的一个招呼过来，说："您领这位先生到技术人员招募处去。"

仆人按字面的意义理解这道命令，拉住了卡尔的手。他们穿行于许多小隔间之间，卡尔已经在一个隔间里看见了小伙子中的一个，他已经被录用，正在和那里的先生们握手向他们致谢。卡尔被领进一间招募处，在这间招募处里，正如卡尔已预料到的，事情的经过与第一间招募处的相类似。只是，由于人们听说他上过一所中学，人们就由此处把他送进曾上过中学者招募处。可是当卡尔在那儿说，他上过一所欧洲的中学，那儿的人也声明无权受理，让他到欧洲中学生招募处去。那是最靠边上的一个隔间，不仅比所有其他的都小，而且甚至还矮。把他领到了这儿来的那个仆人对这番长途跋涉和频频遭拒绝感到愤怒，他认为这全是卡尔一个人的过错。他不再等待提问，而是立刻扭头就走了。这个招募处大概也是最后的庇护所了。当卡尔一眼瞥见招募处主任时，他对此人酷似一个也许现在还在家乡一所实科中学教书的教授几乎感到大吃一惊。诚然，正如很快就表明的那样，只在个别部分存在容貌的相似之处，但是那副架在宽大鼻梁上的眼镜，那部金黄色的、像一件珍玩那样保养得很好的络腮胡子，那微微弯曲的后背以及那总是出其不意爆发出来的响亮的噪音使卡尔还惊讶不已了一些时光。幸好他也不必非常专心致志，因为这里办手续比在别的招募处简单多了。这里虽然也把他没有身份证登记在案，招募处主任称这是一种不可思议的疏忽，但是在这里占上风的记录员很快略过这一点，在主任提过几个简短的问题之后、正要提出一个比较重大的问题的时候就宣布卡尔已经被录用。主任张着嘴向记录员转过身去，记录员却作了一个最后总结性的手势，说了声"录用了"并且也立即将这一决定登记入册。记录员显然是认为，是一名欧洲中学生，这已经就是某种十分可耻的事情了，所以谁声称自己是，旁人尽管可以放心地相信他的话。卡尔本人对此没什么好反对的，他向他走过去，想感谢他。但是当人们现在问他的名字时，他还迟疑了片刻。他没有马上回答，他羞于说出并让人登记上他的真实名字。只要他在这里哪怕只是得到最卑微的职位并圆满地履行职务，那时人们就可以知道他的名字，可是现在不行，既然他已经隐姓埋名这么久了，现在也大可不必泄露出真名来。由于他一时想不出别的名字来，所以他就说了个他在最近几个工作岗位上用的名字："内格罗。"

"内格罗？"主任问，摇摇头并做了一个鬼脸，仿佛卡尔现在已经达到了难以置信的顶点。记录员也用审视的目光凝视了卡尔片刻，但是随后他重复了一遍"内格罗"，便将这名字登记上册。

"您记的不是内格罗吧?"主任斥责他道。

"是,是内格罗。"记录员心平气和地说,还做了一个手势,仿佛是在说,下面就是主任的事了。主任倒也克制住了自己,站起来,说:"您被俄克拉荷马剧场——"可是下面的话他说不出口,他不能做违背自己良心的事,便坐下,说道:"他不叫内格罗。"

记录员竖起眉毛,亲自站起来说:"那我就通知您,您被俄克拉荷马剧场录用了,现在让人来把您介绍给我们的领队。"

又喊来了一个仆人,这仆人将卡尔带到评判台。

在下面梯级旁边,卡尔看见了那辆童车,这时恰好那对夫妇也下来,女人怀里抱着孩子。

"您被录用了吗?"那男人问,他比先前活跃多了,那女人也喜滋滋地望着他。当卡尔回答说,他刚才被录用了,现在去面见领队,那男人便说:"我祝贺您。我们也被录用了。这似乎是一家好企业,当然人们不可能马上就了解全部内情,哪儿也都是这样嘛。"他们还相互道了一声"再见",卡尔就登上评判台。他慢慢行走,因为上面那个小房间里似乎挤满了人,他不想挤进去。他甚至站住脚,眺望整座大赛马场,它向四面八方伸展出去直达远处树林。他陡生兴致,想看一场赛马,他在美国还从未有过这样的机会。小时候在欧洲,他曾被带去看过一场跑马比赛,但是什么也记不得了,只记得是母亲拉着他从那些不肯让路的人中间穿过去的。其实他根本还没看过赛马。这时他听见背后有台机器哒哒地响起来,他转过身去,看到在赛马时公布优胜者名字的仪器上现在正向上升起如下的字样:"商人卡拉以及妻子和孩子。"原来这里正在向各办事处通知被录用人的名字。

这时恰好有几位先生手里拿着铅笔和笔记本,互相热烈交谈着从梯级上走下来,卡尔贴着栏杆,让他们走过去,随后便拾级而上,因为上面已经有空位子了。在用木头栏杆围起来的平台的一个角落里——整个平台看上去就像一座狭窄塔楼的平坦的屋顶——坐着一位先生,他的双臂沿着木栏杆伸出,一条白色绸带横贯胸前,上面写着:"俄克拉荷马剧场第十招募队领队"。他身旁的一张小桌上放着一台肯定也是赛马时使用的电话机，领队显然在介绍前就用它了解了每一个求职者的必要的情况，因为他起先根本不向卡尔提什么问题，而是对一位双腿交叉、手托下巴靠在他身边的先生说："内格罗，一个欧洲中学生。"仿佛此话一出口正在深深鞠躬的卡尔的事对他来说便已谈妥了似的，他顺着梯级往下看，看是否又有人上来，但是由于没有人上来。他有时就仔细倾听另一位先生与卡尔进行的谈话，但是通常都是俯视赛马场，用指尖敲打着栏杆。这些细嫩而有力、修长而快速活动着的手指不时吸引了卡尔的注意力，虽然他需忙着和另外那位先生周旋。

"您原先没有工作？"这位先生先问。这个问题，以及几乎所有他提出的其他的问题，都非常简单，完全不会使人为难，而且没有用插入提问来对回答进行复核。但是，尽管如此，这位先生却善于以其睁大着眼睛说出那些问题，前倾着上身观察它们的效果，低垂着脑袋听取并不时大声重复那些答话的那种方式赋予那些问题以一种特殊的意义，人们虽然并不懂得这种意义，但是，对它的预感却不免使人变得小心和拘谨。经常出现卡尔急切想收回已作出的答复，想用另一个也许会更受欢迎的答复去取而代之的情况，但是他一直还在克制着自己。因为他知道，这样动摇不定势必会给人留下多么坏的印象，况且答复的效果通常都是何等的难以揣摩。可是这当儿，他的被录用似乎已成定局，这一意识增强了他的信心。

他是否失业这个问题，他用一句干脆利落的"是的"作了回答。

"您最后受雇于哪儿？"那先生然后问。卡尔正要回答，那先生却举起食指，再次说："最后！"

卡尔已经正确理解了第一个问题的意思，便一晃脑袋毅然决然回答说："在一家办事处。"

这倒还是句真话，可是如果这位先生要求进一步了解办事处的性质，那么他就只好撒谎了。可是那位先生没有那样做，而是提了个轻而易举就可以完全如实加以回答的问题："您在那儿满意吗？"

"不！"卡尔嚷嚷，几乎是打断了对方的话。卡尔斜眼一瞥，看到领队面带一丝微笑。卡尔后悔自己对最后这个问题回答得欠考虑，但是他实在经受不住引诱,所以情不自禁地就喊出了这个"不"字,因为在整个儿最后那段工作时期里他只有一个夙愿,只盼着会有某个陌生的雇主走来向他提出这个问题。但是他的回答可能还会带来另外一个不利情况,因为这位先生可能会问,他为什么不满意。然而,他没问这个,却问:"您觉得自己适合于干什么工作?"这个问题可能确实是个圈套,因为既然卡尔已经被录取当演员了,干吗还提这个问题呢?可是虽然他明明认识到了这一点,他却仍然可能会克制不住自己而声言,他觉得自己特别适合干演员这一行。所以他绕过这个问题,冒着会显得自己倔强的危险说:"我在市里读了广告牌,因为那上面写着,剧场用得着每一个人,所以我就报了名。"

"这个情况我们知道。"那先生说,说罢就沉默不语并由此表明,他坚持他原先提出的问题。

"我已经被录用当演员。"卡尔犹豫不决地说,想让那位先生明白,最后的这个问题使他陷入了困难境地。

"这是对的。"那先生说,说罢又沉默不语了。

"不,"卡尔说,已经找到一个职位的全部希望动摇了,"我不知道,我是否适合演戏。但是我愿意努力,尽力去完成委派给我的一切任务。"

那位先生向主任转过身去,两人点点头,卡尔似乎回答对了,他又鼓起了勇气,振作起精神等待下一个问题。这个问题就是:"您本来想学什么专业?"

为了将这个问题表述得更准确——这位先生始终非常看重表述的准确——他补充说:"我是指在欧洲。"说罢,他将手从下巴放下,做了一个轻微的手势动作,仿佛他想以此同时暗示,欧洲多么遥远,在那里构思的计划多么无关紧要。

卡尔说:"我本来想当工程师。"这个回答虽然违背他的本意,在充分意识到自己迄今在美国的职业生涯的情况下重新提起他曾经想当工程师这件往事,这是荒谬的嘛——即便是在欧洲难道他就会当上工程师了吗?——但是他恰好一时找不到别的答案,所以就这么说了。

但是那位先生对这件事很认真,他对什么事都很认真。

"嗯，工程师，"他说，"您大概也不是马上能当得上的，不过也许您可以暂时先做些低级一点的技术工作。"

"当然。"卡尔说，他很满意，虽然他接受这个建议就从演员身份转到技术工人的行列中去了，但是他确实认为，他干这工作能干得更出色。况且，这一点他一再在心里默默念叨，做什么样的工作并不很重要，重要的是压根儿在某个地方长期站稳脚跟。

"您身体强壮，干得了比较重的活儿吗？"那先生问。

"噢，是的。"卡尔说。

随后，那先生便让卡尔走近自己身边并摸一摸他的胳臂。

"这是一个身体强壮的小伙子。"然后他边说边拽住卡尔的胳臂把他拉向领队。领队微笑着点点头，仍然安坐着没有直一直身便把手递给卡尔说："那我们就谈妥了。一切还要在俄克拉荷马复核。您要为我们的招募队争光！"

卡尔鞠躬告退，然后他也想向另外那位先生告别，可是此人却仿佛自己的工作已经完全结束了似的，脸朝着天，已经在平台上来回踱起步来了。就在卡尔下去的当儿，梯级旁边的告示牌上升起告示："内格罗，技术工人。"

由于这里的一切进行得井然有序，所以倘若告示牌上亮出他的真名，卡尔也不会再对此表示多大遗憾的了。甚至一切都安排得极其认真细致，因为还在梯级下端卡尔就已经受到一个仆人的迎候，此人将一条臂章系在他的胳臂上。卡尔随后抬起胳臂，想看清臂章上写着什么，这时，他看到，那上面一字不差赫然印着"技术工人"的字样。

可是不管卡尔会被带到哪儿去，他都想先告诉一下法妮，一切进行得多么顺利。但是令他感到遗憾的是，他从仆人那儿获悉，天使们和魔鬼们都已开赴招募队的下一个招募地点，为招募队第二天到达那儿做宣传去了。

"可惜，"卡尔说，这是他在这家企业所经历的第一次失望，"天使中有我的一个女友。"

"您会在俄克拉荷马再次见到她的，"仆人说，"可是现在您来吧，您是最后一个了。"

他带领卡尔沿着方才天使们站过的平台的后侧走去，现在那儿只剩下空落落的脚踏了。但是事实证明，卡尔认为没有天使们的音乐就会有更多的人来求职的这个看法并不正确，因为现在平台前面根本就没有成年人了，只有几个孩子在争抢一根长长的白色羽毛，它可能是从一只天使的翅膀上掉落下来的。一个男孩将它高高举起，别的孩子们则想用一只手摁下他的头，用另一只手去抓那根羽毛。

卡尔指指那些孩子，仆人却目不斜视地说："您走快点吧，拖了很长时光您才被录用。莫不是人家有怀疑？"

"我不知道。"卡尔惊讶地说，可是他不相信会有这样的事。哪怕事情已经再明白也不过了，却总还会有人杞人忧天。但是当他们来到大看台，看到那副赏心悦目的景象，卡尔很快便忘掉了仆人的那句话。原来这个看台上有一张又大又长的条凳，上面铺着一块白布，所有被录用的人背对着赛马场坐在依次矮一级的条凳上并受到款待。大家都兴高采烈、情绪激昂，恰好就在卡尔作为最后一个悄悄在条凳上坐下的时候，许多人高举酒杯站起来，一个人向第十招募队领队祝酒，在祝酒词中称他为"谋职者之父"。有人让大家注意，说是大家从这儿看台上也能看见领队，果然大家都看见了在不太远处的评判台和那两位先生。于是，大家就向这个方向挥动酒杯，卡尔也拿起放在他面前的酒杯，可是不管他们怎样大声呼喊，不管他们怎样试图让人家注意自己，评判台上就是没有丝毫迹象表明人家看到了或者起码是愿意看到这欢呼喝彩的场面。领队依然靠在角落里，另外那位先生站在他旁边，手托着下巴。大家怏怏然又坐下，时不时还有人向评判台转过身去，但是不久人们便一心一意吃起这顿丰盛的饭来了。仆人们用盘子托着卡尔见都从来没有见过的大块禽肉，带着许多叉子的松脆喷香的烤肉穿梭往来，仆人们还一再给大家斟酒——大家几乎都没有察觉，大家都低着头吃自己碟子里的肉呢，酒杯里红葡萄酒溢流——谁不愿意和大家一起神侃，谁就可以看俄克拉荷马剧场的风光图片，它们摆在长条餐桌的一端，可以互相传着看。然而，人们并不很在意这些图片，于是乎，传到卡尔，这最后一个人手里的，竟然只有一张图片。可是从这张图片可以推断出，所有图片一定都值得一看。这张图片照的是美国总统包厢。第一眼看上去，人们会以为这不是一间包厢，而是舞台，因为护墙成弓形向空荡的空间远远伸出。这道护墙的各个部分都是包金的。在各个像是用最精致的剪刀剪出来的小柱子之间并排安放着历届总统的嵌在圆形框架里的画像。其中一个长着一个显眼的塌鼻子，两片向外翻起的嘴唇，隆起的眼皮下嵌着一双呆滞下陷的眼睛。包厢四周，从各个侧面和顶上，都有灯光照射，白色而柔和的灯光照亮着包厢的前部，而包厢的后部，则在沿着整个边缘垂挂下来并用绳索缩着、闪耀着多层次红光、起着皱褶的天鹅绒的后面，看上去就像一片幽暗的、闪着浅红色光的空间。人们几乎无法想象出这个包厢里的人是什么样子，一切看上去都显得很有自我意识。卡尔没忘记吃饭，但仍不时观看那张已被他放到他的碟子旁边的图片。

他巴不得最后至少能再看到一张其余的图片，可是自己去取他又不愿意，因为一个仆人用手摁住那些图片，次序是必须遵守的，所以他试图通观餐桌以断定，是否还有一张图片正在传过来。这时，他惊奇地发现——起先他根本不相信——在这些深深躬着腰吃饭的人当中有一张熟识的面孔：吉阿科莫。他立刻向他奔走过去，"吉阿科莫！"他喊道。

吉阿科莫一如既往，遇到意外事总腼腼腆腆，他放下刀叉站起身来，在条凳间的狭窄空间里一转身，用手抹了抹嘴，一看是卡尔便高兴得不得了，请卡尔坐到自己身边来，一会儿又自告奋勇要到卡尔座位那边去，他们互相有许多话要说，愿意永远待在一起。卡尔不想妨碍别人，所以大家应该暂时各自待在自己的位置上吃，这顿饭马上就要吃完，然后他们自然就要永远互相帮助。但是卡尔仍还待在吉阿科莫身旁，只是为了好好看看他。对往事的回忆一齐涌上心头！女厨师长在哪里？特蕾泽在干什么？吉阿科莫自己的模样几乎一点儿也没有变，女厨师长曾说他在半年内一定会变成一个体格强壮的美国人，这个预言没有应验，他和从前一样柔弱，面颊和从前一样凹陷，不过眼下它们倒是圆鼓鼓的，因为他嘴里嚼着一大口肉，正在把多余的骨头慢慢剔出来，然后将它们扔进碟子里。卡尔从他的臂章上可以看出，吉阿科莫也不是被录用当演员，而是当开电梯工,俄克拉荷马剧场似乎真的用得着每一个人!入神地看着吉阿科莫,卡尔也离开自己的座位太久了。他正想返回去,这时人事处长走过来,站到一张较高的条凳上,拍拍巴掌,作了一篇简短的讲话。这当儿,大多数人都站立起来,那些依然坐着、不肯停止用餐的人在别人的推搡下最后也被迫站了起来。

"但愿,"他说,卡尔这时已经踮着脚跑回到自己的座位,"诸位对我们的招待宴会感到满意。一般来说,人们都称赞我们这支招募队的宴会。遗憾的是,现在我不得不宣布宴会到此结束,因为送诸位去俄克拉荷马的火车五分钟后就要开车。这虽然是一次长途旅行,但是诸位将会看到,诸位会得到很好的照料的。现在我把这位先生介绍给诸位,他负责照管诸位这趟旅行,诸位要服从他的安排。"

一位瘦削、矮小的先生爬上人事处长站立的那张条凳,他几乎都没有草草鞠一躬,而是立刻就神经质地伸出双手指点起来,他们大家应该怎样集合、整队和开拔。但是起初人们不听他的,因为被录用人当中那个方才致过祝酒词的人用手拍打桌子,开始致起一篇较长的感谢词来了,虽然——卡尔变得非常烦躁不安——方才已经说过,火车马上就要开了。但是演讲者竟丝毫也没注意连人事处长也不在听而是在给带队的人作种种指示,他侃侃而谈,历数端上来的每一道菜,对每一道菜发表一通评论,最后像作总结似的高呼:"尊敬的先生们,他们就这样赢得了我们!"除了他所指的那些人以外,所有的人都笑了,可是这与其说是句玩笑话,毋宁说是句大实话。

这篇演说使他们付出了代价,现在他们不得不跑步去火车站。不过这倒也并不是很困难,因为——这一点卡尔现在才发现——谁也没有带行李。唯一的一件行李就是那辆童车了,它在这支队伍的最前面,在父亲的驾驭下,像悬浮着似的上下跳动着。何等可疑的无产者在这里汇集在一起并受到了如此好的款待和照管呀!那个带队人对他们简直是关怀备至。一会儿他亲自用一只手抓住童车的操纵杆并举起另一只手给大家鼓劲,一会儿他到最后一排人的后面督促,一会儿他沿着队伍两侧跑,瞅准了队伍中个别跑得慢的人,挥动着双臂试图向他们表明,他们必须怎样跑才对。

当他们到达车站时，火车已经作好出发的准备。火车站上的人对这批人指指点点，人们听到种种叫喊声，诸如："这些人全都是俄克拉荷马剧场的！"这剧场的知名程度似乎大大超过了卡尔所估计的，当然他也从来没有关心过剧场的事。这支队伍包乘一整节车厢，带队人比乘务员更急切地催大家快上车。他先察看每一个隔间，不时安排些什么，然后他自己才上车。卡尔偶然得到一个靠窗的位置，把吉阿科莫拉到自己身边。就这样，他们俩紧挨着坐在一起，打心眼里都对这趟旅行感到高兴。他们在美国还从未这样无忧无虑地旅行过。当火车启动时，他们从窗户向外挥动双手，而他们对面的小伙子们则互相推推搡搡觉得这滑稽可笑。

他们行驶了两天两夜。现在卡尔才领悟到美国疆土的辽阔。他不知疲倦地向窗外张望，而吉阿科莫则一个劲地也往窗边挤，直到对面好玩牌的小伙子们对此感到腻烦，自愿把靠窗的座位让给了他。卡尔感谢他们——吉阿科莫的英语并非人人都听得懂——随着时间的推移，他们的态度变得友好多了，这也正是在旅伴当中常有的事，不过他们的友好态度也常常会成为累赘，因为譬如每逢他们有一张牌掉在地上，他们就在地上寻找，就使劲捏卡尔或吉阿科莫的大腿。然后，吉阿科莫便大声喊叫，总是每次都感到惊恐，抬起大腿，有一回卡尔试图猛踢一脚回敬他们，但是一般来说都默默忍受这一切。面对着外面的大千世界，对在这小小的、甚至开着窗户还烟雾缭绕的隔间里所发生的一切，人们也就不以为意了。

头一天他们穿行过一座高山，暗蓝色的悬岩以其尖尖的楔子向列车逼近，人们从窗户向外探身，徒劳地寻找着峰顶，幽暗、狭窄、被撕裂的山谷张开着，人们用手指头指引着那些山谷渐渐隐去的方向，宽阔的山涧在连绵起伏的丘陵上像巨浪一样匆匆涌来，夹带着万千汹涌的泡沫浪花，它们从火车驶过的桥下奔腾而过，它们离人如此之近，以致它们那凉丝丝的气息让你的脸冷得打战。

附录 1

残　稿*

I

"起来！起来！"一大早，卡尔刚睁开眼睛，鲁滨孙就嚷嚷。门帘还没拉开，但是从透过空隙照进来的、均匀的太阳光人们看得出，现在已经是上午什么时候了。鲁滨孙急急忙忙、神色忧虑地走来走去，一会儿他拿着一条毛巾，一会儿提着一只水桶，一会儿拿着内衣、裤和衣服，每当他从卡尔身边走过，他都试图用点头来鼓励他起身，用高举手中恰好拿着的东西来表示，今天他还在最后一次替卡尔受苦，第一天早晨卡尔当然无法了解这项工作的种种具体内容。

但是不久卡尔便看到，鲁滨孙究竟在侍候谁。在一个用两只柜子与房间的其余部分隔开的、卡尔迄今还没见过的小间里，有人正在彻底大洗身。人们看见布鲁娜妲的脑袋，那裸露的脖子——头发恰好贴在脸上——以及脖颈儿的下端从柜顶伸出，德拉马什的不时举起来的手里拿着一块水注四射的海绵，他就是用这块海绵给布鲁娜妲洗身、擦澡。人们听见德拉马什向鲁滨孙下达的简短的命令，鲁滨孙不是通过那个现在已被堵塞住的、固有的入口往小隔间里递东西，而是凭借一个柜子和一面屏风之间的一个小小的缺口，他每次递东西时都得将胳臂远远伸进去，将脸扭向一边。

"毛巾！毛巾！"德拉马什嚷嚷。鲁滨孙这时正在桌子下面寻找别的什么东西，听了这声喊叫不由大吃一惊，正当他惊魂未定从桌子下面

---

* 以下两篇残稿在 1994 年 11 月由费歇尔出版社出版的校勘本中被挪到了正文的末章。

探出脑袋来时,只听里面又在喊:"水在哪儿,见鬼!"话音刚落,只见柜顶上便冒出德拉马什的那张愤怒的面孔。一切按卡尔的意见人们为洗身和穿衣只需要用一次的东西,在这里颠来倒去地要求并送来了许多次。总有一桶水坐在一只小电炉上加热,鲁滨孙总是一再地在远远叉开的两腿之间提着这桶沉甸甸的水向洗澡间走去。由于他要干的活儿很多,所以假如他并不总是严格执行这些命令,有一回,当又要求拿一块毛巾的时候,他干脆从房间中央的大睡铺上拿一件衬衫,将它团成一团从柜顶扔将过去,这些便都是可以理解的了。

但是德拉马什的活儿也不轻,也许他之所以对鲁滨孙怒气冲冲——他怒气冲冲的完全不理睬卡尔了——仅仅是因为他自己不能让布鲁娜妲感到满意。"啊!"她大喊一声,连一向无动于衷的卡尔听了也大吃一惊,"你弄得我好痛!走开!与其这样受罪,我还不如自己洗呢。现在我又抬不起胳臂来了。你这么压我,我难受极了。我的背上一定都是青紫块。当然,你不会告诉我的。等着,我要让鲁滨孙来给我看看,或者让我们那个小家伙来看。不,我不这样干,可是你也多少温柔点呀。你要体谅人家嘛,德拉马什,可是这样的话我可以每天早晨都反复说,你就是不肯体谅人。——鲁滨孙!"然后她突然大声喊叫,并在自己头顶上挥舞一条花边小裤衩。"来给我帮个忙,看看,我在遭什么罪,他称这种酷刑为洗澡,这个德拉马什!鲁滨孙,鲁滨孙,你在哪儿,你也没有心肝呀?"卡尔用手指默默给鲁滨孙一个暗号,示意他快过去,但是鲁滨孙垂下眼睛冷静地摇摇头,他自有主张。"你想干什么?"鲁滨孙俯身对着卡尔的耳朵说,"她不是这个意思。我只过去过一次,以后再也不去了。当时他们俩抓住我把我浸到浴盆里,差点没把我淹死。后来布鲁娜妲接连好几天指责我不要脸,她一再反复地说:'现在你已经很久没和我一起洗澡了,'或者'你什么时候再来看我洗澡?'我双膝下跪求过她几次之后,她才算作罢。这件事我决不会忘记。"

就在鲁滨孙这样讲着的当儿,布鲁娜妲一再地喊:"鲁滨孙!鲁滨孙!这个鲁滨孙哪儿去啦!"

虽然没有人来帮她的忙,甚至连一句答话都没有——鲁滨孙坐到卡尔身边，两个人默默朝柜那边望着，布鲁娜妲或德拉马什的脑袋不时在柜顶上方出现——尽管如此，布鲁娜妲仍在不停地大声责怪德拉马什。

"可是德拉马什！"她嚷嚷，"现在我又一点儿也感觉不到你在给我洗澡。你的海绵哪儿去啦？你抓住它呀！要是我能弯腰，要是我能动弹得了，那该有多好！我就会做给你看，你该怎样给我洗澡。想当初在少女时代，我在那边科罗拉多父母的庄园里每天早晨都游泳，在所有我的女友当中最敏捷最机灵。可是现在！你什么时候才会学会给我洗澡呀，德拉马什，你来回转动海绵，使出好大的劲儿，而我却毫无感觉。如果我说你不要压伤我，我这话的意思并不是说我愿意这么站着得感冒。你看我从浴盆里跳出来跑掉，我会这样做的！"

但是后来她没有实施这个威胁——其实她也根本就做不到这一点——德拉马什似乎由于怕她感冒而已经抓住她并将她摁进浴盆里，因为现在正发出强烈的劈劈啪啪的溅水声。

"你就会这样，德拉马什，"布鲁娜妲压低一些嗓门说，"每逢你做坏了什么事，你就来亲热，一个劲儿亲热。"便出现了片刻的寂静。"现在他在吻她。"鲁滨孙扬起眉毛说。

"现在干什么活儿？"卡尔。既然他已经决定留下，他也就要立刻履行自己的职责。他让不搭腔的鲁滨孙一个人在沙发榻上待着，开始将那个硕大的、漫漫长夜里在睡者的重压下还一直团成一团的床铺拆开，然后将这一大堆衣物一件件整理码放好，这一堆东西大概已经好几个星期没整理了。

"去看看，德拉马什，"布鲁娜妲说，"我相信，他们正在乱扔我们的床。什么事我都得想着，我永远得不到安宁。你必须对这两个人更严厉点，不然，他们就为所欲为。""这准是那小鬼在瞎卖力气了！"德拉马什嚷嚷，并且眼看就要从洗澡间冲出去了，这时卡尔已经把一切都从手里扔掉，但是幸好布鲁娜妲说："别走开，德拉马什，别走开。啊，这水多热，这么洗洗就累了。待在我身边，德拉马什。"卡尔现在才真正看到，柜子后面水蒸气怎样不停地往上冒。

鲁滨孙大惊失色地将手放在面颊上，仿佛卡尔闯下什么祸了。"一切都保持原来的样子！"响起了德拉马什的声音，"你们难道不知道，布鲁娜妲洗完澡还要躺一个小时吗？简直乱弹琴！等我来收拾你们！鲁滨孙，你大概又在做梦了！你，我要你一个人对发生的一切负责。你要管束好那个孩子，这里不是按照他的脑袋瓜子来干活的。人家要点啥，你们总是啥也拿不来，没有什么事要干的了，你们又忙乎起来。你们随便爬到哪儿待着，需要你们的时候再出来！"

但是这一切马上就被忘记了，因为布鲁娜妲在窃窃私语，疲惫无力，仿佛她被热水淹没了似的："香水，拿香水来！""香水！"德拉马什喊道。"快去拿呀！"是，可是香水在哪儿呀？卡尔看看鲁滨孙，鲁滨孙看看卡尔。卡尔发现，他必须独自一人来主持这里的一切事务，鲁滨孙不知道香水在哪里，他干脆躺倒在地上，不停地用两条胳臂在沙发榻下来回扒拉，可是什么也没扒拉出来，只扒拉出来一团团尘土和女人头发。卡尔先奔向紧靠门旁边放着的盥洗台，但是盥洗台抽屉里只有旧的英文小说、杂志和乐谱，一切都塞得满满的，你一旦把它们打开，就休想再把它们关上。"香水，"其间，布鲁娜妲还在唉声叹气，"多久才能拿来呀！我今天是否还拿得着我的香水呀！"布鲁娜妲这样不耐烦，卡尔自然哪儿也没法好好寻找，他只好凭肤浅的初步印象行事。柜里没有那瓶子，柜顶上压根儿就只有旧的小药瓶和软膏，其余的一切反正都已经送进洗澡间里去了。也许那只瓶子在餐桌抽屉里。但是在去餐桌的路上——卡尔只想着香水，别的什么也不想——他猛一下撞在终于已经放弃在沙发榻下寻找、朦胧意识到香水所在地而好像瞎了眼似地向卡尔跑过去的鲁滨孙身上。卡尔保持沉默，鲁滨孙虽然没停下脚步，但为了减轻疼痛，却持续不断过于大声地叫喊起来。

"他们不找香水，倒打起架来了，"布鲁娜妲说，"这种混乱状况会把我整出病来的，德拉马什，我一定会死在你的臂弯里。——我必须拿到香水，"然后她喊道，吃力地站了起来，"我无论如何也要拿到它！不给我把香水送来，我就不从这浴盆里出来，哪怕我得一直在这里待到晚上。"说着，她用拳头击水，人们听见水花四溅的声音。

可是餐桌抽屉里也没有香水，虽然那里净是布鲁娜妲的化妆用品，诸如旧粉扑、小胭脂罐、发刷、小鬈发和许多乱蓬蓬、粘在一起的小玩意儿,但是那儿没有香水。鲁滨孙一边还一直在喊叫,一边在一个角落里将堆在那里的一百多只盒子和小匣子一个一个打开、翻寻,每打开一只便总有一半东西,大多是缝纫用具和信件,掉到地上并且也就待在地上不动了,从他时不时用摇头和耸肩向卡尔所表示的意思来看,他什么也没能找到。

这时,德拉马什身穿内衣从洗澡间里跳将出来,与此同时,人们听见布鲁娜妲在抽泣。卡尔和鲁滨孙不再寻找,望着德拉马什,他浑身湿透——他的脸上和头发上也在流水——大喊一声:"现在你们快给我去找!""这儿!"他先命令卡尔,然后又"那儿!"命令鲁滨孙去找。卡尔真的寻找起来,而且还检查鲁滨孙已奉命找过的地方,但是他和鲁滨孙一样,也没找到香水,鲁滨孙寻得比他还卖力,如今在一旁看着德拉马什,此人则踏着沉重的脚步从房间的一头到另一头走来走去,一定恨不得要把卡尔和鲁滨孙都痛揍一顿才解气。

"德拉马什!"布鲁娜妲喊道,"你至少来给我擦干身上呀!那两个人找不到香水了,只会把什么都搅得乱七八糟。让他们赶快别找了。马上停止!把手里的东西全撂下!什么东西也别再碰了!他们大概是想把这所住房变成狗窝。如果他们不停止寻找,德拉马什,你就揪住他们的衣领!可是他们还一直在干,刚才有一只盒子掉了。不要让他们把盒子拣起来,让一切原地放着,让他们从房间里出去!他们出去后上上门闩,然后到我这儿来。我泡在水里的时间太长,我的两条大腿全冷了。"

"马上就来,布鲁娜妲,马上就来!"德拉马什边喊边和卡尔以及鲁滨孙奔向单元门。但是在打发他们走以前,他委派他们去取早餐,如有可能就向别人给布鲁娜妲借一瓶好香水。

"你们这儿真是又乱又脏,"卡尔在外面过道里说,"早饭一拿回来,我们就开始整理。"

"要是我不这么病歪歪的就好了!"鲁滨孙说,"这样对待我!"鲁滨孙一定对此感到伤心:布鲁娜妲对已经侍候了她好几个月的他和昨天才来的卡尔丝毫不加区别。但是他咎由自取,卡尔说:"你必须稍许振作一下精神。"为了不致让他完全陷于绝望，他补充了一句："就只干这一次活儿。我给你在柜后铺一个床位，等一切稍许理出点头绪来，你就可以整天躺在那儿，什么事也不用操心，很快就会恢复健康。"

"现在你自己明白我的身体怎么样了吧，"鲁滨孙说着并把脸别转过去，不再看卡尔，以便自己独自咽下这口苦水，"可是他们难道会让我安心躺着的吗？"

"如果你愿意，这件事由我自己去跟德拉马什和布鲁娜妲谈。"

"布鲁娜妲会顾惜人吗？"鲁滨孙大喊一声，没向卡尔打一声招呼便用拳头撞开一扇门，他们刚走到这扇门的门口。

他们走进一间厨房，黑色烟雾从厨房里那似乎急需修理的灶上袅袅上升。昨天卡尔在走廊里见过的妇女中的一个跪在灶门前，用两只光手把大煤块放进灶火里，并从各个方向观察灶火的火势。她边干活边叹着气，她的这个跪着的姿势对一位老妇来说很不舒服。

"当然，这个讨厌鬼还来呢。"她一看见鲁滨孙便说，一面吃力地站起身来，手撑在煤箱上，关上灶门，这灶门把手她已用自己的围裙缠绕起来。"现在下午四点钟的时候"——卡尔惊讶地望着厨房里的挂钟——"你们还要吃早饭？你们这一伙！——坐下吧，"然后她说，"等到我有了空闲的时间再给你们准备吧。"

鲁滨孙拉着卡尔在门旁一张小板凳上坐下，对他悄悄说："我们必须听从她的安排。因为我们依赖于她。我们租了她的房间，她当然随时可以解除我们的租约。可是我们却不能换住房，我们该怎样把所有这些东西都运走呀，首先布鲁娜妲根本就搬不动。"

"这里这一层上就没有别的房间可找了？"卡尔问。

"没有人接受我们，"鲁滨孙回答，"整幢楼房里都没有人接受我们。"

他们就这样默默坐在小板凳上等着。那妇人在两张桌子之间，在一只洗衣圆木桶和灶台之间不停地来回奔走。从她的叫嚷声中人们得知，她的女儿身体不适，所以她不得不独自一人承担全部工作，服侍30个房客，管他们的伙食。偏偏这炉子又有毛病，饭怎么也做不熟，熬着两大锅稠糊糊的汤,不管她如何频繁地用大汤勺翻搅,将汤舀起来让它从高处往下流,这汤就是熬不好,这一定全是火势不旺造成的,她就这样几乎坐在灶门前的地上,用拨火钩来回拨弄通红的煤块。厨房里烟雾弥漫,呛得她直咳嗽,有时她咳得非常厉害,她就抓住一把椅子,一个劲儿接连咳上几分钟之久。她时不时地就说,今天她根本就不再供应早饭了,因为她既没有时间也没有兴趣做早饭。由于卡尔和鲁滨孙一方面得到了取早饭的命令,可是另一方面又没法强人所难,所以他们对这样的话不予回答,而是依然如故地默默坐着。

四周,椅子上和小板凳上,桌面上和桌子底下,还摆放着房客们的没洗过的早餐具,甚至一个墙角落地上也堆放着一些。其中有还剩余少许咖啡和牛奶的小壶,有些小盘子里还有残剩的黄油,从一只翻倒的大铁皮罐里饼干滚了出来。完全可以将所有这些东西配制成一份早餐,布鲁娜妲将对这份早餐无可非议,假如她不知道它的来源的话。卡尔正转悠着这个念头,向挂钟投去的一瞥也告诉他,他已经在这里等了半个小时,布鲁娜妲也许正在发火并挑动德拉马什去整治仆人,正在这个时候,这妇人边咳嗽边喊道——这当儿,她目不转睛地看着卡尔:"你们尽管在这儿坐着,但是早餐你们是拿不到的了。两个小时以后你们倒是可以得到晚餐。"

"来,鲁滨孙,"卡尔说,"我们自己来配制早餐。""嗯?"那妇人说,歪斜着脑袋。"请您放明智点,"卡尔说,"您为什么不肯供给我们早餐?现在我们已经等了半个小时,这够长的了。大家一样都付钱给您的嘛,我们出的价肯定比所有其他人都好。我们这么晚吃早饭,这肯定给您带来不少麻烦,但是我们是您的房客,习惯晚吃早饭,您也得稍许照顾一下我们嘛。今天由于令爱有病您当然也有特殊困难,不过我们可以用这儿剩余的食品自己配制早餐,如果没有别的办法,如果您不给我们新鲜食品的话。"

但是这妇人却不想和什么人进行一场友好的交谈,她觉得,对于这几位房客来说,普通早餐的残羹剩饭就已经质量上乘了。可是另外一方面她也腻烦这两个仆人的软磨硬泡,所以就一把抓起一只杯子,将它顶住鲁滨孙的身体，过了一会儿鲁滨孙才哭丧着脸明白过来，原来这是要他拿着那只杯子去盛这妇人搜罗来的食物。她急匆匆地虽然在杯子里装进了一大堆吃的，但是它们整个儿看上去就像是一堆垃圾，不像可以端上餐桌的早餐。正当这妇人将他们推出去、他们弯着腰仿佛怕挨骂或挨揍似的急忙夺门而去的当儿，卡尔便已经从鲁滨孙手里拿走了那只杯子，因为他觉得杯子在鲁滨孙手里不够牢靠。

离开女房东家的房门足够远之后，卡尔便在走廊里坐下，将杯子放在地上，首先将杯子擦干净，将同属一体的东西收集在一起，就是说将牛奶倒在一起，将各种残剩黄油刮在一个碟子里，然后将所有使用过的痕迹抹掉，就是说将刀和匙擦干净，将已咬过的小面包切平整，这样就给整体以一种比较好看的形象。鲁滨孙对此颇不以为然并声言，早餐的模样一向都比这要难看得多，但是卡尔不听他那一套，并且为手指头脏兮兮的鲁滨孙不愿参与此项工作而感到高兴。为了安抚他，卡尔分给他几块饼干和一只原先装满巧克力小罐的一层厚厚的残渣，当然他同时也告诉他，他分得这一份就算是全部早餐了。

当他们来到自己寓所的门口，鲁滨孙二话没说就用手按住门把手的时候，卡尔止住他，因为还不清楚，他们可不可以进去。"当然可以进去，"鲁滨孙说，"现在他只是在给她梳头而已。"果然，在那间还一直没有通过风的、窗户都紧密遮蔽住的房间里，布鲁娜妲叉开着两条大腿坐在靠背椅里，站在她背后的德拉马什低垂着脸正在梳理她那一头虽短、却可能很蓬乱的头发。布鲁娜妲又穿上了一件非常宽松的连衣裙，不过这一回是淡红色的，这一件也许比昨天那件稍许短一些，至少人们看见那白色的、编结粗糙的袜子几乎一直伸到膝盖。布鲁娜妲对长时间的梳头感到不耐烦，用厚厚的红舌头在嘴唇间舔来舔去，有时候她甚至大喊一声："啊呀，德拉马什！"完全挣脱开德拉马什，后者则高举着梳子心平气和地等着她把脑袋重新搁回来。

"时间拖得长了，"布鲁娜妲泛泛地说，她专门对卡尔说，"你必须动作敏捷些，如果你希望人家满意你的话。你别学好吃懒做的鲁滨孙的样儿。这会儿你们一定已经在什么地方吃过早饭了，我告诉你们，以后我不容许这样。"

这是很不公正的，鲁滨孙也摇头并禽动着嘴唇，当然没发出声音来，卡尔却认识到，人们只能用一个办法影响女主人，这就是让她毫不怀疑地看到自己所干的工作。所以，他从一个角落里拉来一张低矮的日本小桌子，铺上一块布，将带来的东西摆到桌面上。谁见过这份早餐的来源，便会对这整体表示满意。可是除此之外，卡尔自己心里明白，这份早餐还是颇有些不尽如人意之处的。

幸亏布鲁娜妲饿了。她看着卡尔准备好这一切，朝他满意地点点头，她常常抢先用她那软乎乎、肥胖胖、可能立刻会把一切都压扁的手给自己抓一口吃的，从而妨碍了他的准备工作。"他干得不错。"她咂着嘴说并拉着德拉马什在自己身边一把圈手椅上坐下。德拉马什则将梳子插在她的头发里留待以后再用。德拉马什一看见这些吃的态度也和蔼了起来，两个都饿极了，他们的手在小桌上方来回交叉急速挥动。卡尔认识到，他在这里只要总是尽量多弄东西回来便可以让人感到满意，他回想起厨房里还有各种各样可吃的东西扔在地上，他便说道："头回生，二回熟，下一回我会干得更好。"但是还在说这话的时候他便想起来，他正在对谁说话，他太过于就事论事了。布鲁娜妲满意地朝德拉马什点点头，赏赐给卡尔一把饼干。

II 布鲁娜妲出行记

一天早晨，卡尔推着布鲁娜妲坐在其中的救护车从住房大门里出来。时光已经不再如他所希望的那般早了。他们取得一致意见，决定半夜便开始实施出行计划，以免在街上引起轰动，要是在白天这是难以避免的，尽管布鲁娜妲愿意很不起眼地用一大块灰布盖在自己身上。但运送下楼耗去了太多的时间，尽管有那位大学生的热心帮助，不过从这件事上也可以看出，大学生比卡尔身体虚弱得多。布鲁娜妲表现得很勇敢，几乎没有呻吟，想方设法减轻搬运者们的工作。但是没有别的好办法，人们只好每抬五个梯级就把她放下，以便停下来喘口气，同时也让她歇息片刻。这天早晨天气凉爽,楼道里冷风飕飕像是在地窖里,但是卡尔和大学生却汗流浃背,在休息的时候不得不每人各自拿起布鲁娜妲友好地递送上来的她那块灰布的布角擦脸上的汗。就这样,他们抬了两个小时才到达楼下,那辆小车从晚上起就一直放在那里。将布鲁娜妲抬进去也还相当费了一点劲,可是随后人们便可将整个这件事看作为大功告成,因为这辆车轮子高,推起来一定不难,现在只剩下一件令人担心的事了,这就是这辆车在布鲁娜妲的重压下可能会散架。不过,这个风险人们必须承担,人们没法带一辆备用车呀,尽管大学生倒是半开玩笑地自告奋勇说可以弄一辆并自己来推它。现在该向大学生告别了,这别离的场面甚至是很真挚的。布鲁娜妲和大学生之间的一切龃龉似乎已被忘却,他甚至旧事重提,为在布鲁娜妲患病的时候他曾侮辱过她而表示道歉,而布鲁娜妲却说,一切早已忘得一干二净并且已经大大得到补偿了。末了,她请求大学生务必拿她的一块钱留作对她的纪念,她费力地从她那些众多的衣裙里将那一块钱掏了出来。就布鲁娜妲有名的吝啬而言,这件礼物是很具有深意的,大学生得到它也确实很高兴,把这个硬币高高的扔向空中。后来他当然就只好在地上寻找,卡尔不得不帮他找,最后卡尔也在布鲁娜妲的车底下找到了它。大学生和卡尔之间的告别当然简单得多了,他们只是互相握了握手,表示坚决相信,他们后会有期,到那时候至少他们之中的一个——大学生声称是卡尔,卡尔则说是大学生——会有所出息了,可惜迄今为止谁还都没什么出息。然后卡尔便鼓起勇气抓住车把手,把车推出大门。大学生一直望着他们离去的背影,直到他们的身影看不见时为止,而且还一边挥舞着一块布。卡尔不时往回点头示意,布鲁娜妲也恨不得转过身去,可是这样的动作对她来说太费劲了。可是为了使她能够作一次最后的告别,卡尔在街的末端推着车转了一圈,致使布鲁娜妲也能见到大学生,大学生则乘机特别起劲地挥舞那块布。

  可是随后卡尔便说,现在他们不可以再耽搁时间了,路途漫长,而他们又很晚才出发,比预计的晚多了。人们果然已经时不时看见马车以及去上班的行人,尽管人数很稀少。卡尔只是就事论事说了那句话,并没有其他的含意。布鲁娜妲却感情细致对这句话另有一番理解,便用她那块灰布把自己盖得严严实实。卡尔对此没有提出什么异议，用一块灰布盖住的手推车虽然很引人注目，但是比起没有遮盖住的布鲁娜妲来不知要少惹人注意多少倍。他推车推得非常小心，在拐过一个街角之前，他先察看下一条街的情况，若看上去似有必要甚至就让车停住，独自走出去几步，倘若他预见到会有某种也许是不愉快的遭遇，他便等候着，直至避过了风头，或者甚至另辟蹊径，完全走另外一条街。即便这样他也绝不会有绕远道的危险，因为各种可能的道路他都已经事先仔细研究过了。当然也出现了一些虽然曾担心过，但是其细微末节却未曾料想到的障碍。就这样，在一条街上，在一条略微向上伸展、一览无余并且幸好空无一人的街上——一个卡尔急如星火试图加以利用的环境——从一座楼门的幽暗角落里突然走出来一个警察并且问卡尔，他这辆如此小心翼翼遮盖住的车里装的是什么东西。可是尽管他神情十分严肃地凝视着卡尔，当他掀开灰布，看见布鲁娜妲那张冒着热气、惊惧不安的脸时，他情不自禁地笑了起来。"嗯？"他说，"我本以为，你这里装着十袋马铃薯，现在就这么一个女人？你们去哪儿？你们是什么人？"布鲁娜妲根本不敢正眼看那警察，而只是一个劲儿盯住卡尔，显然是怀疑连他也救不了她了。但是卡尔有足够的与警察打交道的经验，他觉得整个儿这件事不再具有危险性。"小姐，您出示一下，"他说，"您拿到的证书吧。""噢，好的，"布鲁娜妲说并开始以一种如此令人绝望的方式寻找起来，以致她势必确实让人觉得十分可疑。"这位小姐，"警察用怀疑中透着讽刺的口吻说，"找不到证书了。""噢，会找到的，"卡尔心平气和地说，"这证书她肯定有，她只是不知道把它放到哪儿去了。"说罢，他开始自己去寻找，果然将它从布鲁娜妲的背后掏了出来。警察只是匆匆瞥了它一眼，"原来证书在这儿，"警察笑道，"这小姐是这样一位小姐？而您，小家伙，就管中间介绍和运输？您真的找不到更好一点的活儿干了？"卡尔只是耸了耸肩膀，这又是众所周知的警察干预。"好吧，一路平安。"警察见卡尔不搭腔便这样说道。警察的话可能带着蔑视，所以卡尔也不打招呼推起车来就走，警察的蔑视比警察的专心致志更好。

不一会儿，他遇到了一件可能更不愉快的事。原来是一个男人向他凑近过来，此人推一辆大牛奶壶车，极想了解卡尔车上灰布下面是什么。看不出来他和卡尔同路，然而他却一直待在卡尔的旁边，尽管卡尔时不时便出其不意地转换方向。起先，他满足于喊几声，诸如"你装的货一定很沉吧！"或"你装得不好，上面会有东西掉出来的！"但是后来他便直截了当地问："你布底下装的是什么东西？"卡尔说："这关你的什么事？"但是由于这句话更加激起了那人的好奇心，卡尔最后就说："是苹果。""这么多苹果！"那人惊讶地说并且不停地重复着这句叹词，"这是整整一年的全部收成呢，"然后他说。"嗯，是呀。"卡尔说。但是许是他不相信卡尔的话，许是他想气恼他，他走近过来，开始——一切都发生在行车过程中——戏谑似地将手向那块布伸出去，最后甚至竟敢拉扯起那块布来，布鲁娜妲受多大的罪！顾及到她的处境，卡尔不想和这个人争吵，便把车就近推进一座开着的楼门里，似乎目的地已到了似的。"我到家了，"他说，"谢谢你一路相送。"那人惊讶地在大门前停住脚步，望着卡尔的背影，卡尔则为形势所迫，镇定自若地开始穿越整个第一个庭院。那人没法再怀疑了，但是为了最后一次满足自己的幸灾乐祸心情，他停住自己的车，踮着脚尖跑步追上卡尔，使劲拽拉那块布，以致他几乎完全裸露出布鲁娜妲的脸来。"让你的苹果透透气。"他边走回去边说。连这种事卡尔也忍了，因为这最终使他摆脱掉了那个人。然后他就把车推到庭院的一个角落里，那里摆着几只大的空箱子，他想在那些箱子的掩护下对躺在灰布下的布鲁娜妲说几句安抚的话。但是他不得不长时间地劝说她，因为她哭得泪人儿似的，十分严肃地恳求他整个白天就待在这里，待在这些箱子后面，等天黑了才继续赶路。也许他单独一个人根本没法让她相信这样做很不合适，可是当有人在这堆箱子的另一头轰隆一声巨响将一只空箱子扔到地上，空荡荡的庭院里回声四起的时候，她吓了一大跳，吓得她不敢再说一句话，将布蒙住自己的脸并且也许卡尔当机立断立刻将车推起时还不胜欣喜呢。

现在街道上越来越热闹了，但是这辆车的引人注目的程度倒不像卡尔所担心的那么大。也许更明智的办法压根儿就是选择另外的时间进行运送。假如再要这样推车送人，卡尔就敢在中午时刻来加以实施。没有受到多大的纠缠，他终于拐进那条狭窄、昏暗的小巷，25 号企业就坐落在这条巷子里。门口站着手拿怀表、眼睛斜视的管理员。"你老是这样不准时吗？"他问。"遇到各种麻烦事了。"卡尔说。"众所周知，这种事总是有的，"管理员说。"可是在这儿这所房子里我们才不管这些呢。你记住这一点！"对于这类话语卡尔几乎不再认真去听，每个人都利用自己的权势，辱骂身份低下的人。人们一旦习惯了挨骂，它听起来跟钟的均匀敲打声就没有什么两样。然而，当他现在把车推进门厅时，比比皆是，不过却又是他意料之中的污秽倒着实让他吓了一跳。仔细一看，却又不是伸手可摸得着的污秽。门厅的石板地面几乎扫得干干净净，墙壁是新粉刷过的，人造棕榈树上只蒙着一点点灰尘，可是一切却显得油腻而恶心，让人觉得，仿佛什么都给使用坏了，仿佛再怎么整洁也没法把这弥补过来了。不管到哪儿，卡尔都乐意考虑，那儿什么工作可以加以改进，而立刻进行干预，不顾及这会招来也许是没完没了的工作，这该是何等的快乐。可是在这里他却不知道该怎么办才好。他慢慢揭下布鲁娜妲身上的那块布。"欢迎，小姐。"管理员忸怩作态地说，毫无疑问，布鲁娜妲给他留下了好印象。一旦布鲁娜妲看出这个意思，她是会马上利用它的，卡尔满意地把这看在了眼里。近几个小时里的种种忧虑统统一扫而光。

附录2

原出版者后记

第一版后记

弗兰茨·卡夫卡的手稿没有标题。在谈话中他惯于称这本书为他的《美国小说》,后来又按单独出版的开头一章(1913)简单称之为《司炉》。卡夫卡怀着极大的兴趣创作这部作品,通常都在晚上写作,一直写到深夜,手稿纸上修改和删除之处少得惊人。卡夫卡意识到并且常常在交谈中强调这一点,即这部长篇小说比迄今他写过的全部作品都更乐观、更"光明"——在这方面我也许还可以说,弗兰茨·卡夫卡很喜欢读游记、回忆录。富兰克林传是他最喜欢读的书之一,他也喜欢将书中的一些章节读给别人听,他心头常常跃动着一种对自由和遥远的国度的渴望。在这期间,较长的旅行(超越法国和上意大利)他没有作过,是想象的曙光赋予这本冒险奇遇之书以其特殊的色彩。

完全出于人们意料之外的是,卡夫卡突然中断了这部小说的写作。小说一直未完成。从谈话中我得知,描写"俄克拉荷马露天剧场"的现有的未完成的这一章是全书的最末一章,带有和解的色彩,这一章的引子卡夫卡特别喜欢,朗读得优美动听、扣人心弦。卡夫卡用谜一般的话面带笑容暗示,他那位年轻的主人公在这座"几乎是无边无际的剧场"里将会犹如通过美妙的魔力似的重新找到职业、自由、依靠,甚至还会找到故乡和双亲。

最后一章之前同样也缺了一些故事情节。有两篇较大的残篇,都是描写在布鲁娜妲处效劳的,但填补不了这个空白。这两个残篇作为补编收进本册,因为我着眼的是故事的大体轮廓,不是语文学方面的工作,这项工作可以留待后人去做。卡夫卡只对前六章划定了段落、定了篇名。

非常清楚,这部小说与他(按年月顺序)依次排列的《诉讼》和《城堡》有着内在的联系。这是卡夫卡留下的孤独三部曲。主题就是人的陌生感,孤寂感。《诉讼》中被告的处境——《城堡》中那个未受邀请的异乡人的状态——激荡着生活狂澜的《失踪者》中一个没有经验的孩子的无依无靠——这里是三个基本事实,它们那神秘的共同性通过卡夫卡的艺术清楚而象征性地、然而却往往根本不带通常的象征性语言并且用最朴素的现实用语显露了出来。所以,相互比较着去读,这3部长篇小说就容易读懂了,它们有着同一颗心灵。所有3部小说所探讨的都是个人进入人类社会的问题,而且,由于这涉及最崇高的公正,所以同时也是个人进入天国的问题。恰恰是谨慎善良和公正诚实的人所遭遇到的那种巨大的障碍被揭示出来了。在《诉讼》和《城堡》中,这些障碍占了上风——这使这两本书成了悲剧性的文献。在《失踪者》——小说中则相反,由于主人公的天真无邪和感人肺腑的质朴、纯洁,灾祸恰恰还将将受到控制。我们感觉到,这个很快就赢得了我们的全部的爱的善良孩子卡尔·罗斯曼定会冲破种种虚伪的友情和奸刁的敌意的阻力达到他的目的,在生活中经受住考验,证明自己是个规矩正派的人并和父母和解(在1927年7月15日第28期《文学世界》的一篇短文《克莱斯特和卡夫卡》中,我曾指出几个构成这一提法基础的几个主题)。但是这条通向这个目的的道路却是荆棘载途。"如果对方没有善良的意愿,我就不可能为自己辩护。"这句在那次接受侍者总管审讯时说出来的话,在这里听起来也是充满悲伤和控诉性的,这个审讯场面与《诉讼》中所描写的审判程序真是何其相似乃尔。只是,这一回这场争取公正的斗争是心安理得地并且带着青年人的不屈意志进行的。徒劳的、常常受到讽刺、愚弄地寻找职务与《城堡》中的事件有着许多相似之处,所不同的只是,这里,在《失踪者》中,最后响起了那句拯救人的,虽然由于某些附带情况而显得并不完全充分有效的"被录用了"。

卡夫卡对待他的卡尔·罗斯曼不比对待那另外两个主人公更宽容些,那两个主人公的名字的首字母同样都是K.(——我)。因为在另外两部长篇小说中，在清澈的、不加修饰的表达方式的后面所蕴含着的，也并非如某些评论家所推测的，是作家的冷酷，而只是无限的严厉，与最细致的感情、赞赏最复杂的免罪因素以及无限同情紧密结合在一起的那种严厉。不过，人们的印象却是，仿佛卡夫卡在这部《美国》小说里，面对他刻画的正派、诚实、孜孜不倦的男孩行动更自由一些。他动情了，当他的毫无自卫能力的、无辜的主人公受到不公正对待时，他心痛欲碎。这本书中的有些场面（尤其是发生在市郊，我称之为"避难"的那些场面）势必会令人回想起卓别林的电影，回想起无比美妙的卓别林电影，这些电影当然还没有写出来——请大家不要忘记，这部小说最早出版的时候（战争之前！），卓别林并不知名或者也许根本还没有登台演出呢。

很可能，恰恰是这部小说揭示了一条新的理解卡夫卡的道路——纯朴的、有同情心的人性的道路——很可能从这里出发，所有已出版的作品，尤其是另外那两大部遗作，不用作任何解释，自身就会显示出效果来。从我日益频繁地收到的信件和评论文章中我看到，卡夫卡毕生巨著的独一无二性及其令人肃然起敬的高度越来越受到人们的理解和热爱。——遗作中还包含两篇篇幅较大的未完成的中篇小说，这两篇小说的轮廓是清楚的，还有一篇戏剧小品，一套自成一体的论述罪恶与拯救这个主题的格言集，数量众多的断片和一部内容丰富的日记，其中许多片断都塑造了最有效的人物形象。如果这一切全都刊印出来的话，卡夫卡就可能会展现出他那今天还完全未被人们意识到的重大意义。

马克斯·勃罗德
[1927]

第二版后记

除了两处修改，是异文，不是增添，卡夫卡对《失踪者》——小说的原稿没有作什么重大的改动。唯有出自布鲁娜妲——插曲中的两个片断，以及最后一章故事的一个简短的延伸部，构成了附录的材料。

卡夫卡在世时出版的第一章完全没有改动,完全忠实于初次发表时的那个文本。其余部分有几处小的改动,以使全文与新版的语言协调一致。

马克斯·勃罗德

〔1935〕

第三版后记

原稿不分章节。不过,第二本原稿卷首空白页上有卡夫卡手写的六章标题的总目录(连同页码),我用它们给各章标上了标题。全书中只有《布鲁娜妲出行记》这个标题是卡夫卡自己标上去的。还应该补上一笔的是,卡夫卡在日记中提到这整部作品时用的是《失踪者》这个标题。

马克斯·勃罗德

〔1946〕

诉 讼

章国锋 译

第一章

被捕　与格鲁巴赫太太谈话　然后与毕斯特纳小姐谈话

　　一定有人诬告了约瑟夫·K.，因为，他没干什么坏事，一天早晨却突然被捕了。他的房东格鲁巴赫太太的厨娘每天早上8点钟本应给他送早餐来的，这天却没有露面，这种事过去从未发生过。K.又等了一会儿，倚在枕头上看见住在街对面的那位老太太正以一种对她来说异乎寻常的好奇打量着他。他又惊讶又饿，便拉了拉铃，并立即听见有人敲门。一个他在这所公寓里从未见过的男人走了进来。这人又高又瘦，却长得相当结实，身穿一件合身的黑衣服，像旅行装那样有许多褶边、口袋、束带和纽扣，此外，还系了一条腰带。虽然没人知道这些东西是用来干什么的，但这身装束看上去却十分合身。"你是谁？"K.在床上坐起来问。可是，来人并不回答K.的问话，仿佛用不着解释他的出现。他只说了一句："您拉铃了吗？""安娜该给我送早餐来了。"K.说，接着便仔细地打量起来人，并猜测他究竟是谁。这人经不起K.长时间的注视，便转过身走到门边，把门打开一条缝，对显然站在门后的某个人说："他让安娜给他送早餐来。"隔壁房间里响起一阵短促的笑声，不知是一个人还是几个人发出来的。虽然陌生人从笑声中没听出他早已知道了的回答，但仍然用报告的口气对K.说："这可不行。""真新鲜。"K.说着跳下床，匆匆穿上裤子，"我倒要看看隔壁房间里到底有什么人，格鲁巴赫太太怎样向我解释这样的打扰。"虽然他马上意识到不该大声说出这句话，这样做就等于承认陌生人有权监视他的行动，但又觉得此刻这已经无关紧要了。不过，陌生人倒的确是这样理解的，他对K.说："您不觉得您应该待在这里吗？""只要您不说明您是谁，我就既不待在这里，也不想跟您说话。""我是好意。"陌生人说着自愿打开门。K.慢慢走进隔壁房间，第一眼看到那里同昨天晚上几乎没有什么变化。这是格鲁巴赫太太的起居室，摆满了各种各样的家具和地毯，陈列着许多瓷器和照片，也许空间比过去稍大，但乍一看是很难发觉的，尤其是因为屋里发生了一个主要变化：一个男人手拿一本书坐在窗前。那人抬眼望着K.。"您得待在自己屋里！弗兰茨没告诉过您吗？""不错。不过您到这儿来干吗？"K.说，并把目光从这个新相识移向站在门边的那个叫弗兰茨的人，接着又移回来。透过敞开的窗户，他看到那位老妇人怀着老年人特有的好奇走到了对面的窗前，打算把一切看个仔细。"我想向格鲁巴赫太太……"K.说着移动脚步，仿佛想摆脱那两个远远站着的人，向门口走去。"不行！"窗边的人把书扔在桌上，站起身来说，"您不能出去，您已经被捕了。""看起来似乎是这样，"K.说，"不过，为什么呢？"他问道。"我们无权告诉您。回到您的房间去，在那儿等着。已经给您立了案，在适当的时机，您会知道的。假如我和颜悦色地跟您讲话，我便越出了我的权限。但愿除了弗兰茨谁也没听见。他刚才已经违反规定，对您太客气了。如果您的运气继续像有我们这样的看守那样好，您就用不着担心。"K.想坐下，但他发觉，屋里除了靠窗的那张椅子，根本没有地方坐。"您会发现我们说的都是真话。"弗兰茨说，并同另一个人向K.走来。那人比K.高得多，常常拍拍他的肩膀。两人仔细察看着K.的睡衣说，他现在得换一件差一些的衬衣，当然，他们会替他保管这件睡衣和其他衣服的，等他的案子有了好结果，他们将把所有的东西还给他。"您最好把东西交给我们而不要交到仓库，"他们说，"因为仓库常常失窃，而且过一段时间他们就把所有东西卖掉，不管有关的案子是否了结。另外，这样的案子不知会拖多久，特别是最近这些日子！当然，您最终会从仓库得到一笔赔偿，但首先这笔赔偿少得可怜，因为他们总是把东西卖给行贿最多的人，而不是出价最高的人。其次，根据经验，这笔赔偿费几经转手，年复一年地拖延，也会越来越少。"K.对这些话毫不感兴趣，他目前仍有权支配自己的东西,而这种权利是否能保留,对他来说也并不重要,重要的是他必须弄清楚自己的处境。但是,有这些人在场,他根本无法思考。第二个看守——他只能是看守——不断地用肚子友好地撞他,然而,当他抬起头来,看到的却是一张与这肥胖的身躯极不相称的脸,干枯而颧骨突出,脸上长着一个向一旁扭曲的大鼻子。此时,这张脸已在K.的头顶同另一个看守交换眼色。这是些什么人?他们在说些什么?他们是哪个机构派来的?K.生活在一个法治国家里,到处都很安定,所有法律都得到贯彻,是谁胆敢闯进他的住宅对他如此无礼呢?他向来不把事情看得过于严重,只有最坏的事发生后才相信世界上竟会有这种事,因此从不为自己的未来担忧,甚至危险即将降临时也如此。不过此时此地他却觉得有点不对劲了。虽然他可以把这一切看作一场玩笑,一次恶作剧,是他银行里的同事出于他尚不清楚的原因——也许因为今天是他30岁生日——而策划的。这种可能性显然存在。他只需对两个看守放声大笑,他们准会同他一起笑。或许,他们是在街角干活的听差,他们看上去同那些人有些相像。尽管如此,这一回他仍然决定,从看见那个名叫弗兰茨的看守的那一刻起,面对这些人决不放弃他的优越感。别人事后也许会说他居然不懂得开玩笑,但他并不在乎。这并不是因为他惯于从经验中吸取教训,而是因为他回忆起几件并不重要的小事,有几次他不顾朋友们的劝告,丝毫不考虑可能产生的后果,有意识地放纵自己,最后闹得几乎不可收拾。这样的事不能再发生,至少这一次不能重演。倘若这是一场喜剧,那么他也应当参加演出。

这样看来他还是自由的。"请原谅!"说着,他快步从两名看守中穿过,回到自己屋里。"看来他还是理智的。"他听见身后有人说。回到屋里,他立即拉开写字台的抽屉。那里所有的东西都放得整整齐齐的,不过,由于激动,他一下子没有找到能证明自己身份的证件。终于,他找到了自己的自行车执照,本来想拿着它去找那两名看守,但又觉得这类证件并不能说明什么问题。于是他继续寻找,最后找到了他的出生证。当他再次来到隔壁房间时,对面的门开了,格鲁巴赫太太似乎想进来。但他只同她照了一面,因为她一看见他脸上便露出了尴尬的神情,一面道歉一面退了出去,并小心翼翼地关上门。"您进来吧。"K.刚想说,门就关上了。他拿着自己的证件站在屋子中央,又朝门那边看了一眼,但门再也没有打开。他被看守的声音吓了一跳,发现他们正在敞开的窗户边那张小桌上吃自己的早餐。"她为什么不进来?"他问道。"她不许进来,"高个子看守说,"您已经被捕了。""您又来了。"那人说,并把一片抹了黄油的面包在蜂蜜罐里蘸了蘸。"我们不会回答您的任何问题。""可你们必须回答,"K.说,"这是我的证件,现在让我也看看你们的证件,特别是逮捕令。""我的天!"那看守说,"直到现在您还不明白您的处境,还要不知好歹地激怒我们!要知道,我们这会儿可是最关心您的人,关心您胜过所有的人!""请您相信,事实的确如此。"弗兰茨也说,他虽然端着咖啡,但没送到嘴边,却以一种似乎是意味深长但难以理解的目光久久地看着K.。K.不由自主地同弗兰茨交换了一下目光,又拍了拍自己的证件说:"这儿有能证明我身份的证件。""您的证件与我们有什么相干?"高个子看守嚷道,"您的表现比一个小孩子还要坏。您想干什么?难道想同我们这些看守讨论什么证件和逮捕令,并很快了解您那该死的案子吗?我们不过是低级职员,不认得什么身份证件,除了每天看守您10个小时并为此得到报酬外,同您的案子毫无关系,这就是我们要说的。尽管如此我们心里也很清楚,我们为之服务的高级机关在下达这样的逮捕令之前,对逮捕的理由和被捕者的人品了解得一清二楚,在这方面是绝不会出错的。据我所知,我们的机构——当然,我只了解较低的机构——从来不去民间寻找罪行,而是像法律所说,被罪行所吸引,这才不得不把我们这些看守派出去。这就是法律,它错在什么地方?""我不熟悉这种法律。"K.说。"那对您来说就更糟。"高个子看守回答道。"这种法律也许只存在于你们的头脑中。"K.说。他很想以某种方式了解看守们的想法,以改善自己的处境或适应这种想法,但高个子看守却令他扫兴地说:"您以后会体会到的。"弗兰茨这时插进来说:"瞧,威廉,他承认他不懂法律,可又声称自己没罪。""你说得对,可我们没法让他明白。"K.没有再搭话,他想,难道我应当被这两个低级职员——他们自己刚才这样说——的废话把我的头脑搅得更乱吗?他们谈论的恰恰是他们自己也不懂的事情,他们的自信只不过建筑在他们的愚蠢之上。只要跟智力水平与我相等的人谈上几句,一切就会真相大白,同这些人再啰嗦也没有用。他在屋里来回走了几圈,看见对面那老妇人拉着一个年纪比她更大的老头儿凑到窗前。K.想结束这出闹剧。"把我带到你们的上级那儿去!"他说。"他什么时候想见您,我们就带您去,在这之前可不行。"那个叫威廉的看守说。"我劝您,"他又补充道,"回到您的房间去,安安静静在那儿待着,并等待对您做出的决定。我们的忠告是,别胡思乱想而分散自己的注意力,您得认真考虑,因为将向您提出一系列重要问题。您对待我们的态度辜负了我们对您的好意,您忘记了,我们不管是什么人,同您相比至少是自由的,这可是个不小的优势。虽然如此,假使您有钱的话,我们还是乐意从对面的咖啡馆替您买一份早餐。"

K.没有回答他们的建议,又在原地静静地站了一会儿。也许他假如打开隔壁房间的门,甚至于起居室的门,这两个人并不敢阻拦他,也许把事情推向极端就是解决所有问题的最简单的办法。不过,他们或许真的会抓住他,一旦自己被他们抓住,那么,直到目前为止他对他们所保持的优势也就完全丧失了。出于这种考虑,他还是选择了较为稳妥的解决办法,任凭事情自然发展。他又回到自己的屋里,没同看守再说一句话。

他走下床去,从洗脸架上取来一个他昨晚留下来准备早餐时吃的红苹果。现在,它成了他唯一的早点。他咬了一大口,确信这比从那些肮脏的通宵营业的咖啡馆买来的早餐味道好多了,而看守们曾大发慈悲答应从那儿给他买一份早点来。吃完苹果,他觉得好受多了,心里充满了自信。虽然他今天上午无法去银行上班,但他的职位较高,旷工的事很容易敷衍过去。他应当把真实原因讲出来吗?他认为应当这样做。假如别人不相信他——这在目前的情况下是可以理解的——他可以让格鲁巴赫太太作证,或者请对面的两位老人作证,他们现在或许已经回到他房间对面的那扇窗边了。K.感到奇怪,至少从看守的角度来看觉得奇怪,他们竟将他赶回自己的房间并让他独自待在那里。要知道他有多种方法来自杀。但同时他也问自己——这回是从自己的角度看——他有什么理由自杀。仅仅因为隔壁坐着两个陌生人,并抢去了他的早餐吗?自杀毫无意义,即使他想自杀,也不会因为一件无意义的事而自杀。如果两名看守的智力不是那样低下,那么他就可以肯定,即使是他们出于同样的考虑,也不会认为让他独自待着会出什么危险。假如他们愿意,他们现在可以过来看K.是怎样走到小壁橱旁——那里有他保存的一瓶好酒——倒了一杯酒一饮而尽,以弥补早餐的损失,接着又干了一杯,为的是给自己壮胆,最后又喝了一杯,为了在必要的时候应付不测。

隔壁房间传来的喊声吓了他一大跳,他的牙齿碰到酒杯发出响声。"监督官叫你去!"这是一声令他胆战心惊的、短促而粗暴的喊声,像是一道军令,使他难以相信是看守弗兰茨发出的。不过,他倒是很欢迎这道命令。"终于有消息了!"他应了一声,关上壁橱,匆匆走进隔壁房间。但站在那里的两名看守好像理所当然似的又把他推了回去。"您是怎么回事?"他们嚷道,"难道想穿着睡衣去见监督官吗?他会让人揍您一顿,我们也得跟着挨打!""见鬼,别管我!"被推回到衣柜旁的K.喊道,"谁要是把我从床上拽起来,就别指望我穿得整整齐齐的。""再喊也没有用。"看守说。只要K.大喊大叫,他们就平静下来,甚至变得有点忧伤。这把他弄糊涂了,或者说使他稍稍恢复了理智。"可笑的形式!"他咕哝着从椅子上拿起一件上衣,双手撑着,仿佛征求看守们的意见。他们摇了摇头。"得穿一件黑衣服。"他们说。K.把衣服扔在地上说:"还没到主要审讯的时候。"他自己也不知道他这话是什么意思。看守笑了笑坚持道:"您必须穿黑衣服。""假如这样能使事情快些了结,我也并不在乎。"K.说,并打开衣柜,在一大堆衣服中找了好半天,终于找出他那件最好的黑衣服,一件制作精细的西装,他的熟人见他穿上这件衣服曾赞不绝口。他又挑出一件衬衫,开始精心打扮自己。他暗自高兴,由于看守们忘了让他洗澡,他已经加快了解决整个事情的步伐。他瞥了他们一眼,看他们是否仍然会叫他洗澡。他们当然不会想到这一点,倒是威廉没有忘记派弗兰茨去向监督官报告,K.正在更衣。

当他穿戴停当,便由威廉紧紧跟着穿过已空无一人的隔壁房间,来到旁边那间屋子。屋子的两扇门大开着。K.知道得很清楚,这间屋不久前租给了一位名叫毕斯特纳小姐的打字员。她每天很早去上班,很晚才回来,除了相互问候,他同她没有讲过几句话。现在,她床边的小桌子被搬到屋子中间权当审判台,监督官便坐在桌子后边,跷着二郎腿,一只胳膊搭在椅背上。[1]①

在屋子的一个角落里站着三个年轻人,正在观看墙上一只镜框里毕斯特纳小姐的照片。在敞开的窗户边,一件白色的女衬衣挂在把手上。对面的窗后又出现那两位老人的身影,但这一次圈子扩大了,在他们身后又多了一个男子。他比他们高出一头,衬衣领口敞着,并不停地用手指捻着他那发红的山羊胡。"您是约瑟夫·K.?"监督官问道,或许只是为了把K.心不在焉的目光吸引到自己身上来。K.点点头。"您大概对今天早上的事感到意外吧?"监督官一边问,一边用双手把小桌上的几件东西———支蜡烛、一盒火柴、一本书和一个针线包推到面前,仿佛这些东西对于审讯来说是必不可少的。"当然。"K.说,心中升起一股快意,他终于遇到了一个讲道理并可以同他一起谈论自己事情的人,"当然,我感到意外,但同时又并不觉得十分奇怪。""并不十分奇怪?"监督官反问道,并把那支蜡烛移到桌子中央,把其他东西摆在蜡烛周围。"您也许误解了我的意思,"K.赶紧补充道,"我是说……"K.停顿了一下,朝四周看了看,想找一把椅子。"我可以坐下么?"他问道。"一般来说不可以。"监督官答道。"我是说,"K.不再犹豫,"我当然很吃惊,但我在这个世界上已经活了30年,并且不得不独自闯出一条路,因此,对令人吃惊的事早已习以为常,并不看得很严重。特别是今天早晨不这样。""为什么特别是今天早晨不这样呢?"[2]"我不想说整个事件像一场玩笑,对于一场玩笑来说,它的准备工作做得太充分,太周全了,不但公寓里所有的人,而且你们全体都得参加。这未免太过分,所以我认为这绝不是玩笑。""对极了。"监督官说,并察看着火柴盒

---

① 〔〕表示作者在手稿中删掉的部分,这些部分将附在正文后逐段译出。——译者

里还有多少火柴。"不过另一方面，"K.又说，并把脸转向所有的人，想把正在看照片的三个年轻人的注意力也吸引过来，"另一方面，这也不是什么了不起的大事。我猜想，虽然我被控告，但你们却找不到任何指控我的罪证。现在主要的问题是，是谁控告了我？哪一级机构将审理我的案件？你们是否是法官？你们谁也没穿制服，假如我可以把您的衣服，"说到此他把脸转向弗兰茨，"不称之为制服的话。它顶多只是一件旅行服。我要你们对这些问题作出明确回答，并相信，在问题弄清后我们便能友好地再见。"监督官把火柴盒扔在桌上。"您大错特错了，"他说，"这里的几位先生和我本人在您的案子中完全没有地位。我们甚至对这件案子一无所知。我们当然可以穿上最正规的制服，但你的情况也不会变得更糟。我也无法告诉您是否被控犯有罪行，或者更确切地说，不知道是否有人控告了您。您被捕了，这倒是千真万确，但更多的我就不知道了。或许看守们胡说了些什么，但那只不过信口开河而已。[3]不过，我即使不能回答您的问题，也想劝告您，与其一个劲地捉摸我们和您将遇到什么事，还不如多想想您自己。不要大声嚷嚷，觉得自己受了委屈，这对于改变对您的坏印象不但无济于事，而且会更糟。另外，您得少说话，您刚才说过的话——虽然您只说了几句话——都可以写进您的表现记录，这将对您没有好处。"

K.愣愣地看着监督官。他难道在接受一个或许比他还要年轻的人的训斥吗？难道只因为直言不讳而要受到责罚吗？难道他不应该知道逮捕他的理由以及是谁下命令逮捕他的吗？他心烦意乱地在屋里走来走去——谁也不阻止他。他挽起袖口，触摸胸脯，拢头发，从那三个人身边走过，并说："这简直是胡闹！"。他们则向他转过身来，用讨好但严肃的目光看着他。最后，他在监督官的桌边站住。"检察官哈斯特勒是我的好朋友，"他说，"我可以给他打个电话吗？""当然，"监督官说，"不过我不懂这有什么意义，除非您有什么私事同他商量。""有什么意义？"K.与其说感到恼怒不如说非常吃惊，"您究竟是谁？您想知道有什么意义，但却在此演出一场闹剧，这难道不荒唐么？你们先是闯进我的家，现在又在此晃来晃去，让我丈二金刚摸不着头脑。在你们看来，既然我已经被捕，打电话给检察官似乎已没有什么意义？那好吧，我也不想打了。""打吧，打吧，"监督官伸出手指了指前厅，那儿有电话，"请打吧。""不，我现在不想打了。"K.说着走到窗户边。外面几个人正隔着玻璃看得津津有味，K.的靠近似乎打扰了他们。两个老太太想站起身来，但她们身后的老头儿让她们不用惊慌。"还有人看热闹。"K.大声对监督官说，用手指了指窗外。"走开！"他朝他们喊道。三个人立即后退了几步，两个老妇人甚至躲到那老头儿身后。后者用他那肥胖的身体挡住她们，嘴里嘟哝着什么。但由于距离太远，K.什么也没听清。他们并没有走开，而是在等待机会重新凑到窗前。"多管闲事、不知羞耻的家伙！"K.愤愤地回到屋子中间。他瞟了监督官一眼，觉得他好像赞同自己的看法。不过他也许什么也没听见，因为此刻他正把手摊在桌面上，似乎在比较五个手指的长短。两名看守坐在一只蒙了一块花布的木箱上搓着膝盖。过了一会儿，三个年轻人又双手叉腰，漫无目的地环顾四周。屋里静悄悄的，像一间空无一人的办公室。"好吧，先生们，"K.大声说，在这一瞬间似乎自己应对一切负责似的，"从你们的神态看来，我的事情好像结了。我认为，我们最好还是别再想你们的行为是否合法，而是大家握握手，以友好的方式把这件事解决了吧。如果是这样，那就请……"他走到监督官的桌前，向他伸出手。监督官咬着嘴唇，抬眼望着K.伸出的手。K.相信，他无疑会紧紧地握住它。然而出乎意料，监督官却站起身来，拿起放在毕斯特纳小姐床上的那顶硬圆帽，双手仔细地戴好它，好像在试一顶新帽子。"您把一切看得多么简单！"他对K.说，"您认为我们应当用友好的方式解决这种事吗？不，不，的确办不到。当然，这并不是说您应当放弃希望。不，为什么要放弃呢？您只是被捕了，别的没什么。我奉命来通知您这件事，并且已经通知了您，同时也看到了您的反应。今天就到此为止吧，我们现在可以再见了，当然只是暂时的。您这会儿一定乐于去银行吧？""去银行？"K.问道，"我想，我已经被捕了。"他的问话里带着一种挑衅的口吻，因为，虽然他握手的提议未被接受，却觉得他同这些人越来越不相干，尤其当监督官站起身来要走时。他要同他们开个玩笑，打算在他们离开时一直追到大门口,请他们逮捕自己。因此他又重复了一遍:"既然我已经被捕了,又怎么能去银行呢?""原来如此,"已经走到门边的监督官说,"我想您误解了我的意思。您被捕了,这不假,但这并不妨碍您从事您的职业,也不妨碍您过正常的生活。""那么,被捕也不是什么坏事。"K.走近监督官说。"我从未认为这是一件坏事。"监督官说。"这样看来,通知我被捕似乎也没有什么必要。"K.靠得更近了。现在,大家都挤在门边的一小块地方。"这是我的职责。"监督官说。"愚蠢的职责。"K.毫不让步地说。"也许是吧,"监督官答道,"不过我们还是别在这样的谈话中浪费时间。我猜想您是愿意去银行的。既然您这样计较每一个用词,那我不得不补充一句:我并不强迫您去银行,只是猜测您会愿意去。为了给您提供方便并尽量不引人注意地到达那里,我把这三位先生——他们是您的同事——留在这里,听您使唤。""什么?"K.吃惊地喊道。这三个没有性格的、患贫血症的年轻人的确是他银行的同事,他依稀地记起曾在一张集体照片上见过他们。他们并不是他的同事——监督官刚才言过其实,证明他并非什么都知道——而是银行里的低级职员。K.怎么没发现这一点呢?他怎么会只认定他们是监督官和看守,而没有认出他们的真实身份呢?这就是那个死板的、不断挥舞手臂的拉本施泰纳,站在他身边的是金黄头发、眼睛凹陷的库里希,面对着他的是永远微笑着的患慢性肌肉抽搐症的卡米纳尔。"早上好,"愣了好一会儿,K.才向三位朝他谦卑地鞠躬的先生伸出手,"我真的没认出你们。那么,现在让我们上班去,好吗?"三个人讨好地笑着点点头,似乎早就等着这一时刻的到来。当K.想起忘在房里的帽子时,他们争先恐后地跑去取,以掩饰他们脸上的窘态。K.站着不动,透过两扇敞开的门望着他们。落在最后的当然是神情冷漠的拉本施泰纳,他只做了一个优雅的迈步姿势。卡米纳尔递过帽子,而K.不得不提醒自己——这在银行里常常是十分必要的——这家伙脸上的笑容是强装出来的。平时,即使他真想笑,也笑不出来。在前厅,格鲁巴赫太太为这一行人打开大门。她看上去丝毫也不感到内疚。像往常一样,K.低头看了看系在她那肥胖身躯上的围裙,它完全没有必要系得那么紧。在楼下,K.掏出怀表来看了看,决定叫一辆出租车,免得再延误上班时间,因为直到现在,他已经迟到半个钟头了。卡米纳尔跑过街角去找车,另外两个人则竭力想使他开心。突然,库里希指了指对面房屋的大门。此时,那蓄着金黄色山羊胡子的高大男人正从门里走出来。他显然对露出了自己整个身子感到难为情,立即退后几步倚在墙上。那两个老太太也许正从楼梯上下来。K.讨厌库里希让他注意那男人,其实他早就看见他了,并且一直盼着他出现。"别朝那边看!"他低声喝道,没有意识到以这样的口吻对一个有独立人格的人说话是多么不合适。不过,解释也没有必要,因为这时汽车已经开过来。他刚刚坐定,汽车便启动了。K.这时才想起,他没有注意到监督官和看守们是怎样离开的。监督官先是吸引了他的注意力,使他没认出那三个职员,而后来,职员们又让他把监督官忘得一干二净,这证明他心不在焉。K.决定今后在这方面要观察得更仔细一些。他不由自主地转过身去,伸长脖子向后张望,想看看监督官和看守是否还站在那里,但他立即又转回身来舒舒服服地靠在车的一角里,此刻他不想见到任何人。虽然如此,他倒是很想同别人聊聊。但他的同伴们仿佛都累了,拉本施泰纳从他右边,库里希从他左边望着车窗外,而卡米纳尔则脸上挂着强装出来的微笑谦恭地望着他[①]。出于人道主义考虑,拿这种笑容开玩笑是绝不允许的。

这年春天,K.习惯于以这样的方式消磨晚上的时光:下班以后——他一般待到九点——如果可能,他总要独自散一会儿步,或者和几个同事一道走进一家啤酒馆,坐在一张大多是上年纪顾客常坐的桌边待到十一点。当然也有例外,比如,银行经理有时出于对他的下属表示关心或信任时,也会请K.乘汽车去兜兜风或去他的别墅吃晚饭。除此之外,K.每星期要去看望一次一个名叫艾尔莎的姑娘。她在一家酒吧当女招待,得从晚上一直干到第二天早晨。白天,她总是在床上接待来访者。

不过这天晚上——白天在繁忙的工作和同事们热情友好的生日祝贺

[①] 原文如此。前面作者提到这三人并未上车,此时又说他们坐在车里。——译者

中飞快地过去了——K.决定立即回家。在工作的间歇,他总是想着早晨发生的事。不知为什么,他觉得这件事把格鲁巴赫太太的整个住宅搅得一塌糊涂,而恢复那里的秩序恰恰是他义不容辞的任务。只要那里恢复了正常,这件事的痕迹也就全部被抹去了,一切也就走上了正轨。特别是那三个职员根本没有什么值得害怕的,他们重新融入了银行庞大的员工队伍里,丝毫看不出有什么变化。K.曾好几次把他们单独或一起叫到他的办公室里,仅仅是为了观察他们。每次让他们退出去时,他都感到很满意。[4]

当他九点半钟回到他住的那栋房子时,发现大门口站着一个小伙子。那年轻人双腿叉开,嘴里叼着一只烟斗。"你是什么人?"K.凑近小伙子的脸问道。门洞里很黑,他看不清那人的脸。"我是房东的儿子,尊敬的先生。"小伙子答道,把烟斗从嘴里拿出来退到一边。"房东的儿子?"K.用手杖不耐烦地敲敲地面问。"先生是否需要什么?要不要去把父亲找来?""不,不。"K.用原谅的口气说,仿佛小伙子干了什么错事。"很好。"他说着继续朝前走,但在上楼之前又回过身来看了一眼。

他本来可以直接走进自己的房间,但他有话同格鲁巴赫太太说,便敲了敲她屋子的门。她正坐在桌旁补袜子,面前还放着一堆旧袜子。K.心不在焉地道歉说,这么晚了还来打扰她真不好意思,但格鲁巴赫太太显得很和蔼,请他不必介意,她什么时候都愿意跟他聊一聊,因为他是她最好、最受尊敬的房客。K.环顾四周,屋里已经恢复了原先的样子,早晨放在窗边桌上的早餐餐具已经拿走。"女人的手不声不响就把一切收拾干净了。"他想,如果是他,也许当场就把它们打得粉碎,而决不会将它们拿出去。他用感激的眼神看了格鲁巴赫太太一眼。"为什么这样晚了您还干活?"他问道。他们两人都坐在桌边,K.不时地把手伸进袜子堆。"活儿太多,"她说,"白天我得替房客们做事,只有晚上才能腾出手来干自己的事情。""我今天大概给您增加了额外的工作吧?""为什么?"她有点紧张,把正在做的活计放在膝上。"我指的是今天早上来的那几个人。""原来是这样,"她恢复了平静,"这并没有给我添什么麻烦。"K.一声不响地看着她又开始干活。当我提起这事时她似乎很惊讶，K.想，好像我不该谈。可越是这样，我就越应该弄清楚，这样的事只有跟一位老太太才好谈。"哪里，肯定给您增加了麻烦，"他说，"不过以后不会再发生了。""当然不会再发生了。"她很有把握地说，并几乎忧伤地向K.微笑着。"您真这样认为？"K.问。"是的，"她小声说，"不过您无论如何不能把这事看得太严重。世界上什么事情不会发生！既然您这样信任地同我谈话，K.先生，我也得向您承认，我在门外偷听了一会儿，两个看守对我讲了一些事。这关系到您的幸福，的确使我很担心，也许担心有点过分，因为我不过是您的房东。是的，我听到一些传闻，但我不想说情况特别糟糕。不，您虽然被捕了，但同一个小偷被捕不大一样。假如像一个小偷那样被捕，事情当然很糟，不过像您这样的被捕……我觉得有某种难以解释的原因。请原谅我讲了些蠢话，我觉得有些事情难以解释，我虽然不懂，但人们也不必去弄明白。"

"您的话一点也不蠢，格鲁巴赫太太，至于我，是部分同意您的看法的。只是我对整个事情的判断比您更敏锐，我认为这件事丝毫也不难解释，它完全是无中生有。我被搞懵了，这就是事实。假如我醒来之后不去想安娜为什么没有露面，而是立即起床，不顾有人阻拦直接来找您的话，我本来可以破例在厨房里用早餐并请您到我房里把我的衣服拿来。总之，倘若我头脑清醒一点，后来的事就不会发生，一切也就被消灭在萌芽之中了。可惜的是我当时毫无准备。在别的时候，比如在银行，我总是胸有成竹，这样的事在那里绝不会发生在我的身上。我有自己的仆人，外线电话和银行内部电话就摆在我的办公桌上，顾客、上司和职员们来来往往。除此之外更重要的是，我始终处在一种工作环境之中，头脑始终是清醒的，要是在那儿遇到这样的事，我一定会感到十分有趣的。好了，现在一切都过去了，我本来不想再提起它，只是为了听听您的看法，一位明智的太太的看法，我才来打扰您的。我很高兴我们观点一致，我得和您握握手，来证明我们的看法完全相同。"

她会同我握手吗？监督官可没有和我握手，他一面想一面用一种与过去不同的目光打量着她。由于K.已经站起来了,她也站起身来,显得有点窘,因为K.的话她没有完全听懂。正因为如此,她讲了一些她并不想说并且文不对题的话。"您不必把这事看得太重,K.先生。"她说,声音里带着哭腔,当然也忘了同K.握手。"我想我并没有把它看得很重。"K.说。他突然感到有点累,发现这个女人的赞同对他并没有什么用处。

在门边他转过身来问:"毕斯特纳小姐在家吗?""不在。"格鲁巴赫太太答道,并在作出这一干巴巴的回答时微笑着表示她那已经没有必要的关心。"她看戏去了。您找她有事吗?要不要我给她留个口信?""啊,我只是想同她谈几句话。""我不知道她什么时候回来,每次去看戏,她都回来得很晚。""不要紧,"K.垂着头,转身朝门口走去,"我只想向她道个歉,今天早上我借用了她的房间。""用不着道歉,K.先生,您太客气了。小姐什么也不知道,她一大早出门后直到现在还没回来,何况一切都恢复了原样,您可以去看看。"说着,她打开毕斯特纳小姐的房门。"谢谢,我相信是这样。"K.虽然如此说,但还是走进敞开的门。月光静静地照着那间黑洞洞的房间,凡是眼睛能够看到的东西,的确已经放回原处,挂在窗把手上的那件女衬衫已经不见了。床上的垫褥看上去高得出奇,一部分被月光照亮。"小姐常常很晚回家。"K.瞧着格鲁巴赫太太说,好像她应当对此事负责。"年轻人就是这样!"格鲁巴赫太太抱歉似的说。"不错,不错,"K.说,"不过,这也太过分了。""的确是这样,"格鲁巴赫太太说,"您说得对极了,K.先生,也许在这种情况下更加如此。我不想说毕斯特纳小姐的坏话,她是个讨人喜欢的好姑娘,又和蔼,又正派,又精明能干,这一切我都很佩服。不过有一点我却看不惯,她应该更自尊,更庄重一点才好。光是这个月,我就在僻静的马路上碰见过她两回,每一次都和不同的男人在一起,连我都感到很尴尬。向仁慈的上帝发誓,这事我只对您讲,K.先生。当然不可避免地,我也要同小姐本人谈谈,当面劝告她。另外,使我对她产生疑心的还不止这件事。""您完全错了,"K.几乎难以掩饰心中的怒气,"您显然误解了我对小姐的看法,我根本不是这个意思。我真诚地劝告您别向小姐提任何这方面的事。真是乱弹琴,我很了解小姐的为人,您的话没有一句是真的。不过,我也许是多管闲事,我不想阻拦您,您想说什么,就对她说吧!晚安。""K.先生,"格鲁巴赫太太恳求道,并跟着他一直走到他的房门口,这时,K.已打开了门,"我什么话也不会对小姐说,我当然还要继续观察。刚才我只不过把我知道的对您一人讲了。无论如何,我是为房客们着想,为了维护这幢公寓的名声,并没有其他意思。""名声!"K.透过门缝大声说,"假如您想维护这幢公寓的名声,就应该首先把我赶出去。"接着他砰的一声关上门,不再理睬那轻轻的敲门声。

他毫无睡意,决定守在那里看毕斯特纳小姐什么时候回来。尽管已经很晚了,也许他还能同她聊上几句。他伏在窗台上,疲倦地闭上眼睛,脑子里甚至闪过要教训一下格鲁巴赫太太,劝毕斯特纳小姐同他一起搬出这幢公寓的念头。但他马上意识到这样做太过分,甚至怀疑自己是否是因为早上发生的那件事而想搬家。如果是那样,那就太荒唐,太无聊,太卑鄙了。[5]

当他看够了外面空空荡荡的街道,感到不耐烦时,便把通往前厅的门打开一条缝,躺到沙发上。这样,如果有人从外面回来,他马上就能看到。他静静地躺在沙发上抽雪茄,直到十一点钟左右,但后来无法再躺下去,便走进前厅,似乎这样毕斯特纳小姐就会早些回来。其实,他对她并没有特别的兴趣,甚至记不清她的长相。而现在,他却很想同她谈谈,甚至对她深夜不归极为恼火,觉得这会给他这一天最后几个钟头带来不安和混乱。再说,他今天没吃晚饭,没去看望艾尔莎也是因为她的缘故。当然,这两件事还可以弥补,他现在就可以去艾尔莎干活的那家酒馆。尽管如此,他还是决定同毕斯特纳小姐谈话之后再说。

大约十一点半,楼梯间传来脚步声。在前厅胡思乱想并像在自己屋里那样很响地踱步的K.赶快跑回自己的卧室,在门后仔细地听了听。回来的的确是毕斯特纳小姐。她关上正门,打了个哆嗦,用一条丝质的大围巾裹紧自己瘦削的肩膀。再过一会儿,她就该走进自己的房间了。深更半夜,K.当然不能闯进去,所以,他必须现在和她谈。不幸的是,他忘了打开自己房间的灯。假如他摸黑走出去,她一定会以为有人拦路抢劫,至少会吓一大跳。不能再浪费时间了,在仓皇之中,他透过门缝低声叫道毕斯特纳小姐!"声音听起来不像喊人,而像哀求。"谁在那儿?"毕斯特纳小姐问,并瞪大眼睛四下张望。"是我。"K.从门里走出来说。"噢,是K.先生,"毕斯特纳小姐微笑道,"晚上好。"她朝K.伸出手。"我想同您说几句话,不知您是否允许。""现在?"毕斯特纳小姐问,"非得现在谈吗?真有点奇怪,不是吗?""从九点起我一直在等您。""原来是这样。我看戏去了,不知道您在等我。""我想跟您说的是今天才发生的事。""那好吧,我并不特别反对,只是我累得站都站不住了。过几分钟您上我房间来,我们可不能在这儿谈话,那会把大家都吵醒。我讨厌这样,不光是为别人着想,更多的是为我们着想。您在这儿等一下,我去把屋里的灯打开,然后您再把这儿的灯熄掉。"K.关掉灯,在原地等着,直到毕斯特纳小姐在房间里低声请他进去。"请坐。"她指着一张矮沙发说,自己虽然很疲倦,却在床的柱子边站着,甚至连头上那顶点缀着许多鲜花的帽子也没有摘下来。"您想说什么?我真的有点好奇了。"她双腿微微交叉说。"您也许会讲,"K.开口道,"事情并不很紧急,非得现在谈不可,但是……""我向来不喜欢开场白。"毕斯特纳小姐说。"那么,我说起来就更容易了。"K.说,"您的房间今天早晨稍稍被弄乱了,这在某种程度上是我的过错。虽然是几个陌生人背着我的意愿干的,但我刚才说过,我也有责任,因此,我要向您道歉。""我的房间?"毕斯特纳小姐问,没有察看自己的房间,却审视地望着K.。"事情是这样的,"K.说,两人的目光第一次相遇了,"究竟是怎样发生的,就不必多费口舌了。""不过那恰恰是令人感兴趣的部分。"毕斯特纳小姐说。"并非如此。"K.说。"那好吧,"毕斯特纳小姐说,"我不想探听别人的秘密,既然您坚持说这没什么意思,我也没有理由反对。您请求我原谅,我当然很愿意,特别是我根本没发现我的房间弄乱了。"她张开两手,撑着腰在屋里转了一圈,并在嵌着许多照片的镜框前站住。"您瞧,"她大声说,"我的照片被弄乱了,真讨厌!看来真的有人未经允许进过我的房间。"K.点点头,暗暗地咒骂那个名叫卡米纳尔的职员,那家伙从来不能控制自己粗鲁荒唐的行为。"真稀奇,"毕斯特纳小姐说,"我现在不得不禁止您干您应当禁止自己做的事情来了,也就是说,我不在的时候,您不能进我的房间。""我已经向您解释过了,小姐,"K.说着也走到镜框前,"我并没有弄乱您的照片。不过既然您不相信,我就不得不承认调查委员会派了三个银行职员来,其中的一个很可能动过您的照片。只要有机会,我一定要把他开除。不错,调查委员会的人来过这里。"由于小姐用询问的目光望着他,K.补充道。"因为您的缘故吗?"小姐问。"是的。"K.答道。"这不可能!"小姐大笑着说。"的确如此,"K.说,"您相信我不会干坏事吗?""哼,会不会干坏事……"小姐说,"我不想立即做出某种也许会带来后果的判断,另外,我还不了解您。不过,假如专门为一个人成立了什么调查委员会,那他的罪行一定很严重。既然您仍然是自由的,至少从您的镇静可以得出结论,您不是越狱的逃犯,那么,您不可能犯了大罪。""说得对,"K.说,"可是调查委员会既可能承认我是无辜的,也可能像他们猜想的那样宣布我有罪。""不错,两种可能都有。"毕斯特纳小姐沉思地说。"您瞧,"K.说,"您在法律问题上缺少经验。""不错,确实如此,"毕斯特纳小姐说,"我常常为此感到遗憾,我很想获得各方面的知识,对法律问题尤其感兴趣,法院对人有一种特别的吸引力,不是吗?不过我在这方面的知识马上就会丰富起来的,因为下个月我就要到一家律师事务所去当职员了。""那太好了,"K.说,"那样您就可以在我的案子里给我一些帮助。""当然可以,"毕斯特纳小姐说,"干吗不呢?我很想利用我的知识。""我是当真的,"K.说,"至少像您一样有一半认真。我的事还不至于严重到要请一位律师,不过一位顾问倒是需要的。""不错,可是您既然请我当顾问,我也应当知道事情的来龙去脉。"毕斯特纳小姐。"问题就出在这里,"K.说,"事情的起因连我自己也不明白。""这样看来,您不过是拿我开玩笑而已。"毕斯特纳小姐大失所望地说,"深更半夜开这种玩笑可太没有必要了。"说着,她从他们俩紧紧地一起站了好久的照片旁走开。"不是的,小姐,"K.说,"我没有开玩笑,请相信我！我所知道的全都告诉您了，甚至我所说的已经超过了我所知道的，因为来的并不是什么调查委员会，我这样叫它，只不过想不出别的名字来称呼它罢了。事实上也并没有调查什么，我仅仅是被捕了，被一个委员会逮捕了。"毕斯特纳小姐坐在短沙发上又大笑起来。[6] "那是怎么回事？"她问道。"可怕极了。"K.说，但他不再想自己的事，而是目不转睛地看着毕斯特纳小姐，后者一只手托着下巴，肘部支在沙发垫上，另一只手慢悠悠地抚摸着自己的髋部。"这可太笼统了。"毕斯特纳小姐说。"怎么太笼统了？"K.回过神来问，"要不要我向您描述一下事情的经过？"他想表演一下当时的情景，但没有移动身体。"我困了。"毕斯特纳小姐说。"可您回来得太晚。"K.说。"瞧，您倒责备起我来了。不过，我这是自作自受，当初我就不应该让您进门，何况根本没有必要表演事情的经过。""当然有必要，这您马上就会看到的。"K.说，"可以把那只小柜子从您的床边移开吗？""您又想出什么怪念头？"毕斯特纳小姐说，"当然不行！""那我就没法表演了。"K.激动地说，仿佛遭受了不可估量的损失。"好吧，既然是表演需要，您就把柜子移开好了。"毕斯特纳小姐说，过一会儿又用微弱的声音补充道："我太累了，只好由您去折腾。"K.把床头柜挪到屋子中央，自己坐到它后面。"您得准确想象每个人的位置，很好玩的。我就是监督官，那边的箱子上坐着两名看守，照片旁边站着三个年轻人。顺便提一句，窗户的把手上还挂着一件白衬衣。我现在就要开始了。啊，我把自己忘了，我是最重要的角色。喏，我就站在这只小柜子前面。监督官舒服自在地跷着二郎腿，胳膊搭在椅背上，简直像个乡巴佬。现在真的开始了。监督官大喊了一声，好像要把我从梦中叫醒，他简直是在吼叫。为了使您明白当时的情景，我也不得不吼叫。当然，他叫的只是我的名字。"正在笑着听K.讲述的毕斯特纳小姐赶紧伸出一个手指头按在嘴上，示意他别大喊大叫。可是太晚了，K.已经完全进入了角色，他扯开嗓门喊道："约瑟夫.K.！"声音虽然不像他所形容的那么响，但却突然爆发出来，逐渐在房间里扩散。

猛地，隔壁房间传来敲门的声音，既短促、响亮，又有节奏。毕斯特纳小姐脸色发白，手捂住胸口。K.也吓了一跳，适才他的思想完全沉浸在早晨发生的事件里了，眼前只有那个看他表演的姑娘。刚刚恢复常态，他就跑到毕斯特纳小姐身边，一把抓住她的手。"您用不着害怕，"他耳语道，"由我来应付一切。会是谁呢？隔壁是一间起居室，没有人在那儿睡觉。""不，"毕斯特纳小姐在K.的耳边低声说，"从昨天起，格鲁巴赫太太的侄子，一名上尉，就在那儿睡了。没有别的空房间了。我把这事给忘了。谁让您大声嚷嚷来着！我着实吓了一大跳。""没有理由害怕。"K.说，并吻了吻已经坐到垫褥上的毕斯特纳小姐的前额。"走吧，走吧，"她说着又匆忙地站起身来，"快走，别再耽搁了。您还想干什么？他现在正在门后偷听呢，他什么都听得见。您真是折磨人！""在您平静下来之前，"K.说，"我决不离开。到那个角落里去，我们在那儿说话他肯定听不见。"她毫无反抗地由他把自己带到屋角。"别担心，"他说，"这虽然会使您有点不自在，但绝不会有危险。您知道，格鲁巴赫太太在这种事情上说话很管用，特别因为上尉是她的侄子。另外，她对我很尊重，绝对相信我说的每一句话。她还有求于我，因为我借给了她一大笔钱。您可以找出各种理由来解释我们为什么在一起，怎样说我都同意，即使有点荒唐也不要紧。我保证格鲁巴赫太太不但在表面上，而且打心底里真心实意地相信您的解释。您用不着为我操心，即使您说我强奸了您，格鲁巴赫太太听了也会深信不疑，但同时又不失去对我的信任。她太依赖我了。"毕斯特纳小姐缩成一团，一声不吭地望着地板。"格鲁巴赫太太为什么不会相信我强奸了您呢？"K.补充道。他仔细地打量着她的头发，那蓬松的、微微发红的头发中间分开，脑后束成一个堕云髻。他以为她会把目光转向自己，但她却一动不动地说："请原谅，我是被突如其来的敲门声吓着了，而不是怕上尉偷听所带来的后果。您喊了一声后开始静悄悄的，后来就响起了敲门声，所以我才吓了一跳。我就坐在门旁边，那声音就像从我身边发出来的。谢谢您的建议，不过我不想接受。对于我房间里发生的一切，我会自己负责，不管谁来问都一样。我很奇怪，您竟然没有察觉您的建议是对我的莫大侮辱。您的用意是好的，这我当然不否认。可现在您还是走吧，让我一个人待着，我现在比任何时候都需要安静一会儿。您开始时只求我跟您谈几分钟,可现在已经半个多钟头了。"K.抓住她的手,接着又握住她的手腕说:"您没生我的气吧?"她挣脱他的手回答说:"不,不,我从来不生任何人的气。"他又抓住她的手腕,这次她没有挣扎,却把他拉到门口。他几乎下决心要离开,但到了门边又站住,仿佛没有料到这儿竟有一扇门。乘此机会,毕斯特纳小姐甩开他的手,并打开门走进前厅,在那儿小声对K.说:"现在请出来吧,您瞧,"她指着上尉的房门,门下的缝里透出一道光,"他开着灯,正在偷听我们呢。""我这就来。"K.说着跑进前厅,抱住她吻了她的嘴,接着又吻遍了她的脸,好似一头饥渴的野兽贪婪地喝着终于找到的泉水。最后他亲吻她的脖子,并长时间地把嘴唇贴在她的喉头处。上尉屋里传来一声响动,他抬头朝那边望了望。"现在我要走了。"他说。他想叫一声毕斯特纳小姐的名字,但又不知她的名字是什么①。她疲倦地点点头,侧着身子任凭他吻自己的手,仿佛对此毫无感觉,然后便低头走进了自己的房间。不一会儿K.便上了床,几乎马上睡着了。进入梦乡之前,他思考了一下自己的行为,并对此感到十分满意。但奇怪的是,他又有点不满意,由于上尉的缘故,他着实为毕斯特纳小姐担忧。

---

① 在西方,直呼其名表示亲近,而毕斯特纳只是小姐的姓。——译者

第二章

初 审

K.接到电话通知,下星期天将对他的案子进行一次简短的审理。打电话的人提醒他注意,审讯将经常举行,即使不是每周一次,但也不会隔得太久。这一方面是考虑到,早日结束这件案子对大家都有好处;另一方面是因为审讯必须十分彻底,但又不能由于花费了大量精力而旷日持久地拖延下去。正是出于这个原因,才采取了这种连续而又简短的审讯方式。审讯选择在星期天是为了不打扰K.的业务工作。人们期待他同意这一安排,假如他希望改在别的日子进行,只要可能,他们也会满足他的要求。例如,审讯也可以在夜间进行,不过那时候K.可能会头脑不太清醒。无论如何他们倾向于星期天,只要K.不反对。审讯时他必须出席,这是不言而喻的,希望用不着再提醒他。他们还告诉了他应当去的那幢房子的门牌号码。它坐落在郊区一条偏僻的街道上,K.还从来没去过那里。

K.得到通知后,没有回答便把电话挂了。他当即决定星期天去赴约,这无疑是必要的,案子已经有进展了,他必须认真对付,使第一次审讯变成最后一次。他沉思地在电话机旁站了一会儿,身后突然传来副经理的声音。副经理想打电话,但K.却挡着他的路。"坏消息吗?"他随口问道,并不是想知道点什么,而是想叫K.让开电话机。"不,不。"K.说着向一旁闪了闪,但并没有走开。副经理拿起听筒,利用电话尚未接通的机会转过脸来对K.说:"我想问一下,K.先生,您有没有兴趣星期天上午乘我的帆船出去玩?我邀请了不少人,其中肯定有您的朋友,比如检察官哈斯特勒先生。您肯赏光吗?您一定要来!"K.留神地听着副经理的话。这对他来说并非无关紧要,因为副经理同他的关系向来不好,这次邀请显然是他作出的和解的表示,证明K.在银行里的地位多么重要,以至于银行第二把手也十分看重同他的友谊,至少希望他保持中立。即使这个邀请是在等电话接通时随便说的,对于副经理来说已经是屈尊了。不过,K.不得不第二次让副经理屈尊,他说:"非常感谢,可惜我星期天没空,已经跟别人约好了。""真遗憾。"副经理说,并转过脸去打电话,因为线路已经接通了。他讲了很长时间,心烦意乱的K.一直站在电话机旁,直到副经理挂上电话,他才如梦初醒般解释自己毫无意义地站在这里的原因:"有人打电话给我,约我到一个地方去,可忘了告诉我应该几点钟去。""那您就再打个电话去问问好了。""不过没什么关系。"K.说,本来便不大令人信服的理由更加站不住脚了。副经理转身走开之前又说了其他的事,K.耐着性子答了几句话,心里却想,星期天上午最好还是九点钟去那个地方,因为平日法院总是在这个时候开庭。

星期日天气阴沉。K.非常疲乏,昨天晚上他参加了酒吧间的老顾客聚会,直到深夜才回家,所以差点睡过头。他没有时间考虑一星期来制订的种种计划,匆匆穿好衣服,没吃早餐便直奔指定的那个郊区。虽然他很匆忙,无心注意过路的行人,却奇怪地发现了曾介入过他的案子的那三个职员拉本施泰纳、库里希和卡米纳尔。前两个人乘一辆电车从他面前驶过,卡米纳尔却坐在一家咖啡馆的平台上,当K.走过时,他从栏杆上探出身来好奇地打量着他。三个人都望着他的背影,好像想弄清楚他们的上司忙着上哪儿去。出于某种对抗心理,K.决定不乘车去那个地方,他不愿意别人在他的案子里帮任何忙,不想求助于任何人,甚至不想别人哪怕稍微介入一下他自己的事情。另外他也毫无兴趣一分不差地准时到达那里,在审讯委员会面前降低自己的身份。不过他现在还是加快了步伐,以便尽量在九点钟时到达,尽管没有人给他规定到达的时间。

他本来以为那幢房子准会有某种标志——到底有什么标志他想象不出来——或者门前聚了许多人,从远处就能认出来。但是,他要去的那条尤利乌斯大街两旁几乎全是清一色的灰色高楼,里面住满了穷人。K.在街口站了一会儿。在这个星期天的早晨,大多数窗口都有人,男人穿着衬衣靠在那儿抽烟,或小心而慈爱地扶着坐在窗台上的孩子。有些窗口晾着被单,偶尔有一个女人蓬乱的头发从被单上方露出来。人们隔着巷子相互打招呼,K.的头顶上正好有人大喊了一声,引起一阵哄笑。在这条长长的街道上,每隔一段距离便有一家卖食品的小店,它们大多低于街面,要下几级台阶才能到达。女人们在这些店里进进出出,或者站在店门口的台阶上闲聊。一个卖水果的小贩向街两旁窗口里的人推销自己的货物,一不留神,手里小车差点把心不在焉的K.撞倒。一架在某个较富裕的城区用坏了的留声机开始演奏,发出叫人难以忍受的杂音。

K.缓缓地沿着大街往前走,越走越远,他的时间似乎很充裕,预审法官也许会从某个窗口里看到他,知道他已经到来。九点已经过了,K.又走了很久才找到那栋房子。这是一幢大得出奇的建筑,特别是大门,又高又宽,大约是为运送货物的车辆设计的。宽阔的院子四周是一间间栈房,门口挂着许多家商号的招牌,有些商号的名称K.在银行的业务往来中已经很熟悉。他一反常态,在院子的入口处停了一会儿,仔细打量起眼前的情景来。在他不远处,一个赤脚男人坐在一只大箱子上看报;两个男孩坐在一辆手推车里摇来晃去;一个瘦弱的年轻姑娘身穿睡衣在水泵前一边打水一边看着K.;在院子的一个角落,两扇窗之间系了一根绳子,上面晾着刚刚洗过的衣服;一个男人站在衣服下大声指点着别人干活。

K.转身走向楼梯,打算去审讯室。但他又站住了,因为除了这条楼梯,院子里还有三条楼梯,另外在院子尽头还有一条窄窄的过道似乎通向另一个院子。他很生气,打电话的人竟然不告诉他审讯室的确切位置,他们对他的疏忽和冷淡已达到令人吃惊的地步。他一定要把这一点当面向他们大声而明确地指出来。他终于登上那条楼梯,心里想着那个叫威勒姆的看守说过的话:法律总是被罪恶所吸引。由此可以得出结论,审讯室肯定就在K.偶然选中的这条楼梯上面。

上楼时,他碰到了许多在楼梯上玩的孩子,由于他从他们中间穿过而打扰了他们的游戏，孩子们一个个恼怒地瞪着他。"如果我下次再来，"他自言自语道，"一定要带些糖果来哄他们，或者带根棍子来揍他们一顿。"快到二楼时，一颗弹子从楼梯上滚下来，他不得不站住，等弹子停止滚动。这时两个满脸皱纹、未老先衰的小男孩揪住了他的裤子。假如他把他们甩开，他们一定会被摔痛。他怕他们嚷嚷起来。

到了二楼他才真正开始寻找。不过他不好直接打听审讯委员会在什么地方，于是想出了一个寻找细木工兰茨的主意——他想起这个名字，是因为那个上尉，格鲁巴赫太太的侄子，就叫兰茨。他打算挨家挨户地问，这里是否住着一个名叫兰茨的细木工，并乘机向屋里瞄上一眼。这样做其实并不费劲，因为几乎所有的门都开着，小孩子从里面跑进跑出。大多数家庭只住着一间带一扇窗的小屋，并且正在做饭。不少女人一只手抱着孩子，一只手在炉子上忙碌。即将成年的女孩子除了围裙似乎没穿别的衣服，来来回回地操持着家务。每间屋子里床上都躺着人，有的是病人，有的还在酣睡，有的即使已穿好衣服还赖着不起来。如果哪家的门关着，K.便敲敲门，问这儿是否住着一个名叫兰茨的细木工。来开门的大多是女人，听了他的问话往往转身对屋里的某个人说话，那人便欠起身来。"这位先生问这儿是不是有一个叫兰茨的细木匠。""叫兰茨的细木匠？"那人在床上问。"对。"K.说，其实他已经明白，审讯委员会决不会在这里，他用不着再费口舌。许多人以为找到细木匠兰茨对K.来说事关紧要，于是绞尽脑汁想了半天，终于想起某个细木匠来，不过那人不叫兰茨。也有人说出一个与兰茨发音相近的名字来，或者向邻居打听，或者领K.到住得很远的另一家去，因为他们认为，那间房子已被转租出去，新住户可能就叫兰茨，或者那家人也许能提供确切消息。终于，K.明白不必再问了，因为他已经跑遍了二楼。他为自己制订的这个计划感到懊悔，当初，他还以为这种做法是切实可行的。当他快到六楼时，他决定不再寻找。他向一个愿意带他继续打听的热情的青年工人道别后便朝楼下走去。但是，他为自己白白地忙碌了半天而恼怒，于是又爬上六楼，敲了敲第一家住户的门。他在小屋里第一眼看到的东西是一架大挂钟，指针已经指到十点了。"一位名叫兰茨的细木匠住在这里吗?"他问道。"就在那边。"一个长着一双明亮的黑眼睛的年轻女人正在桶里洗小孩衣服,她伸出一只湿漉漉的手指,指了指隔壁房间开着的门。

K.觉得好像走进了一间会议室。这是一间中等大小的房间,有两扇窗,天花板下是一圈楼座。屋里挤满了各种各样的人,连楼座也挤得满满的,那儿的人只能弓着身子站着,脑袋和背几乎碰到天花板。谁也没有注意到这个新来的人。K.站了一会儿,觉得空气太污浊,便又退了出来。他对那个看来错误地理解了他的意思的年轻女人说:"我是来找一个细木匠的,他名叫兰茨。""没有错,"那女人说,"您请进去吧。"要不是她朝他走了两步,抓住门把手并对他说"我得关上门,在您之后任何人都不许再进去",K.也许会走开。"说得对,"他说,"不过里面确实太挤了。"尽管如此,他仍然走了进去。

门边有两个男人在谈话,其中的一个伸开两手做出数钱的姿势,另一个人立即睁大眼睛紧紧盯住他。这当儿,从两人中间伸过来一只手抓住了K.。这是一个红脸膛、个子矮小的年轻人。"过来吧,过来。"他说。K.任他带着往前走,闹哄哄的人群中看来似乎有一条窄窄的通道,把在场的人分成两派。K.朝前几排的左右两边看了看,发现没有一个人脸对着他,所有的人都背对着他,只同自己那一派的人说话和打手势。大多数人身穿老式的黑色节日长外衣,下摆松松地垂下来。假如不是这身打扮使K.感到迷惑,他一定会认为这里在举行一次地方性政治集会。[7]

K.被带到会议室的另一头,那儿有一个低矮的讲台,上面同样挤满了人。讲台上横放着一张小桌子,一个矮胖子喘着粗气坐在桌子旁的讲台边上,在一阵哄笑中同一个站在他身后的人说话。那人胳膊肘撑在椅背上,两腿交叉,不时挥舞着手臂,仿佛在模仿某个人的滑稽动作。带领K.到来的那个小伙子两次踮起脚尖,想通报K.已经到了,但都没有引起矮胖子的注意。直到讲台上有人指着小伙子提醒他,他才转过脸来,俯下身子听后者小声报告。接着,他掏出怀表看了看,又扫了K.一眼。"您在一个钟头零五分钟之前就应该到这里了。"他说。K.刚想回答,但已经来不及了，因为矮胖子还没说完，屋子的右半部就响起了一片不满的喧哗。"一小时零五分钟之前您就该到这里了。"矮胖子提高声音重复道，并匆匆地扫了会议室一眼。不满的声音更响了，矮胖子住嘴好一阵才渐渐平息下来。现在会议室里比K.刚刚进来时安静多了，只有楼座上的人还在议论着什么。那儿虽然光线昏暗，烟雾腾腾，尘土飞扬，但K.还是看出来，他们的衣着比下面的人寒酸。一些人还带着垫子，塞在他们的脑袋和天花板之间，以免碰伤。

K.决定少讲话多观察，因此并不为他所谓的迟到辩护，而只是说："我也许是来得晚了点，但我已经到了。"话音刚落，屋子的右半部便响起了掌声。这些人很容易争取过来，K.想，但又为屋里左半部分的沉默感到不安。这些人就在他身后，他们之中只有几个人为他鼓掌。他考虑着应该说些什么，才能把所有的人一下子争取过来，即使做不到，至少也应该先把大多数人争取过来。

"不错，"矮胖子说，"不过我不再有义务现在便审讯您了。"不平之声重又响起，但这次意义相当含混。矮胖子挥挥手把声音压下去又说："不过我可以把今天算做例外，下次无论如何不能再迟到了。现在到前面来！"一个人跳下讲台，给K.腾出一块地方。K.登上讲台，紧挨着桌子站着。身后十分拥挤，他不得不使劲顶住，以免把预审法官的桌子，也许还有预审法官本人推下讲台。

不过预审法官并不为此而担忧，他舒舒服服地坐在自己的椅子上，对身后的人说完最后几句话，才抓起桌上唯一的一件东西———一个小笔记本。这是一个小学生用的那种老式笔记本，由于它的主人经常翻阅，早已变形。"那么，"预审法官一边翻着笔记本，一边用确信无疑的口气问K.，"您是房屋油漆匠啰？""不对，"K.说，"我是一家大银行的首席业务助理。"这个回答使房间右半部的人开心地大笑起来，K.也不禁笑了。人们双手撑住膝盖，笑得身子直抖，简直喘不过气，楼上甚至也有几个人开怀大笑。恼怒万分的预审法官看来没有足够的权威控制会议室里的人，于是便向楼座上的人发泄自己的怒气。他跳起来，向他们发出威胁，两条并不引人注目的眉毛在眼睛上方挤成又粗又黑的一团。

但是，房间左半部的人仍然保持着沉默，他们站成一排排，脸朝讲台，静静地听着刚才的对话和对立的一派发出的哄笑声。他们甚至容忍自己这一派的某些成员做出同对立面一样的举动。他们看上去虽然比另一派的人数要少，也许从根本上说无足轻重，但他们的沉默却是意味深长的。K.开始讲话，确信自己代表了他们的观点。

"预审法官先生，您问我是不是房屋油漆匠——事实上您并不是在问，而是把一个称呼强加给我——这种问话方式暴露了强加在我身上的这次审讯的全部特征。您也许会提出异议，说这根本不是一次审讯。您说得完全对，因为只有在我承认这是一次审讯的情况下，它才称得上是审讯。不过此刻出于怜悯，我承认它是一次审讯。倘若人们愿意正视它，便不得不对它抱怜悯的态度。我不想说这是一次下流的审讯，但我很愿意把这个称呼让给您，供您自己去使用。"

K.说到此停顿了一下，低头看了看整个会议室。他的话说得很尖刻，尖刻得超过自己的预想，但却是理直气壮的，他料想会激起阵阵掌声。然而掌声并没有响起，大家显然正紧张地等他继续说下去。也许沉默之后便是爆发，一切将在爆发中结束。但令人扫兴的是，恰恰在这时，会议室那一端的门突然开了，那个年轻的洗衣妇走了进来，看来她已经洗完了衣服。尽管她小心翼翼，仍然吸引了一部分人的注意力。唯一使K.开心的是预审法官，自己刚才的话显然击中了他的要害。他像被钉住了一样呆呆地听着，因为当他站起来斥责楼座上的人时，K.突然开始讲话，使他忘记坐下。直到此刻，他才利用这个间歇坐回到椅子上。他的动作缓慢，似乎不想引起别人的注意。也许是为了使自己镇定下来，他又拿起了笔记本。

"这不会有多大用处，"K.接着说，"您的笔记本，预审法官先生，会证实我所说的话。"他对自己能在这个陌生的集会上用平静的语调讲话感到十分满意，甚至一把从预审法官手中夺过笔记本，用手指捏着中间的一页高高举起，仿佛怕那斑渍点点、边缘发黄的小本子脏了他的手。笔记本里写得密密麻麻的纸页倒垂着向两边散开。"这就是预审法官的记录，"他松开手指，让笔记本掉到桌上说，"您尽管看吧，预审法官先生，我一点也不怕您这个记录罪状的小本本，虽然它对我是保密的。我甚至不愿用手去拿它，最多只用两个指头捏住它。"这显然是一种极大的侮辱，至少是这样被理解的，因为预审法官急忙抓过笔记本，使劲将它抚平，并重新开始翻阅。

K.朝台下瞥了一眼，前几排的人正紧张地看着他。他们都是上了年纪的男人，有几个胡子都白了。也许他们正是能左右会场的人？即使预审法官受了侮辱也无动于衷？自从K.开始讲话以来，他们一直脸上毫无表情。

"我受到的待遇，"K.的声音比刚才平静了一些，他留心地观察着前几排那些人的脸，因而有点走神，"我所受到的待遇只是个别情况，本身并没什么了不起，我也并不把它当回事，但它却体现了一种程序，一种针对许多人的程序。我在这里大声疾呼，并不是为了我自己，而是为了他们的尊严。"

他不知不觉提高了嗓门。屋子里有人高举双手鼓掌并大喊："好极了！应该这样！干吗不呢？太对了！"第一排有几个人捋了捋胡子，但谁也不回过头去看看喊声是从哪里发出来的。K.虽然对此也不大在意，但仍感到鼓舞。现在，他觉得没有必要再赢得所有人的掌声，只要大家能认真地思考这件事就够了，通过说服，他还可以争取到一部分人。

"我不想当个演说家，在这里赢得大家的喝彩，"出于上述考虑，K.说，"即使我想这样做也做不到。预审法官的口才也许就比我好得多，这是他的职业需要。我所要求的仅仅是公开讨论一下人们普遍蒙受的一种极不正常的状况。请听我说，大约10天以前，我被捕了，被捕的方式连我自己也觉得十分可笑。不过，这并不属于今天的话题。我是在清晨躺在床上时被捕的，也许，他们接到命令去逮捕一名同我一样的油漆装饰匠——从预审法官的话来看，这并不是不可能的，但是，他们却抓了我。两名粗暴的看守占据了我隔壁的房间。即使我是个危险的强盗，他们采取的防范措施也不会更严厉了。此外，这些看守都是些道德败坏的家伙，他们喋喋不休地暗示我向他们行贿；使出各种花招企图骗走我的内衣和外衣；他们厚颜无耻地当着我的面吃掉了我的早餐，然后又向我要钱，声称要替我买早点。不仅如此，我还被带到另一个房间去见监督官，那是一位我一向很敬重的女士的卧室。我不得不亲眼目睹那间屋子被糟蹋得不成样子，这虽然是由于我的缘故，但并不是我的过错。当时要保持平静是很困难的，但我却极力克制自己。我用十分冷静的口气问监督官，为什么要逮捕我——假如他现在在场，可以出来作证。监督官却悠闲自得地靠在我刚才提到的那位女士的椅子上，那副蛮横傲慢的样子至今仍历历在目。他是怎样回答的呢？先生们，他压根儿什么也答不上来，也许他确实什么也不知道。他逮捕了我，这就万事大吉了。他甚至还做了件额外的事：把我银行三名低级职员叫进那位女士的房间，任凭他们乱翻乱动那位女士的照片和财物。让那三个职员在场当然还有另一个目的，那就是指望他们和我的房东太太及其女佣人一样，到处散布我被逮捕的消息，以毁坏我在公众中的形象，动摇我在银行里的地位。但是，这种意图完全落空了，即使是我的房东，一位普普通通的妇女——我很荣幸地在这儿说出她的名字，她叫格鲁巴赫太太——即使是格鲁巴赫太太，也十分清醒地认识到，这种方式的逮捕简直就是一次突然袭击，就像野孩子在草地上搞的恶作剧一样不值得认真对待。我重复一遍，这一切只不过使我感到愤慨和恼火而已，但是，它难道不会引起更坏的后果吗？"

K.停顿了一下，并朝一声不吭的预审法官瞥了一眼，好像看见他正在给大厅里的某个人使眼色，以传递一种信号。K.笑了笑说："坐在我身边的预审法官先生刚才给你们中的某个人发出了一个秘密信号。看来你们中的一些人是受坐在上面的人操纵的。我不知道这个信号是让你们鼓掌呢还是嘘我。由于我过早地揭露了这个事实，也就自觉地放弃了获悉它的真实含义的权利。对此我毫不在意，并且可以授权给预审法官先生，让他公开对他雇佣的人发出命令，而用不着递暗号。他可以大声说：'现在嘘他！'或者说：'现在鼓掌！'"

由于尴尬或不耐烦，预审法官在椅子上蹭来蹭去。他对身后的那人说了句什么，那人立即俯下身来，好像在给他打气，或给他出主意。下面的人议论纷纷，声音虽然不高，但很热闹。原先似乎势不两立的两派此刻汇合到一起了，有的人用手指着K．，另一些人则指着预审法官。大厅内烟雾弥漫，令人难以忍受，甚至无法看清站在远处的人的面孔。楼座上的人更是深受其害，他们一面胆怯地瞟着预审法官，一面小声向楼下的人打听事情的进展。回答的人同样用手挡住自己的嘴，尽量压低嗓门。

"我马上就要说完了。"K．说，由于桌上没有铃，他用拳头捶了捶桌子。预审法官和给他出主意的人听到响声吃了一惊，凑在一起的两个脑袋立即分开了。"因为我将此事置之度外，所以能冷静地做出判断。而你们——除非你们把这个所谓的法庭当一回事——听听我的看法会大有益处的。不过我请你们以后再对我所讲的话进行讨论，因为我时间紧迫，马上就要离开这里。"

大厅里立即安静下来，K．完全控制了会场。人们不再像开始时那样乱喊乱叫，甚至不再鼓掌。他们好像被说服了，或者马上就要被说服了。

"毫无疑问，"K．轻声说，他对全场都聚精会神地听他讲话感到高兴，大厅内寂静得可以听见人们的呼吸声，这比最热烈的掌声更令人激动，"毫无疑问，在这个法庭采取的一切行动——在我的案子里对我的逮捕以及今天的审讯——后面，有一个庞大的机构在操纵。这个机构不但雇用了索贿的看守、愚蠢的监督官和至少是不中用的预审法官，而且豢养了一批高等的，甚至最高级别的法官，这些人手下还有一大帮不可缺少的听差、办事员、宪兵和其他助手，也许还有刽子手，我并不忌讳这个词。先生们，这个庞大机构存在的意义在哪儿呢？在于逮捕无辜的人，对他们进行荒谬的审讯，这种审讯在大多数情况下没有结果，就像我的案子一样。既然一切都是荒唐的，官员们贪赃枉法又怎么能避免呢？这当然是不可能的，即使是最高法官也不能证明自己的清白。正因为如此，看守们便想方设法去偷被捕者穿的衣服，监督官便强行闯入陌生人的住宅，无辜者还未审讯就在大庭广众之下受到羞辱。看守们曾经说起，被捕者的财产存放在一些仓库中，我倒很想去看看囚徒们辛辛苦苦挣来的财物怎样在那里霉烂，即使它们未被看守仓库的官员们偷走。

K.的话突然被大厅尽头发出的一声尖叫打断。由于光线昏暗，他不得不在浓浓的烟雾之中将手搭在眼睛上方，想看清到底出了什么事。原来是洗衣妇，她刚一进门，K.就意识到大厅里的秩序有可能被搅乱。但这一次究竟是不是她的错，他还不能肯定。[8] K.只看见，一个男人把她拽到门边的一个角落里，紧紧地搂住她。但是，发出尖叫的并不是她，而是那男人。他嘴巴张得老大，眼睛望着天花板。在他的周围聚集了一小群人。楼座上离他们较近的人看到K.在审讯过程中造成的严肃气氛由于这件事情遭到破坏，似乎很开心。K.的第一个反应便是跑过去制止他们，他想，所有的人都急于恢复秩序，至少希望把那两个引起混乱的人赶出大厅。然而，前面几排人却一动也不动，谁也不给他让路。实际上他们是在阻止他，老头们伸出胳膊不让他过去，一只手——他没功夫回头看——从后面揪住他的衣领。K.此刻已顾不得那两个人了，他觉得自己的自由受到了限制，好像自己真的被逮捕了。他不顾一切地跳下讲台，现在同拥挤的人群面对面站着。他是不是对这帮人做出了错误的判断？是否过高地估计了自己讲话的效果？当他讲话的时候，这些人是否故意隐瞒了自己的真实立场？而现在，当他把所有的看法都讲出来之后，他们是否对自己的伪装感到厌倦了？瞧瞧周围这些人的脸！他们那黑色的小眼睛诡谲地东张西望，脸颊像酒鬼一样松弛下垂，长长的胡子又硬又稀，如果把它们捏在手里，一定像捏着鬼爪子一样而根本不像胡子。最令人吃惊的是，在胡子下方的衣领上别着大大小小五颜六色的徽章——这才是K.真正的发现——而且，一眼望去，所有的人都戴着同样的徽章。原来所有的人表面上分成左派和右派，实际上却是一伙。当他突然转过身来，发现预审法官的外衣领子上也别着同样的徽章。这会儿，法官正坐在那里，手放在膝盖上悠闲自得地看着他。"原来如此！"K.挥舞着手臂大声说，他现在终于明白了，"你们全是当官的，在我看来，也就是我刚才谈到的那帮贪赃枉法的家伙！你们挤到这里来，一边听，一边还用鼻子闻。你们假装分成两派，一些人给我鼓掌，为的是引诱我讲下去。你们想尝试一下，怎样捉弄无辜的人！现在，你们终于达到了目的，或者从一个无罪的人的辩护中寻到了开心，或者——滚开,不然我就揍你!"K.对一个挤到他跟前的抖抖索索的老头儿喊道,"或者,你们真的明白了一些东西,我祝愿你们所干的勾当成功!"他飞快地拿起放在桌边的帽子,在全场一片静默——由于惊愕而引起的静默中挤出人群,朝门口走去。但预审法官的动作似乎比K.更快,因为他已经等在门边了。"等一下。"他对K.说。K.停住脚步,眼睛没有看预审法官,而是望着门,手也已经按在门把上了。"我只想提醒你,"预审法官说,"也许你还没有意识到,今天你自己放弃了一次审讯将对被捕者肯定会带来的全部好处。"K.对着门大笑起来。"你们这帮无赖,"他喊道,"我把所有的审讯都送给你们吧!"说完便打开门,朝楼下快步走去。在他的身后响起了重新变得热闹起来的大厅里那乱哄哄的议论声,在场的人似乎以学者的方式讨论起刚才发生的事来了。

第三章

在空荡荡的审讯室里　大学生　法院　办公室

在接下来的那个星期里，K.一天天地等待着再次审讯的通知。他不相信自己拒绝被审讯的声明会被认真对待。由于直到星期六晚上他还没接到通知，他于是猜测，他们准是等着他在同一时间到老地方去。因此，星期天一早他又上那儿去了。这一次他径直登上楼梯，穿过走廊。几个还认得他的人在自己家门口同他打招呼，但他已不必向任何人问路了，很快便来到审讯室的门口。他刚敲了一下门，门就开了，站在门后的那个女人是他早已认识了的。他没有朝她看一眼，便直接往旁边的屋里走去。"今天不开庭。"那女人说。"为什么不开庭？"他疑惑地问道。女人打开隔壁房间的门，他才相信了。屋里确实空荡荡的，看起来比上个星期天更加破败。讲台上的那张桌子还像上次那样摆着，上面有几本书。"我可以看看那几本书吗？"K.问，并不是出于特别的好奇，而完全是为了不白来一趟而已。"不行，"那女人一面回答，一面关上门，"这是不允许的，那些书属于预审法官。""原来如此，"K.点点头说，"它们大概是法律书，专为这类审判准备的，也就是说，不但无罪的人反正要被判刑，而且得不明不白地进班房。""大概是这样吧。"那女人说，并没有完全听懂他的话。"好吧，那我就回去了。"K.说。"要我给预审法官带个口信吗？"女人问道。"您认识他？"K.问。"当然，"女人说，"我男人是法院听差。"直到现在，K.才注意到，上星期天除了一只洗衣盆以外一无所有的房间，已经布置成一间设备齐全的居室。那女人看到他惊讶的神情又说："是的，这间屋子是我们的家，不过在法院开庭的日子，我们得把屋子腾出来。我男人干这差使有些不利的地方。""对这间屋子我并不特别惊讶,"K.恼怒地望着她说,"惊讶的是您居然已经结婚了。""您指的大概是上次开庭时,我扰乱了您的发言吧?"女人问。"当然是那件事,"K.说,"不过那早已过去,我差不多把它忘了。当时我确实很生气。而现在,您自己说您已经结婚了。""那天打断您的话,对您来说并没有害处,从过后人们对您的议论来看,他们对您的讲话相当恼火。""可能吧,"K.想转移话题,"不过您好像对此并不感到内疚。""所有认识我的人都原谅了我,"女人说,"搂我的那个男人长期以来死皮赖脸地追我。一般说来我对男人也许没有什么魅力,可对他却是个例外。我没法摆脱他,我男人事到如今也只能听之任之,他如果不想丢掉饭碗,就得忍气吞声。那家伙是个大学生,将来很可能成为有权有势的大人物。他没完没了地纠缠我,今天还来过,他前脚刚走,您就来了。""在这种地方,这事并不奇怪,"K.说,"对此我并不十分吃惊。""您上这儿来,大概想改善一下这里的状况?"女人注视着他,慢慢吞吞地说,仿佛她说出的话对她自己和K.都很危险,"我是从您的讲话中猜出来的,我本人很喜欢您的讲话,当然只听了一部分,开头我没听到,您快要讲完的时候,我和那个大学生正躺在地板上。这儿的一切都令人恶心。"她停了一会儿,拉住K.的手说:"您以为,您真能改善这儿的状况吗?"K.微笑着,转动了一下被她那柔软的双手握着的手腕。"其实,"他说,"我上这儿来,并不像您说的那样,是为了改善这里的状况。假如您这样对预审法官说,您要么会遭到嘲笑,要么受到惩罚。事实上即使我出于自愿,也绝不会干预这种事情,我决不会由于这种司法制度需要改革而睡不着觉。但是,由于有人声称我已被捕——我似乎被逮捕了——我不得不掺和进来,为的是保护我自己。当然如果在此同时我能够以某种方式帮助您,我是很乐意的,这并不仅仅是出于仁爱,而是因为,作为回报,您也能助我一臂之力。""我怎样才能帮助您呢?"女人问。"比如说,让我看看桌上的那几本书。""当然可以!"女人大声说,并马上拉着他朝讲台走去。那些都是又脏又破的旧书,其中一本的硬封面几乎裂开,书页间只连着几根细线。"这儿的一切都那样肮脏!"K.摇着头说。那女人抢在K.的前面，用围裙拭去封面上的尘土。K.打开最上面的那本书，映入眼帘的是一幅不堪入目的图画：一男一女一丝不挂地坐在一张长沙发上。画画者的下流意图很明显，但画技拙劣，画面上只有两个僵硬呆板的人直挺挺地坐在那儿，并且，由于透视法极其糟糕，作者无法使他们面对面坐着。K.没有继续往下翻，而是打开第二本书的封面。这是一本小说，书名是《汉斯如何折磨他的妻子格蕾特》。"这就是那帮人在这儿研究的所谓法律书，"K.说，"审判我的就是这种人！""我会帮助您的，"女人说，"您愿意吗？""您真的能帮助我，而不给自己带来麻烦吗？您刚才说，您男人在上司面前唯命是从。""别去管他，我照样愿意帮您的忙，"女人说，"过来，咱们得好好谈谈，别再说什么我会遇到危险，只有在我害怕危险的时候我才害怕它。过来吧。"她坐到讲台边上，让他坐在自己身边。"您有一双漂亮的黑眼睛，"他们坐下后，她从下面望着K.的脸说，"别人说，我的眼睛也很漂亮，可您的眼睛要可爱得多。您第一次来的时候，我就喜欢上了您。正是因为您的缘故，我后来偷偷溜进了会议厅，我以前从来没这样做过，这对我来说可以说是禁止的。"原来是这么回事，K.想，她自己送上门来了。她像这儿所有的人一样堕落了，同这儿的官员们玩腻了，因此可以理解，想勾引每一个来这儿的陌生人，恭维他漂亮的眼睛。K.沉默着站起身来，似乎已大声说出了自己的想法，并如此向那女人表明了态度。"我不相信您能帮我什么忙，"他说，"要想帮我，就得同高级官员有关系，而您肯定只认识一些在这儿转来转去的低级职员。您无疑十分了解他们，可以让他们干某些事，不过，恐怕他们所做的一切对于这次审讯的最终结果毫无影响，而您却会因此而失去几位朋友对您的宠爱。我不希望这样，保持您同他们的关系吧，我觉得这对您是不可缺少的。我这么说感到很遗憾，因为，为了报答您对我的恭维，我也很喜欢您，特别是您现在这样忧伤地看着我，而您毫无理由感到忧伤。您属于我所反对的那个阵营，而您对自己的地位感到满意。您甚至爱那个大学生，假如您不爱他，您至少会觉得您的男人比他强。从您的话中很容易看出这一点。""不！"女人喊道，并没有站起身来，而是抓住K.来不及缩回的手，"您不能走，不能带着对我的错误判断离开！您真忍心现在就走吗？我真的这样下贱，您连同我一起多待一会儿也不愿意吗？""您误解了我的意思，"K.重新坐下来说，"如果您真的想让我多待一会儿，我当然愿意留下来，我有的是时间。我到这里来，本来是以为法庭会开庭的。我刚才想说的是，请您不必为我的案子操心。但您不必生气，如果您以为我对案子的结局毫不在乎，即使给我判刑也只会一笑了之。这样说当然有一个前提，那就是：这次审讯有一个真正的结局。但对此我是十分怀疑的。相反，我倒相信，由于负责本案官员的懒惰、健忘，甚至可能是惧怕，实际上已经中断，或者即将束之高阁。当然，他们也可能假装继续审判，试图敲诈我一笔钱财。但我现在就可以说，这样做是徒劳的，我永远不会去贿赂任何人。您倒是可以为我做一件事：您可以去告诉预审法官或任何一个喜欢传播消息的人，就说我绝不会向这帮先生们行贿，即使他们要尽他们惯用的阴谋诡计也不行。您可以公开对他们说，他们的鬼点子不会得逞。或许他们已经得出了这个结论，即使他们现在还不明白，我也不在乎他们是否知道了我的态度。这只会让他们省点事，当然也使我少点麻烦。但是，我很乐意忍受他们给我造成的不快，因为我知道，害人者终将害己。我会让这种事发生的。顺便问一句，您真的认识预审法官吗？""当然认识，"女人说，"当我提出要帮助您时，第一个想到的就是他。我不晓得他只是个低级官员，既然您这么说，我想一定是真的。尽管这样，我相信他向上司递交的报告还是会产生某种影响。他写许许多多的报告。您刚才说，官员们都很懒惰。但并不是所有的官员都懒惰，预审法官尤其不是这样。他总是写呀写呀，比如上星期天，会议开到很晚才结束，其他人都走了，预审法官却留在审讯室里。我只好给他送一盏灯去，我只有一盏厨房用的小灯，但他已经很满意了，马上开始写起来。一会儿我男人回来了，那个星期天他不上班。我们把家具搬回来，重新布置好屋子。后来又来了几个邻居，我们点上蜡烛聊了一会儿天，完全把预审法官给忘了。后来我们就上床睡觉了。半夜——那时准是很晚了——我突然惊醒，预审法官站在床边，一只手遮着灯，好像怕灯光照着我男人。其实这完全是不必要的谨慎，我男人睡觉一向很死，光线再强也不会醒,我吓了一跳,差点喊出声来。预审法官却很和蔼,提醒我别出声,并凑近我小声说,他一直写到现在,他是来还灯的,他永远不会忘记我躺在床上的模样。我对您说这些,只是想告诉您,预审法官确实一直在忙着写报告,特别是关于您的报告,因为对您的审讯肯定是星期天开会的主要议题之一。这么长的报告不可能完全没有作用。另外,您从已经发生的事情可以猜出,预审法官也开始追起我来了,而我恰恰在现在,在开始的时候,可以对他施加很大影响,因为他刚刚看上我。我还有其他证据证明他急于把我搞到手:昨天,他让那个大学生给我送来一双丝袜,大学生是他的助手和心腹。他说,这是为了报答我给他打扫审讯室。其实这不过是借口,因为打扫清洁是我分内的事,我男人为此拿到了工钱。这双袜子可真漂亮,您瞧,"她伸出双腿,把裙子撩到膝盖以上,欣赏起袜子来,"这么好看的袜子,可惜太高级了,对我这种人不合适。"

她突然不吭声了,把手放在 K. 的手上,似乎想让他保持镇静,并悄声说:"别出声,贝托尔特在偷看咱们。"K. 缓缓地抬起目光。审讯室的门口站着一个年轻人,矮个子,罗圈腿,蓄着又短又稀疏的红胡子,想让自己的外貌尽量威风一些。他不停地用手指捋着胡子。K. 好奇地打量着他,这是他遇到的第一个学法学的大学生,那陌生的行当里第一个有形体的人,将来有一天,他也许会爬上某个高级职务。大学生却丝毫不理会 K.,似乎根本没看见他,他暂时停止了捋胡子,伸出一个指头给那女人打手势,并朝窗户走去。女人弯下腰,在 K. 耳边小声说:"别生我的气,我请求您,别以为我很坏。我得上他那儿去了,讨厌的家伙,瞧他那两条罗圈腿。我去去就来,然后就跟您走,假如您愿意带我走的话。您上哪儿我都跟着您,您对我干什么都行,如果能长期离开这里,我会感到幸福的,最好是永远不回来。"她抚摩着 K. 的手,然后跳起来跑到窗边。K. 情不自禁地想抓住她的手,但却抓了个空。那女人确实对他产生了诱惑力,他思来想去,觉得没有任何理由不屈服于这种诱惑。他轻而易举地打消了自己的疑虑:她也许是按照法院的指示来引他上钩的。她能用什么手段引他钻进圈套呢?他不是有足够的自由来摧毁整个法庭，至少对他本人的审讯吗？难道他连这一点自信也没有？她提出愿意帮他的忙，听起来是真心诚意的，也许并非毫无价值。把这个女人从预审法官和他的仆人手里抢走并占为己有，也许是对他们最好的报复。到那时，当预审法官绞尽脑汁写完了谎话连篇的关于K.的报告，深夜来到这女人的床边，就会发现床已经空了。床空了，因为这女人已被K.所占有，因为这个此刻站在窗边的女人那裹在深色粗布衣服里的丰满、柔软、温暖的身体只属于K.所有。

在他琢磨了好一阵，消除了对那女人的疑虑之后，开始觉得窗户那边的窃窃私语未免太长了，他于是用指关节敲了敲讲台，接着又用拳头使劲擂了起来。大学生的目光越过那女人的肩膀，朝K.扫了一下。但他并不理会K.的打扰，反而和那女人贴得更近了，甚至伸出胳膊紧紧搂住她。她则低下头，仿佛正专心致志地听他讲话。在她低下头的那一刻，他在她脖子上很响地吻了一下，那滔滔不绝的讲话只停顿了片刻。K.从这个举动看出，大学生的确可以对那女人为所欲为，正如她刚才所抱怨的那样。他猛地站起来，开始在屋子里来回踱步。他一面斜着眼打量那家伙，一面考虑怎样才能尽快把他赶走。于是，K.的来回踱步渐渐变成了生气的跺脚。大学生终于忍受不了他的打扰——而这正是K.求之不得的——对他说："假如您等得不耐烦了，可以走嘛。您早就该走了，谁也不会拽住您的。您甚至在我进来的时候就应该走，赶快走得远远的。"大学生讲这几句话时怒气冲冲，并流露出傲慢的口吻，俨然像一个未来的法官向一个讨厌的被告训话。K.在他的身边停住脚，微笑着说："我的确等得不耐烦了，但消除我的不耐烦的最简便的办法是您赶快离开此地。倘若您上这儿来是为了看书——我听说您是个大学生——我很乐意为您腾出地方，并带着这个女人离开。另外，在您当上法官之前，还有许多东西要学，虽然我不大了解法律事务的细节，但我猜想，只会出言不逊——您当然已精通到无耻的地步了——还远远不能学到。""不能让他到处乱窜，"大学生说，好像要向那女人解释K.刚才那番侮辱性的话语，"这样做是不行的，我早就向预审法官提出过。在两次审讯之间，至少应当把他软禁在自己的房间里。预审法官有时简直让人无法理解。""废话少说,"K.说着朝那女人伸出手,"来吧。"[9] "原来如此,"大学生说,"不,那可不行,您休想把她带走。"说着,他一把抱起那女人,谁也想不到他会有这样大的力气。他一面含情脉脉地注视着她,一面微微弯着腰朝门口跑去。尽管从他的神情可以明白无误地看出他有些害怕K.,但仍然冒着进一步激怒K.的危险,用空着的那只手抚摩并搂紧那女人。K.追了几步,准备揪住他,必要的话甚至掐住他的脖子。然而这时,那女人却说:"这没有用,预审法官派他来找我,我不能同您走。这该死的小怪物,"她摸了摸大学生的脸又说,"这小怪物不会放我走的。""可您自己并不想获得自由!"K.喊道,并抓住大学生的肩膀。大学生转过脸来想用牙齿咬他的手。"不,"那女人嚷道,并伸出双手把K.推开,"不,不,别这样,您想到哪儿去了!这会毁了我的,放开他吧,我求求您!他只不过遵照预审法官的命令把我带到他那儿去。""那就快滚,我永远不想再见到您!"K.感到非常失望,怒气冲冲地说。他朝大学生的后背打了一拳。大学生踉跄了几步,差一点摔倒,于是松了一口气,抱着那女人以更快的步伐一蹦一跳地走了。K.跟在他们后面慢慢地走着,终于承认这是他与这帮人打交道时遭到的第一次明白无误的失败。当然,他没有理由因此而胆怯,因为,他之所以失败,是他主动挑起了纠纷。假如他待在家里过正常的生活,他将比这帮人中的任何一个优越一千倍,可以把任何挡他道的家伙一脚踢开。他于是设想了一个最可笑的场面,比如说,这可悲的大学生,这自以为了不起的白痴,这长着罗圈腿的丑八怪跪在艾尔莎的床前,扭曲着双手乞求她的垂青。这想象使他极为满意,于是他决定,一有机会便带大学生去拜访艾尔莎。

出于好奇,K.赶到门口,想看看那女人被带往何处,因为大学生不可能抱着她穿过街道。其实,他们并没有走多远。屋子对面便有一条狭窄的木楼梯,好像通往阁楼。楼梯拐了个弯,无法看到它的尽头。大学生正抱着那女人往上爬,他走得很慢,一面还喘着粗气,因为跑了一阵之后,他已经没有多少力气了。那女人朝下面的K.招招手,并不停地耸着肩膀,表明她本人在这次劫持中是无辜的。然而,从她的动作中并不能看出多少遗憾来。K.毫无表情地看着她，好像她是一个陌生人，他既不想在她面前流露出失望，也不想表明他已轻而易举地克服了失望情绪。

那两个人已经消失了，但K.还站在门口。他不得不承认，那女人不仅背叛了他，而且编造了一个她是被带到预审法官那儿去的谎言欺骗了他。预审法官绝不会坐在阁楼上等着，而那道木楼梯无论怎么看，也不会使人产生多少联想。正在这时，K.发现楼梯边贴着一张小纸条。他走过去，看见纸条上歪歪扭扭地写着一行字，似乎是小孩的笔迹："法院办公室在楼上"。如此说来，法院的办公室的确就在这幢破败公寓的阁楼上啰？这绝不是一个能让人产生尊敬的机构。这儿的住户属于最穷困的阶层，房间里塞的都是些没用的破烂。假如法院只能把自己的办公室设在这种地方，便可以肯定它是多么缺钱。想到这一点，一位被告心里无疑会宽松不少。当然也不能排除这种可能性：钱本来是足够的，但官员们把它塞进了自己的腰包，而不是用到法律事务上去。根据K.迄今为止的经验，这甚至是很有可能的。果真如此，那么，这种贪污行径虽然会被被告看不起，但从根本上说，比法院本身的穷困更让人放心。K.现在也开始理解，为什么他们在第一次审讯时不好意思把被告带到阁楼上去，而在一个住户的家里羞辱他。与法官相比，K.处在多么优越的地位！法官只能在阁楼上混日子，而K.在银行里却有一间宽敞的办公室，外面还有一间客厅，透过大玻璃窗，他可以俯瞰城市的繁华景象。不错，他没有通过受贿和贪污得来额外钱财，也不能让下属给他弄个女人来，但他心甘情愿地放弃这种卑鄙勾当，至少这辈子不会去干。

当K.站在那张纸条前胡思乱想时，一个男人从楼梯走上来，透过敞开的门向屋里张望——从这儿也能看见更里边的审讯室。过了好一阵，他终于问K.，刚才在这儿是否见到过一个女人。"您是法院听差，对不对？"K.问。"不错，"那汉子说，"啊，您原来是被告K.，我认出来了，欢迎，欢迎。"他出乎意料地向K.伸出手来。"可是，今天并没有宣布要开庭。"他见K.不说话，又补充道。"我知道。"K.说，并端详着法院听差身上的便服，除了普通纽扣，衣服上还有两颗似乎从旧军服上拆下来的金黄色扣子，作为他官方身份的唯一标志。"我刚才还同她讲话来着，可她已经不在了，那个大学生把她抱到楼上预审法官那儿去了。""您瞧，"法院听差说，"他们老是把她从我身边弄走！今天是星期天，我本来不用干活，可他们为了把我支开，又让我去传达一个毫无用处的通知。当然他们派我去的地方不是太远，我想，要是我抓紧时间，也许还能及时赶回来。我于是赶紧跑到那个办公室门口，透过门缝上气不接下气地大喊几声，把口信传了过去，他们差点儿没听懂我的意思。完事之后我又使尽全身力气往回跑，可那个大学生还是抢在了我前面。当然他用不着跑那么远的路，只要从阁搂爬下这条木楼梯就行了。假如我不是怕丢饭碗，早就把他在这堵墙上挤成肉饼了，就在这张纸条边。我连睡觉都梦见这事，我梦见他双臂伸直，手指伸直，两条罗圈腿绕成一个圆圈，站在地板上面一点点被挤成肉酱，周围溅满了血。不过，直到目前为止，它只是一个梦。""难道就没有别的办法了么？"K.微笑着问。"我不知道还有什么办法，"法院听差说，"现在情况更糟糕了，过去他把她弄走，只是为了自己寻欢作乐，如今他又把她带到预审法官那儿去。当然我早已料到这事迟早会发生。""难道您老婆一点过错都没有？"K.问，尽管他仍在吃醋，问这话的时候也不得不压制自己的感情。"那当然，"听差说，"主要是她的错，她是自己送上门去的。至于预审法官，看见女人就要追。光是在这幢楼里，他因为偷偷溜进别人家里，已经被五户人家赶出来。我老婆是整个公寓里最漂亮的女人，而我又无法自卫。""假如是这样,那的确没有别的办法。"K.说。"为什么没有？"听差问，"那大学生是个胆小鬼，如果他在动我老婆时狠狠揍他一顿，他就再也不敢了。不过我不能这么干，而别人又不愿帮我，所有的人都害怕他的权势。只有像您这样的人才可以揍他。""为什么我可以揍他呢？"K.惊奇地问。"因为您已经被起诉。""不错，"K.说，"正因为这样我更应该怕他才是。尽管他可能对案子的结局不会产生什么影响，但也许会在预审时说对我不利的话。""这话不错，"听差说，仿佛K.的看法同他的看法完全一致，"不过，在我们这儿一般来说不审判毫无希望的案子。""我不这样认为，"K.说，"不过，这并不妨碍我一有机会就教训那个大学生一番。""那样的话，我就得谢谢您了。"听差一本正经地说，似乎并不相信他最大的愿望能够实现。"你们这儿还有一些官员，"K.继续说，"也许是所有的官员，都该挨揍。""的确如此。"听差说，仿佛这是不言而喻的事。然后，他信任地望着K.，尽管他一直很友好，但这种眼神还是头一次出现。他补充道："其实，大家一直在反抗。"不过，这样的谈话似乎使他有些不安，他不想再继续下去，于是说："我得到上面汇报去了，您想同我一起去吗？""我去那儿无事可干。"K.说。"您可以参观一下办公室，谁也不会干涉您的。""办公室值得一看吗？"K.犹豫不决地问，他突然产生了上去看看的强烈愿望。"当然，"听差说，"我想，您会感兴趣的。""那好吧，"K.终于说，"我同您一起去。"于是，他跑着上了楼梯，比听差还要快。

进门的时候他差点摔了一跤，因为门后还有一级台阶。"他们不大为公众着想。"他说。"他们什么都不管，"听差说，"您瞧瞧这间候审室。"这是一条长长的走廊，两边一扇扇简陋的门通往各个办公室。虽然光线无法直接射进走廊，但这里也并非一片漆黑，因为有些办公室靠走廊的墙不是一整块木板，而是一直通到屋顶的木栅栏，栅栏缝里透过一些光。借着这点微弱的光，人们能看见办公室里的职员有的在伏案书写，有的站在栅栏前，透过缝隙看走廊里的人。大约因为是星期天，走廊上的人不多。他们一副诚惶诚恐的样子，坐在固定在走廊两边的木长凳上，彼此间的距离大致相等。尽管从他们的脸部表情、态度、胡子的式样以及许多不易察觉的细节来判断，他们显然属于上等阶层，但衣着并不太讲究。由于走廊里没有衣帽钩，他们都把帽子放在长凳下面，大约是相互模仿的结果。坐在离门最近的那几个人看见K.和听差，立即站起身来向他们问候。其余的人见到这一场面，以为也必须这样做，于是在他们从自己身边走过时纷纷从凳子上站起来。他们站得不是很直，弓着背，屈着膝，像沿街乞讨的叫花子。K.等走在后面的听差赶上时对他说："这些人多么谦卑有礼啊！""是的，"听差说，"他们是被告，全是被告。""真的吗？"K.说，"这样说来，他们同我一样，都是受害者了。"他朝自己身边一个高个子、身体瘦削、头发几乎全白了的人转过脸去。"您在等什么？"K.十分客气地问。那人没有料到K.会向他发问，一时不知如何是好，神情十分狼狈，K.对此甚为不解，此人看来饱经世故，应当知道怎样应付各种局面，绝不会轻易变得惊慌失措。可是，此时他连如此简单的问题也不知怎样回答，只好瞧着其他人，仿佛他们有义务帮助他，仿佛假如没人来帮他解围，谁也别指望从他那儿得到回答。幸亏这时听差走上前去讲了一句使他安心并鼓起勇气的话："这位先生只想问问您在等什么，您就告诉他吧。"也许听差的声音是他所熟悉的，他稍微镇静了一些："我是在等……"那人刚说了一句便停下来，显然是想给K.的问题一个确切的回答，但却不知如何措词。旁边的几个人一齐凑上前来围在这人身边。"走开，走开，别把路堵住。"他们稍稍退后了一点，但并未回到原来的位置。直到这时，被问的人才完全恢复平静，甚至脸上有了些笑容地说："一个月以前我递交了几份有关我的案件的证据，现在等着结果呢。""看来您作了许多努力。"K.说。"当然，"那人说，"这是我的案子嘛。""不见得人人都像您这样想，"K.说，"比如，我也被起诉了，这是千真万确的，可我从没递交过什么证据，也没干过任何类似的事。您认为这样做有必要吗？""我说不准。"那人又一次失去了自信。很显然，他认为K.在同他开玩笑，因此为了避免再次出错，还是重复刚才的回答为妙。面对K.那不耐烦的目光，他只好又说："关于我的案子，我已经交了几份证据。""您大概不相信我被起诉了吧？"K.问。"哪里，当然相信。"那人说着朝旁边退了几步，说话的口气中却没有相信的成分，只有害怕而已。"您并不真相信我的话，对吗？"K.又问，并不由自主地抓住那人的胳膊，仿佛要逼他相信。对方那副奴颜婢膝的态度使K.感到一阵莫名其妙的愤怒。他不想弄痛那人，只是用两个手指轻轻捏着那人的手臂，可对方却尖叫起来，好像K.用一把烧红的钳子夹住他似的。这可笑的尖叫声使K.无法忍受。看来那人的确不相信K.被捕了，那样更好。他大概甚至把K.当成了法官。于是，K.同那人分手时故意狠狠捏了他一把，并把他推回到长凳上，然后继续往前走。"大多数被告都这么敏感。"

听差说。在他们身后,几乎所有的当事人这时都围到那人身边,好像要弄明白到底发生了什么事。那人已不再叫唤。一名卫兵走到K.面前。K.主要是根据他身上的佩剑断定他是卫兵的。剑鞘是铝制的,起码从颜色上看是这样。K.对此感到惊奇,并用手去摸了摸。卫兵是听到喊声而走过来询问这里乱成一团的原因。听差想用几句简单的话请他放心,但他坚持要亲自看看到底出了什么事。看到一切正常,他才向听差敬了个礼,匆匆地走了。也许是患风湿病的缘故,他的步伐很小。

K.不再关心卫兵和走廊里的人,因为他走过半条走廊后,发现一条向右拐的通道,通道口没有门。他问听差往这儿走是否正确,后者点点头,他便朝右边拐去。他感到自己总是走到听差前面一两步很不自在,在这种地方,别人很可能把他当成一名在押的囚犯。于是,他常常停下来等听差赶上他。但听差见他站住,也总是停住脚步。最后K.为了结束这种尴尬的局面,不得不对听差说我已经看清楚这儿的情形了,现在想走了。""您还没有看到所有的地方呢。"听差极其诚恳地说。"我并不想什么都看,"K.说,他确实有点累了,"我要走了,怎样才能走到出口呢?""您不至于已经迷路了吧?"听差惊奇地说,"您一直走到拐弯的地方,然后向右拐,沿着走廊一直走,尽头就是门了。""您带我去,"K.说,"给我指路。这儿的过道密密麻麻的,我可能找不到路。""这儿只有一条路,"听差面带责怪的神情说,"我不能跟您往回走,我得去交差了。因为您,我已经耽误了许多时间。""您得送我出去!"K.更加坚决地说,仿佛他终于发现了听差也在欺骗他。"请别嚷嚷,"听差小声说,"这儿到处都是办公室。您如果不想自己往回走,那就再跟我走一段,或者在这儿等着,交完差我很乐意带您出去。""不,不,"K.说,"我不想再等了,您得马上领我出去。"K.还没来得及看看他所在的地方,周围许多扇木板门中的一扇突然开了。K.抬头看见一个年轻女子站在门里,大概是K.的大嗓门引起了她的好奇。她问道:"这位先生有何贵干?"K.看见在她身后较远的地方,一个男人的身影在昏暗的光线中向这边走来。K.看了听差一眼,他刚才不是说,谁也不会注意K.吗?而现在,却有两个人冲着他来了。用不了多久,也许所有的官员都会注意到他，问他在这儿干什么。唯一可以使人理解和接受的解释只能是：他是被告，想知道下一次审讯的时间。但他恰恰不想这么解释，尤其是因为这不符合事实。他上这儿来仅仅出于好奇，或者说只是想证实自己的猜测：这一整套司法制度的内部和它的外部一样令人厌恶，而这样的解释他就更加无法说出口。实际上，他的猜测看来是对的，他觉得没有必要再调查下去，直到目前为止所看到的已经使他极为沮丧了。此外，从这些门后随时可能走出一位较高级的官员来，而此时他同任何高级官员的冲突对他都十分不利。他得走了，同听差一起走，或者，如果必要，单独离开这个地方。

他的沉默和犹豫很引人注目。的确，那年轻女人和听差瞪大眼睛瞧着他，好像他身上即将出现某种重大变化，而他们决不想错过亲眼目睹这一变化的机会。K.刚才远远地看到的那个男人此刻站在走廊尽头，扶着低矮的门框，踮起脚尖轻轻晃动，好像一位好奇的观众。那女人首先发现，K.的反常神态是由于身体稍感不适引起的，便搬来一把椅子问道："您是否想坐下？"K.立即坐了下去，胳膊靠在椅背上，想坐得安稳些。"您觉得有点头晕，是吗？"她又问。她的脸凑近他，露出严肃的表情。许多女人在她们最美好的年龄表情往往是很严肃的。"不必担心，"她说，"在这种地方，这没有什么了不起，差不多每个初来此地的人都有类似的症状。您是第一次来吧？看得出来是这样。那么，用不着紧张。太阳烤着房顶，房梁给晒得滚烫，所以空气又闷又热。这地方的确不适宜做办公室，尽管有几个很大的优点。这儿空气污浊，尤其是当事人很多的时候，叫人简直透不过气来，而当事人差不多天天都挤得满满的。如果您再想想，各种乱七八糟的衣服洗了都要拿到这儿来晾干——您总不能不让住户们上这儿来晾衣服——您就不会奇怪为什么会头晕了。不过，久而久之就会习惯的，您只要来过一两次，就再不会感到透不过气来了。您觉得好点了吗？"K.没有回答，他为自己突然头昏眼花，在这些人面前出了洋相而羞愧。此外，他现在虽然知道了头晕的原因，但并没觉得好受些，相反却更加难受了。那姑娘马上看出了这点，顺手拿过靠在墙边的带钩的长棍，捅开了K.头顶上的天窗，好让新鲜空气进来。可是，大量的煤烟马上涌了进来，她不得不重新关上天窗，并用自己的手帕把 K. 的双手擦干净，因为 K. 已经虚弱得无法照顾自己了。K. 真想在这儿安安静静地坐一会儿，等体力恢复了再离开，也许，这些人越少多麻烦他，他的体力恢复得就越快。然而，那姑娘却说："您不能待在这儿，我们妨碍别人走路了。"K. 露出疑惑的神色，不明白自己到底妨碍谁走路了。"如果您愿意，我可以送您到病房去。请帮我一下。"她对站在门口的那男人说。后者马上走了过来。可是，K. 不愿去病房，不想被带到一个更远的地方去，走得越远，他心里就越感到厌恶。"我已经可以自己走了。"说完，他想从舒适的椅子上站起来。也许是坐久了，乍一站起来，他的两腿不停地颤抖，简直无法站直。"看来还不行。"他摇着头说，并重新坐了下去。他想起了听差，不管怎样，这家伙倒可以扶他出去。可是，听差早就不见了。K. 透过姑娘和那男人身体的缝隙寻找着，但没发现听差的影子。

"我想，"那男人说，"这位先生感到不舒服是因为这儿空气不好的缘故，最好的办法是——他可能也最希望——别把他带到病房去，而是送他离开办公室。"他穿着考究，特别是那件时髦的灰色背心十分显眼，背心下襟是两个又细又长的尖角。"说得对，"K. 大声说，兴奋得立即打断那人的话，"我肯定只要离开这儿，就会立即好的。我并不是真的很虚弱，只要有人扶我一下就行了，不会给你们添很多麻烦，也用不着走很远。只要扶我到门口，我再在楼梯上坐一会儿，体力很快就会恢复。我从没有得过这种病，这一次连我自己也莫名其妙。我也是一名职员，对办公室的空气早已适应，但这儿的空气实在太坏了，刚才你们自己也这样说。你们能不能行个好，扶我走一段？我有点头晕，一站起来就恶心。"他抬起胳膊，好让他们搀着他走。

可是，那男人并未满足 K. 的要求，双手仍安安稳稳地插在裤子口袋里，并大声笑了起来。"您瞧，"他对姑娘说，"我说对了吧，这位先生只是在这儿才感到不舒服，在别的地方就没有事。"姑娘也笑了起来，但用手指尖轻轻戳了戳那人的手臂，仿佛他跟 K. 开的玩笑有点过头了。"您想到哪儿去了，"那人仍在笑，"我当然愿意扶这位先生出去。""那就好,"姑娘说着歪了歪那漂亮的头。"别介意这位先生刚才开的玩笑。"姑娘对K.说。此时,K.又变得沮丧起来,呆呆地坐在那里,其实,他并不需要什么解释。"这位先生——我可以把您介绍给他吗?"(那人挥了挥手,表示同意。)"这位先生是问讯处的官员,他解答在这儿等待消息的被告提出的任何问题。由于公众不大了解我们的诉讼程序,总是提出各种各样的问题,而他对每个问题都能给予回答。如果您有兴趣,可以考一考他。当然,这并不是他唯一的长处,他还有另一个优点,那就是他那身时髦的衣服。我们,也就是全体官员,有一次做出决定,认为问讯处的官员总是第一个跟被告打交道,因此必须穿得漂亮些,以便给人留下威严的最初印象。我们其他人的衣着都很寒酸、陈旧,这您大概已经看出来了。另外,对我们来说把钱花在穿着上也没什么意义,因为我们几乎不出办公室,甚至睡都睡在这里。不过,我刚才已经说过了,大家认为问讯处官员衣着漂亮是十分必要的。遗憾的是,管理处在这方面非常奇怪,居然一毛不拔,所以我们只好大家凑点钱——当事人也纷纷捐款——给他买了这身时髦的衣服和其他行头。我们做好了一切准备,打算给人一个好的印象,而他却用他那该死的笑声把这一切给毁了,把人都吓跑了。""的确如此,"那人嘲讽地说,"可是我不明白,小姐,您干吗要把我们的内部秘密一股脑儿告诉这位先生,或者更确切地说,硬灌进他的耳朵?他根本就不想听。您瞧,他这会儿正想着自己的心事,压根儿没有兴趣听您唠叨呢。"K.没有精力去反驳他的话,姑娘的用意可能是好的,她大概想让K.开开心,或者乘此机会养养精神,但她的办法失灵了。"我只不过想向他解释一下您笑的原因,"姑娘说,"可您使我感到难为情。""我相信,只要我们扶他出去,他对这一切都不会介意的。"K.什么也没说,甚至没有抬眼望他们一下,任凭他们议论他,仿佛他是一件物品。说实在的,他倒是希望他们一直议论下去。然而,他突然觉得那男人的手扶起他的一只胳膊,那姑娘的手则挽着他的另一只胳膊。"那么起来吧,你这虚弱的家伙。"问讯处官员说。"多谢二位!"K.大喜过望地说,并慢慢地站起身来,将两个陌生人的手移到他觉得最需要支撑的位置。"看起来,"当他们走进过道时,姑娘在K.的耳边悄悄说,"我好像在说问讯处官员的好话,不过您可以相信,我说的是真话,他的心肠确实不坏。他没有义务将生病的当事人扶出去,可是像您看到的这样,他却十分乐意地做了。也许我们这儿的人心肠都不坏,愿意帮助所有的人,但我们是法院的人,人们很容易根据表面现象断定我们心肠狠,不肯帮助别人,这使我很伤心。""您不想在这儿坐一会儿吗?"问讯处官员问。他们已经走到了过道中央,面前正好坐着刚才同K.交谈过的那个被告。K.觉得很尴尬,刚才他在那人面前胸脯挺得那么高,现在却被两个人搀扶着,他的帽子被问讯处官员用一只手指挑着转圈,他的头发也蓬乱地垂在满是汗水的额头上。可那名被告似乎什么也没发现,他谦卑地站在东张西望的问讯处官员面前,一个劲儿为自己待在这里而道歉。"我知道,"他说,"我的申请今天还不会有结果,而我还是来了。我想,我一定得等下去,今天是星期天,而我有的是时间,我不会打扰任何人。""您用不着道歉,"问讯处官员答道,"您的细心确实值得称赞。虽然您在这儿占了不必要的地方,但我并不想阻止您在这条走廊里及时了解您的案子的进展,只要您不碍我们的事。可耻地玩忽职守的人见得多了,人们也就学会了忍受像您这样的人了。您请坐下吧。""瞧他多么善于同被告讲话!"姑娘小声说。K.点点头,但同时又吃了一惊,因为此时问讯处官员问他:"您不想在这儿坐一会儿吗?""不,"K.说,"我不用休息。"虽然他的口气很坚定,但实际上很想在这儿坐一坐。他好像置身于一条在大浪中颠簸的船,翻滚的波涛冲击着两边的墙壁,过道深处仿佛传来海水咆哮的声音,过道本身好像要翻转过来,而坐在两边的当事人似乎一会儿被淹没,一会儿又浮出水面。在这种情况下,搀扶他的姑娘和问讯处官员却是那样平静。这使他简直无法理解。他现在全靠他们支撑,假如他们松手,他一定会像一块木板一样倒下去。他们的小眼睛目光敏锐地打量着周围,K.感觉到他们均匀的步伐,但他却没有迈步,因为此刻他几乎是被他们架着往前挪。他终于发现他们在对他讲话,但讲些什么他一句也没听懂,他耳朵里灌满了噪声,其中一种汽笛般尖厉的声音经久不息。"请大声些。"他垂着头说。他感到难为情,因为他知道,他们讲话的声音已经够响了，而他仍然听不懂他们说些什么。终于，他面前的墙好像裂成两半，一股清新的风向他涌来，他听见身边有一个声音说："他开始坚决要走，可后来你向他讲一百次，告诉他门就在他面前，他也一动不动。"K.发现自己就站在大门口，门是那姑娘打开的。他的力气仿佛一下子恢复了，他要先享受一下自由的乐趣，于是伸出脚去走下一级台阶，向搀扶他的两个人告别，他们现在正俯身看着他。"太谢谢你们了，"他反复说了几次，一而再，再而三地和他们握手，直到他看出，他们的确只习惯于办公室里的空气，一接触到从楼梯口涌来的比较新鲜的空气就不舒服时，才松开。他们简直连回答他道谢的力气都没有了，假如K.不赶快把门关上，那姑娘很可能会昏倒在地。K.又在楼梯口站了一会儿，掏出口袋里的镜子，把头发理好，并捡起下面那级楼梯上的帽子——很可能是问讯处官员扔在那儿的——然后便迈着轻快的步子快步跑下楼梯。对于这种突如其来的变化，连他自己也有点害怕了，他的身体一向很结实，从未出过今天这样的毛病，难道他体内酝酿着一次剧烈的变革，以迎接一次新的考验？直到目前为止，他对旧的一切已经习以为常了。他考虑下次是否去看医生，无论如何，他打定主意今后一定要把星期天上午的时间用在比今天更有意义的事情上。在这方面，他还是拥有自主权的。

第四章
毕斯特纳小姐的女友

在以后几天中，K.发觉很难同毕斯特纳小姐搭上话，甚至打个招呼也不可能。他千方百计接近她，但她总是设法避开。下班后他立即回家，待在他的房间里连灯也不开。他坐在沙发上，专心致志地观察着前厅里的一举一动。如果女仆从他门前走过，顺手关上他那间似乎没人的房间的门，过一会儿他便会重新把它打开。每天他比平时早一个钟头起床，希望能在毕斯特纳小姐上班前同她单独待一会儿。但是，这些办法没有一个奏效。他于是给她写信，往她办公室寄，往她家里寄。信中，他一再为自己的行为解释，表示愿意做任何事情来弥补他的鲁莽行为，并保证今后决不越出她所规定的界限。他请求她给他一次同她讲话的机会，因为不同她事先商量，他无法和格鲁巴赫太太谈妥任何事情。最后他告诉小姐，下星期天他整天都在屋里待着，等候她的回音，希望她或者答应他的请求，或者至少解释一下，尽管他已保证对她言听计从，为什么她还是不愿见他。信没有退回，但也没有回音。不过，到了星期天，他倒是得到了一个意思明白无误的信息。一大早，K.透过自己房门上的钥匙孔发觉前厅里有一种异乎寻常的忙碌。事情很快就水落石出了：一名教法语的女教师搬进了毕斯特纳小姐的房间。这是个德国姑娘，名叫蒙塔格，瘦弱，脸色苍白，脚有点跛。直到昨天，她还是单独住一间房。她在前厅来回走动，整整忙碌了几个小时。看来她总是丢三落四，不是忘了一件内衣，就是忘了一块床单或一本书，必须专门再跑一次把它拿到新房间去。

当格鲁巴赫太太给他送来早餐时——自从那次惹K.生气后，她一直亲自伺候他——K.忍不住打破他们之间五天来的沉默。"今天前厅里为什么这么吵?"他一面倒咖啡一面问,"不能安静一下吗?干吗非要在星期天搬家?"K.虽然没有抬眼看格鲁巴赫太太,但明显地感到她如释重负地松了一口气。尽管K.问得很严厉,她却认为K.已经原谅了她,至少开始原谅她了。"不是搬家,K.先生,"她说,"只不过蒙塔格小姐搬到毕斯特纳小姐房间去住而已。"她没有往下说,而是等K.的反应,看他是否允许她继续说。但K.却故意折磨她,一声不响地用小勺搅着咖啡,好像在沉思。过了好一会儿,他才抬起头来看着她说:"您已经打消了对毕斯特纳小姐的怀疑吗?""K.先生,"格鲁巴赫太太大声说,她正等着这个问题,她把扭在一起的双手伸向K.说,"您把我随便说说的话看得过于认真了,我从没想过要得罪您或是别的人。您认识我已经很久了,K.先生,应当相信这一点!您不知道这些天我是多么难受!我怎么会说房客的坏话!而您,K.先生,竟相信了这事!您还说,我应当让您搬走,让您搬走!"最后一句话变成了啜泣,她撩起围裙,掩面痛哭起来。

"不要哭,格鲁巴赫太太。"K.说,眼睛望着窗外,心里却想着毕斯特纳小姐,想着她竟然会让一个陌生姑娘搬进自己的房间。"别哭,"他又说了一遍,当他转过身去时,发现格鲁巴赫太太还在哭,"我当时并没有把这事看得那么严重,我们彼此误解了,这种情况即使是老朋友之间有时也会发生。"格鲁巴赫太太把围裙从眼睛上移开,想看看K.是否真的息怒了。"好了,就这样吧,"K.说,接着又大胆地加上一句,因为他根据格鲁巴赫太太的表情判断,她的侄子,那位上尉,并没有向她透露任何事情,"您真的认为,我会为一个陌生姑娘同您作对吗?""我正是这样认为的,K.先生,"格鲁巴赫太太说。只要她稍微觉得轻松点,准会说出些不合适的话,这是她的不幸,"我一直问自己,为什么K.先生要这样为毕斯特纳小姐操心呢?为什么他明明知道自己讲出来的每一句不大好听的话都会使我失眠,还要为了她和我吵架呢?况且关于这位小姐,我只讲了亲眼看到的事实而已。"对此K.没有说什么,当她讲第一句话的时候,他就应该把她赶出屋去,可他不想这么做。他只顾喝自己的咖啡,让格鲁巴赫太太自己觉察出她待在这里是多余的。他又听见蒙塔格小姐在外面来回走动的声音,她正在一瘸一拐地从前厅的这一头奔到那一头。"您听见了吧?"K.指着门说。"当然,"格鲁巴赫太太说着叹了口气,"我想帮帮她,让女仆也替她拿些东西,可她十分固执,非要自己动手。我对毕斯特纳小姐的做法感到不解,连我都常常后悔不该把房子租给蒙塔格小姐,而毕斯特纳小姐却让她搬进了自己的房间!""您不必为此担心,"K.一面说,一面用小勺将杯底的糖块碾碎,"这样您便遭受了某种损失吧?""那倒没有,"格鲁巴赫太太说,"这件事本身对我甚至还很有利呢,多出的一间房,我可以让我侄子,那个上尉住进去。我一直担心,过去几天他可能打扰了您,因为我只能将他安顿到您隔壁的起居室里。他向来不大为别人着想。""瞧您说的!"K.说着站起身来,"根本谈不上打扰。您大概以为我神经脆弱吧,只因为我无法忍受蒙塔格小姐走来走去?听,她现在又往回走了。"格鲁巴赫太太几乎感到绝望了。"K.先生,要不要我去告诉她,让她晚些时候再搬剩下的东西呢?假如您愿意,我马上就去说。""可她得搬到毕斯特纳小姐的房间里去!"K.说。"是的。"格鲁巴赫太太说,但她不明白K.这句话是什么意思。"那么好吧,"K.说,"那就让她把自己的东西搬过去吧。"格鲁巴赫太太只点了点头。这种无声的茫然表面上看来似乎是倔强,显然更加激怒了K.。他开始在屋子里来回踱步,从窗前走到门边,又从门边走回到窗口,想以这种方式阻止格鲁巴赫太太溜出房间。

当K.再一次踱到门边时,有人在外面敲门。进来的是女仆,报告说,蒙塔格小姐想同K.先生讲几句话,请他上餐厅去,她在那儿等他。K.默默地听女仆说完,沉思了一会儿,然后转过身来用一种近乎嘲讽的目光看着大吃一惊的格鲁巴赫太太,似乎在说,他早就料到蒙塔格小姐会向他发出邀请,这同格鲁巴赫太太的房客星期天早晨对他的烦扰配合得实在太好了。他让女仆回去转告,他马上就去,然后走到衣柜前,换了件上衣。格鲁巴赫太太此时嘟囔着抱怨那女人太不知趣。K.听了什么也没说,只是请她把早点端走。"可您几乎动都没动。"格鲁巴赫太太说。"唉，让您拿您就拿走吧！"K.喊道，他觉得什么都同蒙塔格小姐搅在一起了，事情变得一团糟。

他穿过前厅时，瞥了一眼毕斯特纳小姐关着的房门。蒙塔格小姐没有请他进屋，而是邀请他去餐厅。他没有敲门，一把推开餐厅的门。

这是一间狭长的屋子，只有一扇窗，地方不大，只能勉强在靠门的两个角落斜着摆两个碗柜。一张餐桌几乎占满了餐室的其他部分，餐桌这头靠近门口，那头一直伸到窗边，几乎让人无法走到窗子跟前。餐具已经摆好，准备供许多人就餐，因为星期天差不多所有的房客都在这里吃午饭。

K.走进餐厅后，蒙塔格小姐沿着餐桌的一侧，从窗口迎面向他走来。他们相互默默点头致意，接着蒙塔格小姐开始说话。像往常一样，她很不自然地昂着头。"我不知道您是否认识我。"K.皱起眉头看了她一眼。"当然认识，"他说，"您在格鲁巴赫太太这儿已经住了很长时间了。""但我相信，您对周围的房客不大感兴趣。"蒙塔格小姐说。"不错。"K.说。"您不想坐下吗？"蒙塔格小姐说。他们一声不吭地从餐桌尽头拖来两把椅子，面对面坐下来。但是，蒙塔格小姐马上又站起来，因为她把手提包忘在窗台上了。她一拐一拐地穿过整个餐厅，然后又摇晃着手提包一拐一拐地走回来。"我只不过受我朋友的委托同您说几句话。她本来想亲自来的，可她今天有点不舒服。她请您原谅，让我向您传话。反正她对您说的也不会比我向您说的更多，相反，我倒认为我还能对您多说一些，因为我相对而言要客观一些。您不这样认为吗？"

"那么，您想说什么呢？"K.说，他发觉，蒙塔格小姐的目光始终注视着自己的嘴唇，心里不太舒服，"显然，毕斯特纳小姐拒绝了我直接和她谈话的请求。""是这样，"蒙塔格小姐说，"或者说根本不是这样，是您自己的表达太严重了。一般情况下，别人约您谈话，您当然不能随便答应，也不能轻易拒绝，但有时也会遇到这样的情况，即看不出谈话有什么必要。此时此地正是如此。根据您刚才的态度来判断，我似乎可以坦率地谈谈。您写信或传口信，要求我的朋友与您谈话，而我的朋友至少据我猜测，已经知道会谈些什么内容，因此，她出于某种我不知道的原因，深信这样的谈话对任何人都不会有好处。说实在的，只是到了昨天，她才简单地跟我提起这事。她还说，您自己也并不十分看重这种谈话，因为您准是偶然动了这个念头。甚至用不着多解释，您不久就会明白——如果您现在还不明白的话——整个事情是多么愚蠢。我对她说，很可能如此，但我主张，要把事情完全澄清，还是应该让您得到一个明确的答复。我主动提出充当你们的中间人。我的朋友犹豫了好久才答应我的建议。我希望这样做也符合您的愿望，因为即使事情很小，只要有一点点误会也会让人不舒服，如果能够轻而易举地解决，就像这次一样，那就应该当机立断。""多谢您了。"K.说，并慢慢站起来，看看蒙塔格小姐，又看看餐桌，然后看看窗外，太阳照着对面的房子。他朝门口走去。蒙塔格小姐跟在他身后走了几步，似乎不怎么信赖他。然而到了门口，他们都不得不退了回来，因为门开了，兰茨上尉走了进来。K.第一次离得这么近看到他。上尉个子很高，大约40岁，肥胖的面孔晒得黝黑。他微微欠身，向K.和蒙塔格小姐致意，然后走到后者面前，恭恭敬敬地吻她的手。他动作潇洒，对蒙塔格小姐彬彬有礼的态度与K.对她的态度形成鲜明对照。尽管如此，蒙塔格小姐似乎并不生K.的气，因为她还想把K.介绍给上尉，至少K.是这样认为的。不过K.并不愿意被介绍，他既不想和上尉也不想同蒙塔格小姐拉近乎，吻手这个举动在他看来意味着他们俩已经串通一气了，目的在于以一种表面看来最无害和无私的方式阻止他和毕斯特纳小姐接近。K.还看出了更多的名堂，他发觉蒙塔格小姐选择了一种得心应手的、一箭双雕的手段。她夸大了毕斯特纳小姐和K.之间关系的重要性，首先是夸大了K.约见毕斯特纳小姐这件事的重要性，同时又耍手腕，让人以为夸大其词的实际上是K.。她总有一天会发现自己错了，K.从不喜欢夸大任何事情，他知道，毕斯特纳小姐只是个小打字员，不会长期抗拒他的。在这方面他丝毫用不着考虑格鲁巴赫太太讲过的关于毕斯特纳小姐的那些话。这些他都考虑到了之后，几乎没有告别就离开了餐厅。他想马上回到自己的房间，但蒙塔格小姐的嗤笑从他身后的餐厅里传出来，这使他立即产生一个念头：他可以乘机做一件出乎他们俩——上尉和蒙塔格小姐——意料的事。他朝四周看了看，又仔细听了听，确信所有的房间里都很安静，没有人会来妨碍他。除了餐厅里叽叽咕咕的谈话声和通向厨房的过道里格鲁巴赫太太的声音，四周静悄悄的。看来机会难得，K.来到毕斯特纳小姐的房门前，轻轻敲了敲门。一点动静也没有。他又敲了一次，仍旧没人答应。她在睡觉吗？或者真的不舒服？或许她知道只有K.才会这样轻轻敲门，因而装做不在家？K.认为她是装做不在家，便重重地敲了一下。最后，由于敲门毫无反应，他小心翼翼地，带着做了一件无理和无益的事的歉疚推开了门。房间里一个人都没有。另外，它同K.前些日子见过的样子几乎完全不同了。墙边并排放着两张床，门背后的三把椅子上堆满了外衣和内衣，一个衣柜的门大开着。看来，毕斯特纳小姐乘蒙塔格小姐在餐厅里同K.谈话的机会溜出去了。K.并不感到惊讶，他丝毫不期待能如此轻而易举地遇见毕斯特纳小姐。他这样做仅仅是为了气气蒙塔格小姐而已。当他重新关上房门时，发现餐厅的门开着，蒙塔格小姐和上尉站在门口谈话，这使他大吃一惊。看来，当K.推开毕斯特纳小姐的房门时，他们已经站在那里了。他们压低嗓子，用漫不经心的目光注视着K.的每一个动作。侃侃而谈的人打量从他们身边经过的人时，用的就是这种眼光。虽然他们竭力装出并未注视K.的样子，但他们的目光却对K.是一种威胁。他贴着墙，匆匆地朝自己房间走去。

第五章

打 手

几天后的一个晚上,K.下班后回家——这天,他几乎是最后一个离开办公室。他穿过走廊,朝楼梯走去。只有收发室的两个职员还在一盏白炽灯暗淡的光线下工作。突然,他听见从一间屋子的门后传来一阵呻吟。过去,他一直认为那是一间废物储藏室,但并没有亲自进去看过。他诧异地停住脚步,又仔细听了一下,以证实他是否听错了。开始时什么声音也没有,可是过了一会儿,呻吟声又响起来了。他本想叫一个收发室职员作为证人同他一起去看个究竟,但在无法抑制的好奇心的驱使下,他猛地一下推开门。正像他一直猜测的那样,这是一间废物储存室,一捆捆没用的旧印刷品和陶制的空墨水瓶乱七八糟地堆在门后。然而,屋里却站着三个男人,由于天花板很低而弓着身子。一个书架上插着一支蜡烛,发出微弱的光。"你们在这儿干什么?"K.惊讶地问,但声音并不高。他们中的一个显然控制着另外两个人,并首先吸引了K.的目光。他身穿一件深色皮外套,脖子、前胸的很大一部分和两只胳膊全露着。此人没有回答K.的问话,另两个人看见K.却大喊起来:"先生,我们得挨鞭子,因为您在预审法官面前告了我们!"直到这时,K.才发现他们原来就是名叫弗兰茨和威廉的看守,而第三个人手里拿着一根鞭子准备抽他们。"怎么回事?"K.瞪大眼睛看着他们说,"我从来没有控告过你们,仅仅如实讲了我房间里发生的事。当然,你们的行为并不是无可指责。""先生,"威廉说,而弗兰茨直往他身后躲,以避开那人,"假如您知道我们挣的工资多么可怜的话,您就不会对我们这样苛刻了。我得养活一大家子人,弗兰茨也要娶媳妇,所以各人只好想尽办法多挣些钱。光靠干活就得饿死,白天黑夜拼命干也不行。您的漂亮衣服对我们是个诱惑,我们的确想据为己有,但那种事情是禁止看守们干的,我们做得是不对。不过,囚犯们的衣服历来是看守们的外快,这已经形成传统。请相信事实就是这样,这样做也是可以理解的,因为对一个倒霉透顶的囚犯来说,这些东西还有什么用呢?可是,一旦这种事情公开出去,看守们就得受惩罚。""你们所说的一切我都不知道,我也从来没有要求惩罚你们,我当时只是在维护一种原则。""弗兰茨,"威廉转过脸去对另一名看守说,"我不是对你说过,这位先生并没有要求惩罚我们吗?现在你也听见了,他甚至不晓得我们得受惩罚。""别听他们胡说八道,"第三个人对K.说,"惩罚是公正的,也是不可避免的。""别听他的,"威廉说,但刚一开口就住了嘴,因为他的手被鞭子抽了一下,他赶紧把手凑到嘴边,"我们挨打,只因为您告发了我们,否则我们就会平安无事的,即使他们知道了也不会对我们怎么样。这难道就是公正吗?我们两人,特别是我,已经当了多年的看守,您自己都得承认,从当局的立场来看,我们干得不错。我们本来有晋升的机会,也许不久就能当上打手,就像这个人一样。而他只不过运气好些,没人告发他罢了,因为这样的控告确实少有。可是现在,先生,一切都完了,我们的前程给断送了。我们从此得去做比看守还要低下的工作,并且,现在还得忍受痛苦的鞭打。""鞭子抽在身上真的很痛吗?"K.一面问,一面仔细看了看打手挥舞着的鞭子。"我们得先把衣服脱光。"威廉说。"原来如此。"K.说,并仔细打量了一下打手,他晒得像水手一样黑,长着一脸横肉,粗壮结实。"有没有办法让这两个人不挨打?"K.问打手。"没有办法。"那人笑着摇摇头。"脱光衣服!"他命令那两个看守,又对K.说,"别相信他们说的那一套,他们怕挨打怕得失去了理智。比如说,"他指着威廉说,"这家伙大谈什么晋升等等,完全是胡说八道。您瞧他有多胖,头几鞭子抽在他身上连印子也没有留下。您知道他为什么这么胖吗?他去逮捕谁,准会把谁的早餐吃掉,他大概把您的早餐也吃掉了吧?我说的肯定没错。这样一个大腹便便的人永远也不会晋升为打手,绝对不可能。""也有像我这样的胖打手。"威廉一面坚持自己的看法，一面解开裤腰带。"当然没有，"打手用鞭子蹭了蹭威廉的脖子，吓得他一哆嗦，"不许插嘴，赶快把衣服脱下来！""假如你放他们走，我会重重赏你。"K.说着没有瞧打手一眼便掏出钱包，这样的交易双方都得睁一只眼闭一只眼。"您大概打算以后也告我一状吧，"打手说，"好让我也挨一顿打？不，不！""好好想想吧，"K.说，"如果当初我想让他们受惩罚，我现在就不会用钱来赎这顿打，我可以关上门，闭上眼睛、堵住耳朵回家去。但我不愿这样，而是真的想救他们。假如我当初知道他们会受到惩罚或可能受到惩罚，我就决不会说出他们的名字。我认为他们并没有罪，有罪的是那个机构，那些高级官员。""说得对极了！"看守们喊道，但脱得光光的背上立即挨了一鞭子。"倘若你打的是一位高级法官，"K.一面说，一面把重新举起的鞭子压下去，"那我就不会阻止你，相反，会给你一笔钱，让你更加卖力地干这种好事。""您讲得合情合理，"打手说，"不过我拒绝受贿。我干的活儿就是打人，我要打了。"那个叫弗兰茨的看守大约希望K.的干预能成功，因此原先尽量往后缩，现在却跑到门边。他只穿着裤子，一到K.面前就双膝跪下，拽着K.的手低声说："既然您无法让他饶恕我们俩，那就想想办法，至少让他饶了我吧。威廉比我大，比我耐打，前几年也挨过打。而我却从来没像这样丢过面子。何况我的一举一动都是威廉教的，不论干好事还是坏事都是从他那儿学来的。我可怜的未婚妻这会儿还在楼下银行门口等着事情的结果呢。我真没有脸去见她。"他在K.的外衣上揩干脸上的泪水。"我不能再等了。"打手说，并用双手举起鞭子，抽了弗兰茨一下。威廉蜷曲在角落里偷偷地朝这边看，连头都不敢转动一下。弗兰茨发出一声凄厉而拖长的尖叫，这声音仿佛不是从人的喉咙里，而是从一架受刑的机器里发出来的，在走廊里回荡，整座楼里大概都能听见。"别叫！"K.大声说，他再也无法忍受，神情紧张地朝职员们可能闻声赶来的方向望去，同时推了弗兰茨一把，虽然没用多大力气，但也足以使这个半失去知觉的人跌倒在地。弗兰茨浑身抽搐，双手抓着地板。这样他也免不了继续挨打。鞭子往躺在地上的他身上雨点般落下，鞭梢随着他在地上翻滚的频率而有规律地上下挥舞。远处已经出现一名职员,在他身后几步还有另外一名。K.赶快砰的一声关上门,走到附近一扇朝向院子的窗户,把窗子打开。尖叫声完全停止了。为了不让职员们走近,K.大声说:"是我在这里!""晚上好,襄理先生!"职员们回答道,"出了什么事?""没什么,没什么,"K.说,"院子里好像有条狗在叫。"看到职员们仍然站着不动,K.又补充道:"你们可以回去工作了。"由于他不想同职员们多谈,便朝窗外探出身去。过了一会儿,当他又向走廊里望去时,发现他们已经走了,但他仍然站在走廊里,不敢回到储藏室去,也不想回家。他看了看窗外,那是一个正方形的小院子,周围全是办公室,所有的窗子都是黑洞洞的,只有最高一层的几块窗玻璃反射出月亮的微光。他朝院子里一个黑暗的角落望去,那里胡乱堆着几辆手推车。他感到内疚,因为没能使看守们免受鞭打,但这不是他的错,如果不是弗兰茨尖叫起来——他肯定很痛,但在紧要关头应当挺住——那么他或许能找到别的办法说服打手放过他们。如果这一机构所有下层人员都是无赖,那么,干这种最没有人性的工作的打手又怎么会例外呢?况且K.看得清清楚楚,打手的眼睛一见到钞票立即发亮。他坚持要鞭打那两个可怜虫,无非是想抬高要价罢了。K.绝不会吝惜钱,他真的想解救那两名看守。既然他打算同整个腐败的司法机构作斗争,对这件事进行干预便是他理所当然的义务。但是,在弗兰茨开始叫喊的那一刻,一切努力都白费了,K.不能让职员们和其他人发现他正在储藏室里同那帮人待在一起干那种勾当。不,任何人也不能要求K.作出这样的牺牲。即使需要他作出某种牺牲,他倒情愿脱掉自己的外衣,代替看守们挨打,那样不是简单多了吗?打手当然不会同意K.代替看守们挨打,因为那样一来他不仅得不到任何好处,反而有可能被控严重失职,[10]甚至是在两个方面严重失职。因为K.的案子一天不结束,作为被告便一天受到保护。在这方面有特殊规定。总而言之,K.除了砰的一声把门关上外毫无办法,虽然关上门以后也不能把所有的危险都消除。遗憾的是他最后还推了弗兰茨一把,这只能归咎于他当时很激动。

他听见职员们的脚步声从远处传来。为了不引起他们注意,他关上窗户，朝楼梯口走去。经过储藏室时，他驻足听了一会儿，里面一点声音也没有。打手也许已经把两名看守打死了，在他的淫威面前，他们只能听天由命了。K.的手已经触到了门把，但又立即缩了回来，他现在再也帮不了他们的忙，况且职员们随时都可能出现。不过，他发誓将把这件事公之于众，并找出真正的罪犯——那些高级官员，并在他力所能及的范围之内给予他们应得的惩罚。这帮家伙迄今为止不敢公开露面。他走下银行大门前的台阶时，仔细地察看了所有的行人。然而，即使在附近的街道上也见不到一个正在等人的姑娘。弗兰茨声称他的未婚妻在等他之类的话完全是一片谎言。不过这倒是可以原谅，他只是想博得更多的同情而已。

第二天K.仍然忘不了那两个看守。他始终心不在焉，为了完成工作，不得不比头一天在办公室待更长的时间。当他离开办公室再次走过那间储藏室时，他忍不住又推开了储藏室的门。然而，那儿并非一片黑暗，眼前出现的景象使他茫然。每样东西都和他前一天晚上见到的一模一样。一捆捆作废了的印刷品，一个个墨水瓶还堆在门后，手执鞭子的打手和两名脱得光光的看守仍旧在那儿，书架上仍然插着一支蜡烛。看守们一看见K.，立即哀求地喊道："先生！"K.赶快把门关上，并在门上擂了几下，似乎这样它便会关得更严。他差不多是哭着跑去找职员，他们正安静地在拷贝机旁忙碌。职员们见到他这副样子，都诧异地看着他。"赶快把那间废物储藏室清理干净，"他嚷道，"脏得真让人受不了！"职员们答应第二天马上干，K.点点头，今天太晚了，他不能强迫他们立即动手，虽然他本来希望这样。他坐下待了一会儿，想和他们做个伴。他翻翻复印文件，似乎他在检查工作。后来，他发现这些人不敢与他同时下班，便拖着疲惫的身躯，脑子一片空白地回家了。

第六章

K.的叔父 列妮

一天下午，当天的函件即将发出时，K.忙得不亦乐乎。两名职员送来几份文件请他签字，然而这时，K.的叔父卡尔——一个农村来的小地主——走进屋来，把他们粗暴地推到一边。叔父的到来并不使K.感到吃惊，因为他早就担心他会来。他迟早会来的，差不多一个月来，K.就对此深信不疑。K.常常想象叔父的模样，此刻发现他和自己的想象毫无区别：背有点驼，左手拿着一顶揉皱了的巴拿马草帽。一进门，他就扬起右手，鲁莽地隔着办公桌，伸到K.的鼻子面前，碰翻了屋里每一样东西。叔父总是很匆忙，因为他脑子里始终有一个可悲的想法：不管什么时候进城，原订计划中的所有事情都得当天办完。另外，他还不放过任何一个跟人交谈、办事和娱乐的机会，而K.必须竭尽一切力量，帮他办妥所有的事情，有时甚至得给他安排住处，因为他过去是K.的监护人，K.对他特别感激。"农村来的魔鬼！"K.背地里总是这样称呼他。

刚打完招呼，他就要求同K.私下里谈一谈——他没有时间在K.给他端来的椅子上歇一会儿。"事情紧急，"他气喘吁吁地说，"必须谈一谈，这样我才能放心。"K.马上吩咐两名职员出去，并告诉他们别让任何人进来。"我听到的消息是怎么回事，约瑟夫？"当屋里只剩下他们俩时，叔父大声问道。他一屁股坐在办公桌上，拿过几份文件，连看也不看就垫在屁股底下，好坐得舒服点。K.一言不发，心里明白将发生什么。猛地从紧张的工作中松弛下来，他感到一阵惬意的轻松。他透过窗子，望着街对面，从他坐的地方只能看见一小片三角地带，这是两个商店橱窗之间一所住宅的外墙。"你倒有闲心看窗外！"叔父挥舞着手臂嚷道，"看在上帝的份上，约瑟夫，回答我的问题！这是真的吗？可能是真的吗？""亲爱的叔父，"K.把目光收回来说，"我一点也不明白你要我回答什么。""约瑟夫，"叔父忧虑地说，"据我所知，你向来是说真话的。难道我应该把你刚才讲的话看成是坏兆头吗？""我猜到了你想知道什么，"K.顺从地说，"你大概听说了我被控告的事吧。""的确是这样，"叔父微微点头说，"我听说了你在吃官司。""谁告诉你的？"K.问。"艾尔娜给我写了封信，"叔父说，"她和你不大来往，而你也不大关心她，这使我非常忧虑。尽管这样，她还是知道了。今天上午我收到信，便立即赶来了。我来这儿没别的原因，不过光是这个原因已经足够了。我可以把她在信中提到你的部分念给你听。"他从皮包里抽出那封信，"在这儿。她写道：'我已经很长时间没见到约瑟夫了。上星期我到银行去找他，可他很忙，我根本见不到他。我等了差不多一个钟头，后来只好离开那儿，因为我得卜钢琴课。我真想同他谈谈，也许以后还有机会。在我的命名日，他寄给我一大盒巧克力，他真好，考虑得真周到。上次写信时，我忘了把这事告诉你们，现在你们问起，我才想起来。至于巧克力，你们知道，在寄宿学校里很快就不翼而飞了，礼物丢了后，是很难想起有人曾送过你东西的。不过关于约瑟夫，我还有一件事要告诉你们。我上面说过，我那天在银行里无法见到他，因为他当时正和一位先生谈话。我老老实实等了一会儿以后，问一位职员，谈话是否还要进行很久。那位职员回答说很可能是这样，因为这也许和襄理先生卷入的一桩案子有关。我问是什么案子，他是不是搞错了。他说没搞错，的确是一件案子，一件很严重的案子，详细情况他也不清楚。他本人当然很愿意为襄理先生帮忙，因为襄理先生是个善良正直的人，可他不知道怎样才能帮助他，只好祝福有影响的人物站在他一边替他讲话。不过，事情肯定会顺利的，结果一定会很圆满，只是目前根据襄理先生的情绪来推测，情况似乎不大妙。我当然不会把这位职员的话看得过于严重，劝那位头脑简单的先生放心，并请他别把这事告诉任何人。我相信他的话不过是无稽之谈而已。尽管如此，亲爱的父亲，你下次进城去看他的时候如果能详细了解一下究竟是怎么一回事，也许更好些。你会轻而易举地查明事实真相，如果需要的话，可以请你那些有影响的熟人进行干预。即使这一切是多余的——事情很可能如此——那么，你至少也可以给你女儿一个不久便能拥抱你的机会，对此她将会十分高兴。'真是个好孩子。"叔父念完信以后说，并揩干眼里的泪水。K.点点头，近来他由于遇到许多不顺心的事，完全把艾尔娜给忘了，甚至连她的生日都忘了，至于巧克力的事，那完全是瞎编的，为的是在叔叔和婶婶面前给他留点面子。这真是令人感动，他打算从现在起定期给她送戏票，以示回报，这当然是不够的。但是，到寄宿学校去看她，和一个18岁的小女孩聊天，他觉得在目前情况下也不太合适。"你现在还有什么好说的？"叔父问，女儿的信使他忘记了匆忙和不安，仿佛他仍然在重读那封信。"不错，叔父，"K.说，"这是真的。""真的？"叔父惊呼道，"怎么会是真的？怎么可能是真的？这是一件什么样的案子？不会是一桩刑事案件吧？""的确是一桩刑事案件。"K.答道。"既然是一件刑事案件，你怎么能安安稳稳地坐在这里？"叔父嚷嚷起来，声音越来越大。"我越是镇静，事情的结局就越好，"K.疲倦地说，"没有什么好害怕的。""你的这个要求可真妙，"叔父大声说，"约瑟夫，亲爱的约瑟夫，为你自己想想，为亲戚们想想，为我们家族的名声想想吧！你一直是我们的骄傲，可不能给我们抹黑啊！你的这种态度，"他歪着头望着K.说，"使我很伤心，没有一个理智的被告会采取这种态度的。赶快告诉我，到底出了什么事，我好给你帮忙。准是和银行有关，对吧？""不对，"K.说着站起身来，"你的声音太大，听差们准站在门外偷听呢。亲爱的叔父，我可不喜欢这样。我们最好还是到外面去谈，我会尽量回答你提出的所有问题。我很清楚，我应当向全家人作出解释。""很好，"叔父嚷道，"好极了！那就赶快，约瑟夫，快走。""我还得交代几件事。"K.说完便打电话请他的助手来。几分钟后助手就到了。情绪激动的叔父打了个手势，说明是K.叫他来的，这其实是不言而喻的。K.站在办公桌旁，小声地向这个年轻人解释应当怎样处理他手中的几份文件，后者冷静而专注地听着。紧接着，K.又告诉助手他不在的时候应该做些什么。叔父睁大眼睛,咬着嘴唇在一旁站着,使K.觉得很不自在。其实他并没有听到他们在说什么,但他那副似乎在听的神态就足以使K.心烦了。接着,他又开始在屋里走来走去,不时地在窗前或一幅画的前面停下来,嘴里冒出一句话,如"简直不可理解"或"天晓得事情会怎么样"。年轻的助手装做什么也没觉察到,聚精会神地听着K.的指示,并不时地在笔记本上记下点什么。K.讲完后,助手向K.和叔父微微鞠了个躬,便离开了办公室。但此时叔父正好背对着他,双手抓住窗帘,望着窗外。门刚关上,叔父便嚷道:"这笨蛋终于走了,现在我们可以出去了,谢天谢地!"他们来到大厅,那里站着几个职员和仆役,副经理正好也迎面走来。急不可待的叔父在这里便想打听案子的情况。倒霉的K.没法让他住口。"我说约瑟夫,"叔父开口说,大厅里的职员向他们鞠躬致意,他点点头表示回答,"现在坦率地告诉我,到底是一件什么样的案子?"K.似是而非地回答了几句,笑了笑,直到下楼时才向叔父解释,他不愿当着下属的面谈论这件事。"不错,"叔父说,"可是现在全都说出来吧。"他抽着一支又短又粗的雪茄,歪着头仔细听着K.的叙述。"首先要说明的是,叔父,"K.说,"这不是一件由普通法院受理的案子。""糟透了。"叔父说。"什么?"K.看看叔父问。"我说糟透了。"叔父重复道。他们站在大门外的台阶上,由于门卫好像在听他们讲话,K.拉着叔父走下台阶,汇入到街上的人流之中。叔父挎着K.的胳膊,不再急于打听案情。在他们默默地走了一阵之后,叔父突然停下脚步,向K.提出一个问题——走在他后面的人吃了一惊,赶紧避开——"但是,这事究竟是怎样发生的?这类事情不会突如其来,有一个日积月累的过程,事先肯定有某种征兆。你为什么不写信给我?你知道,我得为你的一切操心,在某种意义上,我仍然是你的监护人,直到今天还为此而自豪。我当然会尽力帮助你的,但现在由于案子已经开始审理,我就很难帮上忙了。无论如何,你最好请几天假,到我们乡下来住一段时间。我发现你比以前瘦了,在乡下就能恢复过来。这对你会有好处,因为很快你就要全力应付审讯了。除此之外,你还可以暂时避开法院的纠缠,他们在这儿拥有各种各样的权力机器,肯定会开动起来对付你。可是你如果在乡下,他们要找你就得派人来,或者发信,拍电报,打电话来。那样,效果自然就差多了。虽然你不能彻底摆脱他们,但至少可以松一口气。""可他们也许会禁止我离开。"K.说,他有点被叔父的建议打动了。"我不认为他们会这样做,"叔父沉思地说,"况且,你的离开并不会对他们的权力造成多大的损害。""我本来以为,"K.拽住叔父的胳膊,让他别站着,"你比我更加不在乎这个事,可现在看来,你把它看得很严重。""约瑟夫!"叔父嚷道,想挣脱开来继续站在原地,但K.没有松手,"你变了,你的头脑向来很清醒,现在怎么变糊涂了?你想输掉这场官司吗?你知道这意味着什么吗?意味着你彻底完蛋!而你的亲戚也会跟着倒霉,至少蒙上耻辱,名誉扫地。约瑟夫,你得振作起来,你这种无所谓的态度简直叫人发疯。别人一看到你这副样子,就会想起那句老话:'遇上这样的官司,还没打就输了。'"

"亲爱的叔父,"K.说,"激动是没有用处的,不但对你,而且对我都一样。靠激动是打不赢官司的。我一向很尊重你的实际经验,现在也仍然如此,虽然你的突然来访使我吃惊不小。可是,请你也听听我的实际经验吧。既然你说,由于这件案子全家都会跟着倒霉——我实在无法理解为什么会这样,不过这无关紧要——那我就听从你的劝告。可是我觉得,到乡下去即使你的本意是好的,也是不可取的,因为这会被认为是畏罪潜逃,换句话说,等于承认自己有罪。此外,虽然我在这儿受到的压力比较大,但可以靠自己的努力推动事情向好的方向发展。""说得对,"叔父用一种赞同的口气说,似乎他们终于想到一块了,"我提出这个建议,是因为我觉得,假如你待在这里,事情会由于你那无所谓的态度而搞糟,与其这样还不如我来替你活动。假如你愿意自己努力为案子奔走,那当然更好。""这样我们的意见就一致了,"K.说,"关于我首先应该做什么,你现在有什么建议吗?""我当然还得把整个事情好好想一想,"叔父说,"你知道,我在乡下已经住了20年,几乎从未离开过,因此在处理这种事情上的眼光不像过去那样敏锐了。我在乡下很少同别人来往,许多重要的联系都断了。几位有影响的人物在这类情况下或许比我内行,但天长日久,我同他们的关系已经疏远。只是发生了眼下这样的紧急情况,我才意识到这样做的害处。另外,你的事来得太突然,在接到艾尔娜的信以后我就猜出了什么事,今天一见到你,我就差不多完全肯定了。不过这些都是废话,现在最重要的是我们别再浪费时间。"还在讲话的时候,他便踮起足尖,招手叫来一辆出租汽车,此刻,他大声地将地址告诉司机,然后钻进汽车,并把K.也拽进去。"我们去找胡尔德律师,"他说,"他是我的同学。你肯定知道他的名字,对吗?不知道?真有点奇怪!作为辩护律师,穷人的律师,他的名声很大呢。不过,我之所以特别信任他,是因为他很有人情味。""无论你做什么,我都没意见。"尽管叔父处理事情的仓促和轻率使他有些不快,他仍然这样说。作为一个有求于人的人被带到一个替穷人说话的律师那儿去,他觉得很不是滋味。"我原先不晓得,"他说,"在这类案件中还可以聘请律师。""当然可以,"叔父说,"这还用说!为什么不可以?现在把直到目前发生的事令告诉我,好让我心中有个数。"K.开始讲述事情的前后经过,一个细节也没有隐瞒,因为只有绝对坦率,才是对叔父所声称的这件案子带来的奇耻大辱的一种抗议。毕斯特纳小姐的名字K.只捎带着提起过一次,这并不说明他不坦率,而是因为小姐与案子没有什么关系。他一面讲,一面透过车窗看着外面。他发现他们已经驶入郊区,而办公室设在阁楼上的那所法院恰恰坐落在这一带。他提醒叔父注意这个事实。但叔父似乎不大理会这个巧合。出租车在一幢深灰色的房子前面停下。叔父按了按底层第一户人家的门铃。当他们等人来开门的时候,叔父露出他的大板牙笑着在K.耳边说:"现在是八点钟,委托人很少在这个时候来打扰他,不过胡尔德不会见怪的。"门上的观察孔里露出一双黑色的大眼睛,打量了两位来访者好一阵后又消失了,但门并没有开。叔父和K.相互证实,他们的确看到了那双眼睛。"一个新来的女仆,大概害怕生人。"叔父说,接着又敲了敲门。那双眼睛再次出现,眼神似乎有点忧伤,但这也许是那盏没有罩的煤气灯造成的错觉。煤气灯正好照着他们的头顶,发出刺耳的嘶嘶声,光线却十分暗淡。"快打开门!"叔父擂着门喊道,"我们是律师先生的朋友!""律师先生病了。"在他们身后有人小声说。这条窄窄的走廊尽头的另一扇门里站着一个穿睡衣的男人,压低嗓门告诉他们。由于等得太久而怒气冲冲的叔父猛地转过身去冲他嚷道:"病了?您说他生病了?"并气势汹汹地朝那人走去,仿佛那人就是疾病的化身。"门已经开了。"那人指着律师的门说,接着裹紧睡衣进了屋。门的确开了,一位年轻姑娘——K.认出了那双微微凸起的黑眼睛——系一条白色的长围裙,手里拿着一支蜡烛站在门里。"下一次开门麻利点!"叔父没有问候,而是教训她说。她行了个屈膝礼。"来吧,约瑟夫。"他对 K. 说。K. 慢慢地从姑娘身边走过。"律师先生病了。"由于叔父眼也不抬地径直朝里屋走去,那姑娘又说。K. 仍在打量她,而她正转过身去把大门关上。她长着一张圆圆的娃娃脸,不仅双颊和下巴,而且太阳穴和前额也是圆的。"约瑟夫!"叔父又喊道,接着问那姑娘:"是心脏病吗?""我想是的。"姑娘端着蜡烛,走在他前面说,并把里屋的门打开。在烛光照不到的一个屋角里,一张蓄着长胡子的脸从枕头上抬起来。"列妮,谁来啦?"律师问,他被烛光照花了眼,看不清来客。"是你的老朋友阿尔伯特。"叔父说。"噢,是阿尔伯特。"律师说着又躺到枕头上,好像没有必要在客人面前强打精神。"真的很不舒服吗?"叔父一面说,一面坐到床沿上,"我可不大相信。不过是心脏病又一次发作而已,像前几次一样,很快就会过去的。""也许吧,"律师小声说,"可这次比过去每一次都厉害,连呼吸都困难,根本睡不着觉,身一天比一天没劲。""是这样,"叔父那只粗壮的手将巴拿马草帽使劲压在膝上说,"那可真糟糕。那么,佣人对你的照顾周到吗?这儿看上去阴沉沉的,光线太暗。我上一次到这儿来,是很久以前的事了,那时候这里的气氛似乎好得多。另外,你这位佣人小姐好像不大开心,也许她是装的。"姑娘仍然端着蜡烛站在门边,从她那闪烁不定的目光来推测,她更多的是在看着 K.,而不是他的叔父,即使后者在谈论她的时候,她也并未转过头来。K. 这时已拉过一把椅子放在她身旁,舒服地靠在椅背上。"谁要是像我一样得了病,"律师说,"就需要安静。我并不觉得这儿阴沉沉的,"他稍微停顿了一下,又补充道:"列妮对我照料得很好,她是个好姑娘。"[11]但叔父似乎并不相信,他对这个女看护显然抱有成见,虽然没有反驳病人的话,但却用严厉的目光注视着那支蜡烛。她走到床前,把蜡烛放在床头柜上,朝病人俯下身去,一边摆好枕头,一边对他轻声说着什么。叔父几乎忘记了自己是在病人的房间里,他猛地站起身来,在姑娘身后踱起步来。假如这时他抓住姑娘的裙子,把她从床边拖开,K.也不会感到奇怪。作为旁观者,K.静静地看着这一场面,律师生病对他来说并不是坏事。叔父对他的案子的关心过于热情,而他又没法拒绝这种关心,现在,用不着他出面,叔父的热情便遭到了挫折,这无疑是他愿意看到的。然而,大概是想使女看护难堪,叔父突然说:"小姐,请让我们单独待一会儿,我和我的朋友有点私事要商量。"姑娘这时正俯下身,把靠墙那一边的床单抚平,听了这话便侧过头心平气和地说:"您已经看到,我的主人病了,不能商量任何事。"这与叔父那充满怒气,结结巴巴,然后又忽然变得十分流利的语调形成鲜明对比。或许,仅仅是出于省事,她才重复了叔父使用过的字眼,但即使在旁观者看来,这也似乎是反唇相讥。叔父像被黄蜂螫了一下,顿时暴跳如雷。"见你的鬼去吧!"由于激动,他口齿不清地骂道。K.吃了一惊,他虽然料到会出现这种情况,但仍感到十分突然。他站起身来向叔父奔去,想伸出双手堵住他的嘴。幸好这时姑娘身后的病人在床上坐了起来。叔父做了个鬼脸,仿佛吞下了什么令人厌恶的东西,接着用较为平静的口气说:"我们当然还没失去理智。假如我所要求的事根本办不到,我是不会提出要求的。现在请您走吧。"姑娘直起腰来站在床边,转过身来面对叔父,一只手仍然抚摩着律师的手,至少K.是这样认为的。"你可以当着列妮的面谈任何事情。"病人用恳求的语调说。"这事与我无关,"叔父说,"并不是我的秘密。"他转过身去,好像根本没有商量的余地,不过却给律师一个考虑的机会。"那么是关系到谁呢?"律师重新躺下,有气无力地问。"我的侄子,"叔父说,"我把他带来了。"他开始作介绍:"银行襄理约瑟夫·K.。""噢,"病人活跃多了,并向K.伸出手来说,"请原谅,刚才我没看见您。你走吧,列妮。"他对女看护说,并同她握了握手,好像要同她分别很久似的。列妮顺从地走了。"这么说来,"律师终于对叔父说,后者这时已息了怒,走到病人床前,"你并不是来看望我,而是有事找我。"仿佛一想到别人是来看望一个病人自己就病得快死似的,律师这会儿显得好多了。他支着双肘靠在床上,一只手伸进胡须中不停地捋着,缠绕着,这当然是很累的。"那个小妖精一走,你的病看上去就轻了不少。"叔父说。他突然住了嘴,然后悄悄地说:"我敢打赌,她在门外偷听。"他奔到门口看了看,但门外一个人都没有。他又走回来,一点也不觉得难堪,因为他认为她不偷听肯定是出于更大的恶意,于是便恼怒地说:"这该死的巫婆!""你对她不公道。"律师说,不再为姑娘辩护,也许想要表明,她根本用不着别人替她辩护。接着,他用关切得多的口吻说:"至于你侄子的事情,假如我微薄的力量能够胜任这样一项艰巨的任务,我当然会感到很荣幸,不过,我担心我的力量有限,但无论如何,我会尽全力的。如果我一个人不能成功,还可以请别人来帮忙。老实说,我对这件事很感兴趣,决不会放弃过问它的机会。即使我的心脏支持不住,我也至少会在这件事情上找到一个值得的理由让它完全衰竭。"这番话K.连一个字也没听懂,他看了看叔父,希望能从他那儿得到解释,但叔父手里拿着蜡烛坐在床头柜上。一只药瓶从床头柜上滚了下来掉在地毯上。不管律师说什么,叔父都点头,仿佛完全同意律师所说的一切。有时,他还瞥K.一眼,似乎要求K.也表示赞同。难道叔父已经把这件案子的所有情况都向律师谈了吗?但这是不可能的,今天发生的事排除了这种可能性。"我不明白……"于是他插话道。"嗯,难道我误解了您的意思?"律师问,同K.一样惊奇和困惑,"也许我太性急了,您究竟要同我谈什么呢?我想,是关于您的案子?""当然是的,"叔父说,并转过头去问K.,"你想说什么?""不错,可是,您是从哪儿听说我和我的案子的情况的?""原来是这么回事,"律师笑道,"我是一名律师,同司法界有来往,他们经常谈起各种各样的案件,其中一些最引人注目的案子,尤其是一位老朋友的侄子的案子,自然会深深地印在我的脑海里。这并没有什么值得大惊小怪的。""你到底想说什么?"叔父又问,"你看上去有些不安。""您同司法界来往?"K.问。"当然。"律师说。"你的问题就像小孩子问的。"叔父说。"我如果不和我的同行来往,那该跟谁来往呢?"律师补充道。这话听起来无可非议,K.无言以对。"不过,您准是同司法大楼里的那家法院有来往,而不是设在阁楼上的那一家。"他本来想这么说,但没有说出口。"您应该想到,"律师以一种似乎在解释一件不言而喻的、多余的事的口吻淡淡地说,"您应该想到,从这样的交往中,我能为我的委托人争取到很多便利条件,而且是各方面的便利条件,这当然不便公开说明。现在由于我病了,遇到了一些困难,但尽管这样,还是有不少在法院工作的好朋友来看我,我可以从他们嘴里了解很多情况,也许比一些身体健康,成天待在法院里的人知道的还要多。比如,现在就有一位好朋友在这儿。"他朝屋里一个黑暗的角落指了指。"在哪儿?"K.吃了一惊,有些唐突地问。他半信半疑地朝四周看了看。小蜡烛的光根本照不到对面的墙,那个黑暗的角落里的确隐隐约约有什么东西动了一下。叔父把蜡烛举过头,借着烛光,他们看到一位年事已高的先生坐在屋角的一张小桌旁。他大概连气也没有喘,以至待了那么久居然没被人发现。此刻,他缓缓地站起身来,显然为自己被人发现而感到不快。他的双手像鸟的翅膀一样上下摆动,仿佛表示他拒绝任何介绍和寒暄,似乎在示意他不愿因为自己的在场而打扰别的先生,并恳求让他重新回到黑暗中,别人最好把他忘掉。但他再也无法享受这种权利了。"你们的来访太突然了,"律师解释道,并向那位先生招了招手,请他上前来。那人慢慢挪动脚步,犹豫地看着四周,但仍摆出一副高傲威严的架势,"法院办公室主任先生……啊,请原谅,我还没有作介绍,这是我的朋友阿尔伯特·K.,这位是他的侄子,银行襄理约瑟夫·K.,这位是法院办公室主任先生。法院办公室主任先生今天屈尊来看我,这次探望的价值只有熟悉法院内情的人才能真正认识到,因为只有他们才懂得办公室主任先生是多么忙。但尽管如此,他还是抽空来看我。在我的病体尚能坚持的情况下,我们平静地交谈着。我们没有禁止列妮将来访者放进来,因为没有料到会有人来。不过我们确实不希望别人来打扰我们。可后来传来了你砸门的声音,阿尔伯特,办公室主任先生于是只好把椅子和桌子挪到屋角里。当然现在,我们有可能,我是说有一种愿望商谈一件与大家都有关的事情,我们最好还是坐在一起吧。办公室主任先生。"律师面带谦恭的微笑,侧着头对那人说,并指了指床边的一张靠背椅。"遗憾的是我只能再待几分钟,"办公室主任客气地说,在靠背椅上大摇大摆地坐下,又看了看表,"我还有公事。不过我不愿错过在这里认识一位我朋友的朋友的机会。"他朝叔父歪了歪头。后者看来对结识了这个人而感到满意,但生来不会表示谦恭的他只是用一阵莫名其妙的大笑回答法院办公室主任的这番话。真令人厌恶!K.冷眼看着这一切,因为谁也不去注意他。那位老先生既然已经处在突出地位,便当仁不让地成了谈话的主角,这好像是他的习惯。律师开始时装做身体虚弱,大概只是为了谢绝来客,现在他把手拢在耳朵边,聚精会神地听着。叔父作为执烛人,把蜡烛放在大腿上保持平衡——律师不时投来担心的一瞥——很快便摆脱了尴尬,此刻正兴致盎然地听着办公室主任妙语连珠的演讲,欣赏着他讲话时波浪一般上下起伏的手势。K.靠在床架上——老先生大约有意冷落他,完全把他撇在一边——只有做个单纯听众的资格。可惜他几乎没听懂老先生讲些什么,此外也没有心思听他讲话,脑子里先是想起了女看护,想起叔父对她的粗暴态度,后来又琢磨他好像在哪里见过这位法院办公室主任:也许初审的时候他就在听众当中吧。即使自己记错了,那么这位胡子硬撅撅的老先生坐在第一排听众当中也是很合适的。

正在这当儿,门厅里传来一阵响声,好像是瓷器被打碎的声音。大家都竖起了耳朵。"我去看看是怎么回事。"K.说,并慢悠悠地走到门口,仿佛想给其他人提供一个叫他回来的机会。他刚走进门厅,伸出手在黑暗中摸索时,一只比他的手小得多的手抓住他仍然扶着门的手,轻轻把门带上了。是女看护,她已经在那儿等着了。"没事,"她悄悄地说,"是我往墙上扔了只盘子,想把你引出来。"K.有些尴尬地说:"我也想着你。""那就更好,"女看护说,"跟我来。"他们走了几步,来到一扇毛玻璃门前。她打开门说:"进去吧。"这里显然是律师的办公室,月光透过三扇大窗子射了进来,照亮窗前地板上一个个小方块。借着月光可以看见屋里摆满了古色古香的旧式家具。"到这儿来。"女看护指着一把深色的雕花靠背椅说。K.一面坐下,一面打量着这间屋子。这是一间天花板很高的大屋子,这位穷人律师的顾客在这间屋子里一定会有茫然若失的感觉。[12] K.仿佛看到了这些委托人胆怯地迈着细碎的步子朝那张硕大无比的办公桌走去。但他很快忘记了这一切,眼睛只盯着女看护。她紧挨K.坐着,几乎把他挤得紧靠椅子扶手。"我想,"她说,"你会自己出来找我的,用不着等我来叫。真有点奇怪,你一进门就不停地看我,却让我等了这么久。你就叫我列妮吧。"她匆匆地说,仿佛不想浪费这次幽会的时间。"很高兴这样称呼你,"K·说,"至于你说奇怪,列妮,很容易解释,首先,我不得不听那几个老头唠叨,不能无缘无故跑出来;其次,在女人面前我向来很拘谨,从不敢放肆。我想,你大概也不是一上来就愿意的姑娘,列妮。""不对,"列妮把手搭在椅背上望着K.说,"你一开始大概不喜欢我,现在没准还是不喜欢我。""喜欢这个字太一般了。"K.闪烁其词地说。"啊!"她微笑地说,K.的话和这声轻轻的感叹使她觉得自己占了一点上风。K.却一时说不出话来。他已经习惯了这间屋子的黑暗,可以看清楚各种摆设的细节。给他留下深刻印象的是房门右侧的一幅大型油画。他上身前倾,为的是看得更清楚些。画上是一个身穿法官长袍的人,坐在一张高靠背椅上。那是一张镀金椅子,金晃晃的颜色在画面上显得很突出。奇怪的是法官并没有平静而威严地坐着,而是左臂撑在椅子的扶手和后背上,右臂却悬空吊着,手掌抓住另一边的扶手,仿佛正要站起来,做一个激烈的,也许是愤怒的手势,说出一个决定性的观点或甚至是宣布一个判决。被告也许就站在法官宝座下的台阶上,而最上面几级台阶上铺着的黄地毯已经画出来了。"没准他就是审理我这桩案子的法官。"K.伸出手指着那幅画说。"我认识他,"列妮也看着画说,"他常到这儿来。这幅画是他年轻时请人画的,但一点也不像,既不像他年轻时,也不像他现在,因为他个子很矮,几乎是个侏儒。虽然如此,他却让人把他画成这么高,和这儿所有的人一样,他爱虚荣几乎到了发疯的程度。我也很爱虚荣,不甘心你不喜欢我。"K.对她最后那句话没有回答,只是伸出双臂搂住她,并把她拉到身边。她把头静静地靠在他肩上。他问:

"他担任什么职务?""他是预审法官。"她说,并抓住他搂她的那只手,抚弄着他的手指。"只不过是个预审法官,"K.说,显得非常失望,"高级官员都藏了起来。可是,他却坐在宝座上。""全都是瞎画的,"列妮把脸伏在K.的手上说,"实际上他是坐在一张厨房里用的椅子上,屁股底下垫了一块折起来的盖马毯子。你干吗总是惦记着你的案子呢?"她又慢条斯理地问。"哪里,我根本不去想它,"K.说,"也许我恰恰想得太少了。""你的错误并不在这儿,"列妮说,"你太倔强,这是我听说的。""听谁说的?"K.问,感觉到她的身体靠在自己的胸脯上,于是低头看了看她那浓密的梳得整整齐齐的黑发。"假如我告诉你,那我透露得可就太多啦,"列妮回答道,"请别问我他叫什么名字,记住我的忠告就行了。别再这么倔强,你斗不过法院,你得认罪。下次审讯时就认罪吧,只有这样你才能逃脱他们的魔掌,只有这种办法才能救你自己。不过,即使认了罪,没有外来的帮助也没有用。可你用不着为此发愁,我来想办法吧。""你好像对法院和法院里耍弄的阴谋诡计很熟悉。"K.说着把她抱起来,让她坐在自己的膝盖上,因为她紧紧地靠着他,他觉得太重。"这样更好。"她说,一面在他膝盖上坐直,一面抚平裙子,拉直上衣。然后她伸出双手搂住他的脖子,身体向后仰,久久地端详着他。"假如我不认罪,你就不能帮助我吗?"K.试探地问,感到有些吃惊,他最初是找毕斯特纳小姐,后来又找法院听差的老婆,现在又找这个小看护帮忙,而她似乎对自己有一种莫名其妙的欲望。瞧她坐在自己膝盖上的样子,仿佛这就是她应该坐的唯一地方!"不能,"列妮缓缓地摇着头说,"那样我就没法帮你。不过你好像根本不需要我的帮助,你无所谓,显得很傲慢,并且不听别人的劝告。""你有情人吗?"过了一会儿,她问。"没有。"K.说。"不,你有。"她说。"好吧,我有,"K.说,"你瞧,我否认我有情人,身上却揣着她的照片。"在她的恳求下,他拿出艾尔莎的照片让她看。她蜷曲在他的膝盖上,久久地打量着照片。这是一张快像,艾尔莎正在跳一种旋转舞,她常常在酒吧里跳这种舞。她的裙子高高地向后扬起,双手按在结实丰满的臀部上,脖子侧向一旁,向某个未被拍进照片里的人笑着。"她的衣服绷得太紧,"列妮指着她认为绷得太紧的地方说,"我不喜欢她,她太壮实,太粗野。不过,她也许对你很温柔体贴,从照片上可以看出来。像她这样高大健壮的姑娘往往除了温柔体贴什么也不会。她会为你而牺牲自己吗?""不会,"K.说,"她既不温柔也不体贴,更不会为我而牺牲自己。不过到目前为止,我还没有要求她做上面几件事。另外,说实在的,我还从来没有像你这样仔细地看过这张照片。""这么说来,你并不十分喜欢她,"列妮说,"她也不是你的情人啰?""当然是,"K.说,"我并不否认我所说过的话。""就算她现在还是你的情人,"列妮说,"可你一旦失去她,或者说用我来代替她,你也不会太想她,是吗?""不错,"K.微笑地说,"这是可以想象的。但她有一点比你强得多:她对我的案子一无所知,即使她知道了,她也不会为此而操心。她不会劝我随和些。""这可不是什么优点,"列妮说,"如果她比我强的地方就是这些,那我就还有信心。她有生理缺陷吗?""生理缺陷?"K.问。"是的,"列妮说,"我就有一个小小的生理缺陷,你瞧,"她张开右手,食指和中指间连着一层膜,几乎延伸到指尖。在黑暗中,K.一时没弄明白她想给他看什么,她于是抓过他的手,让他摸摸那皮膜。"大自然的造化真是奇妙,"K.说,他仔细看了看整只手后又补充道,"不过的确是只美丽的小手。"列妮得意地看着K.,后者不胜惊奇地把那两个手指掰开又合拢,并在放开它们之前还轻轻地吻了一下。"啊,"她立即欢呼道,"你吻了我!"并张大嘴,急急忙忙地爬起来跪在他的膝盖上。K.大吃一惊,抬眼看着她。她此刻紧紧地挨着他,身上散发出一种像胡椒粉一样刺激性的气味。她一把搂过他的头,俯下身去,咬着、吻着他的脖子,一直咬到他的头发根。"你已经用我代替她了!"她一遍又一遍地嚷道,"瞧,你用我代替她了!"这时,她的膝盖滑了一下。她轻轻喊了一声,差一点跌倒在地毯上。K.抓住她,想把她扶起来,却被她拽倒在地。"你现在属于我了。"她说。

"这是大门钥匙,你什么时候来都可以。"这是她最后一句话。在他转身离开时,他漫无目的地在她肩膀上亲了最后一下。他走出大门,外面正下着小雨。他朝街心走去,希望能看列妮最后一眼,此刻,也许她正站在窗前向他张望呢。然而，他的叔父突然从停在房子前面的一辆汽车里钻了出来，心不在焉的K.刚才根本没发现这辆车。叔父抓住他的胳膊，把他朝门口推去，好似要把他钉在门上。"浑小子，你怎么能这样干！你的案子本来有点希望了，可这下子又被你搞砸了！你溜到一个不要脸的小娼妇那里同她鬼混，一待就是几个钟头！看样子她准是律师的情妇，而你连个借口也不找，明目张胆地跑到她那儿去，同她干见不得人的勾当。在这段时间里，我们却坐在那儿为你的事情操心，一个是替你来回奔走的叔父，一个是应该争取过来的律师，特别是法院办公室主任，一个可以左右你的案子的大人物。我们想商量一个办法帮助你。我不得不小心翼翼地同律师周旋，而律师又一再向办公室主任赔小心。我本指望你至少能助我一臂之力，而你却溜得无影无踪。最后谁都明白你去了哪里，只不过两位老先生碍于情面，不好意思当面说出来而已。大家都觉得十分尴尬，再也没心思谈你的案子。我们就这样干坐着，竖起耳朵听外面的响动，希望你终于回来。可一切都白搭，办公室主任待的时间已经大大超过了原订计划，只好起身告辞，并遗憾地说他无法帮助我。出门时他还在门口站了一会儿，表现出极其友好的态度。他走了我倒轻松了不少，在那以前我简直尴尬得喘不过气来。你的行为对生病的律师打击更大，当我告辞时，这个好心的老先生已经说不出话来了。也许正是你使他的身体一下子垮掉，并会加速他的死亡，而你还指望他的帮助呢。至于我，你的叔父，已经在雨中等了你几个钟头——你摸摸，我已经湿透了——并且还得为你继续发愁。"

第七章

律师 工厂主 画家

一个冬天的上午——外面正下着雪,天气昏暗——K.坐在办公室里。尽管时间还早,但他已经觉得很累了。为了至少在他的下属面前保持尊严,他指示仆役别放任何人进来,因为他有重要的事要办。但他并没有工作,而是坐在转椅上摇来摆去,懒洋洋地把写字台上的东西推开,然后不由自主地伸出两只胳膊摊在写字台上,低下头一动不动地坐着。

那件案子萦绕在他心头,他再也无法摆脱。他经常想,他是否应当写一份辩护词呈交法院。他要在辩护词中简述自己的生平,每涉及一件大事就详细解释一下他当时为什么要那样做,现在他对那时的做法是赞同还是反对,理由是什么。这种成文的辩护词同一个本身并非无懈可击的律师的口头辩护相比好处无疑很多。K.不知道律师正在为这件案子忙些什么,反正成果不大。一个多月以前,霍尔德派人来找过他,他和律师初步接触几次后,便留下了律师帮不成什么大忙的印象。这首先是因为,律师很少盘问他,尽管有许多问题应该问。提问是一切的关键。K.觉得他自己便能提出所有必须搞清楚的问题来。但律师非但不问,反而漫无边际地瞎聊,或是沉默地同他面对面坐着,身子前倾——也许是听觉不太好的缘故——俯在办公桌上,捋着下巴上的一撮胡子,怔怔地望着地毯,大概正瞧着K.和列妮躺过的地方。他不时给K.几句不痛不痒的忠告,就像告诫小孩一样。这些告诫既无用又无聊,最后算账时K.肯定不会为此付一文钱。等到把K.奚落够了,律师通常又会说几句安慰的话,给他鼓点劲。他声称,他已经为当事人打赢过许多类似的官司,有的全部赢,有的部分赢。虽然那些案子没有这件案子那样棘手,但乍看起来却更加没有打赢的希望。他抽屉里——他敲了敲办公桌的一个抽屉——有一份这些案子的记录,可惜他不能给K.看,因为这涉及官方的秘密。不过通过办这些案子积累起来的丰富经验对K.来说无疑是有好处的。他当然立即就开始了工作,一份申诉的初稿几乎已经写好了,不久就可以上交。第一份申诉很重要,因为辩护留下的第一印象常常决定今后的整个诉讼程序。不幸的是,他必须提醒K.注意,头几份申诉往往不起作用,因为法院根本不看。法官们把它们往卷宗里一塞,说什么目前对被告的审查和审讯比任何书面申诉都更加重要。假若申诉人催促,他们会说,做出判决前他们会认真研究全部案卷的,其中当然包括第一份申诉书。可惜的是这一点在许多案子的审理过程中并不能完全做到,第一份申诉常常放错地方,甚至不翼而飞,即使幸存到最后,也很少有人看过。这一切令人遗憾,但并非没有缘故。K.应该注意到,审讯过程是不公开的,如果法院认为必要,当然也可以公开,但法律并未明文规定必须公开。正因为如此,法院的各种文件,首先是起诉书,对于被告及其辩护人,是严格保密的。由于这个缘故,人们一般不知道,至少不能确切了解到申诉书应该反驳哪些指控,所以只有在完全碰巧的情况下,申诉书才会包含某些实质性内容。只有在了解到或者在审讯过程中猜测到指控和指控依据的证据后,人们才能呈递真正具有针对性的、说服力强的申诉书。在这种情况下,辩护人自然处在十分不利和困难的局面。不过这种局面是法院有意造成的,因为法律并不鼓励辩护,而只是不阻止辩护而已。甚至在是否允许辩护并容忍辩护这一点上,人们也有意见分歧。因此,严格说来,法院是不承认律师这一职业的,那些在法庭上以律师身份出现的人,从根本上说只是些让人瞧不起的讼师而已。这对于律师来说当然是一种侮辱,如果K.有机会参观一下法院的办公室,可以去看看律师们工作的地方,他一定会大开眼界的。面对那一群挤在一起的可怜虫,他也许会大吃一惊。光是那间又矮又小的办公室就能表明法院对他们是多么歧视。室内只靠一扇小天窗采光,而天窗又很高,假如想看看外面,就得让某个同僚把你驮在背上。但附近一根烟囱里冒出的浓烟会把你呛得喘不过气来,并把你的脸熏得污黑。

再比如说，办公室的地板上一年多来有一个洞，尽管还没有大得能掉进一个人，但也足以陷进一条腿。律师们办公的地方在阁楼的上面一层，假如有人陷进洞里，他的腿就会悬在那些等待接见的委托人的头顶上。律师们抱怨这种状况是 他们的脸并非言过其实，向当局抗议也毫无成效，律师们自己筹措经费进行修缮是严格禁止的。律师们受到这种待遇并不是无缘无故的，人们正在考虑取消辩护，而让被告自己承担辩护的责任。这样考虑从根本上说并非没有道理，但仅从此出发得出结论说，被告不需要辩护律师，那就大错特错了。与此相反，恰恰是这样的法院更需要辩护律师在场，因为审判程序不仅对公众保密，而且也不让被告知道。尽管不一定能做得到，但人们却不遗余力地防止情况外传。因此，被告无法了解到法院文件的内容，并且很难从审讯中猜测到法院手中掌握了哪些材料，更不用说他们大多由于忧虑而分心了。在这种情况下，辩护律师的干预就十分必要了。一般说来，辩护律师不能出席审讯，而必须在审讯结束后向被告打听审讯时的情况，当然越快越好，最好在审讯室的门口便详细了解清楚，以便从被告杂乱无章的叙述中得出对于辩护有用的东西。不过最要紧的并不是这些，因为从被告的叙述中无法了解许多东西，虽然能干的人可以多掌握一些。最重要的是辩护律师同法官的个人关系，他的主要价值便在于此。从亲身经历中K.大约已经发现，法院机构的底层并不是无懈可击的，其中有不少玩忽职守和贪赃枉法的官员，使这个组织严密的机构出现一个相当大的缺口。正是从这个缺口中，许多律师钻了进去，依靠贿赂探听情报，而文件失窃的事情过去时有发生。不可否认的是，以上办法可以取得对被告暂时有利的结果，律师也因此而感到自豪，并以此为诱饵，招徕新委托人。但这种办法对案件的发展并不能起到积极的作用，或者说只能起到坏作用。除了同地位较高的官员有私人关系值得羡慕以外，任何东西都没有真正的价值。只有通过这种关系才能影响审判过程，当然，这种影响开始时也许不易察觉，但随着案子的进展会越来越明显。有这类关系的律师人数甚少，因此K.的选择可以说是非常幸运的，也许只有一两位律师才能自夸像霍尔德博士那样拥有如此有效的关系。这些人自然用不着挤在律师办公室里，也不会同那帮平庸之辈有丝毫来往。但尽管如此，他们与法院官员们的关系却密切得多。霍尔德博士甚至不用在法院开庭时到场，不用挤在前厅里等待预审法官出场，不用为了取得某种虚假的成功甚至更坏的结果而在他们面前低三下四，看他们的脸色行事。不，K．亲眼看见，法官们，连地位很高的法官，也会主动找上门来，心甘情愿地、毫不隐瞒地向他提供情况，至少向他明白无误地作出暗示，并同他讨论各种案子下一步的审讯情况。他们有时会被他说服，接受他的某种看法。不过对此不能期望过高，即使他们很快就接受一种有利于被告的看法，他们回到办公室后，第二天或许又会做出相反的决定，给被告以更加严厉的判决，比他们当初声称将放弃的原判重得多。推翻已经做出的判决当然是不可能的，因为他们私下里对你说的，只不过是随便说说而已，并不能在公开场合兑现。即使辩护律师以别的办法博得了这些先生的好感也没有用。另一方面，说这些先生并非出于同情或友好才来拜访辩护律师，当然是业务能力极强的律师，也是对的，因为他们在一定程度上离不开辩护律师。法院机构的缺陷恰恰在这一点上暴露出来，他们知道，这个从一开始就坚持要保密的司法体系弊病很多：官员们脱离百姓，只会办一般的案子，这类案子几乎用不着费力，只需推一把。可是，如果碰到过于简单或过于棘手的案件，他们往往会一筹莫展。由于他们白天黑夜纠缠于法律条文，对人与人之间的关系缺乏正确的理解，而这一点在处理这类案件时是必不可少的。因此，他们只能去拜访律师们，向他们求教。在这种时候，他们身后总是跟着一个仆人，抱着秘密文件。人们料想不到会在一位律师家的窗前看到平时很难见到的先生们焦虑不安地望着外面的街道，而律师则坐在办公桌旁研究这些文件，看是否能给他们出个好主意。只有在这种场合人们才会发现，这些先生多么担心丢掉自己的饭碗，在他们碰到不可逾越的困难时又是多么绝望。应当说，他们的处境并不容易，对他们不应过于苛求，否则就太不公正了。在这种司法体系中，向上爬的阶梯是无穷无尽的，连内行也很难弄清楚。法院的诉讼程序一般说来对低级官员是保密的，因此他们自己也搞不清楚他们经手的案件下一步会如何进展。他们往往不晓得，他们正在办的案子来自何处,将要转呈到哪里。他们只了解案件某些孤立阶段中的某些情况,对终审判决以及做出这一判决的理由一无所知。他们只允许过问法律允许他们过问的那一部分审判程序,而对于以后的事情,即对于所办案件的结果的了解,甚至还不如辩护律师。后者通常可以在案子审理完以前同被告保持联系,所以,在这方面,他们可以从辩护律师那儿获得许多有益的经验。假如 K. 对这一切心中有数,那么,当他发现法官们脾气暴躁,对待被告态度蛮横时,就不会大惊小怪了。几乎每个人都受到过法官们的粗暴待遇,法官们个个脾气都很坏,即使他们表面上显得很平静时也如此。小律师们深受其害,感受尤其深刻。有人讲了这样一个故事,看起来完全是真的:一位心地善良、性情温和的老法官,遇到一件棘手的案子,律师们递交几份申诉书后,事情变得更加复杂了。他已经研究了整整一天一夜——这类法官的确认真得让人难以置信。就这样,经过 24 小时几乎毫无成效的苦干,到了早晨,他走到门口,躲在楼梯旁,把每一个试图进入他办公室的律师推下楼去。律师们聚集在楼下商量对策。一方面,他们本来无权进入法官的办公室,因此在法律上很难采取行动反对法官的这一做法,何况他们必须小心从事,以免激怒法官。可是另一方面,他们只要有一天不进入法院,就失去了一天的时间,于是想尽办法要闯进去。最后,他们一致认为,把那位老先生拖累才是上策。律师们轮流奔上楼去,做出最有效的消极抵抗的姿势,任凭法官把他们推下楼,反正楼下的同事们会伸出手接住的。这种情况持续了大约一小时后,那位老先生——通宵未眠,的确已经精疲力竭了——渐渐支持不住,这才回到自己的办公室。下面的人开始还不相信,派一个人上楼去,藏在门后观察了好半天,直到确信楼梯口没有人了,大家才鱼贯而入。他们进门后一声都不敢吭,因为这些律师即使是最不起眼的小律师,也能看出这里的门道。他们从来不敢提出改善司法制度的建议,更不敢坚持这些建议。相反,几乎每个被告,即使是头脑简单的被告,从一开始就显露出一种希望改革的热情,往往把时间和精力浪费在这上面。其实,这些时间和精力完全可以用在更有效的方面去。唯一理智的做法是让自己适应现在的状况。即使在这方面可以做一点局部改进——抱这种希望的人肯定是个疯子——由此得到好处的也只是未来的被告，而提建议者本人的利益反而会受到严重损害，因为他冒犯了报复心极强的法官们。千万别去惹法官们！不管多么违背自己的意愿，你也得委曲求全。你应该懂得，这个庞大的司法机构始终保持着一种微妙的平衡，如果有人稍微变动一下这个机构的组织，就会摔跟头从而彻底毁灭，而这个机构则可以靠自身其他部分的补偿作用而恢复平衡，因为它的各部分是相互关联的。它一点也不会改变，相反，会变得更加牢固，更加警惕，更加严酷，更加凶恶。人们应该放手让律师们工作，千万别去打扰他们。指责是没有什么用处的，尤其是当指责别人的人连自己也不明白指责的理由时更是如此。另外必须指出的是，K.对法院办公室主任的无礼已经给自己的案子带来了很大损害，这位有影响的人物的名字差不多可以说，从也许能为K.帮忙的人的名单上划去了。他现在故意不关心与K.的案子有关的任何事情。法官们在某些方面像小孩子，往往为了一点小事——遗憾的是K.的行为不在此列——而大动肝火，甚至见了老朋友也不理睬，连招呼也不打扭头就走，并且，在一切事情上想方设法同他们作对。可是后来，他们又会因为你开了一个小小的玩笑——你之所以敢开这样的玩笑，因为一切看来都没有什么希望了——而以最令人吃惊的方式莫名其妙地捧腹大笑，接着便和你重归于好。总而言之，同他们打交道既容易也困难，几乎没有什么固定的原则可以遵守。有时你会感到惊奇，某个平庸之辈反而能应付自如，取得一些成功。当然，他们也有感到眼前一片漆黑的时候——谁都会有这样的时刻。有时似乎一切都已经绝望，似乎只有那些一开始就知道能打赢的官司的人才能取得好的结局，即使没有别人的帮助也能赢，而其他所有的案子，不管怎么使劲，怎么求人帮忙，表面上取得多少令人高兴的小进展，注定都会一败涂地。这时候，你会感到灰心丧气，不敢驳斥人家对你的指责。由于你的插手，某些案子出了岔子，如果你不干预，进展本来会很顺利的。你于是失去了自信，在这种情况下，你只能承认自己无能。律师们经常面对这种十分尴尬的局面——当然，只是令人尴尬而已，别的倒也没什么——特别是当一件案子进展令人满意时，当事人突然不让你再过问案子了。这无疑是律师们碰到的最坏的情况。不过,当事人解聘律师,不让他再插手案子的事情还从未发生过,被告一旦聘请了一位律师,无论发生什么事情,都得同他在一起,因为,他既然请人帮忙,又怎么能自己单独干呢?但尽管如此,下面的情况倒发生过几次:案件的进展突然发生了转折,律师们无法再过问案子了。案件、被告和其他的一切一下子把律师完全甩开。在这种时候,律师哪怕同法官们的关系再好也没有用,因为法官们自己对这种转折也一无所知。案子已经进入一个新的阶段,任何帮助也无济于事,它已被转到常人进不去的法院去审理。在那儿,律师甚至根本见不到被告。然后,不知哪一天,当你回到家里,会发现桌子上放着许多申诉书。这些申诉书都是你冥思苦想、满怀希望写成的,可现在全都退还给你,因为审判进入了一个新的阶段,它们已经成了一堆废纸。但这并不是说官司已经打输了,完全不是,至少还没有确切证据说明这一点,你只不过再也不会知道有关这个案子的任何事情了,以后也永远不会知道。幸运的是,这种情况仅仅是例外,K.的案子即使属于同一性质,也得很久以后才会进入这个阶段。在目前,采取合法手段的机会还很多。K.可以相信,这些手段将会得到充分利用。刚才已经提到,第一份申诉书还没有递交上去,这事不必太着急。现在更重要的是同有关法官们进行磋商,这点已经做了,但坦率地说,只取得了部分成功。至于细节,最好还是暂时别透露,因为这可能会从坏的方面影响K.或者使他过于乐观,或者令他过于沮丧。但无论如何可以肯定的是,某些法官虽然讲得天花乱坠,也表示愿意帮忙,但实际上什么也不做,而另一些法官虽然讲话不怎么动听,却并不拒绝合作。总的来说,尽管不能得出最后结论,但结果还是令人满意的,因为所有谈判最初都是这样进行的,只有在以后的发展过程中,才能判断出这些谈判是否真正有价值。无论如何,迄今为止还没有失去任何东西,如果法院办公室主任既往不咎,能被争取过来的话——为了达到这一目的,已经采取了一些行动——那么这个案子用外科医生的话来说,就可以被看作一个已经清理过的伤口,在等待下一步进展时就不必紧张了。

律师滔滔不绝地大谈一阵。K.每次来访,他就把上述内容重复一遍。

他总是说又有进展，究竟是什么样的进展却闭口不谈。他一直在为第一份申诉书忙碌，但总也完不成。不过，在 K. 下次来访时，这却成了件好事，因为最近几天很不适宜向上呈递申诉书，而这种事是谁也无法预料的。假如 K. 对律师的陈词滥调感到厌倦——这样的事发生过几次——向他指出，即使所有的困难都考虑在内，案件的进展看来也实在太慢，他就会反驳说，进展一点也不慢。当然，倘若 K. 能及时上他这儿来，进展就会更快些。遗憾的是 K. 没有这样做，这种疏忽带来了不利，何况并非暂时的不利。

打断这种谈话的唯一福音是列妮。她总是利用 K. 在场的机会给律师送茶来。她会站在 K. 的椅子背后，仿佛看着律师贪婪地朝茶杯俯下身去，往杯子里倒茶并大口地喝着。实际上，这时她一直让 K. 偷偷地握住她的手。在一片寂静中律师惬意地喝茶，而 K. 却紧紧地握着列妮的手，有时列妮甚至会壮着胆子摸摸 K. 的头发。"你还站在这里干什么？"喝完茶，律师往往会问。"我得把茶盘端走啊。"列妮说。于是，K. 最后一次捏了捏她的手，律师则揩了揩嘴，以新的精力重新开始向 K. 发表长篇大论。

律师是想让他绝望呢还是想安慰他？K. 拿不准，但不久便断定，自己找错了辩护人。律师所说的一切也许完全符合事实，尽管他夸大自己重要性的企图十分明显。他可能从未接过一件在他看来比 K. 的案子更重要的案件。但他喋喋不休地吹嘘自己同法官们的私人交情，这实在令人起疑。谁能肯定，他利用这些关系仅仅是为 K. 着想呢？律师从不忘记说明，这些官员们级别甚低，这意味着，他们听命于别人，一些案件的转折很可能会对他们的升迁起十分重要的作用。他们会利用律师，使案子发生这类对被告总是不利的转折吗？或许他们并非在每件案子的审理中都这么做？这一点可以肯定，有时他们也会让律师占一点上风，作为对他们的报偿，因为维护律师的声誉也符合他们的利益。倘若事情果真如此，他们会把 K. 的案子归入哪一类呢？律师一再声称，这个案子很棘手，因而也很重要，从一开始就引起了法院的特别注意。用不着多想就能猜到他们会怎么做，律师的谈话已经露出蛛丝马迹。第一份申诉书直到现在还没交上去，而案子已经拖延好几个月了，可律师仍声称，诉讼只是处在开始阶段。这些话显然是经过深思熟虑才说的，目的在于蒙骗被告，让他处于被动地位，以便最终用突然宣布判决来制伏他，或者至少对他说，预审已经结束，情况对他不利，本案已转交上一级法院审理。

K.亲自干预是绝对必要的。在这个冬日的早晨，感到精疲力竭的K.脑子里翻腾着各种各样的想法，再也无法拒绝亲自出马的念头。他曾一度不把这件案子当一回事，现在却不得不正视它了。假如世界上只有他一个人，他便会轻而易举地对此一笑了之，而且在那种情况下，这类事情本身也根本不会发生。可是现在，他的叔父已经把他拽到律师这儿来了，他不得不考虑家庭的因素。他的职位也不再与此案的进展完全无关，因为他自己极其不谨慎地带着一种无法解释的得意，向他的几个熟人提起过这件事，不知什么原因，其他人也知道了。他同毕斯特纳小姐的关系也随着案子的进展而时好时坏。总之，在接受审讯和拒绝受审之间，他已经没有选择的余地，他已经置身于诉讼过程之中，必须采取行动来自卫。他感到疲惫无力，这不是个好兆头。

当然，现在还没有理由过分忧虑。他曾在较短的时间内巧妙地谋到了银行的一个高级职位，并赢得了许多人的赞赏，保住了这一职位。现在，他只需把上天赋予他的才干，用一点点来对付这个案子，便肯定会取得良好的结果。假如他想达到这一目标，首先必须彻底排除他有罪的想法。他是无辜的，这场官司只不过是一桩大交易，就像他经常做的、能为银行带来利益的交易一样。在这样的交易中，通常要排除潜伏着的各种危险。为此，当然不能怀着自己内心有愧的想法，而必须时刻想着自身的利益。从这个观点来看，做出把案子从霍尔德博士手中撤回来的决断是不可避免的，而且越快越好，最好今天晚上就办。在律师看来，这是前所未有的事，或许还是对他的侮辱，但K.决不能容忍自己在本案中作出的努力竟被他的代理律师一笔勾销。一旦摆脱了律师，申诉书就得马上呈递上去，他就得天天去催促法官对申诉书予以特别重视。要达到这一目的，像其他人一样把帽子塞在长凳下，温顺地坐在阁楼过道里等当然不够，K.本人应该天天上法官那儿去，或者雇个女人或别的人去，逼着法官们不再透过木栅栏监视过道，而是在办公桌边坐下来研究K.的申诉。他必须坚持这样的努力，一切都得有组织，有检查。法院这回总算遇到一个晓得怎样维护自身权利的被告了。

可是，尽管K.相信他能够做到这一切，起草申诉书的困难却难以克服。一个星期以前，他一想到要亲自草拟申诉书就有一种羞愧之感，从未料到这项工作是如此之困难。他还记得，一天上午他正埋头工作时，突然心血来潮，把手头的事情推在一边，拿出拍纸本，打算写一个申诉书的提纲交给霍尔德博士，催催这位行动迟缓的律师。然而，正在这时经理室的门开了，副经理大笑着走了进来。这对K.来说是一个十分难堪的时刻，虽然副经理肯定不是在笑他写申诉书，因为他对此一无所知，而是被他在证券交易所刚刚听到的一个笑话逗得哈哈大笑的。为了说明这个笑话的真正含义，需要画一张图加以解释。副经理于是朝K.的办公桌俯下身去，从K.手中拿过铅笔，在K.准备起草申诉书的那页纸上画出那张图。

今天K.不再感到羞愧，申诉书非写不可。假如他在办公室里没有时间——这是很可能的——那就得夜里在家写。如果夜里的时间不够，他就只好请假。无论如何不能半途而废，干业务工作也好，任何别的事情也好，半途而废都是最愚蠢的。起草申辩书无疑是一项花费无休止劳动的工作，不一定非得胆小怕事、顾虑重重的人才会相信，拟成一份申诉书几乎是不可能的事。这并非由于K.的懒惰或律师为阻止这份申辩书的完成而设置的种种障碍，而是因为K.根本不知道自己因何被控，更不知道由此而引起的其他罪状。他只得仔细地回忆他的一生，就连最微不足道的行为和事件也得从各个角度详细解释清楚。这是一件多么令人头痛的工作！也许对于退休以后无所事事，脑子退化到童年时代，需要把每天的时间打发掉的人最合适不过了。可现在，K.必须把全部精力集中于工作，他正处于上升阶段，并已对副经理构成某种威胁，每一个钟头对他来说都十分重要，都在飞快地流逝。此外，作为一个单身小伙子，他需要享乐，晚上和夜间本来就很短促。然而正在这种时候，他却不得不坐下来起草这样一份申辩书！他再次陷入了沉思，觉得自己很可怜。不能再这样下去了！他不由自主地伸手按了按通往接待室的电铃的按钮，同时看了一下表。现在是11点，长长的、宝贵的两个钟头就在胡思乱想中浪费掉了，而他比以前更加疲倦。不过，这两个钟头也没有白白浪费，他做出了几个可能会有价值的决定。仆人送来了几封信和两位已经等了很长时间的先生的名片。他们是银行极为重要的主顾，根本不应该让他们等这么久。可是，他们为什么要在这样一个不合适的时间来访呢？而一向工作勤奋的K.为什么会为了自己的私事而把一天中最好的工作时间糟蹋掉呢？两位先生似乎在门外反问。对过去的事情感到烦恼，对未来的事情感到厌倦的K.不得不站起身来接待第一位来访者。

这是一位身材矮小、性格活泼的男人，K.很熟悉的一位工厂主。他对自己打扰了K.的重要工作表示道歉，K.则对自己让对方等了这么久表示遗憾。不过，K.表示遗憾的语调十分平淡，明显地缺乏诚意，如果工厂主不是一心想着将要商谈的业务，肯定会察觉到的。工厂主从几个口袋里掏出一大叠写满统计数字和表格的文件，摊在K.面前，逐条向他解释，并不时改正一些小的计算错误。即使看得如此之快，他也能发现这些错误。他提醒K.，一年前他们曾做成过一笔类似的交易，并顺便透露道，这一次另一家银行正准备作出巨大牺牲，揽过这笔生意。最后他不说话了，等待K.作出回答。开始时K.的确听得很仔细，这项重要的交易对他也产生了吸引力。但不幸的是，没过多久他就不再注意听了，只是不时地对工厂主越来越响的讲话点点头。最后，他头也不点了，只怔怔地凝视着工厂主俯在文件上的光秃秃的脑袋，并暗自问道，工厂主什么时候才会明白自己的长篇大论完全是白费口舌？当工厂主终于停下来时，K.开始的确以为，他之所以停住不讲，是为了让自己有机会声明，他目前的状况不适于谈业务。但遗憾的是，他发觉工厂主眼里露出紧张的光，似乎在等待他的回答。这意味着谈话将继续下去。他于是像听到命令似的，低下头，让铅笔在那些文件上来回移动，偶尔也停下笔来，注视着某个数字。工厂主怀疑K.是在挑毛病，那些数字的确并不可靠，或者在这笔交易中不起决定作用，于是伸出手来遮住它们，并凑近K.又从头谈起了关于这笔生意的总设想。"这样就很难成交。"K.又抿着嘴唇说，这些文件是唯一具体的东西，但现在却被遮住不让他看了。他情绪低落地靠在椅子扶手上。当经理室的门被打开，副经理出现在他眼前时，他也只稍稍抬起头看了一眼。只是一个模糊的身影，好似裹在一层纱中。K.无暇细想副经理出现的原因，而仅仅关注他的露面所产生的效果。这效果对K.来说当然是值得高兴的，因为工厂主一见到副经理，马上从椅子上跳起来，向他跑去。K.真希望工厂主的速度再快上十倍，因为他害怕副经理会重新消失。不过，他的担心是多余的，两位先生互相迎上前去，热烈握手，然后又一道来到了K.的办公桌前。工厂主抱怨道，他提出的那笔生意未能引起襄理先生的足够热情，一只手还指着K.。在副经理的注视下，K.不得不再次低下头去研究文件。然后两位先生靠在办公桌旁，工厂主开始说服副经理接受他的想法。K.有一种感觉，似乎在他的头顶上，两个无比巨大的男人正在谈论着有关他的事情。他慢慢抬起头来，小心翼翼地向上看去，想弄明白头顶上究竟发生了什么，并随手从桌上拿起一份文件平摊在手上，慢慢举起来，自己也随之站起来，面对着两位先生。他这样做并没有什么确定的想法，而只是觉得，当他完成了那份能彻底证明他无罪的详细的申辩书后，他应当这样做。副经理正聚精会神地同工厂主讲话，只扫了一眼文件，连上面写着什么也没看清，因为，凡是襄理认为重要的东西，他都看作鸡毛蒜皮的小事。他从K.手里接过文件，说了声"谢谢，我都知道了"，便把文件放回桌上。K.挖苦地瞥了他一眼，但副经理毫无察觉，或许即使察觉了，也只觉得开心而已。他时而大笑，时而巧妙地反驳工厂主的看法，使后者感到难堪，但接着往往又否定自己的反驳，不使工厂主丢面子。最后，他邀请工厂主到他的办公室去，把这笔生意谈妥。"这是一桩重要的买卖，"他对工厂主说，"我得亲自过问。至于襄理先生……"他说这话时，眼睛仍然只看着工厂主，"一定会乐意我们把它接过来。这笔生意需要认真考虑，而他今天似乎忙得不可开交。另外，有几个人已经在前厅里等了他几个钟头啦。"K.此刻还有足够的自制力，转过脸去故意不看副经理,仅对工厂主报以友好的微笑,但这微笑显得那样僵滞。除此之外,他并没有进行任何干涉。他身体前倾,双手撑在办公桌上,像一个职员,看着他们一边谈话,一边收拾文件,并走进副经理的办公室。临出门时,工厂主还转过身来说,他现在还不想同K.道别,因为过一会儿他还要把谈判成功的消息告诉襄理先生,这是理所当然的。另外,他还有一桩小事要和K.谈谈。

K.终于独自待着了。他没有任何心思再见顾客,只是模模糊糊地意识到,外面等着的那些人一定以为他还在同工厂主谈判呢。这真令人惬意,这样,就不会有人,包括仆人在内,来打扰他了。他走到窗前,坐到窗台上,一只手扶着窗框,俯视下面的广场。雪还在下,天还没有放晴。

他就这样久久地坐着,不明白究竟是什么使他犯愁。不过,他不时地转过头去,吃惊地看着通往前厅的门,他好像听到那边发出了什么声响。然而并没有人进来,他又平静下来。他走到洗脸池边,用冷水洗了洗脸,清醒一下头脑,然后又回到窗前。他感到下决心自己为自己辩护这件事比他原先想象的要难办得多。由于这个案子一直由律师操办,K.实际上并没有真正费过心。他总是站在一定的距离之外来观察此案,没有直接与本案接触。假如他愿意,他可以监督案子的进展,也可以完全从中脱身出来。而现在,他打算自己进行辩护,就必须用全部身心来对付法院,至少目前会如此。这样做如果成功,能导致彻底宣判他无罪的结果,但同时也可能,至少暂时可能使他卷入更严重的危险。倘若他以前对此还有所怀疑的话,那么,他今天见到副经理和工厂主时的状况便足以说明这一点。仅仅由于他要下决心为自己辩护,便头脑发昏,呆呆地坐了大半天!如此下去,今后又会怎么样呢?等待他的会是什么呢?他能够从重重困难之中找到一条通向良好结局的道路吗?要为自己进行深思熟虑的辩护——其他的一切都毫无意义——难道不意味着他得放弃任何别的活动吗?他能够坚持到底吗?在银行里,他怎么能过问自己的案子呢?这不仅仅是写一份申辩书而已,完成这份申辩书,他只需请几天假——但即使是请假,在目前也是一次很大的冒险——而且还关系到审判的全过程。谁知道审判到底会延续多久呢？在K.的生活中，现在突然出现了一个多么严重的障碍！

难道他此刻还应当为银行卖命吗？他怔怔地望着办公桌。现在是他会见顾客，同他们洽谈业务的时候吗？他的案子正在审讯过程中，法官们正在那间阁楼上起草起诉书，在这种时候，他难道还能专心致志地考虑银行业务吗？这一切难道不像是一种刑罚，一种被法院认可并与案件有关的刑罚吗？人们在评价他在银行里的工作时，会不会考虑他的特殊处境而原谅他呢？不，谁也不会原谅他，永远不会。[13]银行里并不是所有的人都不知道他在吃官司，虽然还不十分清楚哪些人知道，知道得有多详细。但愿消息还没有传到副经理的耳朵里，否则，他一定会不顾同事关系和做人的道德，利用这件事大肆诋毁K.。还有经理，他会怎么样？当然，他很赏识K.，一旦听说了案子的事，或许还会在他力所能及的范围内尽量减轻K.的工作负担。不过，他的好意肯定通不过，因为这件案子已经开始损害K.的声望，力量对比的天平已经向副经理倾斜，另外，副经理也在利用经理生病的机会加强自己的势力。K.还能指望什么呢？也许，他的这些顾虑只会削弱自己的抵抗力，然而，不再欺骗自己，尽可能清醒地认识到目前的形势，无论如何是必要的。

他打开窗户，没有什么特别的动机，只是不想回到办公桌边。窗子很紧，不容易打开。他不得不双手使劲拧动把手，让窗子完全敞开。一股夹杂着烟尘的浓浓的雾气立即涌了进来，房间里弥漫着淡淡的煤烟味，几片雪花也飘了进来。"一个讨厌的秋天。"K.身后传来工厂主的声音。他已经同副经理谈完话，无声无息地走进K.的办公室。K.点点头，不安地看了一眼工厂主的公文包。他准会从包里拿出所有的文件，向K.介绍同副经理谈判的结果。不过，工厂主只是注视着K.的双眼，拍了拍公文包，没有打开。"您也许想听听谈判的结果，这笔买卖的协议书可以说已经装在我的公文包里了。你们的副经理是个讨人喜欢的家伙，但绝不是一盏省油的灯。"他大笑着握紧K.的手，想让K.也笑起来。可工厂主不让K.看文件，又引起了K.的疑心。他觉得工厂主的话并没有什么好笑的。"襄理先生，"工厂主说，"您今天精神不好，大概是天气的缘故吧？您看上去心情不太愉快。"是的，"K.揉着太阳穴说，"头疼，家里出了点事。""肯定是这么回事，"急性子的工厂主说，他从来不肯把别人的话听完，"每人都有一本难念的经。"K.不由自主地朝门口跨了一步，好像要送工厂主出门。可工厂主说："裹理先生，我还有一件小事要告诉您。我担心今天用这事来打扰您不合适，但我前两次到您这儿来，都把它给忘了。如果我再不说，它也许就完全失去了意义，那会很可惜的，因为我提供的消息对您来说或许不是没有价值。"K.还未来得及回答，工厂主已走到他身旁，伸出一个指头敲了敲他的胸脯，低声对他说："您卷入了一场官司，对不对？"K.退了一步，嚷道："一定是副经理告诉您的！""哪儿的话，"工厂主说，"副经理怎么会知道呢？""那么，您是怎么晓得的？"K.又问，显得镇静多了。"我偶尔也听到一些关于法院的消息，"工厂主说，"最近听到的事情恰恰是我想告诉您的。""同法院有关系的人真不少！"K.低下头说，把工厂主让到办公桌边。他们又像先前那样坐下来。工厂主说："可惜的是，我要向您提供的情况并不很多，不过在这种事情上，哪怕最不重要的消息也很重要。另外，我很想帮您的忙，即使我的能力极其有限。我们在业务上一直是好朋友，不是吗？所以我再也不能保持沉默了。"K.想对他今天在业务谈判中的态度表示道歉，但工厂主不想听K.道歉，把皮包夹在腋下，表示他急着要走。他又说："我是从一个叫蒂托雷里的人那儿听说您的案子的。他是位画家，蒂托雷里是他的艺名，我不晓得他真名叫什么。几年来，他常常来我的办公室，给我送几幅小画，而我则给他一些钱，类似于施舍——他简直像个乞丐。那些画倒也不错，画的是荒野什么的。对于这种交易，我们早已习惯了，进行得很顺利。可是有一段时间，他来得太频繁了。我向他表示了我的不快，然后便同他交谈起来。我问他光靠卖画怎么能维持生计。他的回答令我惊奇，原来他主要的经济来源是给人画肖像的收入。他说，他在给法院的人画像。我问他是哪一家法院，他便对我讲了关于某一家法院的许多事。您一定能想象出，我听了他的话是多么吃惊。从此以后，他每次来都要告诉我一些法院的最新消息，而我也就对法院的内部情况渐渐有了比较清楚的了解。当然,蒂托雷里太爱唠叨,我常常显得很不耐烦,这不仅仅是因为他喜欢撒谎,主要是因为我这个生意人本身就有许多业务上的烦恼,不想再去管别人的事。这些都是题外话。我突然想到,蒂托雷里也许对您会有些用处,他认识许多法官,尽管他本人没有多大影响,至少能给您出出主意,告诉您怎样同有影响的人挂上钩。退一万步说,即使他给您出的主意没有多大价值,我觉得对您也会有参考作用。您几乎就是位律师,我常对人说,K.襄理跟律师一样精明能干。啊,我大可不必为您的案子担心。您愿意见见蒂托雷里吗?有我的推荐,他一定会乐意尽力为您效劳的。您应当见见他,当然不必今天就去,只要您有时间,任何时候去都行。我还想补充一句,别因为我建议您去找蒂托雷里,您就觉得非去不可,千万别这样。如果您认为没有必要去找他,当然最好别让他掺和进来。您大概已经制订了一个详细计划,蒂托雷里可能会帮倒忙。假如是这样,您就完全用不着去找他,尽管缺了这么个家伙出主意有些可惜。反正,您爱怎么干就怎么干吧。这是我的推荐信,这是地址。"

K.失望地接过信,将他揣进口袋。即使在最有利的情况下,这封推荐信给他带来的好处,比起工厂主知道了他正在吃官司以及画家可能广为散布这一消息的事实,也显然要小得多。他打不起精神向正在往外走的工厂主说几句感谢的话。"我会去拜访他的,"在门口与工厂主告别时他说,"或者写信请他到我的办公室来,因为我这几天很忙。""我知道您能找到最好的解决办法,"工厂主说,"不过,我想您最好还是避免让蒂托雷里这类人到银行里来,别在这儿谈您的案子。另外,给这种人写信也不大合适。当然您经过深思熟虑已经知道该怎么办了。"K.点点头,把工厂主送到前厅。他虽然显得十分平静,但内心却吃了一惊。尽管他刚才说要给蒂托雷里写信,只不过想向工厂主表示,他很重视工厂主的介绍,准备尽快同画家联系,但是,假如他觉得蒂托雷里的帮助真的很重要,他的确会毫不犹豫地给画家写信。想不到这一行动带来的危险竟要工厂主向他当面指出!难道他的理智已经丧失到这种程度了吗?既然他想写信请一个不三不四的人到银行里来,在同副经理的办公室只有一墙之隔的地方商谈他的案子,那么,他就很有可能,完全有可能忽略了其他的危险,或者不知不觉干了危险的事。要知道,他身边并不总是有人在提醒他。想不到恰恰是现在,当他准备集中精力应付这场官司的时候,竟对自己的警惕性产生了怀疑,这在以前还从未有过。难道说,他在处理业务工作时遇到的困难,也会蔓延到他的案子上吗?无论如何他无法解释他为什么会想到要写信给蒂托雷里,请他到银行里来。

正当他不住地摇着头,为自己的轻率懊悔的时候,仆人走到他身边,提醒他还有三位先生在前厅的长椅上等着他。他们急着见他,已经等了好长时间。见仆人指着他们向K.说着什么,三位先生急忙站起来,争先恐后地往前挤,想让K.首先接见自己。既然银行可以毫无顾忌地浪费他们的时间,他们认为自己也可以不必再拘泥于礼节。"襄理先生……"其中一个人抢先说道。但K.已让仆人取来了大衣,并在仆人帮助下穿大衣时说:"对不起,先生们,我此刻没有时间接见你们。请你们原谅,我有要紧的业务必须出去一趟,现在就得走。你们自己也看到了,刚才那位先生占了我多少时间。你们是否可以明天或以后再来?另外,你们也可以打电话。或者,你们现在用三言两语把事情简单说说,我以后再给你们一个详细的书面答复如何?当然,最好是你们以后再来。"三位先生白白等了大半天,听了K.的话惊愕得面面相觑,一个个目瞪口呆。"看来你们已经同意了?"K.一边问一边转向仆人,后者已经给他拿来了帽子。透过办公室敞开的门,K.看见外面雪越下越大了,于是,他竖起大衣领子,把扣子一直扣到脖子下。

正在这时,副经理从隔壁办公室走了出来。他微笑地看了看穿着大衣同顾客讲话的K.,问道您要出去吗,襄理先生?""不错,"K.说着挺直身子,"我有一桩业务要办。"但副经理把脸转向三位顾客。"那么,这三位先生怎么办?"他问,"我相信,他们已经等了很久啦。""我们已经谈妥怎么办了。"K.说。然而,那几位先生不再沉默不语了,他们围住K.,纷纷抱怨说,他们之所以等了那么久,是因为他们的事情非常重要而且非常紧急,必须同K.单独详谈。副经理在一边听他们嚷嚷,并观察着手里拿着帽子,不时神经质地掸掸灰的K.,然后说:"先生们,有一个非常简单的解决办法。假如你们同意,我很高兴代替襄理先生同你们谈判。你们的事情当然应该马上办理,像你们一样,我们也是搞实业的人,知道时间对你们来说多么宝贵。请上我的办公室好吗?"他打开门,把三位先生让进了他办公室的客厅。

　　副经理闯进了K.被迫放弃的领地,干得多么巧妙! K.是不是非得放弃这些领地呢?当他毫无把握、希望渺茫地——他不得不承认这一点——去找一个素昧平生的画家时,他在银行里的声望却受到严重的损害。也许,他最好还是脱掉大衣,至少把那两位还在等待副经理接见的先生请回来,满足他们的愿望。假如不是看见副经理在他的办公室里乱翻他的东西,仿佛这些东西是属于自己的,他也许就这样做了。K.生气地回到办公室门口,副经理高声说:"啊,您还没有走!"他转过脸来望着K.,脸上一道道绷紧的皱纹仿佛不是年龄的象征,而是权力的象征,随即又继续寻找。"我在找一份协议书,"他说,"那位公司代表说,它应该在您这儿。您能把它找出来吗?"K.向前跨了一步,但副经理又说:"谢谢,我已经找到了。"他拿着一大叠文件回到自己的办公室,除了那份协议书,显然还有许多别的文件。

　　"现在我不想跟他计较,"K.暗暗地说,"可是,等我的个人问题一解决,他将第一个知道我的厉害,我会让他吃苦头的。"想到此,他稍稍得到些安慰。仆人早已为他拉开了通往过道的门。他吩咐仆人,见到经理时请转告他,就说K.出门办事去了。然后,他离开了银行,几乎感到一阵轻松,因为,他终于可以专心致志地为自己的案子而奔走一番了。

　　他乘车径直来到画家的住处。这儿是郊区,恰好位于法院办公室所在的那个地方相反的方向。这一带更加贫穷,房屋更加陈旧,街巷非常肮脏,垃圾随着融化的雪缓缓流动。画家住的那栋房子只有半扇门开着,另半扇门下的台阶有一个大缺口,从缺口里流出一股令人恶心的、发黄的臭水,几只耗子从缺口处跑出来,消失在附近一条阴沟里。K.跨进大门。楼梯下面趴着一个小孩,正在大哭大叫。但他的哭声几乎听不到,因为大门另一侧有一家白铁铺,里面发出震耳欲聋的敲打声。白铁铺的门大开着,三名伙计围成一个半圆形,正在抡起大锤敲打一件铁器。墙上挂着一大块白铁皮,发出惨白的光,映照着两名伙计当中的空间,照亮了他们的脸和围裙。K.只匆匆地朝他们看了一眼,他得尽快找到画家,向他提几个问题,然后马上赶回银行。倘若他在此有所收获,那将对他今天在银行的工作产生良好的影响。刚爬上四楼,他已经气喘吁吁,不得不放慢速度。这儿的楼梯同这栋房子一样,高得令人吃惊,而画家恰恰住在楼顶的阁楼上。楼里空气恶浊得令人窒息,楼梯很窄,夹在两堵光秃秃的墙之间,甚至连通风口也没有,隔很长一段距离才有一扇开在高处的小窗子。正在K.停下来喘口气的当儿,几个小女孩从一家住户里跑出来,嬉笑着朝楼上奔去。K.慢慢地跟在她们后面,赶上其中的一个。她是摔了一跤才落在后面的。K.和她并排走着,并问她:"画家蒂托雷里是住在这儿吗?"女孩子有点驼背,看上去还不到13岁。她用胳膊肘捅了他一下,斜着眼打量着他。虽然她年纪很小,身体畸形,但早已经堕落了。她毫无笑意,只是用锐利而大胆的目光看着他。K.装着没有注意她的神情,又问道:"你认识画家蒂托雷里吗?"她点点头反问道:"您找他干什么?"K.觉得借此机会可以多了解一些关于蒂托雷里的情况,便答道:"我想请他画像。""请他画像?"她张大嘴问,并轻轻拍了K.一下,仿佛他说了什么出人意料或愚蠢的话。然后,她用双手提起她那过分短小的裙子,飞快地追赶其他小女孩去了。从楼梯上方隐隐约约地传来她们的喧闹声。然而在下一个转弯处,K.又遇见了她们。那个驼背姑娘显然已经把K.来此的目的告诉了其他人,她们因此才在这儿等着他。她们站在楼梯两边,紧靠着墙,让K.从她们中间穿过,同时用手抚平身上的裙子。所有的脸上显露出既天真又世故的表情。等K.从她们身边走过,她们才爆发出一阵阵哄笑,跟在K.身后慢慢向楼上走去,领头的便是那驼背姑娘。多亏她的指点,K.才没有走错路。本来他想沿着楼梯一直往上爬,但她指着旁边一道狭窄的梯子说,那才是通向蒂托雷里的房间的。那条梯子又高又陡,窄得只能容一个人通过,一直通向蒂托雷里的房门。门的上方斜开着一扇小天窗,窗外射来的光线照着门,使它比整个黑洞洞的楼梯要亮得多。门没有刷过漆，上面用红颜色歪歪扭扭地写着蒂托雷里的名字。K.和他的随从刚爬到梯子的中间，上面的门便开了一条缝，显然是姑娘们的吵闹声打扰了这里的主人。一个好像只穿着睡衣的男人出现在门缝里。"啊！"他看见来人喊了一声，但紧接着又消失了。驼背姑娘高兴地拍了一下手，其他的女孩子则催促K.赶快上去。

　　他们还没有爬到梯子顶上，画家已经打开门，深深鞠了一躬请K.进去，但却把那帮女孩子挡在门外。无论她们怎样哀求，或不经他的允许想闯进门，他都毫不客气地加以拒绝。只有那驼背姑娘从他伸开的手臂下钻了进去，但他立即追了上去，揪住她的裙子，把她举起来转了一圈，放到门外。其他的女孩子看到画家离开了门口，却不敢跨进门槛。K.不知道这究竟是怎么回事，因为看上去画家和女孩子之间的关系非常好。她们一个个伸长脖子，举起双手，大声同画家说着打趣的话——K.对这些话一句也听不懂——画家也哈哈大笑着把驼背姑娘扔到门外。然后他关上门，又向K.鞠了一躬，握住他的手自我介绍说："画家蒂托雷里。"姑娘们仍在门外窃窃私语。K.指了指门说："看来您在这儿很受欢迎。""噢，那帮丑八怪！"画家一面说，一面想扣好睡衣的扣子，却总也扣不上。他光着脚，穿一条肥大的黄色亚麻布裤子，腰系一条长长的裤带，带子末端不停地摆动。"这帮丑八怪真把我烦死了。"他又说，不再为睡衣浪费时间，因为最上面的那颗扣子刚才掉了。他拿过一把椅子，请K.坐下。"我曾给她们中的一个画过像——这姑娘今天不在——从此以后，她们便老来打搅我。假如我在家，她们在我允许的情况下才能进来；可我要是不在家，她们中起码有一个人会溜进来。她们配了一把我房间的钥匙，互相借来借去。真想象不到，这给我带来了多大麻烦。比方说，我带来一位女士，要给她画像，当我用我的钥匙打开房门，突然发现那驼背丫头坐在小桌前，用我的画笔往嘴唇上涂红颜色，而她的几个小妹妹正在屋里跑来跑去，把每个角落都弄得乱七八糟。昨天晚上我很晚才回来——请您原谅，因为这个我才穿着睡衣，屋子也没收拾——我回来得很晚，正要上床睡觉时，忽然觉得有什么东西拽住我的腿。我往床底看了看，拖出来一个小丫头。她们为什么要来缠我，连我也不知道。您肯定看出来了,我并不欢迎她们待在我屋里,这当然会妨碍我画画。如果不是我用不着付房租,我早就搬出去了。"正在这时,门外传来一个清脆而胆小的声音:"蒂托雷里,我们可以进来了吗?""不行。"画家回答道。"我一个人也不行吗?"那声音又问。"也不行。"画家又说,并走到门边,把门锁上。

K.乘机打量了一下屋子。他绝对想不到,这间又小又破的屋子竟然也能称为画室。房间的长和宽都不到两步,地板、墙壁和天花板都是木板拼成的,木板之间有许多明显的裂缝。K.对面的墙边放着一张床,床上堆着五颜六色的卧具。屋子中央有一个画架,上面绷着块画布,被一件衬衫罩住,衬衫袖子耷拉在地板上。K.的身后有一扇窗,透过窗外的烟雾,除了旁边房屋积雪的屋顶就什么也看不见了。

钥匙在锁孔里转动的声音提醒K.,他不打算在这儿待很久。于是,他掏出工厂主的推荐信递给画家,并说:"我是从这位先生那儿听说您的,他是您的熟人,建议我来找您。"画家匆匆看完信便把它扔在床上。如果不是工厂主非常肯定地告诉过K.,画家是他的熟人,并且靠他的施舍过活,K.一定会认为,蒂托雷里根本不认识工厂主,或至少早已把他忘了。不仅如此,画家还居然问他:"您是来买画的,还是来画像的?"

K.惊奇地看着他,不禁疑惑起来。信里究竟写了些什么?K.理所当然地认为,工厂主会告诉蒂托雷里,K.此行并没别的目的,只是想打听一下关于案子的事。他匆匆赶到这里来,未免太轻率了!然而,此刻他必须给画家一个回答,于是,看了一眼画架问道:"您正在画画吗?""是的,"画家说,一把扯下罩在画架上的衬衫,扔在床上那封信的旁边,"这是一幅肖像,一幅挺不错的画,不过还没完工。"看来运气不错,K.一下子便找到了提起法院的机会,因为这显然是某一位法官的肖像,与他在律师办公室看到的那幅惊人地相似。虽然这幅画画的是另一位法官,一个蓄着浓密的黑色络腮胡子的矮胖男人,而且那幅画是油画,这幅则是用水粉轻描淡写地勾勒出来的,但其他的一切都非常相似。画布上的法官也坐在一张高靠背椅上,一只手紧紧抓住椅子扶手,气势汹汹地想站起来。"这是一位法官。"K.刚想说出来,忽然住了口。他走到画的跟前,仿佛要仔细研究一番。他不明白画在椅背正中的那个高个子女人是谁,便向画家请教。"还有几个细节没画完。"画家答道,说着从桌上拿起画笔,在那人的轮廓上又添了几笔。但K仍然认不出来。"那是正义女神。"画家终于说。"现在我认出来了,"K.说,"这是她眼睛上蒙着的布,这是天平。不过,她的脚后跟上不是长着翅膀,并且在飞吗?""不错,"画家说,"我得到指示,必须画成这个样子。这实际上是正义女神和胜利女神的结合。""但这样的结合并不怎么妙,"K.微笑地说,"正义女神应该稳稳地站着,不然天平便会摇晃,做出的判决就不会公正。""我得按顾客的要求办事。"画家说。"当然,"K.说,不想因自己的看法得罪画家,"您把她画得好像站在高背椅上。""不对,"画家说,"我既没看见过她,也没看见过高背椅,这一切只是想象而已。人家告诉我该怎么画,我就怎么画。""什么?"K.装做听不懂的样子,"坐在椅子上的这个人难道不是位法官吗?""当然,"画家说,"但不是位高级法官,另外,也从来没人在这样一把椅子上坐过。""但他却让您把他画成这种威风凛凛的样子,对吗?他坐在那儿,简直像位法院院长。""是的,这些先生的虚荣心都很强,"画家说,"他们得到上面的允许,可以让人把他们画成这样,每个人都得到过确切的指示,自己可以被画成什么样子。遗憾的是,根据这幅画人们无法判断他们的服饰和坐椅的细节,用水粉画这种画不太合适。""的确,"K.说,"奇怪的是,您怎么会用水粉来画这样的画。""因为那位法官希望如此,"画家说,"这幅画是送给一位女士的。"一看到这幅画,他仿佛又燃起了工作的热情。他卷起袖子,拿起一支画笔。K.看到,随着笔尖的颤抖,法官头部周围渐渐出现一个发红的光圈,光向外散射,到了画的边缘竟成了细细的线条。这个光环既像是一种装饰,又像是地位显赫的标志。但正义女神的形象仍模糊不清,由于颜色太淡,她好像浮到了画的前面,看上去既不像正义女神,也不像胜利女神,倒好像是正在追逐猎物的狩猎女神。画家的工作吸引了K.,使他忘记了时间。终于他责备起自己,待了这么久,竟然还没有进入正题。"这位法官叫什么名字?"他突然问。"我不能告诉您,"画家回答道。他朝画像侧过身去,故意冷落这位他刚才还十分尊重的客人。K.认为这是画家脾气古怪的缘故,又为自己因此而浪费了时间而感到恼火。"您大概深受法院的信任吧?"他问道。画家听到这话立即放下笔,直起身来搓了搓手,微笑地望着K.。"您就说真话吧,"他说,"您想知道法院的事情,推荐信里也是这么写的。您先和我谈画,只是为了赢得我的好感。不过我并不怪您,您大概不知道,这一套在我这儿吃不开。啊,您用不着辩解!"他看到K.想说什么,做出一个坚决拒绝的姿势又说,"另外,您说得也完全对,我深受法院的信任。"他停顿了一下,仿佛想给K.一点时间来正视这个事实。从门外又传来姑娘们的声音,她们此刻也许正挤在钥匙孔周围,往屋里窥视。K.未作任何辩解,因为他不想转移画家的话题,但也不想让他觉得自己有多了不起,从而趾高气扬,于是问道:"您的职务是正式任命的吗?""不!"画家断然回答,这个问题似乎打断了他的思路。但K.急于让他讲下去,便说:"不过,这类不被人承认的职务往往比公开任命的职务更有影响力。""我的情况恰恰如此,"画家皱起眉,点点头说,"昨天我向那位工厂主说起您的案子,他问我能不能帮帮您的忙。我回答道,他可以直接来找我。我很高兴您这么快就来了。看来您很关心您的案子,这当然一点也不奇怪。您想不想脱掉大衣?"尽管K.不想在这儿待多久,对画家的这个建议仍然很高兴。屋里的空气几乎使他窒息,他不时惊奇地看看屋角那只显然并未生火的小铁炉,弄不明白这儿为何如此闷热。当他脱掉大衣并解开上衣扣子时,画家抱歉地说:"我有些怕冷。这儿很舒服,是不是?这间屋子在这方面倒是不错。"K.没有吭声,不过,使他感到不自在的并不是热,而是那污浊的、令他喘不过气来的空气,这儿大概很长时间没通过风了。这种不自在的感觉还由于画家让他坐在床上,自己却坐在唯一的一把椅子上而更加强烈。不仅如此,画家还丝毫不理解K.为什么只坐在床沿上,一再请他坐得舒服点,并站起身来,强行把犹豫不决的K.推到毯子、被子和枕头中间。然后,他回到椅子上坐下,终于向K.提出了一个实质性问题,使K.忘记了所有的不快。"您是清白的吗?"他问。"是的。"K.

回答道。他很高兴能这样回答,特别是因为他此刻只同画家一人谈话,用不着顾虑任何后果。为了品味一下这种愉快,他又补充道:"我完全是无辜的。""是这样。"画家低下头说,似乎在沉思。突然,他抬起头说:"假如您真是无辜的,那事情就简单了。"K.的目光暗淡下来,这个自称深受法院信任的家伙讲起话来简直像个无知的小孩。"我的无辜并不能使事情变得简单些,"K.说,忍不住笑了笑,慢慢地摇摇头,"这里面牵涉到许多细节问题,而法院却完全无视这些细节。到头来他们会无中生有,编出一条骇人听闻的罪状来。""当然,当然,肯定如此,"画家说,似乎K.毫无必要的打乱了他的思路,"您真是清白无辜的吗?""这还用说!"K.答道。"这是最重要的。"画家说。他并没有被K.的回答说服。尽管他说得很肯定,K.仍不明白,他的话究竟是出于相信还是故意敷衍。为了弄清这一点,K.说:"您对法院的了解肯定比我多,我只是从各式各样的人那儿听说一些。不过所有的人都认为,起诉不是轻率作出的,一旦对某人提出起诉,法院就认定被告有罪,并且很难改变这种看法。""很难吗?"画家问,伸出一只手在空中飞舞,"法院永远不会撤回起诉。假如我把所有的法官并排画在这块画布上,而你站在画布前为自己进行辩护,成功的希望也会比在真的法院里要大得多。""我知道。"K.自言自语道。他忘了他上这儿来只想问画家一些情况。

门外又响起一个小姑娘的声音:"蒂托雷里,他一会儿就走吗?""别闹!"画家对着门喊道,"你们没看见我正在跟这位先生谈话吗?"但姑娘并不罢休,又问:"你要给他画像吗?"见画家不回答,她又说:"请别给他画像,他长得太难看了。"接着是一阵唧唧喳喳的声音,赞同她的意见。画家一个箭步窜到门口,把门开了一条缝。K.看见从门缝里伸进来一双双哀求的手。画家说:"如果你们再闹,我就把你们全都推下楼去。乖乖地坐在楼梯上,别说话!"她们大概没有立即服从,因为画家又呵斥道:"快坐下,坐在楼梯上!"门外这才安静下来。

"请原谅。"画家回到房间后对K.说。K.并没有朝门看,他完全不介意画家是否打算保护他,并采取什么方式来保护他。即使是现在,当画家弯下腰在他耳边小声嘀咕，他也一动不动。为了不让门外的姑娘们听见，画家压低声音说："这帮丫头也是法院的人。""什么？"K.转过头来望着画家问。但后者重新坐到椅子上，半开玩笑地解释道："一切都属于法院。""这我以前从未听说过。"K.说，但无论如何，画家关于姑娘们的解释不再使K.感到不安了。尽管如此，他还是朝门看了一眼。门外的女孩子这会儿大约已经安安静静地坐在楼梯上了，只有一个将一根麦秆从门缝里塞进来，慢慢地上下移动。

"看来您对法院了解得太少，"画家叉开两腿，脚尖点着地板说，"不过，既然您是清白的，也就用不着有太多的了解。我一个人就能使您解脱。""那您准备怎么干呢？"K.问，"几分钟前您还说，法院根本不重视证据。""只是不重视开庭时当场提出的证据，"画家说，并伸出一个指头晃了晃，似乎K.忽略了一个微妙的区别，"可是如果在幕后活动，那就不同了，我是说在走廊里，或者举例说，在画室里。"K.觉得，画家现在所说的并不是不可信，这和他从别人那儿听到的完全一致。是的，他的案子或许有希望了。倘若像律师说的那样，法官们的确很容易受私人关系的影响，那么，画家同那些虚荣心极强的法官们的交情就十分重要了，无论如何不能低估。如此说来，在K.为自己物色的一批帮手中，画家将成为最突出的一位。在银行里，人人都称赞K.的组织天才，而现在，当他完全依靠自己的力量应付棘手的事情时，他又发现了一个充分展示自己才能的机会。画家满意地观察着他的话在K.身上产生的效果，然后稍微有点心虚地说："您没发现，我说话像个法学家吗？这是因为，我不断地同法院的先生们打交道，深受他们的影响。我从中得到了很多好处，但也失去了许多在艺术上成名的机会。""最初您是怎么同法官们拉上关系的呢？"K.问，他想先取得画家的信任，然后再让他为自己效劳。"这很简单，"画家说，"我继承了这种关系。我父亲是法院的前任画家，这个职位可以世代相传，不必雇用新人。对于给不同级别的官员画像，法院制订了许多复杂的、必须严格保密的规定，这些规定除了几个家族之外不得外传。比如说，那边那个抽屉里保存着我父亲画的所有肖像，我从来没给人看过。只有仔细研究过这些肖像，才有资格为法官们画像。不过，即使这些画丢了也没有关系，我脑子里记住的规定已经足以保证我的职位不被别人抢去。每一位法官都希望自己被画得同以前的大法官一模一样，而这一点只有我能做到。""这真值得羡慕，"K.说，并想到了自己在银行的职位，"那么，您的职位是不可动摇的啰？""当然，不可动摇。"画家自豪地耸耸肩说，"也正因为如此，我才有胆量不时帮助一些吃官司的可怜虫。""您用什么方式来帮助他们呢？"K.问，仿佛画家刚才所说的"可怜虫"不是指他。但画家不容他插嘴，接着说："比如说关于您的案子，由于您是完全无辜的，我将采取以下措施。"画家一再提到K.的无辜，使他感到有些不快。他有时觉得，画家一再强调这一点，是预计到案子肯定会有一个良好的结局，正是在这一前提下，他才愿意提供帮助的。但这样一来，他的帮助便毫无意义了。尽管有这样的怀疑，K.并不说出来，而是让画家继续说下去。他不想失去画家的帮助，已下定决心依靠他，另外，他刚才所说的也并不比律师的信口开河更不可信，相比之下，K.倒更愿意接受他的好意，因为他显得更诚恳，更坦率。

画家把椅子拉到床边，压低声音说："我忘了先问您一句，您希望获得哪种形式的无罪判决？有三种可能性，一种是真正宣判无罪，另一种是表面宣判无罪，第三种是无限期延期审判。真正宣判无罪当然是最好的结局，但我对这种解决方式不能施加任何影响，我觉得任何人都无法促使法庭做出这样的判决。唯一决定的因素是被告是否的确清白无辜。既然您是无辜的，您完全可以放心大胆地等待这种结局。那样一来您就既不需要我也不需要任何人的帮助了。"

这种有条有理的分析开始时使K.感到吃惊，他用同样轻的声音对画家说："我觉得您自相矛盾。""为什么？"画家耐住性子反问道，并微笑地靠在椅背上。这种笑使K.产生一种感觉，仿佛他即将揭露的并不是画家讲话中的矛盾，而是法院审判过程自身的矛盾。即使如此，他并不让步，仍然继续说道："您先是说，法院根本不理会证据，后来又把这限定在公开审理时当庭出示的证据，而现在，您又声称无辜的被告在法庭前根本不需要别人的帮助便能被宣判无罪。这本身就自相矛盾。

此外，您一开始就说，私人关系可以使法官改变看法，而现在您又否认，您所说的真正无罪宣判可以通过私下交涉来促成。这就产生了第二个矛盾。""这些矛盾很容易得到解释，"画家说，"这里说的是两件完全不同的事情，一件是法律中明文规定的，另一件是我亲身体会到的，您不能把它们混淆起来。在法律条文中——我承认我没看过——当然写着无辜者应当无罪释放，但另一方面，上面也没有写，法官可以受别人的影响啊！我的经验则完全相反，我从来未听说过有哪名被告是被宣判无罪的，但却见过许多案子由于外来的影响而改变判决。当然，在我听说过的案子中，可能没有一名被告是完全无辜的。但是，这种可能性真的存在吗？在那么多案子里，就没有一名被告是真正清白的吗？我小时候就很喜欢听我父亲讲他了解的一些案子，法官们到他画室里来，也常常谈法院的事。在我们的圈子里，这几乎是唯一的话题。我刚刚开始为法官们画像，就充分利用同法官们的关系，旁听了许多案子关键阶段的审判，并密切关注它们的发展。但是，我得承认，还从来没见过有哪一件案子是真正宣判无罪的。""如此说来，没有一名被告能逃脱有罪的判决，"K.好像在对自己和自己的希望说，"这恰恰证实了我对法院的看法。只要一名刽子手就能取代整个法院。""您不能一概而论，"画家不高兴地说，"我刚才说的只是我的经验。""这就够了，"K.说，"您过去听说过无罪释放的先例吗？""从理论上讲，"画家答道，"应该有过，只不过很难证实而已。法院的最后宣判是不公开的，甚至连法官本人也不知道，因此，关于过去的案例只留下传闻，而传闻中的大多数案子的最后判决都是无罪释放。人们虽然相信它，但无法证实。尽管这样，谁也不能忽视这些传闻，因为它们总有某些真实的成分，另外也很美丽动人。我曾经画过几幅以这些传闻为题材的画。""光是传闻并不能改变我的看法，"K.说，"人们在受审时总不能以这些传闻为依据要求无罪释放吧？""当然不能。"画家说。"那么，说这些就毫无用处。"K.说，他必须暂时赞同画家的一切看法，即使他觉得这些看法很不可信，并与他以前听到的有矛盾。他现在没有时间核实画家讲过的每一句话，也不想去反驳。他已经达到了此行最重要的目的，即说服画家以某种方式帮助他，即使帮不上大忙也不要紧。于是他说："那咱们就别谈真正宣判无罪了。您刚才还提到另外两种可能性，对吧？""表面宣判无罪和延期审理，只有这两种可能性了，"画家说，"在我们继续谈下去之前，您不想脱掉外衣吗？您好像很热。""好吧，"K.说，他刚才只顾同画家谈话，把别的事全忘了，而现在，经画家一提，额上才冒出大颗大颗的汗珠，"热得简直受不了。"画家点点头，仿佛对K.的不自在十分理解。"不能开一下窗子吗？"K.问。"不行，"画家说，"上面那块玻璃是固定在屋顶上的，根本打不开。"K.这才意识到，他刚才一直盼望着的，其实是画家或他本人果断地走到窗前，把窗打开。他做好了思想准备，哪怕吸上两口夹杂着烟尘的新鲜空气也好。与外面的空气完全隔绝的感觉使他头晕脑胀。他轻轻拍打着羽毛床垫，声音微弱地说："这既不舒服，也不卫生。""噢，不对，"画家为他的窗子辩护道，"这样密封性更好，虽然只有一层玻璃，但比双层玻璃更保暖。假如我想通气——其实这根本没有必要，因为墙壁上全是缝，本身就透风——我完全可以打开一扇门或两扇门。"听了这个解释，K.稍稍放心了，立即环顾四周，寻找第二扇门。画家猜到K.在干什么，便说："它就在您背后，我用床把它顶上了。"K.这才看到，他身后那面墙上有一扇小门。"这间屋作为画室实在太小了，"画家似乎知道K.会如此评论，便抢先说，"我不得不尽量布置得紧凑一些。床当然放得不是地方。就拿我现在正在为之画像的那位法官来说，他总是从床背后那扇门里进来。我给了他一把那扇门的钥匙，如果我不在家，他便可以先到画室里来等我。不过，他一般都是早上来，那时我还没有起床呢。当然，不论我睡得多死，只要床边的门一开，我总会马上醒来。您要是听到我诅咒他的那些话，准会对所有的法官失去尊重。他一大早就踩着我的床爬过来，简直让人无法忍受。即使我把钥匙要回来也没有用，因为这儿的每一扇门都可以不费吹灰之力卸下来，那样做除了得罪人没有任何好处。"当画家滔滔不绝地发牢骚时，K.考虑是否应该把上衣脱掉，最终他明白了，假如他不这样做，便再也无法在这间屋里待下去。他于是脱下上衣，搁在膝盖上，准备谈话一结束马上再穿上。他刚刚脱下衣服，就听见门外一个小丫头喊道："瞧，他把上衣脱掉了！"接着是一片乱糟糟的脚步声，所有的小姑娘这时都拥到门边，透过门缝向里张望。"她们以为我要给您画像，"画家说，"所以您才脱掉衣服。""原来如此。"K.兴趣索然地说，因为，虽然他此刻只穿着衬衣，并不比刚才好多少。他闷闷不乐地问道："您刚才提到的两种可能性是怎么说的？"他早已忘记它们的确切称呼了。"表面上宣判无罪和延期审理，"画家说，"至于选择哪一种，那就看您的了。我能帮您实现其中的任何一种，当然要费一番气力。它们的区别在于，表面宣判无罪要求在短时间内集中精力，而无限期延缓审判花的力气虽然比较小，但需要坚持不懈地努力。先谈谈表面无罪宣判吧，倘若您希望获得这种结果，我就写一份证词，证明您是无罪的。这种证词的格式我是从父亲那儿学来的，简直无懈可击。带上这样一份证词，我将轮流拜访我所认识的每一位法官，先从现在让我画像的那位法官开始，比方说，当他今天晚上来画像时，我就把证词摊在他面前，向他说明您完全是无辜的，并且以我的名义作出担保。这种担保不是徒有虚名，而是严肃的，有约束力的。"画家眼里闪着略带责备的目光，似乎K.不该让他承担如此重大的责任。"您真是太好了，"K.说，"可是，法官即使相信您的担保，仍不肯做出宣判我无罪的决定怎么办？""关于这一点，我已经说过了，"画家答道，"另外，也不是所有的法官都会相信我的证词，有的人也许会要求亲自见见您，那我就得带您去见他们。当然，假如到了这一步，事情就成功了一半，到时候我会事先详细地告诉您，在每一位法官面前应该使用哪些策略。真正难办的是那些看也不看证词就一口回绝的法官们——这种情况也不可避免。我当然会继续努力说服他们，但他们如果顽固不化，我们也只能撇开他们了。这没有什么了不起，因为个别法官的反对起不了决定作用。假若能争取到相当数量的法官在这份证词上签字，我就可以拿着它去找审理您案子的法官，说不定他也会在这上面签名。那样一来，事情的进展就快了，一般说来，也就不会再出现什么大的困难，被告的信心也足了。他们的心情甚至比听到自己被宣告无罪时更加轻松，这虽然有点奇怪，却是千真万确的。他们不必再花多少力气，主审法官有了这份有许多法官签名的担保书，就可以放心大胆地宣判您无罪。虽然还有一些手续要履行，但他肯定会这么做，因为，他不想得罪我和其他朋友，而您则结束这场官司，完全自由了。""我就自由了吗？"K.半信半疑地问。"是的，"画家说，"但仅仅是表面上自由，或者更确切地说，是暂时自由。我的熟人都是些低级法官，无权做出彻底无罪的宣判，只有最高法院才能做出这样的判决，而最高法院是您、我和其他所有人无法接近的。那儿的情况我们一点也不了解，顺便说一句，也不想了解。总而言之，我们与之打交道的法官无权做出被告无罪的判决，但他们却有权力让您逃脱起诉。也就是说，假若您被宣告免予起诉，您暂时就不会被起诉，但罪名仍然是存在的，一旦上面下来命令，起诉便会立即生效。由于我和法院关系密切，我也可以告诉您，法院各办公室在处理彻底宣判无罪和表面宣判无罪时有哪些明文规定。一旦做出彻底无罪的宣判，与案子有关的文件都要销毁，它们彻底消失了，不仅起诉书，而且庭审记录，甚至宣告无罪的判决书都被销毁。但表面宣判无罪就不是这样，各种文件都必须保留，包括无罪担保书、宣布免予起诉的决定和做出这一决定的说明。它们并未撤出诉讼过程，而是按规定在各办公室之间转来转去，最后转到最高法院，然后又转回来，回到低级法官手里。就这样，这儿耽搁几天，那儿压上些日子。文件往返的次数是无法计算的，局外人有时会以为，整个案子早已被遗忘，文件已经遗失，被告已经没事了。但了解内情的人就不会这么看，实际上任何文件都还在，法院并没有忘记这件案子。也许有一天——谁也说不准是什么时候——某个法官会出其不意地拿起一份案卷仔细阅读，觉得这个案子的起诉仍然有效，并立即签署逮捕令。不过我猜想，从表面宣告无罪到重新逮捕被告之间要过很长时间；但也出现过这种情况：被宣告免予起诉的人刚刚回到家，便发现有人在那儿等着要重新逮捕他了。那样一来，他当然再也别想自由了。""那么，案子又会重新审理吗？"K.有些不相信地问。"那还用说，"画家说，"案子又得重新审理，但结果可能同上次一模一样，宣布被告免予起诉。为此，有关的人又得全力以赴，丝毫不能松劲。"画家说最后一句话时，发现K.显得有些泄气。"可是，"仿佛想掩饰自己的沮丧,K.问道,"争取第二次免予起诉是不是比第一次更难呢?""关于这一点,"画家答道,"谁也不敢说死。您大概认为,第二次被捕会影响法官们对被告的看法吧?不会的,在他们做出宣告被告免予起诉的决定时,已经估计到他会被重新逮捕了。这并不会对今后的事产生多大影响。不过,由于各种各样的原因,法官们的情绪以及他们在法律上对这个案子的看法可能改变,因此一般说来,您得根据情况的变化,采取相应的措施,并投入比第一次更大的精力。""可是,第二次免予起诉也不是最后结果!"K.不以为然地转过脸去。"当然不是,"画家说,"第二次宣布免予起诉后还可能有第三次被捕,第三次免予起诉后又会有第四次被捕,如此下去没完没了。表面宣判无罪的概念本身就包含这个内容。"K.不吭声了。"您显然对表面宣判无罪不大满意,"画家说,"延缓审判也许对您来说更加合适。要不要我向您解释一下这是怎么回事?"K.点点头。画家仰面朝天地靠在椅背上,睡衣敞开了一道很宽的缝。他用手搓着胸脯和腋卜说:"所谓延缓审判,"他低头想了一下,仿佛在寻找合适的词,"所谓延期审判,是说诉讼停留在最初阶段,不再往下进行。为了做到这一点,被告和他的帮手,特别是后者,就得与法院始终保持个人接触。我得重复一遍,这虽然不像争取表面宣判无罪那样需要全力以赴,但必须保持更大的警觉,得密切关注案子的进展。不仅要隔几天去问候主审法官一次,在特殊情况下还得到他的府上去拜访,想方设法讨好他。假如您本人同他没有私人交情,那就得通过认识的法官对他施加影响,力争同他面对面地交谈。倘若这些方面都做到了,那就可以肯定案子会滞留在初级审理阶段而不至于转到上一级法院。这样一来,诉讼虽然仍在进行,但被告几乎就像自由人一样,不必担心会被判决有罪。与表面上宣布无罪相比,延期审判有一个好处——被告的前景比较明确,用不着成天为自己重新被捕而担惊受怕,免去了他在生活中遇到困难的时刻,还要为案子担心和焦虑的痛苦,而这在争取表面上无罪宣判时是不可避免的。不过,延期审判对被告来说也有一些不容低估的坏处。我不是说这样一来被告便永远不会获得真正的自由,因为即使是争取到表面无罪的宣判,他也不见得真正自由了。延期审判的坏处在别的方面——要想把案子搁置起来，至少要找几条站得住脚的理由，因此，为了对外有个交代，每隔一段时间就得做出安排，审问被告一次，录取一点口供什么的。审问在很小范围内进行，被告必须到场。这无疑会给被告带来一些不方便。不过，您不必把它想象得过于严重，一切只是走走过场而已。比如说，假如您没有时间或心情不好不想去，审讯会三言两语便结束，您也可以事先打个招呼，表示抱歉而不出庭。您甚至可以同法官们共同商量，为今后很长一段时间的审讯日期作出安排。这一切只有一个目的，即作为被告，您得定期到主审法官那儿去报个到。"画家在讲最后几句话时，K.已经把上衣搭在手臂上站起来。"瞧，他站起来了！"门外立即有一个小丫头喊。"您这就要走吗？"画家也站起身来说，"一定是这儿的空气太坏，把您赶走的。我很遗憾，本来还有好多话要对您说，现在不得不简单地提一提了。但我希望，您已经了解了我的意思。""噢，那当然。"K.说，刚才由于聚精会神地听画家讲话，他的头都疼了。尽管得到了这个证实，画家仍然总结了几句，仿佛想在K.回家之前再给他一点安慰："两种方式有一个共同点，那就是，被告可以避免遭到判决。""可它们也使被告永远不能被无罪释放。"K.小声说，似乎为认识到这种局面而感到尴尬。"您抓住了问题的核心。"画家紧接着说。K.抓起上衣，但仍然没有下决心把它穿上。他很想拿着衣服赶快奔到外面去呼吸新鲜空气。尽管门外的姑娘们已经作出预报，说他在穿衣服，他仍然犹豫着。画家似乎看透了K.的心思，望着他说："您对我的建议还没有做出决定。我赞成您的慎重，甚至劝您别匆忙做出选择。每一种方式都有利有弊，得仔细衡量一下。不过，也不能拖得太久。""我不久会再来的。"K.顿时下定决心，穿好上衣，披上大衣说，并朝门口走去。门外的女孩子立即尖叫起来。K.仿佛透过门看到她们乱成一团。"您得守信用，"画家说，并没有跟在K身后，"否则我就会去银行，当面问您。""请您把门打开。"他拉了一下门把，觉得有阻力，一定是那帮小丫头在使劲拽着。"您不想被姑娘们缠住吧？"画家问，"最好还是从这边走。"他指指床后的那扇门。K.立即表示同意，退回到床边。但画家并没有去开门，而是钻到床底下问："请等一下，您想看几幅画吗？我可以把它们卖给您。"K.不想扫画家的兴，他的确很关心自己，而且答应继续帮助自己。此外，K.直到现在才想起，他还没提过付给画家多少报酬的事呢。既然画家提出卖画，他当然不能推诿。于是，他同意看一看，尽管他急着走，已经不耐烦到极点。画家从床下拖出一大堆没有镶框的画，上面覆盖着厚厚一层灰，轻轻一吹便满屋飞扬，K.几乎睁不开眼睛，呛得喘不过气。"荒原风景。"画家把一幅画递到K.手里说。画面上是两棵瘦弱的树，离得很远，长在深绿色的草丛中，背景是色彩斑斓的落日景象。"很漂亮，"K.说，"我买下了。"K.的回答简单得出乎自己的意料，但画家并未感到受了委屈，而是从地上又拿起一幅画来。"这幅画正好和那幅配上。"画家说。两幅画的确可以配对，二者几乎没有任何区别。画上也是两棵树，一片草地和行将落下的太阳。但K.并不在意。"两幅优美的风景画，"他说，"我都买下，把它们挂在我的办公室里。""看来您喜欢风景画，"画家说，接着又拿起第三幅画，"真是凑巧，我这儿还有一幅相似的作品。"然而，第三幅与其说与前两幅相似，不如说完全相同，上面的风景也是日落时的荒原。画家显然是利用这个机会，推销无人问津的旧画。"3幅画一共多少钱？""下次再说吧，"画家说，"您这会儿急着要走，反正我们还会联系的。很高兴您喜欢这些画，找个机会我会把床底下的画都给您送去，全是荒野风景。我画了几十幅这样的画，有人不喜欢这种题材，说是格调太低沉，可另一些人，包括您，却喜欢格调低沉的作品。"但K.此刻毫无兴趣听这位靠施舍过活的画家谈自己的艺术见解。"请把这三幅画包好，"他打断画家的唠叨说，"我的仆人明天会来取的。""没有必要，"画家说，"我可以找个搬运工，现在就把画给您送去。"他终于爬到床上，把门打开。"您尽管踩在床上过去，"画家说，"从这儿进出的人都这么干。"即使画家不说，K.也会这么做的，他一只脚早已踩在羽毛床垫的正中。可是，他探头朝门外看了看，又把脚收回来。"怎么回事？"他问画家。"有什么问题吗？"画家奇怪地反问道，"外面是法院的办公室。您不知道吗？每一栋房子的阁楼上都有法院办公室，这儿干吗要例外呢？我的画室实际上也是法院办公室的一部分，只不过法院借给我使用罢了。"K.大吃一惊，倒不是因为他发现了这儿也有法院的办公室，而是因为自己对法院的事情了解得如此之少。他知道，对于一名被告来说，一条基本原则就是对任何事情都应该有心理准备，永远不能处于措手不及的地位，如果法官出现在他的左面，他的眼睛决不能毫无察觉地往右看。而他却恰恰违反了这条原则，并一而再，再而三地出错！他的面前是一条长长的走廊，从那儿涌过来的空气同画室里的相比，就算是很新鲜的了。走廊的两边摆着几张长凳，同审理K.的案子的办公室外边的过道一模一样。看来办公室内部的陈设是有明文规定的。走廊里的当事人不多，一个男人半躺着坐在长凳上，脸埋在胳膊肘里，好像睡着了，另一个人站在走廊尽头的阴影中。K.踩着床走出门，画家夹着画跟在他身后。他们不久便碰到一名法院听差——从衣服上金晃晃的扣子，K.便能认出他们来，此人身上同样有一颗金色的纽扣。画家吩咐他把画送到K.的办公室去。K.掏出手绢捂住嘴，摇摇晃晃地从走廊里走过。当他们快要走到走廊尽头时，那帮小丫头突然拥了过来，K.最终未能避开她们。她们显然看见画室的另一扇门开了，于是便绕道赶到这儿来。"我不能再送您了，"画家在姑娘们的簇拥下笑着说，"再见吧，抓紧时间好好考虑一下！"K.甚至没有回头看他一眼。来到街上，他赶紧叫住一辆出租马车。他得甩掉法院听差，那颗金晃晃的纽扣对别人来说也许没什么，他却感到非常刺眼。忠于职守的听差也想登上马车，但K.打发他回去了。K.回到银行时，中午早就过了。他本想把画扔在马车上，但又怕画家哪一天会问起它们，于是只好将它们拿进办公室，锁在写字台最下面的抽屉里。至少最近几天，他不能让副经理看见它们。

第八章

商人布洛克 解聘律师

K.终于决定不让律师代理他的案子了。虽然他还拿不准采取这一步骤是否明智,但非如此不可的信念最后还是占了上风。在他打算去见律师,把这个决定通知他的那一天,他的工作效率很低,不得不在办公室里待到很晚才走。当他来到律师家门口时,已经10点多了。按铃之前,他又考虑了一番。也许打电话或写信通知他已被解聘更好,当面谈双方肯定很难堪。然而,他最终还是选择了后者,用别的方式解聘律师,律师也许会默认此事,或者用一两句客气话表示认可。那样一来,除非K.通过列妮去了解,否则便永远别想知道律师对解聘有什么反应了。另外,他也很想听听律师对解聘自己所引起的后果会有什么说法,这对他来说是很重要的。倘若同律师面谈,并出其不意地提出解聘要求,那么,不论律师多么小心谨慎,他也能从律师的面部表情和举止察觉他所要知道的一切。另一方面,假若他从律师的话里得出结论,还是让律师作为此案的代理更为明智,他还可以收回解聘的决定。

按第一次铃时和往常一样,没有任何动静。"列妮的动作应该迅速一点。"K.想道。不过,这一回比上次好多了,没有不相干的人来管闲事,不论是那个穿睡衣的家伙还是别的讨厌鬼都没有露面。K.一面按第二次铃,一面盯着旁边那扇门,但它关得紧紧的。终于律师门上的窥视孔里出现一双眼睛,不过不是列妮的眼睛。有人拧开了门锁,但仍顶着门,朝屋里喊道:"是他来了!"然后,门才开了。K.使劲推开门,一只脚刚跨进去,就听见身后另一所住宅门锁转动的声音。他几乎是跑着冲进了门厅,看见列妮穿着内衣,沿着过道一溜烟地跑了。刚才那人的喊声准是向她发出的警告。他注视了一会儿她的背影,这才转过脸去看是谁开的门。这是个又矮又瘦,留着络腮胡子的男人,手里拿着一支蜡烛。"您是这儿的佣人吗?"K.问。"不,"那人回答说,"我是这儿的客人。律师是我的代理人,因为法律上的事务,我才来找他的。""没穿上衣就来了么?"K.指着上身只穿衬衣的他问道。"啊,请原谅。"那人借着烛光看了一下自己,仿佛刚刚意识到自己这副模样。"列妮是您的情妇吗?"K.直截了当地问。他微微叉开两腿,拿着帽子的双手在背后握紧拳头。因为穿了件大衣,他觉得自己比那瘦骨嶙峋的家伙优越许多。"啊,上帝,"那人伸出一只手吃惊地挡在脸前否认道,"不,不是,您想到哪儿去了!""看来您说的是真话,"K.微笑道,"但是,这也没什么。请吧。"他挥了挥帽子,让那人在他前面走。"您叫什么名字?"K.一面走一面问。"布洛克,我是个商人。"那矮子说,并在自我介绍时转过脸来望着K.。但K.不想让他站住。"这是您的真名吗?"K.问。"当然,"那人答道,"您为什么要怀疑?""我想,您可能有某种原因不愿暴露真名。"K.说。他感到很轻松,仿佛到了一个陌生的地方,同一个素不相识的、身份比自己低的人谈话,自己的事可以守口如瓶,而别人的事则可以随心所欲地谈论。在这样的谈话中,他既可以得到别人的尊重,也可以不负任何责任。当他们走到律师的书房门口时,K.停住脚,推开门,叫住正不紧不慢地往前走的商人:"别忙着走,照一照这儿!"K.想,列妮也许躲在书房里。他让商人端着蜡烛,照遍了每一个角落。但书房里没有人。在法官的肖像前,K.拽住商人的衣领问:"您认识他吗?"并用手指了指那幅画像。商人抬起蜡烛,眨巴着眼看了一下画像说:"他是一位法官。""一位高级法官?"K.问,并退到一旁,观察着这幅画会给商人留下什么印象。"是一位高级法官。"商人说。"您的眼力可不大好,"K.说,"他是个级别最低的预审法官。""我想起来了,"商人放下蜡烛说,"以前我也听人讲过。""当然是这样,"K.故作惊讶地说,"我竟然忘记了您也听说过。""请别取笑,请别取笑。"他只能继续朝前走,因为K.在背后推着他。在过道里K.问:"您一定知道列妮藏在什么地方。""干吗要藏起来呢?"

他说,"不,她大概在厨房里给律师煮汤。""您为什么不早说呢?"K.问。"我正想把您带到那儿去,可您把我叫住了。"商人答道。K.自相矛盾的说法把他搞糊涂了。"您自以为很机灵吧?"K.说,"带我到那儿去!"K.还从未到过厨房,厨房大得叫人吃惊,设备齐全,光是炉子就比一般炉子大3倍,其他东西却看不清楚,因为只有一盏小灯挂在门边。列妮像往常一样穿着白围裙站在炉子边往锅里打鸡蛋。锅的下面是一只酒精炉。"晚上好,约瑟夫。"列妮瞥了他一眼说。"晚上好。"K.答道,并指了指角落里一把椅子,让商人坐下。后者顺从地坐下了。K.走到列妮身旁,弯下腰在她的耳边问:"这人是谁?"列妮一只手挽着K.,让他贴近自己,另一只手搅着汤说:"一个可怜虫,一个名叫布洛克的几乎破产的商人。瞧他那副模样。"两人都回过头看了看。商人坐在K.指定的那把椅子上,已经把那支多余的蜡烛吹灭了,此刻正用手捏住烛芯,不让它再冒烟。"你刚才只穿着内衣。"K.把列妮的头转过去对着炉子。她没有吭声。"他是你的情人?"K.问。她想去端汤锅,但K.抓住她的两只手说:"回答我!"她说:"到书房来,我全讲给你听。""不,"K.说,"我要你在这儿告诉我。"她搂住他的头要吻他,但K.挣脱开说:"我不想你现在吻我。""约瑟夫,"列妮用乞求但很坦率的目光看着他,"你不会吃布洛克先生的醋吧?鲁迪,"她转过脸朝商人喊道,"来帮帮我。您瞧,他怀疑起我来了。别摆弄蜡烛。"商人刚才似乎一直心不在焉,但此刻马上明白列妮的话是什么意思。"我真不懂,您怎么会忌妒起我来了?"他显得不那么理直气壮地说。"我也不知道为什么。"K.看着他笑着说。列妮哈哈大笑起来,乘着K.心情正好时挽住他的胳膊低声说:"让他独自待着吧,你也看到他是个什么样的家伙。我今天对他稍微客气了些,因为他是律师最重要的主顾,仅此而已。你最近怎么样?今天晚上还想见律师吗?他病得很厉害,不过,假如你一定要见他,我当然可以通报。你今天得在我那儿过夜,你已经好久没上这儿来了,连律师都常常问起你。你的案子决不能疏忽大意,另外,我也听说了一些情况,正想告诉你呢。这会儿先把大衣脱掉!"她帮他脱下大衣,接过他的帽子,跑到门厅里挂好,接着又跑回来看了看锅里的汤。"我先去通报，还是先给他送汤呢？""先去通报一声吧。"K.说。他很恼火，本来想就整个案子，尤其是解聘律师的事同列妮好好谈谈，可商人在这里，把一切都给搅了。尽管如此，他觉得这件事太重要了，即使这矮鬼在场可能起干扰作用也不得不谈。他于是把已经走进过道的列妮叫了回来。"先给他送汤吧，"他说，"在他与我谈话之前得补补身子，需要喝碗汤。""您原来也是律师的当事人。"商人坐在屋角里小声说，似乎想得到证实。"这关您什么事？"K.说。列妮也呵斥他道："用不着你来插嘴！"然后对K.说："那么，我先给他送汤去。"她把汤舀进盘子里说："只怕他喝完汤就会睡着。每次吃完东西他都要睡一觉。""我要对他讲的话会使他睡不着觉。"K.说。他始终想暗示，他有重要的事同律师谈，盼着列妮来问他，那样他就可以请她出主意。但列妮并未提问，只是严格地按照他的吩咐做。当她端着汤从他身边走过时，故意用胳膊肘捅了他一下，并轻声对他说："他一喝完汤我就通报，好让你尽快回到我身边来。""快去吧，"K.说，"快去！""别那么不高兴。"她说着端着汤转身走了。

他望着她的背影。他已经下定决心将律师解聘，也许事先不同列妮商量更好，她不仅对整个事情看得不如他透，而且准会劝他改变主意，动摇他的决心，使他又陷入疑虑和不安之中。而过了一段时间，他又得重新下决心，因为，解聘律师只是迟早的事，解决得越早，造成的损失就越小。也许，商人能对此发表一点有用的看法。

他于是朝商人转过身去。那人一看见他向自己走来，便要站起身来。"坐着别动，"K.说着拉过一把椅子，在他身边坐下，"您早就是律师的委托人了，对吧？""是的，"商人说，"很早就是。""他代理您的案子有多少年了？"K.又问。"我不明白您指的是什么，"商人说，"在业务上——我是个谷物商——律师从我一开业就是我的法律代理人，大概有20年了；在我个人的案子里——您大约指的是这个——他也一开始就是我的律师，到现在有五年多了。是的，已经超过五年了，"为了证实自己的话，他拿出一个旧笔记本，"这里面全记着。如果您想知道，我可以告诉您确切日期。光凭脑子，这一切是记不住的。

我的案子实际上开始得还要早得多,我妻子一死就开始了,肯定在五年半以前。"K.把椅子挪得更近。"律师也过问一般的法律纠纷吗?"他问。律师原来同这种事也有联系,这使他安心了不少。"当然,"商人说,接着又压低嗓门道,"听人说,在处理这类法律纠纷上,他更在行。"他后悔不该说这样的话,伸出一只胳膊搭在K.肩上说:"求求您别出卖我。"K.拍拍他的大腿请他放心,并说:"不会的,我从不出卖任何人。""他的报复心很重。"商人说。"像您这样忠实的当事人,他肯定不会报复的。"K.说。"啊,会的,"商人说,"他一旦发火,就会六亲不认。另外,我对他也并不很忠实。""为什么?"K.问。"我也许不应该告诉您。"商人犹豫地说。"我想,您不妨说出来。"K.说。"那好吧,"商人说,"我可以告诉您几件事,但您也得把您的秘密讲一件给我听,这样我们就可以齐心合力来对付律师了。""您真谨慎,"K.说,"可我还是要告诉您一个秘密,好让您彻底放心。您是怎样对律师不忠实的?""除了他以外,"商人迟疑地说,好像在招认一件见不得人的事,"除了他以外,我还聘请了别的律师。""这算不了什么。"K.有些失望地说。"可在这儿,"商人自从透露了那个秘密,一直呼吸沉重,听了K.的话才略微放心,"这是不允许的。特别是当你聘请了一位正式律师后,绝不允许再找那些没有营业执照的律师。而我恰恰这样干了,除了他,我还请了5个非正式律师。""5个!"K.对这个数字感到吃惊,"除了这位,还请了五个律师?"商人点点头继续说:"我正准备请第六位呢。""可您要那么多律师有什么用?"K.问。"他们每一个对我都有用处。"商人答道。"您能告诉我这是为什么吗?"K.又问。"当然可以,"商人说,"首先,我不想输掉官司,这是不言而喻的,因此,我不能放过任何对我也许有用的东西,哪怕带来好处的希望很小也得抓住。正是由于这个缘故,我把所有的钱都花在打官司上了。比方说,我把全部资金从生意里抽了出来。从前我的公司占了差不多整整一层楼,而现在,我只需要一间朝北的小房间,一个小听差就够了。不过,生意每况愈下倒不仅仅是因为资金花光了,而主要是因为我把精力全用在打官司上了。一个人当他成天为自己的案子奔忙时,是不会有多少精力管其他事情的。""如此说来,您也同法院直接打交道啰?"K.问,"我正想了解一下这方面的情况呢。""这方面我没有多少可说的,"商人说,"开始时我也试图这么做,可不久就不得不作罢。这太累人,而且收效甚微。亲自同法官们打交道,与他们讨价还价,在我看来至少是不可能的,光是在那儿坐着等待接见就得耗费很大的精力。您知道法院办公室里的空气怎么样。""您怎么晓得我去过那儿?"K.问。"当您从过道里走过时,我正坐在旁边的一张长凳上。""真凑巧!"K.嚷道,他已被商人的话吸引住,完全忘了他刚才那副可怜相。"那么,您看见我了!当我从办公室经过时,您刚好在那儿。的确,我去过那儿一次。""也并不是什么巧合,"商人说,"我几乎天天在那里。""从现在起,我大概也不得不经常上那儿去,"K.说,"不过,不会受到像那次一样隆重的接待了。那一天所有的人都毕恭毕敬地站起来迎接我,他们准是把我当成一位法官了。""不对,"商人说,"我们当时是向法院听差表示敬意。人人都晓得您也是个被告,这类消息传得很快。""你们早已知道了,"K.说,"那你们一定觉得我的举止很高傲吧?有没有人谈起这点呢?""没有,"商人说,"相反,大家都认为这样做是愚蠢的。""为什么是愚蠢的呢?"K.问。"干吗要刨根问底呢?"商人不快地说,"看来您不了解那帮人,没法猜透他们的心思。您得考虑到,打官司的人整天谈论的话题都是什么。他们已经精疲力竭,再也无法用理智来思考,于是便求助于迷信。我在说别人,可我自己并不比他们好多少。比方说,有一种迷信认为,可以从一个人的长相,特别是他嘴唇的线条,看出他的案子结局会怎样。而那天所有的人都说,根据您嘴唇的线条,您准会被判定有罪,而且判决书不久就会下来。我重复一遍,这完全是可笑的迷信,并且在大多数案子里证明是荒唐的。但在那个圈子里,要摆脱这种迷信是极其困难的。您可以想象,这类迷信的影响有多么大。那天,您同一个人讲话来着,对不对?他根本没法回答您的问话,其中的原因很多,可原因之一恰恰是看到您的嘴唇后被吓着了。据他后来说,他从您唇部的线条看到了他自己也会被判有罪的兆头。""我的嘴唇怎么?"K.问道,并掏出一面小镜子,仔细端详自己的嘴唇。"我看不出我的嘴唇有什么特别的,您呢?""我也看不出,"商人说,"丝毫看不出。""那帮人多迷信!"K.大声说,"我不是告诉过您吗?"商人说。"他们相互之间经常来往并交换看法吗?"K.问,"我从不同他们打交道。""一般说来他们不大来往,"商人说,"也不可能经常见面,因为人太多了。另外,他们的共同利益很少,即使有些人偶尔发现了一些共同之处,但很快就会明白他们错了。正因为如此,他们无法采取统一行动来对付法院,即使有一个共同的计划也无法贯彻下去。个别人可能秘密地取得少许进展,可其他人只有事后才会晓得,而且天知道是通过什么方式取得的。大家都彼此戒备,虽然在过道里频频相遇,但却很少交谈。迷信自古以来就有了,只不过随着时间的推移越来越厉害而已。""我看见许多人等在过道里,"K.说,"觉得他们完全是白等。""并不是白等,"商人说,"只有独立采取行动才是白费劲。我刚才说过,除了这位,我还请了5个非正式开业的律师。您可能会想——开始我也是这样想的——这下子我可以撒手不管了。如果是这样,那您就大错特错了。比起只有一个律师来,我所花费的精力一点也不少。您大概不太明白吧?""是的,"K.伸出一只手,按在商人的手上,让他讲话别这么快,"请您讲慢一些好吗?这些事对我极其重要,我跟不上您讲话的速度。""好吧,多谢您提醒了我,"商人说,"在打官司方面,您是位新手,年纪又这么轻。您的案子刚刚半年,对不对?没错,我听说过。刚刚打了半年官司,时间太短了。而我对这种事已经考虑过无数遍了,它差不多成了我的本能。""您的案子进展到这一步,您一定很高兴吧?"K.问,他不想直截了当打听商人的案子进行到什么程度了,但得到的也是含糊的回答。"不错,我已经为这件案子奋斗了5年,"商人说着低下了头,"这是个不小的成绩。"他沉默下来。K.注意听了听,看列妮是否已经转来,因为他还有许多问题要问,不想让列妮看见他正和商人进行如此亲密的交谈,但另一方面他又对列妮明知道他在这儿还在律师房里待那么长时间而生气。送一盘汤哪会用那么长时间!"我还能清楚地回忆起刚开始时的情况,"商人继续说,K.则立即集中注意力,"当我的案子大约进行了半年,处在您目前这个阶段时,开始对霍尔德先生产生不满——那时我只有他一个律师。"现在我可以知道我想要知道的一切了,他想,并赞同地点点头,仿佛鼓励商人把他知道的一切都说出来。"我的案子那时毫无进展,"商人接着说,"预审法庭虽然开过几次庭,我也每次都到庭了,甚至还搜集了不少证据,带去了我的账本,但后来我才知道,一切都白搭。我常上律师这儿来,他也呈递了好几份申诉书……""好几份申诉书?"K.问。"是的,好几份申诉书。"商人说。"这一点对我很重要,"K.说,"目前他正在为我的案子写第一份申诉书,还没有写出来。现在我明白了,他对我的案子一点都不卖劲,太卑鄙了。""申诉书没有写好,可能有各种各样的原因,"商人说,"另外,后来看起来,他为我写的那些申诉书也毫无用处。多亏一位老法官的好意,我甚至看过其中的一份。虽然写得很有学问,但空洞无物。首先,里面有许多拉丁文,我看不懂;其次,整整几页是向法院进行的一般性申诉;然后是对某些法官的吹捧,虽然没有指名道姓,但了解内情的人一看就知道指的是谁;接下去就是律师的自我吹嘘,与此同时又对法院阿谀奉承;最后才是对几个据说与我的案子相似的过去案例的分析。这种分析据我看来还算细致。不过,我并不想以此来评价律师的工作,那份申诉书也只不过是许多申诉书中的一份而已。尽管如此,我看不出我的案子有什么进展。""您希望获得什么样的进展呢?"K.问。"这个问题提得好,"商人微笑道,"在这类案子中,要取得进展是很难的,但我当时不明白这一点。我是个商人,那时比现在更看重实际的东西。我想看到看得见的进展,整个案子应该很快结束,至少得按正常程序发展。可是,与我的愿望相反,有的只是没完没了的传讯,内容大致相同,而我的回答也像背祷文一样。法院听差每个星期要来我的公司好几次,有时也上我家来。这当然令人厌烦(现在这方面至少要好得多,他们可以打电话,所以干扰也就不那么厉害了),另外,关于我吃官司的谣言也在我业务上的朋友,特别是我的亲戚中流传开来。我受到的损害是多方面的,而法院则没有任何迹象表明他们将在近期内审理我的案子。我于是来找律师,向他发牢骚。他虽然作了详细的解释,但断然拒绝按照我的意思办,声称任何人也无法促使法院确定审理日期,在申诉书里提出这一要求——我正是这样希望的——是闻所未闻的,只会毁了我自己和他。当时我想,这位律师不愿做和做不到的事,另一位律师也许想办并能办到。我于是去找另外的律师。但我不得不告诉您,没有一位律师请求过法院确定审理我的案子的日期,也没有谁作过这样的努力,这样做实际上是不可能的——当然,这儿有一个前提,过一会儿我再解释。在这一点上,这位律师并没有骗我。可话又说回来,我并没有为找了其他律师而懊悔。您大概已经从霍尔德博士那里听说过非正式开业律师的事了,他准是把他们贬得一钱不值。实际上他们的确如此。然而,他每次谈起他们,将他们与自己和自己的同事作比较时,总要犯一个小小的错误,我得顺便提醒您注意这一点:他总是把自己圈子里的律师称为'大律师',这是不对的。每个人只要愿意,都可以在自己的头衔前面加上'大',但在这件事情上,起决定作用的却是法院的习惯称呼。按照这一习惯,除了非正式律师外,还有大小律师之分,而我们这位律师和他的同事只配称作小律师。至于那些大律师,我只听说过,却从来没见过。他们高踞于这帮小律师之上,对他们就像这帮人对待非正式律师一样,简直不屑一顾。""那些大律师,"K.问,"是些什么人?怎样才能找到他们呢?""看来您对这方面的情况一点都不了解,"商人说,"被告们听说大律师的事以后,没有一个不梦想见他们一面的,可我劝您别上当。我不晓得他们是些什么人,也不相信谁能找到他们。我从未听说过哪件案子是他们肯定干预过的。他们也为某些人辩护,但并不是谁想找他们辩护,他们就为谁辩护,只有他们想为之辩护的那些人才能见到他们。另外,也只有那些越过了低级法院审理范围的案子,他们才肯接。因此,我劝您忘掉他们,否则您听到小律师们的夸夸其谈和他们出的那些馊主意,准会感到恶心和乏味。我本人就有过这样的体会,当初我真想把一切都抛到九霄云外,躺到床上睡大觉。可那样干恰恰是最愚蠢的,因为即使您躺在床上也休想得到安宁。""那么,您那时没想过去找大律师吗?"K.问。"想过,但没想多久,"商人又笑了笑说,"可惜的是,谁也没法把他们完全忘掉,特别是晚上,这种想法总要冒出来。可我那时急切盼望着案子马上有个结果,因此便求助于那些非正式开业的律师了。"

"你们俩坐得真近呀!"列妮端着汤盆回来了,她站在门口嚷道。他们的确坐得很近,谈到要紧处甚至头挨着头。个子本来就很矮小的商人由于弓着身子,显得更加矮小,K.不得不弯下腰去,才能听清他说的每一句话。"别打岔,我们一会儿就谈完了!"K.不高兴地喊道,并不耐烦地挥舞着手。刚才,这只手还按在商人的手上。"他让我谈谈我自己的案子。"商人望着列妮说。"谈吧,尽管谈好了。"她用和蔼而傲慢的口吻对商人说。这种口气引起了K.的不满,无论如何,K.这会儿已经发现商人对他来说有一定的价值,至少可以向人介绍些经验。他恼火地看着列妮从商人手中拿过蜡烛,用围裙擦干净他的手,并在他身边跪下,刮去滴在他裤子上的烛泪。"您刚才讲到那些非正式开业的律师——"K.说,并不由分说地推开列妮的手。"你这是怎么啦?"列妮问,轻轻拍了K.一下,继续刮商人裤子上的蜡。"是的,那些非法律师——"商人说,并用手摸摸前额,仿佛在回忆。K.提醒他说:"您想马上有个结果,所以去找他们。""对。"商人说,但没有继续往下讲。他大概不愿当着列妮的面讲这些事,K.想。不过,他强压下急于想听下文的心情,不再催商人继续讲。

"你通报过了吗?"他问列妮。"当然啦,"她说,"律师正等着你呢。让布洛克歇一会儿吧,以后再找他谈。他总待在这儿。"K.仍犹豫着。"您总在这儿吗?"他问商人,想让他自己回答,而不愿列妮替他回答,仿佛他不在场似的。不知为什么,他今天对列妮总有一股无名的怒气。但是,回答他的问话的仍然是列妮:"他常在这儿过夜。""在这儿过夜?"K.大声说,他本想等他同律师的短暂谈话一结束,便和商人一起离开,找个地方不受干扰地彻底谈一谈。"是的,"列妮说,"不是人人都像你一样,约瑟夫,爱什么时间来找律师就什么时候来,你甚至以为,夜里十一点钟来拜访他这样一个病人,他也会接待你。你把朋友对你的帮助看做理所当然的。当然,你的朋友,至少是我很乐意这样做,我不需要你的感谢,只希望你能喜欢我。"喜欢你?K.想了一会儿,不得不承认,他的确是喜欢她的。尽管如此,他却攻其一点不计其余:

"他不能不接待我,因为我是他的委托人。假如这还需要别人帮助的话,那我每干一件事情,都得乞求和感恩了。""他今天火气可真大,是不是?"列妮对商人说。现在我倒成了第三者了,K.想,并开始怨恨起商人来了。这家伙学着列妮那没礼貌的口气说:"律师肯接待他还有另一个原因,他的案子比我的要有意思得多。此外,他的官司刚刚开头,也许还没来得及审理,因此律师愿意同他打交道。至于以后怎样,那就难说了。""没错,没错。"列妮望着商人笑道,接着又把脸转向K.,"瞧他多会胡说八道!他的话你一句也别相信,他虽然是个好人,但太饶舌。也许正是因为这个缘故,律师无法忍受他。所以,律师只有心情特别好时才接见他。我费了很大劲想改变这一状况,可是没有用。有几次我通报说布洛克来了,但他直到第三天才打算接见他。律师想接见他时,可他又不在了,因此机会又丧失了,他又得重新等待。正因为这个缘故,我才允许他睡在这儿。过去曾发生过律师半夜按铃叫他去的事,打那以后,布洛克必须随时等候律师接见,即使半夜也得做好准备。有时也遇到过律师改变主意的情况,有一次他发现布洛克确实等在这儿,又故意取消了接见他的打算。"K.向商人投去疑问的目光。商人点头证实,用刚才同K.谈话时的坦率,但掺杂着羞愧的口吻说:"是的,越往后我就越离不开律师。""他说的只是表面理由,"列妮说,"实际上他很愿意在这儿过夜,这一点他自己也承认,好几次这样对我说。"她朝一扇小门走去,并把它推开。"您想看看他的卧室吗?"她问。K.走过去,站在门口向里看了一眼。那间屋子小得只能放下一张床,要上床就得从床架上爬过去。床头那边的墙上有一个洞,洞里整整齐齐地摆着一支蜡烛、一瓶墨水、一支笔和一卷纸,也许是有关他的案子的文件。"您睡在女仆的房间里?"K.把脸转过来望着商人问。"这是列妮安排的,"商人回答说,"这很方便。"K.久久地注视着他,他给K.留下的第一个印象也许不错,他有经验,因为他的案子已经拖了好几年,但他为取得这些经验却付出了很高的代价。K.突然觉得再也不能忍受商人的这副模样。"让他上床去!"他朝列妮嚷道。她好像没有明白他的意思。其实他是想马上去见律师,不仅解聘他,而且一劳永逸地摆脱列妮和商人的纠缠。但是，他还没走到律师卧室的门口，商人便用极低的声音对他说："襄理先生！"K.生气地转过身来。"您忘了您的诺言，"商人哀求地向他伸出手，"您得告诉我一个秘密。""不错，"K.说，并瞥了列妮一眼，她正全神贯注地看着他，"那么听着，不过这已经不再是什么秘密了，我现在就要到律师那儿去，告诉他我打算解聘他。""他要解聘他！"商人从椅子上跳起来喊道，接着举起双臂，在厨房里转圈，一面跑一面大叫："他要解聘律师！"列妮想拉住K.，但商人挡住了她的去路，她攥紧拳头打了商人一下，赶紧去追K.，但K.已走出好远。等她追上K.，K.已经跨进律师的卧室。他打算随手把门关上，但列妮伸出一只脚挡住门，抓住他的手腕，想把他拉回来。K.使劲捏住列妮的手，疼得她喊了一声，不得不松开K.。她不敢硬挤进屋，K.把钥匙一转，门锁上了。

"我已经等了您好半天啦。"律师靠在床上说，并将刚才借着烛光阅读过的一份文件放在床头柜上，戴上一副眼镜，用锐利的目光盯着K.。K.并未表示歉意，而是说："我不会占用您很多时间。"律师似乎并不在意K.没有道歉。"下次如果再这样晚，我就不见您了。"他说。"这和我的想法一样。"K.说。律师用疑问的目光打量着他，"坐下吧。"他说。"既然您希望这样，"K.说，"那我就坐下。"他拉过一把椅子，在床头柜旁坐下来。"您好像把门锁上了。"律师说。"不错，"K.说，"那是因为列妮的缘故。"他不想袒护任何人。律师问："她又来缠您了？""缠我？"K.反问道。"是的，"律师笑起来，但一阵猛烈的咳嗽打断了这笑声，咳声止住后又笑了起来，"您大概发现她已经缠上您了？"他轻轻拍了拍K.放在床头柜上的手问。K.猛地缩回手。"您并不看重此事，"律师见K.并不回答又说，"这样更好，否则我就要替她向您道歉了。这是列妮的坏毛病，我早就原谅她了。假如您刚才不锁上门，我是不会再提这事的。这个毛病我最不愿意向您提起，不过，由于您如此困惑不解地看着我，我就不得不解释一下了。之所以这样，是因为列妮觉得大多数被告都很可爱。她喜欢他们，爱上了他们每一个人，显然也被他们所爱。为了让我开心，她常把这些事告诉我，当然，这种事只有得到我的允许她才能干。对此我并不大惊小怪,而您却感到非常吃惊。如果一个人眼力不错,他就一定会发现,被告往往是可爱的。这是一种奇怪的自然现象。一个人被控告以后,他的外貌并不会立即发生明显的、一眼就能看出来的变化。他们的官司与普通案件不同,大多数人继续保持原来的生活方式,假如有个能为其奔走的好律师,也不会因为案子受到多大的影响。尽管如此,有经验的人仍然能在茫茫人海中辨认出哪些人是被告。您也许会问为什么,我的回答恐怕不能使您满意,不过我可以告诉您:所有的被告都是长得最漂亮的。不是罪行使他们变得漂亮了,作为律师我不得不承认这一点,因为并非所有的被告都有罪,也不是行将到来的惩罚使他们变美了,因为他们中的一些人将不会受到惩罚,原因只能是对他们提起的诉讼。诚然,他们之中有的长得更漂亮些,但总的说来全都很可爱,即使那个可怜虫布洛克也是如此。"

律师发表这番宏论之后,K.完全镇静下来,甚至对律师最后几句话点头表示赞同。他一贯的看法又一次得到了证实:律师总是用一些不着边际的废话分散他的注意力,使他忘记他所关心的主要问题——律师究竟为他的案子做了哪些实际工作。律师显然发觉K.这一次比往常更加不好对付,便住了嘴,给K.一个讲话的机会。见K.仍然一言不发,他就问道:"您今天来有什么特别的事吗?""是的,"K.说,并用手遮住烛光,以便把律师看得更清楚些,"我来是想通知您,从今天起,我不再让您过问我的案子了。""我没听错吧?"律师用手撑住枕头,欠起身问。"但愿如此。"K.挺直身子,好似在观察律师的表情。"好吧,我们可以就这个想法好好聊一聊。"律师待了一会儿说。"这不是什么想法,而是决定。"K.说。"就算是吧,"律师说,"那咱们也用不着这样匆忙。"他有意使用"咱们"这个称呼,似乎想抓住K.不放手,即使他不能再当K.的代理人,至少也要做他的顾问。"丝毫也不匆忙,"K.说,并慢慢站起身来,踱到椅子背后,"这个决定是经过深思熟虑才做出的,我已经考虑很长时间了,绝不会再改变主意。""既然如此,那就请让我再说几句。"律师掀开鸭绒被,坐到床沿上。他那两条长着白色汗毛的腿冻得瑟瑟发抖。K.扯过被子替他盖上说:"您完全没有必要这么冻着。""这件事太重要了,"律师用被子裹住上身,盖好两腿说,"您叔父是我的朋友,坦率地说,我也渐渐喜欢上了您,这没有什么可难为情的。"K.很不愿意听这种令人感动的话,因为这就迫使他详细解释自己做出这一决定的原因,而这正是他想避免的。另外,他自己也不得不承认,律师的话虽然不能动摇他的决心,但令他很尴尬。"我很感谢您的友好态度,"他说,"我也欣赏您为我的案子出了很多力,做了您认为对我有利的事情。不过最近一段时间我渐渐觉得,这还非常不够。我当然不会把我的看法强加给您,一个无论在年岁或经验上都比我多的人,但如果我不慎这样做了,那就得请您原谅。正如您所说,事情非常重要,按照我的看法也非常必要,我不得不采取比迄今为止更加强有力的措施来干预我的案子。""我理解您的意思,"律师说,"您感到不耐烦了。""我并不是不耐烦,"K.有些恼火地说,不再斟酌字眼,"还在我同叔父一道第一次来拜访您的时候,您大概已经发现,我并不把这件案子当一回事,如果不是别人强行让我想起它,我恐怕把它完全忘记了。可我的叔叔坚持要我聘您做代理人,为了让他高兴,我这样做了。从那时起,我就希望这件案子对我的压力减轻一些。〔15〕因为,请律师做代理人的目的就是要把压力匀一些给律师。然而事实恰恰相反,自从我聘请您做我的代理人以后,这件案子反而使我更加苦恼了。我独自一人时,什么措施也没采取,但我几乎感觉不到案子的存在。现在,我有了代理人,似乎条件已经具备,只等发生一件什么事情了,我日夜等待您的干预,越来越焦急不安,而您却什么事也没做。当然,我从您那儿了解了不少关于法院的情况,这些情况也许是别处打听不到的,可这对我来说远远不够,特别是现在,案子正悄悄地逼近我,越来越严重地威胁着我。"K.推开椅子站起来,双手插在上衣口袋里。"当官司发展到一定的程度之后,"律师压低声音,平静地说,"就不会发生什么新鲜事。许多当事人在案子进入这个阶段后,也像您一样跑到我这里来,说出同样的话。""那么,"K.说,"这些当事人和我一样,完全说对了。这一点并不能反驳我。""我这样说并不是要反驳您,"律师说,"只是想补充,我本以为您的判断力比他们要强,特别是在我向您透露了更多的关于法院和我本人工作的情况之后。而现在我不得不承认,尽管这样,您对我还是不够信任。您真叫我头疼!"律师在K.面前多么低声下气,甚至不顾自己的职业尊严,而一个律师在这方面恰恰是最敏感的。他为什么要这样?看上去他似乎业务繁忙,生活阔绰,并不在乎失去一个当事人和一点酬金。此外,他还生着病,对于减轻他的工作负担应当高兴才是。但他却紧紧抓住K.不放,这是为什么?是因为同K.的叔叔有私人交情还是因为真的觉得K.的案子很特殊,希望通过为K.辩护抬高自己在K.和法院里的朋友心目中的声望呢?至少这后一种可能性是不能排除的。尽管K.目不转睛地看着他,但也无法断定是什么原因。旁观者几乎会认为,律师故意做出一副高深莫测的样子,为的是看看他的话会引起什么样的效果。然而,律师显然对K.的沉默作了太有利于自己的解释。他接着说:"您一定注意到,我的办公室虽然很大,但却没有助手。前几年可不是这样,有一段时间,有几个学法律的学生在我这儿帮忙,今天只剩下我一个人了。这一方面是为了适应我业务活动的变化,我渐渐地只过问像您这样的案子了;另一方面是我越来越清楚地认识到,我不能把这样重要的工作委托给别人,从而给我的当事人和我为之奔走的案子带来损失。既然我决定亲自去干所有的事情,那就必然会产生这样的后果——不得不拒绝大部分其他的委托而只致力于我特别感兴趣的案子。在我家附近便有不少可怜虫,凡是我拒绝接受的委托,他们都像饿狼一样争来抢去。另外,由于工作过于劳累,我的身体也垮了。尽管这样,我并不为我的决定而后悔。也许我还应该拒绝更多的委托,以便更加专心致志地打好我所为之辩护的那些官司,这样做看来绝对必要,并且已被我所取得的成功所证明。我曾读到过一篇文章,文中对普通案件的代理人和您这类特殊案件的代理人作了十分精辟的区分。作者是这样说的,一些律师用一条细线牵着他们的委托人走向判决,而另一些律师则把他们的委托人背在背上,直到判决下达绝不把他们放下,甚至判决以后仍背着他们。事情的确如此。要说我挑起这么重的担子一点都不后悔,那也不完全是事实,如果我的努力遭到了严重的误解,就像您刚才所做的那样,我也会有些后悔。"但这番话并未让K.心悦诚服,而是使他更加不耐烦了。[16]从律师的口气里,他似乎听出了他早已预料到的陈词滥调:已经重复多次的那些废话又会从头开始,什么申诉书快要完成啦,法官的态度已经好转啦,接着就是他的努力遇到了巨大困难啦,如此等等。总而言之,那套早已令人厌烦的鬼话又会搬出来,目的在于用虚假的希望欺骗K.,用子虚乌有的威胁恫吓K.。再也不能这样下去了!因此K.说:"如果您继续做我的代理人,您将采取什么措施?"律师甚至对这个挑衅性的问题也忍气吞声。他说:"我会继续做目前已经着手做的那些事。""我早就料到了,"K.说,"那么,再谈下去就是浪费时间。""我将再试一次,"他说,仿佛生气的是他,而不是K.,"我猜想,您不仅错误地估计了我的业务能力,而且您的其他表现也很糟糕。作为被告,您受到的待遇太好了,更确切地说,他们对您太疏忽了。当然,这样做也有他们的道理,因为与其给被告戴上镣铐,不如让他们享受虚假的自由。不过我得让您瞧瞧,其他的被告得到的是什么待遇,那样您也许会从中得到点教训。我现在就把布洛克叫来,您最好把门打开,在床头柜旁坐好!""非常愿意。"K.说着按律师的要求做了。他总是愿意学到些新东西。不过,为了慎重,他又问了一句:"您知道我要解聘您吗?""当然,不过您如果想改变主意的话,今天还来得及。"他重新躺到床上,把鸭绒被一直拉到下巴,然后转过身去脸朝着墙,按了按铃。

几乎在铃响的同一刻,列妮便出现在门里。她匆匆地看了屋内一眼,想知道究竟发生了什么事。当她看到K.安安静静地坐在律师的床边,似乎放心了。她微笑着向K.点点头,但K.只是怔怔地望着她。"让布洛克进来。"律师说。列妮并未去领布洛克,而是在门口喊了一声:"布洛克!律师叫你!"也许是因为律师脸朝墙躺着,无法看见她,她悄悄走到K.的背后,上身俯在椅背上,伸出手温情脉脉地抚弄他的头发,或抚摸他的面颊。K.觉得很不舒服,最后不得不抓住她的手,让她别再摸。她反抗了一阵,只好屈服。

布洛克听到叫声立即跑来了,但他站在门口犹豫了一阵,好似在考虑应不应该进去。他扬起眉毛,歪着头,仿佛在听让他去见律师的命令是否会重复一遍。K.本想示意让他进来，但他已决定不但同律师，而且也同这所住宅里所有的人彻底断绝关系，所以坐着没有动。列妮也一声不响。布洛克发现，至少屋里的人没有赶他走，这才踮起脚尖轻轻走进来。他面部表情紧张，双手痉挛地背在背后，让门开着，以便随时可以退回去。他顾不上看K.一眼，只盯着隆起的被子。由于律师脸紧贴着墙蜷缩在被子下面，他根本没法看见。这时，床上传来一个声音："是布洛克吗？"这个声音仿佛给了布洛克一拳，已经快走到律师床边的他不由得跌跌撞撞地退了好几步。他好像胸前挨了一下，接着背后挨了一下，几乎站都站不稳。终于，他双脚站定，深深地鞠了一躬说："愿为您效劳。""你来干什么？"律师问，"你来得不是时候。""不是有人叫我吗？"与其说他在问律师，不如说在问自己。接着，他伸出双手护住自己，准备随时逃出去。"是有人叫你，"律师说，"尽管如此，你来得也不是时候。"停了一会儿，他又补充了一句："你来得总不是时候。"自从听见律师的声音，布洛克不再往床上看，而是朝着一个角落发呆，并听着每一个动静，仿佛律师的声音让他害怕，叫他受不了。但他吃力地听着，因为律师的脸贴着墙，说话的声音又轻又快。"您希望我走开吗？"布洛克问。"既然你已经来了，"律师说，"那就待着吧！"这话听起来让人觉得，律师并不是想满足布洛克的愿望，而是在威胁他要揍他一顿。布洛克果真浑身颤抖起来。"昨天，"律师说，"我遇见了我的朋友第三法官，谈着谈着，谈到了你的案子。你想知道他都说了些什么吗？""啊，当然。"布洛克说。但律师没有立即回答。布洛克又央求了他一次，并弯下身子，好像要跪倒在他面前。K.忍不住大声呵斥他道："你这是在干什么？"列妮想堵住他的嘴，他于是把她另一只手也抓住了，但这并不是爱抚。她呻吟了几声，想挣脱开。然而，由于K.的愤怒，最后吃苦头的却是布洛克。律师冷不防又提了一个问题："你的律师是谁？""当然是您。"布洛克说。"除了我还有谁？"律师问。"没有别人。"布洛克说。"那就不许跟别人打交道！"律师说。布洛克立即意识到这是怎么回事，他恶狠狠地瞪了K.一眼，朝他使劲摇摇头。假如把这个动作翻译成语言，那就是一顿粗暴的谩骂。K.刚才竟想同这种人友好地谈论自己的案子!"我再也不管你的闲事了,"K.往椅子背上一靠说,"不管你下跪还是在地上爬,都不关我的事。我绝不再多一句嘴。"但布洛克也有自尊心,至少在K.面前是这样。他挥舞着拳头向K.走去,并壮起胆子,用他在律师面前敢于发出的最大声音嚷道:"不许用这种腔调同我说话,绝对不许!你想侮辱我吗?居然在这儿,当着律师先生的面?他是出于怜悯才让我们待在这儿的。你并不比我好到哪儿去,你也是个被告,同我一样也在吃官司。如果说你还是位绅士,那我也是,并且和你一样体面。我要你像对待一位绅士那样对待我。倘若你觉得心安理得地坐在那儿比我在地上爬——你刚才就是这么说的——要好,那我就告诉你一句古老的法律谚语吧:受到怀疑的人最好多活动,而别待着不动,因为待着不动就会不知不觉被放到天平上称称他的罪到底有多重。"K.一句话也说不出来,只是目瞪口呆地望着这个疯狂的家伙。在短短的一个钟头内,他身上发生了多么大的变化!难道是他翻来覆去唠叨的那件案子使他丧失了理智,以至连敌友都分不清了?他难道没有看出来律师在故意羞辱他,为的是在K.面前显显威风并让K.屈服?要是布洛克连这点都看不出,或者怕律师怕到明明看出来却不敢反抗的程度,那么,他又怎么能如此狡猾和大胆,竟想欺骗律师,背着他去请别的律师呢?他明知K.可能揭穿他的谎言,又为什么要如此鲁莽地攻击K.呢?然而,他的胆子比K.想象的大得多,竟然走到律师床前,告起K.的状来了。"律师先生,"他说,"您听见这个人对我讲的话了吗?他的案子刚开始没有多久,就教训起我这个已经打了五年官司的人来了。他甚至还骂我,自己什么都不懂,却侮辱我,我可是以我的微薄的精力仔细研究过什么是公德、义务和法律准则啊。""别管别人怎么说,"律师说,"你自己觉得怎么对就怎么干好了。""一定照办,"布洛克好像在给自己打气,向两旁瞥了一眼便跪倒在床前,"我给您跪下了,律师先生!"他说。[17]但律师没有吭声。接着,他伸出一只手轻轻抚摩被子。在一片寂静中,列妮挣脱K.说:"你把我捏疼了,放开,我要到布洛克那儿去。"她走过去坐在床沿上。布洛克见她来到自己身边十分高兴,频频打着手势请她向律师求情。他显然急于从律师口中得到一些消息，好让其他律师利用这些消息采取新的行动。看来列妮知道用什么办法可以套出律师的话，于是噘起嘴唇，做出吻手的姿势。布洛克心领神会，立即亲吻了律师的手，并在她的暗示下，把这个动作又重复了两遍。但律师仍一言不发。于是，列妮挺直身子，露出她那优美的曲线，俯下身去，凑近律师的脸，轻轻抚摩他那长长的白发。这终于引出了一个回答。"我还在犹豫，不知该不该告诉他。"律师说。K.看见他轻轻摇了摇头，也许是为了更加亲近列妮的手。布洛克低着头侧耳静听，仿佛偷听别人讲话是不道德的。"为什么要犹豫呢？"列妮问。K.觉得，他是在听一段背得滚瓜烂熟的对话，这种对话以前常常进行，以后也会经常重复，只有布洛克一人不觉得乏味。"他今天表现如何？"律师没有回答，倒是提了个问题。在回答这个问题之前，列妮先低头看了布洛克一会儿，后者朝她伸出双手，做哀求的姿势。她终于点点头，转过脸去对律师说："他又安静，又勤快。"一个上年纪的商人，留胡子的男人，竟哀求一个年纪轻轻的小妞为自己说好话！尽管他有难处，但在旁人眼里，无论如何是太丢脸了。K.实在不明白，律师怎么会试图用这样拙劣的表演把他争取过去。假如说直到刚才为止他还没有彻底使K.对他失望，但现在通过这一幕丑剧却完全办到了。即使是旁观者看了也会羞愧难当。看来律师所玩弄的手腕——幸亏K.及时摆脱了他的控制——就是：让委托人忘记世界上的一切，一心一意跟着他在一条错误的道路上爬向案子的终点，委托人再也不成其为人，而成了律师的一条狗。假若律师命令此人爬到床底下去，就像爬到狗洞里去一样，并且在那儿学狗叫，此人一定会高高兴兴地照办。K.冷冷地看着这一切，仿佛受到某人的委托，要把这里的所见所闻详细记录下来，向上级机关检举报告。"他这一天都干了什么？"律师问。"我把他关在女仆住的那间小屋里，"列妮说，"不让他妨碍我干活。他始终待在那儿，我可以透过窥视孔看到他的一举一动。他一直跪在床上，读你借给他的文件。他把文件摊在窗台上，一字一句地读，给我留下了好印象。那间小屋的窗子对着小天井，透不进多少光线，可他仍然专心致志地读，一丝不苟地做你让他做的事情。""听你这么说，我真高兴，"律师说，

"不过,他读懂了吗?"布洛克不停地翕动嘴唇,对律师的问话作出无声的回答,以此授意列妮也这样回答。"这我当然不能肯定,"列妮说,"不过看得出来他读得很仔细,整天翻来覆去地看同一页。他用手指着,一行一行慢慢地往下看。我每次透过窥视孔观察他,都看见他在叹气,好像读起来很费劲。你借给他的文件也许太难懂了。""是的,"律师说,"它们太深奥,我也不相信他能读得懂。给他看这些文件只是要让他明白,我为他进行的辩护是一场多么艰巨的战斗。这场艰巨的战斗是为了谁呢?说起来真可笑,为的是布洛克。他应当明白这意味着什么。他一直在看吗?""差不多从未停下来过,"列妮答道,"只有一次他向我要了点水喝,我从通风口给了他一杯水。8点钟的时候我让他出来,给了他一点吃的。"布洛克瞟了K.一眼,仿佛这些话是在夸奖他,K.也应当学学他的榜样。他的希望似乎增大了,行动也不那么谨慎了,双膝不停地在地上蹭来蹭去。然而,律师下面的话却使他一下子僵在那里,他好像变了一个人。"你在夸奖他,"律师说,"但这只能更难让我开口,因为法官讲的话对他十分不利,既对他本人,又对他的案子不利。""不利?"列妮问,"这怎么可能呢?"布洛克神情紧张地望着她,似乎她有能力使律师说出的话变成有利于他的话。"是的,非常不利,"律师说,"他甚至讨厌提起布洛克。'别再提布洛克。'他说。'他可是我的委托人呀。'我说。'您被他利用了。'他说。'我不认为他的案子没有希望了。'我说。'他是在利用您。'他又说。'我不信,'我说,'布洛克始终在关心他的案子,并且非常卖力。为了及时了解案子的进展,他几乎一直住在我那里。像他这样卖力的委托人确实少见。当然,他本人叫人恶心,举止粗俗,身上很脏,但在打官司方面却是无可指责的。'我说无可指责,其实是太夸张了。'布洛克是只老狐狸,'他听了马上反驳道,'他只不过经验丰富而已,懂得怎样把案子拖延下去。可他不管多么狡猾还是被蒙在鼓里了。要是他知道他的案子还没有开始审理,第一次开庭的铃声还没有摇响,他会怎么说?'别乱动,布洛克!"律师喝道,因为此时布洛克哆嗦着两腿想站起来,显然想请律师解释一下。这是律师第一次直接对布洛克说话,他用疲倦的目光朝四周看了看,接着又朝下看了看。布洛克在律师的注视下又慢慢地跪好。"法官的这些话对你来说并没有多大影响，"律师说，"用不着为每个字眼心惊肉跳。假如你再这样，我就什么都不告诉你了。我每讲一句话，你就用这样一种眼神瞧着我，好像我在宣判你的死刑。当着我另一位委托人的面，你应当感到害臊！这样你也会动摇他对我的信任。你这是怎么啦？你还活着，还在我的保护之下，干吗这样害怕？简直像个白痴！你肯定在某个地方读到过，某些案子的最终判决往往是不知在什么时候，由于某个人随便讲了一句什么话而做出的。有人当然不相信，这也没有什么。不过我可以告诉你，你那副胆小如鼠的神态叫我恶心，它表明你对我还缺乏必要的信任。我刚才说什么来着？我只不过重复了法官讲过的话而已。你也知道，法官们对一件案子往往各执己见，众说纷纭，最后弄得一团糟。比如，这位法官认为官司要从这一刻算起，而我却认定应该从另一刻算起，这只不过是意见分歧而已。按照古老的习俗，官司打到一定程度就得摇铃，这位法官于是认为诉讼这才正式开始。我无法把所有的细节都告诉你，告诉你你也不懂。你只需知道有各种各样的反对意见就行了。"焦虑万分的布洛克此时揪起律师床前铺的毛皮地毯来了。律师的话使他害怕得要命，他顾不上再在律师面前装出谦卑的样子，一心想着自己的事，并反复琢磨着法官那些话的真正含义。"布洛克，"列妮用警告的口气说，并拽住布洛克的衣领，把他往上拉，"别动地毯，听律师讲话！"

（在作者的手稿中，此章未完——译者）

第九章
在大教堂里

K.受命接待一位意大利同行。他是银行非常重要的顾客,首次访问该城,想参观几处名胜古迹。要在平时,K.肯定会把这项差事看作一种荣誉,但现在,在他竭力维护他在银行里的表面声望的时候,他不愿接受这项任务。离开办公室的每一个钟头对他都是一种折磨。虽然他已不能像过去那样充分利用上班时间工作,而只是装模作样似乎在干正经事,可是,他如果不在办公室坐着就会更加忧心如焚。他仿佛看见副经理总在窥探他的秘密,隔一会儿便溜进他的办公室,在他的写字台边坐下,翻看他的文件,接待K.多年来与之打交道并成了他的老朋友的那些顾客,把他们从他那儿抢走,或许还在他的工作中找茬儿。K.心里明白,工作中的各种差错正在不断地威胁自己,而他再也无法防范了。因此,如果委派给他一件差事,哪怕是能大出风头的差事,需要他离开办公室或者作一次短途旅行,他就会猜疑他们是想把他支开,以便检查他的工作,至少是为了证明办公室缺了他并没有什么了不起。大部分差事他都可以轻而易举地推辞掉,但他不敢这么干,因为即使他的担心完全没有根据,拒绝出差也会被认为是心里有鬼。正因为如此,他装出十分坦然的样子,每桩差使都接受下来。上一回,他正患着重感冒,别人却请他出两天差。他本来可以用秋天阴湿的天气可能加重他的病情为由推诿掉,然而,他却只字不提自己生病的事。等他带着剧烈的头痛回到银行时,却获悉别人已决定让他第二天去陪意大利客人。拒绝这一次任务的愿望十分强烈,尤其是他应该干的事与业务丝毫没有联系,这只是对一位外国同行应尽的社交义务而已。诚然,这项义务十分重要,但K.觉得对自己无关大局,因为他知道,他只有在工作中做出成绩才能保住自己在银行里的位置,工作做不好,即使意大利人发现他是一位极其出色的陪同,也毫无意义。他一天也不愿离开自己的工作,害怕不会再让他回来,这种恐惧太强烈了,虽然他知道自己过虑了,但仍然无法摆脱。他找不到一个可以站住脚的理由推掉这项差事。他的意大利语固然并不精通,但应付一下还是行的。更重要的是,他早年学过艺术史,对艺术略知一二。这件事在银行里尽人皆知,并且被夸大到荒谬的程度,因为有段时间由于工作关系,K.曾出任本市文物保护协会的会员。据说那个意大利人在这方面也是个行家,假如的确如此,那么挑选K.陪同他便是自然而然的了。

这是一个雨雾濛濛的早晨,一阵阵寒风迎面刮来。K.对即将开始的这一天十分恼火。七点钟他便早早地来到办公室,打算在客人到来之前起码要干完几件事。他感到很疲倦,因为昨天晚上他花了半夜时间啃一本意大利语法书,以便为今天的苦差事做些准备。办公室的窗子比写字台对他更具有吸引力,最近他常常坐在窗台上想心事。但他抵制住了这种诱惑,坐下来准备工作。可是,正在这时仆人推门进来,并报告说经理先生让他来看看,襄理先生是否已经上班了,如果已经来了,就请他到接待室去,那位从意大利来的客人已经到了。"我马上就去。"K.说。然后将一本袖珍词典塞进口袋,夹着一本为外地客人准备的城市游览画册,走过副经理办公室,来到经理办公室。他庆幸自己来得很早,经理一叫马上就到了,这点大概谁都没料到。副经理的办公室自然静悄悄的,连一个人也没有,很可能仆人也来请过他,但他连影子也见不到。K.走进接待室时,两位先生从沙发上站起来。经理面带亲切的微笑,显然对K.的到来很高兴,并立即把客人介绍给他。意大利人使劲握住K.的手,笑着称某人起床甚早。K.不明白他指的是谁,那个名字的发音很怪。愣了一会儿他才意识到对方说的正是自己,于是用几句流利意大利语寒暄了一番。意大利人又笑了一次算是回答,同时神经质地摸了摸他那浓密的灰蓝色胡子。那胡子一定喷过香水,K.真想凑近去闻一闻。他们重新坐下后,开始了简短的交谈。当K.发现意大利人讲的话他只能听懂一部分时,心中很是不安。要是他讲得慢一些,语调平静一些,K.便差不多全能听懂,但这种情况很少出现,那家伙往往像放机关枪一样讲得又快又急,一面还摇晃着脑袋,仿佛对自己的口才很欣赏,说到得意处还要改用方言。对K.来说,这根本不是意大利语,但经理却既能听懂又能与客人对话。K.当然不知道,此人来自意大利南部,而经理曾在那里待过好几年。无论如何K.渐渐明白了,要和意大利人交谈几乎是不可能的,因为此人的法语也讲得实在太糟糕,K.几乎无法听懂。观察他嘴唇的动作猜测含义也无济于事,因为他的嘴唇完全被胡须遮住了。K.预感到此次差遣将遇到许多麻烦,于是暂时放弃了听懂意大利人讲话内容的打算。在如此了解他的经理面前,他用不着费力劳神。他坐在一旁,神情沮丧地观察着意大利人逍遥自在地靠在沙发上,不时拽一拽他那剪裁时髦、但又短又小的上衣,并抬起手臂不经意地比比划划解释某事。〔18〕尽管他俯下身子注视着那人的每一个动作,仍然猜不透对方兴致勃勃地谈论的究竟是什么事。最后,他干脆呆坐在那里不参加谈话,只是机械地看着两人你一言我一语地侃侃而谈。早晨的倦意重新向他袭来,当他发现自己心不在焉地想站起身来撇下他们就走时,不禁吃了一惊,幸亏他及时制止住了自己。终于,那意大利人看了看表,从沙发上跳起来,与经理道别后走到K.面前。他靠得那么近,K.不得不把沙发往后挪了挪,才使自己有一点活动的余地。经理大概从K.的眼里看出他听不懂意大利人的话,处境非常尴尬,便巧妙而委婉地插进来,似乎是给K.出几个小主意,其实是简单地重复了一下客人刚才滔滔不绝的谈话的大致内容。K.这才知道,意大利人有几件业务上的事情要处理,时间很紧,因此不打算匆匆忙忙地把所有的名胜古迹都看一遍。如果K.同意——一切都取决于K.——他只想参观一下大教堂,当然要看仔细一点。能有一位如此博学而热情的先生——这当然指的是K.——陪同他参观,他感到非常高兴。K.尽量不听他讲话,而是牢牢记住了经理复述的内容:意大利人请求K.,假如时间合适的话,他想在两个钟头之后,也就是说十点,在大教堂见到他,而他自己一定会在那个时间赶到。K.用意大利语说了几句表示同意,那人于是先和经理握了握手,接着握握K.的手,然后又同经理握了一次手,才朝门口走去。经理和K.把他送出接待室,在此过程中,他又侧过身子讲了一大串话。送走了客人,K.又在经理室待了一会儿。经理今天看上去身体特别不好。他说——他们俩站得很近——他应该向K.道歉,本来想亲自去陪意大利人,后来转念一想,觉得还是让K.去更好——他没有说出确切的原因。倘若K.开始听不懂意大利人的话也不必着急,用不了多久他就渐渐能懂。即使完全不懂也不要紧,因为客人完全不在乎这些,何况K.的意大利语并不差,一定能应付自如。说完这些,他就让K.回办公室了。K.利用剩下的时间抄录了一些参观大教堂也许能用得上的生词。这是一件令人厌烦的工作。仆人接二连三地送来文件,职员们纷纷前来向他请示。当他们看见K.正忙得不可开交,便站在门口不走,直到K.回答了他们的问题才肯离开。副经理也不放过打搅他的机会,好几次走进他的办公室,拿过他手里的词典随便乱翻——他显然对意大利语一窍不通。前厅里的顾客们更使他心烦,只要门一开,他们便纷纷站起身来向他鞠躬,以期引起他的注意,但是否能引起他的注意却心中无数。所有这一切都围绕K.进行,仿佛他是一切的中心,而他则忙着查词典,收集他需要的单词,并把它们记录下来,然后练发音,试图把它们背熟。过去他极好的记忆似乎离他而去,有时他火冒三丈,对那个给他带来这么多麻烦的意大利人恨之入骨。他把词典塞到文件堆下面,下决心听天由命,不再准备了。但他转念一想,他总不能一声不吭地陪着那意大利人在教堂珍藏的艺术品前走来走去吧。于是,他压下更大的怒气,又把词典拿了出来。

9点半钟他刚要走,电话铃便响了。列妮向他问好,并问他近况如何。K.匆匆地道了谢,告诉她现在没时间跟她聊了,他得上大教堂去。"上大教堂?"列妮问。"对,去大教堂。""干吗去大教堂?"她又问。K.准备简单地向她解释几句,但还没来得及开口,列妮突然说:"他们逼得你好紧啊。"这种他既没有要求也没有料到的同情使他无法忍受。他用两句话同她道了别,便挂上电话。不过,在他把听筒放回原处时,却咕哝道:"是的,他们逼得我好紧。"这话一半是对自己,一半是对那已经听不见他的话的远方姑娘讲的。

已经不早了，他恐怕不能按时赴约，便叫了一辆出租车。临上车时，他想起那本画册。在此之前，他没有机会送给那个意大利人，现在可以带上了。他把画册搁在膝盖上，一路上不耐烦地用手指敲打着封面。雨小多了，但天色阴暗，空气又潮又冷。大教堂里看得清的东西大概不会太多，而好几个钟头踩在冰凉的石头地上，无疑会大大地加重K.的感冒。教堂前的广场空无一人。K.回忆起，在他还是个小孩子的时候就注意到，这个狭窄广场四周的房子，所有的窗户都被窗帘遮得严严实实。可以理解，在今天这样的天气更是如此。教堂里似乎也空荡荡的，人们当然不会选择这种时候来参观。K.走遍了两间侧殿，只看见一个老妇人裹着厚厚的披肩跪在圣母像前望着它。后来他远远地看见一个教堂杂役一瘸一拐地走进了侧殿的一扇门。K.是准时到的，他走进教堂时，正好钟敲10点，但意大利人连影子都见不到。K.回到大门口，在那儿犹豫不决地站了一会儿，然后冒雨围着大教堂走了一圈，看那个意大利人是否会在哪扇旁门等着。但哪儿都找不到他，是经理把时间搞错了？有谁敢保证他百分之百地听懂那个意大利人的话呢？无论如何，他也得再等上半个钟头。他累了，想找个地方坐下，于是又走进教堂。在一道台阶上他发现一块地毯模样的东西，便用脚尖把它勾到一条长凳边，裹紧大衣，竖起领子，在长凳上坐下。为了消磨时间，他打开画册，心不在焉地翻阅起来。但不久他不得不作罢，因为光线太暗，当他抬起头，连离得很近的侧殿里的东西都很难分辨清楚了。

在远处的主祭坛上，燃烧的蜡烛排成一个大三角形。K.无法肯定，他以前是否见过主祭坛上燃着蜡烛，也许，它们是刚刚点燃的。教堂杂役出于职业习惯走路都是蹑手蹑脚的，人们根本听不到他们的动静。K.偶然转过身，发现他身后不远处燃着一支又长又粗的蜡烛。蜡烛插在廊柱上，形状很美，是用来照亮挂在两旁小祭坛里的圣像的。那些祭坛隐藏在黑暗中，微弱的烛光不仅没照亮它们，反而使它们更暗了。意大利人没有来，这虽然是失礼，但也是明智的，因为即使来了，他也看不见什么，顶多只能借助K.手电筒的光零零碎碎地看到几尊圣像。为了证实这一猜想，K.走进旁边的一个小礼拜堂，登上几级台阶，来到一排低矮的大理石栏杆前，掏出手电筒并探出身子，照了照祭坛上的塑像。祭坛前一盏长明灯飘忽不定的灯光仿佛使手电筒的光也晃动起来。K.首先看到的——或者不如说是猜到的——是边上站着的一个身材魁梧、披着铠甲的骑士，他手握一柄剑，剑刃插在光秃秃的地上，骑士好像聚精会神地注视着发生在他眼前的事。然而令人惊奇的是，他只站在原地不动，而不走到出事地点去。也许他的职责是站岗。很长时间没有欣赏过艺术品的K.久久地打量着这位骑士，虽然他觉得手电筒发绿的光有些刺眼，不得不眯缝起眼睛。当他移动手电光，照亮神坛其余部分时，才发现祭坛上表现的是基督入殓时的情景，同人们在别的教堂里见到的没有什么不同。此外，塑像似乎是新近才完成的。他收起手电筒，回到刚才坐过的地方。

看来用不着再等那个意大利人了。外面也许正下着瓢泼大雨，教堂里并不像K.想象的那么冷，他于是决定，暂且先在这里待一会儿。他旁边就是神父布道的讲坛，小小的拱形坛顶上斜架着两个金色的十字架，顶部互相交叉。讲坛外沿的栏杆上以及将栏柱连接起来的部分，都雕有绿色的叶片，叶片间有许多小天使，有的显得活泼，有的恬静。K.来到讲坛前，从各个角度仔细观察。石雕精美纤巧，叶片间和叶片后镂有许多深深的洞，黑暗似乎在这里被捉住，再也无法逃逸了。K.把手指伸进一个深洞，小心地摸了摸石头洞壁。过去，他并不知道大教堂里有这样一个布道坛。蓦地，他发现身后最近一排长凳后站着一个教堂杂役，身穿一件宽大、垂地的黑色长袍，左手拿着一个鼻烟壶，正在打量着他。他在干什么？K.想，看我可疑，还是想求我施舍？杂役看到K.发现自己，便举起右手，朝某个方向指了指，指间还捏着一撮鼻烟。K.不明白他究竟是什么意思，犹豫了一会儿。但那人仍一个劲地指着什么，一边还不停地点头，仿佛强调他的手势的重要。"他到底想干什么？"K.小声问自己，在这个神圣的地方，他不敢大声说话。然后，他掏出钱包，沿着长凳间的空隙朝那人走去。但那人立即做出拒绝的姿势，耸耸肩，一瘸一拐地走了。K.还是个小孩时，就常常像这个匆匆离去的跛子一样，模仿过骑马的动作。"一个像孩子一样的老人，"K.想，"智力只够当个教堂仆役。我一停下来,他也不走了,但还充满期待地望着我,看我是否继续往前走。"他微笑地跟着老人穿过侧殿来到主祭坛前。老人仍然指着什么,但K.故意不转过脸去。他的手势不会有什么目的,只不过想让K.离开刚才那地方而已。K.不再跟着他,一方面是不愿吓着他,另一方面是想,万一意大利人来了,看到这个场面也很尴尬。

K.回到中堂,寻找他刚才坐过的那张长凳,他把那本画册忘在那儿了。这时,他发现唱诗班座位附近的柱子旁有一个小小的副讲坛。这个讲坛外形简单,用光秃秃的浅色石板砌成。讲坛是那样小,远远看去好像一个尚未安放圣像的壁龛,布道者要从石栏杆往后退一大步都很困难。石砌的拱形坛顶没有任何装饰,而且很低,边缘还向上翘起,连中等个子的人也无法在拱顶下站直,只能弓起身子倚着栏杆。整个讲坛仿佛是为了折磨布道者而设计的。K.简直不明白,为什么别的讲坛那样大,装饰得那样精美,而这一个却如此低矮简陋。它究竟是做什么用的呢?

倘若不是在这个小讲坛上方挂着一盏布道开始前必须点燃的灯,K.肯定不会注意到它。难道说,这儿马上就要举行一次宗教仪式?在这空无一人的教堂?K.朝下面紧贴着廊柱、并盘旋而上,一直通往讲坛的窄台阶望去,这道台阶更像是那些柱子的装饰,而不是供人上下的楼梯。然而,在讲坛的底部的确有一位神父手扶栏杆准备拾级而上。K.惊讶得几乎笑出声来。神父仰望着K.,向他微微点点头。作为回答,K.在胸前画了个十字,向神父躬身施礼。其实,他早该这样做了。神父一个箭步,迈着小步飞快地登上讲坛。他真的要布道吗?难道那教堂杂役并非智力低下,而是想把K.引到小讲坛这边来?在这座空无一人的教堂里,这样做完全是应该的。不过,教堂里还有一位老妇人在圣母像前站着,她也应该来听布道呀!再说,如果一次宗教仪式即将开始,管风琴为什么不奏乐呢?管风琴沉默着,一排排长管子在黑沉沉的教堂顶部闪着暗淡的光。

K.犹豫着,不知是否应该立即离开。假如他现在不走,布道一开始便无法脱身了。那样一来,他就得一直待到仪式结束,到时再回办公室就太晚了。再等意大利人已经没有必要。他看了看表,已经11点了。

不过，真的要布道了吗？K.一个人能代表全体信徒吗？假如他只是一个来参观教堂的陌生人，那又会怎样呢？实际上，他差不多就是这样。在这样坏的天气，在这个并非周末的日子里，在上午11点钟才开始布道，这想法实在太荒唐了。神父——那人无疑是一位神父——是个年轻人，黑黑的脸膛上一条皱纹都没有。他爬上讲坛肯定是想灭掉那盏由于疏忽而点燃的灯。

然而事实并非如此。神父凝视着那盏灯，甚至将它拧亮了一些。接着，他缓缓转过身来，双手扶住栏杆边缘，静默地站了一会儿，并朝四周看了看。K.向后退了一大段距离，双肘撑在最前面一排长凳上。他觉得教堂杂役正静静地坐在一个他看不见的地方，驼着背缩成一团，仿佛已经完成了自己分内的工作。大教堂里此刻是多么寂静！但K.要打破这种寂静，他不想在这儿再待下去。倘若这位神父的职责就是在任何一个时刻，任何一种环境下不管三七二十一地布道，那就随他的便好了。即使没有K.在场，他也能办到，就算K.在场，效果也不会好到哪儿去。于是，K.慢慢地移动脚步，踮起脚尖沿着长凳往外走，一直走到两行长凳间的过道里。没有什么东西挡住他的去路，只有他的脚步在石头地面上发出轻微的响声，响声传到拱顶上反射回来，变成持久不断的、有规律的回声。K.感到孤独，空无一人的长凳间只有他独自在行走。他觉得神父的目光一直追随着他，而教堂是那么大，大得令人无法忍受。他走到原先坐过的地方，没有停步便匆匆拿起长凳上的画册。当他快要走到两排长凳的尽头，踏上通往大门的一片空地时，突然听到神父的声音。那声音是如此洪亮而训练有素，在死一般寂静的教堂里久久回荡。但是，神父的声音并非针对众教徒，而是明白无误地针对K.。"约瑟夫·K.！"他喊道。

K.吃惊地停住脚步，呆呆地看着眼前的地面。暂时他还是自由的，还可以继续向前走，穿过不远处那三扇黑色的小木门中的一扇走出教堂。这将意味着他没听懂这喊声，或者虽然听懂了但并不理会。假若他转过身去，他将无法脱身，因为那就等于承认，他就是那个被喊的人，并且乐于听从神父的召唤。倘若神父再一次喊出他的名字，他也许会毫不犹豫地走掉，然而，尽管他站在那里等那声音再次响起，周围却静悄悄的。他忍不住稍稍转过头去，想看看神父在做什么。但神父仍站在讲坛上一动不动，显然已经注意到K.头部的动作。假若K.不完全转过身去，他们也许会像孩子们玩捉迷藏一样互相猜度对方的心思。但K.这样做了，神父于是勾起一只手指叫他走近些。现在已经没有必要再回避了，K.三步并着两步朝讲坛跑去，既是出于好奇，也是为了缩短在此逗留的时间。在最前面几排长凳边，他停了下来。但神父仍觉得他们间的距离太远，便伸出一只胳膊，食指做出命令的姿势，指着讲坛面前的某个地方。K.照办了，在这儿，他必须仰起头才能看见神父。"你是约瑟夫·K.？"神父抬起手，在石栏杆上做了个莫名其妙的手势。"是的。"K.说，心中却想，过去他通报自己的姓名时是何等坦然，但一段时间以来，这却成了他的一大负担。而现在，连那些素不相识的人也都知道他叫什么了。他多么向往先作自我介绍，然后再相互认识的时光啊。"你是一名被告？"神父压低嗓门说。"不错，"K.说，"有人这样告诉我。""那么，你就是我要找的人，"神父说，"我是监狱神父。""原来如此。"K.说。"是我让人叫你到这儿来的，"神父说，"我要跟你谈一谈。""我可不知道，"K.说，"我上这儿来是想陪一个意大利人参观教堂。""别打岔，"神父说，"你手里拿的是什么？是祈祷书么？""不，"K.答道，"是一本介绍本市名胜古迹的画册。""那么，扔掉它。"神父说。K.用力把画册扔出去，画册打开了，带着散乱的书页跌落在地上，并向前滑了一段距离。"你知道你的案子不太妙吗？"神父问。"我也这样觉得，"K.说，"我作了各种各样的努力，但至今毫无成效。当然，我的申诉书还没写好。""你认为结果会怎么样？"神父又问。"过去我想，肯定会一切顺利，"K.说，"可现在我自己有时也怀疑起来了。我不知道会有什么结果，你知道吗？""不，"神父说，"不过我担心会很糟。他们认为你有罪，你的案子也许永远不会通过低级法庭这一关。至少，他们暂时认为你的罪行已被证实。""但我并没有罪，"K.说，"这是一个误会。一个人怎么会无缘无故地被判有罪呢？我们大家都是一样的人，彼此并没有区别。""这话不错，"神父说，"可是，有罪的人都这么说。""你对我也有偏见吗?"K.问。"我对你并没有偏见。"神父说。"那么,我得感谢你,"K.说,"然而,所有参与审理此案的人都对我有偏见。他们的看法甚至影响了与此案无关的人。我的处境越来越困难了。""你把事情理解错了,"神父说,"判决并不是突然做出的,审判过程本身会逐渐变成判决。""原来如此。"K.低下了头。"下一步你准备怎么办?"神父问。"我想争取更多的帮助,"K.抬起头说,想看看神父的反应,"有几种可能性我还没尝试过。""你过于依赖别人的帮助了,"神父不以为然地说,"尤其是女人的帮助。你不觉得这种帮助并没有用吗?""在大多数情况下,我可以同意你的看法,"K.说,"但事情并非总是如此。女人的作用是很大的。倘若我能动员我所认识的女人一起为我出力,我就一定能打赢官司。特别是这个法庭的法官,几乎全是些好色之徒。预审法官只要远远瞧见一个女人,就会把审判桌和被告撇下,迫不及待地去追她。"神父将头伸过石栏杆,现在才感到低矮的讲坛对他的压迫。外面的天气一定糟透了,教堂里此刻完全黑下来,仿佛沉沉的夜幕已经降临。没有一丝光透过大窗户上的彩色玻璃,照亮黑暗的墙壁。而正在这时,教堂杂役开始把主祭坛上的蜡烛一支支熄灭。"你生我的气了吗?"K.问神父,"你也许不知道,你为之服务的是一个什么样的法庭。"他没有得到回答。"这只是我的经验而已。"K.说。上面仍然沉默着。"我不想使你难堪。"K.又说。突然,讲坛上传来神父的喊声:"你难道不能看得远一些吗?"这既是愤怒的喊声,又好像是看到别人摔倒,情不自禁地发出的惊叫。

两人久久地沉默着。在一片黑暗中,神父当然看不清站在下面的K.,相反,在那盏小灯的照耀下,K.却能看清神父。他为什么不走下讲坛?他没有布道,只告诉了K.一些消息。仔细想来,这些消息只会对K.有害,而不会有什么帮助。不过,K.觉得神父的本意无疑是好的,假如他走下讲坛,他们或许能达成一致,甚至他还可能从神父那儿得到某种决定性的忠告,比如怎样影响审判的进程,如何逃避审讯并逍遥于案件之外自由自在地生活等等。这些可能性并不是没有,K.最近也常常考虑过。倘若神父知道,那么K.恳求他,他也许就会把一切都透露给K.,

尽管他自己也是法院的人,尽管当K.攻击法院时,他违背了自己温和的天性,对K.大喊大叫起来。

"你不想下来吗?"K.说,"你并没有布道,那就下来吧。""现在我可以下来了,"神父说,也许是对刚才的叫喊感到懊悔,他把灯从钩子上摘下来说,"我必须先隔着一段距离对你讲话,否则我就太容易受影响而忘掉我的职责。"

K.在阶梯底下等着。神父还没有走到最下面一级便向K.伸过手来。"你能抽出点时间同我谈谈吗?"K.问。"你想谈多久就谈多久。"神父说,并把那盏小灯递给K.,让K.提着。即使他们靠得很近,神父也保留着庄严的神态。"你对我很友好,"当他们并肩在黑漆漆的中堂里来回踱步时,K.说,"在所有替法院干事的人当中,你是个例外。相比之下,我对你比对他们任何人都信任,因为我太了解他们了。在你面前,我可以畅所欲言。""别欺骗自己。"神父说。"我干吗要欺骗自己呢?"K.问。"在法院里,你可是一直在骗自己,"神父说,"在法律的序言中,是这样描述这种欺骗的:在法律的大门前有一个人在站岗。一个乡下人来到看门人面前,请求他让自己去见法。守门人对他说,现在还不能让他进去。乡下人考虑了一下问,那么他以后是不是可以进去呢?'也许可能吧,'守门人说,'但现在不行。'由于法律的大门始终开着,而守门人也走到一边去了,乡下人便探着身子向里张望。守门人发现后笑着对他说:'既然你这样好奇,那就试试在没有我的允许的情况下走进去。不过你得注意,我的权力很大,而且是级别最低的守门人。里面每一道门都有一个人守着,权力一个比一个大。即使是第三道门的看守,我也不敢看一眼。'乡下人没有料到会遇到这样大的困难,他本来以为,法律应该是任何人在任何时候都可以见的。于是,他仔细打量了一下这位身穿皮外套、长着一个又长又尖的鼻子、蓄着稀疏的黑色鞑靼胡子的守门人,决定还是等到获得他的允许再进去。守门人给他一张矮凳,让他在大门边坐着。他等了一天又一天,一年又一年,在此期间一再尝试获得进门的许可。他的恳求使守门人厌烦了,于是不时对他进行小小的询问,问他家乡的情况和别的事情。但提问的口气十分冷淡,就像大人物向小人物问话那样,而且最后总是说,他现在还不能让他进去。乡下人出门时带了许多东西,他倾其所有,无论多值钱的东西也不吝惜,希望能买通守门人。守门人虽然收下了一切,然而却说:'我收下这些东西,只是为了使你不至于认为,你还有什么该做的事情没有做。'在漫长的岁月里,乡下人几乎不停地在观察守门人,他忘记了其他的守门人,以为这就是阻止他去见法的唯一障碍。开始几年,他大声诅咒自己的厄运,后来他渐渐老了,只能喃喃自语。他变得幼稚起来。由于多年的观察,他甚至同守门人皮衣领子里的跳蚤都混熟了。他于是请求跳蚤们帮忙,说服守门人改变主意。最后他的视觉减退了,不知道周围的世界真的变暗了还是他的眼睛在欺骗他。然而,他却在黑暗中看到一束亮光从法律的大门里源源不断地射出来。他的生命快结束了。临死以前,他一生的经历在他头脑里凝聚成一个问题,这个问题在此以前他从未向守门人提出过。他招手请守门人到跟前来,因为他的身体已经僵硬,再也无法动弹了。守门人不得不低低地俯下身子,因为他们之间的高度已经有很大的差别,乡下人早已萎缩了。'你现在还想知道什么?'守门人问,'你真是贪得无厌啊。''所有的人都想到达法,'乡下人说,'但这么多年,除了我以外,却没有一个人求见法,这是为什么呢?'守门人看出乡下人马上就要死了,为了在他死前让他听见,便在他耳边大喊道:'谁也不能得到走进这道门的允许,因为这道门是专为你而开的。现在我要去把它关上了。'"

"这样说来,守门人欺骗了那乡下人。"K.被这故事深深吸引了,马上说。"先别忙,"神父说,"别不假思索就接受一种看法。我按照原文,一字一句地给你讲了这个故事。故事里并没有提到欺骗。""但这是显而易见的,"K.说,"你的第一个解释完全正确,守门人是在那个使他获救的消息对乡下人再也无用的时候,才把它告诉他的。""乡下人在此以前并没有问过这个问题,"神父说,"另外,你得想想,他只是个守门人,作为守门人,他尽到了自己的职责。""为什么你认为他尽到了自己的职责呢?"K.问,"他没有尽到职责,他的职责也许应当是把别人都赶走,而让这个人进去,因为门是为他而开的。""你不大忠实于原文,更改了故事情节,"神父说,"在故事中,关于是否可以进入法律的大门,守门人讲了两句重要的话,一句在开头,一句在结尾。第一句话是:他现在不能放他进去;另一句话是:大门是专为乡下人而开的。假如两句话有矛盾,那你的看法就对了,守门人就欺骗了乡下人。然而,这里并没有矛盾。相反,第一句话甚至对第二句话作出了暗示。几乎可以这样说:倘若守门人允诺他将来可能让乡下人进去,那他就越出了自己的职权范围。在那个时候,他的职责似乎就是不让乡下人进去。事实上的确有许多人在解释这段序言时对守门人作出这种暗示表示惊讶,因为守门人看来办事认真,严守岗位,那么多年从未擅离过职守,直到最后才把门关上。他明白自己职务的重要,因为他说'我的权力很大';他尊重上司,因为他说'我不过是级别最低的守门人';他守口如瓶,因为这么多年来他只提过几个'冷淡'的问题;他不会被收买,因为他在收礼时声明'我收下这些东西,只是使你不至于认为,你还有什么该做的事没有做'。他在履行自己的职责时既不为怜悯也不为愤怒所动,因为乡下人的恳求'使他厌烦了';最后,甚至他的外貌也说明他的性格迂腐守旧:一个又长又尖的鼻子,稀疏的黑色鞑靼胡子。有哪一个守门人比他更忠于职守呢?当然,守门人性格中也混杂着似乎对请求进入法律大门的人有利的因素,这也使人容易理解,他为什么会越出自己的职权范围,向乡下人作出将来可能放他进去的暗示。不可否认,他的确头脑有点简单,因此也有点自负。但即使他提起过自己的权力以及其他看门人的权力,甚至说过那些人的模样他连看一眼也不敢之类的话,我是说,即使他的这些话本身符合事实,那他说话的方式也表明,是头脑简单和自负给他的理解能力蒙上了一层阴影。解释者对此评论说:'对一件事的正确理解和错误理解并不完全相互排斥。'无论如何我们应当承认,这种头脑简单和自负尽管表现得不很明显,但还是会妨碍他严密地守住大门,这恰恰是守门人性格中的缺陷。另外,守门人看上去天生是个和蔼可亲的人,并不总是摆出官方的架子。一开始他就开玩笑说,乡下人不妨在没有得到他的允许的情况下进去,后来不但不把乡下人赶走,而且还给他一张矮凳子让他坐在门边。这么多年来他耐着性子听乡下人苦苦哀求,问他一些简单的问题,收下他的礼物,宽宏大量地不去理会乡下人当着他的面大声诅咒自己的不幸遭遇,所有这一切都可以归结为他有怜悯心。并非每一个守门人都会像他一样。最后,他还按照乡下人的手势低低地俯下身去,给他提最后一个问题的机会。守门人只有一次表现出不耐烦,他知道一切即将结束,但还是说'你真是贪得无厌'。有的人在解释这句话时走得更远,他们甚至认为,'你真是贪得无厌'这句话表达了一种由衷的钦佩,尽管其中并非没有居高临下的成分。总而言之,守门人的形象与你解释的完全不同。""对于这个故事,你知道得比我早,也比我详细。"K.说。他们沉默了一会儿。K.又说:"那么你认为,那个乡下人并未受骗啰?""别误解我的意思神父说,"我只不过向你介绍了各种不同的看法而已,你不必过分看重它们。写在纸上的东西是不会改变的,不同的看法往往反映的是人们的困惑。在这件事情上,甚至有人认为,真正受骗的是守门人。""这种说法更进了一步,"K.说,"理由是什么?""理由是,"神父回答道,"守门人头脑简单。他们说,守门人并不了解法的内部,而只知道在大门外来回巡逻。他对法律大门内的想象是幼稚的。他用来吓唬乡下人的东西恰恰是他自己害怕的东西。是的,他比乡下人更加害怕,因为乡下人即使听说了大门里面那些令人生畏的守门人,仍一心一意要进入大门,而这个守门人却不想进去,至少故事里没有提到。虽然有些人认为他肯定进去过,理由是法律既然雇佣他为自己服务,就必须叫他进去办理手续。这种说法很容易反驳,因为也许是大门里传出话来让他当守门人的。即使他进去过,也不会进得很深,他自己说,他连第三位守门人的模样也不敢看一眼。另外,故事里除了提到大门里的守门人,这么多年从未说起过他还透露过什么里面的情况。也许有命令禁止他这样做,但故事里并没有提到过这一禁令。从以上事实可以得出结论:他对里面的情况和重要性一无所知,因此始终被蒙在鼓里。甚至在那个乡下人面前,他也是个受骗者,因为他事实上是乡下人的附庸,自己却不知道,反而把乡下人当作比自己身份低的人来对待。关于这一点,有许多细节可以证明,你一定还记得。按照这种看法,守门人是乡下人的附庸同样是明白无误的,因为一个自由人总比一个被职责拴住的人要优越。那乡下人的确是自由的,他愿意上哪儿就可以上哪儿,只有法律的大门他进不去,也只有一个守门人禁止他走进去。他坐在大门外的一张矮凳上,在那一直等到死,那完全是出于自愿,故事里从未提起过有谁强迫他。那守门人则不然,他被自己的岗位拴在那里,不能擅自离开,同样也不能走进大门,即使他想这样做也不行。另外,虽然他受雇于法律,但为之服务的只是一道门,也就是说只为那乡下人服务,因为这道门是专为乡下人而开的。即使从这方面讲,他也是乡下人的附庸。可以想象,他这么多年来,差不多整整一辈子,所干的差事在某种意义上是浪费生命,因为有人曾对他说,他必须等一个人到来,即等那人长大并来到他守卫的大前门。他必须长期等待,以便自己工作的目的得以实现,而这又取决于那人的意愿,因为只有他想来的时候才会来。此外,守门人职责的期限也是由那个人寿命的长短决定的,所以直至使命结束,他都是那个人的附庸。在故事中一再提到,守门人对这一切显然一无所知。这本身并不奇怪,因为根据这种看法,守门人受到的蒙蔽更加厉害,直接牵涉到他的使命。直到最后,他提到法律的大门时还说:'我现在得去把它关上了。'然而故事一开头却说,法律的大门始终是开着的,既然一直开着,就意味着不管乡下人是否活着,这扇为他而开的门都必须敞开着,守门人无权把它关上。关于这一点有几种不同的看法,一种认为守门人说要去关门,是想给乡下人一个答案,另一种认为这表明他忠于职守,第三种认为他想让乡下人死前感到懊丧和悲哀。不过,很多人在守门人无权把门关上这一点上倒是一致的。他们甚至认为,至少在故事的结尾,守门人在智力上不如乡下人,因为乡下人看见一束光从法律的大门内射出来,而守门人却由于履行职责背对着大门。何况故事里也没有说起他注意到了这种变化。""论证得很有道理,"K.低声对自己重复了神父几点解释后说,"论据很充分,我也同意守门人是受骗者的结论。但这并不能改变我原来的看法,因为两种观点并不相互排斥。守门人究竟是了解内情还是受蒙蔽并不重要。我说过,乡下人是受骗者,如果守门人了解内情,那乡下人也许会起疑;但如果守门人自己都是受骗者,那么,乡下人肯定无法看穿这一骗局。那样一来,守门人虽然不是欺骗者也是个头脑极其简单的人,应当立即从他的岗位上被赶走。你应当注意到,守门人受了骗本人并不会损失什么,但会给乡下人带来非常严重的后果。""这种看法遭到了一些人的驳斥,"神父说,"他们认为,故事本身并没有给人以评论守门人的权利。不管他给我们留下什么印象,他终究是法律的仆人,从属于法,因此对普通人的评价在他身上不合适。也正因为如此,说他是乡下人的附庸是不对的。即使他由于自己的职责不能离开法律的大门一步,那些自由自在生活在世界上的人也无法同他相比。乡下人要求见法,而他已经在法那儿了。他受雇于法律,怀疑他的尊严就是怀疑法律本身。""我不同意这种看法,"K.摇着头说,"因为,如果接受这种观点,那就必须把守门人说的每一句话都当成真理。这是荒唐的。你自己刚才也充分说明了这一点。""不,"神父说,"用不着把他的每句话都看作真理,只要当成必须如此就行了。""令人沮丧的结论,"K.说,"谎言构成了世界的秩序。"〔19〕

这是K.说的最后一句话,但并非他最后的判断。他太疲倦了,无法仔细考虑从这个故事中引出的所有结论。他被引导到陌生的思路上去了,其中涉及的问题对他来说过于深奥,更加适宜于法官们来讨论。那简单的故事逐渐变得模糊了,他想摆脱掉它的缠绕。表情温和的神父注意到他情绪的变化,默默地听着他的评论,虽然这与他自己的看法完全不同。

他们又默默无言地走了一段。K.虽然同神父靠得很近,却不知自己身在何处。他手中的灯早已熄灭了。几座镀银的圣像间或在他眼前闪烁了一下,接着又沉没在黑暗中。为了不过分依赖于神父,K.问道:"我们离大门不远了吧?""不,"神父说,"我们离它还远着哩。你想走了吗?"虽然K.并没想到要走,但还是立即回答道:"当然,我该走了。我是一家银行的襄理,有人在等着我呢。我来是想陪一位外国客户参观大教堂。""是这样,"神父说,并向K.伸出手来,"那么走吧。""我一个人在黑暗中找不到出去的路。"K.说。"走到左面的墙边,"神父说,"然后顺着墙一直走,你会找到一扇门。"神父刚刚走出几步,K.又大声说:"请等一下。""我等着呢。"神父说。"你对我还有什么要求吗?"K.问。"没有。"神父说。"你刚才对我很友好,"K.说,"向我作了那么多解释,现在却让我离开,似乎对我并不关心。""你该走了。"神父说。"那好吧,"K.说,"你知道,我是身不由己。""你首先应该知道我是谁。"神父说。"你是监狱神父。"K.又走回到神父身旁,他并不急于马上回到银行。"我是属于法院的,"神父说,"为什么要向你提要求呢?法院是不会向你提要求的。你来,它就接待你,你去,它也不留你。"

第十章
结 局

K.31岁生日的前一天晚上,大约9点钟——此时街上已寂静无声——两个男人来到他的住所。他们身穿礼服,脸色苍白,体态臃肿,头戴好像脱不下来的大礼帽。在大门边,他们彼此谦让了一番,在K.的房门前又更加客气地相互推让,请对方先进门。K.不知道他们的到来,此刻正身穿黑色礼服,坐在门边的一把扶手椅上,慢慢地戴一副新手套。他好像在等人。在好奇地打量了一番来人之后,他急忙站起身来。"你们是来找我的吗?"他问。来人点点头,其中的一个将手中的帽子向另一个指了指。K.意识到他等的不是这两个人,便走到窗前,朝漆黑的街上望了一眼。街对面几乎所有的窗户都是黑的,许多窗子放下了窗帘。整栋楼只有一扇窗里还亮着灯,几个孩子在铁栅栏后玩耍,由于他们还不会走路,只能伸着小手去抓对方。"他们把又老又蹩脚的演员派来了,"K.自言自语说,并朝四周瞧了瞧,仿佛想证实一下自己的印象,"想随随便便把我干掉。"他猛地转过身来问他们:"你们演的是什么戏?""演戏?"其中的一个抽动着嘴角问另一个人,仿佛请那人出主意。另一个人装得像个哑巴,丑陋的五官不停地颤动着。"他们不准备回答任何问题。"K.想,并去取帽子。

还在下楼时,两个人就想抓住K.的胳膊。但K.说:"等到了街上再说。我不是病人。"一出大门,他们就以一种K.从未见过的姿势抓住他,肩膀紧紧地顶着他的肩膀,胳膊并不弯曲,而是伸直了扭住K.的整个手臂,并以一种训练有素,使人无法反抗的方式抓住他的双手。K.挺直身躯,姿态僵硬地走在他们中间,三个人连成一个整体,倘若其中的一个倒下,其他二人也会立即倒下。只有无生命的东西才能组成这样一个整体。

在街灯下,K.一再试图看清那两个人的面貌,刚才在灯光暗淡的屋子里,他没能做到这一点。尽管他们把他夹得很紧,他仍然看到了他们的脸。"他们也许是男高音吧。"瞧见他们鼓起来的双下巴,他想。那两张过分干净的脸让他恶心,他仿佛看到,一只手仍在摩平他们眼角上的皱纹,按摩他们的上嘴唇,搓揉他们肥胖的下巴。[20]

想到这儿,K.停住脚步,其他二人也立即站住。他们来到了一个空无一人的广场边。广场上点缀着花坛,周围没有任何建筑物。"他们为什么偏偏派你们来!"他不是在问,而是在喊。那两个人似乎无言以对,空着的手臂垂下来,仿佛在等待一个需要休息的病人。"我不再往前走了。"K.试着说。然而用不着语言的回答,两个人紧紧抓住K.,拖着他往前走,这就足够了。K.极力反抗着。"我需要用力的时间已经不多了,现在就把它用光吧,"他想起了在粘蝇纸上竭力挣扎,直到折断了它们的细腿的苍蝇,"他们将发现我不是那么容易对付的。"

这时,从一条地势较低的街道通往广场的台阶上,出现了毕斯特纳小姐的身影。K.不能肯定那就是她,但样子很像。究竟是不是毕斯特纳小姐,K.也并不在乎,重要的是他已经意识到反抗毫无意义。即使他反抗,给那两个人制造一些麻烦,并以此使他的生命延长一刻,那也算不上什么英雄行为。想到此他迈开脚往前走,这着实使那两个人松了一口气,而松了一口气的感觉也感染了他。他们现在让他自己选择方向,他便选择了毕斯特纳小姐消失的方向。他并不是想追上她或尽可能看见她的背影,而是为了记住她给他的警告。"我现在能做的事情,"他心中说,他的脚步与那两个人完全一致,这更坚定了他的想法,"我唯一能做的事,便是直到最后一刻保持冷静和理智。我这一生总想用20只手来抓住世界,这种欲望也并不值得称道,并不十分高尚。难道我现在要向世人表明,一年的被告生涯还没教会我什么东西吗?难道在我死后人们谈起我还要说,在案子开始时我想结束它,而在它结束的时候,我又想让它重新开始吗?我不愿意人们这样说。我得感谢他们派了这两个半哑半傻的家伙来送我上路,并且让我向自己说出必然的结果。"

前面那位小姐已经拐进了一条小街,但 K. 此刻不再想她了。他任凭那两个人押着他走。月光下,三人步调一致地走过一座桥。K. 每一个细微的动作都得到那两个人的附和。当他侧身转向栏杆时,他们也立即转过身去。在月光的照耀下,河水闪着银光,微微颤抖,并在一个小岛两边分开。岛上长着茂密的树木和野草,远远望去好像被绑在一起。树丛中蜿蜒着几条砾石小路,但此刻 K. 看不见它们。夏天,他常常躺在路旁舒适的长椅上休息。"我并不想停下来。"他对押解他的人说,并对他们的温和顺从感到内疚。其中的一个好像在 K. 的背后向另一个人做了个责备的手势,怪他误解了 K. 的意思,在桥上停了下来。然后,三人继续往前走。[21]

他们穿过几条上坡路,路旁每隔一段距离就有几个警察站着或来回巡逻,有时离他们很远,有时离他们很近。一个大胡子警察手握刀柄,好像有意走到一群有点可疑的人面前。那两个人停下来,警察似乎要开口讲话,但 K. 却用力拖着押解他的人往前走,并不时小心地转过头来,看那个警察是否跟在他的身后。当他们拐过街角,避开警察的视线后,K. 马上迈开脚步跑起来,那两个人也不得不随他一起上气不接下气地奔跑。

他们很快出了城。在这里,城市连着田野,几乎没有中间地带。一个荒无人烟的小采石场紧挨着一幢几乎完全城市式样的房子。那两个人在这里停下来,不知是他们事先就选定了这地方,还是已经精疲力竭,不想再走了。现在他们松开 K.,让他站在那儿等着。他们脱下大礼帽,一面用手帕擦着额上的汗珠,一面观察采石场。月亮的光芒以它的纯洁和宁静照耀着四周,世界上没有别的光能与它相比。

在下一项任务应该由谁来执行的问题上,两个人又谦让起来。显然,他们在接受使命时分工并不明确。他们中的一个走到 K. 身边,脱下他的上衣和背心,接着又脱下他的衬衣。K. 不由得打了个寒颤,那人于是在他背上轻轻拍了一下,好似要让他放心。然后,他把衣服整整齐齐地叠起来,仿佛它们什么时候还会派上用场。为了不让 K. 在冷飕飕的夜风中呆站着，他挽住K.的手臂来回走了一阵，而另一个人则在采石场上寻找一个合适的地方。找到地方后，他便挥手让他们过去。他的同伴把K.带到那儿。那地方在采石场开采面的附近，有一块采下来但未运走的大石头。两个人让K.坐在地上，背靠那块大石头，头枕在石头上。但他们无论怎样煞费苦心，K.多么顺从，他的姿势总是非常别扭，叫人看上去很不舒服。于是，他们中的一个便招呼另一个，让他来独自摆布K.。但他也并没做得好一些。最后他们只好放弃努力，虽然K.这时的姿势还不如刚才的好。一个人解开外套，从挂在背心皮带上的刀鞘里抽出一把屠夫用的又长又薄的双刃刀，并举起刀，在月光下试了试刀是否锋利。接着，两人又令人厌烦地互相谦让起来，其中的一个在K.的头顶上把刀递给另一个，另一个又从K.头顶上将刀还给第一个。K.现在清醒地意识到，当刀在他头顶上传来传去的时候，他应当把它抢过来刺进自己的身体。但他没有这样做，而是转动着尚能自由活动的脖子，向四周看了看。他完全身不由己，无法代替当局完成所有的工作。这个最后的失误应当归咎于他自己，因为他已没有足够的力气来做这件事了。他的目光落在采石场边那幢房子的最高一层，那儿的一扇窗灯光一亮，蓦地打开了，窗里出现一个模糊、细瘦的身影。突然，他把身体探出窗口，双手远远地伸向前方。他是谁？是一个朋友？一个好人？一个同情者？一个想帮助他的人？他只是孤零零的一个人？还是整个人类？现在帮忙还来得及吗？[22]是不是有人提出了过去被忽略了的，然而有利于他的论点？这样的论点肯定应该有。虽然世界上的逻辑是不可动摇的，但它无法抗拒一个想活下去的人。他从未见到过的法官在哪里？那个他永远无法企及的高级法院又在哪儿？他把双手举向天空，张开十指。

然而，一个人的双手扼住了K.的喉咙，另一个人将刀深深地刺进他的心脏，并转了两下。K.的目光渐渐模糊了，他看见那两个人就在他的面前，头挨着头，观察着这最后一幕。"真像是一条狗！"他说，意思似乎是，他的耻辱应当留在人间。

附录

一 未完成章节

同艾尔莎约会

一天，K.刚要走，便有人打电话通知他去法院办公室，并警告他不得违抗命令。然而，他的回答却令打电话的人非常吃惊。他说，对他的审讯毫无用处，不会有什么结果，也不可能有任何结果；他不再理会所有的电话通知和书面通知了，并将把法院派来的人赶走。那人告诉他，他讲的每一句话都将记录在案，并会给他带来十分不利的后果；他为什么不屈服呢？难道他没看到，法院不在乎时间和精力，决心把他的案子搞个水落石出吗？难道他想继续顽抗下去，迫使他们采取那些迄今为止尚未对他使用过的强制措施吗？今天是最后一次通知他了，他想干什么就随他的便，但他必须考虑，最高法院是绝不允许有人拿自己开玩笑的。

虽然K.已定好这天晚上同艾尔莎约会，完全可以以此为由拒绝法院的传讯，并且为能有这个理由而感到高兴，但他仍决定不使用这一借口，而且今后也决不使用。即使他今天晚上没有任何事情可干，他也绝不会去法院。他意识到自己有充分的权利这样做，因此故意在电话里问，假若他不去法院，会有什么后果呢？"我们知道怎样找到您。"对方回答道。"我会为此而受到惩罚？"K.问，并微笑地等待那人将说些什么。"不。"对方回答道。"好极了，"K.说，"我有什么理由非得出席今天晚上的审讯呢？""别强迫法院使用暴力手段。"对方的声音越来越微弱，最后完全消失了。"他们不这样做才真正可惜呢，"K.一面想一面往外走，"我倒要见识一下所谓的暴力手段。"

K.一刻也没耽搁，叫了一辆马车直奔艾尔莎的住处。他舒适地倚在车角,双手插在大衣口袋里,望着熙熙攘攘的街道。天渐渐冷了。他得意洋洋地想,假如法院真的已经开始行动,他会给它制造不少麻烦的。刚才他并没有明确表示是否将到庭受审,此刻法官说不定正等着他呢,或许会等他整整一个晚上。另外,K.的缺席也肯定会让那帮旁听者大失所望。然而一霎时,他竟疑惑起来,不知道自己在胡思乱想中是否随口说出了法院的地址。他于是又大声向车夫说了一遍艾尔莎的地址。车夫点点头,看来K.刚才告诉他的地址并没有错。此后,K.渐渐忘记了法院,像往常一样,银行里的事又涌上他的心头,并完全占据了他的思想。

看望母亲的途中

吃午饭时,他突然想到应该去看看母亲。春天快要过去了,而他已经3年没见到她了。那一年,她让他过生日那天回去看她,他虽然很忙,但仍然照办了,而且还答应,以后每年都回家过生日。他已经连续两次违背了自己的诺言,这一次虽然离生日还有14天,但他不想再等了,而是准备立即动身。他对自己说,现在尽管没有特别的原因必须回家,相反,从他表兄每两个月写来的信中看,母亲的健康状况比过去甚至有所改善,他还是得马上回去。K.的母亲住在一个小城市,表兄不仅替她照看一家商店,而且保管着K.寄给她的钱。母亲的眼睛几乎快瞎了,但K.根据医生的诊断,前几年就料到了这一点。除此之外,她的身体还算可以,老年病不仅没有恶化,反而减轻了一些,至少她自我感觉如此。据表兄说,这是因为她这些年来变得虔诚了——那次回家,K.已经看到了某些迹象,心中有些不快。表兄在一封信中详细谈到了这一点,说老人过去连行走都很困难,现在却在他的搀扶下每个星期天去教堂。K.相信表兄说的是真话,因为他向来谨慎小心,每次写信宁可报忧而不报喜。

不管怎么说,K.决定现在就动身。最近一段时间,他除了许多不顺心的事,还感到自己的内心十分忧伤,有一种无法遏止的渴望,想让自己所有的愿望都得到满足。在这件事情上，这个坏毛病总算起到了好的作用。

为了让自己振作起来，他走到窗边，吩咐女佣人撤去午餐，并通知格鲁巴赫太太他要出远门，请她收拾好必要的东西装进他的旅行箱里。接着，他向屈纳先生交代了几件业务上的事情，请他在自己不在的这段时间处理妥当。这一回他竟没有对屈纳先生那几乎成了习惯的无礼举止感到恼怒：每次K.向他交代任务，他都把脸转向一边，似乎已经知道自己该干什么，K.的指示无非是走走过场罢了。做完这一切，K.就去找经理。当他向经理请两天假，说是要去看母亲时，经理便问，他的母亲是不是病了。"不是。"他说，没有作进一步解释。他站在屋子中央，手背在背后，皱起眉头想，这次旅行是否决定得太匆忙了？留在这里也许更加明智？他是不是一时冲动才突然决定出门的？难道他太多愁善感，有意要避开什么重要的事情，避开亲自干预案子的机会？在案子几个星期毫无动静，听不到一点确切的消息的情况下，这样的机会每一天、每时每刻都可能到来。他的突然出现会不会吓着母亲？他当然不想这样，但情况很可能事与愿违。他不是已经做了许多违背自己意愿的事吗？再说母亲也并不特别想念他。过去表兄在信中经常转告母亲的请求，希望他回去看看她，但长时间以来这一点早就不提了。他回家并不是为了母亲，这是毫无疑问的。不过，他如果是怀着某种莫名的希望踏上回家乡的旅途，那他也是个地地道道的傻瓜，并且最终会陷入绝望，自食苦果。尽管如此，他仍然不想改变自己的决定，仿佛所有这些疑虑并不是他自己本来就有的，而是别人强加给他的。

K.在办公室来回踱着步，等待仆人给他拿行李来。副经理好几次走到他面前，打听他这次外出的原因，他都没有回答。当他的旅行包终于送到时，他立即提上它匆匆下楼，准备登上事先已预订好的马车。然而，他还没有走下楼梯，就被那个名叫库里希的职员叫住了。此人手里拿着一个信封，显然想请示他应该怎样处理。K.挥挥手让他走开，但这个金发大脑袋的家伙竟误解了他的意思，挥舞着信封三步并作两步跳下楼梯朝他跑来。K.恼怒万分，就在库里希跑到他面前的那一刹那夺过他手中的信封，将它撕得粉碎。当他登上马车转过脸来时，看到库里希还呆呆地站在那里望着远去的马车，好像不明白自己究竟犯了什么错误。他身边的门卫却脱下帽子向K.的背影深深鞠了一躬。K.原来仍然是银行最高级的官员之一，假如库里希想忽略这一点，门卫便会站出来反驳他。连K.的母亲几年来也始终以为K.就是银行经理，无论别人怎样解释都没有用。她认为，无论K.的威望受到多么大的损害，他的地位也不会动摇。在他刚刚准备动身的时候能够亲眼证实，他，一位银行高级官员，尽管卷入了一场法律诉讼，仍然能够从一个低级职员手中夺过一封公文撕得粉碎而用不着道歉，用不着考虑后果，这也许是个好兆头。

（由此开始被删掉——译者）

……此时此刻他恨不得在库里希那苍白滚圆的脸上狠狠地抽上两下。虽然他不能这样做，但很想这样做。他恨库里希，不仅恨他，而且恨拉本施泰纳和卡米纳尔。他觉得他向来就恨他们，尽管这种仇恨是在他们出现在毕斯特纳小姐房间里的那一刻变得自觉的，但实际上还要久远得多。最近一段时间，K.甚至由于这种仇恨得不到发泄而备受折磨。他们都是最低级的职员，K.几乎没有机会同他们打交道。这帮家伙一钱不值，除了熬年头永远别想升上去，即使是由于干的年头长了往上升一两级，速度肯定也比别的人慢得多，因此几乎不会对K.构成威胁。真正让他感到头疼的倒是库里希的愚蠢，拉本施泰纳的懒惰，卡米纳尔那令人恶心的阿谀奉承。K.要做的唯一一件事就是敦促银行解雇他们。这对他来说易如反掌，他只要向经理说上几句就够了。K.当然不屑于干这种事，但如果一向公开或隐蔽地同K.对着干的副经理站出来袒护这三个家伙，那K.也就决不会心慈手软。不过，令人惊奇的是，副经理在这方面倒一反常态，完全站在K.一边。

检察官

K．在银行已经工作多年，不仅善于识别各种人，而且积累了丰富的处世经验。尽管如此，他仍然发现与他坐在同一张桌子旁的都是些有身份的人，并为自己能置身于他们之中而倍感荣幸。这些人几乎都是法官、检察官和律师，除此之外还有几个年轻的法院职员和律师助理。不过，他们都坐在桌子最边上，并且，只有在争论中某个特殊的问题问到他们时，他们才能插上嘴。提这样的问题大多只是为了活跃气氛，逗在场的人发笑。尤其是坐在K．旁边的哈斯特勒检察官，最喜欢以这种方式羞辱那些年轻人。每当他把一只长满汗毛的大手摊在桌子中央，向桌子尽头提出一个古怪的问题，并侧过脸去等待回答时，所有的人都屏住呼吸，竖起耳朵，想听听这些初出茅庐的家伙怎样回答。那些无名小卒则要么根本不懂检察官的意思，要么望着面前的啤酒杯发愣，要么喋喋不休地说一些文不对题的外行话，逗得年长的先生们哈哈大笑。直到他们笑够了，不再在椅子上转来转去，他们似乎才感到舒服些。至于那些严肃的专业问题，只有他们才有发言权。

（以上片断在手稿中紧接第七章，开头就写在那一章的结尾后面——译者）

K．是为了招待一位出任银行法人代表的律师才和这帮人聚在一起的。由于他同这位律师在银行里进行的长时间商谈直到深夜才结束，于是邀请对方到这家饭店来吃夜餐。在主顾桌旁，他看到一群博学多才、声望卓著、在某种意义上极有权势的先生们正在高谈阔论。这些人的业余消遣方式似乎就是为解决那些与日常生活相距十万八千里的难题而绞尽脑汁。K．很少插嘴，但十分高兴能有这样一个机会了解许多他过去不了解的东西。这对他今后在银行里的工作无疑是有好处的。除此之外，他还可以利用这个机会同法院的人建立一些私人联系，这也总是有用的。那些先生看来并不反对K．同他们坐在一起。作为业务上的内行，K．不久就得到他们的承认,在这类问题上的看法尽管有时也遭到冷嘲热讽,但总是被大多数人所接受。一旦某两位先生在商法问题上产生意见分歧,双方往往都要征询K.的意见。在此后的争论中,甚至非常抽象的论证中,K.的名字会一再被提到。渐渐地,K.了解了许多情况,特别是发觉坐在他身旁的检察官哈斯特勒先生的谈话对他非常有用。检察官也对他十分友好,似乎有意接近他,在此后一段时间里甚至常常陪他回家。只不过K.很久以来就不习惯于同一个男人手挽手地走路了,何况检察官又是那样高大,几乎可以把K.装进自己的大衣口袋。

随着时间的流逝,他们的关系越来越密切,受教育程度、职业和年龄上的差异似乎不存在了。他们来往频繁,仿佛是老朋友。如果说两人的关系中有谁稍占上风的话,那准是K.而不是哈斯特勒,因为检察官的全部知识都在法律方面,对法律以外的事情几乎一无所知。

这种友谊当然很快就被坐在那家饭店主顾桌旁的人注意到了。人们几乎已经忘记K.是怎样混进他们圈子里的。一旦有人对K.坐在他们当中的合法性产生怀疑,哈斯特勒便会站出来为他辩护,而K.也可以以哈斯特勒朋友的身份理直气壮地驳斥对方。这样,K.便在这帮人当中占据了特别优越的位置,因为哈斯特勒不仅有很高的威望,而且大家都惧怕他。他在法律问题上的思维令人叹服,尽管许多先生在这方面并不亚于他,但他为自己的观点辩护时,那副咄咄逼人的气势往往会把人压倒,使人对他产生畏惧。每当他伸出食指直逼对方时,许多人便会退缩。这时,他的对手就会忘记自己置身朋友和同事之中,争论只涉及与现实无关的纯理论问题。这时,他们便会沉默下来,连摇一下头都不敢。如果对手胆敢看哈斯特勒一眼,如果哈斯特勒看到对手因为坐得很远而敢于与他对抗,就会推开盘子,慢慢站起身来朝那人走去。在这种时刻,坐在附近的人都会低下头来避开他的目光。当然,这样的场面很少出现,只是涉及法学问题,特别是与他办过的案子或正在办的案子有关的法学问题时,检察官才会激动起来。如果不触及这类问题,他倒是和蔼可亲,始终面带微笑,专心吃喝。有时他甚至不理会别人,而只和K.交谈。他把一只胳膊搭在K.的椅背上,小声地打听银行的事,并向K.讲述自己的工作以及和他相好的女人。他同女人打交道的时间几乎同在法院工作的时间一样多。在这种场合，他的同事们从未见过他对谁如此亲密过。于是，当他们对哈斯特勒有所求——大多是请求他原谅他们之中的某个人——时，他们往往先请K.从中斡旋，而哈斯特勒一般总是看在K.的面子上饶过那人。尽管如此，K.在同这帮人打交道时从不利用他与哈斯特勒的关系，相反，他对任何人都非常谦虚，非常礼貌，并且懂得怎样正确识别这些人职务的高低——这往往比谦虚和礼貌更加重要——然后根据每个人级别的高低区别对待。当然，在这方面哈斯特勒总是不厌其烦地给他以指导，而检察官本人也始终遵守着这条不成文的规矩，即使在争论中生起气来亦如此。此外，K.对那些坐在桌子尽头的年轻人——对他们来说还谈不上级别——总是使用一种笼统的称呼，似乎他们是一个集体。正因为这样，这些年轻人都十分尊敬K.。当K.11点钟站起身来准备回家时，竟有一个人走上前来帮他穿上大衣，另一个在K.和哈斯特勒出门时向他们深深鞠躬并替他们打开门。

最初一段时间，K.只是陪哈斯特勒走一段路，或者哈斯特勒送K.一程。到后来，哈斯特勒开始邀请K.到他的住处去坐一会儿。他们于是在一起喝酒抽烟，聊了一个钟头。有几个星期，哈斯特勒尽管留一个名叫海伦娜的女人天天在家过夜，仍然不愿放弃同K.一起度过令人愉快的晚上。海伦娜是个肥胖的、上了年纪的女人，皮肤发黄，披着一头黑色的卷发。头几天K.每次去哈斯特勒家，她几乎都躺在床上，总是在读一本廉价小说。她从来不关心他们的谈话，只是当夜太深的时候才伸伸懒腰，打个哈欠，以期引起他们的注意。倘若这一招不能奏效，她便抓起一本小说向哈斯特勒扔去。每到这时，哈斯特勒便会微笑地站起身来，K.也才会告辞。后来，哈斯特勒对海伦娜开始厌倦了，她对他们的打扰也改变了方式。她总是穿得整整齐齐地等待两位先生归来。她身上那件衣服大约是她所有的衣服中最贵重的，她以为穿上它很漂亮，很合身，但实际上，那只是件旧的、过时了的晚礼服，特别是作为装饰的那几道长长的流苏叫人看了很不舒服。K.从未仔细看过那衣服一眼。不仅如此，他也不愿看那女人一眼，通常总是半闭着眼睛坐在那儿。海伦娜试图引起他们的注意,不停地扭动腰肢在房间里走来走去,有时还故意坐在K.的身边,想通过挑逗K.来引起哈斯特勒的忌妒。有几次她甚至将她那裸露的、肉滚滚的后背俯在桌子上,脸挨近K.的脸,想迫使K.睁开眼睛。可惜她这样做,除了吓得K.不敢再到哈斯特勒那儿去以外,没有产生任何效果。过了一段时间,当K.再次跨进哈斯特勒的住所时,海伦娜已经被打发走了。这天晚上,两人待的时间比过去更长。哈斯特勒提议为他们的友谊干杯。K.回家时差不多已经喝醉了。

第二天早上,经理请K.去商量一些银行业务,谈话中顺便提到他昨天晚上曾看见K.来着。假如他没有搞错的话,当时K.正和检察官手挽手地走在大街上。经理觉得这件事有点奇怪,并说出了他见到两人的确切地点——这恰恰符合他一贯办事严谨的风格:那是在某座教堂的旁边,附近有一个喷泉。经理讲述这事就好像在描绘一幅幻景。K.只得解释说,检察官是他的朋友,他们昨天晚上的确曾从教堂边走过。经理对此十分惊讶,微笑着请K.坐下。过去,这个体弱多病、经常咳嗽、工作过度劳累的老人曾多次对K.的健康和前途表示过关心。据受到过同样待遇的其他同事说,这种关心仅仅是表面的,只不过走走形式而已,其目的无非是想花两分钟时间把那些最有能力的职员紧紧拴住,让他们为银行卖命。但K.却不这样认为,每每在这种时刻,他都会被经理亲切的态度所感动。也许经理同K.打交道的方式有所不同。同其他人谈话时,他总是保持着一种威严而冷漠的神情,而和K.在一起,他就会忘记他们之间地位的差异,像一位长辈对待自己的孩子或一位长者对待一个无知的、不谙世事的年轻人那样语重心长地给予教诲。每到这时,K.内心总是感到一阵温暖。要是换了别人或在别的时刻,K.一定难以容忍对方用这种口气同自己讲话,然而在这种时刻,他却觉得经理的关心是真诚的,是他无法拒绝的。K.也意识到自己这个弱点,也许是因为自己办事情的确有许多幼稚的地方。他的父亲死得很早,所以他从未享受过父爱,而他的母亲差不多是个瞎子,又长期住在一个偏僻的小城市,很少关心他,他也不大需要她的关心。他最后一次去看她,已经是两年前的事了。正因为如此,K.对经理有一种眷恋之情,而今天,这种感情又占据了他的整个身心。

"我对你和检察官之间的友谊一无所知。"经理说,那淡淡的、亲切的微笑使他那严厉的表情缓和了不少。

法院大楼

K. 尝试着通过各种方式打听到那家首先对他提起诉讼的法院在什么地方。他这样做开始并没有什么明确的目的。出乎他的意料,他不费吹灰之力就办到了,不但蒂托雷里,而且沃尔法特毫不犹豫地把法院大楼的确切地址告诉了他。后来,蒂托雷里又微笑着补充说,他已制订了一个秘密的、暂时还不能透露的计划,而这家法院在计划中并不重要。他之所以把这一点告诉 K.,是因为他受到 K. 的委托。虽然这家法院是整个庞大的诉讼机构最外围的组织,但被告仍然无法进入。假如他们对诉讼机构有什么要求的话——这种要求当然总是很多的,但提出来并不十分聪明——还得先通过这家最低级的法院。总而言之,被告本人既不能接近诉讼机构,他们的要求也永远无法到达这个机构。

K. 已经对画家的性格有所了解,因此并不反驳他,也不再提问,只是点点头,记住他说的话。K. 再次感到——他常常有这样的感觉——蒂托雷里在折磨人方面实在不亚于律师,区别仅仅在于,蒂托雷里还没有完全把他握在手心里,如果他愿意,可以随时摆脱画家。另外,蒂托雷里的口不像律师那么紧,甚至有些饶舌,过去比现在更加如此。正因为这样,K. 有时也故意采取一些办法来折磨蒂托雷里。

在这件事情上 K. 就是这样做的。他常常用一种不信任的口气说起法院大楼,似乎蒂托雷里隐瞒了什么,似乎他本人已同那里的某些人建立了什么联系,似乎这种关系还未牢固到某种地步,因此不能泄露。一旦蒂托雷里请他说出详情,K. 便岔开话题,很长时间不再提起这事。他为这些小小的成功感到高兴,相信自己对这帮吃法院饭的人已经有了更深的了解,自己已能随心所欲地同他们周旋,甚至能混迹于他们中间。至少,他认为自己已经像这些人一样登上了通往法院的第一级台阶,对法院看得清楚了一些。不过，万一他失去了这一有利位置怎么办？那也不要紧，还有补救的可能。他只需混到那些人中间，即使他们由于身份太低或因为别的缘故无法帮助他打赢官司，至少会收容他，将他藏起来。他已经仔细考虑过了，并在暗地里作了安排，他们无法拒绝以这种方式帮助他，尤其是蒂托雷里，K.现在已经成了他的熟人和主要施舍人。

当然，K.并不会为这种希望所陶醉，一般说来他仍然保持着清醒的头脑，并一再告诫自己不要忽略任何困难或试图越过这些困难。但尽管如此，他有时——往往是晚上下班后在极度疲劳的状况下——也会用白天发生的微不足道的、意义并不明确的事情安慰自己。这种时候他大多躺在办公室的长沙发上——现在，他不在长沙发上躺一个钟头以恢复体力便无法回家——在脑海里把他观察到的景象一幅幅拼接起来。出现在他眼前的并不都是与法院有关的人和事，相反，在半睡半醒的状态下，所有白天看到的人和事都混在一起了。他忘记了法院要审理的案子有千千万万，觉得被控有罪的只有他一人，而其他所有的人都像是法官和法院职员，他们在法院大楼的走廊里乱哄哄地走来走去，连最迟钝的家伙都低着头，下巴抵着胸脯，噘起嘴唇，呆呆地望着面前，做沉思状。格鲁巴赫太太的房客们仿佛结成了一个小团体，总是凑在一起头挨着头地议论什么。他们大张着嘴巴，好像在齐声唱一支控告他的歌。这些人当中有许多是他不认识的，因为K.长久以来便不再关心公寓里发生的事了。正因为不认识的人太多，他每次同这帮聚在一起的人打交道时总是感到不舒服。但为了找毕斯特纳小姐，他有时也不得不同他们打交道。他扫了那群人一眼，突然看见一双陌生的、烁烁发光的眼睛正盯着他。他没有发现毕斯特纳小姐。他恐怕自己太粗心了，于是又找了一遍，这次终于看见毕斯特纳小姐了。她站在这群人中间，两边各有一位先生用胳膊搂着她。这一场面并不使他吃惊，因为他曾在毕斯特纳小姐的房间里见过一张她在海滨浴场拍的照片，照片上的情景同现在他所见到的几乎一模一样。尽管如此，他仍然感到很不自在，因此以后再看见这帮人聚在一起时，他便迈着大步匆匆从他们身旁走过。公寓里的每个房间他都了如指掌，那些像迷宫一样的走廊他虽然从未到过，但觉得很熟悉，仿佛那就是他自己住了很久的住宅，里面的每一个细节都异常清晰地刺进他的脑海，并一再浮现在他眼前。一个外国人在前厅里散步，穿着打扮像一位宰牛工，那件用粗布制成的黄色上衣又短又小，紧箍在身上，好似把他拦腰切断。K.好奇地打量着那人，接着又弓起身子溜到他身边，睁大眼睛欣赏起他的衣服来。但那人并未因此而停止散步。K.熟悉那件上衣上的图案，熟悉那些花边，熟悉衣服上的每一道皱褶，但仍看个没够。或者，他早已看够了，或者更确切地说，他根本没兴趣看，但却无法控制自己。"外国人的服装多么稀奇古怪啊！"他一边想一边把眼睛睁得更大。他就这样一直跟在那人身后，直到翻身时脸碰在皮沙发上。

（以下被删掉——译者）
他就这样长时间躺着，体力的确得到了恢复。他虽然仍在思考，但在黑暗中无人来打搅他。他想得最多的还是蒂托雷里。蒂托雷里坐在椅子上，而K.却跪在他面前，抚摸着他的手臂并想方设法讨好他。蒂托雷里看透了K.的心思，却装得似乎什么也不知道，用这种办法来折磨K.。然而，K.心里明白，他最终将实现自己的目标，因为蒂托雷里是个轻率的、没有责任感、很容易被收买的家伙。法院同这种人搅在一起真是无法理解。K.知道，假如法院还有什么薄弱环节的话，只有在这儿才能打开一个缺口。K.决不会被蒂托雷里那无耻的微笑所迷惑，尽管这家伙此刻趾高气扬，目中无人。他毫不懈怠地恳求着，并抬高手臂，抚摸起蒂托雷里的面颊来。这样做他并不觉得勉强，反而感到很开心，因为他是出于逗乐才故意把事情拖长的，他确信自己会取得成功。用计谋战胜法院是多么简单的事！蒂托雷里终于低下头面对着他了，仿佛是某种自然法则起了作用。画家慢慢睁开的眼睛和蔼地望着K.，表明他准备满足K.的请求。他使劲握了握K.的手。K.站起身来，脸上露出庄重的神情，但蒂托雷里讨厌庄重，他一把搂住K.，拉着他走出画室的门。他们来到法院大楼，快步登上楼梯，不过并非一直往上走，而是忽上忽下，K.一点也不觉得费力，他好像坐在一条小船里，在水面上轻轻飘浮。然而，正当K.低头看着脚下，感到这美妙的运动在他奔波忙碌的一生中从未经历过时，在他的头顶却发生了变化。直到目前为止从下面射来的光改变了方向，令人眩晕地从前面闪烁起来。K.抬眼朝上看去，蒂托雷里向他点点头，叫他转过身去。K.发现自己又置身于法院大楼的走廊里，但周围变得安静了，两边的长凳和等待着的人消失了，走廊里空无一物。K.向走廊尽头望去，并挣脱蒂托雷里一直往前走。今天K.穿了一件新的黑色长袍，这衣服又重又暖和。他知道自己发生了什么变化，暗自庆幸他始终没有承认自己有罪。在走廊的一面墙上开着一扇大窗户，窗户旁的一个角落里堆着他过去穿过的衣服，那件黑色的上衣，瘦腿的裤子，最上面是他的衬衣，两只袖子张开，在轻轻地颤抖。

同副经理的斗争

一天早晨，K.觉得自己比平时精神好多了，身体也强壮了。他几乎不再想法院的事，偶尔想起，也觉得那晦暗一片的庞大机构在某个隐蔽的、藏而不露的部位轻轻一击便能连根拔除并打得粉碎。在这种出色的精神状态中，K.甚至想邀请副经理到他的办公室来，商量一下积压下来的业务问题。在这种场合，副经理每每装出一副若无其事的样子，似乎他和K.的关系最近几个月丝毫没有恶化。他不露声色地来了，像往常同K.争风吃醋时一样，静静地听着K.的讲述，并不时以K.熟悉的、表面上十分友好的口气插一两句话，表示他对这些问题的关心。使K.迷惑不解的是，他有意无意地抓住某些业务上的主要事情不放，以坚韧不拔的劲头不让K.转移话题，而K.却无视这种高度的责任感，一再试图将谈话引导到与此无关的方面去。于是，谈话最后变成了副经理的业务演说。有一次，K.甚至发觉副经理突然站起身来一声不吭地回到自己的办公室。K.不知道发生了什么事，或许谈话应该结束了，也可能副经理对谈话内容不满意不想再谈了，或者，K.无意中伤了副经理的自尊心，再有一种可能是，副经理发现K.并没有听他说话，而是在想着别的事情。甚而至于，K.也许在副经理的诱导下做了什么错误的、可笑的决定，副经理急不可待地要利用它去损害K.的声望。K.不愿去想这些，反正后果已经造成了，再也无法挽回。副经理那边看不出有什么动静，暂时也似乎没有什么不对劲。不过 K. 决不会为这一次谈话失败而吓倒，一旦有了合适的机会，K. 的精力得到恢复，他就要走到副经理办公室的门边，主动跟他谈话或邀请他去自己的办公室谈话。K. 没有时间像过去那样躲着副经理了。他对于很快取得决定性的成功，从而一劳永逸地摆脱所有的忧虑，并恢复同副经理旧日的关系不再抱任何希望。K. 已经认识到，他决不能让步。倘若他退缩，副经理便会像事实证明的那样得寸进尺。不能让这家伙认为 K. 已经屈服，带着这种幻想安安稳稳地坐在办公室里。他得让副经理心里感到不踏实，得让他常常晓得，K. 还活着，即使今天对他构不成威胁，有朝一日将会以新的能力使他大吃一惊。虽然 K. 有时对自己说，他使用这种方法只不过是为了维护自己的荣誉罢了，其实对他自己并没有好处，相反，会把自己的弱点一再暴露给副经理，加强对方的安全感，并使对方有观察自己并根据情况随时改变策略的可能，但 K. 无法左右自己的行为。他已经陷入了自我欺骗的境地，有时甚至坚信，现在是他无忧无虑地和副经理较量的时候了。那些不幸的经历并未使他吸取教训，认为即使第十次尝试失败了，第十一次一定会成功。而实际上，这场较量始终对他是不利的。每次他同副经理谈话之后都筋疲力尽，浑身大汗，脑袋里空空，不知他当初这样做的时候究竟抱的是希望还是绝望。然而下一次，他又满怀成功的希望急急忙忙走到副经理办公室的门口。

（以下段落从开始直至"安排几件特殊任务，他就一定能办到"被删掉——译者）

这天早晨这种希望特别强烈。副经理慢吞吞地走进 K. 的办公室，一只手按在额头上抱怨头痛。K. 开始想打听一下副经理头疼的原因，后来想了一下便立即开始谈业务，连问也没问一下副经理究竟为什么头疼。也许是副经理头疼得不怎么厉害，也许是对业务的关心使他忘记了头疼，反正副经理在谈话过程中放下了按在额头上的手，并且像往常一样果断而不假思索地回答 K. 的问话，好似一个模范学生回答老师的问题一样。K.这一次完全可以应付，有几次甚至能反驳副经理的看法，但副经理头疼的事一再妨碍他集中精力，仿佛那头疼不是副经理的不利之处，而是有利的因素。瞧他的忍耐力有多强，竟能忍住头疼侃侃而谈！有时他甚至无缘无故地微笑起来，好像在夸耀他的头疼。他心里想的当然是另一回事。他们表面上似乎在谈业务问题，内心却进行着另一种对话，在这种对话中副经理虽然并不否认他有头疼，但却一再强调，这种疼痛并不怎么厉害，和K.常患的那种完全不同。K.本想反驳他，但副经理那若无其事的神态使他无话可说。与此同时，副经理的表现也给了他一个榜样，他也能把业务工作之外的忧虑深藏在心底。只要他以更大的精力投入工作，在银行里推行一些新措施——他近来一直在考虑这事——通过访问和出差重新巩固他同客户们已经有些疏远了的关系，经常向经理汇报并请求他给自己安排几件特殊任务，他就一定能办到。

今天的情况同样如此。副经理立即来到他的办公室，但却站在门边擦着他的夹鼻眼镜——这已经成了他最近一个时期的习惯——先打量了一下K.，然后又仔细看了看屋里，表面上似乎是利用这个机会检查一下自己的视力，实际上是在不露声色地猜度K.的用意。K.在他的注视下并未退缩，甚至还微笑着请副经理坐下。他自己则坐在他的靠背椅上，并把椅子拉得尽量靠副经理近一些。然后，他从桌上拿起必要的文件，开始谈自己的意见。一开始，副经理好像根本没注意听，而在研究K.的办公桌。办公桌周围有一圈低矮的栏杆，栏杆由一根根雕花的柱子组成，整个桌子做工十分精细，栏杆也很牢固。可是，副经理却突然用食指敲了一下栏杆，仿佛发现一根柱子松动了，他想把它敲紧似的。K.刚想停下来，副经理便殷切地请他往下讲，并解释道，他听得很仔细，完全明白K.的意思。由于K.暂时尚未征求他的具体意见，副经理掏出一把小刀，并拿起K.的尺子，试图把那根柱子拔出来，然后再把它按进原来的地方，使它更加牢固。K.今天将提出一条新建议，本来想以此引起副经理的意外，给他一个突然打击。现在，他就要谈到这个建议了。他不想停下来，也无法停下来，因为，他此刻沉浸在一种自我陶醉之中，他对自己的工作感到满意。往日的自信又回到了他的身上，而一段时间以来，这种自信已经丧失得差不多了。他在银行里还是有影响，有威信的，他的思想仍然敏锐而清晰，完全可以为他出色的工作能力辩护。也许这种为自己辩护的能力不仅可以用在银行事务上，而且能运用到自己的案子中。自我辩护是最好的辩护，比其他任何方式都好。在这种思想状态下，K.完全没有时间把副经理的注意力从那根栏杆柱子上拉回来。只有两三次，他一面宣读他的建议，一面用空着的手下意识地摸了摸写字台的栏杆，仿佛想让副经理停下那毫无意义的工作，仿佛想告诉他，栏杆并没有毛病，即使有毛病，也可以以后再修理，现在更重要的是听听K.的新建议，否则就太不成体统了。可是，像许多从事脑力劳动的人一样，副经理对手工活似乎表现出特别的兴趣，当真把那根栏柱拔了出来。现在，他又试图把柱子重新塞进原来的洞里去。这可比将它拔出来要困难多了。他不得不站起来，用双手抬起桌面，并试图将那根柱子压进去。然而，尽管他使尽全身力气，那柱子仍然不听使唤。K.在读他的建议时，模模糊糊地觉得副经理似乎站了起来。虽然对方一直在他的视线以内，但他完全没注意到对方在干什么，只觉得这动作与他的建议有某种联系。于是，他也站起身来，用手指指着一个数字，将那份书面建议递给副经理。副经理这时认识到只用两只手还不足以把那根柱子压回去，便把整个身体压在写字台上。这回他成功了，那柱子吱吱地响着回到原来的位置，不过接着它又咔的一声折成了两段。"这木头太糟了。"副经理恼怒地说。

断片一则

他们走出剧院时，天下起了毛毛细雨。乏味的剧情和糟糕的表演使K.感到非常疲倦。一想到还得给叔叔安排住处，他的情绪更加低沉。今天晚上，他本来想去找F.B[①]的，说不定她愿意再和他谈一次。叔父的到来把他的这个计划给毁了。乘夜班车回去当然还来得及，但叔叔对

---

① 可能指毕斯特纳小姐，此处仅是缩写。——译者

K.的案子这样关心，劝他今天就回去看来没有什么希望。尽管如此，K.还是得试一试。"叔叔，"他说，"过几天我恐怕真的需要你的帮助，不过到底是什么样的帮助，我还没想好。无论如何，我得请你帮忙。""你只管放心，"叔父说，"最近我一直在想怎样才能给你帮上忙。""你还是老样子，"K.说，"只是我担心，过几天要是我再让你到城里来，婶婶会生气的。""你的事情更重要，即使她生气也没什么。""我可不这样想，"K.说，"不管怎样，我不想不必要地让你和婶娘分开。我可能很快又得让你来，你不想暂时先回去吗？""明天就走？""是的，明天就走，"K.说，"或者，现在就乘夜班车回去，这样更舒服。"

二 手稿中作者自己删去的部分

〔1〕看来审讯只进行一会儿，K.想，应该允许他们威风一阵子。我要是知道是哪个机构在一件对它来说毫无成功希望的事情上如此虚张声势就好了。这一切的确是虚张声势，用三个人来对付我，把两间房间搞得乱糟糟的，角落里还站着另外三个年轻人，乱翻毕斯特纳小姐的照片。

〔2〕有人对我说———是谁说的我记不清了———一个人要是早上醒来，发现所有的东西像头天晚上一样至少大部分还在原来的地方，那就谢天谢地了。这至少说明，他在睡梦中并没有受到监视。因此，那人说得很对，在睁开眼睛的那一刻必须有绝对清醒的头脑，或者更确切地说，必须立即驱散睡意，以确信头天晚上放的东西的确还在原来的地方。醒来的一刹那因而是一天中最危险的时刻，假如他熬过了这一刻，没有被人从床上拖走，那他一整天就平安无事了。

〔3〕您应该明白，下级职员总是比他们的上司知道得更多。

〔4〕他这样做会不会同样给了他们一个观察自己的机会呢？要知道他们很可能接受了这样的任务。但他觉得这个想法太可笑了。他把手按在太阳穴上，想使自己清醒一些。"再有几个这样的想法，"他自言自语地说，"你就成了地地道道的傻瓜。"他那有点沙哑的声音是那样响，叫他吓了一跳。

〔5〕 在公寓大门外有一名士兵迈着均匀而有力的步伐走来走去。如此说来，他们到底还是安排了一名看守。为了看清那名士兵，K.不得不把头远远伸出窗外，因为士兵是沿着墙根来回走的。"哈啰！"他朝那人喊，但声音不大，那人没听见。然而，不久K.便发现，那名士兵是在等一个年轻女仆，刚才她去对面一家饭店买啤酒，这会儿正从灯火辉煌的饭店大门里走出来。K.问自己，他们会不会因为怕他逃跑而给他安上一个看守呢？他无法回答这个问题。

〔6〕 "您真叫人无法忍受，谁也不知道您的话是认真的还是开玩笑。""这样说并不是完全不对，"K.说，同这个漂亮的姑娘聊天，他感到很愉快，"也有一定的道理。我认真不起来，所以只能用开玩笑的方式谈严肃的事，用严肃的口气来开玩笑。不过，我被捕了，这可是千真万确的。"

〔7〕 社会主义集会（手稿中改为"地方性政治集会"——译者）。

〔8〕 K.只看见她那件没扣扣子的上衣滑到了腰部，一个男人把她拉到靠门的角落里，紧紧搂住她只穿内衣的上身。

〔9〕 K.刚想抓住那女人畏畏缩缩地伸过来的手，大学生的话却引起了他的警觉。这家伙原来是个饶舌而自负的傻瓜，K.或许能从他嘴里探听出对自己提出起诉的确切原因。如果K.知道了原因，肯定就会不顾手可能受伤，立即猛击一拳把整个官司打得粉碎，让所有的人大吃一惊。

〔10〕 是的，甚至可以肯定地说，即使K.用钱贿赂他，他也不会接受这个建议的，因为那样一来，他就有可能被控双重失职。而作为被告，K.的案子一天不结束，便一天会受到保护。

〔11〕但姑娘对这种称赞未作任何表示,甚至好像没听见一样。叔叔说:"也许吧。不过我还是得给你找一位护士。如果你觉得她不称职,还可以解雇她。别让我失望,你总得试一试。在这样的环境,在死一般的寂静中,你的身体只会越来越糟。""这儿并不总是这样寂静,"律师说,"只有我不得不用护士时,我才会接受你的好意。""你必须接受。"叔叔说。

〔12〕一张办公桌几乎占据了整整一面墙。办公桌对着几扇窗,律师平时一定是背对着门办公的,因此,一个来访者首先得穿过整个屋子才能看得见律师的脸。倘若律师情绪不好,不想转过脸来看人,来访者就会觉得自己像个贼。

〔13〕不,K.决不希望自己吃官司的事传得尽人皆知,因为那样一来,人们即使不会像法官那样盲目而匆忙地给他定罪,至少也会想方设法使他丢脸。那样做是很容易的。

〔14〕房间里一片漆黑,也许是因为窗上蒙着厚厚的帘子,从外面透不进一丝光。刚才一溜小跑使K.有些喘。他想也没想便向前跨了几步,但接着又停下来。他不知道自己究竟在房间里哪个地方。律师似乎睡着了,K.听不见他的呼吸声,因为,他睡觉时习惯于完全钻进被子里面。

〔15〕……从那时起,我作为一名被告就仿佛在等待生的希望……

〔16〕您没有开诚布公地同我谈过,从来没有,因此,如果您认为您被误解,那也怨不着别人。我从来不隐瞒我自己,因此不怕别人误解。您硬要做我的案子的代理人,并许诺打赢这场官司,而我现在觉得,您根本没有尽力,您没认认真真做过一件事,而且还要

隐瞒真相，阻止我亲自干预。这样做的目的在于有朝一日在我不知情的情况下宣布对我的判决。我即使不说您有意如此……

〔17〕K. 忍不住想嘲笑布洛克。列妮的手由于被 K. 抓住，此刻便乘他不注意的时候胳膊肘撑在椅背上轻轻地摇晃起来。K. 一开始没有理会，而是望着布洛克轻轻地掀开被子一角，寻找律师的手，显然准备吻它。

〔18〕K. 猜不透意大利人究竟在说什么，只觉得——至少暂时觉得——他的声音仿佛是喷泉里的水落下时发出的响声。

〔19〕说完这句话，他沉默下来。他注意到，他根本没读过那段叙述了这个故事的法律引文，也不知道对它的解释出自何处，却冒冒失失地发表了对故事的看法，甚至对它做了判断。他被引导到完全陌生的思路上去了。难道说，神父像所有的神职人员一样，只管对 K. 的处境作一番模糊的暗示便不再吭声，而不顾 K. 是否被引入歧途吗？想到此，K. 不知不觉忘记了手上提着的灯。灯冒出了黑烟，直到熏着他的下巴他才发觉。他想把灯拧小一些，但它却熄灭了。他站在那里，四周一片漆黑。他不知道自己现在在教堂里的什么地方。由于他身边也没有一点响动，他于是问："你在哪儿？""在这儿，"神父说，并抓住 K. 的手，"你为什么要把灯熄掉？来吧，我带你到圣器室去，那儿有灯。"

K. 很高兴离开了教堂大厅，那高大、空旷、一眼望不到尽头的大厅使他感到压抑。过去，他常常望着那高不可测的穹隆，心想它到底有什么用，每次都觉得黑暗从四面八方向他涌来。他的手被神父拉着，他跟着神父来到圣器室。

圣器室里亮着一盏小灯，比 K. 刚才提的那盏还要小。它摆得很低，几乎只照亮圣器室的地面。圣器室虽然很小，但天花板几乎与教堂大厅一样高。"到处都这样黑。"K. 说，并用手揉了揉双眼，似乎由于睁大眼睛辨别方向而感到疼痛。

〔20〕他们的眉毛仿佛是安上去的,每走一步便上下抖动一下。

〔21〕他们穿过几条上坡路,路旁每隔一段距离就有几个警察站着或来回巡逻,有时离他们很近,有时离他们很远。一个大胡子警察手握国家托付给他的腰刀的柄,好像有意走到一群有点可疑的人面前。"国家给我提供了这个人的帮助,"K.在一位同行者耳边悄悄说,"假如我用我的案子来影射国家法律会怎么样?下一次我也许会在国家面前为二位先生辩护的。"

〔22〕(正文结尾处被删掉的部分——译者)
……是不是有人提出了过去被忽略了的、然而有利于他的论点?这样的论点肯定应该有。世界上的逻辑是不可动摇的,但它抵挡不住一个想活下去的人。法官在哪里?最高法院在哪里?我有话要说。我举起手来了。